ハヤカワ文庫SF
〈SF2278〉

七人のイヴ

〔上〕

ニール・スティーヴンスン
日暮雅通訳

早川書房

8499

SEVENEVES

by

Neal Stephenson

Translated by
Masamichi Higurashi
Published 2020 in Japan by
HAYAKAWA PUBLISHING, INC.
This book is published in Japan by
arrangement with
DARHANSOFF & VERRILL LITERARY AGENTS
through TUTTLE-MORI AGENCY, INC., TOKYO.

ジェイミー、マリア、マルコ、ジェフに

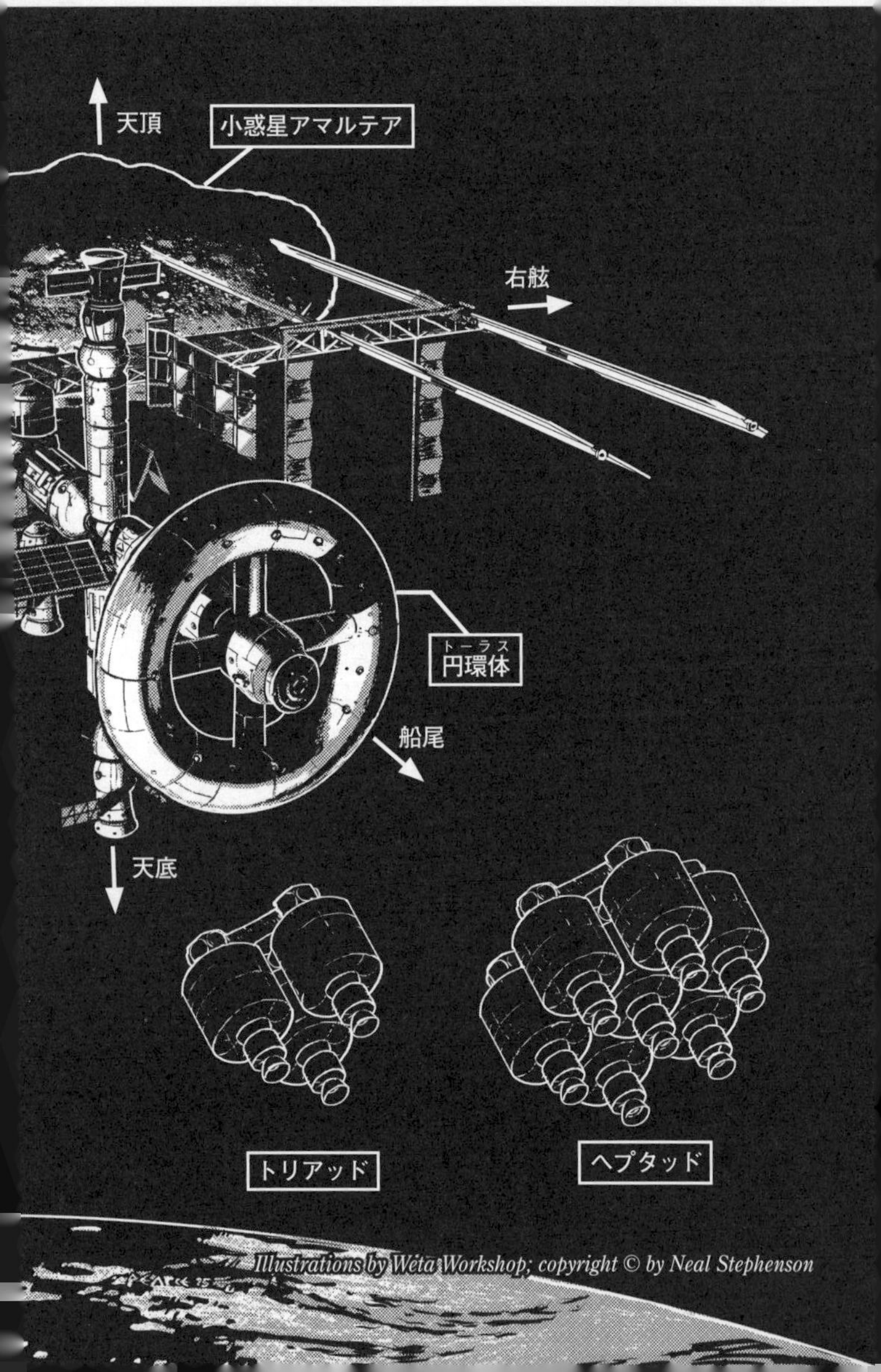
天頂
小惑星アマルテア
右舷
円環体《トーラス》
船尾
天底
トリアッド
ヘプタッド

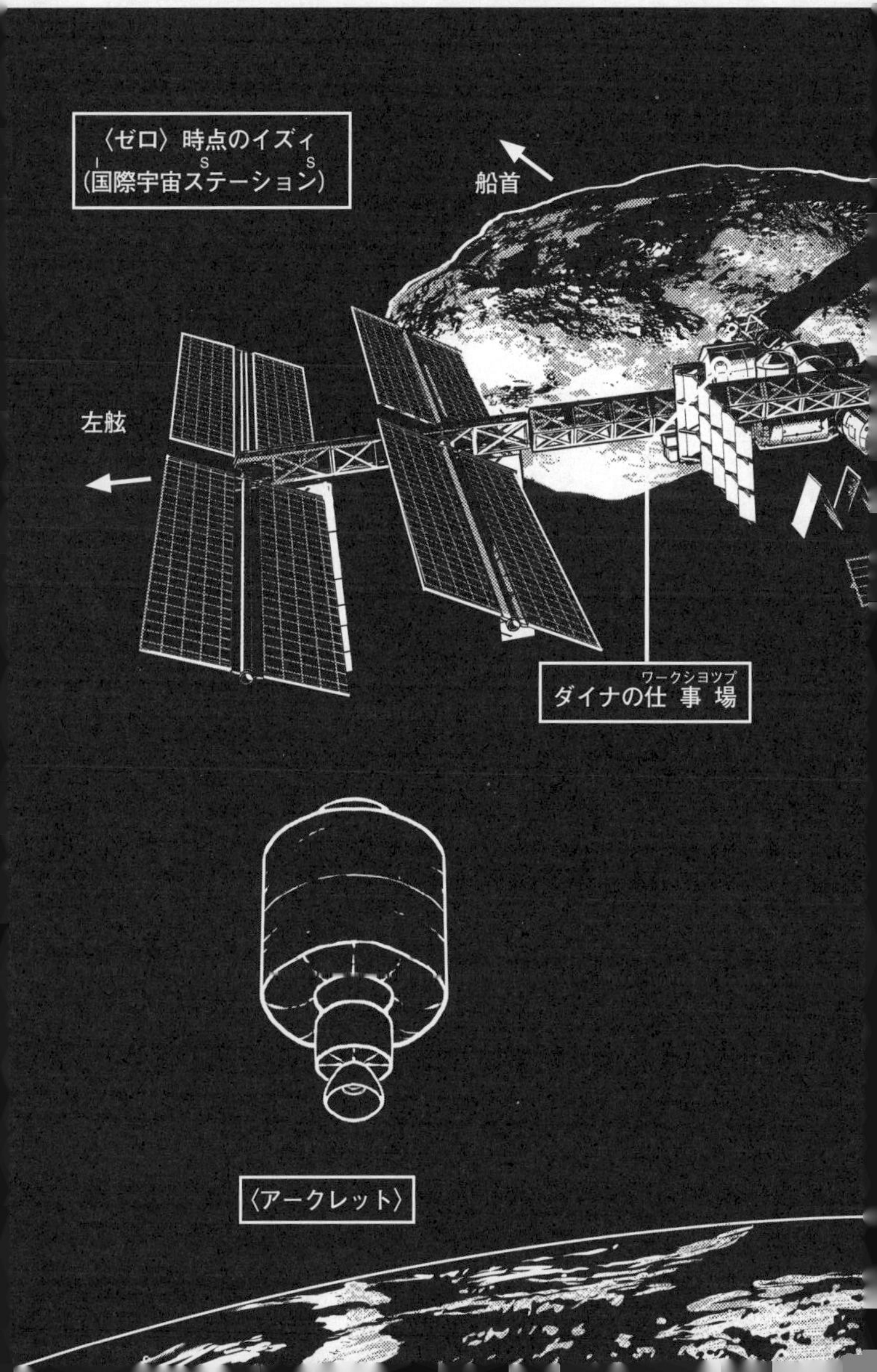

〈ゼロ〉時点のイズィ
（国際宇宙ステーション《ISS》）
船首
左舷
ダイナの仕事場《ワークシヨツプ》
〈アークレット〉

七人のイヴ

〔上〕

第一部　登場人物

ダイナ・マコーリー　国際宇宙ステーション《ISS》（イズィ）乗員。ロボット工学者
アイヴィ・シャオ　同司令官
リーナ・フェレイラ　同乗員。海洋生物学者
マーガレット（マージー）・コフラン　同乗員。生理学者
コンラート・バルト　同乗員。天文学者
フョードル・アントノーヴィチ・パンテレイモン　同乗員。宇宙飛行士
リース・エイトケン　建築エンジニア
テクラ・アレクセイエヴナ・イリューシナ　宇宙飛行士
マルクス・ロイカー　宇宙飛行士

デュボア（ドゥーブ）・ハリス　天文学者
ジュリア・ブリス・フラハティ（ＪＢＦ）　アメリカ合衆国大統領
ピート・スターリング　アメリカ大統領の科学顧問
ショーン・プロブスト　アルジュナ・エクスペディションズ会長
ルーファス・マコーリー　ダイナの父。鉱山経営者
アメリア・イノホーサ　小学校教師
モイラ・クルー　遺伝学者

第二部　登場人物

デュボア（ドゥーブ）・ハリス　天文学者
ダイナ・マコーリー　ロボット工学者
アイヴィ・シャオ　アメリカ人宇宙飛行士
ズィーク・ピーターセン　アメリカ人宇宙飛行士
マルクス・ロイカー　スイス人宇宙飛行士
ヴャチェスラフ・ドゥブスキー（スラフ）　ロシア人宇宙飛行士
フョードル　ロシア人宇宙飛行士
テクラ　ロシア人宇宙飛行士
ボロル＝エルデネ（ボー）　モンゴル人宇宙飛行士
ルイーザ・ソーター　心理学者兼ソーシャルワーカー
モイラ・クルー　遺伝学者
ウルリカ・エク　プロジェクト・マネージャー
スペンサー・グラインドスタッフ　情報エンジニア
スティーヴ・レイク　情報エンジニア
コンラート・バルト　天文学者
リース・エイトケン　建築エンジニア
ジロー・スズキ　原子力技師
トム・ヴァン・ミーター　エンジニア
サルバトーレ・グオディアン（サル）　弁護士
カミラ　〈アーキー〉
アイーダ　〈アーキー〉
ジュリア・ブリス・フラハティ（ＪＢＦ）　アメリカ合衆国大統領

第一部

月がひとつだった時代

なんの前ぶれもなしに、はっきりとした理由もわからぬうちに、月が破裂した。満ちていく途中の、あと一日で満月という日のことだった。協定世界時《UTC》で05：03：12。のちにこの時刻はA＋0・0・0、あるいは単に〈ゼロ〉と呼ばれるようになる。

地上にいた人間で、異変が起きていることを最初に理解したのは、ユタ州のアマチュア天文家だった。そのちょっと前、彼は月の赤道近くのライナー・ガンマ領域付近に、かすみのようなものが広がっていることに気づいた。月面に落ちた隕石による粉塵雲《ダスト・クラウド》だろう。そう考えてスマートフォンを取り出すと、こわばった親指で（彼がいたのは山の上で、空気は澄んでいたがかなり低温だった）、発見者の権利を確保すべく、できるだけ素早くブログに書き込んだ。ほかの天文家も、すぐに同じダスト・クラウドを観測するだろう――いや、すでにしているかもしれない。とはいえ――とにかく速く親指を動かせば――自分が第一発見者になれる可能性はある。隕石がはっきりしたクレイターを残せば、名声は自分のものだ。自分の名前がつけられることもありうる。

だが、彼の名前は忘れ去られることになった。ポケットからスマホを取り出したとき、彼のクレイターはすでに存在していなかったのだ。月そのものも。

スマホをポケットに戻し、望遠鏡の接眼レンズ《アイピース》をふたたびのぞきこんだ彼は、ののしりの言葉を吐いた。目に入るのは黄褐色のかすみばかり。身体が望遠鏡にぶつかって、ピントがずれてしまったのかもしれない。ピント調整用のノブをしきりに回してみたが、無駄だった。

あきらめて望遠鏡から身を離し、今度は肉眼で、月があるはずの場所を見つめた。その瞬間、彼は情報について特権をもつ科学者であることをやめ、全米にいる何百万という人たちと同じ存在になった。空を見上げた人類が初めて出会った、最も驚くべきものに対する畏敬の念に打たれ、ぽかんと口を開けていた。

映画の中で惑星が爆発するときは、火の玉のように燃えたあとで、その存在がなくなる。ところが、この月に起こったことはまったく違った。〈エージェント〉（月に作用した謎の力を、のちに人々はそう呼ぶようになる）が非常に大きなエネルギーを放出したことは確かだが、月の物質すべてを燃やすほどではなかったのだ。

最も広く受け入れられている説によれば、ユタ州の天文家が観測した粉塵の広がりは、何らかの衝撃によるものだとされている。言い換えるなら、月の外側から来た〈エージェント〉が、地表を貫き、地中深くまで掘り進んだあとにエネルギーを放出したということだ。あるいは単に、〈エージェント〉は反対側に向かって進みつづけ、その途中で残していったエネルギーが月を破壊したのだとも言える。別の説では、〈エージェント〉は原始時代にエイリアンが月に埋め込んだ何らかの装置で、ある種の条件が揃うと起爆するようにセットされていたのだという。

いずれにせよ、結果としての事実は二つ。ひとつは、月が七つの大きなかたまりと無数の小さな破片に砕けたということ、もうひとつは、それらの巨大なかたまりが互いに離れ、別個の物体として——ごつごつした巨礫として——観測できるものになったが、お互いから飛び離れていくほどではなかったということだ。七つの巨大なかたまりは重力で結びつき、共通重心をもとにして不規則に回転していた。

その中心点——かつての月の重心だが今は宇宙の抽象概念となっているもの——は、何十億年もそうしてきたように、地球のまわりを回転しつづけた。だから今、地上にいる人々が夜空を見上げても、月が見えるはずの場所には、この白っぽい巨礫の群れがゆっくりと動いているだけだった。

粉塵が見えなくなったとき目に入ったのは、少なくともそういう光景だった。最初の数時間、かつて月だったものは月より少し大きいくらいの雲であり、ユタ州の天文家が啞然として西のほうを見つめるうち、夜明け前には赤みを帯びてきた。アジアでは、月の色をしたかすみが、ひと晩中見えた。ちりの粒が、近くにあるもっと重いかたまりにくっついていくうち、明るいスポットがいくつか目立つようになった。ヨーロッパで、次にはアメリカで、新たな状況がはっきり見えるようになった。月のあった場所にある、七つの巨大な岩が。

　この月を破裂させたものが何であれ、科学、軍事、そして政治の世界のリーダーたちはそれを〈エージェント〉と呼びはじめたわけだが、それ以前にこの単語は、少なくとも一般大衆のあいだでは、B級映画におけるシークレット・エージェントやFBIのエージェントを意味するのが普通だった。もう少し技術的な知識のある人にとっては、ある種の化学物質、たとえば洗浄剤《クリーニング・エージェント》などに使われる言葉だった。その後ずっと使われるようになる意味で最も近いのは、フェンシングや格闘技に通じた人たちにとってのものだ。剣の訓練において、ひとりが斬りかかって相手が何らかの対応をする場合、斬りかかったほうをエージェント、受けるほうをペーシェントと呼ぶ。エージェントは作用し、ペーシェントは受ける。今回の未知の〈エージェント〉は、月に対して作用したわけだ。月は、地球上に住むすべての人間とともに、その作用を受ける側となった。その後かなりの時がたって人類は、みずから行動を起こして奮起し、ふたたび〈エージェント〉になるわけだが、しばらくはペーシェントでしかない時期が続くことになる。

〈セブン・シスターズ〉

ルーファス・マコーリーは、アラスカ北部のブルックス山脈の黒い稜線の上に、その光景が広がるのを見てとった。彼はそこで、鉱山を経営していた。晴れの夜には、その日一日従業員の男たちと採掘をした山頂まで、ピックアップ・トラックに乗って行く。そして、荷台から口径一二インチのカセグレン式望遠鏡を下ろし、山頂に据えて星を見る。あまりにも寒いときは、運転席に行って（エンジンはかけっぱなしだ）エアコンの吹き出し口に手をかざし、指に感覚が戻るまで温める。身体のほかの部分も温まったら、その指は友人や家族、世界中の人たちとの通信に使う。

そしてまた、通信を切る。

月が破裂したあと、自分の見たものが現実だと認識したルーファスは、さまざまな自然および人工の天体の位置を示すアプリを起動した。そして国際宇宙ステーション《ISS》の位置をチェックした。彼の南方三二〇キロ、頭上四〇〇キロのところに浮かんでいる。

ルーファスは自作の装置を膝に載せた。自宅の工作所でつくったものだ。一五〇年は前のものだと思われる電信用のキーを、丸みを帯びたプラスチックのかたまりにくっつけた代物で、マジックテープで膝に貼り付けるようになっている。ルーファスはそのキーでモールス信号を打ちはじめた。ピックアップ・トラックのバンパーに付けたホイップアンテナが、その信号を空に向かって送っていく。

彼の頭上四〇〇キロ、南方三二〇〇キロで、ISSの一部であるごちゃごちゃした缶のような構成区画《モジュール》に結束バンドでつながれた安物のスピーカーが、ツーツー、トントンと音を出しはじめた。

ISSの一端には、アマルテアと呼ばれるヤムイモ型の小惑星が固定されている。もしこの小惑星をそっと地上に下ろしてサッカー場に置くことができたら、片方のペナルティエリアからもう片方まで広がり、中心部をそっくり占めることだろう。これまで四五億年ほど太陽のまわりを回って漂ってきたが、その軌道が地球のものと似ていたのに、肉眼でも天文学者の望遠鏡でもとらえることができなかった。天文学者の使う分類法で言うと、この小惑星はアルジュナ群ということになる。地球の軌道に近いことから、アルジュナ群は地球の大気圏に突入して居住エリアに落ちる確率が高い。だが、同じ理由により、つかまえるのも比較的簡単だということになる。そうした理由がいいにせよ悪いにせよ、天文学者たちの注意を引きつけてきたのは確かだった。

アマルテアは、ハイテク億万長者たちが出資したシアトル・ベースの企業、アルジュナ・エクスペディションズが小惑星探査のために打ち上げた、いくつもの天体望遠鏡衛星によって、五年前に発見された。一〇〇年以内に地球と衝突する確率が〇・〇一パーセントという、危険な天体だということがわかると、別の人工衛星をたくさん送り込んで、小惑星に袋状の装置をかぶせて引き寄せ、（太陽でなく）地球を中心とした軌道、つまりISSにほぼマッチする軌道に、少しずつ引っ張ってきたのだった。

その間、ISSの拡張は予定どおり一歩ずつ進められていた。新しいモジュールが――ロケットで打ち上げられた、空気の詰まったブリキ缶とでも言うべきものが――ステーションの両端に加えられていった。ステーションの先端――世界中をめぐる鳥のような形の物体の、鼻の部分と思えばいい――には、計画の進むアマルテアと小惑星採掘プロジェクトのための居住空間が用意された。一方、後尾には円環体《トーラス》、つまり直径四〇メートルほどのドーナツ型居住空間が建設され、メリーゴーラウンドのように回転して、わずかな人工重力をつくり出していた。

こうして発展していく途中のどこかで、人々はISSと呼ぶのをやめて、老女に対するような〈イズィ〉という呼び名を使いはじめていた。偶然かどうか、このあだ名はステーションの両端がそれぞれひとりの女性の管理下に置かれるようになるころ、一般的になった。〈イズィ〉の先端の責任者は、ルーファスの五番目の子供で唯一の娘であるダイナ・マコーリー、〈イズィ〉全体の指揮を〝船尾〟のトーラスからとるのが、アイヴィ・シャオだ。

ダイナは起きている時間のほとんどを、〈イズィ〉の最先端にある小さなワークスペース（〝私のショップ〟）で過ごし、石英ガラスの小さな窓からアマルテア（〝私のガールフレンド〟）を見つめる。アマルテアはニッケルと鉄でできている。太古の惑星が何らかの原初的な爆発などで分裂したとき、高温の中心部に沈んでいったと思われる重い元素だ。ほかの小惑星は、もっと軽い物質でできている。アマルテアは地球に似た軌道のせいで、決定的な脅威と有望な資源活用候補の両方になったが、同様にそれを構成する高密度の物質のせいで、太陽系を周回する厄介ものと、研究対象として価値のあるものの両方になったのだった。小惑星によっては、ほとんどが水でできていることもあり、その場合は人類が消費するために貯蔵されるか、水素と酸素に分解されてロケットの燃料となる。貴金属を有する小惑星の場合は、地球に回収されて販売される。

アマルテアのようにニッケルと鉄のかたまりの場合は、精錬して軌道上の居住用構造物の材料とすることができる。だが、小規模の試掘以上のスケールでそれをやろうとすると、新しい技術を開発しなくてはならない。人間の採掘者を使うのは、軌道上に送って生存させておくのに費用がかかりすぎるので、問題外。当然、ロボットを使うことになる。ダイナが〈イズィ〉に送られたのは、ロボット実験室の下準備のためだった。六人のスタッフを使うはずだったが、ワシントンの予算争奪戦の結果、ひとりに減らされてしまった。

だが、ダイナとしては気に入っている仕事だった。彼女は父親のルーファス、母親のキャサリン、そして四人の兄弟たちとともに、アラスカのブルックス山脈や南アフリカのカルー高原、オーストラリア西部のピルバラ地域といった、人里離れた土地の硬岩採鉱場で育った。だが、彼女のしゃべる言葉は、そうした土地にいた形跡を残していない。また、学校へは行かず、両親による自宅学習で育った。それぞれの土地で家庭教師も使ったのだが、一年以上もつ教師はいなかった。キャサリンはピアノの弾き方やナプキンのたたみ方といった繊細なことを教え、ルーファスは数学や戦史、モールス信号、藪漕ぎのしかた、爆破の技術などを教えた。一二歳になるころには、採掘者生活においては賢すぎるほどだと家族内で認められるようになり、アメリカ東海岸の寄宿学校に入学した。彼女の家庭は——それまでまったく感じなかったのだが——実は裕福だったのだ。

　ダイナは学校でサッカー・プレイヤーとしての才能を発揮し、それを活かして運動選手の奨学金をもらい、ペンシルヴェニア大学へ進んだ。だが二年生のとき、右足の前十字靭帯《じんたい》を切ってしまい、アスリートとしてのキャリアは終わりを告げる。その後の彼女の関心は地質学に向き、本格的に勉強をしようと思いはじめた。さらに、ロボットの組み立てが好きな男の子と三年間付きあったことが、採掘業のバックグラウンドと結びついて、彼女を現在の仕事にうってつけの人間としたのだった。ダイナは地上のロボットオタクと親密な間柄になった結果、大学の研究員とハッカー（および製作者）コミュニティのフリー・メンバーとアルジュナ・エクスペディションズの有給スタッフが融合した存在として、現在の仕事についていた。彼女の仕事は、ゴキブリからコッカースパニエルまでの大きさ、つまりアマルテアの地表を這い回ってタスクをこなせるあらゆるサイズのロボットのプログラミングをし、テストし、評価したうえ、アマルテアの鉱物組成を分析し、破片を、ほかのすべてのものと同様、宇宙環境に適応するよう特別につくられた溶解炉に入れることだ。この装置から出てくる鉄のかたまりは、せいぜいペーパーウェイトくらいの大きさしかないが、初めて地球外でつくられたものであるし、今やシリコンバレー全体の億万長者のデスクで重要書類の上に載っており、どんな商品よりも有力な話のタネであるとともに、ステータス・シンボルなのであった。

アマチュア無線《ハム》に固執するルーファスは、減少を続ける世界中の旧友たちといまだにモールス信号による通信をしていた。（少なくとも〈イズィ〉が頭上を通り過ぎるときは）見通し線上にあるし、距離は問題ないのだから、地上と〈イズィ〉のあいだの無線通信はむしろ簡単なものなのだ、というのが彼の言い分だ。電気はんだごてや電子機器の作業台に囲まれたロボット・ワークショップの住み込み仕事をするダイナにとって、父親の提供する仕様に沿って小型のトランシーバーを組み立てるのは、しごく簡単なことだった。隔壁に結束バンドで留めたトランシーバーは、ワークステーションの頭上にぶら下がったまま、かすかな雑音を出しているが、宇宙ステーションの換気システムが背後で立てる大きな音にかき消されてしまう。ただ、時おりビーッという音を立てることはあった。

もし宇宙遊泳中の飛行士が、〈エージェント〉が月を砕いた数分後に〈イズィ〉のダイナがいる側を見たとすると、まず目に入るのはアマルテアだろう。巨大な、ねじ曲がった金属のかたまり。長期間のあいだに消えつつあるその重力に引きつけられたスペースデブリ（宇宙ゴミ）によって、ところどころくすんでいるが、ほかの部分はこすれて輝いている。その表面をちょこまか走るのは、四つの独自な〝種〟に属する、数十体のロボットたち。ヘビのようなかたちのもの、カニのように横歩きをするもの、ジオデシック・ドームが回転しているようなもの、昆虫の群れにしか見えないものなどだ。これらがところどころで、ダイナが追跡に使っているLEDライトの青白い光や、ロボット自身がアマルテアの地表をスキャンするレーザーの光、そしてロボットたちが時おりくぐる紫がかったまばゆいアーク光を浴びて、輝いている。〈イズィ〉が地球のかげ、つまり夜の部分に入ると、こうした輝きのほかには、ダイナのワークステーションにある石英ガラスの窓から漏れる白色光しか見えなくなる。それも、彼女の頭の大きさくらいのかすかなものだ。ダイナは、麦藁色の髪を短く切っている。これまで、外見について特に気にしたことはなかった。採掘場にいたころ、服や化粧でためしに新しいことをすると、兄弟たちに必ず嘲笑されたからだ。卒業記念アルバムに「男のような女の子」と書かれた彼女は、それを一種の威嚇射撃ととり、一〇代の終わりから二〇代初めまで女らしい格好をしようと努力したが、エンジニアたちの会合でまともに相手にしてもらう必要があると感じたときに、やめたのだった。〈イズィ〉で仕事をするというのは、NASAの広報によるめんどうな筋書き付きのインタビューから、同僚の宇宙飛行士がフェイスブックにあげるスナップ写真の画像まで、つねにネット上にいることを意味する。無重力の状態でふくらむ髪に飽き飽きした彼女は、二、三週間ほど野球帽で髪を押さえつけていたあと、ショートカットにしたほうが便利だと気づいたのだった。髪を短くしたことで、男たちからの大量のコメントと、女たちからもいくつかのコメントが来たが、いずれも暇をもてあましているような連中からのものだった。

その日もいつもと同様、ダイナはロボットたちの行動を制御するコードが並んだ画面に注意を集中していた。ソフト開発者は、コードをつくり、コンパイラでプログラムに変換し、それを走らせて目的通りに動作するかを確認しなければならない。彼女もまた、コードをつくり、数メートル先のアマルテアにいるロボットたちに送り、正常に動作するかどうか窓からながめた。窓のそばにいるものほど彼女の注意を引きがちなので、母たる彼女の青い目の近くに群がるものには多くの命令を与えられるが、遠くの暗いエリアをぶらついているようなものにはあまり与えられない、ということになりがちだった。

いずれにせよ、彼女の注意はスクリーンかロボットに集中していた。長いあいだそれが続いたあと、隔壁に結束バンドで固定したスピーカーから、雑音に混じって一連の信号音が流れ出した。ダイナはスクリーンから一瞬目をそらし、頭の中で長短の符号をアルファベットと数字に変換した。父親からの呼び出し符号《コールサイン》だ。

「今はだめよ、パパ」娘は父親からもらった真鍮とオーク材の電信キーをちらりと見て、申しわけなさそうにつぶやいた。キーは、ルーファスがイーベイで科学博物館やインテリアデザイナーたちと激しく張り合って高額で競り落とした、ヴィクトリア時代の遺物だ。

月を見ろ

「今はだめよ、パパ。月がきれいなのはわかってる。今デバッグの最中で……」

あるいは月だったものを

彼女は窓に顔を近づけて、月の方向に首をひねった。そこにあったのは過去の存在であり、宇宙は変わっていた。

「え？」

彼の名は、デュボア・ジェローム・ザヴィエル・ハリス博士。フランス語のファーストネームはルイジアナにいる母方の祖先からのものだ。ハリス家はカナダ系の黒人で、先祖は奴隷制度時代にトロントへやってきた。ジェロームとザヴィエルは聖人の名で、念のため二つにしたというにすぎない。一家はデトロイト＝ウィンザー間の国境を越えてやってきた。学校の友人からは当然ながら〝ドゥーブ〟と呼ばれるようになったが、それはまだみんなが小さくて、〝ドゥービー〟がマリファナ煙草のスラングだと知らなかったからだった。テレビにしょっちゅう出るようになった今は、トークショーの司会者やニュースキャスターが〝ドク・デュボア〟と紹介するせいで、ほとんどの人がそう呼ぶようになっている。テレビでの彼の仕事は、一般向けに科学理論を説明し、その意味するところが自分たちの世界観や生き方に反するので受け入れられないという人たちや、軽はずみではあるが巧妙に否定する方法をあみ出す人たちに対する、避雷針になることだ。

天文学の会合で基調講演をしたり、論文を書いたりといった学問の場では、もちろん〝ハリス博士〟である。

　月が破裂した日、彼はカリフォルニア工科大学《カルテク》アシニーアム（カルテクの社交クラブ）の中庭で行なわれた資金集めのレセプションに出席していた。ようやく暗くなりかけたころ、それはチノ・ヒルズの上に昇る、冷たく青白い色の円盤でしかなかった。素人なら、南カリフォルニアではよくある、月のきれいな晩だと喜んだかもしれないが、ドゥーブは円盤のまわりにあるぼやけた境界線を見逃さず、そこに望遠鏡を向けても無意味だとわかっていた。少なくとも、科学的なことが目的ならばだ。ただ、広報ということを考えれば別で、彼は〝ドク・デュボア〟の立場から、アマチュア天文家による星を観る会《スター・パーティー》をよく催していた。イートン・キャニオン・パークに望遠鏡を据えて、月や土星の輪、木星の衛星といった人気スポットに向けるのだ。この日もそうした催しにぴったりの夜だった。

　しかし、その晩彼がしていたのは、別のことだった。ＩＴ業界の金持ちたちと上等な赤ワインを味わいながら、ツイッターで四〇〇万のフォロワーをもつ、テレビでよく見る愛想のいい科学啓蒙家〝ドク・デュボア〟を演じていた。ドク・デュボアは、自分の視聴者たちをどう判断すべきか知っている。たたき上げのＩＴ億万長者は議論が好きだが、パサディナのエリート層はそうでないこと、上流社会の夫人たちは、短くて面白いものであるかぎりは、講義を聞きたがること。自分の仕事はそういう人たちを楽しませて、彼らをプロの資金調達者たちにまかせることでしかないと、わかっていた。

ピノノワールのおかわりをもらおうとバーに戻っていったときも、彼のパーソナリティは完全にドク・デュボアだった。相手の肩をたたき、こぶしをぶつけ合い、にっこり笑い合う。そのとき、ある男が息を呑んだ。みんなが彼の顔を見た。ドゥーブは、その男が流れ弾か何かに当たったのではないかと思った。男は凍りついたように片脚で立ち、頭上を見つめている。その視線を追った女性が、叫び声を上げた。

ドゥーブもまた、地球の暗い側で空を見つめる数百万の人たちと同じ状態になった。あまりのショックに、言葉を発するという高度な機能が停止してしまったのだ。ロサンジェルス広域圏にいるという意識からか、彼の頭に最初に浮かんだのは、すぐ近くに隠されたプロジェクターから透明な画面に向かって、ハリウッド映画の特撮シーンが映し出されているのではないかということだった。そんなサプライズ企画があるなどとは聞いていなかったが、資金調達の連中が奇をてらった行為に出たのか、それともこれ自体が映画撮影の一部なのか。

我に返ったドゥーブは、無数の携帯電話が音を立てているのに気づいた。彼自身のものも。

それは、新しい時代の到来を告げる産声であった。

アイヴィ・シャオはトーラスにほぼ詰めっきりの状態で、〈イズィ〉全体の指揮をとっていた。彼女のオフィスがそこにあるからだが、自分では認めたくないものの、宇宙酔いをしやすいという理由もあった。二人が物理的に離れていることが——つまりアイヴィが船尾のトーラス、ダイナが船首のアマルテア近くにいるということが——実際に意味はないのだが、彼女たちのあいだの違いを象徴していると、多くの人が思っていた。ほかの部分では、二人の違いは明らかだった。身体的なことで言えば、アイヴィはダイナより一〇センチ以上背が高いし、長い黒髪は三つ編みにしてジャンプスーツのえりに収めている。体格はバレーボール選手のそれだ。ロサンジェルスで神経質な両親のひとりっ子として育ち、大学進学適性試験《SAT》に受かったあと、科学を志したが、途中で打ち切って海軍兵学校《アナポリス》に行き、プリンストン大学から応用物理の博士号を受けた。そのころ海軍から、授業料免除の見返りに数年間の軍務を要求された。ヘリコプターの操縦を覚えたあと、アイヴィはもっぱら宇宙飛行士のプログラムをこなし、すぐ上位に食い込んだ。ほとんどの宇宙飛行士は搭乗運用技術者《ミッションスペシャリスト》——打ち上げ機《ローンチ・ヴィークル》が軌道に乗ったあとに特別な任務をこなす科学者ないし技術者——だが、パイロットのトレーニングを積んだアイヴィはフライト・スペシャリストでもあった。つまり、ロケットの操縦法を知っているということだ。スペースシャトルの時代がとうの昔に終わった今、操縦桿を握って、翼のあるヴィークルを滑走路に下ろす必要はない。だが、軌道上でドッキングなどの操船をする場合、ヘリコプターの操縦士としてモーター制御システムに通じ、しかも物理学者の数学的マインドを備えた彼女は、最適なのだった。

　アイヴィの経歴は一種威圧的で、そういうものに感心する人たちさえも、当惑させるところがある。だがダイナは感心などしなかったし、どちらにせよ経歴などまったく気にしなかった。彼女のアイヴィに対するくだけた接し方は、見る人によっては失礼なものに思えた。育ちの違う二人の女性のあいだの衝突は、実際よりもドラマチックな話としてつくられていった。二人はいつも、〈イズィ〉の乗組員や、それに指令を与える地上の人間たちが、ありもしない二人のあいだの亀裂を埋めようとしていることに、当惑していた。あるいは、それを複雑な政治的陰謀に利用しようとしているのも、不快だった。

月が破裂してから四時間後、ダイナとアイヴィはほかの一〇人のISS乗組員とともに、〈バナナ〉で会議を開いた。〈バナナ〉というのは、回転するトーラスの中で、障害物のない距離が最も長いセクションだ。トーラスの大部分は、床が平らで重力がつねに同じ方向を向いているのだと脳が解釈するために必要な、最小の距離で切り刻まれている。しかし〈バナナ〉は非常に長いので、床はこちらのはしからむこうのはしまで約五〇度の角度で弧を描いていることが、わかってしまう。また、ここにいると、片方のはしにおける〝重力〟は、もう片方のはしにおける重力とは別の方向にはたらいているのだと、認識できる。したがって、このセクションにそって置かれた長い会議用テーブルも、やはり弧を描いていた。片方のはしから入ってきた人間は、反対側のはしに向かって〝上り坂〟になっているのを見るが、そちらに歩いていっても、昇っているという感じがすることはない。新たに入ってきた人は、テーブルに置かれたものが自分に向かって転がったりすべったりしてくるのではと、思いがちだ。

壁は淡い黄色に塗られている。今は作動しないオーディオ・ビジュアル機器が、地上の人々のライブ映像を表示するようになっており、理論上はヒューストンやバイコヌール、ワシントンなどとテレビ会議ができるはずだった。

会議が始まったA＋0・0・4（〈エージェント〉が月に作用してからゼロ年、ゼロ日、四時間後）、あらゆるものが作動しないので、〈イズィ〉の乗組員たちがしばらく自分たちだけでおしゃべりをする一方、フランク・キャスパーとジブラーン・ハールーンがコネクターをいじり、コンピューターにコマンドを入力して、すべてを再起動させた。〈イズィ〉では比較的新参の立場にある二人は、この手のことが得意であるとうっかり知られてしまったため、いつもお鉢が回ってくるようになっていた。ただ二人とも、おしゃべりをするよりはこうした仕事をしているほうが気が楽なのだった。

「原始的な特異点《シンギュラリティ》だな」というのが、部屋に滑り込んできたダイナが最初に聞いた言葉だった。ここの重力は地球の一〇分の一だから、人間が移動するのに〝歩く〟という表現は正しくない。〝歩く〟と〝飛ぶ〟の中間で、一歩が長い、はずむような進み方だ。

しゃべっていたのは、ドイツ人天文学者のコンラート・バルトだった。ほかの連中の反応から、彼の真ん前でテーブルについているアイヴィが、〈バナナ〉にいるうちでただひとり、多少なりとバルトの言っている意味がわかっている人間だということが明らかだった。

「どういうこと？」とダイナは聞いた。こういう質問は彼女の役割になりつつあったからだ。ほかの連中はアイヴィに敬意を払いすぎているか、無知をさらけ出したくないかで、質問しようとしない。

「小型のブラックホールだ」

「なぜ〝原始的〟なの？」

「ほとんどのブラックホールは、星が重力崩壊するときにつくられる。だが、一部のものはビッグバンの直後にできたという説もある。そのころの宇宙には、かたまりがあった。そのかたまりのいくつかは、重力崩壊を起こすに足る密度をもっていたかもしれない。星としての質量をもつかわりに、非常に小さいブラックホールを形成することができる」

「どのくらい小さいもの？」

「サイズに下限はないと思う。問題は、そういうブラックホールは見えない状態で宇宙を飛び、惑星にぶつかってそれを貫くことができるという点にある。ツングースカ大爆発はそれのせいだという説もあり、反証はあがっていない」

　ダイナはその事件のことを知っていた。父親がその手の出来事を好んで話したからだ。一〇〇年以上前の、シベリアでの大爆発。人里離れた地域で、何百万という樹木がなぎ倒された。

「さぞかしすごいものだと思うけど」とダイナ。「月を破壊するほどじゃないと思う」

「月を破壊するには、もっと大きくてスピードがないと」アイヴィが言った。「単なる仮説にすぎないわ」

「でも、もう行っちゃったんでしょう？」

「かなり前にね。リンゴを撃ち抜いた弾丸みたいなものだ」

　ダイナは、みんなが冷静に話していることに奇妙な感じを覚えた。とはいえ、これ以外に話のしようもない。感情だけではこれほどのことを受けとめられはしない。それに、これまでのところは、音声を消した映画の一シーンを見ているような視覚効果しかなかったのだ。

「潮汐には影響が出るのかしら？」と言ったのは、リーナ・フェレイラだ。海洋生物学者である彼女は、当然のことながら潮の満ち干が気になるのだろう。「月の重力によって起きるものだし」

「太陽の重力もね」アイヴィがうなずきながら付け加え、笑みを浮かべた。〈イズィ〉全体の責任者が彼女であり、ダイナでないのは、この点にある。部屋いっぱいの人間の前で海洋生物学の博士であるリーナの間違いを正したわけだが、相手を傷つけずにそれをできるのが、アイヴィなのだ。「でも答えは、おそらくほとんど影響なしね。月の質量は、もとあった場所の近くにそのまま存在する。ごく少量が飛び散ったけれど、破片のもつ集合体としての重心は変わらない。以前と同じ月の軌道上にある。潮汐表はこれからも通用するわ」

　ダイナは無表情だったが、こんな不穏な状況下でもオタク少女のように科学のことをうれしそうに語れるアイヴィの能力に、感嘆していた。アイヴィがつねにメディアのインタビューを受ける一方、ロボットたちとの部屋から引きずり出されたダイナが、笑顔を見せろと何度も言われるのは、こういうことが理由だった。隠そうとしても、声のトーンにあらわれてしまう。命令を下すときや、パワーポイントのスライドを読むときのアイヴィは、早口で歯切れがいい。だが、科学について語るときは打ち解けた表情であり、声は陽気で快活な、中国語の詩を朗読しているような調子だった。

「いったいなんでそんなことがわかるの？」ダイナの問いに、まわりはぎょっとした。上司へのぞんざいな物言いに顔をしかめる者もいた。「だって、まだ四時間しかたっていない」

「予想通り、コメントのスレッドが目白押しだし、中にははっきりしたかたちをとるメールもあるわ」とアイヴィ。

長いテーブルのはしから突き出た軽量モニターに、青い画面が浮かび上がったと思うと、ＮＡＳＡのロゴがあらわれた。「オーケー、つながったぞ」ジブラーンが横にあった椅子に飛びついた。

画面に映ったのは、ヒューストンのジョンソン宇宙センターにあるＩＳＳ飛行管制室だ。見慣れた光景だった。ミッション運用部長《ＤＭＯ》がカメラの前に座って、ｉＰａｄをいじっている。カメラがオンになっているのに、気づいていないらしい。まもなく、カメラに映っていない場所でドアの開く音がした。軍隊上がりのＤＭＯは、習慣でぱっと立ち上がると、腕を伸ばして、画面右側にあらわれた女性と握手をした。ＮＡＳＡの副長官、つまり組織全体のナンバーツーで、この手の会議に顔を出すことはめったにない。元宇宙飛行士の、オーリーリア・マッキーだ。彼女はほとんどの時間をワシントンＤＣで過ごすが、今もそのときと同じビジネススーツ姿だった。

「つながっているの？」画面の外の誰かに言った。

「ええ」〈バナナ〉側の何人かが答えた。

オーリーリアは驚いたような表情を浮かべた。当然ながら、彼女もＤＭＯも、やや呆然としたような顔で話を始めた。

「そちらはどんな調子？」オーリーリアは何ごともなかったかのように、ビジネスライクな声で機械的に聞いた。型どおりのことを言いながらも、頭は現実に対応している。

「上々です」〈バナナ〉の誰かが、ひきつった笑い声で返した。

「何が起きたのか、全員が理解しているわね」

「こっちからはよく見えますから」ダイナがそう言うと、アイヴィがたしなめるような顔を向けた。

「もちろんそうでしょう」とオーリーリア。「あなたたちが何を見たか、どんな体験をしたかについて、じっくり聞きたいところね。でも、簡潔にしなければ。ロバート？」

ＤＭＯはｉＰａｄから目をそらすと、椅子に座りなおして前を見た。「そちらの周辺に浮かぶ岩石は、今後増加していくと予測される」月のかたまりのことを言っているのだ。「ほとんどは重力で結合しているので、大きなものは浮かんでいないが、中にはそこから離れるものもあるだろう。そこで、ほかのミッションはすべて保留にして、緊急時に備えてくれ。衝突があるかもしれん」

その意味するところを考えて、〈バナナ〉の全員が黙り込んだ。警戒を強めるだけでなく、〈イズィ〉をいくつかのコンポーネントに分離して、そのひとつが損傷しても全体の空気が漏れ出さないようにするのだ。手順を再確認することになるだろう。リーナの生物実験施設も損傷を受けるかもしれない。ダイナのロボットたちは休暇を楽しむことになるが。

オーリーリアがカメラに向かって言った。「指示があるまで、すべてのフライト・オペレーションは保留。誰もそちらに上がらないし、誰も下りない」

〈バナナ〉の全員がアイヴィを見た。

アイヴィのオフィスに入り、もう目に涙を浮かべても大丈夫だと感じた二人は、自分たちのＱ符号を使いはじめた。

Ｑ符号はアマチュア無線で使われる略符号だ。ダイナはそれを、ルーファスから教えられた。モールス信号を送る時間を短縮するためにつくられた、Ｑから始まる三文字の組み合わせによる略記号で、「こちらはほかの周波数に変更して伝送しましょうか？」などというフレーズの代用として使われる。

ダイナとアイヴィがつくった略符号は、Ｑから始まるものではない。だが、三文字の組み合わせが多かった。

ＵＬＳ（生意気なチビの田舎もん）は、寄宿学校に入ってすぐのころ、ダイナがサッカーの紅白戦で、ニューヨークから来た女生徒に送られたパスをインターセプトしたときにつけられた呼び名だ。

ＳＡＢ（くそまじめ女）は、アナポリス時代のアイヴィがテールゲート・パーティー（駐車場でハッチバック車のバックドアを開けてするパーティー）で酒飲みゲームへの参加を断わったときに授かったものだった。

ＵＬＳもＳＡＢも、ダイナとアイヴィが会議のときにうまく利用していたが、どうやって使うかを会議の前に打ち合わせることもあった。

GLW（美貌の無駄づかい）は、ダイナが新たに髪を切って悲惨なことになったとき、メールの「全員に返信」機能が誤って連続して使われるという信じられない事態が起きた結果、つくられた。ダイナは興奮気味にこの略号をアイヴィに伝え、GLWは二人だけのコードブックにしまいこまれた。

呼吸音が混じったような少女っぽい声で「忘れてた《アイ・フォーゴット》」と言うときは、「メイクアップするのを忘れていた」の略で、これはNASAの広報係が言ったままのせりふだった。

アイヴィとNASAの管理官のあいだの辛辣《しんらつ》なやりとりから生まれた、SARもある。アイヴィの報告書を読んだ管理官は、「不必要な略語を、ほとんど病的なほど偏愛している」と彼女のことを評したのだ。アイヴィにとっては、いささか奇妙な言われ方だった。NASA全体の文章自体に、頭文字が氾濫していると思っていたからだ。説明を求めたアイヴィに対する回答は、彼女の略語は「女子学生っぽくて難解（SAR）」だとのことだった。

時期は違うが、ダイナもアイヴィもティーン時代に参加したことのある「スペースキャンプ」（宇宙旅行を模擬体験する青少年向けの体験学習）は、〈イズィ〉だけでなくNASAの有人宇宙飛行というサブカルチャー全体を示すのに使われる言葉だった。

「母体器官《ザ・モーグ》には、なんて言うつもり？」ダイナが、収納ケースをかき回してテキーラの瓶を探すアイヴィに言った。

アイヴィは一瞬身体をこわばらせてから、ダイナの頭をねらって瓶を棍棒のように振った。

ダイナはひるまず、彼女の頭の上で瓶が止まるのを見ていた。「何？」

「私の結婚のことをいくら母親《ザ・モーグ》が仕切ってるからって、最初にあなたの頭に浮かんだのが『彼女がどう反応するか』だなんて、信じられない」

ダイナは失敗した、という表情になった。

「まあいいわ」とアイヴィ。「『忘れてた《ユー・フォーゴット》』よね。メイクアップすればいい」

「ごめん。あたしはただ……あんたとキャルはどうあろうと結婚して素敵な人生を送るべきだと思っただけ」

「でも、ザ・モーグがショックを受けるのは確かよ」アイヴィはうなずきながら、二つのプラスチック・カップにテキーラをついだ。「すべてをやり直さなくちゃならないし」

「なんだか、そういうのが得意って言ってるみたい」とダイナ。「見くびるなってね」

「そのとおり」

「ザ・モーグに乾杯」

「ザ・モーグに」二人はプラスチック・カップをぶつけてテキーラを飲んだ。トーラスにいて受ける二次的恩恵のひとつは、チューブを使わず普通に飲めるということだ。低い重力に慣れる必要はあるが、二人はすでにそのベテランだった。

「あなたの家族はどう？　ルーファスから連絡はある？」とアイヴィ。

「親父はコンラートの〈広域赤外線観測プラットフォーム〉の生データファイルを欲しがってる。ネットで知って、月を壊した原因について好奇心を満たしたいらしいの」

「モールス信号でやりとりするの？」

「向こうもインターネットを使ってる。もう空《から》のドロップボックス・フォルダーをつくってるし。あたしがファイルを送ってやれば、いつものグチたらたらの生活に戻るわ。税金が高すぎる、連邦政府はまた縮小されるべきだ、そしたらおれの安全靴で踏みつぶしてやるって」

天文学者にとっては、何をしたかより、何を知らなかったかということのほうが、ほぼ無限大の比率で重要な問題となる。そして、ウィキペディアのようなきちんと整理された知識に慣れている人たちは、宇宙で不可思議なことが起きるといつも、天文学のプロたちが不適格だという、あるいは少なくとも何かに失敗したという、認識をもつ。

実際、それは日常的に起きていることなのだが、ほとんどの現象は天文学者だけが見ているので、いわば商売上の秘密とすることができる。ただ、隕石の落下のように明らかな現象となれば、ドク・デュボアの電話が鳴り響くことになる。電話が鳴れば、それは彼がいくつかのトークショーに出演することを、とりわけ、なぜ天文学者はそれを予測できなかったのか説明させられることを意味するのだ。なぜ隕石が落ちてくるのが見えなかったのか？　天文学者は、単なる役に立たない星オタクだったということなのか？

ほんのちょっとの謙虚さをもてば大きな効果を生むことができるし、お偉方にすぐ切られないかぎり、政府が科学をもっと援助してくれるようにと嘆願しながら仕事を続けることはできる。一般大衆は五つ子星団にあるウォルフ・ライエ星などに関心はないだろうが、燃えた岩が頭の上に落ちてくるのは避けたいと、確実に思っているはずだ。

ドゥーブはいつも、月の〝爆発《エクスプロージョン》〟でなく〝分裂《ブレイクアップ》〟と呼んでいた。この呼び方はツイッターのハッシュタグ#BUMで影響力をもちはじめた。だが、どんなふうに呼ぼうと、隕石の落下よりもはるかに大きな事態であることに変わりはない。だからもっと多くの説明を求められるのはしかたないが、説明のしようがないのも、また確かだった。隕石なら簡単だ。宇宙は望遠鏡では見えないような小さくて暗い岩石に満ちているから、そのうちのいくつかが大気に触れ、地上に落ちてきても、おかしくはないだろう。しかし月の分裂となると、通常の天文学的現象では説明がつかない。そこでドゥーブは——次の週のほぼ毎日生放送のカメラの前にいたが——ことあるごとにこの問題を避け、どんな天文学者にも原因はわからないのだと、ざっくばらんに言い放った。いわばど真ん中のストレートだが、次に彼は、ボールにスピンを加えた。これはきわめて興味深い出来事です。実際、人類の歴史上において、最も興味深い科学現象なのです。恐ろしい、心をかき乱されるような出来事ではありますが、実際のところ、空を見上げていたことで道路をはずれた運転手や、渋滞のうしろで追突したわずかな人たちを除き、誰も死んでいないのですから、と。

A+0・4・16（月の分裂から四日と一六時間後）、彼は「誰も死んではいない」の部分を訂正しなくてはならなくなった。ほぼ確実に月の岩石の破片だと思われる隕石がひとつ、ペルー上空の大気圏に突入し、三〇キロにわたって家々の窓ガラスを割ったあと、農場に落ち、ひとつの家族が全滅したのだ。

　だが、メッセージは変わらなかった。「これを科学現象ととらえ、私たちの理解していることからスタートしましょう」だ。ドゥーブの味方は、astronomicalbodiesformerlyknown-asthemoon.com（かつて月として知られていた天体ドットコム）というビデオストリーミング・サイトで、瓦礫の雲《ラブル・クラウド》の高解像度フィードを二四時間流していた。インタビューの中でチャンスがあると、ドゥーブはそれをスクリーンに出して雲の観察を始める。観察をすることで、人々の気持ちを落ち着かせることができるからだ。月は、ごく自然に〈セブン・シスターズ〉と呼ばれるようになった七つの巨大なかたまりと、無数の細かな岩石に分裂していた。しだいに、大きなものは名前が必要となってくる。その多くについて責任があるドゥーブは、それぞれの性質や状態をあらわしつつ人を怖がらせないような名前をつけていった。ネメシス（応報天罰の女神）やトール（雷・戦争の神）、グロンド（トールキンの『指輪物語』に登場する巨大な破城槌の名）などではまずい。そこで、それぞれ〈ポテトヘッド〉（「まぬけ」などの意味もあるが、ジャガイモの顔をした人形のイメージか）、〈ミスター・スピニー〉（回転屋さん）、〈エイコーン〉（どんぐり）、〈ピーチ・ピット〉（モモの種）、〈スクープ〉（ひしゃく）、〈ビッグ・ボーイ〉（大物）、〈キドニー・ビーン〉（インゲン豆）という名称にすることとなった。ドゥーブはこのことを説明したあと、それぞれの動き方に注目してほしいと言った。すべてが完全にニュートン力学にもとづいており、月の各片はほかのかけらを、その質量と距離に応じた強さで引っぱっているのだ。その様子はコンピューターで簡単にシミュレートすることができた。ラブル・クラウド全体は重力で結びついている。そこから抜け出す速度をもっていたかけらは、すでに飛んでいってしまった。残りのものは、ごちゃごちゃと寄り集まって漂っている。時おり互いにぶつかることもあるが、しだいにくっつき合って、ふたたび月が形成されはじめていた。ただしそれは、カルテクのキャンパスでスター・パーティーが行なわれたA＋0・7・0、つまり分裂からちょうど一週間後までしか通用しない理論であった。

通常の場合、スター・パーティーは丘の上の見晴らしのいい場所で行なわれる。だが、地球の近くにある巨大な岩を見るのなら、わざわざ車で山をのぼっていく必要はない。公園のような場所に一般客をできるだけ多く集めて望遠鏡をのぞいて観測するという、パーティーの趣旨も、一部カットされるということだ。ベックマン・モール（カルテクにある広場。ここの講堂で卒業式やコンサートが行なわれる）には黄色いスクールバスの列ができ、地元のテレビ局やネットワーク局の中継車もそこかしこに散らばって、ライブ映像を町に流せるよう、アンテナを張っていた。レポーターたちは投光器の光の中に立ち、芝生の上に立つさまざまなタイプと大きさの望遠鏡を、背景がわりにしている。参加者には、七枚組の小さなカードが配られていた。月のそれぞれの破片を各種アングルから描いて、名前でわかるようにしたものだ。子供たちには、望遠鏡をのぞいてひとつひとつの岩を確定し、用紙にチェックを入れてその観察結果を書くという課題が出されている。当然ながらほとんどの望遠鏡が〈セブン・シスターズ〉の方向を向いているが、隕石が見えはしないかと、双眼鏡や肉眼で空の暗い部分を見つめている一団もいた。第七日までに、何百という隕石が大気圏に突入していた。というより、発見されるほど大きなものが少なくとも何百、というべきか。そのほとんどが、地表に達する前に燃えつきていた。空にアーク光の尾を引きながら、青い激しい輝きで下の地面を照らし、大きな衝撃音をたてることも二〇件くらいあった。そのうち六個は地上に落ち、大小さまざまな被害を与えた。だが死者の数は、サメに襲われたり雷に打たれたりという地上の騒ぎにおける統計的な数字に比べれば、まだはるかに少なかった。

パーティーは順調に進行した。すでに三人の子供を成人まで育て上げたドゥーブは、かなり以前から、小学校の教師たちが中心になって組織するイベントは、物流の面からも群集整理の観点からも非常にうまく行なわれるものだと思っていた。だから彼は、ドク・デュボアとしてリラックスして、子供たちのためにセブン・シスターズ・カードにサインをしたり、時おりハリス博士のモードになって仲間の天文学者と議論したりした。

会場をぶらつくあいだ、ミズ・イノホーサという小学校教師と別々の機会で三回出会った彼は、彼女に惚れ込んでしまった。珍しいことだ。この一二年間、誰にも惚れなかったのだから。離婚してから九年がたつ。それはそれで、月の分裂と同じくらいショッキングであることに気づいた。そして、同じ方法で対処しようとした。つまり、現象を科学的に観測するのだ。彼の仮説はこうだった。月の分裂が自分を若返らせたのだ。彼の精神にかぶさった感情的な皮膚肥厚《カルス》をはぎ取り、ピンクに輝く感受性の強い心をあらわにして、最初に出会う魅力的な女性のとりこになるようにしたのだ、と。

彼はアメリアに――あとでわかったのだが、それが彼女のファーストネームだった――話しかけたとき、頭上でブーンという音が聞こえ、それが中庭の上をそよ風のように通り過ぎていった。誰もが空を見上げた。

七つのかたまりの中でも大きいほうの二つ――〈スクープ〉と〈キドニー・ビーン〉が、互いに向かってまっすぐ動いていった。こうした衝突は初めてのことでなく、しょっちゅう起きている。しかし巨大なかたまりが大きな接近速度で正面衝突するのは珍しく、かなりの見ものになると思われた。ドゥーブは心の動揺をおさえ、口をつぐもうとした。その動揺は、アメリアと一緒にいることによって起きたのかもしれないが、頭のすぐ上で巨大な岩が今にもぶつかりそうになっているとき、まともな人間なら誰しもが抱く戦慄によるものかもしれなかった。幸いだったのは、人々がこの岩石群の進化を、一種の見て楽しむスポーツのように考えはじめており、怯えるのでなく魅力的なショーと感じていることだった。

〈スクープ〉の鋭くとがったはしが、〈キドニー・ビーン〉の名前の由来となったくぼみの部分に突っ込み、真っ二つに割った。もちろん、そのすべては超スローモーションによる出来事だった。

「これで八つになったわ！」アメリアが声を上げた。彼女は本能的に二二人の生徒たちのほうを振り返り、ドク・デュボアに背を向けることになった。「さあ、〈キドニー・ビーン〉はどうなったでしょう？」教師らしい口調で問いかけながら、生徒の誰かが手を挙げないか、声を出さないかと見回した。「誰かわかる人？」

子供たちはなんとなく気乗りのしないような顔で、黙りこんでいる。

アメリアは〈キドニー・ビーン〉のカードを持ちあげて、二つに破った。

ドゥーブは自分の車に向かって歩いていった。途中で電話が鳴ったので、ぎょっとしたあまり、もう少しでスクールバスにぶつかってしまうところだった。何をそんなに考えこんでいたのだろうか？　頭皮がひりひりする感触があり、それは髪が頭の上で逆立とうとしているのだとわかっていた。携帯電話に目をやると、マンチェスターにいる仲間の学者からのコールだとわかった。だが電話には応えず、アメリアのためにつくった新しい連絡先の画面をながめていた。彼女の顔のスナップショット、といっても中継車のライトに浮かび上がる横顔にすぎないが、それと電話番号だ。彼は「保存」ボタンを押した。

　この頭皮がひりひりする感触は、前にも一度あった。タンザニアでサファリに出たときのこと、ふと気がついてうしろをふり向くと、ハイエナの群れが物欲しそうにこちらを見つめていたのだ。そのとき恐れを感じたのは、ハイエナそのものにではなかった。ハイエナどころか、もっと危険な動物はいたるところにいる。恐いのは、気を緩めてしまい、本当の危険がうしろに迫っていたのに、間違った対象に注意を集中していたことだった。

　彼は「何が月を吹き飛ばしたのか」という、科学者にとって魅力的な謎に関わって、一週間を無駄にしていたのだ。

　それは大きなミスだった。

〈スカウト〉たち

「われわれは今、何が起きたのかと問うのをやめ、これから何が起きるのかを議論する必要があります」ドゥーブが話しかけているのは、アメリカ合衆国大統領と、彼女の科学顧問、統合参謀本部議長、そして内閣の約半数の閣僚たちだ。

彼には、大統領がこの話を気に入らないことがわかっていた。ジュリア・ブリス・フラハティ大統領。その任期の一年目が、もうすぐ終わろうとしている。

統合参謀本部議長がうなずくと、大統領はそれを横目でにらみつけた。キャンプ・デイヴィッドの空から窓に差し込む明るい光のせいではない。議長の言葉には含むところがある、と彼女は思っていた。責任を転嫁しようとしているのか。何か新しい計画のたぐいを押しつけようとしているのか。「続けて」と言ってから、マナーを思い出した。「ハリス博士」

「四日前、私は〈キドニー・ビーン〉が二つに割れるのを目撃しました。〈セブン・シスターズ〉が八つになったわけです。その後、〈ミスター・スピニー〉がもう少しで砕けるようなニアミスもありました」

「そのおかしな名前を聞かずにすむと、うれしいんだけれど」と大統領。

「そうなるでしょう。問題は、〈ミスター・スピニー〉がいつまでそのままでいるか、そこにはどんな意味があるかということです」ドゥーブは手にした小型リモコンのスイッチを入れ、大型スクリーンにスライドを映し出した。一同の頭がそちらをいっせいに向き、それ以上大統領ににらまれないとわかると、彼の気持ちは穏やかになった。スライドは丘を転がり落ちる雪玉と、シャーレの中で増殖する不鮮明な微生物、キノコ雲、そのほか無関係に思える現象の写真を合成したものだった。「これらすべてに共通することは、何でしょう？　指数関数的な存在だということです。何かが急速に増加するという意味をもたせたいとき、よく使われる言葉ですね。しかしこれには、特定の数学的な意味合いがあります。あることがより多く起きると、さらにもっと多く起きるというプロセスを意味しています。人口の爆発しかり。核の連鎖反応しかり。丘を転がり落ちる雪玉が増大する速度は、それまでどのくらい増大したかという量に連動しています」ドゥーブはリモコンのボタンを押して、指数曲線のグラフを描いたスライドを見せたあと、月の八つのかけらの写真を映し出した。「月がひとつのかたまりだったとき、衝突の確率はゼロでした」

「ほかに衝突する相手がいなかったからだ」口を開いたのは、大統領の科学顧問、ピート・スターリングだった。その説明に大統領がうなずいた。

「ありがとう、スターリング博士。かたまりが二つになると、当然ながら、衝突することができるようになります。かたまりが増えれば、そのうちのどれか二つがぶつかる確率は高くなります。しかし、衝突すると何が起きるのでしょう？」彼はまたリモコンのボタンをカチりと押して、〈キドニー・ビーン〉が割れたときの動画を映した。「そう、必ずとは言えませんが、半分に割れます。これは、かたまりが増えることを意味します。七つでなく、八つ。八つでなく九つに。そしてかたまりの数の増加は、さらなる衝突が起きる確率の増大を意味します」

「それが指数関数的だと」議長が口をはさんだ。

「確かに指数関数的なプロセスの特徴をすべて備えていると気づいたのが、今から四日前でした」ドゥーブは認めた。「今は、これがどういうことになるのかわかっています」

それまでドゥーブを熱心に見つめていた大統領の目が、ピート・スターリングのほうにさっと向けられた。科学顧問は片手を上げ、ホッケー・スティックの輪郭をなぞるような急上昇のカーブを描いてみせた。

「指数関数的な増加のグラフがホッケー・スティックの曲がり目に来ると」ドゥーブは説明を続けた。「デトネーション（音速以上の速さで伝わる燃焼、爆発）と区別がつきません。あるいは緩やかな、安定した増加に見えることもあります。すべては時定数《タイム・コンスタント》、つまり指数関数的現象が起きる固有の速度によります。さらには、われわれ人類がそれをどう知覚するかにもよります」

「つまり、何でもないかもしれないと？」議長がまた口をはさんだ。

「八つのかたまりから九つになるのは、一〇〇年後かもしれません」ドゥーブは議長に向かってうなずいた。「しかし、四日前私は、これはより爆発らしく見える現象かもしれないと、気になりはじめました。そこで、院生たちと一緒にちょっとした計算をしてみました。時間の変化とともに動きを理解できるような、このプロセスの数理モデルをつくってみたのです」

「それで結果は？　ハリス博士。何かわかったんだろうね。でなければ、ここにはいないと思う」

「いい知らせとしては、地球がいつの日か、土星のような美しい環をもつようになるということがあります。悪い知らせは、かなりめんどうな事態になるということです」

「言い換えるなら」とピート・スターリング。「月のかけらがいつまでも衝突を続け、より小さなかけらになっていき、広がって環をつくるということです。しかしかけらの中には、地表に落ちて問題を起こすものもあるでしょう」

「それでハリス博士、いつ、どれくらいの時間でそれが起きるか、わかるの？」と大統領。

「まだ数理モデルのパラメーターを変えて、データを集めている段階です。ですから、私の予測値より実際には二分の一から三分の一だったということも、ありえます。指数関数的なものは注意を要するわけですが、私としてはこう考えています」

ドゥーブは新たなグラフを映し出した。青い曲線が、時間とともに緩やかに、安定した変化で上昇している。「グラフの下の部分の時間尺度《タイムスケール》は、一年から三年ほどです。この間、衝突の回数と新しいかけらの数はじわじわと増えていきます」

「BFRというのは？」とピート・スターリング。グラフの垂直軸にそう書かれてあるのだ。

「火球分裂比率《ボライド・フラグメンテーション・レート》。新たな破片がつくられる割合です」

「一般的な用語なのかね？」ピートの声は、反感を抱いているというほどではないが、いらつきが感じられた。

「いえ、私がつくりました。きのう。飛行機の中で」ドゥーブは『私は造語を許されていますから』というたぐいのことを付け加えたい衝動にかられたが、会議のしょっぱなから険悪な雰囲気にはしたくないと思っていた。

一瞬にせよピートが黙ったのを見とどけて、ドゥーブは話のリズムを取り戻そうとした。

「われわれには、隕石の衝突数が増大することがわかっています。ものによっては甚大な被害をおよぼすでしょうが、全体的に見れば、人類の生活が大きく変わるほどではありません。しかし――」彼がまたリモコンをクリックすると、グラフの線が上に向かって急激に曲がり、白くなった。「――その後私たちは、〈ホワイト・スカイ〉と私が呼んでいる現象を目撃することになります。それは何時間か、あるいは何日かかけて、起こるでしょう。今頭上に見えているばらばらの小惑星群が、互いにすり砕かれ、さらに小さな無数の破片となります。それは白い雲《ホワイト・クラウド》に変わり、空に広がっていきます」

カチリ。グラフの線は急上昇を続け、新たな領域に入って赤くなった。

「〈ホワイト・スカイ〉現象の一日か二日後、私が〈ハード・レイン〉と呼ぶものが始まります。無数の破片全部が空にとどまってはいられないからです。一部は地球の大気圏に落ちてくるでしょう」

ドゥーブはプロジェクターのスイッチを切った。ふだんはやらない行為だが、パワーポイントによる催眠状態から全員を解放し、自分のほうに注意を向けさせることができる。部屋のうしろにいる補佐官たちはまだ親指でスマートフォンをいじっているが、彼らは重要ではない。

「『一部』というのは」とドゥーブ。「何兆かの、という意味です」

部屋は静まりかえっている。

「それは太陽系が形成された原始時代以降に地球が経験したことのない、無数の隕石による爆撃です。隕石が落ちてきて、その燃えさかる尾が見えたことがありますね？　ああいうものが無数にあり、合体して火の玉になっては、ほかのものすべてを燃やしていくのです。地球上のすべてが不毛の地となります。氷河も煮え立つでしょう。生き残る唯一の方法は、大気圏から逃げ出すしかありません。地下にもぐるか、宇宙に出るか」

「もし本当だとすれば、最悪の知らせだわね」大統領が口を開いた。

一同は席についたまま、一分とも五分ともつかぬあいだ考えこんでいた。

「両方をやるべきだわ」と大統領。「宇宙と地下の両方へ行く。もちろん、地下のほうが行きやすいけれど」

「ええ」

「地下のシェルターは……」大統領は差別的な表現をしようとして踏みとどまった。「……避難する人たちのためにつくることになる」

ドゥーブは何も言わなかった。

統合参謀本部議長が口を開いた。「ハリス博士、私はずっと兵站《へいたん》をやってきた男でね。つまり、物資を扱ってきた。地下にもぐるなら、どのくらいの量の物資が必要かが問題となる。ひとりの居住者につき、ジャガイモは何袋、トイレットペーパーは何ロール必要になるのか。要するに私が聞きたいのは、その〈ハード・レイン〉が終わるまでにどのくらいの時間がかかるかだ」

「私の計算したところでは、今から五〇〇〇年後から一万年後のあいだのどこかです」

「この先、あなた方のうち誰も地上に降り立つことはできないし、愛する人に触れることも、地球の空気を吸うこともできなくなる」と大統領は言った。「ひどい運命だとは思うわ。それでも、今地球に閉じ込められている七〇億の人たちがたどる運命ほどでは、ないかもしれない。地球に向けた最後の船は、もう出たあとね。今後、打ち上げ機が軌道まで上がることはあっても、一万年後まで戻ることはないわ」

〈バナナ〉にいる一二人の男女は、何も言わずに座っていた。月そのものが破壊されたことと同様、あまりにもスケールの大きな出来事であり、すぐに理解するのは不可能だった。また、人間の感情という面からしても、受け入れるには大きすぎる事態だった。ダイナは些細なことを気にしていた。たとえば、ＪＢＦ、つまり大統領は、こういうことを言うのはうまいんだな、などと。

「ハリス博士」天文学者のコンラート・バルトが口を開いた。「失礼ながら大統領、ハリス博士にまた画面に出てもらえますでしょうか」

「もちろん」フラハティ大統領は、やや不本意ながら横にどいて、ドゥーブが大きく映るようにした。ダイナは、あの有名なテレビタレントの科学者にしては小さいなと感じた。縮んでしまったように見える。それから、数分前に彼が説明してくれたことを思い出し、その比較はむごいことだったと気づいた。地球の破滅が運命づけられていることを知る世界でひとりの男だったとき、いったいどんな気分だったのだろう。

「なんだね、コンラート」ドゥーブの声がした。

「ドゥーブ、私は君の計算結果に同意できないんだが、相互評価《ピア・レビュー》はしているんだろうね。基本的なエラーとか小数点の位置違いとかはありえないのかな？」

ドゥーブはコンラートの質問の途中で半分うなずきはじめていた。うれしいたぐいのうなずきではない。「コンラート。私だけじゃないんだ」

「シギント（通信などの傍受による諜報活動）によって、中国がわれわれの一日前に計算を終えたことがわかっているわ」と大統領。「イギリス、インド、フランス、ドイツ、ロシア、それに日本のすべての科学者が、同じような結論に達している」

「ほんとに二年ですか？」ダイナがいきなり割り込んだ。割れた、耳障りな声だ。全員が彼女のほうを見た。「〈ホワイト・スカイ〉まで」

「みんなその数字で一致しているようだ」とドゥーブ。「二五プラスマイナス二カ月」

「あなた方全員にとって、ひどいショックだということはわかっている」と大統領。「でも私は、ＩＳＳの乗組員にいちばん先に知ってほしかったの。あなた方が必要だから。私たち合衆国の全国民、地球の全人類が、あなた方を必要としている」

「なんのためにですか？」とダイナ。彼女は、〈イズィ〉にいる一二人の乗組員のスポークスマンというわけでは、けっしてない。それはアイヴィの仕事だ。だが、ダイナにはわかっていた。アイヴィの顔をちらっと見ただけで、彼女がとても話せるような状態にないことを悟っていたのだ。

「私たちはこれから、宇宙開発をしているほかの国々の首脳に、〈箱舟《アーク》〉をつくることを提案します」と大統領。「地球にあるすべての遺伝的遺産を保管する場所よ。それをつくる期間は二年しかない。二年間で、軌道に打ち上げる人間と装置をできるだけ多く集める。その〈アーク〉の核になるのが、〈イズィ〉なの」

ばかげたことだが、ダイナは大統領がＩＳＳの非公式な呼び名を許可なしに使った気がして、一瞬いらついた。ただ、理由はわかっていた。大統領が説明を受けるためにＮＡＳＡの広報たちと長く過ごしていたせいだ。今の状況では、物事はより人間らしいものにして、キュートな名前を与えなければならない。自分たちは死ぬ運命にあると知って怯える地球上の子供たちには、死にゆく惑星の遺産を集めた〈イズィ〉が〈ハード・レイン〉を乗り切っていく、楽天的な映像を見せる必要がある。子供たちはクレヨンを手にして、〈イズィ〉の絵を描くことだろう。トーラス部分にかかる光輪、船尾にある巨大な岩、そしてズヴェズダ・サービス・モジュールの側面に小さく描かれた、擬人化された笑顔。

長い沈黙を破って、アイヴィが口を開いた。ほんの二週間前、結婚が延期されたことで彼女は大きな失望感を抱いていた。ところが、たった今聞かされた話によれば、彼女のフィアンセであるキャル・ブランケンシップ海軍中佐は死んだも同然であり、アイヴィは彼と結婚できないばかりか、二度と彼に触れることも、映像を介する以外の方法で彼の顔を見ることもできないのだ。彼女の知るすべての人たちが当然そうなるわけだが。アイヴィの表情は夢心地のようで、声には抑揚がなかった。「大統領、ここに新たな人たちを受け入れるスペースがないことは、ご存じのはずです。その点は議論の余地があると思いますが」

「もちろんです。あなた方の仕事は——」

「失礼ですが大統領、私にお任せ願えますか？」と言ったのは、ドゥーブだった。ダイナは大統領の目がぴくりと動いたことに気づいた。ショックの表情だ。アメリカ合衆国の大統領が、話をさえぎられるとは。しかも肩で押しのけられるようにして。自力で出世してきた女性として、彼女はそうしたことに対してある種敏感になっていたのだろう。

だが、今回はそうしたケースではなかった。今の彼女は、『私が女だから彼はさえぎったの？』と自問していない。そうしたことはすでに過去の行為だった。彼女が自問しているのは、『合衆国大統領はもう用なしだから彼はさえぎったの？』ということだ。

「リーナはそこにいるかな？」とドゥーブ。「カメラを動かしてくれ——ああ、そこにいたか。リーナ、私はカリブ海の魚の群泳行動に関する、君の論文を読んだよ。すばらしいものだ」

「あなたの興味の範囲が海中のものにまで広がっているとは、知らなかったわ」リーナ・フェレイラが答えた。「ありがとう」

人間て面白い、とダイナは思った。こんなときにこんな話題でしゃべれるなんて。

「あれは驚くべき映像だった。きっちりした隊形で泳いでいて、捕食者が近づいてくると、いきなり群れ《スウォーム》に穴があき、捕食者は一匹もつかまえられずにその穴を通り過ぎてしまう。その一瞬あとには、またきっちりした隊形を組んで泳いでいく。まあ、まだ何も決めていないんだが――」

「〈アーク〉に群泳行動を応用したいの？」

「計画の名称は〈クラウド・アーク〉よ」大統領が割り込んだ。「そして、あなたの言うとおり。全部の卵をひとつのかごに入れておくより――（何かあっても被害が分散されるようにしろということわざ）」

「卵……そして精子か」ジブラーンがランカシャー訛りでつぶやいたが、かなり低い声だったのでダイナにしか聞こえなかった。

「私たちは、分散アーキテクチャーを採用する」大統領の言い方があまりにも慎重だったので、そのフレーズを一〇分前に習ったばかりのように聞こえた。「〈クラウド・アーク〉を構成するそれぞれの宇宙船は、ある程度自律性をもつ。宇宙船を量産して、できるだけ早く打ち上げるんだと聞いているわ。そして、それが〈イズィ〉の周辺を群泳する。安全なときはティンカートイ（米国の組み立て玩具）のようにドッキングしていて、お互いのあいだを自由に行き来できる。でも岩が近づいてきたら、ビュッ！」彼女は片手の指を広げた。紫に塗った爪がばらばらに離れる。

でも〈イズィ〉はどうなるの？　ダイナはそう思ったが、今は聞かないほうがいいと考えなおした。

「その準備のために、あなた方全員に仕事があるのよ」と大統領。「そのために、長官にも加わってもらったわ」つまり、NASAの長官であるスコット・スポールディング、通称スパーキーがいるということだ。「あとはスパーキーにまかせて、詳しいことを説明してもらう。あなた方の想像どおり、私にはほかにも処理すべきことがいろいろあるから、ここでお別れしなくちゃならないわ」

〈バナナ〉にいる一二人は、小声で感謝の言葉を述べ、会議室かどうかはわからない通信先の会場から大統領を送り出した。誰かがカメラをねじり回すと、スコット・スポールディングの顔が映った。なんとかブレザー姿ではあるが、ネクタイはしていない。おそらく残りの人生でもずっとノータイで過ごすのだろうと思われた。若き宇宙飛行士だったころ、スパーキーはアポロ計画の候補者として選ばれていたが、予算の削減された一九七〇年代初期にミッションがキャンセルされてしまった。だが彼は教科課程から離れず、その後の有人宇宙飛行の空白時期に博士号を取得した。彼の不運は続き、スカイラブでのミッションも、機体が予定より早く大気圏に再突入したため、中止になった。そして一九八〇年代、スペースシャトル計画でようやく彼の忍耐が報われることになる。老練の宇宙飛行士となった彼は、ライナー・マリア・リルケの詩の一節を引用しながら、壊れたソーラーパネルを自宅の家電でも直すかのように修理してのけたのだ。その後二〇年間、技術系の新設企業でさまざまなレベルの成功を記録した彼は、ＮＡＳＡのミッションを別の目的のために再利用するという何やらはっきりしない計画の一環として、数年前に戻ってきたのだった。〈バナナ〉にいる者のほとんどは、いささか鈍感ではあるが好感のもてる人物として彼をとらえており、危機に際して支援してくれるだろうと感じていた。

　目下の世界的窮地をあらわすのに、スパーキーがリルケのどの詩を考えていたか、それを予想するのは不可能だった。彼の顔をとらえたカメラがオートフォーカスでそのたるんでしわの寄った顔を映し出すと、何らかの詩が今にも口先から出てくるように思われた。だが、彼はただ青白い瞳でカメラのレンズを見つめた。「うまく言葉が出ない」と口を開く。「だから、仕事の話に集中しよう。アイヴィ、君は今の職務を続けてくれ。ほかに適任者はいない。君の任務は、そこでの作業をスムーズに進め、下にいるわれわれと連絡をとり、何が必要かを伝えることだ。すべての作業をこなしてまだフリーな時間が残っていたら、教えてくれ。何か暇つぶしを見つけてやる」と言って、ウインクした。

　そのあと、スパーキーはリストを読み上げていった。

　カナダ人エレクトロニクス技術者のフランク・キャスパーとアメリカ人で通信の専門家であるスペンサー・グラインドスタッフ――彼は情報機関のために秘密の仕事をしていたことがある――の二人は、〈クラウド・アーク〉の活動をサポートするのに必要なネットワーク・インフラの確立に携わる。計測機器の専門家で、いつも問題があると駆り出されるジブラーンも、二人の作業に参加。

船外活動のベテランである白髪のフォードル・パンテレイモンと、彼に比べるとかなり若く、やはり船外活動の経験が多いアメリカ空軍パイロット、ズィーク・ピーターセンは、新たなモジュールを迎える準備をする。NASA仕様でない設計で性急につくられたモジュールが、早ければひと月以内に到着しはじめると、わかっているからだ。本来なら、世界中の資源が打ち上げられることになる——そのことを思い出したダイナは、時間の予測がばかげたほど楽天的であることに気づいた。

コンラート・バルトは、会議後もとどまって、ハリス博士と話をしてほしいとだけ言われた。当然ながら、宇宙ステーションにあるすべての天文学装置は、衝突してくる岩の観測に再利用されることになるのだ。これは誰も論じたくない話題ではある。どんなに小さな岩だろうと、それが〈イズィ〉にぶつかれば一巻の終わりとなるからだ。その意味では、議論の余地などないわけだが。

ライフサイエンスの学者は、リーナ・フェレイラのほかに、マーガレット・コフランがいた。オーストラリア人女性で、宇宙飛行が人体に及ぼす影響を研究している。また、日本人生物物理学者のジュン・ウエダも、宇宙線が生体組織に及ぼす影響について実験を行なっている。このジャンルとしてはもうひとり、イタリア人エンジニアのマルコ・アルデブランディがいて、乗組員が生存していくための生命維持システムを稼働させるという、もっと実用的な問題を担当していた。この四人のうちリーナは、群泳に関する研究をしていたことで特別な地位にあった。宇宙ステーションに関して何かをしたことがあるというわけではないが、かつての研究に再び復帰し、それを今後一生の仕事にしなければならなくなったのだ。スパーキーは彼女に、しばらくどこか静かなところにこもってそのテーマに関する論文を頭に詰め込んだあと、できるだけ早く戻ってくるようにという、いわば白紙委任をした。マーガレットとジュンには、理論的な研究はとりあえず中止にして、マルコのもとで〈イズィ〉が人口の急増に備えるための仕事をするようにという指令が出された。

これで、一二人のうち一一人。これまでスパーキーは、ダイナに対して何も言っていない。

ダイナは会議が苦手だった。会議室に座っているといつも、自分が相手チームの本拠地でプレイしているような気になってくるのだ。そうした気持ちは、会議の妨げになるだけでなく、やがて本当のこととなる。いつもそうだ。世界が終わろうとしているのに、今回も同じだった。スパーキーがリストをチェックしていき、それぞれの乗組員にこれから何週間かの任務を与えているときに、自分の名前がまだ呼ばれないと思えば思うほど、逆に自分に焦点が当たっているように感じるのだった。そして、スパーキーがマーガレットとジュンとマルコの名を呼び上げ、自分は最後だったとはっきりしたとき、ダイナはようやく、それが何を意味するのかと考えた。最初に思いついたのは、彼女が非常に重要な存在なので、最後に残しておいたのかもということだった。しかし、スパーキーがやっと彼女の名を口にしたときには、別の理由によるという考えに到達していた。ダイナの心臓はすでにどきどきと高なり、小指がピリピリして、舌が喉に詰まりそうだった。

「ダイナ」とスパーキー。「君はかけがえのない存在だ」

会議の場合にこれがどういう意味をもつか、ダイナにはわかっていた。できればエアロックから放り出したいということだ。

「君は幅広い分野の能力をもっていて、態度もりっぱだ」

スパーキーが乗組員の態度について言及したことは、かつてなかった。

「君が専門家として熱心に行なってきた小惑星の採掘は、当然ながら長期の成果を見込むプロジェクトだ。だが、今のわれわれは短期モードにいる」

「当然です」

「君はアイヴィを手助けして、君の特異なスキルをほかの者たちの作業の支援に役立ててほしい。フォードルとズィークも、そう長時間船外活動を行なうわけにはいかないだろう。君のロボットなら、彼らのできない活動もこなせるはずだ」

「鉄鉱石の中を切り開いて進むことにかけては、すごいんですけど」

「すばらしい」スパーキーの声に皮肉の色はなかった。彼は心の中で、ちょっとした雑談のあとにこの会話を終わらせ、ハリス博士とコンラートとの打合せに移ることを想像した。

ダイナはもっと自分自身のことを真剣に考えていた。こういうときは、どうやったら自分なりの心がまえができるのだろうか、と。なぜなら、自分の気持ちはよくわかっているはずだと思えたからだ。スパーキーにさよならを言おうとした途中で、彼女は考えなおした。「ちょっと待ってください。あなたが短期モードについて言われたことは、尊重します。了解しました。でも、このクラウド・アーク〉計画がうまくいったら、そのあとはどうなるか、お考えですか？」

スパーキーは相手にする気がなかった。ただ、彼女の言葉にいらつくというより、困惑していた。「そのあと？」

「みんな、住むところが必要なはずです。地球の表面が燃えつきてしまうなら、住む場所をここにつくるしかありません。ここで手に入るもので。つまり小惑星です。〈エージェント〉のおかげで今ではもっと増えましたから」

スパーキーは両手で顔を覆って息を吐き出し、一分ほどじっと座っていた。手を顔からどけたとき、ダイナは彼が泣いていることに気づいた。「私はこの会議に来る前、半ダースほどの家族や親友に別れの手紙を書いてきた。このあと私は、リストにある残りの仕事を続けるだろう。さらに手紙を送りたい相手が〈ハード・レイン〉で死ぬまでに、全体の半分くらいは書けるかもしれない。問題は、自分がもう死んだも同然だという前提で物事を考えていたことだ。だが、それは間違いだった。君の考えているようなことを考えるべきだったんだ。君とわずかな人たちが、すべてがうまくいけば期待できるような未来を」

「あたしたちが未来に期待できると、本当に思われますか？」

スパーキーはウインクした。「そういう未来がすばらしいものになるかどうかはわからないが、少なくとも未来について考えることはできる、という意味だ。その点で君の考えに反対はしない。しかし、これから私に何をしてほしいんだね？」

「あたしを援助してほしいんです」とダイナ。「アマルテアを捨てさせないでほしい。あたしのロボットたちがスペア・パーツのことで困らないようにしてほしい。しばらくほかのスタッフの手伝いをするということは、かまいません。でも空が白くなって〈ハード・レイン〉が始まったら、〈クラウド・アーク〉には生存に適した計画が必要です。小惑星でなんとかしなくては、何千年も生き残る方法はないんですから」

「私がついているよ、ダイナ」とスパーキー。「どれくらい役に立てるかは、わからないが」そして彼の視線は、大統領が出ていったドアのほうへそれていった。


A+0のとき、ISSの乗組員一二人にはロシア人がひとりしかいなかった。六回のミッションと一八回の船外活動をしてきた五五歳のベテランにしてロシア宇宙飛行士集団の陰の実力者、フョードル・アントノーヴィチ・パンテレイモン中佐。これは珍しいことだった。初期のころは、ISSの通常の乗組員である六人のうち少なくとも二人が、ロシア人宇宙飛行士だった。その後、アマルテア・プロジェクトやトーラスの追加で、ステーションの乗組員数は最大一四人となり、ロシア人乗組員の数は二人から五人というのが通常の状態になっていたのだ。

だから、アイヴィとコンラート、それにリーナが帰還して、二人のロシア人とひとりのイギリス人エンジニアと交替する予定になっていたのだが、その二週間前に月がばらばらになってしまった。

だが、ロケットも乗組員も準備ができていたため、ロスコスモス、つまりロシアの宇宙開発機関は、A+0・17にバイコヌール宇宙基地から打ち上げた。

ソユーズ宇宙船は、何ごともなく〈イズィ〉のハブ・モジュールにドッキングした。アメリカ人たちと違ってマニュアルで飛ぶのが好きなロシア人たちが、自動でドッキングを行なったのは、かなり以前のことだ。

ソユーズ——もう何十年も有人宇宙飛行に使われてきた、もちのいい宇宙船——は、三つのモジュールからできている。いちばん後部にある機械セクションは、エンジンと推進剤のタンク、太陽電池パネル、それに大気を必要としない装置がついている。前部のセクションはほぼ球形で空気に満たされ、飛行士が作業と生活のできるスペースがある。そして真ん中のやや小さなベル型セクションには、宇宙服を着た乗組員が宇宙に打ち出され、ふたたび彗星の尾に包まれて地球へ帰還するときの座席シートが、三つある。この部分はきわめて狭苦しいが、打ち上げと再突入の短い時間にしか使用しないのだから、問題はない。飛行士たちは軌道モジュール、つまり前部の大きな球形部分でほとんどの時間を過ごすのだ。その鼻先の部分には、宇宙ステーションまたは同様の相手とドッキングするための装置がついている。

二年前まで、ソユーズのカプセルはズヴェズダ・サービス・モジュールの最前部、ISSの〝しっぽ〟と呼ばれる部分にドッキングするのが普通だった。だが、最近になって〝ハブ〟と呼ばれる新しいモジュールがズヴェズダに接続され、ステーションの主軸を〝後方へ〝延長し、トーラスが回転する駆動軸を提供したのだった。しょっちゅう使われる年代物のソユーズと互換性を保つため、ハブにはソユーズ用のポートとハッチがある。

ほかの一人はスパーキーが与えた仕事で忙しかったため、ダイナは〝船尾〟に向かって〈イズィ〉の中をずっと漂っていった。彼女のショップが〝船首〟のはじにくっついているからだ。船尾に着いたダイナは、到着したソユーズの軌道モジュールの中で人間がぷかぷか浮かんでいる様子を思い浮かべながら、ドッキングハッチを開いた。ところが、そこに見えたのはひとりの宇宙飛行士の頭と腕だった。どうやらマキシム・コシェレフらしい。ごちゃごちゃとしたいろいろな種類の〈ビタミン〉のかたまりと、一緒にいる。

〈ビタミン〉というのは、小さくて軽いが非常に大きな価値をもったものを意味する、宇宙飛行マニアたちの隠語だ。マイクロチップ、医薬品、スペア・パーツ、ウクレレ、生物試料、石鹸、食料などすべてが、ひっくるめて〈ビタミン〉と呼ばれる。もちろん人間は——すべての宇宙開発はロボットにさせるべきだと考えていないかぎり——最も重要な〈ビタミン〉だと言える。ダイナはこれまで、小惑星開発産業の仲間たちによる、費用のかかるロケットは〈ビタミン〉を運ぶことだけに使うべきだという議論の会議に、何度となく出たことがあった。金属や水といった、かさばるものは、地上から打ち上げるべきではない。そういうものは、すでに宇宙空間にごまんとある岩石から得るべきなのだ、と。

皮下注射器の密閉容器が浮かび出てくると、ダイナの額にぶつかってはね返った。さらには、真空パックされた水酸化リチウムの粒、モルヒネのボトル、リール状に巻かれた表面実装用コンデンサー、輪ゴムで束ねた、削っていないHBの鉛筆。そうしたものを払いのけてみると、状況がもっとよく呑み込めた。ソユーズの人ひとりくらいしかないトンネルに、これ以上無理と思えるくらい詰め込まれた〈ビタミン〉の中に、マキシムは詰め込まれているのだ。

　チュラタム射場、つまりバイコヌール宇宙基地にいた誰かが気をきかせて、たたんだゴミ袋を何枚か載せていた。それに気づいたダイナは、一枚を開けて〈イズィ〉の中をふらふらと漂っていきそうなものをすべて詰め込んだ。その後、もっとないかと探してみる。中から逃れ出たものはけっこうあったが、そのほとんどを袋に入れることができた。ハブに移ったマキシムは、身体を伸ばしてリラックスしている。六時間もこの状態にあったのだ。彼よりも小柄なダイナが空いたスペースに入って〈ビタミン〉を投げ、マキシムはゴミ袋をかかげてそれをキャッチした。

　一分後、ダイナは青いジャンプスーツを着た人間の腿を掘り当てた。続いて肩、そして腕。その腕が動いて、さらにいくつかの〈ビタミン〉を彼女に向かって押しやると、顔が目に入った、ダイナが三〇分前にウィキペディアで見た人物だ。ボロル＝エルデネ。身体が小さすぎて合う宇宙服がないという理由から、一度はロシアの宇宙飛行士プロジェクトからはずされた女性だった。明らかに間に合わせでつけたと思えるような座席シートについている。軌道モジュールの〝長椅子《ディヴァン》〟と呼ばれる部分に、貨物を押さえる網で即席につくられたもので、まだカザフスタンの道路のほこりにまみれている。ダイナは、このほこりは自分が目にする最後のものかもしれないと思ったが、それを頭から振り払おうとした。

つまりボロル＝エルデネとマキシムは軌道モジュールに乗ってきたわけで、これは先例のないことだった。ソユーズで人間が乗るのは軌道モジュールのうしろにある再突入用の帰還モジュールだけのはずだ。

軽率なことは言えないが、前部に乗ってきたこの二人は、自爆任務にも等しい片道飛行をしてきたということか。軌道モジュールは再突入時に投棄され、大気中で燃えつきることになっている。生きて帰れるのは、帰還モジュールに乗っている者だけなのだ。

ゴミ袋に〈ビタミン〉を入れる作業はハッチから帰還モジュールへと続き、さらに顔や腕が見えてくると、急速に進んだ。人間が乗っているはずの三つの座席シートには、予定されていたロシア人宇宙飛行士二人、ユーリとヴァチェスラフのほか、リースという名のイギリス人がいた。

ボロル＝エルデネとユーリとヴァチェスラフはすぐにベルトをはずし、軌道モジュールを通ってハブに進んだ。リースはちょっと待ってほしいと言って、とどまっていた。

ダイナはハブに戻って残りの四人に挨拶をした。通常なら、この瞬間はやや儀式ばったものになり、ハッチを通り抜けてきた新たな乗組員は、ハグされるか、少なくともハイ・ファイブ（手を上げて互いに打ち合わせる挨拶）くらいはされて、写真におさまる。地球上のすべての者が死に瀕している今、いささか陰鬱な雰囲気に包まれていた。だがダイナは、ひとりひとりに何かしら言葉をかけなくてはならないと感じていた。

ボロル＝エルデネが、自分のことは〝ボー〟と呼んでくれとダイナに言った。明らかに極東地域の血統だが、瞳と頬骨は中国系に見えない。ダイナがウィキペディアから得た予備知識によれば、ボーはモンゴル人だった。

ユーリとマキシムは、ＩＳＳに来るのがそれぞれ三回目と四回目だ。ヴャチェスラフは、ＩＳＳに初めて搭乗する若いロシア人宇宙飛行士と、最終段階で入れ替わったものと思われる。ヴャチェスラフは過去に二度、飛行をしていた。したがって、ボーを除くロシア人宇宙飛行士はすべて経験者であり、彼らはダイナと短い挨拶を交わすと、ハブ・モジュールの中をすべるように通り、初めてのモジュールを珍しそうに眺めながら、ハッチを抜けて、わが家のようなズヴェズダ・モジュールへと移動した。彼らが早口で交わすロシア語を、ダイナは半分くらいしか理解できない。〈イズィ〉で働く者はみな、作業に使うロシア語くらいは最低限として知っていた。

リース・エイトケンは建築関係のエンジニアで、裕福な顧客に新奇の建物を設計する仕事をしてきていた。一七日前までの彼のミッションは、現在あるハブの後部に二つ目の、さらに大きなトーラスを宇宙旅行客用に建造するため、基礎的な作業をすることだった。これはＮＡＳＡと彼の雇い主であるイギリスの億万長者の、官民提携事業の一環だった。その億万長者は、最初期に宇宙旅行産業へと乗り出した実業家のひとりだ。今のリースには新たなミッションがあったが、いずれにせよ、彼がそれに向いていることに変わりはない。

ダイナは軌道モジュールに戻り、ハッチ越しに中をのぞきこんだ。リースは座席シートの中でじっとしている。

「宇宙は初めて？」答えはわかっているが、聞いてみた。

「ここじゃグーグルは使えないのかね？」というのがリースの返事だった。これがアメリカ人の返事なら不快な物言いに思えるが、ダイナはイギリス人との経験も豊富だったから、そのまま受け取ったりはしない。

「新しい住みかを探険しようっていう気が、あまりないように見えたんで」

「住みかは広げてるさ。発見の過程ってやつだ。でも頭を動かさないようにって注意されていたもので」

「宇宙酔いの防止ね。正しいアドバイスだわ。でも、そろそろ動かなくちゃ」キリル文字の刷り込まれたキュウリの種のパックがひとつ、彼女の頭の横をふわふわ漂っていった。ゆっくりとそれを空中からおろしてから、充分近づいたことを確かめ、彼女は片手を差し出した。

「ダイナよ」

「リースだ」彼も手を差し出したが、出発前の指示どおりに前方を見つめたままだった。だがそのあと、ほとんどの男が昔から伝統とする行為を彼も行なった。目を彼女のほうに向けてじっと見てから、さらに頭をそちらに向けて、品定めをするようにながめたのだ。

「後悔するわよ」とダイナ。

「う、参ったな！」

「胃の中のものを全部もどすまで、二、三分てとこよ。さあ、出て。ゲロ袋持って来てあげる」

このところ何日も眠れない〝夜〟を過ごしたダイナは、自分がトランジスターのことを心配しているせいだと気づいた。現代の半導体技術は、トランジスターを非常に小さくすることに成功した。だが、あまりにも小さいため、宇宙線の粒子がひとつ当たっても壊れてしまう。地上にあるときは危険性が低いのと大気のおかげで宇宙線のほとんどがブロックされるため問題はほとんどないが、電子部品がひとたび宇宙に出れば事情は異なる。そのため世界中の軍産複合体が、宇宙線の衝突に対する強度を増した耐放射線性《ラド・ハード》エレクトロニクス技術に、巨額の金と知力をつぎ込んできていた。その結果できあがったチップとプリント基板は、地上の顧客が期待するような、洗練された消費者向けエレクトロニクス製品に比べると、不格好なものになった。しかも、はるかに高価なものだ。だからダイナは、できるだけ自分のロボットには使わずにいた。安くて小さな既製品を使っていたから、毎週何台かのロボットが動かなくなるのはしかたないと思っていた。停止したロボットは、まだ機能しているロボットが、ダイナの作業場所《ショップ》とアマルテア表面のくぼみのあいだにある、小さなエアロックまで運ばせることができる。そうしたら彼女が、故障したプリント基板を新しいものと取り替えるのだ。保管スペースにあるあいだに宇宙線に当たって、未使用なのに壊れていることも、ときどきあった。だが、ＩＳＳへの補給ミッションによって届く〈ビタミン〉で、その点はつねに補充することができた。

宇宙線を遮断すること——それが唯一の問題だ。地球の大気のような分厚いものなら当然だが、硬くて重い物質なら、もっと薄くて防護壁になりうる。ダイナの場合は、アマルテア自体がその防護壁だった。アマルテアの表面に寄り添っている物体は、宇宙のほぼ半分から飛来する宇宙線——つまり小惑星にブロックされて見えない部分からの宇宙線を、さえぎってもらえる。同じ理由から、ISSはつねに地球によって、そちらの方向から来る宇宙線から防護されている。したがって、地球のほうを向いているがアマルテアの巨体の〝下〟にあるダイナのショップの側には、宇宙線が狭い範囲でしか吹きかからない、最適打球点《スイートスポット》のような場所があった。宇宙線にやられる可能性を低くするため、ダイナはスペアのチップとプリント基板をこの領域に保管し、ロボットたちがアマルテアの深宇宙《ディープスペース》を向いた側を歩き回る時間を制限した。

ダイナの窓からは、アマルテアの側面にくぼみがひとつ、はっきりと見える。おそらくは大昔に天体の衝突でできたクレイターで、スイカが一個入るくらいの大きさだ。

第九日——ドゥーブが〈ハード・レイン〉のことを語り、彼らの帰還がかなわないことが大統領から知らされた、あの〈バナナ〉での会議からさかのぼること五日。ダイナは最も有能な切削ヘッドを備えたロボットたちに新たなプログラムを与え、例のくぼみを深く掘らせていた。彼女には、ある種の予感があったのかもしれない。あるいは、単に自分の仕事をこなしていたのか。掘削用ロボットは、岩石にトンネルを掘るような、きちんとプログラム化された作業をこなす能力が求められる。そういう作業を試す好機として始めたのかもしれない。

〈バナナ〉での会議のあと、自分の小さなショップに戻ったダイナは、ひと晩泣いたりエアロックから首を突き出したりせず、自分のロボットたちが従うプログラムをつくることに集中した。そして、彼らがトンネルを曲げて、緩やかにカーブしながら小惑星を深く掘り下げていくようにした。それまでロボットたちは、ダイナのもとからまっすぐに離れていき、彼女は石英ガラスの小さな窓からスイカ大のくぼみをのぞき込み、ロボットたちが切り開くトンネルを見おろしていた。ロボットたちはプラズマアークを使うので、紫外放射に目を焼かれないよう、ダイナはフィルターガラスを窓にくっつける必要があった。だが、新たに五人の乗組員が〈イズィ〉に到着したA＋0・17までに、ロボットたちは自分の掘ったトンネルの曲がった部分に消えていた。宇宙にいる誰も、彼らを見ることはできない。宇宙線は光と同様、まっすぐ進むから、曲がった部分を通り抜けることはできないのだ。

ダイナはロボットたちに、トンネルの側面にくぼみを掘らせた。保管用のすきまだ。彼女はスペアのチップやプリント基板をすべて、ひとつの包みにまとめていた。最近のチップがいかに小さくてパワフルなことか——その包みは片手で持てるほど小さなかたまりだった。通常なら、これはいい考えではない。ひとつ宇宙線が当たれば全体を貫いて、すべての基板がいっぺんでだめになってしまうからだ。ダイナはそれを八本脚のロボットに持たせ、エアロックから出してトンネルに下ろした。ロボットに装着したカメラで状況を見ながら、引っかけ鉤の付いた腕につながったデータグローブを操作しつつ、巧みに誘導してすきまにもぐらせた。そして腕を広げ、動かないようにしっかりと固定した。これで彼女の電子部品は安全だ。

その様子をリースがながめていた。〈イズィ〉に来て五時間になるが、まだ気分が悪く、じっと横になっているしかなかった。ダイナのショップは、配線用の結束バンドや締め具など実用的なもので満ちている。彼女は二本のパイプにスポンジ状の発泡体を当て、そのあいだにリースの頭を固定してやった。そして嘔吐用の袋を渡して、作業についていたのだった。

「あのタイプは何と呼んでるんだい？」とリース。

「〈グラブ〉よ」とダイナ。「〝欲張りなカニ《グラビー・クラブ》〟の略」

「いい呼び名だな」

「岩の上で足の踏み場を選んでゆっくり歩くためのボディタイプとして、典型的なものね。それぞれの足の先に電磁石が付いていて、ほとんどが鉄でできているアマルテアに、ぴったりくっつくことができる。足を上げたければ、電磁石のスイッチをオフにすればいいわけ」

「当然考えてはいるんだろうが」リースは慎重な口ぶりで言った。「そのうち小惑星全体をくり抜いてしまうんじゃないか。遮蔽環境をつくるとか、空気で満たすとかも考えないと」

ダイナはうなずいたが、〈グラブ〉の操作で忙しかった。八本の脚をひとつずつ動かし、すきまの壁にすべてがぴったりくっついたかを確かめなければならない。彼女の〈ビタミン〉がすべて浮かんで消えてしまったりすれば、やっかいなことになるのだ。「そのことは議論したわ。あたしと、地上でこのプロジェクトに関わっている八〇〇〇人のエンジニアのあいだで」

「そうだろうね、単独の仕事とは思えない」

「制約があるとしたら、作動ガスね。プラズマカッターはとてもパワフルだけど、何らかの気体流動《ガスフロー》を必要とする。どんなガスでもいいんだけれど、工業用ガスはここじゃ稀少だし高い。それに、すぐに宇宙へ逃げ出すっていう厄介な癖があるし」

「でも、何かの表面で作業するんじゃなくて、中をくり抜くんなら――」

「そうよ。出口をふさいで、ガスを取り戻して、リサイクルすることができる」

「ということは、ぼくより君のほうが一歩進んでいるってことだな」

ダイナの顔の上半分はＶＲ装置で隠れていたが、その下に笑みが広がった。「それが宇宙ってものね。あまりにもたくさんの優れた人が宇宙に関心を抱いているから、本当に新しいアイデアを思いつくのは難しい」

ダイナが別のロボットに制御を切り替え、トンネルの中へ下ろすあいだ、会話がちょっと途切れた。

「まだほんの少ししか目玉を動かせないんだけれど、君のコレクションには、少なくともほかに三つの形態があるみたいだな」

「〈サイワイ〉は崩壊したビルの中を探るためにつくられたロボットが、もとよ。そもそもがヘビの動きを応用したものだけど」

「たぶん、〝サイドワインダー〟(ヨコバイガラガラヘビ)からとった名前だな」

「そう。〈サイワイ〉の身体には二重らせんのかたちで電磁石が付いてるから、それぞれをオン・オフにすることでくねくね回転して、最小限のエネルギー消費で表面を移動することができるの」

「〈バッキーボール（六〇個の炭素原子で構成される球状分子の構造。バックミンスター・フラーに敬意を表した名）〉に似たやつも、同じような原理を使っているようだな」

「名前を当てたわね。あれはまさに、〈バッキー〉って呼んでるの。専門用語で言うなら――〈テンセグリティ（バックミンスター・フラーにより提唱された概念で、テンション（張力）＋インテグリティ（統合）の造語）〉」

ダイナは自分が顔を赤らめていることに気づいた。「そうか、あなたならこういうことをすべて知ってて当然ね。まあ、とにかく大きくてほぼ球形をしてることからついた名前よ。電磁石をうまく使って、どの方向へも転がっていけるし、支柱を長くも短くもできる。頭脳部分はあの中心部分にぶら下がってる細胞核みたいなパッケージに入っている」

「〈グラブ〉、〈サイワイ〉、それに〈バッキー〉か。あの小さいのは、なんて名だい？」

「〈ナッツ〉。群れ《スウォーム》をつくってみようって試み。それについてはリーナがこっそりやって《ムーンライティング》いたんだけど」

間《ま》の悪い単語を使ってしまったことに気づき、二人の会話が一瞬とぎれた。

「まだまだ実験段階だけど」ダイナが続けた。「アリが川を渡るとき集団でかたまりになるみたいに、必要なときはお互いにくっつくことができないだろうかっていうアイデアなの。

変な発想だってことはわかってる。普通のエンジニアリングじゃないし」

「ぼくだって普通のエンジニアじゃないさ。やってるのはバイオミメティクスだ。君のやっていることと多少は似てる。ぼくのほうは突っ立ったままのものをつくるんだけれどね」

「なるほど。それでわかったわ」ダイナは、〈グラブ〉の目を通して見るのに使っていた3Dゴーグルをはずした。〈グラブ〉の背後にいる二台目のロボット〈サイワイ〉は、コブラのように鎌首をもたげてトンネル内にライトをあて、ビデオを撮っている。ダイナはフラットパネルの画面を見ながら〈サイワイ〉を前後に移動させて、プリント基板がこぼれ落ちないように〈グラブ〉の位置を確認した。

「ああ、ぼくにもわかった」とリース。「君の仕事をどうこう言うわけじゃないが、ヤドカリがどういう行動をするかは、知ってるんだよな？」

一瞬ダイナは、自分の記憶をたどった。彼女は海岸での経験があまりない。「ほかのカニが捨てた殻をシェルターにするのよね」

「ほかのカニじゃなくて、貝類の殻だ。でもまあ、わかってるならいい」

ダイナはしばらく考え込んでから、リースのほうへ顔を向けた。相手はさっきよりやや生気がなく、汗をかいているように見える。「あなたの言いたいことがわかった気がする」

「もっと言うなら」とリース。「有孔虫について検討するといい」

「どんなもの？」

「単細胞の生命体としては最大級のものだ。南極の氷の下にいる。成長するとまわりの環境から砂粒を取り込んで結びつけ、硬い外殻をつくる」

「ベン・グリムみたいなもの？」

アメリカン・コミックスの『ファンタスティック・フォー』に出てくる岩石の身体をもつキャラクターを引き合いに出したのは、彼女なりのジョークだった。リースがそれに食いつくとは思っていなかったが、意外な反応が返ってきた。「宇宙線の犠牲者としての例を挙げるなら、そうだな。でも集団からの疎外とか自己憐憫とかはない」

「ザ・シング（ベン・グリムの別名）みたいな岩石の皮膚をもちたいって、いつも思ってたの」

「神様が君にくれた皮膚に比べれば、まるで似合わないよ。ただ、君のロボットたちが歩き回るのを宇宙線から守る方法としては――」

「あたし、あなたのこと好きかも」

　リースは袋を口に当てて吐いた。


　世界が滅びることを、いったいどうやってみんなに伝えたらいいのか？　自分がそれをする役目にならなくてよかったと、ドゥーブは思っていた。そのかわり、今の彼は合衆国大統領のうしろに立っているだけだ。彼の仕事は――難しいことではないが――半円形に並んだ世界のリーダーたちのうしろでラシュモア山（四人のアメリカ大統領の顔が山腹に刻まれた山）をかたちづくる高名な科学者たちと一緒に、深刻な顔をしていることだった。ドゥーブはテレプロンプターに向いて説明するフラハティ大統領の背中を、じっと見ていた。彼女の両側には中国の国家主席とインドの大統領がいて、標準中国語とヒンディー語で同じ内容を同時にしゃべっている。扇形に広がった中にいるのは、日本とイギリスの首相、フランスの大統領、それに（自国だけでなくラテン・アメリカの国々の代表も兼ねた）スペインの首相、ドイツの首相、ナイジェリア、ロシア、エジプトの大統領、ローマ教皇、イスラム教主流派の指導者《イマーム》、ユダヤ教の指導者《ラビ》、それにチベットの主教《ラマ》。世界中の人が通訳を待たずにすぐ知らせを受けられるよう、発表は同時に行なわれた。

　もしこの仕事をデュボア・ジェローム・ザヴィエル・ハリス博士が任されていたら、こんなことを言っただろう。

――いいですか、すべての人が死ぬ運命にあるのです。今地球上に生きている七〇億の人間も、一〇〇年後にはほぼすべてが死んでしまいます。その多くはもっと早くに。誰もが死にたくないと思うでしょうが、いずれ起こることとして冷静に受け止めなくてはなりません。これから二年後に起こる〈ハード・レイン〉で死ぬ人も、一七年後に自動車事故で死ぬ人も、死ぬことに変わりはないのです。

　唯一の違いは、すべての人が、死のだいたいの時期と理由を知っていることです。それを知っている私たちは、準備をすることができます。ある者は神に祈って心の平和を保つという、内的な準備をするでしょうし、ある者は自己の遺産を次の世代に渡そうとするでしょう。

　そして、ここからが肝心です。なぜなら、従来のような遺産相続の方法では、〈ハード・

レイン〉を切り抜けて遺すことはできないのですから。すべての所有物は人間とともに破壊され、残ったとしても継ぐ者がいないので、遺言書を書くことに意味はありません。そうでなく、遺産とは〈クラウド・アーク〉にいる人々が来たる何世紀、何千年のあいだに行なうことすべてから、成り立ちます。〈クラウド・アーク〉だけが意味をもつことになるのです。

発表はオレゴン州のクレイター・レイク国立公園で行なわれた。国務省がクレイター湖を見下ろす火口のふちの高台に建つ田舎風のロッジを徴用し、政府高官たちのために使う一方、保安関係者やメディアや物流関係の連中は、近くのキャンプ場と駐車場に押し込められた。今このときも、ハイウェイでは観光客が海兵隊に足止めされ、公園は閉鎖されたと聞いてがっかりしている。そして、本当の理由を知りたければラジオのスイッチを入れてニュースを聞くようにと言われる。休暇を中断されて怒るのでなく、今後のことを考えなさいと。

空はきれいに晴れわたり、そのせいで気温が低かった。クレイターの下に見える湖は、ドゥーブがこれまで見たことがないほどきれいな青色をしていた。頭上の空はそれより淡い青色に見える。発表のあいだ、彼を含む全員がその湖をバックにして立っていた。大統領のスタッフにいた、ある政治的天才が、人の抱くイメージがどのように作用するのか説明してくれたことがある。カメラは足場を組んだところに据えてあり、彼らを見おろすかたちになって、まばらに木が生えるウィザード島や雪の筋がついた山の周縁部といったクレイターのパノラマが、背景として見る者の目に鮮明に飛び込んでくるようになっていた。受け取りたい者は誰もが、そこにメッセージを読みとることができるのだ。六〇〇〇年前のいつかに、この地を想像もできないような大異変が襲った。生き残った人間は、空の神と地底の神のあいだでこの世の終わりとも言うべき戦いがあったという話を、代々伝えてきた。それが今は、これほどまでに美しい。アメリカ大統領とほかの国の指導者たちは、その話を彼らの発表に織り込んでいた。だがドゥーブとそのまわりにいた科学者たち——世界中の著名大学から来た教授たちには、聞こえなかった。指導者たちはその言葉を世界中に向けて発しているが、その口から漏れる音は岩や木々のあいだを吹き抜ける風に呑み込まれてしまうのだ。アメリカ大統領から四メートルほどうしろに離れているドゥーブは、彼女の髪が風に乱れるのを見ていた。〈ゼロ〉より前の日々、ファッションや政治の世界のコメンテーターにとって、髪の毛ごときが重要に思えたころ、この髪がよく話題になったものだった。くすんだブロンドに銀色の筋が入っており、それを肩までの長さのストレートにしている。四二歳で大統領になった彼女は、ケネディよりも一歳だけ若くして、歴代最年少の大統領となった人物だ。バークレーの学生時代に政治を面白半分に学んだあと、ＭＢＡへの道を選び、有力なビジネスコンサルタント会社にしばらくいたあと、独創的だが苦闘しているロサンジェルスのＩＴ企業に入った。彼女のリーダーシップによって会社は業績を伸ばし、グーグルに買い取られるまでになることで、彼女は金持ちになった。そして、マリブで開かれたディナー・パーティーで出会った一〇歳年上の、元俳優の映画プロデューサーと結婚した。あからさまな政治ドキュメントや、政治的な意味を含むスリラーを多くつくってきたため、数々の政治的争いに首を突っ込んできた男だ。カストロの政治下で迫害されたラテン系一家の出で、名前はロベルト。リバタリアニズム（徹底的自由放任主義）とポピュリズムが混ざった主張で、ハードな過激派を除く両サイドの誰からも反発されずに取り込むという、いわば政治的カメレオンだった。だが、ハンサムでチャーミングで、学識はあるが常識がないために問題解決ができないと公言しているせいで、政治そのものからは距離をおいていた。

そうして家庭生活に入ったものの、議論の末旧姓を使い続けることになったジュリア・ブリス・フラハティは、ふたたび政治の世界に目を向けた。だが、カリフォルニア州の上院議員選挙戦で惜敗したあと、その年の大統領選挙日が近づくころには、明らかに妊娠していた。まもなくダウン症の子供を産んだ彼女は、それ以降、羊水穿刺（染色体異常などを探るため羊水を採取すること）と優生保護的妊娠中絶をめぐるあらゆる種類の苦悩に対する、いわば人間ロールシャッハ・テストとなる。その手のテーマの議論をするトークショーに出まくった結果、両方の側の全国的政治運動から注目を浴びるようになり、次の大統領選挙戦のあいだには、彼女は両陣営から副大統領の候補に挙げられるという異常な立場に置かれることとなった。彼女はかたくなに中道を歩み、その政治的立場は、民主党の範囲を右に広げ、共和党の範囲を左に広げたような曖昧さをもっていた。誰も彼女が大統領執務室《オーバル・オフィス》まで行き着くとは想像していなかった。現代では、副大統領にそこまで期待するはずもない。ところが大統領が就任からたった一〇カ月でスキャンダルのため辞任したおかげで、フラハティが大統領に昇進、彼女のヘアスタイルはメディアが長々とした記事を書くうえで格好の的となったのだった。そのほとんどが、ちらちら光る銀髪についてだった。あれは自然の毛なのか、それとも偽物なのか？　もし本物なら、なぜ取り除かないのか？　技術はあるはずだ。もし人工のものなら、実際より老けて見せるため、落ち着いているように見せるための、卑劣な手なのではないか？　いずれにせよ、現代社会の女性は、まともに取りあってもらうためには外見を落ち着いた感じにしなければならないということなのか？

ドゥーブは、彼女が今日の発表をしたあと、そうした記事が書かれることは二度とないだろうと思っていた。同時に、まさにこの日、自分が彼女の髪について何らかの注目をしていたことについて、恥ずかしさを感じていた。

だが、人間の心とはそうしたものだ。人間の心は、世界の終わりについて四六時中考えていることなど、できない。ときには小休止が、とるに足らないことを通じた戯れが必要になるのだ。巨大なオークの木の根が究極的には小さな根からできているように、現実の中で心がつなぎ止められているのは、大統領の銀髪などといった些細なことなのだから。

すべての指導者による発表は同時に始まったが、ほかより長くかかるものもあったし、イマームとローマ教皇の発表は、最後が長々とした祈りになった。アメリカ大統領のほか、世俗の指導者たちは、話を終えたあと一、二分所在なげに立っていたが、やがて散り散りになり、それぞれの側近が差し出す大きなコートにくるまった。だがクレイター湖と同様の背景にすぎなかったドゥーブとほかの科学者たちは、最後の祈りが終わるまでそこにとどまっていなければならなかった。

アメリアと一緒にここへ来て、何が起こるかを見るのはどうだろう、と彼は思った。ここなら〈ホワイト・スカイ〉と、その後の〈ハード・レイン〉の始まりを観察するのには格好の場所だ。発表が行なわれているあいだ、ドゥーブは彼らの南側の空をひとつの火球が駆け抜けるのを見た。その明るく光る白い尾は視界にゆっくりと青い縞模様を残したあと、二つにポンと割れ、さらに五つのかたまりになって、水平線の向こうに消えていった。もちろんかなりの遠さなので、その放射熱を顔に感じるようなことはなかったが、最近の体験談の中には、暖かさが感じられたという例もある。また、火球は極超音速で通り過ぎるため、ほんのつかの間のことでしかない。だが〈ハード・レイン〉が本格的に始まれば、火球は次々に押し寄せ、炎の尾が空を飛び交い、灼熱のかたまりに合体していくことだろう。運のいい人なら——という言い方が適切かどうかわからないが——岩石に直接ぶつからずにすむかもしれないものの、それでも何らかの遮蔽物の下にいる必要がある。金属のシートのような、熱を反射して火のつかないものの下に。しかし、それがある程度時間の余裕をつくってくれるにしても、すぐに空気そのものが熱くなり、息ができなくなるのだ。そうした事態の中でいつ自分は死ぬことになるのだろう、とドゥーブは考えた。

月がばらばらになってから三週間と一日、彼が〈ハード・レイン〉の到来に気づいてからまだ一二日しかたっていない。世界中の指導者たちがこれほど早く反応したことに、彼はある意味驚いていた。だが、彼らはうわさの広がりに影響を受けたところもある。世界中の天文学者によって同じ計算がなされたわけだが、彼らはもともとオープンな状態で研究し、アイデアをメールで共有する習慣をもっている。本当に知りたい者なら誰でも、インターネットでつながっていさえすれば、一週間前から〈ハード・レイン〉について知ることができた。大統領はじめ各国の指導者たちは、〈クラウド・アーク〉の開発についてオープンにするためにも、早い対応を強いられたのだ。

　また、世界中の人に〝エージェンシー〟を与える必要もあった。月を分裂させた〈エージェント〉と混同してはいけない。これは発表内容をつくった人たちによるいわば専門用語で、人々にオプションを――想像上のものであろうとなかろうと、何らかの結果を生むような行為をする余裕を、与えようということである。もちろん、〈ハード・レイン〉がくれば彼らができることなど何もないし、〈クラウド・アーク〉に関して技術レベルで貢献できる人も少ない。船外活動の資格があるとか、ロケットエンジンを組み立てられるといった人たちはごく限られていて、しかもすでに動員されていた。

　だが、〈クラウド・アーク〉のミッション遂行を手助けして、宇宙にもっていく遺産の一部になるため、一般の人たちにできることはある。

　発表と祈りが終わると、数分前までアメリカ大統領が話をしていた中央の演台に、三人の人間が進み出た。彼らは英語で話し出したが、可能なかぎり多くの言語について集められた通訳たちが、それをいっせいに訳しはじめた。最初に演台の前に来たのは、アメリカの内務長官であるメアリ・バリンスキーだった。六〇代にしては元気な女性で、根っからの登山好きであり、野生生物学の教育を受けている。二人目は、セラーニ・ムバングワ。大柄の南アフリカ人女性で、著名アーティストだ。最後のひとり、ケンブリッジ大学のノーベル賞受賞遺伝学者クラレンス・クラウチは、杖をつきながらゆっくりと進んだ。彼自身、遺伝子のいたずらで結腸ガンにかかっていたからだ。岩の多い地面を移動するあいだ、彼のそばを片時も離れないポスドクのモイラ・クルーが身体を支えている。クラレンスの妻は一〇年前に自殺しており、今の彼はキングズ・カレッジでどうにか生活していた。

三人はいずれも数日前に事態を知らされていたので、ショックから立ち直ってテレビカメラの前に立てるようになるまでの時間があった。そしてできるだけ早くオレゴンに飛び、湖のロッジにある部屋で気を落ち着けた。一方、世界中から集まったドゥーブとほかの科学者たちは、階下の会議室に一種の作戦室を設け、メアリとセラーニとクラレンスがどんなことを言うべきか検討した。なぜなら、そこが発表の肝心な部分だったからだ。誰も、集団パニックや大混乱を本気で心配してはいなかった。もちろん、多少はあるだろう。だが何十億もの人たちが、自分は何をできるだろうかと知りたがるはずだ。そういう人たちのために、答えを準備しておかなければならない。

だから、自分に背を向けているメアリとセラーニとクラレンスが、冷たい風に向かってしゃべりはじめても、ドゥーブはその内容に興味がなかった。もう百回も目を通して、知り尽くした内容なのだ。

メアリが話したのは、〈クラウド・アーク〉がどのようにして地球の生態系の遺伝情報の大部分をデジタルのかたちで保存するかということだった。キリンを宇宙に送ることはできないし、送ったとしても生かしておくことはできない。しかし生体組織のサンプルを保存することはできる。宇宙は非常に効率的な冷蔵庫だからだ。しかも、遺伝子配列はマシンにサンプルを入れることで記録できる。DNA鎖を塩基対ごとにばらばらにして、一連のデータとして保存すれば、簡単に保管・複製ができるのだ。そうしたデジタルレコードを保管しておき、ふたたび機能するDNAとして複製して生体細胞に組み込むような特製のマシンを、〈クラウド・アーク〉に送り込むことになる。そうすればいつの日か、おそらく数千年先の未来に、キリンもセコイアもクジラも、原材料から再構成することができるだろう。では、一般の人たちがどんな貢献をできるのか？　自分のいる環境で生物のサンプルを、特に珍しいもののサンプルを、集めることだ。スマートフォンで写真を撮り、GPS情報も記録して、サンプルとともにある住所へ送ってほしい。郵送料は無料。

　ある意味、このメアリの仕事がいちばん難しいかもしれない。なぜなら、計画のこの部分はまったくの大嘘《BS》で、メアリ自身もそれを知っているはずだからだ。必要なサンプルはすべて、とうの昔に生物学者たちが集めてしまっている。役に立とうとして子供たちがこの住所に送ってくる花もアライグマの骨も鳥の羽も棒きれもカタツムリも、結局は捨てられる運命にあるのだ（「棒きれとカタツムリ」はマザー・グースの歌「男の子って何でできてる？」から）。遺伝子配列のマシンはすでに二四時間フル稼働しており、そうしたマシンをもっとつくり出すマシンさえ、稼働している。にもかかわらず、彼女は納得させようとしていた。それとも、テレプロンプターに向かってしゃべっている彼女の肩のこわばり具合や頭の動きから、ドゥーブがそう思っただけなのか。

セラーニの担当は、文学的、芸術的、あるいは精神的な遺産が自分たちの死後も長く残っていくことに貢献できるのだと、世界中の人々に納得させることだった。世界中の本やウェブサイトの中身は、すでに保管されている。必要なのは、人々が物語や詩を書いたり絵を描いたり、あるいは単に自分の姿をカメラやビデオにおさめたりして、〈クラウド・アーク〉のパイオニアたちの遠い子孫が見られるようにすることだった。これは合理的かつシンプルな問題なので、納得してもらうのは難しくない。大量のデジタルファイルを保管して宇宙に送るという点に、ごまかしはないのだ。

最後のクラレンスが、説明のため演台についた。

ドゥーブは彼の言うべきことを暗記していた。内容についてさまざまな議論をしてきたが、クラレンスの気持ちは、自分にとってあくまでも自然である、高教会派の言い回しに引かれていた。

「聖書にあるように『クジを引く《キャスティング・ロッツ》』ときが、ついにやってきました」と彼は始めた。「神は地球を、多くの色と種類の人間を住まわせるに適した場所とみなされてきました。しかし今、かつてのノアと同じように、私たちにも重荷が課せられています。私たちも彼のように、生命の多様性を尊重しつつ箱舟を満たさねばなりません。世界の植物や動物、その他の生物について、いかに遺産を保存するかは、すでにメアリ・バリンスキーがお話ししました。私たちはノアがしたように、ひとつがいずつ箱舟に乗せることはできません。その場所がないだけでなく、生かしておく方法がないからです。そこで、植物や動物に関しては、別の方法をとることになりました。
しかし、人間に関しては、事情が異なります。箱舟は自動的なメカニズムではないので、人間が必要です。そして、創意工夫の能力と適応力が必要とされます。そこで生活をするのですから。まずは宇宙飛行士や軍人、科学者たちの能力が必要になるでしょう。しかし、そうした人はごく少数しかいませんし、世界の人たちの中の一部分でしかありません」

この問題——いったい何人が？という問題が、彼らをずっと悩ませてきた。ロケット工場がフルタイムで働き、さらにわれわれが安全に関してとやかく言わなかったとして、二年間にいったい何人の人たちが宇宙に行けるのか？見積もりは数百から数万まで、二桁の違いがあり、はっきりしない。しかも人を宇宙に送るのと、そこで生きていられるようにするのは、別問題だ。ドゥーブの知る最も信頼できる見積もりによれば、五〇〇から一〇〇〇のあいだということだった。だが彼らは、クラレンスのスピーチに特定の数字が入らないようにし、それをにおわせる言葉さえ除いた。

「私たちはあらゆる市町村や地域に対し、二人の若者、つまり少年少女を、ひとりずつ〝クジ引き〟で選んでくれるよう要請します。訓練を経て〈クラウド・アーク〉に搭乗するための候補者です。どのようにして選出されるか、そのルールや手続きについては、いっさい介入しません。私たちの目的は、人類の遺伝子的、文化的多様性をできうるかぎり保存することにあるのです。候補者たちがその選ばれたコミュニティの特性をそなえる典型的な例となってくれると、私たちは信じています」

彼の話には微妙に自己矛盾が含まれていた。ルールを押しつけることはいっさいしないと言ったが、その前に、選ぶのは少年少女ひとりずつだと決めているからだ。この点に関して問題を生ずる文化がけっこうあるだろうということを、彼らは承知していた。

「そうやって選ばれた少年少女たちは」とクラレンスは続けた。「ネットワークとなったキャンプとキャンパスに集められ、それぞれのミッションのために訓練を受け、〈クラウド・アーク〉に彼らの居住場所ができしだい、宇宙に送られます」

カメラアングルによっては自分が背景になっていることに気づいたドゥーブは、できるだけポーカーフェイスを維持した。クラレンスは完全に嘘をついているわけではない。しかし彼は、多くのことを省いてしまっている。何人の少年少女がそのキャンプで訓練を受けることになるのか？　宇宙の箱舟に送ることのできる、あるいは居住できる以上の人数ということはないのか。訓練の結果本当に役に立つようになるのは、どのくらいの人数になるのか？

現実には、クラレンスの言うニュアンスよりはるかに選別が厳しくなるだろう。〝クジ引き〟で選ばれたうちの、さらに一部が集められることになる。稀少な、あるいは典型的な特徴的な民族に属していれば、優位に立てるかもしれない。訓練センターに着いたとたん、〈ハード・レイン〉が始まる前に全員が宇宙へ行けるわけでないと、理解しはじめる。そして競争が始まる。容赦のない競争が。ドゥーブはそのことを考えるのがいやだった。

この三週間、人間の心がいかに不思議なものかということを、彼は何度も繰り返し考えてきた。訓練キャンプの居心地が悪いかもしれないということは、まったく気にならなかった。

ところが、若者たちが互いに醜い争いをすることになると思うと、ほとんどの人間が死ぬのだということ以上に、彼を苦しめるのだ。

　ロッジの窓にちらりと何かが見え、それがアメリアだということにドゥーブは気づいた。腕組みをして、窓敷居にひじをのせて、二人がこの三日間一緒にいた部屋からこちらを見下ろしている。彼女は外に出ず、部屋にとどまっていた。発表のもようをテレビで見て、コメンテーターや学者たちがどんなふうに映ったかをドゥーブに教えようというのだ。

ちょうど感謝祭の週で、学校も休みだった。彼女は水曜日にオレゴン州のユージーンまで飛び、レンタカーでロッジにやってきたのだった。

　これから何が起こるのかをまだ知らない従業員たちは、木曜日の午後、感謝祭につきものの七面鳥料理を出してくれた。この世の終わりについて考えるために世界中からやってきた科学者や政治家、軍人たちは、この祝日の行事にユーモアをくみ取ろうとした。だがドゥーブは、ある意味本当に〝感謝〟していた。彼は、アメリアが彼と一緒に過ごすために来てくれたことを、感謝していた。誰かにいてほしいといちばん望むそのとき、彼女は自分の人生にあらわれてくれた。そのことを、ドゥーブは感謝していたのだ。

　第七日、アメリアに出会ったとたん夢中になったドゥーブは、ばかげていると感じた。こんな反応をするなんて、自分の頭はどうなってしまったんだろうと思った。だが彼女は、小学校教師らしく諭すような、いくぶん冷静な言い方で、自分も好意を抱いているのだと教えてくれた。彼女の学校はカルテクのキャンパスから一キロほどの距離にあったので、二人はよく一緒に早めの夕食をとった。アメリアはその後自宅に帰ってテストの採点をし、ドゥーブは研究室に戻って指数関数的な〈ホワイト・スカイ〉に関する計算を再三チェックするのだった。新しい恋に夢中になる一方、これからどんな事態になるのかが、どんどんはっきりしてくる――そのあいだのギャップは、彼の心が相手にするにはあまりにも大きかった。彼は毎朝、目覚めてからの瞬間を楽しんだが、そのあとすぐ懸案の問題に心が移ってしまうのを、抑えられなかった。

ビデオ会議でISSの乗組員たちに事態を説明し、キャンプ・デイヴィッドから戻ってきたドゥーブは、いったい何を悩んでいるのかとアメリアに聞かれた。彼は正直に答え、その晩初めてアメリアと夜をともにした。四回夜をともにして、ようやく彼はセックスをすることができた。来たるべき破滅の日への不安がそうさせたわけではない。破滅自体はセクシーなものなのだから。それに彼は、愛する者の葬式に向かっている途中でも、性的な面では人生最高レベルの状態にあった。彼の心に重くのしかかり、インポテンツにしたのは、自分の知っていることをひとりひとりに伝えなければならないという考えからくる、ストレスと動揺なのだ。

その問題は解決した。今、すべての人が知ったのだ。

クラレンスは、聞く者を元気づけるような話でスピーチを締めくくった。〈クラウド・アーク〉の安全な場所に移った若い男女は、宇宙に新しい文明を築き、人類全体の遺伝子的遺産により、人口を増やしていく。凍結された精子と卵子、それに胎芽も宇宙に送られるから、地球に残って死を迎える人たちも、自分の子孫がやがて軌道上のスペースコロニーで成長し、デジタルデータとして保存された手紙や写真、ビデオを通じて、遠く離れた祖先と通じ合えるのだという希望を抱くことができるのだ、と。

ドゥーブにとって、この最後の部分は付け足しとしか思えなかった。かすかな希望を抱かせようとして、加えたものだと。だが同時に、今日の発表者なら誰もが言ったほうがいい、重要なことであるとも、わかっていた。そこに至るまでの内容は驚くほど残酷なものであり、あまりのショックで、ほとんどの人が受け入れられないと思われたからだ。今回の発表を扱うニュースキャスターたちは、精神的に立ち直る時間を与えるために、秘密を誓ったうえで、きのうのうちに概略を知らされていた。発表は、人々がすがるための藁を与えて締めくくらなくてはならない。このガンに身体を侵されながらも思いやりのある古風なケンブリッジ大学教授は、欽定訳聖書を読むような調子で、死者の子供たちが住む天国の新世界について語った。彼らはその祖先たちのＪＰＥＧファイルやＧＩＦファイルを聖なるものとし、今日の人間にとって心を高揚させるメッセージと同じに扱うだろう、と。彼はそれを人々に納得させなければならず、実際やってのけたのだった。〈クラウド・アーク〉計画を推進していくドゥーブとその他すべての科学者たちは、世界中の軍人や政治家やビジネスリーダーたちとともに、その約束を守らねばならなくなった。

　クラレンスのポスドクであるモイラ・クルーとメアリ・バリンスキーがそれぞれ片手を差し出すと、クラレンスの腕を一本ずつ支えて、クレイターのふちに向かう階段を降りるのを助けた。その先では動揺したジャーナリストたちが質問のために待ちかまえている。だが、大部分の場所は静まりかえっていた。いつもの記者会見後の騒がしさが、まるでない。ほとんどのネットワークが、自分たちの本局へ画面を切り替えていた。

ドゥーブは窓のほうを見上げてみた。アメリアは髪を耳のうしろにまとめて、窓ガラスからうしろへ引っ込んでいる。彼は寒さで硬直した脚を動かし、のろのろとロッジへ向かった。頭は凍結された精子と卵子のことを考えていた。いつまでもつだろうか？　冷凍後二〇年間は、解凍して正常な子供を生むのに使えると聞いている。ただし、宇宙線が問題を複雑にするだろう。一個の宇宙線が人間の身体を貫くと数個の細胞がダメージを受けるが、人体の場合は代わりの細胞がたくさんある。しかし同じ宇宙線が精子または卵子の細胞を貫けば、完全に破壊してしまうかもしれないのだ。

要するに地球上のすべての男性が試験管に射精し、すべての女性がそれより複雑なプロセスを経て卵子を採取し、何百万という単位で氷の上に乗せた胎芽が集められればいいわけだが、その場合は自分の子宮を提供して九カ月の妊娠期間を過ごしてくれる若くて健康的な女性がいなくては、意味がない。早晩、人口は増加するだろう。遠慮のない言い方をするなら、新たな世代の子宮は今後一四、五年で機能的になり、使えるようになる。それによる第二の世代が、三〇年後には生まれるだろう。だがそれまでに、地上の人たちが期待をかけた冷凍サンプルのほとんどが、期限切れとなってしまう。

〈クラウド・アーク〉の人口の多くが女性だという状態になっていく必要があるのだ。

単に多くの子供をつくるためという以外にも、これには理由がある。長期の宇宙飛行が人体に及ぼす影響の研究から、女性は男性よりも放射線のダメージを受けにくいらしいという結果が出ている。また、一般的に女性は男性より小柄だし、スペースも食料も空気も比較的少なくてすむ。社会学的研究からも、長時間狭いところに閉じ込められることに関しても優れているということが指摘されている。先天性・後天性の問題や、性自認《ジェンダー・アイデンティティ》は社会的構成概念なのか遺伝的プログラムなのかという問題になると、議論はつきないだろう。だが、男は野外を走り回って野生の動物に槍を投げるようにプログラムされているのだという、ダーウィン淘汰説をもし支持するなら——男の子を育てた親なら真剣に考えることだが——多くの男が金属の筒の中で一生を過ごすことを想像するのは、難しいだろう。

〝クジ引き〟で選ばれた若い人たちが訓練を受け選択されるキャンプは、男の子にとってはゴキブリ捕獲器のようなものになるだろう。入ることはできても、出てくることができないからだ。わずかな運のいい者たちを除いて。

ドゥーブはゆっくりとロッジに向かう二、三分のあいだ、何かをしなければならないという漠然とした思いにとらわれていた。

メディアに何か言うか？　そう、それだ。いつもならカメラクルーは彼を標的にして追いかけてくる。そして彼のほうは素早く身をかわそうとする。だが今日は違った。今日の彼は、身をかわしたりせず、ドク・デュボアとして、テレビの国にいる何十億という人たちに話がしたかった。なのに一台もカメラが寄ってこない。ほとんどの国のニュースキャスターは、テレプロンプターをじっと見つめながら、用意された原稿を厳《おごそ》かに読み上げている。もっと名の知れていないジャーナリスト――技術系のブロガーやフリーの評論家たちは、レポートを送っている。ドゥーブは駐車場の隅に知った顔を見つけた。〝タヴ〟ことタヴィストック・プラウズだ。三脚にタブレットを据え付けてカメラを自分に向け、ワイアレスマイクを着けてビデオブログ記事のたぐいを送っている。おそらく、ここ何年も彼を雇っている《チューリング》誌のウェブサイトだろう。ドゥーブとは二〇年来の知り合いだった。タヴはひどい顔をしていた。彼が姿を見せたのは、つい今朝のことだ。事前の通知を受ける資格も手だてもなかったはずだから、今回のニュースはすべて初めて聞くことばかりだったのだろう。ドゥーブはゆうべのうちに何度かツイッターとフェイスブックで彼を見つけ、今回の発表で不意打ちを食らわないように警告しようとしたのだが、むこうは返事をよこさなかったのだった。

　タヴから即興のインタビューを受けるにはふさわしくないときのように思えたので、ドゥーブは見なかったふりをしてロッジに向かった。入り口にいるシークレット・サービスの警護官に身分証を見せたが、これはかたちだけのものだ。相手はドゥーブのことを知っていて、すでにドアを開けていた。

　エレベーターの前を通り過ぎたドゥーブは、四肢に血液を行きわたらせるために階段をのぼって自分の部屋に戻った。アメリアがドアを半開きにしている。彼は『ドント・ディスターブ』の札をかけてうしろ手に閉めたドアをロックし、椅子にへたり込んだ。アメリアはまだ窓ぎわにいて、素朴な幅広の窓敷居に背中をもたせかけている。ロッジのこちら側は太陽からかげになっているが、明るい空の光が彼女の顔を照らし、目の下と口のまわりに刻まれはじめているしわをくっきりと見せていた。アメリアはホンジュラス系アメリカ人の二世で、アフリカ系とインド系とスペイン系が混じった複雑な系統だった。大きな目とウェーブした髪、鳥を思わせる顔で、きびきびしているが、いちばん重要なのは、学校教師が必要とする前向きな性格をそなえていることだった。目下の状況下では、とても大切な特質だ。

「終わったのね」とアメリア。「これで心の重荷がおりたでしょう」

「これから二日間で一〇〇回のインタビューがあるんだ。なぜとかなんのためにとかという、説明をしなくちゃならない。でも、君の言うとおりだな。最初に公表をするよりは簡単だ」

「数字の問題ね」

「そう、数字の問題だ」

「そのあとはどうするの？」

「二日間のあとってことかい？」

「ええ。どう？」

「それはまったく考えてなかったな。でもデータを集めなくちゃ。予想をより正確にするために。〈ホワイト・スカイ〉がいつ起こるのか、その予測の精度が上がれば、打ち上げのスケジュールやほかのことが決めやすくなる」

「〝クジ引き〟も」

「そうだ」

「あなた、行くんでしょ、デュボア？」アメリアは彼をニックネームで呼んだことがない。

「なんだって？」

彼女の顔に、一瞬いらだちの表情が見えた。めったにないことだ。それからじっとドゥーブの顔を見つめ、しだいに面白がっているような表情になった。「わからないのね」

「何がわからないって、アメリア？」

「あなたが行くことは、はっきりしてるわ」

「どこへだい？」

「〈クラウド・アーク〉よ。あなたは必要とされてるわ。あっちで役に立つ、数少ないうちのひとりだから。生き残っていくために本当の助けとなる人物。リーダーになるのよ」

彼女に言われるまで、そんなことは考えもしなかった。だが今、それは本当のことかもしれないと思えた。「そんな……ぼくはここで死ぬと思っている。君と一緒にね。ぼくらはここにいて、火口のふちでキャンプして、これから起こることを見とどけるものと思っていた。すごい見ものになるはずだから」

「ほんとの〝ホット・デート〟（一夜をともにする可能性の高い相手とのデート）ね。でも、その日は私、家族と過ごすつもりなの」

「それまでにぼくらは家族になれると思うけど」

アメリアの目の下にできたたるみに、涙がきらりと光った。鼻の下を指でこする。「今までにないほどおかしなプロポーズだわね。とすると、私のだんなさんは軌道上へ行き、私はカリフォルニアへ行くってことになる」

「何か手だてを――」

彼女は首を振った。「三五歳の学校教師を〈クラウド・アーク〉に連れていくなんて、誰も、絶対に、同意しないわ」

彼女の言うことが正しいのは、わかっていた。

「でも、凍結させた胎芽なら――可能性があるかも」とアメリア。

「それこそ、これまでにないほどおかしな誘い文句《プロポジション》だよ」

「私たち、おかしな時代に生きてるのよ（ダグラス・アダムス著『ほとんど無害』からの引用）。私には繁殖の時期が来てるのがわかる。もうコンドームは必要ないわね、絶倫さん」

確かにそのとおりだった。三〇分前、ドゥーブはクラレンス・クラウチのスピーチをまったくの懐疑的な気持ちで聞き、甘言にすぎないと思った。何もかも奪われた何十億の人たちの気をそらすため、残った二年間でセックスにはげめと言っているのだと、頭の中で論理的にこき下ろしていた。その彼が今、アメリアと抱き合いながら、宇宙に運んで誰ともわからぬ女性の子宮で育てるための、胎芽をつくろうとはげんでいるのだ。

絶頂に達したときドゥーブの頭の中にあったのは、自分の子供に算数を教えるための、ビデオのことだった。

クレイター・レイク国立公園での発表のとき地球にいなくてよかった――そう思いながら、ダイナはワークショップにひとりで座っていた。窓の外には、アマルテアのごつごつした黒いシルエットが浮かび、その下に青く輝く地球の周縁部が見える。発表がいつ始まるかも、どのくらいの時間がかかるかも彼女は知っていた。ビデオ配信は見ないことに決めている。彼女にとっては、地球自体がまったく外見を変えていないのが不思議なことだった。下の世界では七〇億の人たちが、考えうるかぎり最悪のニュースを聞いている。人類がいまだかつて経験したことのない、共通の心的外傷《トラウマ》を経験することになるのだ。警察と軍隊が、〝秩序維持〟のために――それが何を意味するにせよ――公共のスペースに配置されている。だが、地球はいつもと同じに見えた。

無線機がビーッという音をたてた。まばたきをして涙を払うと、地球の北のはしに曲がって見えるアラスカに目を向けた。

おまえがそっちにいることはおれたちにとって誇りだ。

ダイナは父親のこぶしを――電信用のキーをたたくようすを――そして彼の匂いと声を感じることができた。そして、こう返信した。

もう一度会いたかった。

ベヴァリおばさんがジャガイモを植え付けている。こっちは大丈夫。

ダイナはしばらく声を上げて泣いた。

「ＱＳＬ」とルーファスが送ってきた。Ｑ符号では「受信証を送ることができるか？」だが、ここでは「まだつながっているか？」という意味だ。

ダイナはイエスの意味で、同じ「ＱＳＬ」を返した。

Ｑ符号を使う目的は通信を効率よくすることだと知っていたが、今彼女は、別の効果があることに気づいた。言葉にするのがとても難しいとき、わずかだが有用な情報を補うことができる。

もう仕事に戻ったほうがいいぞ。

そっちもキーを打ってないでおばさんを手伝ってあげて。

愛してる　ＱＲＴ。（送信中止）

ＱＲＴ。

「そいつを理解できるってことは、ぼくにとっちゃ驚きだよ」

振り返ってみると、ワークショップからSCRUMに続く昇降口《ハッチウェイ》にリース・エイトケンが浮かんでいた。SCRUMは宇宙商業資源ユーティリティ・モジュールの略で、〈イズィ〉の船首、つまりアマルテアのある部分につながっている、巨大な缶のかたちをした部分だ。その側面にそってドッキングポートがいくつかあり、ほかのモジュールを接続できるようになっている。プロジェクトの遅延や予算のカットにより、まだひとつのポートしか使われていないが、リースはその中に浮かんでいた。毛布でくるまれた包みを片手に抱えている。

ダイナは洟《はな》をすすって、失敗したと気づいた。

「いつからそこに？」

「そう長くはたっていないよ」

ダイナはリースに背を向けてタオルをつかむと、目と鼻をぬぐった。そのあいだ彼は、早口だが穏やかな口調で説明した。「あの発表が見ていられなくなったんで、何か意味のあることをしようと思ってね。そうしたらびっくりするようなものを見つけたよ。水は低きに流れる、だな。いや、わかってはいたんだ。円環体《トーラス》には結露した水が集まる場所が甲板の下にある——これまでも気をつけてきた、メンテナンスの問題だ」

彼はちょっと言葉を切ってから、「そして、これを持って来た」と締めくくった。

ダイナは振り向いて、彼が抱えている包みを見た。「一ダースのバラ？」

「そいつは来週ということで。今日はとりあえず――」リースは包みを差し出した。

受け取ってみると、ステーションの中のあらゆるものと同様に重さがなかったが、慣性の大きさによって、けっこうな重量があることがわかった。

毛布をはがすとカサカサ、パチパチという音がして、〈イズィ〉のいたるところで遮熱材として使われている金属化ポリエステルシートがあらわれた。その下には、何かでこぼこしたものがあり、しかも冷たい。シートを取り除くと、出てきたのは分厚い氷のかたまりだった。レンズのような楕円形をしている。水たまりが凍ったもののようだ。

「すごい」

水滴がいくつかしたたり落ちて、ワークショップの小さな窓から差し込む太陽光で、ダイヤモンドのようにきらきら光った。ダイナは一瞬手を止め、みごとだわという表情でながめてから、顔を拭いたタオルで水滴を受け止めた。新しい星が集まってできた、小さな銀河のような水滴だ。

「君はショーン・プロブストからのわけのわからないメッセージについて、話してたね」

「彼からのメッセージはいつも、あんな調子よ。暗号解読をしたあとも同じ」ショーン・プロブストはダイナのボスで、アルジュナ・エクスペディションズの創立者兼会長だ。

「それはともかく、氷のことだけれど」リースは続けた。

「ちょっと待って。これ以上解けないうちにエアロックに入れたいわ」

「そうだな」リースはワークショップのはしへ向かって身体を動かした。カーブした壁に、直径五〇センチほどの丸いハッチが付いている。「グリーンの点滅ってことは、開けていいんだよね？」

「そうよ」

リースがレバーを操作してラッチ機構をはずし、ハッチを引っぱると、その向こうに小さなスペースが見えた。メンテナンスの必要なロボットをワークショップに入れたり、またアマルテアに戻したりするときにダイナが使っている、エアロックだ。人間用のエアロックはもっと大きく（かさばる宇宙服を着た人間ひとり分以上のスペースが要る）、安全上の理由から、あるいは政府のプログラムで設計されるせいで、複雑になり、費用がかかる。それに比べこのエアロックは、アルジュナ・エクスペディションズの少人数チームが、小さな装備品用に二、三週間で試作したものだ。大きめのゴミ収集缶くらいの容積しかない。モジュールの内部スペースを節約するため、その側面から宇宙空間に向かって突き出しており、ずんぐりした特大の消火栓といった感じだ。先端にはドーム型のハッチがあって、ジュール・ヴェルヌのＳＦ小説から抜け出てきたような押し棒《プッシュロッド》とレバーのリンク機構を使って、開け閉めできるようになっていた。もちろん今はそのハッチが閉じて空気に満たされ、数分前まで太陽光が外側に当たっていなかったせいで、ひんやりとしていた。

ダイナは氷のかたまりをそっと押し、リースに向かって滑空させた。「アップ・アンド・アンダー！」と声を上げてリースがキャッチした。

「なんのこと？」

「ラグビーさ（ボールを高く蹴り上げて、受け止めようとする相手めがけて殺到し、ボールを獲得して攻撃する戦法）」と言いながらリースは氷をエアロックの中に滑らせた。「〈グラブ〉か何かに、こいつを探して持ってこさせたりはしたのかい？」

「そのうちね。目下のところは、あそこでがんばってるわ」

「なるほど」リースは内側ハッチを閉め、確認してから振り返ってダイナを見た。ダイナもまた彼を見て、しばらく互いに見合っていた。

「つまり結露があって、トーラスの一ヵ所に水たまりができてたってわけね」とダイナ。

「デッキプレートでもめくってみたの？」

「ああ」

「で、凍ってたって？」

「まあ、普通は凍ってないね。環境制御システムをちょっといじって凍らせたってこともあるかも」

「やっぱり」

「エネルギーを節約しようとしただけさ」

ダイナはワークショップの反対のはし、ＳＣＲＵＭにつながるハッチの近くに浮いていた。まわりを見わたして、誰もいないことを確認する。トーラス部分での会議に出ているか、船外活動をしているかだ。

「でも厳密には……」

「厳密には正しくない」リースの言い方は、ぶっきらぼうながら自己認識をしている。そのことを彼女は気に入った。「なぜなら、外側ハッチを開けて、君のロボットが触れられるような宇宙空間に氷を放り出したら、すぐに昇華してしまうからだ」

〝昇華〟は、固体が液体の状態を経ずに直接気体になることを指す。ここでは真空状態に置かれた固体がしだいに気化していき、やがて消えてしまうことを言っている。氷の場合は、非常な低温に保っておかないかぎり、このプロセスが非常に速い。

「そして〈イズィ〉は水を失う」とダイナ。「乏しい、貴重な資源がね」

「なくなってしまうことはないさ」リースは無頓着に言った。「昔とは違う。あの発表があったからには、ロケットがここへどんどん来るだろう」

「それでも、ショーンはあたしにアルジュナ・エクスペディションズのプロジェクトをやらせようとしてる。ビジネスよ。プライベートな仕事。水は共有のものだっていうのに――」

「ダイナ」

「何よ」

「吹っ切ったほうがいい」

長い沈黙ののち、ようやくダイナが大きなため息をついた。「わかったわ」リースは正しいのだ。今は事情がすべて変わっている。

「それで、彼の目的はなんなんだい？　氷がどう関わってくる？」

彼の知りたがりに対してささやかないらだちをおぼえていたダイナだが、それも消えていった。たぶんリースは助けになるだろう。彼女は窓のほうを向き、数メートル向こうにあるアマルテアの見慣れた巨体を見て、うなずいた。「あたしもうちの一家もみんな、あれを専門にしてきた。鉱物相手の仕事。硬岩。金属鉱石。ロボットはすべて、大きな鉄のかたまりのまわりで動けるように最適化されている。磁石を使ってくっつくし、プラズマアークや研削砥石を使って作業をする。ショーンは今、そういうのをみんな棚上げにしろって言ってきてる。これからは氷だって。知りたいのは氷のことだけ。あたしに作業してもらいたいのもね」

「地球にはたくさんあるが」とリース。「君はそれを鉱物とは考えないんだろうね」

ダイナはうなずいた。「邪魔にならないようにどいてろってのは、いらだつわ」

「地球にいる君の仲間も、やっぱり氷の仕事をしてるのかい？」

「メールのやりとりから察するに、これは全社的な指令ね。水をトラック単位で買って、研究所の床にぶちまけてビルごと凍らせる。幸いなことにシアトルは冬だから、何度か温度を下げるだけですむわ。冷蔵庫の中でも働けるように、みんなＲＥＩ（アメリカ最大級のアウトドア用品チェーン店）で長袖下着と長ズボン下を買ってる」

「ミスター・フリーズ（アメリカンコミック『バットマン』に登場する怪人）の下で働くってのは、どういう感じなんだろうな」

「あたしはペンギン（『バットマン』に登場する怪人）て言おうとしたんだけど。シアトルの人たちは傘なんか持たないわね」

「シルクハットだってかぶらないと思うがね。やっぱりミスター・フリーズのシナリオだな」

「それはともかく、きのう着いた〈ビタミン〉にはこんなものが入ってたわ」

ダイナはワークステーションの隣にある収納スペースを開けて、メタリックグレーのプラスチック製容器を取りだした。繊細な電子機器を静電気から守るバッグだ。NASAの名刺がテープで留めてある。

「上層部《ハイ・プレイス》に友だちがいるってのはうらやましいね」とリース。名刺にはNASA長官、スコット・〝スパーキー〟・スポールディングとある。

ダイナは笑みを浮かべた。「低いところ《ロー・プレイス》にいるとも言えるけどね」

つまらない冗談だった。リースは返事をしない。ダイナは顔がわずかにほてるのを感じた。一種の保身から出たジョークがすべったのだから、顔を赤くするほどのことではない。「二週間前スコットは、あたしを見捨てないと言ってくれた。自分がついてるって」

「具体的にはどういう意味なんだ？」

「ロボットの仕事は続ける。あたしには仕事がある。……信じちゃいないけど、彼はショーン・プロブストと話したと思うの。なぜなら、二日前にショーンがこれをフェデックスでスパーキーに送り、今ここにあるから」

ダイナはジップロックの口を開け、親指と人差し指を突っ込んで米粒のような大きさの装置をひとつ、つまみ出した。遠目には単なるシリコンの薄片で、太陽電池のように見えたが、ごく小さな付属品が付いていた。

「そのぶら下がってるのは何だい？」

「移動システムよ」

「脚かな？」

「これはたまたま脚だけど、ほかのは無限軌道とか回転円筒とかスラマーとかが付いてる」

「スラマー？　専門用語かい？」

「採掘用のね。地上で重い装置を移動させる方法のことよ。あとで見せてあげる」

「どうやらこれからすべきなのは、ロボットたちが漂い去ったり行方不明になったりしないで氷の上を這い回れるようなさまざまな方法を、評価することのようだね」

「そう。シアトルの地上では、どれもある程度役に立ったのよ。宇宙での動作を評価してみたいわ」

「それだ！　君は運がいいじゃないか。だって――」

「自分だけの氷のかたまりを持ってるからね。ええ、ありがとう」

「禁じられたものなら、よりいっそう楽しいってことかな？」リースは眉を上げてみせた。二重の意味が込められているのは、はっきりしている。「一ダースのバラほどじゃないけれどね」

「さらに」とリース。「男が一ダースのバラで言いたいのは、何か。ただ君のことを思っている、ということだ」

〈イズィ〉に来て間もないころ、ダイナはショップの開口部にカーテンを付けた。

カーテンと言ってもただの毛布だが、ショップの中で居眠りをしたいときの目隠しになってくれたし、邪魔をされたくないとき、少なくともノックをしてほしいというメッセージになった。彼女は今、昇降口に移動してそのカーテンを引いた。リースのほうを振り向くと、こちらを熱く見つめ、その気であることがわかった。

「宇宙酔いはどう？　もうだいぶ、えーと、元気みたいね」

「絶好調さ。あらゆる体液がコントロールできてる」

「じゃあ、あたしが試してあげる」

ＮＡＳＡが「功罪相半ばする結果」と呼び、ロスコスモスが「許容範囲の死亡率」と表現した大量の飛行によってロシア人の侵略が始まったのは、それから一週間後だった。

遠方から見ると、〈イズィ〉はほとんどが太陽電池パネルでできている。最小限の重さで最大の表面積を得ようという目的においては、ある意味、鳥の身体にとっての翼のようなものだ。

重量や強さ、頭脳の役目のほとんどは、〝翼〟に比べればちっぽけな〝身体〟の部分——翼のあいだの中心部にある、缶のような形のモジュールの集まり——にある。どの方向からながめても、それをちゃんと見ることはできない。遠くから認識できるくらいの大きさをもつ唯一の部分は、近年になって追加されたパーツで、一端にアマルテア、もう一端に円環体《トーラス》がある。

太陽電池パネルは、ほかのものと同様、廃熱を宇宙空間に放出できる構造をしており、統合トラス・アセンブリに接続している。トラスというのは、構造工学で言う電波塔や鋼橋のような構造のものだが、支柱が格子状に組み合わさり、最小限の重さで最大限の剛性を生み出す構造物だ。〈イズィ〉のうち、ある部分ではこうした支柱が目に見えるが、多くの部分ではパネルによって覆われ、実際より硬そうに見える。そのパネルのうしろには、不可解なほど複雑なケーブル類や配管設備、バッテリー、センサー、そして太陽電池パネルを展開し回転させるメカニズムが収められている。わずかな例外を除いて、統合トラス・アセンブリは与圧されていない。空気を満たして人間が居住することを想定していないのだ。そこでの作業は超高層ビルの屋上でやる機械仕事のようなもので、風雨にさらされるが人間はめったに訪れない。配線を直したり、作動不良の部分の修理が必要な場合は船外活動としてそこへ行くが、〈イズィ〉の乗組員のほとんどは、ステーションの〝身体〟を構成するもっと小さな缶のかたまりの中で、ミッションの全期間を過ごすことになる。

だが、それが変わらなければならないときが来た。

〈イズィ〉そのもののスペースを広げるには、限界がある。缶をたくさんつなげられないとか、トーラスを増やせないとかいう問題ではない。単に、それ以上詰め込むのが無理だという話だ。ステーションでは、そのほぼすべてのものに電力を必要とする。そして、電気を使えば必ず廃熱が出る。ステーション内で発生した熱は、冷却システムで集めてラジエーターに送り、赤外線として宇宙空間へ排出しなければ、中の人間は焼けてしまう。宇宙ステーションの中心部に、より多くの人間と機械を詰め込むには、さらなる太陽電池パネルとバッテリー、ラジエーター、そしてそれをつなげる配管設備とケーブル類が必要になるのだ。しかもこれは、人的要因を計算に入れていない。人間に必要な食糧や水、呼吸のできる清浄な空気をどう供給するか、炭酸ガスと汚物をどうリサイクルするかという問題もあるのだ。

これに対し〈クラウド・アーク〉のための専門家グループ——政府宇宙機関の経験者と商業宇宙開発の起業家たちによる臨時作業部会——は、実現可能性があると思われる唯一の方策を選択し、その戦略は世界中に分散・供給された。〈クラウド・アーク〉の構成要素である宇宙船は〈アークレット〉と呼ばれたが、これを適度に小型のものにして、重量物打ち上げロケットの先端に付けて軌道上へ送る。それぞれの〈アークレット〉は、太陽電池パネルでなく放射性同位体《ラジオアイソトープ》を燃料とする原子力電池から熱を得るので、何十年かのあいだ電力を維持することができる。このタイプの電源は、ソヴィエト連邦時代のロシアが人里離れた灯台に設置したし、太陽電池の使用できない遠方まで何十年もかけて行く探査機に搭載された。

各〈アークレット〉には、ごく少数の人間しか乗れない。設計の種類により人数は変わるが、五人から一二人であり、膨張性構造物の量産がすぐに実現可能であるとわかるかどうかにかかっていた。それが可能なら、皮の分厚い風船とでもいうようなものにより、居住スペースを広げることができるのだ。しかし、長期間内部の気圧に耐えることができ、太陽放射線や極端な温度差、流星塵といったものにもちこたえることができる風船をつくるとなると、簡単なことではない。

あまり言われずにきたことだが、長い目で見れば〈クラウド・アーク〉は、食糧生産の面で自給自足をしなくてはならなくなる。水は当然リサイクルしなくてはならない。そして、人間の吐く二酸化炭素を植物の生育に使い、その植物は人間が呼吸するための酸素をつくり、同時に食糧とならなければならない。いずれもSF小説の中に書かれてきたし、何十年ものあいだ実際に試されてきたことだ。そうした実験はよい結果も悪い結果ももたらしたが、今、この分野についてダイナよりもはるかに深く理解している人たちに注目が集まっている。だがダイナは、ローカロリーのベジタリアン食とか酸素不足の事態などには、自分のほうが慣れていると思った。

孤立した〈アークレット〉は、長くもたないだろう。どんなに内部の生態系がよくても、関係ない。何かしら問題は起こるものだ。病気になることもあろうし、必需品や栄養素が不足することもある。同じ相手と一緒にずっと閉じ込められていれば、それだけで人間はおかしくなるものだ。

〈アークレット〉と〈クラウド・アーク〉システム全体の設計は、どんどん変化していった。たとえば、あるときまでの設計では〝完全分散型〟だった。つまり、長期的には中央貯蔵所である〈イズィ〉がなくなり、〈アークレット〉間のすべての物資および〝人的資源〟の交換は、〝任意ドッキング〟によって行なわれる。二つの〈アークレット〉が互いに同意したら、向かい合わせでドッキングし、食糧や水、〈ビタミン〉、あるいは人間を交換するのだ。いわば市場主導型の、中央からの指令も制御メカニズムもないかたちとして、計画された。

それが次の日には、〈イズィ〉にある指令センターが全体の調整を行なうという指示が出された。宇宙ステーションはまた、貯蔵可能なすべてのものの中央貯蔵所として機能する。そしてトーラスは――リースが二つ目を建造しようとしていたが――休息とレクリエーションの場所ともなる。〈アークレット〉の住人は、缶詰の中にずっと閉じ込められていることで気が変になるだろうし、微小重力のもとにいれば骨密度が低くなることもあろう。その彼らに重力を与え、息抜きができるようにするのだ。

〈アーキテクト〉たち（ダイナとアイヴィは地上の連中のことをそう呼ぶようになっていた）の考えは、これら二つの極端な説のあいだを行ったり来たりしており、少なくとも二つの派閥が存在することを示していた。中央集権派は、長期にわたるゼロGの危険性を指摘し、人間を回転させるトーラスの必要性を主張した。一方、分権派はその二日後、〈ボロ〉計画と呼ばれる構想をもとに反論した。二つの〈アークレット〉を長いケーブルでつなぎ、共通重心のまわりで回転させれば、トーラスの中で得られるよりも強くて良好な重力を発生させるというものだ。だが、さらにその二日後、中央集権派は動画シミュレーションを公表して、二つの〈ボロ〉が互いに回転するとケーブルがからまることを明らかにした。そこにはスラップスティック・コメディのホラー映画を見ているような、滑稽な恐怖感があった。

こうしたことは、短期的には問題にならなかった。狂乱状態とも言えるような加速されたスケジュールの中で、一台の〈アークレット〉を設計・製造するのでさえ、何週間もかかるのだ。それを宇宙に打ち上げる巨大なロケットの生産ラインを増強させるには、もっと長い期間が必要だった。この間に〈イズィ〉の乗組員たちは、既存の宇宙船が――ほとんどはソユーズ・カプセルなどの寄せ集めが、残っているロケットで打ち上げられる光景を見ることになる。それに乗る者たちは〈パイオニア〉と呼ばれ、〈イズィ〉の統合トラス・アセンブリに新たな部分を加えるのが仕事だ。たくさんの〈アークレット〉を一度にドッキングさせるため、物資を貯蔵するため、そしてそれらすべてを機能させるためのパーツ。〈パイオニア〉たちは多くの時間、宇宙服に身を包み船外活動《EVA》をして過ごすことになるが、その人数は合計で一〇〇人ほどになると思われた。目下彼らの訓練が行なわれ、宇宙服が大急ぎで生産されつつあった。

とはいえ、現在の〈イズィ〉が一〇〇人もの人間を新たに収容することは、不可能だ。宇宙船が到着した際に係留するためのドッキングポートさえ足りない。そこで、数週間後に到着しはじめる〈パイオニア〉たちの受け入れのために、〈アーキテクト〉はまず〈スカウト〉を送り込んだ。〈スカウト〉になるためには、驚異的な身体持久力をそなえ、生死に関わる危険を完全に無視できて、宇宙服を着た状態で生き残るすべを身につけていなくてはならない。その結果、すべてがロシア人ということになった。

宇宙ステーションに、彼らの乗るスペースはない。物理的には入れるスペースが充分あるのだが、そこには生命維持システムがないのだ。二酸化炭素除去装置が、それほど大量の人数に対応していない。トイレも宇宙ステーション全体で三つしかないし、うちひとつは二〇年ほど前の代物だった。

したがって、〈スカウト〉たちはほぼすべての時間を宇宙服姿で過ごすことになり、目下のところ、それが道理にかなっている。毎日疲れ果てるまで働くことが、彼らのミッションであり、一日に一六時間宇宙服の中にいるということは、その一六時間、〈スカウト〉が〈イズィ〉の生命維持システムに直接の負担をかけないということなのだ。

〈ゼロ〉当時、船外活動用として機能する宇宙服の数は世界中で一ダースほどしかなかった。それ以降、製造数は増加したが、今でも乏しい資源のひとつでしかない。最も一般的なタイプであるロシアのオーラン宇宙服は、単独使用で七時間までしか機能しないが、いずれにせよ普通の人間はそのくらいの時間で疲れ果ててしまうので、問題はなかった。それ以上の時間がたつと、宇宙服内部の酸素や電力を使い切ってしまう。そこで〈スカウト〉たちは、ほとんどの時間、救命索を付けて作業をすることになる。彼らの宇宙服は外部の生命維持システムにケーブルとパイプの束でつながれ、空気と動力を供給される一方、余分な熱を取り除いてもらうのだ。

休憩の許される数時間、〈スカウト〉たちは宇宙服を脱いでくつろぐ場所を必要とする。そこで、ロスコスモスで管理をする誰かが、緊急時の乗組員救助装置という古いアイデアを引っ張り出してきて、現実のものにしはじめた。呼び名は〈ラック〉。ロシア語ではタマネギを意味し〝ルーク〟と発音する単語だが、英語読みで〝ラック〟と言われるようになった。

ロシア的なテクノロジーの伝統にしたがって、〈ラック〉は非常に単純な方法をとる。宇宙飛行士をつかまえ、空気を詰めた大きなプラスチックバッグに入れるだけだ。

もちろん、普通の素材でできた袋なら、飛行士が窒息するか、内部の気圧に耐えるほど丈夫でない袋が破裂してしまう。そこで、袋には破裂しないだけの空気を——一気圧の何分の一かの空気を——入れ、その中にもうひとつ別の袋を入れる。その袋は、ひとつ目よりもわずかに高い気圧の空気で膨らませる。それではまだ宇宙飛行士を生かすのには足りないので、二つ目の中に三つ目の袋を入れ、さらに高い気圧で膨らませる。これをロシアのマトリョーシカのように繰り返していき、いちばん内側の袋の気圧が人間の生存に充分なものになったところで、それに宇宙飛行士を入れるのだ。これら半透明のプラスチックの層が、タマネギを連想させるのだった。

この構想には、いくつもの利点がある。安価で単純で、しかも軽量なのだ。そのうえ、空気を抜いて縮ませた〈ラック〉は、たたんで丸めることでバックパック・サイズの容器に保管することができる。

当然ながら、いちばん内側の袋の空気は、呼気に含まれる二酸化炭素で汚染される。だがこれは、宇宙船や潜水艦で通常行なわれているように、水酸化リチウムに通して二酸化炭素を吸収させることで解決できる。わずかな酸素を入れて古い空気と入れ替えることで、中の人間は快適になるだろう。

ただ、中の人間の身体から出た熱が袋の中で上昇し、暑苦しくなるので、何らかの冷却システムは必要となる。

難しいのは、〈ラック〉への出入りをどうするかという問題だった。ロシアではどういうわけか、誰でもが——少なくとも宇宙飛行士プログラムの身体的規格に合う者は誰でも——直径四〇センチの穴をくぐり抜けることができると決めていた。その結果、〈ラック〉にはつばが——外縁部に沿ってボルト穴のある直径四〇センチのグラスファイバー製リングが——付くことになった。プラスチックのすべての層がそれに向かって収束するので、タマネギのイメージがさらに強くなる。ここがタマネギを切断したときの軸にあたるのだ。この直径四〇センチの穴から空気が勢いよく抜けるのを避けるため、もっと分厚いプラスチックの強力なダイヤフラム（圧力の作用に応じて変位を生じる仕切り膜）を付けて、宇宙飛行士が中に入ったら閉じるようになっている。

　というわけで、〈ラック〉の一般的な使用手順は、まず袋を広げてつばの部分を見つけ、頭からかぶる。身をよじって肩や骨盤まで通り抜け、最後に足を中へ入れたら、ダイヤフラムを見つけてロックすれば、中に閉じこもることができるというわけだ。この時点での〈ラック〉はまだ、寝袋のようにして宇宙飛行士を入れた、しわの寄った巨大なプラスチックのかたまりにすぎない。

　〈ラック〉は真空の宇宙に出されると、その多数の層に空気を流し込むバルブを開けられるようになる。いったん空気が入ると、それはトレーラーハウスくらいの大きさにまで膨らみ、救助艇につかまえられるまで当てもなく漂っていく。

　救助艇の外部ハッチは、〈ラック〉のつばにある穴に合ったボルトパターンのアダプターを備えていなくてはならない。〈ラック〉と救命艇のあいだで気密が保たれた状態の接続が完了すると、ハッチが開けられ、ダイヤフラムのロックもはずされて、宇宙飛行士は孤立状態から救い出される《ブリング・イン・フロム・コールド》。あるいは、宇宙の過剰な熱エネルギーを取り除く困難から、つまり熱から救い出される《フロム・ヒート》。

オーラン宇宙服は上部胴体《ハード・アッパー・トルソ》（HUT）を中心につくられている。HUTは、着る者の胴体およびそれと腕や脚、ヘルメットとの接合部を包み込む外殻だ。背中の部分はドアのようになっていて、ふちに沿って付いたガスケット（気体が漏れないよう、継ぎ目に用いる固定用シール材）が気密性を保っている。服を着るには、そのドアを開け、両脚の部分に足をねじ込み、手を腕の部分にそって手袋までぐいっと突っ込んだあと、ヘルメットに頭を入れる。その後、背中のドアが閉まると、そこからはこの服がひとつの独立したシステムとなるのだ。

ロスコスモスは、〝ヴェスティビュール〟と呼ぶモジュールをたくさん建設していた。既存のパーツをつぎはぎして二週間程度でつくったもので、〈ラック〉とオーラン宇宙服のあいだをつなぐ、間に合わせの装置だ。

ヴェスティビュールは、あおむけになった人が入れるくらいの大きさしかない。片方のはしの出っ張った部分《フランジ》が、〈ラック〉の直径四〇センチのリングに結合できるようになっている。宇宙飛行士は足を先にして〈ラック〉からヴェスティビュールへずるずる移動し、スペースに多少の余裕ができると、もう片方のはしに接続したオーラン宇宙服のドアを開けたまま、服の両脚部に向けて足を突っ込む。ただし、その前にダイヤフラムを手動で閉じて、ラチェット・レンチでボルトを締める必要がある。

オーラン宇宙服を身につけると、ヴェスティビュールに組み込まれたメカニズムを起動し、宇宙服の背中のドアを閉じることができる。ヴェスティビュールに残っていたわずかな空気が宇宙空間に漏れていき、宇宙飛行士は自由に動けるようになる。一日の仕事が終わったら、今の手順と逆のことをするわけだ。郊外に住む通勤者が、車をガレージに入れて乱平面造りの住宅（段差のある階層構造の家）で眠るように、宇宙飛行士はヴェスティビュールのはしに宇宙服を接続して、〈ラック〉が許すかぎりのスペースに浮かびながら、数時間の憩いを楽しむのだ。

しかし、これにはいくつかの問題点があった。

・〈ラック〉とヴェスティビュール、それに宇宙服は、いわゆる閉鎖系《クローズド・システム》を形成している。そのシステムの外に出るには、うまく宇宙服を身につけて、ドアを閉め、エアロックに向かって宇宙遊泳をしなければならない。もし何かまずいことが起きて、宇宙服に入ってドアを閉めることができなくなると、救出は不可能、あるいははなはだしく困難となる。おそらく流星塵のせいと思われる、〈ラック〉に穴があいた事故で、〈スカウト〉プログラムの二日目に死者が出たことがあった。それ以降、〈ラック〉／ヴェスティビュール・システムは、アマルテアの陰に集められるようになった。小惑星が飛んでくる岩をすべて防げるわけではないが、かなりのものを阻止することができるのだ。

・このクローズド・システムに出入りする実際の方法はないので、〈スカウト〉はあらかじめ宇宙服を着てヴェスティビュールと〈ラック〉につながった状態で、バイコヌール宇宙基地から打ち上げられなければならない。いずれにせよ、この装置を通常の宇宙カプセルに搭載することができないという事実により、これは必須事項となる。〈スカウト〉たちは、人間の輸送用でない、生命維持装置のない貨物輸送船に、一度に六人が詰め込まれて打ち上げられるのだ。彼らは打ち上げ直前からＩＳＳ到着まで宇宙服の酸素と動力だけで生き延びることになるが、飛行は七時間以上かかるので、途中で補給が必要となる。この点に関するシステムの不備により、最初の乗組員六人のうち二人、二回目の乗組員のうちひとりが、死亡した。

・こうした新たなミッション・パラメーターにより、宇宙服の能力はかなり無理を強いられるし、当然ながら〈ラック〉自身には生命維持装置などないので、すべてはこの新案装置とザヴォート・モジュールをつなぐ救命索にかかっている。〝ザヴォート〟はロシア語で工場を意味するが、これまた、既存のパーツを二週間でつぎはぎしてつくった装置である。ザヴォートが動力と水と消耗品を供給してくれるかぎり、空気から二酸化炭素を除去し、排泄物を集め、身体からの熱を排出し、宇宙飛行士の生命を維持することができる。熱は真空にさらされている表面の氷で取り除かれ、宇宙空間に昇華される。このザヴォートの問題により、初期に打ち上げられた三回のうち四人が死亡した。うち二人はソフトウェアのバグによるもので、その後、地上からの送信によりパッチをあてることで解決した。もうひとりはホースの欠陥によるもの。残りのひとりは原因が説明されていないが、死亡時のようすは〈イズィ〉の乗組員によって目撃されていた。船窓とビデオ映像を通じて見たかぎり、異常高熱によるもののようだったという。冷却システムが故障して飛行士は意識を失い、熱中症になったらしい。それ以来、〈ラック〉に備えたずさんな冷却システムの使用をやめ、ジッパー付きの袋に氷を詰めて毎日供給するようになった。

以上のことには、〈スカウト〉たちが実際に作業をしているときの不運な出来事は、含まれていない。たとえばA+0・35、救命索の破損で〈スカウト〉のひとりが危うく命を落としかけた。勇敢にも彼は、ザヴォートから自分を切り離し、いちばん近いエアロックに向かった。ステーション内部に迎え入れられたとき、酸素の量は残り一分以下だったという。その二日後、別の〈スカウト〉が原因不明のまま姿を消した。流星塵のせいか、あるいは自殺によるのではないかと考えられている。

つまり、最初の乗組員であった六人の〈スカウト〉のうち、二人が到着時には死んでおり、ひとりが翌日の〈ラック〉の不備で死んだ。二回目の乗組員のうち、ひとりが到着時に死んでいた。そして、三回目の乗組員は六人全員が〈イズィ〉で生存している。生き残った一四人のうち、さらに四人がザヴォートの不備によって死亡し、ひとりが行方不明となり、ひとりが装備の問題で〈スカウト〉から〝リタイア〟せざるをえなくなり、しかたなく〈イズィ〉の中にいるという状況なのである。

ステーションの組織図のトップにいるアイヴィは、ほかの誰もがどうすべきかを知らない、あるいは扱いたがらない問題に対して下される、おかしな決定や尋常でない決定のすべてについて責任を負っていた。中でも、死亡した者をどう扱うかということに関する決定が、彼女にとっての問題になっていた。

もちろん、手順はある。NASAはあらゆることに関して手順を決めているのだから。彼らはずいぶん前から、宇宙飛行士がミッションのあいだに心臓発作など何らかの不運により死ぬかもしれないと予測していた。人が生活し仕事をする宇宙ステーションの中に、腐敗の進む九〇キロの肉のかたまりを置くわけにはいかないので、宇宙空間でフリーズドライ状態にしたあと、次の地球行きソユーズ宇宙船に乗せてしまうという、大まかな方針は、あったのだった。ソユーズは真ん中のセクション、つまり帰還モジュールだけが地球に戻る。その上に乗っている回転楕円体の軌道モジュールは、再突入の前に切り離され、地球の大気によってしだいに燃えていく。そこで、慣例的な手順では、この軌道モジュールにゴミを詰めて一緒に燃やすことになっていた。

もちろん、死体はゴミではないが、大気圏再突入の際に燃やしてしまうのは、処理するのに都合のいい方法と考えられた――ヴァイキングの葬儀の宇宙版といったところだ。

打ち上げと再突入という通常の往復サイクルは、当然ながら停止されている。地球から上がってくることはあっても、下りることはないのだ。したがって、軌道モジュールはそのまま、居住区または倉庫として使われることになる。そして、大気圏で燃やすはずだった〝ゴミ〟は選り分けられ、再利用される。糞便も、水栽培農場の肥料となるのだ。

アイヴィは、こうした新たなポリシーに対処するため、独断的な決定を下した。死者は、トラス・モジュールにドッキングした空《から》の軌道モジュールに移動する。これは宇宙空間に向けて開いた状態にしてあるので、見えない場所、気にならない場所で、死体をフリーズドライ状態にすることができる。死体でいっぱいになったら、何らかの儀式を行なってから、軌道からはずす。すると、みんなが黙ったまま見守る中を、白い光の筋を描きながら大気圏に落ちていくというわけだ。

だが、まだいっぱいにまではならなかった。

八人の〈スカウト〉が生き残っていた段階で、次の重量物打ち上げロケットの準備ができ、新たに六人が打ち上げられた。彼らは三時間ごとのフェーズを繰り返して、一五時間、時には一八時間連続で働いた。ひとつのフェーズでは、二時間の実働のあとに一時間、もとの場所《イン・スィチュー》で、つまり宇宙服《イン・スーツ》のまま休憩する。ラテン語のＳＩＴＵとスーツのＳＵＩＴがアナグラムになっているのだ。

ロボット・ワークショップで働くダイナが、彼らの働く様子を直接見ることはなかった。彼女の窓は〈スカウト〉たちが全時間を過ごすトラスとは反対方向に向いているからだ。その気になればビデオ映像で見ることもできるが、ほかにすることがたくさんあった。

流星塵による〈ラック〉の事故のあと、ダイナはロボット集団に〈ラック〉を集めさせることで、ささやかな勝利を得た。アマルテアは〈イズィ〉の先端に接続しており、軌道の方向を向いていることから、宇宙ゴミの影響に最も多くさらされている。実際、この小惑星はそれよりもうしろにあるすべてのものを宇宙ゴミとの衝突から守る、破城槌のような役割で接続しているわけだ。その背後には、いくつもの〈ラック〉が身をひそめるに充分なスペースがあり、彼らの長時間生存確率を高めるとともに、宇宙線被曝を減少させることが可能になっていた。

ダイナのクルーである鉄鉱掘削ロボットたちは、彼女の雇い主が凍結水に軸足を移したことで、当面、時代遅れとなってしまった。そこでダイナは、小型のロボットを氷の厚板の上でちょこまかと走らせていないとき、古いロボットたちを使ってアマルテアの後方に穴を掘って、主にアイボルト（頭部が輪状のボルト）による接続ポイントをつくり、〈ラック〉をケーブルでつないだ。これは厳重な係留システムではなかったので、最初は漂流したり風船の紐のようにふらふらとぶつかったりした。しかし二日もたつと安定した状態となり、ダイナの窓からの視界をさえぎるようになった。今の彼女に見えるのは、プラスチックバッグばかり。だが、彼女は気にしなかった。〈スカウト〉たちのこうむるリスクを知ったあとでは、何も気にならなくなっていたのだ。

〈ラック〉の各層はほぼ透明だが、あまりにも多くの層が重なっているため、中はかすんで見える。ダイナの窓から見える隣人も、身体の輪郭はわかるが、顔ははっきりと見えない。ただ、女性であることは確かだった。

〈スカウト〉のシフトは二四時間のあいだで互いに重なっている。窓の外にいる女性は、いつもダイナにとって一日の午前中にあたる時間に、シフトから戻ってくる。ダイナが見ていると、彼女はアマルテアの地表を、係留ポイントを使ってケーブルと救命索を避けながら、苦労して一歩ずつはいのぼっていく。言葉であらわせないほど疲れ果てているに違いない。ダイナはかつて、宇宙服を着て二時間仕事をしたことがあるが、その日は丸一日へとへとになってしまった。彼女が必要なようだったら、〈グラブ〉か〈サイワイ〉を手伝いに提供してやろう。きっと、こちらを振り向いてヘルメット越しに見つめ、目をぱちくりさせることだろう。それがお礼の意味だ。そして彼女は、ヴェスティビュールの開いた出入り口にたどり着き、中に入る。すると（ダイナからは見えないが）自動のメカニズムが作動し、宇宙服をソケットにロックし、気圧を均一にして、ドアを開け、頭を、腕を、そして胴体を出せるようにする。彼女はプラスチックの結束バンドにつながって浮かぶラチェット・レンチを見つけ、頭の〝上〟へ手を伸ばすと、〈ラック〉のダイヤフラムをフランジに締めつけている二四個のボルトをはずし、あたりを漂わないように注意しながらそれぞれの穴にふたたび取りつけると、ようやく直径四〇センチの出入り口に身体を通して、多少は余裕のある〈ラック〉の環境に入るのだ。この途中で彼女は、各人がシフトで出ているあいだにヴェスティビュールに届けられた〈メール〉を受け取る。これには食料と飲み物のほか、アメニティ・グッズとでも言うべきものが入っている。シンプルな温度調節の役に立つ氷が入った袋、排泄物処理用の袋がいくつか、それに、彼女の場合は生理用タンポン。

遠回しのマナーと急ごしらえのやり方ですべての物事が処理されている今、ダイナが彼女と直接交流する方法はないし、彼女の名前を知る方法すらない。ばかげたことに思えるが、かつて9・11同時テロの際に消防士と警察官の会話を不可能にしたのと同じ現象が、起きていたのだった。〈スカウト〉たちは別の無線で別の周波数を使っているため、ダイナが交信することはできないのだ。

NASAのウェブサイトで人物データをチェックして、消去法を使った結果、隣人はテクラ・アレクセイエヴナ・イリューシナという女性であることが特定できた。テストパイロットだ。前回のオリンピックに出場して、七種競技で銅メダルをとっている。旧ソヴィエト時代だったら、その輝かしいキャリアで政治宣伝のアイドルになっていたことだろう。だが、保守的な傾向の強い現代ロシアのカルチャーは、男性支配の職業である軍隊と宇宙開発の世界に女性が割り込む余地を、ほとんど残さなかった。その結果、彼女の職業経験のほとんどが、国外にある民間の航空宇宙会社でのものとなった。数年前にロシアへ戻った彼女は、現在二人しかいない現役女性宇宙飛行士の、ひとりである。その背景にある政治を、ダイナは皮肉な目でながめていた。ロスコスモスがNASAや欧州宇宙機関と良好な関係を保つためには、宇宙に行ける能力のある女性を少なくともひとりか二人、確保しなくてはならないのだ。

テクラは三一歳。宇宙飛行士としての公式写真で、彼女には似合わない、こわばった時代遅れのダイアナ妃的髪型をしていたときもあった。先のオリンピック開催中には、クリックベイト・サイト（ユーザーの目を惹きつけ、クリックさせるためのタイトルのあるウェブサイト）で最もホットな女性アスリート五〇人に選ばれたが、ランキングのうしろのほうに埋もれてしまった。頬骨が高く、緑の瞳でブロンドの髪、その他スラブ系の超人的な女性を思わせるあらゆる要素をそなえた彼女を、ダイナは魅力的だと思った。だが、そのテクラがなぜ五〇人中の四八位だったのかは、理解できた。冷ややかな印象を与える強そうなあごのせいで、サイトのつくり手がカメラアングルの選り好みをして、フォトショップで変更を加えたのだろう。この手のサイトを見る男たちは、はっきりとはわからない理由でテクラに反感を抱くのだろう。居並ぶ写真の中にピンと張った彼女の三角筋を見て、おじけづくのだ。ダイナはコメントのスレッドを読まないようにした。なんと書いてあるかはとっくに予想できたからだ。

テクラはおそらく、ここへ送り込まれたからには、死を覚悟しているのだろう。

毎回シフトを終えたあと、彼女はフランジを通り抜けてミルク色の風船のような〈ラック〉の中に浮かぶと、終日ぴったりと肌についていた水冷式冷却ベストを脱ぎ捨てる。伸縮性のある青いメッシュの素材の層に、プラスチックのチューブが編み込まれたものだ。ポンプに接続されて冷水がチューブを循環することで、初めて機能する。一六時間ずっと身につけているのがいやになるらしく、テクラはまず最初にこれを脱ぐのだった。それから、下着をひざまで下ろし、作業中にずっと装着していた尿道用の膀胱留置バルーン・カテーテルを収縮させてはずす。〈メール〉の中に入っているウェットタイプのペーパータオルで身体を拭き、廃棄物袋に捨てる。地球を発つ前に頭をスポーツ刈りにしたらしく、髪の毛にわずらわされることがなかった。それからようやく、非常食のパックを開けて食事を始める。そのあとに便意をもよおすこともよくあるが、プラスチックバッグとウェット・ペーパータオルを使って、いささか不作法に行なうしかない。それらはすべて廃棄物袋に入れるが、それはヴェスティビュールに置いておくと次のシフトのあいだに収集されるようになっている。そして、〈ラック〉に付いている唯一の照明であるLEDストリップライトを消すのだが、アイマスクをして眠りにつく前に、タブレットPCをしばらく見つめていることもあった。

〈イズィ〉は九三分で地球を一周する。そのたびに完全な昼の部分と夜の部分を通過するので、テクラが眠っているあいだの半分の時間、ダイナは羊水に浮かぶ胎児のように裸で〈ラック〉の中にいる彼女を、窓からながめることができた。

そんな調子でほぼ一週間テクラを見つづけたころ、ダイナはこれがかなり気を散らされることであると気づいた。彼女はアイヴィを、次にリースを自分のワークショップに連れて来て、眠っているテクラを窓からのぞかせた。彼らはテクラのことを話題にし、ネットで集めた彼女の画像をメールしあった。

「あそこにいるのは、あんたかあたしだったかもしれないね」ダイナがアイヴィに言った。

「まさに私たちよ」とアイヴィ。「程度の問題にすぎない」

「あたしたちも最後はあんなふうになると思う？」

アイヴィはちょっと考えてから、首を振った。「だって、あの生活のしかたはずっと維持できるもんじゃないし」

「自殺行為の任務だって思う？」

「強制収容所だと思う。あなたの窓の外にある、小さな強制収容所」

「彼女、何か困ってることがあるかな」

「私たちはみんな、何らかの問題を抱えてるのよ」

「そうね、忘れてた《アイ・フォーゴット》」

「彼女はラッキーなほうよ。そうでしょ？」テクラは少なくとも地球を離れることができたからだ。

「あんまりラッキーには見えないけどな。あんなに寂しそうな人は見たことがない。あのタブレットで誰かと話ができるのかな。それともサーフィンしてるだけ？」

「気になるならスペンサーに聞けるわよ。彼ならすべてのパケットのログを記録してるはずだし」

アイヴィの言葉が冗談にすぎないことはわかっていたが、ダイナはあえて答えた。「いや、彼女だってプライバシーは尊重されるべきだわ」

一方、リースの反応は、性的に興奮することだった。あからさまには示さなかったが、彼がテクラを見てからダイナとセックスするまで、多く見積もっても三〇分ほどしかかからなかった。彼がその気になるのには、まったく手間がかからなかったし、ダイナにしても同じことだった。自分がすぐその気になれるのだということを、ダイナはつねに感じている。

それは彼の匂い——少なくともリースの具合が悪くないときの、匂いのせいだった。だが時と場所が違ったら、匂いだけでは充分でなかったろう。まずはデートか何かから始めるが、その時点での人間関係や相いれないライフスタイル、性的関係に関するポリシーの相違をなんとかするというめんどうな作業が必要になるのだ。ところが、ここではごく自然に物事が運んだのだった。しかもすばらしいものだった。

　地上のインターネットから聞こえてくる情報によって察するに、このことは万人に共通らしかった。人類は滅びようとしているのかもしれないが、その前の二年間でセックスを楽しもうという、狂乱状態にあるのだ。

　ただ、実際に二人で一緒に寝るというのは別問題だった。リースは特にそのあたりを気にしていないようだったが、設備的には難しい。宇宙飛行士は通常、意識のないときにどこかへ浮かんでいかないよう、寝袋の中で眠る。それはひとり用にデザインされた寝袋であり、ＮＡＳＡは二人用の寝袋を製造するところまで手が回らなかった。だから二人が行為のあと眠くなったら、何かくるむものを見つけて一緒にうろうろすることはできるが、せいぜい数分しかもたない。彼は自分の職務に戻り、彼女のほうは居眠りがしたければワークショップに備え付けた寝袋にもぐりこみ、時おり窓からテクラの姿を見て罪悪感をおぼえながら、眠るというわけだ。

　ある日、テクラがシフトに出たあと、ダイナは地球から持ってきたチョコバーをひとつ取りだし、包み紙に自分のメールアドレスを書いて〈グラブ〉に持たせると、エアロックから送りだした。〈グラブ〉に指示を与え、アマルテアの地表を移動してテクラのヴェスティビュールがつながれている係留ポイントまで行かせた。ケーブルに沿ってのぼらせると（そのためのアルゴリズムがあるから簡単だ）、〈グラブ〉はヴェスティビュールに這いのぼって入り、そこに落ち着くと、自由なほうのかぎ爪を使ってチョコバーを掲げた。

シフトから戻ったテクラが包み紙を破いてチョコバーを食べたのを見て、ダイナは満足した。テクラは片手を上げてプラスチック越しに振ってみせたが、その表情まではわからなかった。

〈グラブ〉はまだヴェスティビュールの中にいて、テクラが次に出かけるときまで出てくることはできない。テクラの浮かぶ姿をながめたあと、ダイナはコンピューターに向かい、〈グラブ〉からのビデオ映像を映し出す。画面にはっきりと浮かび出たテクラの顔を見て、思わず引き込まれた。

ひどい顔には見えない。ダイナは強制収容所の生き残りのたぐいを想像していたが、充分な食事をとっているような顔つきだった。

もちろん、テクラのほうからダイナを見ることはできない。音声の接続もない。真空では音が伝わらないから、宇宙で働くロボットはマイクやスピーカーのたぐいを備えていないのだ。

テクラは、ただ無表情で〈グラブ〉を見つめている。自分を見ることができるのかと思っているのだろう。

ダイナはデータグローブに手を突っ込むと、〈グラブ〉の自由なほうのかぎ爪に接続して、振ってみた。

それを見たテクラの緑の瞳がさっと下に動いたが、まだ無表情だ。

ダイナはちょっといらついた。〈グラブ〉の機械仕掛けの動きが、かわいくないというの？　手を振られたら楽しくない？

テクラはチョコバーの包み紙を掲げた。そこにはダイナのメールアドレスが見えるが、テクラのアドレスは書かれていない。

どういう意味だろう？　メールアドレスをもっていないということ？　彼女のタブレットじゃ受け取れないの？

それとも、交信はしたくないと言っているの？

〈グラブ〉はハイパワーのLEDヘッドライトを付けていて、ダイナがキーボードのキーを打てばスイッチが入るようになっている。彼女はライトをつけて、テクラの顔のほてりを、その目のレンズに宿る輝きを見ようとした。

ロシア人もアメリカ人と同じモールス信号を使うのだろうか？

テクラは知っているはずだ。パイロットだったのだから。

ダイナはヘッドライトでドットとダッシュをつくり、MORSE（モールス）と打ってみた。

テクラがうなずき、その口が「ダー（イエス）」というかたちになるのを、ダイナは見逃さなかった。

ダイナは信号を送った。

何か必要なものはある？

テクラの唇のはしにかすかな笑みが浮かんだ。温かな笑いというわけではなく、むしろとまどった微笑だ。

彼女はチョコバーの残りを持ちあげ、指さした。

ダイナが返信する。

あした

テクラはうなずくと、向きを変えた。ブロンドのスポーツ刈りがＬＥＤライトにきらめき、彼女はオニオンの真ん中に漂っていった。

「五パーセント」というのが、翌日の〈バナナ〉における会議でアイヴィが最初に口にした言葉だった。

席はいっぱいだ。〈イズィ〉のオリジナルメンバーである一二人と、Ａ＋０・17にソユーズで到着した五人、それに宇宙服の事故を生き延びた〈スカウト〉のイゴール。彼とマルコとジブラーンが準備をして、即席の送風機によりこのセクションに空気が通るようにしたため、二酸化炭素が充満するのを避けることができた。これを知ったダイナが、会議を長引かせないためにいつも密閉した部屋でやればいいとジョークを言ったが、おそらくリースを除く誰もが、面白いとも思わなかった。それはともかく、換気の音がいつもよりもかなり大きかったので、アイヴィも声を高め、彼女なりの〝ビッグ・ボスの声〟を出さざるをえなかった。

「今日は第三七日です」アイヴィは続けた。「一年の一〇パーセント。もし〈ゼロ〉から〈ハード・レイン〉までが二年間だというのが本当なら、地球から何らかの援助を期待できる期間の五パーセントをすでに使ったことになります。この施設を無期限に持続可能な組織および生態系へ変換するのに、五パーセントの時間が必要でした」

アイヴィは大型スクリーンに背を向けて立っていたので、ビデオリンクの向こうの会議室にいる〈アーキテクト〉たちの反応はわからなかった。向こう側で今日の会議に出ているのは、三人。まだNASAの長官をしているスコット・〝スパーキー〟・スポールディングと、大統領の科学顧問ピート・スターリング博士、それに最近まで新設の民間宇宙開発企業でプロジェクト・マネージャーをしていた、スウェーデン人女性のウルリカ・エク。彼女は今回の出来事で職を変え、現在は〈クラウド・アーク〉のために業務を行なう複数の宇宙機関と民間企業の調整役をしている。一見したところ、彼女が〈アーキテクト〉のチーフだと思われる。

「一見したところ」というのは、重要なポイントだった。ダイナが地上とコンタクトをとると、向こうで何が起きているのかをいかに知らないか、いつも思い知らされるからだ。あるレベルで見れば、彼女は人類でいちばんラッキーな部類のひとりと言える。この先も生きていられるからだ。その一方、彼女とその仲間たちは、地球の情報をほんのわずかしかえられず、まぜこぜの手がかりをつなぎ合わせて理解するしかない。

ダイナは地上に関する自分の記録をアイヴィのものと比べてみたが、アイヴィ自身、何が起きているのかよくわからないし、自分が耳にすることはしょっちゅう矛盾していると言った。

冷戦時代の〝クレムリン学〟のようなものなのだ。ソヴィエト連邦の全盛期、その内部で起こっていることを西側諸国が探る手がかりは、メイデイのパレードでレーニン廟に並ぶ高官の並び順や、誰が誰と握手をしたかということしかなかった。今ダイナは、画面に映る三人の顔から、同じことをしているのだ。スパーキーは役に立たない。あまりにも長い時間を宇宙で過ごした彼は、実戦を経験した兵士の虚ろな目と同様、一千光年の彼方を見つめるような目つきをしている。物事の政治的な面を気に留めない人物としても有名だった。

その意味で彼と正反対のタイプが、ピート・スターリングだ。ピートの仕事は、科学に関する説明を大統領にすることにある。この三七日間、それをいやというほどしてきたはずだ。彼は大学で大規模な科学プログラムを運営してきた人物で、ミネソタ州立大学からジョージア州立工科大学、コロンビア大学、そしてハーヴァード大学という階段をわずか一〇年で上がってきた。なぜ彼がこの会議にいるのか？　寄与できることなどたいしてないはずだ。大統領《BF》の目と耳としてここにいるに違いない。

しかし、なぜJBFが気にするのだろう？　ここでは何も決定されない。単なる手続きとして、状況報告がされるだけだ。

アイヴィの話が終わると、ピートが口をへの字に曲げて、ウルリカ・エクを見た。彼女は四〇代後半とおぼしき落ち着いた女性で、リースによるときわめて有能な人物らしい。ハイビジョンのビデオ画像を見ているダイナには、ピートの顔がこちらを向くのに気づいた彼女の目がほんの少しゆがんだように見えたが、はっきりとはわからなかった。

ウルリカは明らかにピートを嫌っている。だが、プロジェクト・マネージャーとして高く評価される理由はあった。「アイヴィ」ウルリカが口を開く。「確認したいだけなんだけれど、〝この施設〟というのは、かなり柔軟性のある表現ね。必要にかられて使っているということかしら」

アイヴィはスクリーンに向き直った。「〝施設〟というのは適切な言葉ではないかもしれません。ここにはなんの施設もないのですから」

ピート・スターリングが割り込んだ。「ウルリカが言おうとしているのは、〈クラウド・アーク〉は流動的なコンセプトであり、タイムラインの残り九五パーセントでわれわれが適応を継続していくあいだに、認識を超えたパラダイムシフトがあるかもしれない、ということだと思う」

アイヴィは眉間にしわを寄せた。何かが、何か政治的なものごとが地上で起きているに違いない。ピートのような人間にとって重要なことが。

「こいつは効率的な時間の使い方じゃないな」フォードルが言った。「私は〈パイオニア〉たちを受け入れるトラスを拡張する仕事の最中なんだが」フォードルの英語は流ちょうなのだが、いらつくと冠詞を落とす癖があった。「外に八人、中に五人、合計一三という、縁起でもない数の服《スーツ》がいるんでね」

すでに共通認識になっていたのだが、〝スーツ〟という単語は、「まだ使える宇宙服を着て船外活動をする資格のある人」という意味の代喩である。

「〈パイオニア〉たちは二週間後に到着するということで、間違いないな？　だったらもっとたくさんの〈スカウト〉が大至急必要だ」

六カ月前〈イズィ〉に来たとき、フォードルはロスコスモスの長官になる前の最後のミッションだと思っていた。彼が今の自分の任務を真剣にとらえていないということではなく、つねに先を見るタイプだからだ。自分の引退までをスムーズに過ごしたいという、将来の官僚の目つきから、アイヴィはそれに気づいていた。当然ながら、そのすべては〈ゼロ〉により変わってしまった。その後の〝ロシア人の侵略〟により、事情はさらに変わった。新たな階級や肩書きがフォードルに授けられることはなかった。彼には必要ないのだ。すべてのロシア人宇宙飛行士が、暗黙のうちに、なんの疑問ももたずに彼を受け入れ、リーダーとして認めた。彼の態度も、それにつれて変化していった。彼はきちょうめんにアイヴィの権威を尊重したが、宇宙服に関するあらゆることについては、彼が主導権を握っていた。そうした権威が彼を肉体的にも大きく堂々として見せ、しわの寄った顔はよりタフに感じられ、声は断固としたものに聞こえた。

スパーキーが口を開いた。「フォードル、燃料ポンプはもう安定した。センサーの問題だったんだ。だから打ち上げはスケジュールどおり……」彼は腕時計を見て暗算をした。「あと一四時間で行なわれる。その六時間後には〝スーツ〟が到着する」

「それにザヴォートもヴェスティビュールも——私が指摘した問題がある」

「すでに二四時間態勢で対応する援助エンジニアのチームがいるはずだが」

「私が今いちばん心配しているのは、ドアの開閉メカニズムだ」

　会議の残りの時間は、〈パイオニア〉たちのことに終始した。二週間後から到着しはじめて、さしあたりは〈ラック〉より融通のきく、固定された居住区に住むことになる。それには、倉庫に見られるような巨大な渦巻き形換気ダクトと原理的にほとんど違わない与圧チューブが設置され、トラスの接合部から枝分かれして延びていく。そうしたことに関係のないダイナの目は、ノートパソコンの上を漂っていた。自分には、ほかに何かできることがあるはずだ。アイヴィが引き合いに出した五パーセントのことを考えると、長ったらしい会議でぼんやりもの思いにふけっていることはできない。

　このところの彼女の仕事は、ほとんどが氷を求めてロボットたちを這い回らせることだった。さらに最近は、氷を求めてトンネルを掘ることだ。だが、鉱物採掘用ロボットの改良をやめるつもりはなかった。たとえ一日に一五分間であっても、作業を止めてしまうよりはましだ。もし止めたら、プロジェクト全体が消え去ってしまう心配があった。

そう考えて、ダイナは画面の左下隅にウィンドウをひとつ開き、アマルテアからの映像を流していた。作業をしているロボットたちの視線によるビデオだ。メールをするときもスケジュール用のスプレッドシートやガントチャートを見るときも、この映像は彼女の視野の隅にあった。

そのうち、何かおかしいことがあると気づいた。二、三分後、彼女はもう一度それに気づき、ほかの仕事を止めた。隅っこのウィンドウを拡大して、映像を送っているロボットをコントロールできるようにした。カメラを回転させ、気になるもののほうへ向けてみる。

それは〈ラック〉の中に浮かぶテクラだった。明るい青色に見えるので、冷却ベストが機能しているとわかる。これは通常のことだ。シフトに出る準備として、まず装着するのだから。次のステップは、身をよじらせて足から先に〈ラック〉のフランジを抜け、ヴェスティビュールに入ることだ。だが、彼女はそうしていない。ヴェスティビュールと〈ラック〉のあいだを行きつ戻りつしているのだ。フランジを頭から先に抜けようとして（これは異常なことだ）、一分ほどもがき、また〈ラック〉に戻ってしまい、しばらくタブレットを親指で操作している。

今日の彼女は、遅刻している。ほかの日はいつも、宇宙服に身を包み時間どおりにトラスへ行くのに。

ノートパソコンをながめているのは、ダイナだけではなかった。フォードルも――いつもはメールを含めた最近の気晴らしに興味を示さないのに――自分のマシンの画面を見ていて、同様に気を紛らせているマキシムと時おり視線を交わしていた。マキシムはずっと、ないはずの髭を引っぱるようなしぐさをしている。

何かがおかしかった。

フォードルはなんと言っていたっけ？『私が今いちばん心配しているのは、ドアの開閉メカニズムだ』だった。

彼は漠然と言っていたわけではない。特定のケースを示していたのだ。テクラのことを。テクラは〈ラック〉から這い出てヴェスティビュールを通り、宇宙服を着ることができるが、背後のドアを閉めることができない。そのメカニズムが機能しなければならない。もし機能しなければ、宇宙服を密閉することができない。密閉できなければ、彼女はOVL（オーラン宇宙服とヴェスティビュールと〈ラック〉のセットを彼らはこう呼んでいた）の内部に閉じ込められてしまうのだ。

厳密な意味の緊急事態ではないが、まずい状況ではあった。〈メール〉を受け取るためにはヴェスティビュールから宇宙服を分離して開けておき、留守中に届けてもらう必要がある。〈メール〉には食糧と水と氷、それに二酸化炭素吸着装置の缶が入っているのだ。〈メール〉なしでテクラがどのくらい生きていられるのか、それはダイナにはわからなかったが、一日以上は無理なのではないかと思った。先に熱でやられるだろう。

テクラを〈イズィ〉の中へ入れる手だてを、考えなくてはならない。ＯＶＬは応急装備なのだから、通常の宇宙船のようにドッキングポートを備えていない。ハッチもなく、エアロックと接続する方法がないのだ。

会議はその後三〇分続いたが、ダイナはその間ずっとフョードルの顔を観察していて、あることに気づきはじめた。彼はテクラを犠牲にする準備ができているのだ。その事実に対して心を固めているという意味での〝準備〟が。

テクラがメールを使っていないことの理由が、今ダイナにはわかった。〈スカウト〉になることは、生き残れないかもしれないということを意味する。自分が犠牲になりそうだと知ったとして、〈スカウト〉のメルアドリストに助けを求めたりお別れを言ったりするメールを送っても、しかたがない。テクラはフョードルと――彼だけと交信ができるのであり、それには理由があるのだ。レニングラードやスターリングラード、そしてモスクワの擁護者たちが理解し、完全に受け入れている理由が。だが現代的精神にとっては、いささかそぐわないものだと言える。

訂正。〝月がひとつだった時代〟に存在した現代的精神、ということだ。

今現在の事情から言えば、完全に調和したものと言える。

とはいえ、ダイナの心の一部は、フョードルに訴えてドラマチックかつヒロイックな救出劇を演じてほしいと思っていた。それを実現する手だてはあるはずだ。彼らはみんな映画の『アポロ13』を見ていて、いつでもそのセリフを引用できる。

しかし、答えはわかっていた。二週間のうちに〈パイオニア〉たちが、大挙してやってくる。準備が完全にできていなければ、彼らはみな到着時に死ぬことになるだろう。余分なことに時間を使っている暇はない。テクラの代わりになる〈スカウト〉がこれから来るのだから。

今回だけは、会議が長引いてよかったとダイナは思った。スパーキーの話が議題からそれ、ピートがそれを利用して専門用語で長々とまくしたてるのも、よかったと。その間に頭の中で少しずつアイデアがかたちを成してきたからだ。アイヴィとリース、それにおそらくマルコの協力で実行できるだろう。マージー・コフランにも――いちばん医者に近い人物なので――支援してほしかった。だが、フォードルやほかのスーツ組の助けなどはいらない。

フォードルは人差し指で何やら入力をしている。ダイナはその顔をじっと見つめ、タイピングが終わるまで目を離さなかった。相手はそれに気づいたらしく、顔を上げてダイナの目をまっすぐに見たが、ポーカーフェイスはくずさなかった。

ダイナも相手を見返した。

何かを意識して、フォードルの表情が変わった。ダイナが問題に気づいたということを意識したのだろう。フォードルは誰よりも〈イズィ〉のレイアウトに詳しい。ダイナがどこで過ごしているかを知っており、彼女なら窓の外を見れば事情を察するだろうということも、知っている。そうしたことを彼が頭の中で結びつけているのが、ダイナにはわかった。

彼は、ダイナが何か感情的なアピールをすると思っているだろう。だから、ここは冷静に対処するのが肝心だ。泣いたりすれば失望されるし、完全に興味をなくされてしまう。

「フォードル」ダイナはやっと口を開いた。「あたしにまかせて」

彼は目をぱちくりさせた。それから、ためらいがちに小さくうなずいた。

「何をまかせるって？」ピート・スターリングがビデオリンクの向こうから聞いた。「何か聞き逃したことがあるかな」

「いえ」とダイナ。「われわれのコアな能力を活用するために、継続して適応しようとしているだけです」

『五〇人のホットなオリンピック選手』というウェブサイトの資料によれば、アイヴィの体型はテクラとほぼ同じはずだった。テクラのほうがたくましいが、アイヴィのほうが二、三センチ身長が高い。そこで、まず最初にしたのは、ダイナがロボット用に使っている小さなエアロックにアイヴィを押し込めることだった。頭とひざを抱えて丸くなると、なんとか入り込めた。ダイナはその写真を撮ると、メールに添えて細かな指示を書き込んだ。

若いころCIAの仕事を受託して他国政府のメール・システムにハッキングしたことのあるスペンサー・グラインドスタッフが、フォードルから来たメールになりすますエンベロープ（送信元と送信先の情報）を使って、テクラのタブレットにメールを送った。

ダイナが注目する中、テクラはそのメールを読んだ。タブレットから顔を上げてダイナの窓のほうを見たあと、目を転じてエアロックを見つめた。彼女がそれまで何時間も動いていなかったので、気を失っているのではないかとダイナは心配していたが、大丈夫だった。できるだけ動かないことで、酸素を節約するとともに熱発生をおさえていたのだろう。

ダイナは、高性能のLEDライトをエアロックの内側ハッチに結束バンドで付けてから、閉めた。それからバルブを開いて空気を宇宙空間に放出し、〝真空で満たす〟と、レバーを――機械的なリンク機構を――作動させて外側ハッチを開けた。LEDの白っぽい光が、数メートル先にあるテクラの〈ラック〉に反射しているのが見える。光に反応して、テクラの頭がこちらを向いた。

次には、いくつかのロボットを同時にそれぞれ動かし、〈ラック〉の袋をエアロックに接触するまで移動させなければならない。膨らませた風船を針の付いたペンチでつかもうとするような、かなりいらいらさせられるプロセスだ。ダイナは〈サイワイ〉、つまりヨコバイ《サイド》ガラガラヘビ《ワインダー》型ロボットで、これをやろうとしていた。〈サイワイ〉は今一二台稼働しているが、互いの頭としっぽをつないで二倍の長さになることができる。それを繰り返せば、高度に機器化された触手ができあがる。まず一台の〈サイワイ〉のしっぽをアマルテアに埋め込み、固定した二台の〈グラブ〉につなげることで支えを増強する。そして別の〈サイワイ〉を最初の〈サイワイ〉の上につたわせて頭につなぎ、宇宙空間に突き出させる。三台目の〈サイワイ〉がその二台の上をよじのぼり、自分を接続する。それを何度も繰り返していくと、小惑星の地表から突き出た植物の茎のようなものができる。そして、テクラが閉じ込められた袋にそって曲げることができるはずだ。

　ここまでは順調に見えた。だが、ロボットの鎖が延びていくと、その動きにまずいことが起きてきた。〈サイワイ〉は、キャタピラーのようなものでできている。フレキシブルに動く継ぎ手によって、同じ体節がたくさんつながっているのだ。この継ぎ手部分はモーターで動き、モーターはダイナの書くコードに埋め込まれた命令に従う。すべてが予測可能の動きをするようになっているのだ。問題は、それぞれの継ぎ手が動きに柔軟性をもっているのだが、ダイナにしてみればそれはエラーなのだった。鎖が長くなるにつれて、このエラーが積み重なっていき、三台の〈サイワイ〉をつないだところで、コントロールが難しいのはもちろん、鎖の先端の位置がどうなるかもわからなくなっていた。しかも、膨らんでつるつるした〈ラック〉に沿って鎖を曲げようとして力を加えると、事態はもっと悪くなった。

　リースは二、三時間前に姿をあらわして、このプロジェクトを見守っていた。ずっと黙っていてから、いきなりおかしな質問を口にしたが、この問題をずっと考えていたことはわかった。

「モーターを全部切って、全部を脱力させたらどうだろう？」

「あなた、トーラスをつくりに来たんじゃないの？」ダイナは詰問するように言うと、振り向いてなんとか最高の表情をつくろうとした。

「まずはこの問題をかたづけなくちゃね」リースの声は穏やかだ。

　ダイナはもっと言おうかと思ったが、黙っていた。リースはまたネックレスをいじっている。彼にはアクセサリーのチェーンを首にかける習慣があった——凝ったデザインでも大きなものでもない、単にステンレススチールの鎖がつながったようなもので、USBメモリなど重要だが小さなものが漂い去っていかないようにするために使っているのだ。だが今は、着けていたものをすべてはずし、チェーンだけにして、首のまわりで回していた。それは無重力の中で大きな楕円のかたちをつくり、波状にうねって、彼の首にも襟にも触れず、首のまわりを自由に回転している。ダイナは、前にも彼がそうするのを見たことがあった。特に、会議に飽きたときなどだ。リースはそれにストローで息を吹きかけたり、指の爪ではじいたりして、回転の速度を上げ、あるいはさまざまなかたちに変える方法を会得していた。普通考えるような、完全な円にはならない。回転する鎖はおよそどんなかたちにも変化し、次に干渉するまで同じかたちを保っているのだ。振り向いたとき彼がまた同じことをしているのに気づいたダイナは、目をむいて『お願いだから、もっと役立つことに頭を使ってちょうだい』というたぐいのことを言おうとしたが、リースの顔に何か意図するようなものがうかがえたので、言葉をのみ込んだ。

チェーンは競技場のトラックのような細長い楕円を描き、一回転するたびにリースの首に触れそうになった。だが彼が直線の部分をはじくと、広がって円形に近くなり、首から離れて空中を回転した。「ご先祖さまの叡智とチャネリングしているのさ。別に言う必要もないことだけど」

「無重力世界に先祖がいるの？」

「残念ながら、そうじゃない。ぼくのひいひいひいおじいさんの兄弟であるジョン・エイトケンは変わり者の気象学者で、趣味はさらに変わっていた。運動するチェーンの力学を研究することだったんだ。彼にとって不幸だったのは、スコットランドのフォルカークにある客間で研究しなくちゃならないことだった。つまり、重力のあるところでね。彼はこいつの動きに近づけるために――リースは回転するチェーンに向かってうなずいた――とんでもなく巧妙なマシンをつくらなければならなかった」

「じゃあ、彼はすごく賢い人だったわけね」

「そういえば、王立協会のフェローで、ケルヴィン卿の友人だった。なんの話をしてたんだっけ？」

「一分前、あなたは〈サイワイ〉トレインのすべてのモーターを切ってみたらっていう、すごい助言をくれた。もしやってたら全部がぐったりして、単なる長い鎖になっちゃうところよ」

「ああ」リースはゆっくり言うと、チェーンの進路に人差し指を突き出した。チェーンは彼の指関節にとらえられ、止まったかと思うと、その手を包むようにからみついた。

「それが自信のもとかしら」

「まあ待ってくれ。実は、ジョンおじさんはある種の発見をしていたんだ。その後別の人物、ベルリンのクハルスキーという男が、この問題の研究を続けた」リースはチェーンをほどいて、留め金を探していた。見つけてそれをはずし、チェーンをまっすぐに伸ばすと、腕の長さほどになった。「不幸なことに、ベルリンにも重力があった。そこで彼は、テーブルの上でこういうことをしなければならなかった。そこをつかんでくれるかい？」リースに言われてダイナがチェーンの中ほどを指でつまむと、それは空中に固定された。リースはその両端を自分のほうに引きよせ、細長いUの字にした。「じゃあ、ゆっくり放してくれるかな」

ダイナはチェーンから手を放し、うしろにどいた。リースのしぐさに、これから演技をするマジシャンのような雰囲気があったからだ。彼は片方のはしを親指と人差し指でつかんだまま、もう一方を放した。「ぼくが引っぱったら、どうなると思う？」とリース。「予測がつくかな？」

「全部があなたのほうに向かって戻るんじゃないかな」

「やってみよう。そこで指を上に向けていてくれ」

ダイナが〝上〟に指を立てると、リースは空いているほうの手で彼女の腕をやさしくつかみ、立てた指がチェーンのUの字の頂点から一〇センチほどのところへくるようにした。

「さあ、どうなりますか」と言うと、リースはチェーンを自分に向かって――ダイナから遠ざかる方向へ――引いた。ダイナの予想とは反対に曲がった部分はリースから離れてダイナに向かい、つかんでいなかった先端が鞭のようにはねて彼女の指にぶつかってからみつき、指をすばやく何周かしてとり囲んだ。「つかまえた」と言ってリースがダイナを引き寄せた。

「牛追い鞭《むち》みたいね」と言いながらダイナは指からチェーンをほどいたが、すでに近づきすぎていた。リースとの触れあいが心地よい。

「彼とまったく同じ理論によるものだ。クハルスキーはこれを――Uの字形の動く曲線を―

―〃クニックシュテレ〃と呼んでいた。『よじれた場所』というような意味だ」

「チェーンに鞭に、今度はよじれか。あなたのヴィクトリア時代のご先祖には、いろいろ教えられるわね」

「たぶん、単なる気晴らしだと思ってたんだろうけど……」

「いや、言いたいことはわかるわ。触手を動かすとか筋肉を締めるみたいに〈サイワイ〉をコントロールしようとするんじゃなくて、リラックスさせてこのチェーンみたいに〈ラック〉をからみとれってことでしょ」

　この一九世紀物理学へのちょっとした脱線は結局、『一歩下がって五歩進む』たぐいの結果を生んだ。このあと数分をかけてさらに四台の〈サイワイ〉を既存のチェーンに連結させると、Uの字形をつくるためのものを除いてすべてのモーターを停止した。片方のはしに張力を与えると、〃クニックシュテレ〃はリースの実験と同じように動き、チェーンの一端が〈ラック〉の周囲全体にのろのろと巻き付いた。チェーンの先端にある引っかけ鉤が遠くの握り部分をつかめるまで何度かやる必要があったが、ほどなくして〈ラック〉はチェーンにしっかりと抱きかかえられた。〈グラブ〉たちがケーブルのはしを持って走り、アマルテアの、つまりは〈イズィ〉の別の部分にしっかりつなぎとめる。こうして〈ラック〉は、ダイナがかつて固定されるのをいやがったハードウェア網に取り込まれ、ダイナのショップを含むモジュールに寄り添うことができた。近づいてくると、エアロックのLEDが〈ラック〉に投げかける白っぽい光が反射してできたほのかな光輪は細く鋭くなったが、巨大な風船がエアロック室の突出部を覆いかくすにつれて、消えていった。エアロックは今、風船を突く指のようにして、入れ子になった〈ラック〉の層に突き刺さっている。

鞭打ち作戦が成功したあとも、一日近くかかった。リースはいつものように昼寝をするため、去っていった。モンゴル人宇宙飛行士のボーがダイナのショップに滑り込んでくると、二時間ほど黙って見ていたが、自分なりに役立つことを見つけようとした。彼女はダイナの動きを見ただけでデータグローブの使い方やマウスとキーボードのインターフェースを習得し、その日の終わりには熟練者のように〈グラブ〉を動かし〈サイワイ〉を操っていた。

マージー・コフランは、最終段階の準備を見にやってきた。彼女はオーストラリア人生理学者で、宇宙飛行が人の健康に与える影響について研究するため、数カ月前に〈イズィ〉へやってきたのだった。ダイナはずっと、無愛想な女性だという印象を抱いていたが、おそらくそれは、単にオーストラリア的なものなのだろう。マージーは医療用品の箱と手術用機器を持ってきていた。ＩＳＳにいる宇宙飛行士は全員、医療研修を受けている。ダイナとアイヴィはヒューストンの救急処置室で働き、患者の外傷を縫ったり骨折した骨を固定したりしたことがあった。だが、マージーのほうが適材だ。

「あなた本来の仕事じゃないんだけど……」とダイナ。

「今は私たちみんな、本来の仕事をしてるわけじゃないわ」とマージーは反論した。

「たぶんテクラを除いてね」別の声がした。アイヴィだ。彼女はダイナのショップにはいなかった。ダイナとボーとマージーで満員だったからだ。彼女がいたのは、ショップに隣接したSCRUMだった。

「アイヴィ、新しい〝記録《レコード》〟を達成する準備はいい？」とダイナ。

「準備オーケーよ」とアイヴィ。

これは宇宙ステーションにいる女性の数をあらわすQ符号だ。古い記録は、二〇一〇年に達成された四だった。数カ月前にマージーとリーナが来てアイヴィとダイナに合流したとき、同じ数になった。三週間前にボーがソユーズで打ち上げられたとき、その数字が破られた。テクラがエアロックを通ることができれば、六になる。

あるいはうまくいかず、もとの数字のままになるか。

「ボー、協力ありがとう。もうアイヴィのほうへ行ったほうがいいわ」

「グッドラック」ボーはエアロックの内側ハッチを蹴って離れると、ダイナのショップを抜け、SCRUMに向かうハッチを通り抜けた。そこではアイヴィが浮かびながら待っている。

「うしろは全部密閉した？」ダイナは何にも増して神経をとがらせていた。アイヴィが間違えることはありえない。月の崩壊以後、彼らはとにかく事故に対する予防措置を増強させ、ひとつのモジュールが爆発で穴が開いても全体の破壊につながらないよう、可能なかぎりさまざまなモジュールを気密性のハッチで区切っていた。

アイヴィからは返事がない。

「とんでもないことになったらハッチをどうするか、わかってるわよね？」ダイナは続けた。

「あなた、緊張すると口数が多くなるのよね」とアイヴィ。

「同感」とマージーが言った。「やるの、やらないの？　彼女、窒息しちゃうわよ」

「わかった。彼女に合図を送る」とダイナ。

ダイナはまだ小さいころ、南アフリカの奥地にある掘っ立て小屋の天井に『宇宙飛行士スヌーピー』のポスターを貼ったり、西オーストラリアの衛星テレビで宇宙ステーションのライブ映像を見たりしながら、宇宙での仕事を夢見たものだった。そうした宇宙開発計画では、マイクを通した簡潔な音声か、キーボード入力によるメッセージで合図をしていた。ところが実際に彼女がしたのは、ショップの小さな窓まで漂っていき、ミルク色をした一四層の透明プラスチックを通してテクラをのぞき込み、手を伸ばせばほとんど触れそうな相手に向かって親指を上げて見せることだった。

テクラはうなずくと、頭のそばにある小さな物体を持ちあげた。それはベルトクリップの付いた折りたたみナイフで、ストラップをしっかり腕に巻き付けている。親指をちょっと使えばギザギザの刃がパチンと飛び出すのだ。

ダイナもうなずいた。

テクラはうなずき返し、視界から消えた。エアロックに向かったのだ。

「来るわよ」とダイナ。

彼女はマージーが力のある女性だと評価していた。ずんぐりした体格だが、たるんでいるわけではなく、パワフルな感じだった。

ダイナは、エアロックの外側ハッチを閉めるための機械的リンク機構の取っ手に手をかけた。「行くぞ」

心配なのはプラスチックだった。破片がきっと、ハッチのデリケートな部分に入りこむだろう。

段取りは単純なものだ。彼女はもう一〇〇回は頭の中で繰り返していた。テクラが〈ラック〉のいちばん内側の層に一〇センチほどの切れ目を入れる。すると次の層、つまり低圧の層とのあいだのスペースに空気が吹きだす。その切れ目にテクラが頭と肩を入れれば、シャンパンボトルのコルクのような状態になって、圧力により外へ押しだされるだろう。彼女がその外側の層を切り、さらに外側の層を切るというように続けていけば、圧力の波が彼女のうしろに生じ、スイカの種のように押しだしてくれる。エアロックの内側ハッチに付けた白いLEDを目指していけば、エアロックに向かって放出されるというわけだ。

この時点で彼女は裸であり、真空へ向かって爆発的に流れる空気の中で守るものは何もない。そして、その時点で――

シューッという音が聞こえ、ズシンという衝撃が感じられた。

「やった！　たぶんそうだわ」とマージー。

「出たわよ」ボーの声がした。彼女は隣のコンパートメントにいて、タブレットでいちばん近くにいる〈グラブ〉からの映像を見ている。「エアロックに入った」

ダイナが取っ手をぐいっと回して外側ハッチを閉じた。ニュートン力学の第三法則によって彼女の身体は反対方向へ動き、力が相殺されそうになったが、マージーの両腕が彼女を力強く抱きしめて押し戻した。マージー自身も足を踏ん張っている。

ボーが喘ぐように言う。「彼女の足をつぶしてる！」

「まずいな」

「足が出てるのよ！」

「ダイナ」アイヴィの声がした。「ハッチをちょっと開けて。彼女の足がはさまってる」

ダイナは腕の力を弱めた。テクラが意識を失っていたら？　あの写真で説明したような手足を丸めた体勢になれなかったとしたらどうなる？

ボーとアイヴィの声の調子が変わったので、そうでないことがわかった。「入った！」アイヴィが声を上げた。

「ハッチを閉めて！　閉めて！」ボーも叫ぶ。

ダイナは取っ手を目いっぱい回してロックの位置でパチンと止めた。完全に大丈夫とは思えなかったが、少なくとも閉まったはずだ。

一方、マージーがエアロックを空気で満たすバルブを作動させた。これは徐々に行なうプロセスのはずだったが、いきなりやったため、突然の空気の動きで気圧が変わり、横隔膜が引っ張られるとともに耳がポンと鳴った。

「血が出てる」ボーが沈んだ声で言った。「ハッチから外へ漏れてるわ」

「くそ！」とダイナ。これは二つのまずいことを意味する。外側ハッチがきちんと閉じていないことと、テクラが傷ついていることだ。

「開けよう」とマージーが言った。

結局、四人総がかりとなった。ダイナ、マージー、ボー、そしてアイヴィが残らずその空間にぎゅう詰めになり、ハッチの縁に下から指をかけて、両脚や背中を全力で壁につっぱりながら、密閉された扉をこじ開けた。コンパートメントから空気がシューッと抜けていったかと思うと、真空パックの密閉瓶のふたがはずれるように、ハッチがポンと開いた。

テクラがそこにいた。指示どおり胎児の姿勢をとった、赤いかたまりとなっている。

一瞬、全員が声もなくそれを見つめた。

彼女の頭が動いた。顔を上げてみんなのほうを向くと、片目があるはずの場所一面が赤くべとべとしたしみになっている。

ダイナが幼女のように泣き叫ばずにいられたのは、胃の中のものが喉にこみあげてきたからというだけのことだった。ボーは長々と息を吸い込むと、何やらぶつぶつとつぶやいた。

テクラの両手が開き、エアロック室の縁をつかんだ。ナイフをつるしていたストラップがまだ右手首に巻きついている。その先にナイフの柄が続く。ダイナは刃が折れてはずれたのだろうと思ってから、はっと気づいた。全体がテクラの前腕にすっぽりと埋まっているのだ。

テクラは身体を数センチ起こしたが、そこで止まってしまった。頭はもうショップの部屋に突き出している。

片目が開いた。血まみれの顔に、血走った目。それでもちゃんとはたらいている。

ダイナの耳もふたたび機能しはじめたらしく、シューッという大きな音がしているのに気がついた。ＩＳＳの空気が、大きな穴からではなく、エアロックの外側の細い隙間から漏れているのだ。空気がテクラの身体の向こうへ流れ出て、彼女の背後に真空が生まれている。部屋の中へ向かうためにはその真空と闘わなくてはならない。

ダイナは客をきちんと迎えるのを忘れた主人のようにまごついていたが、はっと手を伸ばしてテクラの片手をつかんだ。マージーがもう一方の手を取る。ビチャビチャという押しつぶすような音をたてて、二人は血でぬめぬめするテクラをエアロック室からステーション内へ引きずり込んだ。

ダイナはエアロックの内側ハッチを閉めかけにしておいた。昔の宇宙飛行士がでかい掃除《ビッグ・フー》機《バー》と呼んだ宇宙の真空が、あとを引き受けて、ものすごい勢いでピシャリと閉じてくれる。

このモジュールの空気は、かなり失われてしまったようだ。酸素欠乏になるほどではないが、〈イズィ〉全体、さらにははるばるヒューストンまで警報が響きわたるのに充分なほどだった。

マージーが大量に出血しているテクラの腕を手当てする一方、青手袋を着用したアイヴィとボーはウェット・ペーパータオルで顔の血をぬぐった。事態がしだいにはっきりしてきた。基本的なアイデアはうまくいったのだ。テクラのナイフさばきは確かなもので、ねらいを過たず、思っていた以上の効力を発揮したらしい。〈ラック〉のいちばん外側の層から吐き出されたあと、激しい勢いでエアロック室に飛び込んだ彼女は、金属部分に顔からぶち当たって目の上下に大きな裂傷を負い、そこからおびただしく出血した。同時にナイフの刃が何かにひっかかって逆向きとなり、前腕にめり込んだ。片足が開いたハッチの外にぶらさがった状態で、一瞬気が遠くなったところへ、ダイナがハッチを閉めようとした。だが、マージーが計画どおり引っぱり上げてくれた。その間しばらく真空にさらされていたのは出血する傷口によくなかったが、空気がどっと流れ込んで気圧が均一化されたので、取り返しのつかないダメージは受けずにすんだのだった。

　ダイナが心配したとおり、プラスチックのかけらが外側ハッチのガスケットにはさまって、シューシュー音をたてて空気が漏れる原因になっていた。だが、あとでもう一度ハッチを開けると、かけらの大半は宇宙空間に漂い出ていったし、テクラのフリーズドライ血液でガスケットに貼り付いたままの破片は、プログラミングした〈ナッツ〉の群れを使ってきれいにはがせる。彼女はその仕事の仕上げを、練習としてボーに任せることにした。ボーはロボット学習曲線をめざましいスピードでよじのぼっている。

　ダイナは〈イズィ〉をずっと漂ってハブ・モジュールまで行くと、そこからトーラスへ出た。そこではマージーが、ヒューストンにいる外傷外科医たちにアドバイスしてもらいながら、テクラの腕を治療している。わずかに重力のあるトーラスでやれば、血のしずくがあたりに漂ったりしないので、ずっと楽なのだ。やはり生命科学者であるリーナ・フェレイラとジュン・ウエダの二人が、助手を務めている。

　アイヴィは自分のオフィスで、ヒューストンから猛烈な嵐のように押し寄せる怒号に対応していた。

局部麻酔下での手術だったので、テクラには意識があった。身ぎれいにしてもらい、眼窩《がんか》周辺の裂傷はバタフライ形接着テープと瞬間接着剤《クレージー・グルー》でふさがれた。頭皮を覆っている刈り込んだ銀白まじりのブロンドが、傷を負った側の生え際にそって、凝固した血で黒ずんでいる。白目の部分が赤く濁り、顔じゅう小さな赤斑だらけだ。そうなるだろうとダイナは注意されていた。点状出血といって、真空にさらされたのがもとで皮膚のすぐ下の毛細血管が破れたのだ。ただ、眼窩の中の目の動きや、見るものへの焦点の合わせ方から、ダイナには基本的に彼女の視力が損なわれていないことがわかった。

「必要なかったのに」テクラが彼女に言った。

「そうね」とダイナ。

「私、きっとめんどうなことになる」

「あたしたち、もうそうなってるわよ」ダイナはアイヴィのオフィスのほうへ頭を振ってみせた。「みんながめんどうなことになってる……死んだも同然の連中を相手に」

テクラはほとんど反応を見せなかったが、マージー、リーナ、ジュンの三人はそろって息をのみ、処置の手が一瞬止まった。

「マージー」地上からテキサスなまりの声がした。「こちら、死んだも同然の外科医だがね、また出血しはじめる前に小動脈をしっかり締めておいてほしい」

「これからも生きていくのは私たちよ」とダイナ。「私たち自身の考えに応じて生きていくようにしなくちゃ」

〈パイオニア〉と試掘者《プロスペクター》

『氷人《アイスマン》来たる』（ユージン・オニールの戯曲）」

「うーん」リースはため息をついた。「ぼくらのどっちが先に行くんだろうと思ってたところだよ」リースはダイナから自身を抜き、漂いながら離れると、コンドームをはずして口を結んだ。その手際のよさは、ダイナの胸に暗い嫉妬が渦巻くほどだった。しかし少なくともリースは、ダイナのショップにばらまいてしまうようなことはしない。

「これがあなたの最後の配達《デリバリー》になるのかも」とダイナ。「つまり、氷のね」

「冷凍庫は持ってる？」

「クールー（ギアナ宇宙センターのある町）からの明日の便で来るわ」

「マティーニ用のシェイカーも一緒に詰めてくれてないかな？」

「ビニール袋でいいじゃない」

「まあ、ぼくのデリバリーが——氷のってことだけど——君のやっていることに貢献できるよう祈るよ」

「確認しましょ」ダイナはすでに毛布にくるまっていたが、爪先で壁を蹴り、《ワークステー》

ションのそばまで漂っていった。何度かマウスをクリックし、動画を立ち上げた。最初に映ったのは殺風景な場面だった。暗い空間にある角氷が、明るいが冷たくもあるLEDの光に照らされている。

「アルジュナの本部かい？」リースはまだ裸のままダイナのうしろにやってきて、片腕をダイナの胴に回した。愛情表現だと思いたかった。それもないわけではないだろう。だが、無重力で長く生活してきたダイナには、動画を見るあいだはふらふら漂流したくないものだということがわかっていた。

「そうよ」

あごひげを生やしたストロベリーブロンドの男が、しわの寄った厚紙――ピザの箱のふた――を持ったまま映像にあらわれた。

「ラルス・フードマーカーね――あたしがよく一緒に働いてた人間のひとり」

ラルスはピザ箱のふたをカメラに向けて少し傾けた。ふたの大半は、虹色にきらめく、爪ぐらいの大きさの、シリコンの甲虫のようなものに埋められていた。何百個もある。

「ずいぶんたくさんの〈ナッツ〉だな」

「まあ……重要なポイントは群れ《スウォーム》をつくることだから」

「なるほど。でも、生産増の方法は見つかったみたいだね」

ラルスがボール紙を斜めに折り、樋《とい》のようにして、氷のかたまりの上に傾けた。〈ナッツ〉が雪崩を打って転がり落ち、氷の上で山をつくった。氷から落ちて床に転がったものもたくさんある。ラルスの姿がしばらく映像から消えたと思うと、キャスターつきの椅子を押して戻ってきた。氷のかたまりの向こうに椅子を置き、それからまたいなくなり、今度はオフィスの壁から下ろしたらしき時計を持ってまたあらわれた。それを椅子のシートに置き、背もたれの太い支柱に寄りかからせて、きちんとフレーム内に映るようにすると、立ち去った。

まもなく、ライトがもっと明るくなった。「太陽放射のシミュレーションよ」とダイナ。「〈ナッツ〉は太陽エネルギーを使うから、それを試すには、太陽と同じぐらい明るい光源を使うしかない」

時計の長針がスピードを上げて動きだした。「低速度撮影？」

「そう。見てのとおりよ、時間がかかるの」

床に散らばった〈ナッツ〉は、しばらくあてどなく動きまわっていたが、やがて氷のかたまりを見つけ、その側面をよじのぼりだした。「すごい粘着力よね」とダイナ。

そのあいだに、氷の上の〈ナッツ〉の山はパンケーキの上で柔らかくなるバターのかたまりのように広がり、いくぶん大ざっぱではあるが、ほぼ平らな層を氷のかたまりの上につくりはじめた。いくつかは氷の中に沈んでいくようにも見えた。「解けながら入っていくのか？」

「違うわ。それじゃエネルギーを使いすぎる——それに無重力ではうまくいかない。機械的にトンネルを掘っていく感じよ。層ができていくのがわかる？」ダイナは氷のかたまりの上を指さした。白い小山がトンネルの出口の周囲に形成されている。「〈ナッツ〉がトンネルを掘るあいだに、掘り出されて排出されてるのがあれよ」

「無重力でも山はつくれないよ」

「ひとつずつ解決してるの！」ダイナはリースをひじでつついた。「それはほかの人たちが取り組んでる問題よ、見える？」ダイナは表面に沿って進む別の〈ナッツ〉にカーソルを向けた。山から生じた小さな氷の粒が、氷のかたまりのはしに向かって後退していく。

「なんであんなふうに動くんだ？」

「濡れた手を冷凍庫に入れて氷をつかむと、皮膚にくっつくでしょ？　それと同じことよ」ダイナは言った。「落ちないで氷の上を這いまわるのも、同じ方法でやってる」

時計の長針はさらに速く動き、短針の動きも目に見えてわかるようになってきた。氷のかたまりの表面には穴がぽつぽつとあき、素材が取りのぞかれるにつれ氷が下に沈みはじめた。しかしそれと同時に、かたまりの片側に生じた隆起が、鉄床の突起部分のように一方に伸びた。

「あれは何ができてるんだ？」

「たいしたものじゃないわ。コンセプトが証明されたっていうだけ」

突起の伸びが止まり、時計の針の動きも通常のスピードに落ち、別のエンジニアが入ってきて、成果の写真を何枚か撮った。そのあとビデオは途切れ、画面が暗くなった。

「面白い！」とリース。

ダイナはリースが離れていってしまう前に手をつかんだ。「待って。超高速のバージョンもあるわ」

まもなくその動画が始まった。同じ映像が一〇倍速になっているものだ。ほんの二、三秒で終わった。動きが速すぎて〈ナッツ〉も見えなかった——ぴくぴくする灰色の霧のようなものが、しみのように行き来しただけだった。見る側の視線は氷のかたまりに惹きつけられた。この速度で見せられると、透明な四角いかたまりというよりはアメーバに似ている。片側を沈ませながら、原生動物をなめらかに宇宙空間へ発射しているかのようだ。

「人によっては」とリース。「ジョーン・プロブストが氷に注目して手を尽くしているには、わけがあると思うだろうな」

「そうね。ただ、あたしにはその理由を教えてくれなかった」

「〈ナッツ〉のはじとはじをつなげる方法はあるのかい？」

「チェーン状にってこと？」

「そう。〈サイワイ〉は重宝だけど、必要以上に複雑でもある」

「あなた、チェーンのことで頭がいっぱいなのね。まあ、方法はあるわ。それと、並べてつないで、シート状にすることもできる」

「ジョンおじさんが墓から呼んでるんだ。自分の趣味を生かして何かつくれってね」

「だったら、あたしに気に入られてたほうがいいわね。それにあたしなら、多少は楽しませてあげられるし」

第五六日

A+0・56現在、回転するトーラスの中心にあるハブ・モジュールは、もう〈イズィ〉の最後尾ではなかった。今はH1と呼ばれるようになった。それより大きなハブ、H2がケープ・カナヴェラルから重量物打ち上げロケットで打ち上げられ、H1と対をなしている。

もともとH2は、大々的な宇宙観光事業の基盤になるものとして計画されていた。リースの当初のミッションはその実施で、そのために彼は二年にわたって計画を立て、訓練を受けていた。もちろん今のH2には新たな目的があるが、機能としては同じようなものだ。巨大な中心モジュールであるH2のまわりには、さらに大規模な新しいトーラスが回転している。この新しいトーラスは当然ながらT2と呼ばれているが、固定の部品や膨張性の部品のキットによって宇宙で組み立てられるもので、一部はH2の内部に詰めて運ばれ、残りはその後の打ち上げで持ってくることになっている。さしあたり、H2の四本の太いスポークは外に伸び、輪のリムを形成するほかの部品のところで切れているが、いずれあとから増築されるはずだった。

そのころまでに〈スカウト〉は、基本のミッションを達成していた。直径約五〇センチで、およそ一〇メートルごとに幅広の部分がある、木の枝のように張りめぐらされた空洞のパイプの支柱に採用された、統合トラス・アセンブリだ。それなりに健康で、閉所恐怖症でもなく、ポケットに物をたくさん詰め込んだりしていない人間なら、ハムスターがかごの中に取りつけたプラスチックのトンネルを走りまわるように、この五〇センチのチューブをすばやく移動していくことができる。幅広の部分は、反対方向から来た二人の人間がすれ違うための場所だ。接合部や分岐点として、球体のモジュールが使われている。チューブはドッキング用の場所につながっていて、さまざまなタイプの宇宙船がそこでステーションに固定され、安定した密閉状態を確立させる。

ピート・スターリングの言いまわしを借りれば、ドッキングサイトは〝ほとんど資源がなく〟、〝長いポール〟と〝重要な通路〟がある場所になるということは、最初からわかっていた。ロケットや宇宙船を建設したり、宇宙服を製造したりすることは簡単でないが、少なくとも地上であれば、途方もない資源を投げ込んで生産を増やすことができる。だが、軌道に飛び込んでくる宇宙カプセルの集団は、どこかにドッキングできなければ行き場がなくなってしまう。そのドッキングサイトの建設には、厄介なやり方が必要とされる。つまり現場で、軌道上でやらなければならないのだ。

ドッキングは簡単なことでないし、特殊な技術も必要だが、徹底して研究され、何度も行なわれてきた。中国の宇宙計画は、ロシアと同じシステムで標準化されているため、中国の宇宙船はロシアと同じようにＩＳＳにドッキングすることができる。それについては問題ない。だが、軌道に打ち上げられた有人飛行の宇宙船は、二、三日のうち、つまり空気や食料や水を使い切らないうちに、特定の目的地に到達する必要があるという事実は変わらない。このため〈スカウト〉の仕事は、できるだけ迅速で、コストがかからないやり方でのドッキングサイトを、大幅に増やしていくことだ。ドッキングは近接した場所ではできないため、そのあいだの距離はいわゆるハムスター・チューブがつなぐ。チューブの外側表面には取り付け金具《ブラケット》がついており、今も増員されている〈スカウト〉の手によって、配管や配線、構造補強材が近くのトラスにつながれている。

最初のチューブツリーは、A＋0・29からA＋0・50ぐらいの時期に、テクラと第一陣の〈スカウト〉たちによってつくられたもので、六つのドッキングサイトを備えている。これらはすぐに、いわゆる〈パイオニア〉の第一波打ち上げのときに使われた――ソユーズ宇宙船が三台、神舟が二台、そして米国の宇宙観光カプセルだ。

ボーやリースを乗せた宇宙船の打ち上げ成功に励まされたロシアは、五人から六人ずつを詰め込んだソユーズを送りだすようになった。

中国の宇宙船、神舟は、ソユーズの設計を基礎としているが、もっと大型で、さまざまな点でアップデートされている。本来はソユーズ同様三人乗りの宇宙船だが、これはその三人が生きて地球に戻ることを前提とした場合だ。片道飛行向けに改良された神舟は六人運べる。

そして、アメリカの観光カプセルの定員は七人だ。

つまり、〈パイオニア〉の第一波では四〇人近い人間が〈イズィ〉に送り込まれたわけで、これはもとの人口の倍以上だった。彼らはトイレや二酸化炭素浄化装置、熱排出システムを備えた、自分たちの宇宙カプセルで暮らすよう義務づけられている。だいぶ混み合った環境だが、それでも〈ラック〉からは格段の進歩だ。

A+0・56、H2モジュールが巨大なファルコン・ヘヴィロケットで運ばれてきたとき、テクラや生き残ったほかの〈スカウト〉たちは、丸一日かけてその中に詰め込まれたものをすべて引っぱりだし、H2を一時的にモジュールの外に固定した。それからH2の中へ移動して、そこを〈スカウト〉の宿舎にし、だいぶおんぼろになってきた〈ラック〉に別れを告げた。潰れたり継ぎ当てされたり折れ曲がったりした〈ラック〉は、緊急事態用に保管された。

〈パイオニア〉の三分の二は、船外活動《EVA》の経験がある、もしくはここ何週間かで急いでその訓練を受けてきた人たちだった。船外活動のための宇宙服は数が足りないが――地上で大急ぎでつくられている最中だ――すでにあるものを共有することはできる。作業のシフトは一五時間から一二時間に短縮され、さらに八時間になり、交替要員が着る宇宙服は日に二度も三度も使われることになった。船外活動者は、T2、つまり第二トーラスの組み立てと、チューブツリーの拡張とに自分の時間を振り分け、次の打ち上げの波が来たときに使うドッキングスペースを準備しようとした。

船外活動のできない〈パイオニア〉たちは、宇宙ステーションの与圧区画でほかの活動にいそしんだ。ダイナには二人のアシスタントができた。自分でその仕事を希望したらしいボー、そしてラルス・フードマーカー――映像に映っていた男性――だ。ラルスは若いオランダ人で、デルフト工科大学の大学院でロボット工学を専攻しているとき、アルジュナ・エクスペディションズに採用された。ダイナが知るラルスは、まめにメールを書き、つねにダイナの質問にきちんと答え、短期間でバグ修正パッチを提供することに努める男だった。何らかの連絡ミスのせいでダイナは知らずにいたが、ラルスは第五二日（このところ〝A＋〟の表示がなくなり、ただ数字だけで日数があらわされるようになっている）に到着した、アメリカの観光カプセルの乗客だった。

　大柄でストロベリーブロンドのラルスは、突然ダイナの仕事場にあらわれ、彼女にハグしようとした。普通のことではない。控えめに言っても、国際宇宙ステーションがサプライズ訪問の場になったことは、これまでまったくなかった。

　ラルスは、チョコレートバーを片手にたくさんつかみ、もう片方の手にカメラを持ち、作業服のポケットからあらゆる物をのぞかせていた。ガラス瓶入りのモルヒネ、抗生剤、紙テープにマイクロチップを埋め込んだリール、使い捨てコンタクトレンズ、コンドーム、インスタントコーヒーのパッケージ、風変わりな潤滑剤のチューブ、シャープペンシルの芯、結束バンドの束。どうやら最近の方針で、宇宙船に乗る人々は一緒に大量の〈ビタミン〉を積み込まれるため、まずほとんど動くこともできそうにない。

　ラルスは楽しい男で、彼が〈イズィ〉にやってきた初日は、一年ものあいだ同僚と対面での会話をしてこなかったダイナにとっては、純粋に面白い一日だった。ダイナはラルスにありのままの仕事場を見せてやり、アマルテアの表面にいるロボットを自由に操作させ、〝ベン・グリム化〟により外殻を強化した彼女のロボットを運び込ませて、ラルスがじっくり見られるようにした。ちょうどダイナは、数週間前のリースの発言に触発され、時間を無駄にしがちのロボットにほかのロボットのための装甲板をつくらせようとしていたところだった。順序立てた方法でやれば、小惑星のかけらをダイナの小さな無重力溶解炉に持ち帰り、純粋なスチールのかたまりを生産することも、それを〈グラブ〉のフレームに溶接することもできるかもしれない。だが、それでは複雑になってしまう。アマルテアは最初から完全に安定した物質でできている。構造的に質の高いスチールではないかもしれないが、放射線のシールドとして使える程度には良質だ。だからダイナは、もとの粗野な形は残しながらそれをスライスし、スチールプレートをかぶせて〈グラブ〉を装甲してきた。今の〈グラブ〉はまるで歩く小惑星のようだ。

「アートの世界だな」ラルスは言った。一瞬ダイナは侮辱されたのかと思った。芸術と工学を組み合わせることなどまったく考えないエンジニアは、たくさんいる。だがラルスの表情は楽しそうで、まるで悪意がなく、ほめ言葉なのは明らかだった。

ラルスの態度に慣れてきたダイナは、ここ数週間考えてきた問題を切りだしてみた。なぜ氷なのか？　巨大な鉄のかたまりならすぐ手に入るのに、アルジュナはなぜ、〈イズィ〉に存在しない原料を実用目的で使おうとしているのか？

「すべて説明されているわけじゃないけど」ラルスは言った。「彗星の核を手に入れようという話が、しばらく出てたのは知ってるよね」

「もちろん」ダイナは言った。「そのことは話し合ったわ。でも、ああいうのは巨大よ。二、三ギガトンもの水で何をしようっていうの？」

ラルスはまばたきして、わずかに居心地の悪そうな顔をした。

「あんな大きなものを動かすなんて、ものすごく時間がかかるじゃない！　一〇年とか二〇年のプロジェクトよ！　そんなに時間はないわ」

「かつての状況なら、そのとおり」

「かつての状況ってどういうこと？」

「昔は――〈エージェント〉以前は――彗星を動かすというのは大きな鏡を宇宙に持っていくことを意味した。彗星の核に太陽光を集中させ、いくらか水を蒸発させて、新しい軌道にじわじわと押し込む。そう。長い時間がかかる。ボウリングのボールを羽根で押すようなものだ」

「今は何が変わったっていうの？」とダイナ。「物理学は物理学のままよ」

「そう。そして物理学の中には、原子物理学という分野もある」

「核を使うっていうの？　そんな――冗談でしょう。あたし、思っても……」

「地上でどれぐらい状況が変化しているか、君は考えてもいないと思う」

「そんなはずない！」

「〈アーキテクト〉たちはこう言いはじめてる。『太陽光電池で動かすのは無理だ。そんなにたくさん、そんなに速く、何千もの〈アークレット〉のための電池はつくれない。大きくて手のかかるものなんだ』って」

「それはあたしも思ってた」

「核を使うべきだと言われはじめてる」

「ＲＴＧを？」

ＲＴＧ、放射性同位体熱電気転換器は、多くの宇宙探査機に使われている動力ユニットだ。それぞれの中心に放射性の強い同位体のパックがあり、何十年も熱を保っていられる。さまざまな方法で、この熱からエネルギーを抽出することができる。

「あれでは充分に強力とは言えないんだけどね」ラルスは言った。

ラルスは暗号化されたメールで地上から連絡を受けた。五つのグループに分かれた大文字の列は、まるで第二次世界大戦中の暗号機エニグマのメッセージそのままだ。ラルスがブリーフケースがわりに使っている大きなナイロン製財布の中に、紙片の束が入っている。それぞれに異なる任意の大文字が並ぶ、文字盤が印刷されたものだ。三〇分ほどの紙と鉛筆による面倒な作業ののち、メッセージは解読された。ダイナは自分の目が信じられなかった。当然のことながら、人はつねに暗号化されたメールを送っていて、アルジュナ・エクスペディションズのメールがすべて暗号化されているのも通常の手順にすぎない。だが、どうやらショーン・プロブストにとっては、充分と言えないらしい。ラルスがこの紙片を片手に四苦八苦する姿は、ダイナも見慣れつつあった。ラルスはＰｙｔｈｏｎで簡単なプログラムをつくってこの作業を楽にしてはいたが、それでもメッセージは依然として手で書いていた。

ラルスが来てから二週間ばかりたったある日、メッセージを解読したラルスが驚くべきニュースを伝えてきた。ボスがやってくる。アルジュナ・エクスペディションズの創設者でCEOの、ショーン・プロブストがやってくるというのだ。

「そんなことできるわけないわよ」ダイナは言った。「来ようと思ったって〈イズィ〉に来られるわけじゃない。打ち上げるべき乗り物もいる。宇宙船はどうするの？ ドッキングする場所は？ 第一、許可は出てるの!?」

こうした疑問も、修辞的なものにすぎなかった。ショーンはインターネット企業で七〇億ドルの収入を得て、その後小惑星の採鉱に尽力しはじめた。これにともなって民間の宇宙関連企業にも一〇億ドルか二〇億ドル出資している。

「ひとりで来るそうだよ」とラルス。「ドロップ・トップに乗って」

ダイナは一瞬考えてから、すばやくグーグル検索して記憶を呼び起こした。〝コンバーチブル〟とも呼ばれるドロップ・トップは、最近の宇宙観光のクリエイティブなアプローチのひとつだ。観光客は地球を、星を、そして（なくなってしまう前までは）月を自分の目で見たいものだという考えが、基礎になっている。伝統的な宇宙カプセルには、ちっぽけな窓しかついていない。だったら、透明な球体に頭を入れ、四方がはっきりと見えるようにしたらどうだろう。要するに、宇宙服を着て、宇宙で自由に浮遊すればいいのだ。ドロップ・トップは小型のシンプルなカプセルで、透明な球状のヘルメットつきのカスタムメイド宇宙服を着た四人の宇宙飛行士を乗せることができる。大気圏を上昇しているあいだと再突入のあいだは、小型制御ロケットのついた頑丈な防護殻に守られる。が、地球の周囲を回っているあいだは、コンバーチブル車の屋根のように防護殻をたたんで、完全に宇宙と接することができ、その気になれば宇宙遊泳もできる。

「ドロップ・トップがこの高さの軌道に来られるとは思えないけど？」

「ショーンはひとりで来る。ひとり乗りの特別モデルみたいなやつでね——あまったスペースを推進剤に充てることができるのさ」

「それで？　エアロックにやってきて、ドアをノックするってわけ？」

「基本的には、そうだ。ここの連中が何をするって言いたいんだ？　帰れなんて言えると思うかい？」

第六八日

「すべてがナンセンスだな」ショーン・プロブストは、ヘルメットを取るなりそう言った。

ダイナは微笑んだ。ナンセンスと言われてうれしかったのではない。人類と地球の遺伝的遺産を破壊から守るためには、わずかなナンセンスでも悪影響だ。それでもダイナは、ある種の救いを感じた。彼女もひそかに心の底では、何週間にもわたってナンセンスを数え上げてきた。ここにいる人間は、誰もナンセンスなどとは言わないし、その多くはダイナよりも賢くて学識があると思える人たちだ。

ショーン・プロブストについてダイナが知っていることといえば、その名声、ダイナの給与明細に書かれている署名、そして、彼を乗せているプライベート・ジェットがどこのタイムゾーンにいようとも、必ず午前三時にダイナにメールを送ってくるということぐらいだった。宇宙関連のあらゆる知識において、ショーンは誰にも負けない。ショーンが宇宙ステーションにやってきてナンセンスだと言いだせば、事態は面白くなるだろう。

ショーンの魅力的な点のひとつは、自分の個性に問題があると自覚しているところだ。〝なんとしてもやりとげる〟という古典的なスタイルで、コーチを雇い、あまり愚劣な人間に見えないように努力してきた。そのことがショーンの表情にあらわれているのは、ダイナにもわかる。

「君の仕事のことじゃない――君の仕事はすばらしい」ショーンはそう認めた。

「もしそうでなければ、もっと早くそう言うだろうと思っていました」

ショーンはうなずいた。以上。

ショーンが宇宙ステーションにやってきたのは異例のことで、しかもこれは往復旅行だった。ドロップ・トップが使えるドッキング・ステーションはない。ドロップ・トップには舷窓もエアロックもないので、そもそもドッキングできないのだ。だから〈イズィ〉に固定する方法もない。ショーンは、乗ってきた小さな〝コンバーチブル〟を手動制御し、制御エンジン《スラスター》を一度ずつ使って消費済み推進剤を宇宙に吐きだして、一分、五分、あるいは一〇分静止して状況を見た。ショーンはいわゆる宇宙オタクなので、軌道力学が地上の物理法則に従わないことは熟知している。彼には充分な謙虚さと、速度を落とせるだけの充分な酸素があった。最終的には、アマルテアのそばに漂いながら近づいていき、三台の〈サイワイ〉の行列の頭についた〈グラブ〉が、ドロップ・トップのコクピットに腕を伸ばしてはしの部品をつかんだ。そこでショーンはドロップ・トップを脱出し、宇宙を浮遊してちょっとした視察ツアーを行ない、ときどきダイナに自分がどこにいるかを知らせるメッセージを送ってきた。直接の無線接続ができないため、メッセージはシアトルのサーバー経由で送られた。

ショーンは〝チューブスーツ〟を着ていた。観光客向けの製品で、ロシアや米国の宇宙飛行士が使う政府支給の宇宙服と比べ、劣った点も優れた点もある。宇宙では脚は役に立たないため、脚の部分がない。両腕と、てっぺんに泡みたいな半球がついた、試験管《テストチューブ》のようだ。腕の部分には肩とひじの関節があるが、手はない。宇宙服の中でいちばん厄介なのが手袋の部分だ。チューブスーツの場合、手袋のかわりとして、腕の先に丸みをもたせた部分がある。ここから親指とほかの三本指の形をしたものが突きだしていて、手の内部の気密部品に通してあるスチールケーブルで動かせるようになっている。着用者が自分の手を手袋部分に入れ、金属製の腱をはめた指を動かすと、外側の指も動き、物をつかんだり、単純作業をしたりできる。一八九〇年の発明家の研究室で不器用な職人がつくったような代物ではないし、ましてや一六九〇年につくられたようなものでもない。使ってみた人々は、びっくりするほどきちんと動くと言っている。柔軟さがなく手が疲れる伝統的な宇宙服の手袋よりも、部分的には優れていると言ってもいい。

手袋部分の内側の空間にはだいぶ余裕があるので、かぎ爪のような手を使っているとき以外は、自分の指を内側の手袋から離し、内部のタッチパッドやジョイスティックに載せておき、思いついたことを打ち込んだりもできる。スーツには小さな推進エンジンがついていて、それで〝飛びまわる〟こともできる。ショーンはしばらくそれを使って〈イズィ〉の外をうろつき、ロボットの仕事を観察したり、トラスの改築部分を見たり、その他さまざまに好奇心を満たしていた。

ようやくH2最後部のエアロックにショーンがやってきたので、ダイナが中に入れてやった。そしてそこで、ショーンが意見をまくしたてたというわけだ。

ショーンは、大学院の物理学セミナーかSFコンベンションにいそうな、なんの特徴もない三八歳のオタクの風貌をしている。薄くなった鈍い茶色の髪が汗で頭に張りつき、二、三日分の無精ひげが濃くなっている。公式写真ではコンタクトレンズをしているが、今日は分厚いレンズのメガネをかけている。まず片腕、次にもう一方の腕をスーツから抜き、そしてさっきまで半球形のヘルメットがついていた首の部分から抜けだして、スーツを脱ぎ捨てた。

「長期的な耐久力という観点から見ると、難しいところはありますよね」ダイナはそう認めた。ぶら下がっている餌には飛びつかないようにして。

「そう思うだろう《ヤ・シンク》!?」ショーンは叫んだ。「この〈クラウド・アーク〉のコンセプトについて、基本的な質量均衡の計算さえ誰もやってないのか？」ニュージャージーのアクセントだ。

ダイナは相手の言う意味をつかみきれず、時間稼ぎを試みた。「みんなすごく気が散ってるんです。あたしはいちばんに情報をもらう人間じゃないですし」

「君に情報を伝えたりするものか！」ショーンは大声で言った。「君ならすぐさま、こんなのはナンセンスだと見抜くだろうからな！」

「なんなの？」アイヴィが好奇心をあらわにして二人のほうへと浮遊してきた。「そこにいるのは誰？」

ショーンが自己紹介をする前に、身長一八〇センチ以上でスキンヘッド、顔に傷があるたくましい女が、大砲から発射されたかのようにH2を突っ切ってショーンに向かってきて、彼の注意はそちらにそれた。テクラの肩がショーンの胴にぶつかり、隔壁に叩きつける。テクラはそのまま彼を押さえ込んだ。ショーンが伸ばした腕をつかみ、逃げられないように関節技をかけた。

テクラが旧ソヴィエトの格闘技サンボと、それに類するジュウジュツの達人だということは、ダイナももう知っていた。軽い好奇心で、サンボの技のユーチューブ動画をいくつか見たこともある。が、無重力状態でもその技が使えるとは、そのときまで思ってもいなかった。

H2最後部にはさまざまな用途のエアロックやドッキングポートがあるため、ショーンはそこからH2に入った。ただ、ショーンは知らなかったが、H2は生き残ったスカウトの宿舎にもなっている。ショーンが到着したことで、シフトを終えて寝袋で眠っていたテクラが目覚めたのだった。

ダイナはこの遭遇を、テクラの立場から想像してみた。ショーンの訪問は非公式だ。ダイナ自身も到着日時ははっきり知らなかったし、ドロップ・トップが来るのが小さな窓の外に見えてくるまでは、本当に来るのかさえわからなかった。つまりテクラの視点から見れば、この男は侵入者だ。アイヴィが「そこにいるのは誰？」と叫ぶまでは、ダイナもショーンが無許可でここにいるということを忘れていた。

「ああ、しまった」ダイナは言った。

「タップ！　タップ！」ショーンが叫んでいた。つかまれていないほうの手でテクラの脚を叩き、降参の意志を示している。

「司令官、この男を拘束しますか？」とテクラ。「指示をください」

「危険人物ではないわ」ダイナは言った。

「放してやって、テクラ」アイヴィが言った。

テクラはしぶしぶ手をゆるめ、ショーンを放した。ショーンはふわっとテクラから離れ、困惑した目でテクラを値踏みした。

「ショーン」ダイナが言った。「テクラのことは、もう紹介の必要はないですね。こちらはアイヴィ・シャオ、この施設の司令官です。アイヴィ、こちらはショーン・プロブスト」

「こんにちは、ショーン・プロブストさん」アイヴィはそう挨拶してからダイナに向きなおった。「来ることは知ってたの？」

「うわさでは聞いてたけど」ダイナは言った。「はっきりしないうわさだったから、わざわざ話して気を遣わせるのもどうかと思ったのよ。ごめんなさい」

アイヴィにじっと見つめられ、ショーンは居心地悪そうな顔をした。テクラがまだ近くで浮遊しているせいか、ダイナがアイヴィから感じた敵意はますます強く感じられた。

「私のここでの法的な立場は、船長のようなものです」アイヴィが言った。「船に乗ろうとするときのエチケットはご存じですよね、ショーン」

ショーンは状況を吟味していた。

「シャオ司令官。お願いします、あなたの船に乗るための許可をいただけませんでしょうか」

「許可します」アイヴィは言った。「ようこそいらっしゃいました」

「感謝します」

「でも……」

「はい？」

「もし誰かに聞かれたら、ちょっと嘘をついてもらえると助かります。まず許可を要請し、それから船に乗ったと」

「喜んでそう話します」

「のちのち慣習法のようなものができると思います。こうした事態に関する法律が」

「実際、もう着手しているようにも思えますが」

「それならよかった。でも、今は何もないので、私たちも気をつける必要があるんです」

「よくわかりました」

「ところで」とアイヴィ。「先ほど、ナンセンスがどうとかおっしゃっていませんでした？」

「シャオ司令官」とショーン。「あなたのこれまでの業績と、なさってきたお仕事に対しては、限りない尊敬の念を抱いています」

「でも、とおっしゃりたいのかしら?」と言うとアイヴィはダイナに顔を向けた。「でも、って聞こえた気がするのだけど」

ショーンは口をつぐんだ。

「続けてください」とアイヴィ。結局のところ、話を続けることはショーンの望むところだったし、この件はみんなでかたづけたほうがよさそうだった。

〈バナナ〉にあるホワイトボードで、ショーンは最初の原理から取り組んでいった。ツィオルコフスキーの公式や単純な指数関数から始めて、いくつかの単純な推定値を出し、ショーンが〈クラウド・アーク〉をナンセンスと思った理由の強固な証明を導きだしていった。

いや、少なくともショーン・プロブストがあらわれて、見つけた問題に取り組むまではナンセンスだった、と言うべきかもしれない。問題は、ショーンが個人的にしか対処できないものだった。

ダイナはふと、ショーンはいまだに裕福なのだろうか、と思った。

今どきの金持ちは、もう財産を金《きん》で保有したりはしない。ショーンの財産は株だ——多くは自分の会社の株だ。クレイター・レイク声明以降、ダイナも株式市場を追ったりしてはいなかったが、聞いたところでは、株式市場は破綻したどころか、ほとんど存在しないも同然の状態だという。株を価値の蓄えと考えたところで、株保有という概念そのものが意味をもたなくなっている。

それでも、法体系、警察、政府機関などは今も存在し、法の執行も行なわれている。アルジュナ・エクスペディションズの過半数株主であるショーンは、会社を支配する権限を今でも法的には維持できている。ほかの宇宙事業家とのつながりを生かして、自分が〈イズィ〉まで飛ぶための手配ぐらいはできているわけで、それもまたある種の財産だ。

そこで考えが落ちつくと、ダイナはふたたびショーンの話に耳を傾けた。

「分散された群れ《スウォーム》としての〈クラウド・アーク〉。けっこう。それはわかる。私も協力したい。全部の卵をひとつのかごに入れるより、そのほうがずっと安全だ。なぜ安全か？　飛んでくる岩石から〈アークレット〉が逃れやすくなる。ほかに利点は？　ペアで〈ボロ〉をつくり、たがいの周囲を回ることで、疑似重力を生みだすことができる。人々は、より健康に、より快適にすごせる。それにはどうすればいいか？　互いに向かい合って飛んでいき、テザーをつかめばいい。では〈ボロ〉を解除して単体《ソロ》になりたくなったら？　エンジンを使って求心運動を止める場合を除き、単にテザーをはずして互いに反対方向へ飛べばいい。こうした動きのすべてに共通することはなんだと思う？」

ひんぱんに問いかけてはそれに自分で答えるショーンのスタイルに慣れてしまっていたため、彼が本当に質問を投げかけてくると、全員が不意を衝かれた。

ダイナとアイヴィのほかに、天文学者のコンラート・バルト、それにラルス・フードマーカー、ズィーク・ピーターセンがその場にいた。ピーターセンがようやく問いに答えた。

「制御エンジン《スラスター》を使うことかな」

ショーンはうなずいた。「スラスターを使うとどうなる？」

この点はダイナに有利だった。ショーンが質量均衡について懸念していることを、ダイナは知っていたからだ。「質量を捨てることになります。使用した推進剤というかたちで」

「質量を捨てる」ショーンはうなずいた。「推進剤が尽きれば、〈クラウド・アーク〉は長期的な生き残りを実現できる構造物としての能力を失う。単なる図体のでかい、座りこんだアヒル（無防備でねらわれやすい標的の意味）になってしまうんだ」

ショーンは全員がこれについて頭をめぐらすのを待ってから、話を続けた。「ここでは、そのほかのほぼすべてのことが、質量均衡への影響を最小限にとどめるようにして行なわれている。尿をリサイクルして飲料水にしたり、大便から肥料をつくったりしている。質量を宇宙に解放し、そのまま取り戻せないようなことになる活動はごくわずかだ。しかし推進剤は例外だ。〈クラウド・アーク〉というアイデアが発表されて以来、私はこのことを声高に訴え、語りつづけてきた。しかし今のところ、権力者からの返答は、曖昧でのらりくらりとしたものしか得られていない」

アイヴィとダイナは、おたがいの目を見合わせた。ミーティングのあとは一対一のテキーラ・セッションになりそうだ。

つまり、とダイナは思った。つまりアイヴィも、ずっとこの件について、心の奥底で考えていたわけか。心配していたのだ。地上とテレビ会議をしているあいだも、茶葉をながめて未来を占おうとしていたのだ。

ピート・スターリングと何か関係がありそうだ、と、ここに来てダイナも気づいた。つまりはJBFとも何らかの関係がある。

通常は楽観的なチームプレイヤー・タイプのズィークは、軍の下級士官によくあるような無邪気な顔で言った。「それはある意味で明白ですよね。彼らが考えていないはずがないということは」要するに、〝われわれよりも給料をもらっている人間が全部対処することじゃないのか〟という、ズィーク流の物言いだ。

「そのとおり」ショーンはうなずいた。

コンラートはもぞもぞと椅子の上で体を動かし、あごひげの生えた顔を片手で覆った。ズィークとは違い、問題について明るい解釈を提示できないタイプだ。

「世界が科学者やエンジニアによって動かされているのなら」とショーンは言った。「話は簡単だ。もっと質量を手に入れればいい。備蓄しておいて、使い果たさないようにする」

「だったら水です。彗星の核のことを言ってるんですね」ダイナは言った。

「そう、水だ」とショーン。「ニッケルからロケットの燃料はつくれない。だが、水があれば過酸化水素がつくれる――良質の推進剤だ――あるいは、水素と酸素に分解して大型エンジンを動かすこともできる」

「今おっしゃったことが気になっているんですけど」アイヴィは小声で言ってから、もう少しはっきりした口調になった。「そうはいっても、世界は科学者やエンジニアが動かしているわけではない——それがあなたの言わんとするところですか？」

ショーンは両の手のひらを広げ、大げさに肩をすくめた。「私は社交的な人間じゃない。人からもずっとそう言われている。その件については、社交的な人間が考えるべきかもしれない」

「人々の視点で？」コンラートが言いなおした。

「そうだ。七〇億の人々の視点で。七〇億の人間に、幸福でいてもらい、最後まで従順でいてもらわなければならない。だったらどうすればいい？　怯える子供たちを落ちつかせ、眠ってもらう最善策は何か？　物語を聞かせることだ。キリストの話でもなんでもいい」

ズィークは眉をひそめた。コンラートは目をぐるりと回し、天井を見上げ、何も聞かなかったような顔をした。

ショーンがこねくりまわしているのは、ある種の非道な、ほとんどとんでもない考えだ。つまり、彼らが宇宙でやっていることはすべて、地上にいる七〇億人への子守歌にしかすぎない。実際には機能しない仕事の、準備を整えているというふり。〈クラウド・アーク〉の人々は、地上に残された人々よりも、わずか二、三週間長く生きるだけだということ。

アイヴィもダイナも、コンラートもズィークも、この点に関して激しい衝撃を受けてもおかしくなかった。

だが、誰ひとり——ズィークでさえ——あまり反応しなかった。

「みんな考えたことはあるはずだ」ショーンは言った。「私のように人の気持ちに鈍感な男でも、顔を見ればそれはわかる」

「確かに、考えたことはあるかもしれません」ダイナは認めた。「考えずになんていられないです。でも、ショーン、地上にいるとわからないかもしれませんが、ここの人間たちはこれを成功させようと真剣にやっているんです。これがただの見せかけの代物なら、ほかのものに目を向けないと」

ショーンはダイナをなだめるように両手を広げた。「地上でもさまざまな意見がある、わかってもらえるかな? 〈クラウド・アーク〉の主要な機能が大衆向けの鎮静剤だと考えている人間、おそらくは地位の高い人間がいるということもだ。車のDVDプレイヤーに入れるメディアと同じだと思ってるんだよ、長いドライブのあいだ子供をおとなしくさせるためのね」

「そういった人々は、私たちが必要とする資源を手に入れるうえで、私たちとなんの関係もありません」アイヴィが言った。

「彼らの戦略はつねにどこかおかしくて、少しピントがずれているんだな。不明瞭でね。じれったいんだ」

どうやら明らかにピート・スターリングの話のようだ。

ショーンは言葉を続けた。「そういう人たちが、ある程度まで発射場や政策をコントロールすると、こちらも問題を抱えることになる。幸い、彼らはすべてをコントロールできるわけではない」

　そこからの話題は、ショーン・プロブストと、彼とゆるいつながりをもち、ロケットのつくり方を知っている億万長者の友人たちのことに移った。

「この〈クラウド・アーク〉について、私や仲間がまだ知らないことがたくさんある。完璧に知るまで黙って待つわけにもいかない。わかっている問題に対処するための長い準備期間を、今すぐ始めるべきだ。そして、われわれにわかっているのは、〈クラウド・アーク〉に水を運ぶ必要があるということだ。物理的にも政治的にも、地上から水を運ぶのは難しい。幸い、私は小惑星採鉱企業をもっている。すでにいくつか、接触しやすい軌道をもつ彗星の核を見つけてある。リストを絞ろう。そして探検隊を準備しよう」

　コンラートはこうしたミッションの時間配分についてよく知っていた。「期間は、ショーン？」

「二年だ」ショーンは言った。

「そう」アイヴィが言った。「取りかかったほうがよさそうね。私たちは何をすれば？」

「すべてのロボットが欲しい」ショーンはそう言うと、ダイナのほうに向きなおった。

「ナンセンスの狩猟解禁を宣言したところで……」自分の仕事場でショーン・プロブストと二人きりになると、ダイナはすぐそう切りだした。

　ショーンはＦＢＩに降参した逃亡者のように両手を挙げた。「どこから始めたいんだ？」

「いくつか彗星を見つけてあると言いましたよね。これからリストを絞ると。嘘です。なんの計画もなしにここへ来るはずがない」

「グレッグの骸骨《スケルトン》を追っているんだ」

「なんですって？」

「すまない、グリッグ・シェレルップ彗星だよ。誰かの子供《オフスプリング》が〝グレッグの骸骨〟って呼びはじめたら、その名が定着してしまって」ショーンは子供のことを〝子孫《オフスプリング》〟と呼びたがる。

ダイナも聞いたことはあった。「どのぐらいの大きさなんですか？」

「二キロ半か三キロ」

「大量の〈アークレット〉燃料になりますね」

ショーンはうなずいた。両腕を身体の前で組み、仕事場を見まわした。

「そんなに大きなものを動かすのは大変ですよね」

ショーンはまだ黙っている。

「核でも突っ込んでロケットにするつもりですか？」

ショーンは一瞬眉を上げた。そんなに大きなものを動かす妥当な方法はほかにないので、わざわざ返事をする意味はないとでも思っているらしい。

「本当にラッキーなタイミングだよ」ショーンは言った。

「こんな大混乱のときに、〝デススター〟ぐらいでかい放射性の氷の球を、ここへ飛ばそうっていうんですね――それで？」

「ダイナ、ここだけの話をしたいんだが」

「ええ、待ってましたと言うべきなんでしょうね」

第七三日

ドゥーブは一〇年ほど前、もう少しで宇宙に行くところだった。ヘッジファンドで大もうけした知人が、二五〇〇万ドルを投じ、ソユーズ・カプセルに乗って国際宇宙ステーションに行く一二日間の旅に出ようとしたときのことだ。旅客となる人間は、交換要員、つまり旅客が何らかの病気や災難に見舞われたとき、代わりに行く人間を指定するのが慣習になっていた。打ち上げ直前でも代役がすぐ交替できるよう、どちらもずっと旅客として同じ訓練を受けなければならない。知人のヘッジファンド富豪にとっては、実はそこが重要な点だった。彼は内気な男だったため、世間との接点になってくれる人間、どんなときも魅力的な顔でいてくれる人間を必要としていた。ドク・デュボアが代役に選ばれたのはそのためだ。二人はウェブサイトとブログを立ち上げ、訓練プログラム全般にわたってドゥーブの進捗状況を追うためのカメラマンを雇い、ときどき写真の背景にヘッジファンド富豪自身が映り込むようにした。ドゥーブは世間の目を惹きつけた。誰も文句は言わなかった。ドゥーブも楽しくてしょうがなかった。訓練は面白かったし、ヘッジファンド富豪はウェブサイトに惜しみなく出資してくれたので、ドゥーブはためになる宇宙飛行知識の動画を数多くプロデュースした。

そればかりか、自分が宇宙に行けるチャンスも、小さいながらあった。打ち上げ予定の一週間前、ドゥーブは妻と子供たちを連れ、撮影クルーも引きつれて、バイコヌール宇宙基地に向かった。船尾が扇形をした打ち上げロケットのソユーズFGが、特別列車に水平に乗せられ、煙を吐く機関車に引っぱられて、ロシアの大草原《ステップ》を横断して発射場に運ばれるのを、彼らは大いに驚嘆してながめていた。発射場は、月面のようなカザフスタンのステップをコンクリートで覆った、ヘリの離着陸場より少しましという程度の場所で、その周囲にロケットを列車から持ち上げる装置や、燃料注入装置などがあった。NASAのやり方とはあまりに対照的で、笑いそうになったほどだ。ドゥーブの末の息子で当時一一歳だったヘンリーは、発射地点から一〇〇メートルばかり離れたところで交尾している野良犬に気を取られ、巨大なロケットが垂直に立ち上がるところを見逃した。発射場の燃料庫はびっくりするほど発射台に近く、その前には小さな野菜畑があって、技術者たちがそこでキュウリやトマトを育てていた。昼間のあいだにコンクリートの壁が太陽光を吸収するので、夜になっても野菜畑の暖かさを保っていられるのだそうだ。

打ち上げの三日前、発射台の脱出手順のリハーサル中だったヘッジファンド富豪が野良犬に嚙まれ、民兵たちは車で、地元民は馬か攻撃ヘリで、ステップを逃げまどう犬を追いかけたため、すべては大混乱に陥った。ようやくとらえられた犬は獣医学ラボに送られ、狂犬病にかかっていないか調べられた。打ち上げの三時間前になり、狂犬病はなかったという連絡がようやく来た。ドゥーブの名前は旅客名簿から消され、ヘッジファンド・マネージャーの名前になった。安堵と落胆の両方を味わいながら、ドゥーブは発射台のごく近くの地上に立っていた。例のタヴィストック・プラウズも打ち上げの取材に来ていた。当時はかっこいいと思われていた、ありとあらゆる電子機器で装備を固めていた。タヴはドゥーブとロケットのほうを向いてステップに立ち、巨大なロケットがエンジンに点火し空へと飛んでいくあいだ、ビデオカメラをドゥーブに向けてナレーションを入れた。

その映像があったからこそ、ドゥーブはドクター・ハリスからドク・デュボアになり、キャリアを築いたのだった。また、それから何日かのうちに、妻が離婚の手続きを開始したのも、この映像のせいだった。妻は夫としてのドゥーブにずっと不満を言っており、その多くは長年にわたるもので、妻もきちんと説明できないようなことだった。それでも、こうした不満がひとまとまりになって明確化したのは、ドゥーブが夫や父親としての責任を無視し、ロシアでの打ち上げのために何週間も訓練を受けたせいだ。打ち上げの実際の瞬間を見届けるために、安全な場所で子供たちと一緒にいることもなく、何百万人のフォロワーのために面白おかしいコメントを言うだけの友人のタヴと一緒に、危険なロケットの近くに行っていたせいだ。

どちらにしても、ドゥーブはそれ以来、その代償を払ってきた。自分の罪に対する罰に甘んじるといううしろ向きな感覚もあるが、子供たちとできるだけ一緒にすごそうという前向きな感覚もあった。だが、子供たちが学校を卒業して世の中に出ていくにつれ、それも難しくなっていった。地球の全員が死刑宣告を受けた今、ドゥーブは特別な努力をしようとしていた。
A+0・73、ドゥーブはシアトルに飛び、SUVをレンタルし、ワシントン大学のキャンパスに向かった。その途中でアウトドア・グッズの店に寄り、キャンプ用品を買った。今はだいぶ値が上がっている。文明の崩壊を予期した人々が、こうした品を買いあさりはじめたせいだ。ただ、そういう人々は少数派だ。多くの人は、〈ハード・レイン〉が始まれば、逃げ隠れしてもほとんど意味はないとわかっている。フリーズドライの食べ物や、携帯用のこんろは入手が難しくなっているが、ダウン入りの寝袋やしゃれたテントの在庫はまだある。

ヘンリーは今、コンピューター工学科の三年生で、キャンパスの近くの貸家に友人たちと住んでいる。シアトルによくあるみすぼらしいクラフツマン・バンガロー（低い傾斜の屋根をもつ平屋の住宅）で、半分ぐらいがブラックベリーとツタに呑み込まれているところだ。

どの学生が学位課程のどの段階まで進んだかなど、今ではもうなんの意味もない。それでも人々は、助からない病気と診断された人間が毎朝起きて仕事に行くように、これまでの考え方を続け、さほど習慣を変えずにいる。破滅が迫っていると知ったせいで、アイデンティティを主張したいと感じているのだ。

ドゥーブはSUVを違法駐車しようという誘惑にかられた。世界が終わろうという今、警官に見とがめられて違反チケットの料金を払わされるようなことはないだろうと思ったからだ。だがシアトルの大半の人々が今もルールに従っているようなので、ドゥーブも同じようにした。

ヘンリーは、四人の同居人たちやほかの学生五人とともに、バンガローの一階に集まっていて、自分たちの体温と、ごちゃごちゃと置かれたデスクトップPCやノートPCやルーターの熱で、一月の寒さをしのごうとしていた。空になったピザの箱の数を見るかぎり、夜どおし何かをしていたようだ。

「あした、車の中で説明するよ」というのが、前夜ドゥーブが電話し、何をするつもりなのかと尋ねたときのヘンリーの返答だった。その朝、ヘンリーはレイジーボーイ（アメリカのパーソナルチェア・メーカー）のリクライニングチェアから起き上がり、父親を抱きしめて「愛してる」と言い、それ以上多くは言わなかった。

ティーンエージャーの子をもつ親はみな、こうしたことに慣れているものだ。子供たちは人生のある時点において、特定の物事をママやパパにわざわざ説明する必要はないと決める。親はすべての些細な物事まで知ることはできないし、その必要もない。親はそれをただ受け入れ、子供が自分の力で学び、次に進めるようになったことに満足すべきなのだ。もちろんヘンリーも、何年か前にそうしたヴェールを通り抜け、その向こうへ行った。ドゥーブは自分の自尊心を抑え、すべての親と同じようにそのことを受け入れた。これも成長の一部だ。とはいえ、ヘンリーの秘密は、かつては基本的に退屈なものでもあった。マジック・ザ・ギャザリング（アメリカのトレーディングカード・ゲーム）のカード・コレクション、アメフトのコーチから与えられたウェイトリフティングのプログラム、学校の友だちの恋愛事情。そうしたことに無関心を装うのは、ドゥーブには簡単なことだった。

部屋にいる学生たちの肩の向こうにドゥーブが見たものは、もっとずっと面白そうなことらしかった。その意味では、ドゥーブはいくらか傷ついた。

彼らは全員、ヘンリーが有名なドク・デュボアの息子だということを当然知っている。涼しげな顔を装いながら、みんながドゥーブと握手して挨拶するチャンスをうかがっていた。

彼らと雑談しながらも、ドゥーブはつい、ブルーのテープでバンガローの壁に貼ってあるものに目を走らせた。ＣＡＤの設計図、スケジュール表、ガントチャート、地図。工学プロジェクトらしきものが進行していることは明らかだが、なんなのかはわからなかった。キッチンテーブルの上では、メーカーボット社の３Ｄプリンターがプラスチックの小さな部品をつくっていて、若い女の子がそれを熱心に見守りつつ、携帯電話で英語と中国語を取り混ぜてしゃべっていた。

会話の途中で、車がバックするときのビー、ビー、ビーというアラーム音が割って入り、しだいに音が大きくなった。誰かが玄関のドアをあけると、湿っぽく涼しい太平洋の空気が入ってきて、ライダー社のレンタル・トラックが芝生の上をバックしながら、玄関口にまっすぐ向かってくるのが見えた。頭の中でつい本能が目覚めたドゥーブは、芝生についた泥の溝に非難がましく目をやり、芝をだめにする無責任な若者にチッ、チッと舌打ちをした。この芝生も今後二年のうちに、固く生気のない粘土質の地面の上で、炭素の微粒子でまっ黒に染まるだろう。直撃を受けなくても、岩石が溶けてガラスのようになった巨大なクレイターの一部になるのだ。

箱型トラックはすぐには停まらず、玄関ステップの木の手すりを破壊した。

みんな笑った。妙な声音の笑いだった。子供じみた喜びに、どこか暗い、もっと悪いことを期待するような響きが混じっていた。

若者たちはドゥーブよりも状況に順応できている。

何が始まるのかは彼にもよくわからなかったが、彼らは箱型トラックの後部にすべてを詰め込もうとしているようだった。何を積み込むのか、何を置いていくのかもわからず、ドゥーブはポケットに手を入れてしばらくそのそばに立っていた。だが、ソファまで積み込まれたのを見るかぎり、どうやらこの家を捨てるつもりらしい。ドゥーブも手伝いはじめた。少しすると、箱型トラックはいっぱいになった。すると彼らはふたたび荷物をおろし、もっときちんと積みはじめた。ドゥーブはようやく本腰を入れて熟練の年長者の役割を演じ、見事な梱包技術を披露して、より効率的なスペースの使い方を指示してやった。

最終的には、誰かがもう一台トラックを借りに行くことになった。レンタカー業者はもう自由に車を使わせているようだ。通りを歩いてきた住宅改築センターの日雇い労働者たちが、荷造りを手伝ってくれた。住宅改築市場も破綻してしまっている。彼らの顔つきはどことなくアメリアに似たところがあり、この人たちがあのニュースを聞いたときはどんな様子だったのだろう、とドゥーブは考えた。

若者のうちの六人が、自分のコンピューターと衣服、それに所有もしくは借用している道具を、ドゥーブが空港でレンタルしたＳＵＶにできるだけ詰め込み、自分たちも乗り込んだ。

自転車二台とキャンプ用品は、荷台にロープで縛りつけた。彼らがどこへ行くのか、なんのために行くのかはドゥーブにはわからないが、どうやらブルーの防水シートと結束バンドで新しい文明を構築する気でいるらしい。

最終的には全部で二〇台の大行列が、午後二時ごろに町を出て東へ向かった。一年のこの時期、緯度が高いシアトル周辺地域は、あと二時間ばかりのうちに暗くなってしまう。

若者たちの大半はすぐに眠り込んだ。助手席のヘンリーは起きていようといじらしく努力していたが、やがて居眠りを始めた。ヘンリーは優しい息子だから、目を覚ましたらきっと謝るだろう。だが、親になったことのないヘンリーには、親にとって自分の子供の寝顔を見ることほど満ち足りた時間はないということなど、きっと理解できないに違いない。

そんなふうにして、こんなときでも感じられるかぎりの満足を覚えつつ、ドゥーブは眠っている乗客でいっぱいのSUVを、暗くなっていく山へと走らせた。車の行列は、交通の流れの中でしだいにばらばらになっていった。ほかの乗用車の多くは、標高が本格的に高くなる前に、郊外に続く出口をおりていった。いつも思うことだが、彼らはいったい何をして生きているのだろう。最後の日までの毎日を埋めるためだけに、仕事や学校に行きつづけているのか？　とはいえ、ドゥーブには関係のないことだった。

イサクアを越えてもまだ州間高速道《インターステート》を走っている車は、どうやらみな山の東側の高地にある、寒冷砂漠に向かっているようだった。まだスキーに興味がある人たちもいるらしい——スキーときたものだ！——が、そういう車はたやすく見分けがつく。それ以外の多くの車は、大学から来た車の群れと似たような車両だった。つまり、荷物を満杯に積んだ箱型トラックやSUV、食料やキャンプの装備を載せたピックアップ・トラックだ。放浪農民《オーキー》になったみたいだな、とドゥーブは思った。ただ、本当の放浪農民は、少なくとも自分の行き先を知っている。

長々と降りつづくシアトルの霧雨は、交互に霧になったり冷たい雨になったりしはじめ、ドゥーブは片手で忙しくワイパーを切り替えた。高い場所に来るほどに雨粒に氷が混じり、やがて雪になった。道路にはまだ積もっていないが、路肩は半解けの雪で見えなくなりつつあり、車線がだんだん浸食されている。車のスピードが五〇キロ、四〇キロ、三〇キロと落ちていき、低いところにおりてきた鉄灰色の雲が残りわずかな日中の光を押さえつけ、前方の道路はまるでテールライトの混濁液が凍りついているかのようだった。

二、三台のセミトレーラーが、動きの遅いレーンで進入追い越しを試みている。何を積んでいるのかわからない普通の箱型のトラックもあったが、あまり見ないタイプの産業車両が、尋常ではないくらい多く走っているのがわかる。低温液体を運ぶタンカー、パイプや構造用鋼を運ぶ平台型のトレーラー。

不意に雲が明るく光り、後部座席で眠っていた学生たちもびくんとして身体を動かした。いつもの習慣で、ドゥーブは秒を数えはじめた。ゼロ・ミシシッピ、一ミシシッピ、二ミシシッピ……。カウントが九か一〇まで来たとき、轟音が聞こえてきた。昔、子供だったころなら、稲妻の仕業だと思ったところだ。月の破片が飛んできたのだろう。ここからおよそ三キロ圏内を通過したことになる。たいていの破片は大気圏内に入ってくると砕け散るが、数秒して二度目の轟音が聞こえたということは、地上に到達したのだ。つまり比較的大きな破片だったということだ。

教え子の大学院生が、観測された火球の数を自分たちの予測モデルと比較しているサイトを、ドゥーブは一日か二日前に見ていた。それほどまめにチェックしているわけではないが、最初の二、三週間は不安定だったものが、その後モデルに改良が重ねられ、妥当な統計範囲内で実際の観測値を追随するようになっていたのは知っている。もちろんこれは、モデルにとってはいいことだが、人類にとっては悪いニュースであり、追随できているということは、二一ないし二二カ月のうちに〈ホワイト・スカイ〉が起きて〈ハード・レイン〉が始まることを意味する。自分の記憶が確かなら、さっきのような破片は、世界中で一日に二〇ぐらい落ちていると見られる。近くでそれが起きたというのはやや珍しいことだが、わざわざ知らせるほどのものでもないだろう。

何分かして、前方の車がブレーキをかけはじめ、いくつものテールライトが赤く輝いた。車の列は少しのあいだのろのろと動いていたが、やがてどれも完全に停まった。学生たちの何人かが目を覚まし、眠そうな声でこの状況を話し合った。一〇分しても動きはなく、ヘンリーが車を降りてSUVのステップの上に乗り、屋根に縛りつけていた自転車のロープをほどきはじめた。

ドゥーブは暖かく安全な運転席に座ったまま、停まった車が並ぶレーンの隙間を自転車で縫うように進む息子の姿を見守った。息子が初めてひとりでパサディナの通りを自転車でこぎ出していったときと同じように、ある種物悲しい気持ちを感じながら。

ヘンリーは三分ほどして戻ってきた。「山道をのぼりきる直前のところで、トレーラーが折れ曲がって動かなくなってる。荷が大きすぎたんだ。ガントリーを積んでたんだと思う」

ガントリー。ドゥーブの脳の奥深くにある記憶が、その言葉でよみがえった。アポロ時代にウォルター・クロンカイトやフランク・レノルズのようなニコチン依存を抜けたアンカーマンのみが、発射台の話題にのみ使った言葉だ。

車の列は動く気配がない。彼らはSUVの後部から冬用のコートを引っぱりだして着込み、道路を歩いて様子を見にいった。同じことをしている人間がたくさんいる。珍しいことだとドゥーブは思った。普通は車の中で待ち、スマホをいじったり、オーディオブックを聴いたりして、関係機関がやってきて対処してくれるのを待つものだ。

問題のトレーラーは、八〇〇メートルほど行ったところで見つかった。派手な横滑りを起こしたらしい。ガントリー——列車の架台部分に似た、溶接されたスチールのトラス——のとんでもない重量が、トレーラーの最後部を前や横へと振りまわし、すべての車線を横切って横転し、ガードレールを一〇〇メートルほど破壊してようやく停まったと見える。そのうしろで何台かの車がブレーキを踏んでスピンアウトしていて、うしろを軽くぶつけた車の後始末をしている人はいたが、ひどい怪我人などはいないようだった。

事故現場のほうへ向かう人の数はかなりたくさんいたが、事故をただ見ているとか、好奇心で見物しているような人間はほとんどいなかった。みんなどこへ行くのだろうか？　ドゥーブとヘンリー、そしてほかの学生たちが近づいていくと、事故現場を照らすために方向転換してヘッドライトを向ける車が何台か見え、そのあと、車と車の隙間を通ったり、トラクターとトレーラーのあいだの空間をよじのぼったりして、反対側へ行こうとしている人の流れが目に入ってきた。安全監督者をみずから買って出た人たちが、ＬＥＤの懐中電灯を持って立ち、つまずきやすい場所を警告する看板や、つかまれる場所に光を当てている。ドゥーブやほかの人間たちも、そうした隙間を通り、事故現場の反対側へと抜けた。そこでのながめは、一見の価値があるものだった。雨に濡れたインターステートはまったくの空っぽで、そこから先へと延びている。右手の山腹には、夜間照明に照らされたスキー場が広がっている。さらに二〇キロか三〇キロほど離れた、雪と霧のヴェールの向こうの山腹には、やわらかいオレンジ色をした筋状の光が見えていた。火球が落ちた場所だ。ドゥーブにも、ようやく何が起きたのかがわかった。隕石は自分たちの頭上を通過していったのだ。ドゥーブには雲の上の閃光しかわからなかったが、そのころ山道の頂上に達していた人たちには、隕石が光の筋を描きながら地面に落ちてきて、森を二キロ近くなぎたおすところまで見えたはずだ。たじろぎ、車線を飛び出した車がたくさんいたに違いない。トレーラーの運転手はブレーキを踏むほかなく、ぬかるんだ舗道でタイヤがスリップしたのだろう。

　事故現場の反対側に来た人の数は、間違いなく一〇〇を超えていた。

二〇分もたつころには、横転したトレーラーを起こせるだけの人数が集まっていた。巨大な石を動かそうとするエジプトの奴隷のように、パーカーとマイクロファイバー素材の手袋とスノーパンツを身につけた人々が、全員でトレーラーの下に入って持ちあげようとした。道具箱から持ってきた牽引ベルトがトレーラーの反対側に取りつけられていて、トレーラーの連結器と、現場に来た数台の４ＷＤピックアップ・トラックのバンパーとをつないでいる。人間が押すあいだに牽引ベルトが引っぱると、驚くほどたやすく車体が起きあがり、片側の車輪だけで一瞬バランスを取った——聞こえる音は、ピックアップ・トラックが急発進しようとするときに響くタイヤの横滑りの音だけだ。そして、もう片方の車輪が地面に落ちてきた。全員が安堵するとともに、「うぉーっ！」と歓喜の叫びをあげた。ドゥーブも手袋をした手で、さっきまで会ったこともなかった、今後も二度と会うことはないだろう二〇人ばかりの人たちに向かってこぶしをぶつけ合ったり、ハイ・ファイブをしたりした。

トレーラーをまた正しい方向に向かせ、インターステートへ戻すには、さらに二時間ばかりかかる退屈な作業が必要と見られた。が、短い時間内で少なくとも一車線はあけることができた。そのころにはすでに、中央分離帯を横切ってインターステートの反対車線を占拠し、ドップラー効果満点の長々としたクラクションを鳴らしつづけながら方向転換していた４ＷＤ車も、だいぶまばらになっていた。

ふたたび車が動かなくなったのは、さらに一時間ほどしたころだった。ハイウェイに羽のような分厚い煙が低く漂っていて、その中へと入っていくと、ほとんど視界がきかなくなった。暗闇から赤や青の銀河のような光がまたたいてあらわれ、そして遠ざかっていく。さっきの隕石落下で、緊急車両が消火活動に群がったり、地元民を救助したりしている場所の明かりだった。ある場所では、道路作業用の発煙筒の陽気な光と一緒に、道路のまん中に車ぐらいの大きさの岩が居座っていた。それが舗道に落ちてきて地面を陥没させたせいで、分厚いアスファルトの破片と折れた鉄筋が周囲にせり上がっている。岩は隕石そのものではなく、いわばその排出物だ。隕石の落下地点から飛ばされた破片だ。

さらにもうひとつの渋滞は、ヴァンテージという町から一キロ半ほどの川幅のコロンビア川を渡るインターステートで起きていて、こちらはただ見とれてしまうようなながめのせいだった。橋の下、川の東岸で何かが起きている。大きな荷船が橋の下を通れるよう、支柱から支柱までのあいだで水際から離れるように傾斜がつけてある場所だ。目も眩むような光が支柱の下から照らして昼間のように斑《まだら》に見え、その中で何か巨大な円筒形のものがウインチで巻き上げられ、荷船から降ろされている。

こうしたことすべてが重なり合った結果、一行がモーゼズ・レイクの町に着き、インターステートをはずれ、その後いっせいにグラント郡国際空港へ向かおうとする車の流れを追いかけはじめたときには、とっくに真夜中を回っていた。

この空港の正式名称は、確かにそのとおりだ。だが翌朝目覚め、ヘンリーと共有していたテントから這いだして、立ち上がってあたりを見まわしたとたん、ドゥーブはここをニュー・バイコヌールという名で呼ぶことにした。バイコヌールと同じ緯度にあり、同じような大草原《ステップ》の僻地にあるからだ。

かつてのステップと同じように、ここには放浪生活の民が住んでいる。いわば〝宇宙《スペース》の放浪農民《オーキー》〟だ。少なくとも一万人はいるだろう。

秩序はあるように見えた。乾いた湖底に、アメフトのフィールドのラインを引くときと同じ道具を使って、まっすぐな長い線が引かれている。線引きされた道や大通りは、新たにやってきて住みついた人々にもおおかた尊重されているようだ。仮設トイレがきちんと間隔を取って置いてあるが、ドゥーブの鼻が感知するかぎり、穴を掘っただけの便所を使っている者も、ただヨモギの上に小便をしている者もいるようだった。

到着前の最後の一、二時間で、ヘンリーが少し説明してくれた。ここはかつて空軍の基地だった場所で、アメリカが共産主義の攻撃から身を守る必要が生じた場合、北の前線となるはずだった防衛基地の一部だという。およそ四〇〇〇メートルの滑走路を見るかぎり、攻撃目的もあったのかもしれない。スペースシャトルの代替着陸場でもあったが、一度も使われたことはない。なんにせよ、モーゼズ・レイクの町と比べるとばかばかしいほど大規模な空港で、ここ何十年かは航空宇宙産業関連のさまざまな訓練や実験目的で使われることが多かった。二〇〇五年にはブルー・オリジン社が、垂直離着陸機《VTOL》の試験に使用した。今やニュー・バイコヌールとなり、ドゥーブがベーコンを焼く匂いの出どころを探して歩きまわっている。空港の西にある空っぽの湖底に、VTOLの操作のためのトレーラーが置かれたようだ。

窓のない巨大な航空機が、その胴体部から車輪を出しながら頭上を飛んでいき、四〇〇〇メートルの滑走路をめいっぱい使って、時間をかけながらゆるやかに着陸した。貨物機だ。

ドゥーブは、宿営地の中央にまっすぐ向かう広い大通りにやってきた。中央がどこで、そこに何があるのかは、見まがいようもなかった。中央と見られる場所から上がるさまざまな種類のクレーンが、コンクリート製の発射台に向かい、一区画ずつ作業をしている。

ロケットを組み立てているのだ。

巨大なロケットを。

多かれ少なかれ、すべては理にかなっている。コロンビア川の荷船ならどんな大きな貨物も運べるし、そのあとはトラックに積んで、モーゼズ・レイクまでの最後の二、三キロを運べばいいだけだ。あの滑走路があればどんな飛行機も使える。シアトル地域にある航空宇宙産業の機械工場で、つくれないものはない。それに、バイコヌールと同じ緯度のこの場所からは、手垢がつくほど使われてきた飛行計画で、〈イズィ〉への貨物を飛ばすことができる。

そのわずか四日後、ドゥーブは、さまざまな宇宙業界の無骨者たちとともに錆びついたピックアップ・トラックの荷台に立ち、発射台から飛び立つロケットと張り合うかのように、ビールのボトルを空高く上げていた。優雅に弧を描いて予定どおりの軌道に沿い、アイダホ州ボイシの方角へと飛んでいくロケットを、全員がはやしたて、叫び声をあげながら見送った。そして翌朝、全員がしらふに戻ると、また新たなロケットの建設で忙しくなった。

第八〇日

「われわれは軌道にスタッフを送り込むにあたって、そこがフィラデルフィアかどこかであるのと同じようにしゃべっていますが、実際のところ宇宙にはさまざまな場所があり、状況もさまざまに異なるのです。宇宙にある二つの物体はどれも、理論的にはお互いのまわりで軌道を描くことができます。

われわれにとって重要な軌道の多くは、巨大な何かのまわりをちっぽけなものが回るというかたちをとっています。地球のまわりを回る衛星、あるいは太陽のまわりを回る地球もそうです。このため、軌道に名称をつけたり分類したりする手近な方法として、われわれはこう考えます。『中心にある巨大なものは何か？』

中心にある巨大なものが地球なら、軌道は地球周回軌道と呼ばれます。中心に太陽があれば、太陽周回軌道です。だいたいそういう感じです。われわれは、月が分裂して以来、地球周回軌道に関心を向けてきました。月があったころ、月もそうした軌道、つまり地球を中心とする軌道を回っていました。月の破片の多くはいまだに地球周回軌道を回っています。少数ながら地球の大気圏に入ってきたものもあります。隕石の落下はそうやって起きます。

軌道の基礎についてはもういいでしょう。ただ、軌道にはさまざまな水準があるのだということに留意してください。さて、かつての地球＝月の軌道システムは、そのシステム全体が太陽周回軌道を回っていました。ここからズームアウトして銀河系全体を見てみると、太陽系全体が、ブラックホールを中心にして、銀河周回軌道に沿って非常にゆっくり回っているのが見えるはずなのです」

しゃべっているのは、著名な天文学者で科学普及の貢献者、ドク・デュボアだ。太陽系に近づいたり遠ざかったりするアニメーションが添えられている。ダイナがそのアニメを目にしたのは、最近〈イズィ〉にやってきたばかりで、〝伝統的宇宙飛行士らしくない〟コンテストがあれば容易に優勝できそうな、ルイーザ・ソーターの肩越しだった。ニューヨーク・シティ生まれで、チリの政治弾圧を逃れてきた両親をもつルイーザは、ハーレムで数カ国の人間が集まるボヘミアンな家庭に育ち、毎日セントラル・パークを徒歩で縦断して西六三丁目のエシカル・カルチャー・スクールに通った。その後UCLA、シカゴ大学、バルセロナ大学で、心理学とソーシャルワークの学位を立て続けに取った。おんぼろの釣り船でヨーロッパに入ろうとする経済難民を助ける仕事を何年かやったあと、マッカーサー・フェローの〝天才助成金〟を得て、ほかの経済移民をリサーチするため、数年にわたって自由な世界旅行をした。

ルイーザは二週間前、フルブライト奨学金で学んでいたスコットランドのセント・アンドルーズ大学から引き抜かれ、宇宙で暮らすための基礎的な訓練を受けると、ロケットにくくりつけられた観光カプセルでここへ打ち上げられた。

ほかのみんなと同じようにダイナも、ルイーザの仕事は宇宙での精神分析医とソーシャルワーカーなのだろうと普通に考えていた。人の密集度合いとストレスが高まるにつれて起きている相互作用から判断するに、ルイーザはたくさんの仕事を抱えることになりそうだ。ここでの状況は、縦揺れする、舵のない釣り船に必死で群れをなして乗り込む人々のものと、不愉快なほど似通っている。

ルイーザはおだやかな自信を備えた女性で、軌道力学などの話題にはまったく無知だということを潔く認めていた。だが、単にそれだけではなかった。ルイーザは、自分の無知を利用して、会話を円滑に運ぶコツを知っていた。〈イズィ〉には、社会的な活動領域においてアスペルガー症候群寄りと言える人間が山ほどいるので、技術的な質問をするのは会話を始める最良の方法なのだ。

とはいえ、ほかのみんなが忙しいときのルイーザは、グーグルを使って地球に自分の疑問の解答を求めたり、ユーチューブの動画を探してきたりもしている。今ちょうど彼女がそうしているように。

ダイナがルイーザのうしろで浮遊しながら見ていると、アニメーションが切り替わり、ドク・デュボアとずんぐりしたスキンヘッドの白人のライブ中継映像になった。二人は灰褐色の平鍋のような地面に並んで立っていて、ダイナにはそこがモーゼズ・レイクの宇宙船基地《スペースポート》だとわかった。彼らの後方の発射台では、もつれるように脇に並ぶクレーン、ガントリー、ケーブルなどによって、ロケットが一段一段重ねられている。

ドク・デュボアの相手の男には、漠然と見覚えがあった。よくテレビやユーチューブで見かける、テクノロジー評論家だ。その男がカメラのほうを向いてしゃべりだした。「ここワシントン州グラント郡の世界最新の宇宙センターから、タヴィストック・プラウズがお送りしています。ドク・デュボアについてはご紹介の必要もないと思いますが、最近論議を呼んでいる、アルジュナ・エクスペディションズの打ち上げについて話してもらおうと思います。

打ち上げの多くは、われわれのすぐうしろに見える間に合わせの発射施設で始まったものです。アルジュナが、こうしたすべてに関する説明のアニメーションをつくりました。どうぞポップコーンを用意してお座りください」

映像は地球を映し、ズームバックし、垂直に、そして水平にパンしながら、地球が太陽を回っている軌道を提示した。わかりやすいように、細い赤の曲線が軌道をたどっていく。アニメーションはふたたびパンした。金星、水星、そして火星と木星が見えてきた。「伝統的に」ドク・デュボアが口を開いた。「小惑星帯と言うときは、普通は火星と木星のあいだにある小惑星帯のことを指します」

二、三の大きめのかたまりを含む塵の輪が、火星と木星の軌道のあいだにある広い空間に広がっている。「ここには〝われわれの遺産〟にも活用できそうな資源がたくさんありますが、現在の宇宙船ではそう簡単には行けない遠い場所です」

つまりドク・デュボアは、時代精神をもちつづけるという彼の名声を維持し、この言葉を受け入れることにしたようだ。突然に流行語やハッシュタグとして世間をにぎわせだした〝われわれの遺産〟というフレーズ、つまり、〝〈クラウド・アーク〉に乗ることができた人々の子孫によって遠い将来に達成されるもの〟、あるいはもっと率直な物言いをすれば、〝あと二二カ月生きつづけるための唯一の理由〟という意味のこの言葉を。

アニメーションは引きのアングルになり、地球の軌道の先には何も見えなくなった。「ただ、天文学者には昔から周知のことですが、火星の向こうにあるものだけが小惑星のすべてではありません。もっと小さい、とはいえ充分に意味のある大きさの太陽周回軌道の小惑星の中には、地球とそう離れていない軌道を描いているものがあるのです」

画面は、地球の軌道をあらわす赤いラインの周囲でぼんやりとした光輪をつくっている、細かくてまばらな塵のひとつに寄った。

「アマルテアもそのひとつということですね、ドク？」

「そうです。火星と木星のあいだの小惑星帯からこれだけ大きな金属のかたまりを運んでくるとなると、途方もない時間がかかってしまいます。そういったものが地球と同じような軌道にあることがわかれば、話はいくらか簡単になります」

「地球と同じような軌道とはどういうことですか？」

「こうした岩はみな、地球と同じように太陽の周囲を回っているのです。地球の軌道よりも少し内側のものも、少し外側のものもありますし、太陽のまわりを一度回るたびに、地球の軌道を二回横切るものもあります。以前はそうしたものは心配の種でした」

「今となれば無用の心配でしたね」タヴが口を挟んだ。

　ドクは口をつぐみ、今の冗談に何か言おうとしたようだったが、やめた。「以前は心配していたので、そういうものを見つけて正確な軌道を突きとめようとしていたのです――軌道のパラメーターを」

　カメラがドクとタヴに戻ると、二人は踏み固められたスペースポートの地面を横切って歩いているところだった。その背景に、アルジュナ・エクスペディションズのロゴ入りの大型トラックが映っている。

「ここ何年か、アルジュナ・エクスペディションズのような企業が小惑星の採鉱を考え、その天体図をたくさんつくってきました。そしてここ何週間か、アルジュナや連携したほかの民間宇宙企業により、協調的な努力がなされています」

「ショーン・プロブストは、本当のところ何を考えているのでしょうか、ドク？」

「彼は何も明かしていません。ただ、軌道力学には、想像にお任せしますという余地はないのです。この動画の第二部では、宇宙で軌道を周回する天体が踊るダンスについて、そして、小惑星が正しい時間に正しい場所へあらわれるための精密な振り付けについて説明したいと思います」

ルイーザの指が次の動画の再生リンクの上を漂ったが、クリックする前に振り返ってダイナの顔を見た。「あなたがたが、どんなことをして生計を立てているのか知りたくて」ルイーザは世界中の言語のアクセントでしゃべれるが、やはりニューヨーク訛りが強い。「あなたもアルジュナで仕事をしていたんでしょ？」

「しーっ！」ダイナは冗談めかして言った。「あたし、ロシア人とはまだ友だちでいたいのよ」

「なんのこと？」とルイーザ。

ダイナがほのめかしたのは、ここ最近続いているぴりぴりした雰囲気のミーティングのことだ。ときには、ロシア人――フョードル・アントノーヴィチ・パンテレイモンのリーダーシップのもと、いまだに〝ブロック〟として考え行動している連中――と、自分たちが〝破壊的〟なことを実は誇りとしているアルジュナ代表団とのあいだに、完全な対立が生じることもあった。〝破壊的〟というのは陳腐なビジネス用語にすぎない。だが、〝破壊的〟なのがなぜいいことなのかをベテランのロシア人宇宙飛行士に説明するのは、そう簡単ではない。

　ダイナは「文化的な話よ」などと言おうと思ったが、そんなカクテルパーティーの席みたいな冗談を、ルイーザのような実績をもつ人間に使うのは気がひけた。

「つまりね、宇宙での不意打ちって、ほとんどの場合悪いことなの」ダイナは言った。「昔から、どんなミッションでも、数えきれないほどの段階まで計画し尽くされてきたし、どんな不測の事態にも対処する計画ができてる。即興はなしよ。即興ではやれないの、即興をやるためのものが何もないから」

「映画の『アポロ13』ではダクトテープを使ってたじゃない」

「ええ、あれはまれな例外ね」とダイナ。「何十年たっても語りぐさよ。だからロシア人たちにとっては、誰かが予告もなしにあらわれたり、私たちの資源を要求したりするというのは――」

「資源って？」

「彼らはあたしたちの空気を吸ってる」とダイナ。「スペースを占有してる。帯域幅を使ってる。いろいろあるわ。ラルスが便乗してここに来たのは、〈イズィ〉に滞在して働くためだと思ってた――なのにショーンと一緒に行くことになった。それにあの人たち、あたしのロボットをほとんど全部持っていくのよ」

「でも、もっと送ってくるんでしょ？」

「もちろんよ。ねえ、あたしが言ってるのは、これが不意打ちだってこと。それに、ショーンとラルスがここを出ていってしまえば、フォードルが二人の首を絞める可能性も減るわ」

「彼らはどこへ行くの？」

「別の軌道」

「太陽周回軌道？　それとも地球周回軌道？」ルイーザは無表情にそう言い、それからダイナに片目をつむってみせた。

「まず地球周回軌道。それから太陽周回軌道」ダイナは少しにやりとして答えた。

「でも、私たちはすでに地球周回軌道にいるんでしょう」

「ショーンにとっては違う軌道なのよ。〈イズィ〉の軌道は赤道に対して傾いている。だからバイコヌールから打ち上げができるようになってるわけ――バイコヌールはシアトルと同じぐらい北に位置してる。でも、惑星間で何かするとき、つまり、ショーンが考えているのもそういうことなんだけど――要するに、低い地球軌道から出たいってことね――そのときは、赤道に近い軌道にいる必要があるの。なぜかって、太陽系の残りがそこにあるから――ショーンが持ってきたいと思ってる、大きな氷のかたまりもね」

「〈イミール〉ね」ルイーザの発音はショーンから聞いたそのままで、〝イーミーア〟と聞こえなくもなかった。古代北欧神話に出てくる、原始の氷の巨人の名前だ。自分のプロジェクトが発見し、持って帰ってこようとしている氷のかたまりに、ショーンがつけたコードネームだ。

「そう。でも正式名じゃない。ショーンはあまりその話をしてくれないの」

「片方の軌道からもう片方へ、どうやって行くの？」とルイーザ。「地球周回軌道から——私たちがいるのはそっちよね？」

「ええ」

「そこから太陽周回軌道へどうやって？」

「まずは軌道面の変更をしなきゃいけない——今あたしたちがいる、傾いている〈イズィ〉の軌道から、赤道に近い軌道へと。そこでショーンは残りの装備とランデヴーする」

「どうして全部の荷物をここへ送ってしまわなかったの？」

「軌道面変更の操作には経費がかかるのよ。軌道面を変更するのが、ショーンとラルスとドロップ・トップだけならいいんだけど、探検《エクスペディション》用のすべての荷物をここへ送ってしまって、あとから軌道面の変更をするのは、ものすごく無駄なやり方なの」ダイナはもうひとつの理由には言及しなかった。ショーンの荷物の重要な部分を占めているものは、とんでもなく放射性が高いため、〈イズィ〉の近くに持ってくることができないのだ。

「なるほど。でも、まだ地球周回軌道は出てないわよね？」

「そのとおり。数百キロばかり高いところに来ただけね」

「じゃあ、ランデヴー地点から太陽周回軌道へはどうやって行くの？」

「いろいろなやり方があるわ。あたしが思うに、ショーンならL1ゲートウェイを通るはずよ」

「それってなんなの？」ルイーザはついにクスクスと笑いをこぼした。「自分のまわりの人たちがそういう話をしてるのを聞いてると、なんだかまた、自分がSF映画の中に放り込まれたような気分になってくるわ」

「ドク・デュボアがその動画で説明してると思うけど」ダイナはルイーザのタブレットにうなずいてみせた。「要点はとても簡単なのよ」ダイナはあたりを見まわし、服を詰めてあるメッシュの袋を見つけた。それを壁のくぼみから引っぱり出し、船室の中央に浮遊させた。

「これが太陽」と言ってから、自分で自分の身体をあちこち叩き、薬の入った小さなプラスチックボトルをポケットから取り出した。新しく来た人のために取っておいた嘔吐抑制剤だ。ダイナはボトルをあけ、その口に詰めてある綿玉を取ると、今度はそれを、少しルイーザに近い空中に漂わせた。「これが太陽周回軌道を描いている地球よ」気分が悪い乗組員には二、三分待ってもらうことにして、ダイナは注意深くボトルを振って錠剤を三個出し、それも浮遊させておいて、ボトルをポケットに戻した。そのあと、すでに〝太陽〟と〝地球〟で構成された宇宙の中に錠剤を並べはじめた。

「小惑星？」ルイーザが言った。

「もっと抽象的な、数学的なポイントよ」ダイナは言った。「ラグランジュ点とか、秤動《ひょうどう》点とか呼ばれてるもので、どんな二つの天体システムの周囲にもこの点が五つあるの。つねに同じ基本的な幾何学。そのうち二つはＬ４とＬ５って呼ばれてて、両脇にある。スペースがないからそれは省略するわ。ほかの三つは、太陽と地球を結んだ線上にある」ダイナは〝太陽〟の向こう側へ滑るように進み、〝地球〟のある場所の反対側に、錠剤のひとつを静止させた。「これがＬ３だけど、とても遠いし、太陽がいつもこちら側にあるからあたしたちには見えないし、あまり役には立たないわ」

漂っている綿玉の方向へと戻ると、ダイナは隔壁で身体を支えて止まり、二つ目の錠剤をその向こうに配置した。「これがＬ２、地球の軌道の外側」そして最後に、〝太陽〟と〝地球〟のあいだのかなり地球寄りの位置に、三つ目の錠剤を置いた。「そしてこれが――」

「消去法で行けばＬ１ね」ルイーザはそっけなく言い、そして笑った。「宇宙専門家のみなさんはカウントダウンが好きよ、それは知ってる」

「ここは太陽と地球の重力の均衡が取れる場所ね」とダイナ。「ゲートウェイって呼ばれることもある。地球周回軌道と太陽周回軌道のあいだでの切り替えがやりやすい場所だからよ。時には自然に起こることもある。太陽周回軌道を回っている小惑星が、Ｌ１近くを漂流していて、地球の重力に引き込まれたりするの。逆に、地球を周回していたアポロの上段部分がＬ１の近くを通過したとき、太陽周回軌道に出ていってしまって、何年もそのままになっていたこともあった。あとになって同じゲートウェイから戻ってきたけどね――またそこから吐き出されたのよ」

ルイーザはうなずいた。「ニューヨークで言えば、コロンバス・サークル駅でＤトレインからＡトレインに乗り換えるような感じね」

「そうね、操車場や駅をたとえに使う人は多い」

「つまり、ショーンや彼のクルーもそうするだろうってことなのね」

「あの人たちが、いったんクソ――」ダイナは口をつぐんだ。

「クソったれ装備を手に入れたら、そうするってことね」ルイーザが言葉を続けた。

「ありがと、そういうこと」ダイナはにやりとした。「彼らがＬ１にたどりつくためには、今あたしたちがいるよりも高い軌道に行く必要がある。そのためにはエンジンを噴射して、ほんの数分で大量の燃料を使い、そのあと二、三週間は惰性で移動するのよ。ヴァン・アレン帯を通過しなければならないから、大量の放射線を浴びることにもなる。残念ながらそれは避けられないわ。Ｌ１までの距離は月までの四倍」

「もと月があった場所までってことね」ルイーザが小声で言った。

「そう。つまりショーンとほかの乗組員は、二、三日のうちに、これまでの誰よりも地球から遠く離れた人間になる。Ｌ１に到達したら――それまで五週間はかかる――そうしたら、もう一度エンジンを噴射して、いよいよＤトレインからＡトレインへ乗り換える――太陽周回軌道に入るってわけ。そこからなら、彗星までどんなルートでも取ることができる」

ルイーザは、ダイナの言葉の最初の部分にまだ気を取られていた。「これまでの誰よりも地球から遠く離れる、か」ルイーザは繰り返した。「フォードルの反応には、嫉妬の感情みたいなものがはたらいているんじゃないかしら。彼が宇宙で過ごしてきた長い時間を思うと

――」

「金持ちのくだらない人物がやってきて、フォードルの偉業を小さなものに見せてしまおうとしてる」ダイナはうなずいた。「それはあるかもね。フォードルってロシア人らしい石みたいな顔してるけど、何を思ってるかはわからないし」

「とにかく」とルイーザ。「ショーンたちは大きな氷のかたまりを取ってきて、そのあとはこれまでの道のりをたどって、〈クラウド・アーク〉のいる地点に戻ってくるということね」

「そうでもないわ」ダイナは言った。「そこからが面白くなるところなのよ」

「え？　ここまででも充分面白いけど！」

ダイナが話せる部分にも限りはあった。「宇宙船を操作して――宇宙船はそのために設計され計画されてるわけだけど――それで太陽系を回ることはできるわ。巨大でろくでもない氷の球を動かすということは、また別の話なのよ」

「長い時間がかかりそうね」ルイーザはうなずいた。「失敗の可能性もある」

「ええ。それでね、あたし、ロボットをつくったの」

「この旅に使うための？」

「そう。ショーンたちがケーブルを固定して網を張るには、彗星の地表面に立つ必要がある。巨大な氷のかたまりよ。壊れやすいわ。推進エンジンに点火したとき、乾いた雪玉みたいにぼろぼろに壊したりはしたくないの」

「乾いた雪玉？」ルイーザは言った。「何それ、あなたどこの生まれ？」

「ブルックス山脈よ。そう。雪玉をつくるにはとんでもない土地」

「あなたがひとりだけ年下の女の子で」ルイーザは言った。「みんながあなたに向かって雪玉をぶつけてくるんでなければ、ね？」

「ノーコメント」

「セントラル・パークでは」ルイーザは言った。「雪玉は湿ったものだし、それに固いのよ」

第九〇日

アイヴィが第三七日のミーティングの冒頭で「五パーセント」と言ったとき、ダイナほか多くのメンバーはあたりを見まわし、自分たちをわずらわせている問題が改善されていないことに気づいた。もちろん、アイヴィはずっとそれを強調してきた。その日の時点で宇宙にいた人間は二六人で、うち八人は〈ラック〉の一時的シェルターでかろうじて生きているという状態だった。〈バナナ〉は少し混み合いつつも、全員入りきれていた。

第七三日、アイヴィが〈バナナ〉でまたミーティングを開き、その冒頭で「一〇パーセント」と言ったとき、状況はすでに変わっていた。〈バナナ〉に〈イズィ〉の全メンバーを入れることは無理で、大半はビデオ・フィードによってミーティングを見ていた。ショーン・プロブストとアルジュナ・エクスペディションズの連中がモーゼズ・レイクからやってきたせいで、地球外にいる人間の厳密な総数はわからなくなっていた。数を追跡しているスプレッドシートがグーグル・ドキュメントにあるはずだと言われていたが、そのありかも諸説分かれるありさまだった。少なくとも一週間前までには、総数は間違いなく三桁に突入していた。

モーゼズ・レイクの即席スペースポートが稼働を開始してから最初の二週間で、三台のロケットが打ち上げられた。一台はワラワラの近くにある高級ブドウ園に突っ込み、地球の時計が熟成時間を充分与えてくれたら最高のワインになるはずだったブドウを、数エーカー分だめにした。あとの二台は〈イズィ〉に到達した。

とはいえ、アルジュナの大きな積み荷の大半は、モーゼズ・レイクではなく、もっと赤道に近い場所から打ち上げられ、黄道面に近い軌道に乗れるようにしていた。一台はケープ・カナヴェラルから、一台はクールーから、少なくとも二台の重量物打ち上げロケットが打ち上げられ、地球の回帰線上の低い軌道でランデヴーとドッキングに成功した。ほかのロケットも計画進行中だと言われている。だが、このプロジェクトの内容については、ほとんど知られていなかった。コミュニケーションはショーン・プロブストの得意とするところでないし、民間事業でキャリアを築いてきたこともあり、自分の手の内を明かさない習慣にもなじんでいる。ショーンはこの点に関して、機密情報へのアクセス許可を与えられて〈イズィ〉に乗り込んだスペンサー・グラインドスタッフやズィーク・ピーターセンなど少数の仲間と、心をひとつにしているようだった。ダイナとアイヴィは意見を交換し、情況証拠の断片を共有しあって、今何が起きているかという漠然とした仮説を立てていた。表向き、ショーン・プロブストはワイルドカードだ。しかし、アルジュナは〈ナッツ〉をスパーキーに何週間も送りつづけていて、スパーキーはそれを〈イズィ〉へ最優先に打ち上げていた。このため、ダイナの成果報告――ダイナがアルジュナに送った、どの〈ナッツ〉が宇宙で機能し、どれが機能しないかというフィードバック――は、大いにＮＡＳＡの関心を引いた。それに、ショーンの積み荷の最低でもひとつがケープ・カナヴェラル――ＮＡＳＡの最重要打ち上げ施設――から打ち上げられたことも、意味深長だった。ましてや、ヴァンデンバーグ空軍基地からの打ち上げもあり、それがしだいに大きくなっていくアルジュナ複合体《コンプレックス》にモジュールを追加するためだったとなれば、なおさらだ。使われたロケットのサイズから、モジュールが小さなものなのはわかる。また地上の警戒態勢の様子から、トップ・シークレットに違いないこともわかった。軍の長い護衛隊のせいで一〇一号線の車が路肩に停めさせられたり、発射台に望遠レンズを向けたら防水シートや偽装ネットでさえぎられてしまったりしたという、普通の市民からの報告があったのだ。

　モーゼズ・レイクから発射された次のロケットは、〈イズィ〉まで無事に旅してきた。ロケットの上段にはドッキングのための場所がなく、ＩＳＳの〝船尾〟およそ一キロほどで、編隊を組むようなかたちになった。フォードルは悪意に満ちた目で窓からそれをにらみ、ロケットの積み荷は没収すべきだと何度も繰り返した。積み荷目録は通常の中身とまるで違っていた。

・予備の推進剤とその他の消耗品。ショーンのドロップ・トップが、軌道面を変更し、赤道面上の軌道で〈イミール〉とのランデヴーを行なえるようにするためのもの（〈イミール〉という言葉は現在では、ショーンが組み立てた宇宙船と、それが目指す遠い目的地の両方を意味するようになっていた）。
・氷
・パイクリートと呼ばれる高強度の複合材料をつくるために氷と混ぜるための、繊維素材
・数千台の〈アイスナッツ〉――氷を這いまわるように最適化されたロボット

フォードルも、そしておそらくはほかの人たちも、氷や推進剤を欲しがっていた。地上ではピート・スターリングが、モーゼズ・レイク基地の閉鎖をちらつかせて法的に脅しにかかった――が、逆にショーンの側が、よく言っても想像力なしにつくられた万能薬でしかない〈クラウド・アーク〉計画を、ユーチューブ動画で暴露してやると脅したため、ひと晩で引き下がるしかなかった。こうしたあからさまな対立が政府の左右両陣営のあいだに存在することは、控えめに言っても妙なことだったが、世界はとうに妙な場所になっていた。食事や仕事のあとの一杯を挟んでそんな話をしながら、ダイナとアイヴィとルイーザは、地上の大統領執務室、軍、アルジュナ・エクスペディションズ、そして〈アーキテクト〉たちのあいだで起きているののしり合いについて、ただ憶測をめぐらせるしかなかった。

たいていの時間、ダイナはおとなしく仕事をし、ショーンが探検《エクスペディション》に向かうときに持っていくロボットのプログラミングをした。彗星の核は、一個の固い氷のかたまりでなく、まして破片の凝集物でもなく、ただ自身の重力でゆるく密集しているだけの存在だ。つまり、非常に脆い。ただ触《さわ》っただけでも、ばらばらになりかねない。アルジュナ・エクスペディションズは何年も前からそのことを知っていて、こうした厄介な物体をとらえるためのテクノロジーに、何百万ドルも投資してきた。網をかぶせ、その口を紐で締めるという、石器時代の狩猟生活者でも知っているような技術を〝テクノロジー〟と呼ぶのは、いささか大げさかもしれないが。

実際に宇宙でこの偉業を行なうことは、ショーンに言わせれば〝非対称的《アシンメトリカル》な問題〟だった。これはプログラマー用語で、たくさんの不測の事態や詳細な問題が存在するため、〝ひとつの大きな解決策〟でどうにかできるものではないという意味だ。おそらくロボットは、グリッグ・シェレルップ彗星の表面全体に群がり、網をつかんで引きおろし、氷が解けて弱くなっている部分を補強して、水と繊維をミックスし、再凍結させてパイクリートにすることになる。ダイナはその手助けをすることになっていて、今からわくわくしていたが、それもショーンがいくつかの気まずい事実を指摘し、彼女を現実に引き戻すまでの話だった。〈イズィ〉と〈イミール〉の通信は、彼らの無線ひとつに制限されることとなった。ビデオは送れない。待ち時間も長くなりそうだった。無線信号は地球と太陽のあいだぐらいの距離を飛んでいくので、旅の大半にわたって数分の遅れが生じることになるだろう。そんなわけで、彗星の表面に送るロボットをプログラミングすることは、窓の外に見えるアマルテアの表面に送るロボットをプログラミングするのとは、まるで違う話になってしまった。ダイナがやるべき仕事は、今すべてやってしまうしかない。

ともかく、ショーンとラルスがドロップ・トップに乗ってＡ＋０・82に旅立つと、〈イズィ〉の人口は二人減り、緊張感やドラマも急激に減った。軌道面変更操作により、彼らは赤道上で〈イミール〉とランデヴーを行なった。さらに一週間にわたっていくつかのランデヴーを実施し、ケープ・カナヴェラルからと、ニューメキシコおよびテキサス西部にある民間スペースポートから打ち上げられた積み荷をさらに受け入れたのち、〈イミール〉は長時間メインエンジンを噴射して、Ｌ１に向かう軌道へと移動した。それから二、三日後には、地球からの飛行距離において、ついにアポロの記録を破った。

ダイナのショップにやってきたコンラート・バルトが、カーテンが引いてあったのを見て礼儀正しくノックをした。ダイナとリースがときどきその奥でセックスしていることは、みんな知っていたのだ。入ってきたコンラートは、神経質そうにあたりを見まわしてから、〈イミール〉がどういうことになるのか何か知っているかと尋ねてきた。ダイナが何か言う前にコンラートは彼女から離れ、タブレットを取りだしてパスワードを打ち込んだ。それから振り返り、ダイナに画像をひとつ見せた。

ダイナが何を見ているのか理解するまで、少し時間がかかった。それが宇宙にある人工物の画像なのは明らかだった。よく撮れた写真だが、画素をいじって大幅に画質を向上させたものであることがわかる。コンラートはその写真を、〈イズィ〉の光学望遠鏡のひとつを使って撮ったと説明した。いつもはかつて月の中心があった場所、つまり破片の集まりがうねっているあたりに向いている望遠鏡を、彼がこの人工物体に向けたのだ。物体はかなり大きくて複雑なもので、〈イズィ〉を除けば、人類が宇宙で組み立てた最大のものかもしれない。この写真は非常に長い距離を隔てて撮ったもので、〈イズィ〉もこの物体も互いに動いているため、コンラートは画像処理ソフトを使い、苦心してぼやけた部分を減らしたのだった。この物体が〈イズィ〉と同じように、別のロケットの最上段に乗せて打ち上げられたたくさんのモジュールで構成されていることは、ダイナの目にもはっきりわかった。物体の後尾には大きなベル型ノズルがついているが、これがメインの推進ユニットだろう。いくつかのモジュールは推進剤タンクにも見える。ほかは居住区画らしい。だが、この物体の何よりも目立つ奇妙な特徴は、先端から伸びている長くとがった釘か探針のようなもので、物体そのものの一〇倍近い長さがある。これはどうやらトラスで、〈イズィ〉の新しいトラスと同じようなつくりになっていた。

「あらら」ダイナはおどけて言った。「無線タワーを備えた宇宙ステーションね！」

コンラートは弱々しく笑った。「〝無線タワー〟の〝頂上〟を見てみろよ」と言ってタブレットの上で二本の指を広げ、先端部のぼんやりした画素が固まっている場所を拡大した。矢じりに見えなくもないかたちの小さな黒っぽい先端が、分厚い白の基底の上に載っていて、さらに基底の下には黒っぽい底板がある。

コンラートは、それが何かダイナが気づくのを期待しているかのように——あるいは、君は最初からこの秘密を知っていたんだろうと言いたげに、ダイナの顔を見ていた。

確かにそのとおりだった。だが、表情に出すわけにはいかなかった。

「あたしは原子物理学者じゃないわ」とダイナ。「でも、これ以上ないぐらいはっきりわかるのは、これは有人宇宙船——これは〈イミール〉でしょう、違う？」

「もちろんそうだ」

「この船に乗っている人たちは、この先端にあるのがなんであれ、できるだけそれを遠くに置きたくて、長い棒を組み立ててその先端に取りつけたということね」

「大量の中性子をつくるためのものだろう」

「どうしてわかるの？」

「こいつは——」コンラートは、スモア（焼いたマシュマロをグラハム・クラッカーで挟んだ菓子）のマシュマロみたいにサンドイッチされている、分厚い白の層を指さした。「——おそらくポリエチレンかパラフィンで、中性子をよく吸収する。その過程でガンマ線が生じるのかもしれないし、そうしたらこの底板は——」コンラートはマシュマロの下の黒っぽいグラハム・クラッカー部分を指した。「——きっと鉛だ」

ダイナは、それがなんなのかを最初から知っていた。ショーンから聞いていたからだ。四ギガワットの熱出力が見積もれる巨大な原子力発電装置の中心部で、この目的のために急いで設計しなおされたものだ。とはいえ、秘密厳守を約束した手前、ダイナにできることは、コンラートが知りえた情報を自分でつなぎあわせるのを見守ることだけだった。「まあ、どのみち自殺的ミッションとなりそうなものに対する予防措置としては、見事なものね」

「彼らは死ぬ気はないし、目的地にたどりつければ何かできる力もある」

「地球でも、誰かがこういう写真を撮ってると思う？」ダイナは尋ねた。「マスメディアでは見たことがないけど」

「移動のため点火するまで、フェアリング（ロケットの先端にあって搭載物などを守る部分）に隠してあったのさ」コンラートは言った。「こいつは二、三時間前に撮ったんだ。鮮明に撮れた唯一の写真だよ」

〈イミール〉は、かつての月の軌道を一気に横切るため、破片の群れの多くが地球の反対側に行って衝突の可能性が最低限になるときまで、噴射のタイミングを計っていた。

にもかかわらず、そこを通過し、人類史上最長距離を移動した旅人になってから何日かして、〈イミール〉からの通信は途絶えた。

それまで〈イミール〉は、強力なXバンドの無線を使い、深宇宙通信情報網《ディープスペース・ネットワーク》——長距離宇宙探査機と交信するために長年にわたって使われてきた、スペイン、オーストラリア、カリフォルニアにある受信アンテナ施設——を通じて交信していた。それが完全に沈黙してしまったのだ。いなくなったわけではない——コンラートの望遠鏡でも、白い点として見える〈イミール〉の姿は見つかっている。三七日間はエンジン噴射もせず、ただ慣性飛行をするので、乗組員が生存しているのかどうか知る方法はなかった。完璧にまともな形をした〈イミール〉であろうと、ぐしゃぐしゃに潰れ宇宙がれきのかたまりとなった〈イミール〉であろうと、同じようにしか見えないし、同じ動きをしているはずだった。

何も連絡がないということは、望みがあるということだと、彼らは解釈した。〈イミール〉は人の介入なしでも、自動システムが連絡をしてくるようになっている。人間からの通信がなくなってもシステムがまだ機能しているのなら、乗組員が全員死亡したか、何もできない状態になったことを意味する。だが人間からもロボットからも信号が来なくなったということは、無線自体の問題だということだ――Ｘバンド・アンテナ、もしくは送信機そのもののトラブルかもしれない。

その後〈イミール〉は位置がわかりにくくなり、Ｌ１に近づいていくと見えなくなった。地球と太陽のあいだに入ったからだ。その地点に到達するのは第一二六日の予定だった。そこで再度の点火を行ない、太陽周回軌道に入るはずだ。その楕円軌道は一年ちょっとあと――Ａ＋１・175前後、つまり〈ゼロ〉から一年と一七五日後に――〝グレッグズ・スケルトン〟の軌道と交差することになる。〈イミール〉がいったん視界から消え、太陽の炎の中に入ってしまったら、観測可能な場所にたどりついてくれるまで待つしかない。もし〈イミール〉が災難に見舞われ、漂流する宇宙のがれきになっても、おそらく同じ軌道をぐるりと回って、地球の近くを通過するはずだ。だが、軌道力学という観点から見ればＬ１は不安定な場所であり、〈イミール〉が太陽周回軌道にたやすく流されてしまうことは考えられるし、岩と衝突して軌道をそれてしまったら、その可能性も高まることになる。

カレンダーが第一三〇日から第一四〇日へと向かっても――〈イミール〉がＬ１を通った

はずの日から二週間がたっても――〈イミール〉が戻ってくる様子はなかった。偶然か制御された噴射によるものかはともかく、太陽周回軌道に入ったことは間違いなさそうだ。噴射だとすると、ショーンやそれ以外の数人の乗組員は、むこう一年間、無重力で漂いながらただ待つほかない。旅のスピードを上げる方法もなく、すべては二つの軌道の接触にかかっているのだ。

　こうした出来事は、何カ月か前であれば世界の歴史に残る偉業と見えたかもしれないが、かつては〝月下の世界〟だった地球上で今起きているすべてのことと比べれば、画面をスクロールしないと出てこない些末なニュースとしか見られなかった。

　ショーンとアルジュナ、モーゼズ・レイクのスペースポート、そして〈イミール〉の旅を取り巻く当初の騒ぎや興奮は、ＮＡＳＡや欧州宇宙機関、ロスコスモス、中国国家航天局、そして日本やインドの宇宙機関が行なってきた、忠実で骨の折れる日常業務による進展から目をそらさせることになった。こうした組織では、アポロやソユーズが華やかだった時代に計算尺を振りかざしていた専門バカと、文化的にたいして変わらないような、保守的で伝統派のエンジニアたちが働いていた。実際、彼らの一部はまさにそうした専門バカだったが、もっと年老いて、もっと無愛想だった。彼らは何人かの成り上がりのＩＴ富豪が世界の注目を集め、無分別で軽率なミッションを好き勝手に計画し、ロケットで飛んでいっているという安易さに、困惑、いや、激高していた。だが、ショーンとラルスが〈イズィ〉から旅立つと、彼らは大きな安堵のため息をつき、日々不変で想像力もいらない自分たちの得意仕事に戻っていったのだった。

　そしてＡ＋０・144、スプレッドシートやフローチャートに示された途方もない詳細を見た人々は誰しも、その彼らの仕事の価値を認めた。その日〈バナナ〉で開かれたミーティングの冒頭で、アイヴィは「二〇パーセント」と宣告した。ドク・デュボアのカルテクにある天体物理学研究所の最新の予測、そして同じ計算を行なった世界中のほかの大学の予測によれば、〈ホワイト・スカイ〉はＡ＋１・354ごろ、つまり月が壊れてから一年と三五四日ごろに起きると見られていた。五分の一の時間がすぎたということだ。

　〈スカウト〉、つまりテクラのような、実質的には自殺行為のような仕事を行なう、第二九日に到着しはじめた労働者の第一波の目的は、ハムスター・チューブやドッキングポートのネットワークを即席でつくり、〈パイオニア〉と呼ばれるもっと大人数の人々が〈イズィ〉にやってこられるようにすることだ。〈スカウト〉と〈パイオニア〉の基本的な違いは、〈スカウト〉はドッキングのための場所がないことを知りながら宇宙に出るが、〈パイオニア〉は、少なくとも理論上では、自分たちの宇宙船がドッキングできる場所、そしてその向こうに与圧された空気のある場所が存在するはずだという認識でいるということだろう。その保証が満たされなかったケースもあり、ソユーズに詰め込まれた〈パイオニア〉の六人は静かに窒息死した。急造のドッキング装置に欠陥があったことが原因だった。三人の中国人《タイコ》宇宙飛行士《ノート》がハムスター・チューブを移動中、流星塵がチューブを貫通し、与圧が失われて命を落としたこともある。それでも〈パイオニア〉は、第五六日ごろから、一日に五人ないし一二人ぐらいの割合でやってくるようになった。ドッキングポートがすべて埋まって一度は小休止したが、宇宙船がほかの宇宙船とドッキングするようになり、ハムスター・チューブのネットワークが増築され、膨張性の構造物が採用されてからは、雪だるま式に人数が増えていった。

　こうなる前からすでに複雑で理解しにくい構造物だった〈イズィ〉は、モジュール、ハムスター・チューブ、トラス、そしてルイーザが「厄介な三次元ドミノゲームみたい」と評した、宇宙船にドッキングした宇宙船にさらにドッキングした宇宙船といったものによって、今やまったく不可解な迷宮となっていた。〈イズィ〉の見取り図を見ながら方角を知る唯一の方法は、アマルテアのゴツゴツした非対称形を一方に見て、二つのトーラスをもう一方に見ることだ。このそれぞれが〝前部〟と〝後部〟で、そのあいだの軸線が〝左舷〟と〝右舷〟という伝統的な船の方向を決める基本となり、さらに宇宙用語では基本的に「地球から見て上」である〝天頂〟と、「地球から見て下」である〝天底〟も決まる。背後をトーラスに、顔をアマルテアに向けると、左が左舷、右が右舷となり、頭は天頂に、足は天底に向き、その四〇〇キロ下が地球の地表面ということになる。

　とはいえこれは、宇宙服を着て外に出た人間だけに許された特権的な眺めだ。〈イズィ〉の内部は依然として三次元ドミノゲームで、たやすく迷子になる。フェルトペンは地球でもつねに不足しているが、ここではハムスター・チューブや居住モジュールの壁に方向を書くために使う重要なアイテムになっている。

「私がここにいるのは、まったくの時系列的な偶然にすぎないんだわ」アイヴィが感慨を込めて言った。ダイナとアイヴィが一緒に飲むのは、だんだんまれな機会になりつつあった。当初から隠してあったアルコールはすべて飲み尽くしていたが、新たにやってきた親切な連中が、ときどきそっとボトルを差し入れてくれることがあった。

「そうは思わない」ダイナは言った。気の利いた返事というほどではなかったが、アイヴィが急に守りを解いたことに、彼女は不意を衝かれていた。

「月が壊れるのが二週間遅かったら、ひねくれたロシア人の誰かがここの指揮を執って、私は地上にいて結婚して妊娠してたはずよ」とアイヴィ。

「そしてほかのみんなと同じように、死刑宣告を受けていた」

「ああ、まあ、それはそうよね」

ダイナはボトルに手を伸ばし、ショットグラスにおかわりをつぎながら、話を引きのばそうとした。アイヴィの心を開かせるのは至難の業だ。〈ゼロ〉以前の幸せなころでさえ、そうだった。

「ねえアイヴィ、あんたが〈イズィ〉の指揮を執ることになったのは、偶然じゃないわよ。この仕事を任されるだけの理由はあったんだわ。あんたは世界で――宇宙も含めた世界でいちばん、インポスター症候群（自分の成功を肯定できず、自分は詐欺師（インポスター）だと思い込んでしまう心理状態）に苦しんだりすべきじゃない人よ」

アイヴィは面白がっているような顔で、黙ったままダイナを見つめていたが、ようやく「続けて」と言った。「あなたの言ってるインポスター症候群ってどういうもの？」この話は前にも二人でしたことがあった。しかし、自分は詐欺師だと思いたがるのは、いつもダイナのほうだった。

「話をそらさないでよ。何があったの？」

アイヴィは天井を見上げた。ロシア人から借用したある種の視覚信号で、誰が聞いてるかわからないわよと知らせるためのしぐさだ。それからアイヴィはダイナの目を見た。だがほんの一瞬だった。アイヴィはもともとシャイで、胸中を明かすときも自分の靴を見つめていたいたちなのだ。

「あなたとショーン・プロブストは、強力なスパーリング・パートナーよね」とアイヴィ。

「あいつほんとに、やなやつよ！　あいつには誰かが——」ダイナはそう言いかけたが、アイヴィがなんだか悲しげに顔をゆがめ、片手を挙げてダイナを制したため、口をつぐんだ。

「ほんとよね！　ええ。よくやってくれてありがとう」とアイヴィ。「あの人には誰か、あなたみたいな人がそばに必要だったのよ。あなたたち二人って、ほとんどコメディ役者みたいに見えることもあったわ。それに、あの人に対するロシア人たちの反応——もちろん、まず最初はテクラだったけど、そのあとフォードルも、アルジュナの人間を全員逮捕して、彼らが運んできたものをすべて没収すべきだって言い出したりして——たいしたドラマだったわよ。地球では、大量のタブロイド記事とネットのスレッドで騒がれた。でもそれはかろうじて生きのびたわ」

「かろうじて生きのびたって、どういうこと？」

「バイコヌールやヒューストンとやった会議の中身を聞かせても、あなたは信じないと思うわ。あそこの人たち、私に強硬路線をとらせたがったの。フォードルの望むとおりにさせようとしたのよ」

「でも、そうしなかったのね」

アイヴィはまたダイナの目を見た。少しの間があって、アイヴィは小さくうなずいた。

「じゃあ、あんたの勝ちじゃない」ダイナは言った。

「割に合わない勝利よ」とアイヴィ。「私はもう少し穏やかな解決策にしてほしいって交渉したの。それで〈イミール〉エクスペディションは、あからさまな厳しい感情を抜きにして続けられることになった」

「それの何が割に合わないの？」

「私の問題であなたをわずらわせたくはないわ」

「じゃあ誰ならいいの？」

「誰もいないかも」そう言ったアイヴィの顔を、怒りのようなものがかすめた。「それがリーダーってものなのかもね、ダイナ。自分の問題をほかの人間と共有できない——共有すべきじゃない人間なのよ。古くさい考えかもしれない。でも、人類にはそういう人間が必要なんだわ」

ダイナはアイヴィをじっと見た。ようやくアイヴィの表情がやわらぎ、ほとんど感情のない口調でしゃべりだした。「宇宙ステーションのトップという私の地位は、厳しい試練にさらされたわ。少し前から、地上ではどんなふうに政治が動いていたのかを知ることになった――でも、本当にそれが見えてきたのは、ショーン・プロブスト論争が浮上してきてからよ。あれ以来、私の権限は地上の人間にどんどん奪われてる。マスコミにうわさをばらまかれたり、ミーティングであれこれ言われたり」

「ピート・スターリングね」

「ノーコメント。とにかく、私はもうすぐ交替させられると思う」

アイヴィの目がかすかに赤くなっている。その目がもう一度天井を見たが、誰が聞いていようとかまわないという表情だった。それからアイヴィはダイナに目をやり、微笑んだ。

「最近はどうなの、あなたは？」その声は弱々しかった。

「あたしはいたって順調よ」とダイナ。

「そう？　それは快い響きね」

「ボーやラルスやいろんな人たちがあたしの仲間として働いてくれてるし、あたしがやってきたことにも敬意を払ってくれてる」

「それは、あなたがテクラのためにしてやったことのおかげだと思う」

「あら、そうなの？　あたしの天性の有能さのおかげじゃなくて？」

「地上には、あなたの言うような意味の有能な人がたくさんいるわ。そして、今後何週間かで、そういうたくさんの人たちとここで出会うことになる。本当よ。私、履歴書を読んでるから」

「でしょうね」

「でも、純粋な能力のほかに、別の資格が必要になってくるってことを、今みんなが感じはじめてるのよ。だから人はあなたに従うの」

また気まずい沈黙が流れた。アイヴィは、もはやそうした敬意を自分が与えられることはないと言いたがっているように見えた。

「そういうものと、あなたの有能さとにね」アイヴィはそう言い足した。

強化《コンソリデーション》

地球の大気は、ある場所でいきなりなくなるわけではない。しだいに薄くなっていき、ほとんどの計測機器で真空との区別ができなくなるくらいまでになる。高度約一六〇キロより下はまだ空気が濃く、軌道にあるものを地球へ向けて引きずりおろそうとするので、このあたりの高度は、初期の宇宙カプセルのような、短期的な衛星のために使われていた。高度が上がるにつれて空気は薄くなり、軌道も減衰していく。

〈イズィ〉の高度は四〇〇キロある。巨大な太陽光パネルや放熱器があるため、その小さい重量のわりに動きは非常に鈍かった。しかしそれも、アマルテアが突然〈イズィ〉に追加されて、さらに重量を増すまでのことだった。

一般人には矛盾したことのようにも思えるが、アマルテアの分の重量が増えたせいで、〈イズィ〉はより高さを保っていられる。アマルテアが来る以前、〈イズィ〉は一カ月あたり二キロ高度が下がるので、最後部のロケットエンジンを点火して再上昇させなければならなかった。最初のころは、ズヴェズダ・モジュールに組み込まれていたエンジンを使っていた。しかしその後は、〈イズィ〉の最後部モジュールにたまたまドッキングした宇宙船のエンジンを使うことが多くなった。

このころの〈イズィ〉は言わば爪のようで、その表面エリアにはまったく質量がなかった。技術的な言い方をすれば、弾道係数が低いということだ。つまり、わずかな大気にも強い影響を受ける。だがアマルテアと結合されてからの〈イズィ〉は、大きな岩を縛りつけた爪のようになり、弾道係数が高くなった。岩のもつ運動量で薄い大気を押し進み、軌道減衰《オービタル・ディケイ》を遅らせる。しかし一方で、〈イズィ〉の高度を再上昇させる場合、この鉄とニッケルのかたまりも持ち上げるので、より長い噴射とより大量の推進剤が必要になる。

〈スカウト〉や〈パイオニア〉が〈イズィ〉に少しずつ重量を加えはじめて以来、弾道係数はふたたび下がり、上昇噴射ももっと頻繁に行なわれるようになった。〈イズィ〉の高度を修正するため、ときどき推進エンジンを噴射するのがつねとなったのだ。そして、〈イズィ〉の基本構造に加えられるものが増えるにつれ、問題も増えていった。そもそも〈イズィ〉は、さまざまな新しいものが加えられる以前から、扱いにくい構造をしていた。部分的な推進を行なうと、その負荷はほかのモジュールにも、トラスやその他の構造物のさまざまな部分にもかかり、波及していく。単純な表現をするなら、〈イズィ〉にくっついている物が増えれば増えるほど、〈イズィ〉はばたつき《フロッピー》やすくなり、高度を上昇させたり、空間を〝飛行〟したりするために、ちょっと角度を変えることも難しくなる。やってくる〈パイオニア〉の数がピークの時期は、軌道減衰が放置されて一六キロ以上も下がったが、今では再上昇が日常的な作業として必須になっている。そして、Ｈ２の底にあるエンジンを噴射するたびに構造的な弱点があらわになり、ときには文字どおり、結束バンドやダクトテープで応急処置が行なわれることもあった。

Ａ＋０・144から250までの時期の合い言葉は〝強化《コンソリデーション》〟で、すぐに〝コンソル〟と短縮された。要するに、最初の狂乱の何カ月かのあいだに追加されたハムスター・チューブなど、広がりゆく構造物の周囲に取りつけられたトラスを、新しいものに交換するという意味だ。ほかの問題にも同時に対処することになり、特に重要だったのは、宇宙に無駄な熱を捨てるための放熱器を増やすことだった。放熱器は間隔をあけないと機能しない。お互いに熱を放射しあうからだ。このため排熱施設は途方もなく巨大になり、全体に後部方向へと尾翼のように伸びていった――矢のはしについた羽根のように。これは単なる言葉のあやではない。矢の先端の重い矢じりと、広がっていく羽根の部分は、どちらもまっすぐに前方を指しており、前部先端の巨大なアマルテアと、後部へと伸びていく放熱器の組み合わせが、〈イズィ〉が正しい方向を維持し、いくらか推進エンジンの噴射を減らす助けになっている。また、アマルテアは放熱器を流星塵から守っている。理論的には、岩石はどの方向からでもやってきてステーションにぶつかる可能性があるが、いちばん当たりやすいのは前部の先端なので、〈イズィ〉モジュールの前方を向いた表面には、全体にシールドが備わっている。もちろんその中でもいちばん大きくて有益なシールドはアマルテアだ。

太陽光パネルも、旧式のやり方なら広がっていったかもしれない。だが、〈クラウド・アーク〉計画のかなり早い時期から、太陽光発電装置が有益な付属物になるかもしれないということがはっきりしていたものの、すべてを動かしつづける唯一の確実な方法は、原子力電池であるRTG、つまり放射性同位体熱電気転換器を使うことだった。この装置が要不要にかかわらずつねに熱を生み出すため、放熱器の需要はさらに高まった。

放熱器は無重力下での配管を行なうことで、本質的に大きな役割を果たした。余分な熱は生みだされた場所で集め（〈イズィ〉の場合、大半は居住空間と与圧部分）、放出することができる場所（後部で大きくなっている〝尾翼〟）まで運ばなければならない。これを実現する唯一のまっとうなやり方は、ループ状の管に注入した液体を使い、片方のはしを温め、もう片方のはしを冷却することだ。熱い側のはしで熱交換器とコールド・プレート（冷却水が流れる板）を使い、問題のある場所からの熱を吸い上げる。冷たい側のはしでは、フラットパネルに挟まれたイモムシのような細い管のネットワークを通って、液体が広がっていく。フラットパネルの目的はただひとつ、わずかに温かくなって、赤外光を深宇宙へ送ることで、そうやってはるか彼方の銀河を温めることで〈イズィ〉を冷やすのだ。ループ状の管の熱いはしと冷たいはしをつなぐことで、ポンプとパイプのシステムは毎日大きくなっていき、地上で混乱する配管と同じような問題を生む傾向があった。複雑さを倍増しているのはループ状の管の一部分は無水アンモニアを使い、ほかの部分は使用済みの水を使っていることだった。アンモニアのほうが機能性はいいが、危険であり、宇宙ではたやすく手に入らない。〈クラウド・アーク〉が生き延びるとすれば、水を効率的に使用することで生き延びることになるだろう。今から一〇〇年後、宇宙のすべてのものは水循環システムによって冷やされることになる。だが、今のところは、アンモニアを基盤とした装置も一緒に動かす必要があった。

　さらに輪をかけて複雑なのは、このシステムが対故障性《フォールト・トレラント》、つまり一部に故障が起きても動作に支障がないシステムでなければならないということだ。月の破片が衝突したことにより一部が損傷を受けた場合、貴重な水やアンモニアが宇宙に大量に漏れ出す前に、システムのほかの部分から隔離する必要がある。このためシステム全体に、逆止め弁《チェック・バルブ》、クロスオーバー・スイッチ、そして、いつもなら細かいことを果てしなく処理していくアイヴィの脳さえ飽和させるような冗長性《リダンダンシー》という、膨大なヒエラルキーが生じることになった。アイヴィはすべての冷却関連問題を、四分の三がロシア人、四分の一がアメリカ人という作業グループに委任しなければならなくなった。船外活動の大部分は冷却システムの拡張とメンテナンスに関わる仕事となり、アイヴィは、彼女らしくないことではあるが、一日に一回報告を受けるだけで満足していた。

　すべての配管、すべての放熱器は、ほかのものと同じように、〈イズィ〉の構造に支えられる必要があった——特に配管や放熱器は、再上昇させるにはばたばたしすぎる《トゥー・フロッピー》という全般的な傾向のせいで問題を起こした。このため、問題解決のモードを進めるうえで、アイヴィと地上のエンジニアたちは、ステーション全体の構造の〝コンソル〟、もしくはアイヴィが個人的に呼ぶところの〝脱ばたばた化〟の計画について舵取りをしなければならなくなった。そして、すでに〈スカウト〉や〈パイオニア〉たちが配置したものをはずすのは問題外なので、その周囲に外部の足場となるものを構築することになった。もし一キロほど離れた場所から見たら、大切にされてきた古い建物が改築されているような印象をもつだろう。見ばえは悪いが実用的な格子型の足場が、その下の本体に食い込むことなく、包み込んで強化していくのだ。

最初のうち、トラスの部分は地上で組み立ててそのまま打ち上げ、船外活動チームが正しい位置に設置することで、経費はかかっても迅速に、構造的な完全さを保ちつつ作業をはかどらせるようにしていた。だが、このアプローチはまもなく、収穫逓減《ていげん》の法則（ある生産要素を増加させると生産量は全体として増加するがその増加分は次第に小さくなるという法則）の餌食になった。〈アーカー〉と呼ばれるようになった〈クラウド・アーク〉の人々が、いつまでも地上のエンジニアによるカスタム建設物に頼ることができないのは明らかだった。

もはや地上のエンジニアたちにも、〈イズィ〉がどんな状況なのかよくわからなくなっていた。彼らのCADモデルはすでに古いものになりつつある。ダイナがそれに気づいたのは、いらだつエンジニアたちから、これこれの場所にロボットを送り、これこれのモジュールにカメラを向けさせ、そこに実際何があるのか見せてほしいという要請メッセージが、突然押し寄せるようになったからだった。

〈アーカー〉たちが所定の位置に自力で構造物を建設するには、道具と素材が必要だった。これらは第二二〇日ごろに届きはじめた。形態も一定でない材料や装置が、ときには互いに無関係のような複数の供給元からやってくるようになり、地上の状況が大きく変化してしまっていることが感じられた。かつては、提案したシステムに三文字の略語がつけられ、異なる機関や請負業者のあいだで一五年ばかりあれこれ検討され、それから宇宙に打ち上げられたものだった。

最も有益な構造建設用マシンは、旧式だがよくできたアイデアを、荒削りに、しかし目的にかなうように実施することで生まれた。もとになったのは、雨樋や配水管の設置業者がトラックの荷台に積んでいる、セットした金属シートのロールを雨樋のかたちに成型し、好きな長さにして押しだしてくる機械だ。新たなマシンも似たようなことをするのだが、こちらはリボン状の金属シートを三角柱型の梁《はり》にして、完全に溶接することができる。だいぶ昔に西側で発明され、試作品もつくられたが、〈ゼロ〉後の二〇〇日ばかりのあいだに中国の宇宙機関が完成させ、その使い方を知っている人間とともにロケットに乗せて打ち上げはじめた。電気とアルミニウムシートのロールが提供されるかぎり、永遠にでも梁をつくりつづけることができるのだ。だが、トラスや足場といった複雑な構造物に梁の部分を接続するのは、やや難しい作業になる。宇宙での溶接は不可能ではないが、面倒であり、充分な道具もない。そこで、これも中国で大量生産されている、組み立て玩具に使うパーツのようなコネクターに三角柱の梁のはしを挿入し、ねじで締めつけるようになった。当初、こうしたものの多くは地上から大量に運ばれてきたが、Ａ＋０・247になると、もっとたくさんコネクターをつくれるように最適化され、挿入される梁に合わせて角度を変えることもできる、３Ｄプリンターが送られてきた。おかげで、その場でトラスの設計や建設ができるという、大量生産コネクターでは不可能だったことが可能になった。そして最後の手段として、フォードルが無重力や真空の場所でも使える電子ビーム溶接機を手に入れた。歴史上最も高価な溶接機なのは間違いない、ロシア人の驚くべき発明品である。フョードルはその使い方をヴァチェスラフに覚えさせた。ヴァチェスラフはテクラのほか二人の船外活動要員にそれを教え、彼らがジョブキューを設定し、徐々に複雑化する〈イズィ〉の構造物の周囲を交替で回り、あちこちを溶接した。こうして、中国人とロシア人が大半を構築した足場は、拡大し補強された。再上昇の噴射のとき、警告通知や警告音が出たり、軋む音がして騒ぐこともなくなった。ハムスター・チューブは、しだいに補強部分やシールドの内側に消えていった。新しいドッキングポートが、木々に芽吹くつぼみのように〈イズィ〉の末端にあらわれはじめ、次の段階、すなわち、最初の〈アークレット〉の到着に向けて準備を始めた。

地上は、最後から二番目となるはずの八月を迎えていた。新規もしくは改修された、いくつかのスペースポートが稼働しはじめ、世界中の八カ所から〈イズィ〉に向けて重量物打ち上げロケットが発射されるようになった。こうした発射台の周囲で、ロケットの段と、三つの異なるスタイルの〈アークレット〉が、射撃練習場にある大量の弾薬のように積み上げられていった。

第二六〇日

「そろそろね、ハリス博士」とジュリア・ブリス・フラハティが言った。

大統領と定期的に会っているという事実があまりに奇妙で、ドゥーブはときどき混乱することがあった。月が分裂し、人類が滅亡の瀬戸際にあるという事実と比べれば、物事の大きな枠組の中ではその奇妙さもたいしたことではない。だが、こうした不可解なものがない世界で生まれ育ったドゥーブの心は、たとえば大統領執務室で大統領と話をするというような、小さなことにまごついているほうが楽だった。大統領執務室。一方の脇には大統領の科学顧問であるピート・スターリング、もう一方の脇にはホワイトハウス広報部長がいる。そして、クリスタルのタンブラーにアイスウォーターを注ぐ執事。

執事がいれば役に立つということは、ドゥーブにもわかる。だが、広報部長がここにいる理由は？　マーガレット・スローンは有能だし、その身だしなみの完璧さにはつねに驚かされるが、『宇宙からやってくる大きな岩石は危険だ』という以上の、技術的な議論までは理解できないはずだ。

全員が、答えを期待するようにドゥーブを見た。

大統領は今、なんと言った？　『そろそろね』だ。

それはつまり、クビという意味だろうか？　若くて、もっとネットのことをよく知っている、タヴ・プラウズのような誰かと交替ということか？

気詰まりな沈黙の中で、マーガレット・スローンが説明を始めた。「あなたのスキルや存在感は、落ちつきをもたらす大きな力を与えてくださっています。合衆国の、地球の人々全体を〝われわれの遺産〟というコンセプトで導き、希望を抱けるようにしてくれました。仕事に取り組み、モーゼズ・レイクやバイコヌールやロケット工場などに行くあなたの意志の力──そのすべてに感謝しています。ですが、私たちが思うに、そろそろ──」

「新しい誰かと交替してほしいということですね、わかりました」とドゥーブ。「実を言うと、ありがたいです。私も子供たちや結婚したばかりの妻と過ごしたいので。タヴならきっとすばらしい仕事をしてくれます」

大統領は面食らったようだった。マーガレットのほうを見て、まばたきした。

「いや、そういうことではありません」とマーガレット。「私たちはあなたに──世界中の人々があなたに──次の一歩を踏み出してもらいたいと思っているのです──より高いレベルに進むために」

「つまりお願いしたいのは」大統領はドゥーブの鈍さと、マーガレットが細い声で回りくどい説明をすることに、いらだちを感じたらしい。「第三六〇日ごろに宇宙へ飛んで、〈クラウド・アーク〉に加わってほしいということなの」

「私は行きたくありません！」ドゥーブは思わず叫んだ。こんなふうに自制心を失うのは珍しいことで、ドゥーブはその愚かさに自分でも驚き、一瞬沈黙した。

「ハリス博士」少したってから、大統領が口を開いた。「あなたも高校の公民で習ったと思うけれど、私が今座っている場所に座れる人間には、さまざまな権力があるわ。そのうちのひとつが、有罪判決を受けた犯罪者に、執行猶予や恩赦を与えるというもの。テキサスで死刑執行室に入る囚人は、私がその人に恩赦を与えない、あるいは減刑しないという決断を下すからこそ、その運命をたどることになるというわけね。私はまだ、死刑囚にその権力を行使したことはない。それを今こそ、あなたに行使しようと思うの」
大統領はそこで間《ま》を置いた。ドゥーブは、こちらが注意を向けるのを彼女は待っているのだと感じた。

ドゥーブは目の前のテーブルの上にある、フラワー・アレンジメントを見つめていた。〈クラウド・アーク〉で花を育てられるようになるまで、どのぐらいかかるのだろう。タンブラーに手を伸ばし、水をひと口飲んだ。

こういうときのJBFは、ドゥーブをいらだたせる。花から目を離し、顔を上げるには、意識的で慎重な意志による動きを必要とした。まばたきせず大きく見開いた二人の目が、ドゥーブを見つめていた。

「この惑星の地表にいるせいで、あなたは死刑宣告を受けているのと同じよ」大統領がふたたび口を開いた。「あなたに恩赦を与えます。あなたは宇宙に行って生きることができる。私にはできない。わかるわね、ハリス博士？　国家指導者とその家族はその資格がないと定めた、クレイター・レイク合意に違反でもしないかぎり、私は自分自身にさえ恩赦を与えることができない。で、あなたにとっては何が問題なの？」

正直に返事をするとすれば、あまりにも思慮のない返答になるだろう。つまり、『〈クラウド・アーク〉計画が成功するとは思えないからです。私はただ、人々をハッピーにするために、世間に向けて演じているだけです。私は自分の愛する人間とともに、地上で即座に死にたい。宇宙で、ゆっくりと、ひとりぼっちで死ぬよりも』と。

「私よりもふさわしい人間は、ほかにもいますよ」ドゥーブは返事をしながら、へたなことを言った自分に悪態をついた。これではたやすく論破される。結局のところ、ドゥーブは〈クラウド・アーク〉の名簿に加えるにふさわしい人間なのだ。

「とてもそうは思えないがね！」ピート・スターリングが神経質な含み笑いをしながら声を上げた。「ドゥーブ、君は宇宙で役に立てる人間だし、休む暇などないと思うよ。君には、ベン図にすれば最小限の複数核になるような適性がある。天体物理学の問題に取り組むのはストップして、若い〈アーカー〉たちに教え、地上の人々にポッドキャストするという仕事をスムーズにこなせるはずだ」

ドゥーブはピート・スターリングがしゃべるのを聞きながら彼と目を合わせ、相手が嘘を言っていることに気づき、冷水に飛び込んだような衝撃を受けた。

ドゥーブの能力についての嘘ではない。それについては相手は正直だ。ピートはもっと、根源的なところで嘘をついている。

彼はドゥーブと同じように、〈クラウド・アーク〉が成功するとは思っていないのだ。

ピートには、ドク・デュボアを宇宙に行かせ、嘘をついてもらう必要があるのだ。

ドゥーブは人生の何十年にもわたり、科学者としての修練、つまり、真実を求め真実を語るために自分を鍛えるということをやってきた。ハードサイエンス系の科学者、つまり無遠慮さで悪名高い人々のあいだでさえ、歯に衣《きぬ》着せぬ物言いをするという評判を得てきた。誰かの気分を害そうが、結果として誰かのキャリアが傷つこうが、決して気にしなかった。それはカメラを通じても伝わっていることらしい。ドゥーブがテレビでしゃべるとき、多くの人々が信頼を寄せるのは、彼が正直で、有力者を不快にさせることも言い、物事をかきまわし、あげく本人は気にしないからなのだ。そうした場面のいくつかは、ユーチューブ動画やレディット（英語圏のソーシャル・ニュースサイト）のミームとして殿堂入りしている。進化論を信じない共和党の上院議員を罵倒したこと、気候変動の否定論者との突発的な論争で相手を論破したこと、『トゥデイ』（米NBCの朝の情報・ニュース番組）の放送中に幼少期の予防接種に反対する女優をこきおろし、何千人もの子供が死んだのはあなた個人の責任だと非難して、相手を泣かせてしまったこと。

だからこそ、ドゥーブの頭には、同時に二つの疑問が浮かんだ。自分に嘘をつく気があるのか？　自分に嘘がつけるのか？

第一の疑問については、つまりこうだ。何十億もの人々が少しでも幸せに死に向かえるのであれば、嘘をついてもいいと思えるだろうか？

第二の疑問は、人々に悟られないか？　ということだ。カメラの前に立って嘘八百を並べているあいだに、口調や表情の変化を感じ取られたりはしないだろうか？

これこそまさに疑問だった。自分にやれるのか？　もしできないのなら——説得力のある嘘を言えないのなら——試す意味もない。

自分にはできないということが、ドゥーブにはわかっていた。

彼のタンブラーに入っている氷のひとつが、急熱による熱破壊を起こしたように、パキッという小さな音をたてた。

ドゥーブはショーン・プロブストのことを思い浮かべた。彼が巨大な氷を取りに出かけてから、半年がたつ。もうそんなに時間がたったということが信じられなかった。

人はなんにでも慣れてしまうものだ。慣れて、そして時間は飛ぶようにすぎ、気づかないうちに時間切れになってしまう。

ショーンがＬ１ゲートウェイに出発する前後の時期、人々に答えにくい質問を受けたことを思い出した。あの頭のおかしい億万長者はいったい何をするつもりなのか？　確かに、公式の計画には含まれていないことだった。公式の計画は、巨大な氷のかたまりの必要性を認めていないようだった。だが、ショーン・プロブストはこの問題を重要なものと信じ、個人で宇宙に行って解決すべきだと考えた。途中で死ぬかもしれないし、放射線や長期の無重力にさらされたせいで、回復できないぐらい衰弱して戻ることになるかもしれない。だから人々も、ショーンが何を考えているのかドゥーブに尋ねたのだ。そして、当時まだその件を検討していなかったドゥーブは、曖昧に、水を手に入れることは宇宙ではつねに大事なことだと回答した。飲む、穀物を育てる、放射線シールドに使う、水素と酸素に分解してロケットの燃料にする、ホースに通すことで余熱を宇宙に放散する、といった使い道がある。それはすべて真実だが、論点を避けるための返事でもあった。そうしたことをＮＡＳＡもすでに考えていたはずなのは、どう見ても明らかだった。ＮＡＳＡが気づかなかった、あるいは気づかないふりをしていた、しかしショーン・プロブストが気づいた水の必要性とは、いったいなんだったのか？

あとになってドゥーブは、アルジュナ関係者との非公式の会話や、〈クラウド・アーク〉の計画に取り組んでいる友人から流れてきた内部情報によって、その答えにたどりついた。推進剤のためだ。〈クラウド・アーク〉は推進剤を大量に燃焼させなければならない。ショーンは、まだ足りないと思ったのだ。

だから宇宙に行き、どうにかしようと考えた。

ショーンは口先だけの人間ではない。行動の人だ。だからこそ、自分が何を言うべきかについて、ドゥーブが今悩んでいるように悩む必要がない。自分の公のスタンスがどうなるかについても。どんな立場に置かれ、どう見られることになるかも。

「一〇〇日後ということですね」ドゥーブは口を開いた。

ドゥーブがあまりに長いこと黙り込んでいたので、大統領執務室にいたほかの人間たちは、びくっとした。JBFは机の上のタブレットに視線を泳がせていたし、ピート・スターリングは窓の外を見ていた。

「なんですって、ハリス博士？」大統領はドゥーブに目を戻して言った。だが、ドゥーブはもうその視線にたじろいだりはしなかった。自分はこれから、大統領が二度と彼の顔を見ることができない場所へ行くのだから。

「今日は第二六〇日です。さっき、第三六〇日ごろに宇宙へ行けとおっしゃいましたので」

「そう」マーガレット・スローンは気が楽になったと見え、まるで違う姿勢になった。「第一波ではありません――それはもっと探査的な、予行演習的なものになると思うので――

〈アーカー〉が宇宙へ行く本当の最初の波に乗せて、あなたを送り出すことを考えています。あなたも彼らの体験を共有し、〈アーカー〉の毎日の生活がどんなふうなのかを地球の人々に伝えてほしいんです。持続感を与えるために」

まいったな、とドゥーブは思った。博士号取得のために七年をすごし、ヨーロッパの主要な研究機関二カ所で博士課程修了研究者となり、カルテクで終身的な地位を得てノーベル賞の候補者リストにも載った自分が、人類の運命が危険にさらされているときに『持続感を与える』ためのレポーターとして宇宙に送られるのか。

「やりましょう」ドゥーブは言った。そして、自分が宇宙にいるかぎりは、ほかのこともやりますよ。

ほかのこともしたら、彼らはどうするのだろう。自分を地球に引き戻すだろうか？

最悪のケースは、ドゥーブのレポートの放送が打ち切られるときだが、それは別にかまわなかった。カメラに向かって話すよりもっと役に立てることは、宇宙にもあるはずだ。それをやればいい。ショーン・プロブストは〈クラウド・アーク〉の問題をひとつ見つけ、解決するために行動を起こした。一〇〇日のあいだに、役立つかもしれないことを見つけることができるだろうか？　宇宙へ行ったら、成功の確率を上げるためにどんな行動を起こせるだろうか？

「一〇〇日」ドゥーブは言った。「三カ月あれば、妻や子供、それに受精卵ともすごせますから」

「受精卵？」わけがわからんという顔でピート・スターリングが聞き返した。

三人の子供の母親であるマーガレット・スローンは、すぐに察知して、温かく微笑んだ。

「アメリアが妊娠したの？」こうしたおめでたい出来事に対する、〈ゼロ〉以前の時代における、まともな反応だった。もちろん、人々の反応は、今はもっと複雑だ。とはいえ、昔からの習慣はなかなか捨てられない。

「今は違います」とドゥーブ。「受精卵は冷凍しました。私からお願いしたい条件は、それを宇宙に連れていかせてほしいということです」

「わかったわ」大統領は、ミーティングが終わったことを知らせるような口調と目つきでそう言った。

第二八七日

「ジャガイモ関連の面白ばなしはないの？」アイヴィが尋ねてきた。「だってもう……息抜きの笑いぐらいほしいわ」

ダイナは、自分の不運な家族のことをアイヴィがときどき笑いの種にしようとすることについて、どう思うべきかよくわからなかった。だが、あと四三三日ばかりで世界の終わりがやってくると思えば、その笑いに対して怒る意味があるとも思えなかった。

現在の状況は、地上に残っている人々に対して、ある種の荒っぽい扱いを生んでいた。七〇億人のすべての人間に、それぞれふさわしい同情を与えようとしても、人間的見地から言ってそれは不可能だ。ダイナはラジオでよくブラックユーモアを耳にしていたし、多少はそれを面白がっている自分がいることにも気づいていた。

ブラックユーモアを言うのは〈アーカー〉に限った話ではなく、ダイナの家族もそれを実証している。家族は知的な人々だ——彼らのしていることを思えばそれも当然。しかし彼らは、鉱山キャンプ的なユーモアのたぐいを好むところがあり、役員会議室や大学教授のラウンジでは絶対見ないような悪ふざけや、珍妙なアイテムが大好きだった。いったん面白いものを見つけると、なかなか手放そうとしない。クレイター・レイク声明の発表直後に父親のルーファスから送られてきた、ジャガイモ植え付けについての冗談っぽいモールス信号メッセージは、やがて、マコーリー一家が〈ハード・レイン〉に向けて整えている準備についてのジョークというサブジャンルに成長した。ときどき届く地上からの差し入れの荷物の中に、まだ本物の土がついたちっぽけなジャガイモや、ミスター・ポテトヘッドとミセス・ポテトヘッドのプラスチック人形が入っているのを見るのも、ダイナはもう慣れっこだった。ルーファスが送ってくれた、『ポテトで有名』というスローガン入りの錆びついたアイダホ州のナンバープレートを、仕事場の壁にダクトテープで貼ったりもしている。ルーファスはそれを、銀が豊かなアイダホの細長い土地に住む、鉱山業者仲間からもらったらしい。

「ないの？」アイヴィが尋ねた。

「ああ、ポテトの面白い話ならそこらじゅうにあるわよ。ただ、あれがほんとに冗談なのか、あたしにもうわからなくて」

「どういうこと？」

「最初のうちは、『厄介なことになってるのはわかってる、そのことで泣いたってしょうがない、最後まで笑いつづけよう』って気持ちのあらわれだと思ってた。でも、だんだん、みんな何をやってるんだろうって気になってきて。つまりね、うちの家族はあらゆる装備を揃えて、ブルックス山脈で暮らしてるの。行こうと思えばいつでもフェアバンクスまで車で行けるし、そこから世界のどこへでも行ける。ピラミッドを見てきたっていい。『モナリザ』を見に行ったっていい。昔の友だちや家族に会ってきたっていい。なのに、ほかのどこよりも神に見捨てられたようなあの土地に居残って、それで何をしてるんだろ」

「プレッピング（災害や社会秩序の混乱に備えて計画的な備蓄などを行なうこと）とか？」

「そうとしか思えないのよ」ダイナは言った。「五〇〇〇年から一万年生き延びるためのプレッピング」

「あなたの家族だけじゃないわ」

その言葉の意味をダイナが理解するのに、何秒かかかった。が、アイヴィの表情は明白だった。「冗談でしょ？　キャルも？」

アイヴィは目だけで、かすかにうなずいた。「フィアンセとの会話じゃないようなことなんだけど——まあ、あなたには関係ない話かな——でも、そういうこと以外にも彼、二酸化炭素除去には水酸化リチウムと水酸化ナトリウムとどちらがいいのか、みたいなことを聞いてくるの。長期間狭い場所に閉じ込められた人間の社会学について、ルイーザがつくったP

DFファイルも欲しいって言われたし」

「あんたが気づかないとでも思ってるのかしら」

「そうよ。空気を読めばわかるのに」

「何を考えてるんだと思う？」

「そうね。あの人は、世界的な水爆戦争を乗り切るために設計された、巨大潜水艦に対して権限をもってる唯一の人間よ。アメリカ合衆国が存在しなくなったら、指揮系統の観点からは、彼の上に立つ人間はいなくなる。指揮官は何をするものかしらね？」

「でも、そんなことできる？」

「重要なのは」とアイヴィ。「海が干上がるかどうかだと思う。私がキャルなら、マリアナ海溝に行って、あとは祈るしかない」

「それじゃ、宇宙で生き残る以上に大変じゃない」

アイヴィは、面白がるような醒めた目つきで友人をながめた。

「何よ!?」ダイナは叫んだ。

「宇宙で生き残るのは、わけないことのはずでしょ、忘れたの？」

「ああ、ええ、ごめん。忘れてた《アイ・フォーゴット》……」メイクアップを忘れてた。「かなり楽しいチャレンジになるでしょうね」ダイナはせいいっぱいのNASA広報担当者風の口調で言いなおした。

「私たちがやってることと、似たようなものよ」とアイヴィ。「問題を細かく分解して、ひとつずつ解決する。でないと圧倒されてしまう」

「それがあたしたちのやってること？」

「そうよ」アイヴィは、あきれたというふうに目をむいた。

「つまり何？　息抜きの笑いが欲しいってことのほかに、何を考えてるわけ？」

「あなたのことよ。あなたの調子はどうか。健康状態はどうか」

「なんだっていうの、これはミーティング？　公式の仕事の話？」

　アイヴィはダイナを無視した。「あなた、T2であまり過ごしてないみたいだけど」

　T2――リースが建設責任者を務めた第二トーラス――は、第一四〇日に回転を始めていた。T2の人工重力は地球の正常な重力の八分の一で、第一トーラスよりも少し大きい程度だ。もう少し居心地よくするために、リースはT2をもっと大きく、よりゆっくりと回るようにした。ただそこにいるだけでも、長期間の宇宙滞在によりこうむる悪影響に対し、多少の中和作用になる。重力のない場所で生活していると、人はしだいに骨密度や筋肉量を失う。眼球のかたちがおかしくなり、視力も落ちる。宇宙ステーションのメンバーは、骨に圧力をかけるトレーニングマシンを使って対処しようとしてきたが、何カ月かしか宇宙にいない人間のための、一時しのぎにすぎない。最初から〈イズィ〉にいるダイナやアイヴィ、その他一〇人のメンバーは、もう一年近くもここで生活している。〈ゼロ〉後の二、三カ月は、誰も長期的な健康問題のことなど気にしていなかった。誰もが死ぬ運命にあったし、〈スカウト〉たちも死体となって到着した。つねに何もかもが緊急事態だった。だが、ハムスター・チューブの建設や構造物の強化を行なった何カ月かのあいだも、生命科学者たちはずっと静かに意見を言いつづけていた。T2の人工重力場で過ごしていないことを、ここ何週間かのあいだにダイナが人から注意されたのは、これが初めてというわけではなかった。

「重力と無重力のあいだを行ったり来たりするのって、きついのよ」ダイナは言った。「吐き気がしてくるの。それに、T2には私の仕事道具はないし」アイヴィも知っているとおり、ダイナは自分の仕事場《ショップ》でロボットづくりの作業をしている。

「でも、だいたいは遠隔での作業でしょ？　プログラムを書くのって」

「うん、だけど、窓の外にロボットたちが見えるところで仕事したいのよ」

「小さなカメラもついてるわよね？」

　ダイナは返事に詰まった。

「ここで何をやってるにしても」アイヴィは続けた。「それはあなたの骨を強くするための重力が存在するT2のキャビンでもできることでしょう？」

「リースのこともあるの」ダイナはしぶしぶ認めた。「ちょっと彼とうまくいってなくて、だからあまり――」

「リースはT2に来てもいないわよ」アイヴィは言った。「膨張性構造物チームの人たちと一緒にやってるから」

「わかった」とダイナ。「仕事のできる場所をT2にくれたら――」

「もうひとつあるの」アイヴィは〝例のため息〟をつきながら言った。〝例のため息〟とは、当局がアイヴィに何かばかげたことをさせようとしているときアイヴィが漏らす、ため息のことだ。ミーティングの記録にあらわれることはないが、それがすべてを一変させる。

「楽しい話じゃなさそうね」

「私たちはみんな、テレビのリアリティ番組（台本のない現実の状況に素人出演者が直面するようすをドラマのように楽しむ番組）の登場人物になったも同然なのよ」とアイヴィ。「あなたは気づいてないかもしれないけど」

「全然。私あまりテレビ見ないし」

「でもね、地上の人たちはみんな、テレビを見るしかないの。経済が破綻しつつあるから、みんな豆でも食べながら、ただテレビ画面をながめて楽しんでるってわけ」

「なるほど」

「もっとメッセージをかたちづくることに気を配ってほしいって頼まれたの」

「メッセージをかたちづくる？　どういうこと？」

アイヴィは〝例のため息〟を漏らした。

「わかった、もういい」とダイナ。

「みんな、〝生意気なチビの田舎もん《ULS》〟がどうなったかを知りたがってるの」

「ええ」アイヴィは言った。「われらがＵＬＳは、みんなのお気に入りってわけ。あなたがテクラとやったことも覚えてる。それに、テクラのポルノも今や大ブームになってる」

「やめて、聞きたくない」

「とにかくみんなが、あの勇敢なロボットガールと彼女の機械ペットはどうしてるのかって、知りたがってるのよ」

「だから変なメールが来てたのね」

「知らない人から？」

「違う、あたしの家族からよ！　知らない人からのメールなんて読んでないわ。あんたはどうなの？　あんたはこのリアリティ番組でどんな役柄なの、アイヴィ？」

アイヴィは冷静な表情でダイナを見た。「いつも神経をピリピリさせてる、堅苦しい女」

「うわ」

「アメリカ人視聴者の目には、私は完全なアメリカ人じゃない。そして中国人の視聴者の目には、白人の真似した東洋人にしか見えない」

「気の毒に、アイヴィ」

「悪い知らせは以上よ」

「そう。で、いい知らせは？」

「ネット上で私の悪口を言っている人間は、あと四三三日のうちに死ぬってこと」アイヴィは無表情に言った。

オーケー。これぞブラックユーモアというやつだ。

「そのあとは、すべてどうでもよくなる――私が〝われわれの遺産〟に捧げる能力以外のことは」

「わかったわ、アイヴィ。それで、あたしはどうすればいいの？　あんたと私で自撮りでもして、〝生意気なチビの田舎もん〟のブログに写真をアップする？」

「あなたと私は、史上初の操作可能な〈ボロ〉に乗ることになった。一Gの重力がどんな感じか、あなたも思い出すことになるわよ」

〝クジ引き〟

月が分裂したあとの何日か、ドゥーブは何時間もかけて〈ポテトヘッド〉と〈ミスター・スピニー〉、〈エイコーン〉、〈ピーチ・ピット〉、〈スクープ〉、〈ビッグ・ボーイ〉、〈キドニー・ビーン〉をながめた。かつての月と同じで、これらの破片は昼間でも見えたし、パサディナではめったにない曇りの日や家から出られない日は、ライブ動画フィードをコンピューター画面に表示して見た。

破片が地球上の人類すべてを殺すことになるだろうとわかってから、観察への興味はだいぶ失われた。しだいに広がっていく破片の群れを、何週間も見上げなかった時期もあった。暗い駐車場を歩いているときや、車でハイウェイを走っているときなど、空に見える月のかけらを目にすることがあっても、わざと目をそらした。見ていると恐怖感に襲われ、かつてはこうしたものすべてに科学の魅力を感じていた自分を、恥ずかしくさえ思った。そのことを思い出したくなかった。そのかわり、月の破片がゆっくりと分散していくさまを、大学院の教え子と同僚が提供してくれる、スプレッドシートや図を使って追跡した。現状のすべてを二つの数値に変換するため、できるかぎりのことをした。数値のひとつはＢＦＲ、つまり火球分裂比率《ボライド・フラグメンテーション・レート》で、大きな岩石が小さな岩石になる頻度の尺度だ。もうひとつはとても単純な数値、〈ホワイト・スカイ〉が起きるまでの残り日数だ。

　第七日、ドゥーブとアメリアが出会ってまもなく、二人は〈キドニー・ビーン〉が二つの大きな破片になるところを目撃したが、それらはのちにＫＢ１、ＫＢ２と名づけられた（独自の可愛らしい名前をつけようという試みもあったが実現しなかった）。三週間後、〈スクープ〉が〈ビッグ・ボーイ〉と衝突して砕け、ＳＣ１、ＳＣ２、ＳＣ３の三つの破片になった。〈ビッグ・ボーイ〉は今、相変わらず際立って大きなＢＢ１と、小さなかけらだったものが細かくなって群れ《スウォーム》を形成するＢＢ２とに、分かれている。ＢＢ２の破片にはコードナンバーがついていて、たとえばＢＢ２‐１‐３は、〈ビッグ・ボーイ〉の小さかったほうの破片が割れて、その中のいちばん大きなものがさらに砕けてできた破片のうち、三番目に大きいものという意味だ。それ以上細かい破片となると、すべてを追跡しつづけるのは難しいし、無意味でもある。〈ミスター・スピニー〉は、最終的に二つに砕けるまでに、たいそうな混乱を引き起こした。ＭＳ１とＭＳ２という〈ミスター・スピニー〉の気まぐれな子供たちは、それぞれ反対方向へと飛んでいき、破片の群れと重心を共有しながら偏心軌道を描き、ときおり遠くから弧を描いてやってきて、ゆっくり動いている破片とぶつかったりした。ドゥーブが大統領執務室で大統領と話した忘れがたい日の三日前には、ＭＳ２が〈エイコーン〉を三つに粉砕した。そのうちのひとつ、石油タンカーほどの大きさのかたまりが、ドゥーブがロサンジェルスへ飛んでいるあいだにインド洋に飛び込んで津波を巻き起こし、インドの西海岸で四万人もの犠牲者が出た。

　ワシントンDCから戻ったドゥーブは、アメリアを連れて、パサディナにあるランガム・ホテルのスイートルームにチェックインした。彼が世界を駆けまわる旅へ出発する前に、豪華ホテルで何日かを一緒に過ごそうという計画だ。テラスでのロマンチックなディナーのあいだも、ドゥーブは月のかけらを見ないように最善の努力をした。食事を終えるとスイートに戻り、愛し合った。愛の営みのあとで二〇分ほど寄り添っているうち、アメリアは寝返りを打ち、背中に抱きつけるように横向きになったまま眠りに落ちた。だがドゥーブはリラックスできず、タブレットを膝に置いて読書用メガネをかけ、ネットを見ながら時間をつぶした。バルコニーに続くフランス窓があいていて、風が入ってきはじめた。アメリアが毛布の下でさらに身体を寄せてきたので、ドゥーブは窓を閉めようとベッドを出ていった。もとの月の直径の四倍ほどの範囲に広がっている破片の群れが、すぐ目の前で、ロサンジェルスの街明かりの上に浮かんでいる。まともに見たのが久しぶりだったせいもあってか、その光景に心を奪われたドゥーブは、しばらく突っ立ったまま空を見ていた。〈ピーチ・ピット〉はまだ大きなかけらのままだが、元々の〈セブン・シスターズ〉だったそれ以外の破片は、もはや識別できなくなっている。

　ふと好奇心が湧き、〈イズィ〉がいつ通過するのかをアプリで調べてみると、あと一〇分ほどだとわかった。そこに立って待つあいだも、彼の気持ちは何度となく月の破片に向かった。あれはこの先どうなるのだろう？　いずれ数えきれない粉々の破片になり、〈ホワイト

・スカイ〉になり、そして〈ハード・レイン〉となることはわかっている。だが、大きさの分布は最終的にはどうなるのか？　大きなもの、小さなもの、それぞれどのぐらいの数になるのだろう？　月のかけらがどれもだいたい同じ大きさになるという、単純な想定にもとづいたモデルはあるものの、本当にそうなることはまずありえない。

もとの破片について解析を行なった結果、〈ピーチ・ピット〉が崩壊せずにいるのは、もとの月の内部にあった中心核の部分だからだということがわかった。このことは、〈ピーチ・ピット〉の質量分析によっても確かめられた。〈ピーチ・ピット〉はほかの破片と比べると高密度で、大半が岩ではなく鉄分で構成されていると見られている。月にあった鉄の中心核は、全体の大きさとの比較で考えると、地球の中心核よりもずっと小さい。月の大半は、冷たく硬い石だ。

それでも月の中心核と呼べるものは確かにあって、固体の鉄球でできていると見られ、その周囲を、いくぶん高温の溶融鉄とさまざまな物質が混ざったものが包んでいる。このすべてが〈エージェント〉によってはぎとられ、宇宙空間に露出した。最初の何時間か、〈ピーチ・ピット〉は放射熱で文字どおり輝いていた。というより、しばらくは地殻の激変で舞い上がったほこりに包まれ、〈ピーチ・ピット〉の様子はよく見えなかったため、そう推測されているにすぎないが。中心核を包んでいた溶融鉄の一部が吹き飛ばされ、すぐに冷えて硬くなり、その破片やかたまりや飛沫が瓦礫の群れとなった。こうしたことは、火球となって地球に降ってきた、金属がたっぷり含まれた破片を解析してわかったことだ。舞い上がったほこりが落ちつき、〈ピーチ・ピット〉やほかの破片がはっきり見えるようになったときには、〈ピーチ・ピット〉が熱を放射しているそばから冷えて固まっていった、溶融鉄の外皮がすでにできあがっていた。温度の低下はそれからも続いた。その後一年ばかりがたったが、〈ピーチ・ピット〉、つまり現在ＰＰ１と呼ばれる破片は、ほかの月のかけらよりもいまだに温度が高く、崩壊に対する大きな耐性を示している。ほかの破片は、ＰＰ１のきらめく表面にぶつかったり突っ込んだりして、ばらばらになっていった。ＰＰ２やＰＰ３などの比較的大きな破片は、まだ〈ピーチ・ピット〉がやわらかかった初期のころに分裂したもので、今は千数百メートルの厚さの固化した鉄のよろいをまとい、第二の〈エージェント〉以外のどんな災難に対しても、それなりの耐性をもっている。

　そんな考えに気を取られていたため、すんでのところで〈イズィ〉の横断を見逃すところだった。瓦礫の群れを直接横切っていく〈イズィ〉は、さまよう巨大な瓦礫のあいだを縫っていくようにも見えるが、もちろんそう見えるだけにすぎない。人類が宇宙空間につくった物体の中でも、〈イズィ〉がいちばんきらきらと輝くものであるのは、もうずっと以前からのことで、その後もさまざまなものが加えられ、さらにきらきらと輝くものになっている。その努力は見事なものであり、感動的でさえある。ただ、〈イズィ〉の向こうに存在する災難の大きさと比べてしまうと、そんなことになんの意味があるのかという気持ちにもなる。〈クラウド・アーク〉の長期計画はどうなっていくのか？　スウォームという概念はよくできたアーキテクチャーだし、〝ひとつの大きな船〟に頼るよりもずっと長く生き残れそうだが、それはいったいどこへ向かうのだろう？

誰もその話はしない。理由はわかっている。生き残りが最優先だからだ。長期的な戦略はそのあとの話だ。

ＰＰ１の鉄は、実用目的として無限に使えるだけの量がある。あれだけの金属を人間が使い尽くすには、何千年もかかるだろう。

だが、ＰＰ１は宇宙にある。たやすく手が届かないところに。

それでも手を伸ばさなければならない。

ショーン・プロブストが熱狂していたアルジュナ群の小惑星よりは近いし、手も伸ばしやすい。

月の奥深くで凍っている鉄の中心核についてのアイデアが、頭の中でかたちになっていくのを感じながらも、ドゥーブはそれを保留し、強いて手近な問題に注意を向けた。二、三日前の大統領執務室で、彼はみずから宇宙へ行き、そこで物事を進めていこうと決意した。それはいい。ただ、彼には地上での時間が三カ月残されている。地上での責任をおろそかにすることはできない。中でも最重要なものは、子供たち、アメリア、そして二人の冷凍受精卵に対する責任だ。とはいえ、ほかにも与えられている仕事はある。真夜中のホテルのバルコニーに突っ立って、ＰＰ１の鉄がどのぐらいあるのかを考えていたせいで仕事をしくじったりすれば、自分の〈クラウド・アーク〉行きも消えかねない。もともと行きたかったわけではないが、いったん行くことに同意すると、なんとしても行きたいという気持ちが芽生えてきて、今はチャンスを奪われることのほうが怖かった。もしその恐れを感じ取られたら、それを利用してドゥーブを支配下に置こうとする輩《やから》も出てくるかもしれない。ここはひとつ、やりすぎなまでに任務を遂行し、期待を上回り、いかにもたやすいことだという顔をしておいたほうがいい。

それから七二時間後、ドゥーブは米国海軍のヘリの窓から、霧のかかったヒマラヤの渓谷をながめていた。ヘリは機体を傾けながら飛び、ブータンの滑走路に向かって最後のアプローチを試みていた。正しくは、ブータンのあの滑走路と呼ぶべきかもしれないが。

ブータンの人口はおよそ七五万人で、〈クラウド・アーク〉の候補者を二人選べる権利をもっている。ただ、この数字はいささかいいかげんなものだ。もしこれと同じ比率を世界の国々に適用したら、全体で二万人の候補者が選出されることになってしまう。そうなると、ひとつの〈アークレット〉が五人を収容できるとして、スウォームには四〇〇〇の〈アークレット〉が必要になる。さらに、〈アークレット〉を軌道に乗せるためには、それぞれに重量物打ち上げロケットが必要で、〈イズィ〉に到達したら組み立てや準備作業もしなければならない。

そんなことができるのか？ 全世界の工業力を、ロケットと〈アークレット〉と、宇宙服、そのほか必要な物品の生産につぎ込んだらどうだ？ 不可能ではない。だが、おそらくは無理だろう。ドゥーブが内々に聞いているかぎり、最近の見積もりによる数値は、その四分の一ほどだ。

そもそも、〈アークレット〉に五人を収容することが本当にできるのか？　五人の人間が内部で動きまわるのに充分な空間は確かにあるが、食料生産を自給自足できるかどうかは、はっきりしていない。鉄道のタンク車ほどのサイズの円筒の中で持続可能な生態系を構築するのは、たやすい作業ではない。アリゾナの砂漠で行なわれた有名な実験、〈バイオスフィア2〉では、アメフトのフィールド二つ分の広さに生態系をつくり、それで八人の人間をサポートしようとしたが、長期的に機能させることはできなかった。ただしこの実験のミッションは、政治的な対立や、おかしなえせスピリチュアリズム的要因に邪魔されたところもあった。一方、ソ連が行なったもっと現実的なプロジェクトでは、人ひとりを生かすのに必要な酸素を供給するためには、八平方メートルの藻類――卓球台二面分ほどの池に浮いた藻――が必要だということがわかった。〈アークレット〉の硬質な内殻と、膨らませた外殻とのあいだには、充分すぎるぐらいの空間がある。だが、〈アークレット〉が食料も生産しなければならないとなると、ただの住宅以上のものが必要になる。そして、こうしたことをいくら計算しても、何千という人間が実際に宇宙で長年にわたって生きていくことの複雑さに、対処することはできないのだ。ただ窒息や餓死を避ければいいというわけではない。人間には、薬や微量栄養素、レクリエーション、それに刺激が必要だ。生態系が機能しなくなれば、農薬、抗生物質、そのほか生産の難しい化学製品による修復も必要になる。〈アークレット〉をトラブルから守る推進エンジンにも燃料補給をしなければならないし、メンテナンスや修理を要する事態もありうる。完全に分散化した〈クラウド・アーク〉という考えは、妄想でしかない。母船と支給品の集積場、修理場なしでは、維持は不可能だ。これに見合う最も妥当な候補は〈イズィ〉だろう。しかし〈イズィ〉は、そうした目的で設計されたものではない。〈ビタミン〉を詰め込んでなんとかしようとしてはいるが、宇宙では生産しようのない物品が全部尽き、人間が一斉に死にはじめるまでの、時間稼ぎにすぎないのだ。

　これについて気まずくなるような質問を受けたことが一度もないという事実から、〈アーキテクト〉たちもこのことはわかっており、取り組む気はあるが、世間の疑念や論議を引き起こしても助けにはならないので何も言わないだけだろう、とドゥーブは推測していた。すべてうまくいっているという素振りを演じるのが、ドゥーブの仕事だということも明らかだった。だからこそ今日も、ヒマラヤの王国ブータンから、二人の若い人間を連れて帰るのだ。

　これから自分がやろうとしているささやかなパフォーマンスは、世界からやってくる二万人の人々が〈クラウド・アーク〉で幸せに暮らすための、助けになるだろうか？　頭の中の小さな〝レインマン〟がささやく声――「ドゥーブのＤは疑い《ドゥビアス》のＤ」という声を閉め出し、そのことは考えないようにした（映画『レインマン』のような特殊能力を誰もが潜在的にもつという説がある）。

　今乗っているヘリコプターは、二時間前、ベンガル湾に停泊している空母〈ジョージ・Ｈ・Ｗ・ブッシュ〉から飛び立った。ドゥーブの目に映る空母は、あと何カ月かのうちに自分が乗るはずの、軌道を描いて飛ぶ船と同じようなものに見えた。まるで完全に人工的な島のようで、何千人もの人間がひしめく、純粋なテクノロジーのかたまりだった。空母を動かす乗組員のプロフェッショナリズムや効率のよさは、驚くべきものだ。〝クジ引き〟で全世界から選ばれ、キャンプでたった一年の訓練を受けた人々が、宇宙で同じことを実現できるのだろうか？

あと三〇分もすればもう少し答えが見えてくるだろう、とドゥーブは思った。

海軍のヘリは、山々のあいだの霧がたちこめる谷に飛び込んでいき、蒸気やかすみを切り裂きながらしばらく進んだ。空港にある唯一の滑走路が、ぎょっとするほど近くに見えてきた。ヘリはターミナルビルの近くにぴったりと着陸するため、機首を上げた。ドゥーブは歯を食いしばっている自分に気づき、リラックスしようとした。この場所をグーグルで検索した結果、五五〇〇メートル級の山々に囲まれていることや、ここに着陸する資格をもつパイロットは世界でもたった八人しかいないこと、そのパイロットたちでさえ、滑走路が陽の光に照らされていないときは着陸を避けるということを知ってしまったのは、失敗だった。海軍のヘリを操縦するパイロットはまた別の規範に従っているはずだが、それでもドゥーブにとっては、手に汗握るアプローチに違いない。こんなことでは、起爆性化学剤を満たした間に合わせのチューブのてっぺんに乗せられて宇宙へと放りだされたら、どう反応するだろうと考えずにはいられなかった。

シートの上で身体をずらすと、分厚いマニラ封筒がひざから落ちてバサッという音を立てたので、もう少しでタヴィストック・プラウズを起こすところだった。タヴは飛行中ずっとドゥーブの向かいに座っていて、ここ三〇分ばかりは時差に屈して眠り込んでいた。特に背は高くないが、プロレスラーのようなたくましい体型をしている。後頭部のはげは、大学時代からすでにうっすらとあったもので、その後容赦なく広がっている。弾丸のようなかたちをしたその後頭部の周囲を短い髪が取り巻いていて、修道士が房縁のように残す髪に、似ていなくもない。そこから注意をそらすためか、大きな黒縁のメガネをかけている。一時は真剣にウェイトリフティングをやっていたが、ここ一〇年はぜい肉がついて太り、特に〈ゼロ〉以降はそれが加速している。いつも動きまわっているタイプなので、意識がない状態を見るのは妙な感じがした。

ドゥーブには、そのわけがわかっていた。タヴは選ばれたがっているのだ。勤勉に働き、ニュースを次々に供給し、ツイッターのフォロワーを増やしておけば、ひょっとしたら大物の誰かが、〈クラウド・アーク〉にもプロのコミュニケーターが必要と考えるかもしれない――とにかくジャーナリストが必要だと。ドゥーブには見込み薄に思えた。タヴの前には、博士号をもった人々のみならず、ノーベル賞受賞者までが順番を待っているのだ。とはいえ、この先何があるかはわからない。それに、努力している人間を責めることはできないだろう。

ドゥーブは身を屈めて封筒を拾った。一センチほどの厚みがある。きちんとしたブロック体の文字で『ブータン、パロ空港』と書かれたラベルが貼ってある。封は切っていない。本当なら、この何時間かのフライトのあいだに中身を読み、自分の任務についてよく知っておくべきだった。だが彼は、窓の外の霧深い緑の大地や、組紐のように絡み合いながらゆったりと流れるバングラデシュの川を見て過ごしていた。

ヘリのドアが開くまでの二、三分で少しでも目を通そうと思い、拾い上げた封筒の封を切って書類の束を引き出した。今度はタヴも目を覚ましたが、動こうとはしない。ドゥーブが書類を読む様子を、じっとながめていた。

「もし赤、黄色、あるいは両方の色を着てるのがいたら、ラマだ」とタヴ。「お辞儀しとけよ」

「ラマって、南米のラクダじゃなくて？」

「Lがひとつだけのスペルだ。聖人だよ。手のひらを合わせて、小さく頭を下げるんだ」

「別に信者じゃないし――」

「お辞儀したからって死ぬわけじゃないさ。大判の黄色のスカーフを左肩にたらしてるのが国王だ。国王には深いお辞儀をしなくちゃいけない」

「わかった、ありがとう。ほかには？」

ドゥーブの隣には、カメラマンのマリオが座っていた。三〇代で、短く濃い口ひげにニューヨーク訛り。どうあっても〈クラウド・アーク〉に行く見込みはなさそうな男だ。ヘリが飛んでいるあいだ、ドゥーブと同じ書類のコピーを読み、あとはスマートフォンのゲームをやっていた。ドゥーブやタヴ以上にこの任務の場数を踏んでいる。そのマリオがスマートフォンをポケットに入れ、自分から話に割り込んできた。「向こうは何か物をくれます。みすぼらしくて古い、変な匂いがするものだったりもしますがね。彼らにはとても大事な物らしいです。本当に大事なんですよ」

「だったらなぜ――」

「あなたがそれを宇宙に持っていき、そこで保存してくれると思ってるんです」

「なるほど」

「誰かが何かくれたら、それがなんなのかまるでわからなくても、感銘を受けたふりをして、お辞儀をして、ていねいに受け取り、よくながめて、それからヘルパーの子供に渡せばいいんです」

「ヘルパーの子供？」

「あなたのあとをついてまわり、あなたがもらった国の貴重な宝物を運ぶのを手伝う人間です。あなたに贈られた物を管理し、このヘリまで持ってきます。あなたが国王やほかの人々にお辞儀をしたり握手をしたりするのに、手ぶらのままでいられるようにね。空母に戻ったら、もらったものは水中に捨てます」

「だいぶ経験を積んだようだね」

「これで七三回目の〝誘拐飛行〟ですよ。行きましょう」マリオは立ち上がると、カメラやバッグを振り、中身の位置を正すように叩いた。タヴとドゥーブはシートベルトをはずし、マリオの合図を待った。マリオがドアに向かって二歩進んだとき、パイロットがドアを開けた。松と石炭の煙の匂いがする、冷たく湿った空気が流れ込んできた。

マリオが突然立ち止まったので、ドゥーブはぶつかりそうになった。振り返ったマリオは、ドゥーブの目を見た。「もうひとつ」

「なんだ？」

「これからひどく悲しいものを見ることになります。あなたが見たこともないような悲しいことかもしれない。気を強くもってください」

マリオはドゥーブをじっと見つめていた。ドゥーブはうなずいた。「ありがとう」マリオは前を向き、ヘリを降りるハリス博士のいい写真を撮るため、すばやくドアに向かった。

当のハリス博士は、開いている昇降口で立ち止まった。目の前に広がっていたのは、少なくとも二〇人以上の赤や黄色をまとった人々が、挨拶をしようと整列している光景だった。

ドゥーブは胸の前で手のひらを合わせ、お辞儀をした。彼の前でマリオのカメラのシャッターがパシャパシャと音を立て出した。ドゥーブのうしろでは、実況ツイートをするタヴのスマートフォンが、小さな電子音を吐き出している。

国王が個人所有のランドローヴァーを運転して山の上へ向かい、ドゥーブはその左側の助手席に同乗した――ブータンでは、車は左側通行だ。マリオは後部座席から両者が撮影できる位置に座り、タヴはマリオの隣でスマートフォンに向かって音声メモをつぶやいていた。天気がよければ周囲の高い山々のながめはすばらしいものだったはずで、国王は今日のぱっとしない天候を詫びた。

「ですが、もっと大きな計画のことを思えば、それも些細なことだと思います」国王はそう言った。

車はパロの町の交差点で停まり、三人の少年がサッカーボールを蹴りながら目の前の道路を横断するのを待った。国王の車のうしろでは、ラマが多数乗り込んだトヨタ車が、小さな行列をつくってひしめいている。

「みな、あのシンプルな球技が大好きなのです」国王は考えにふけりながら言った。「もちろん彼らは知っています。災難がやってこようとしていることを、みんなが知っています。それについて考えるとき、人々は悲しみを覚えます。しかしそれ以外のときは、今ご覧になったとおり――忘れます」

少年たちは道路を渡りきり、国王はまた車をゆっくり進ませた。町は驚くほどにアルプス風で、風雨にさらされた濃茶色の木造建築が、石の土台の上に建っている。

「二、三日前までは」国王は言葉を続けた。「みな、自分が選ばれるかもしれないと考え、自分を慰めていたようです」

「〝クジ引き〟ですね」ドゥーブは言った。

「そうです」国王は鋭い視線をドゥーブに向けた。「あなたはご存じと思いますが、選出は私の責任で行ないました」それからタヴに目をやった。「これはオフレコでお願いします」

「いえ、陛下、存じませんでした」ドゥーブは言った。

「ガイドラインでしたか、そんな名前の書類は受け取っています。これは文字どおりの抽選ではないとありました。偶然に任せるのではない選択がベストだと――最も優れた候補者を送らなければならないと。ブータンに割り当てられた〈クラウド・アーク〉の場所は二つだけです。国民の代表になれないような人間を送り、それを無駄にするのは、ばかげています。ですからこれは、選択的なプロセスなのです」

「たいていの人間は同じ結論にたどりつきますね」ドゥーブは言った。「見込みのある候補者を集め、そこから任意のプロセスによる選出を行なう——そうすれば、誰も全責任を負う必要がなくなります」

「国王であれば、好むと好まざるとにかかわらず、ときにはそうした責任を負わなければなりません。ただし今回の場合、一部のラマたちにも関与させています。こうした選出手順の前例として、転生ラマを決める方法があります——壺からクジを引くというやり方を用いることがあるのです」

タヴが思わず後部座席から質問してきた。「転生の教義においては、現在の人類が直面している状況はどう考えられているのですか？」

国王は微笑んだ。「ミスター・プラウズ、この車で移動するのは、ほんの一〇キロばかりの距離です。これでもゆっくり運転していますが、もし一万キロばかりの旅をするというのなら——それも楽しそうだが——われわれにとっての転生というものが何を意味するのか、充分な情報をお伝えできますし、知的な会話が楽しめるでしょう」

「なるほど。すみません」タヴは国王が言葉を切って黙ったのを感じ取り、見ていたスマートフォンから目を上げた。「ご理解いただきたいのですが、私の仕事はオタクたちと交流することでして。彼らは数学が好きなんです。だから、ちょっと想像してみようと思いまして

——」

「七〇億人が死に、生き残るのがわずか何千人ということになったら、七〇億の魂はどこへ行くのかとおっしゃりたいのですね？」

「そうです」

車は主要道路と思われる道路をそれ、くねくねとした細い道に入ると、川の上流の樹木に囲まれた村落にやってきた。頭上数千メートルの高地にある氷河から緑と乳白色の岩粉を運んで流れる川に橋が架かっていて、そこから冷たそうな急流を渡ることができる。あと一年ちょっとでその氷河もなくなり、その下の岩が何百万年ぶりに露出するというのに、その記録を取ることができる科学者がひとりもいない——ドゥーブはいまだにその現実を受け入れられずにいた。

「私たちは、単純な輪廻転生——つまり、個人の魂がひとつの肉体から別の肉体に移動するといったことを、信じているわけではないのです。われわれの言う転生とは、そういうものではありません」

「では、あなたがたが信じているものとは？」ドゥーブは尋ねた。タヴは興味を失い、スマートフォンを指で叩いている。

「もっとうまくたとえるなら、新しいキャンドルに火を灯すために使う、燃え尽きそうな古いキャンドルといったところでしょうか。でも、これだという答えを教えることは私にもできませんね、ハリス博士。教義は難解なのです——未熟な者が誤った解釈をしないよう、あえてわかりにくくしてあるのです。正しい知識をもったラマが、七〇億人の魂の問題についてどう考えるかは、あなたがご自分の研究で学んでいる量子重力理論と同じくらい、私の理解を超えたことなのですよ」

今いる川岸は、地表がほとんど垂直に切り立っている。山の岩壁にはジグザグに遠ざかっていく険しい谷の裂け目が刻まれている。道路はまるで飛び込んでいくようにしてその中を進み、裂け目の中のわずかな隙間に生えた屈強な常緑樹が縁取る石の断崖を、スイッチバックしながらのぼっていく。岩壁を覆う霧が破れたヴェールのようにうねり、頭上高くに見える絶壁の上の白い塔を、ときおり垣間見せる。『われわれは世界との隔絶をここまで達成できる』と訴えんがために建てられた、ギリシャやスペインの修道院を思わせる建物だ。

長く続く緑の高台のあいだを上がっていき、これ以上は険しすぎて車では進めないというところまで来ると、国王はランドローヴァーを停めた。「心臓は丈夫ですか？」

「万全というほどではないですが」とドゥーブ。「心疾患などは特にありません」

「ここは標高およそ三〇〇〇メートルです。選ばれた人間たちを車の中で待っていてくださってもかまいませんし――」

「歩けます、ご心配なく」ドゥーブはそう言って、同行者に目をやった。マリオは哲学的な身ぶりで肩をすくめ、タヴィストック・プラウズは口をつぐむことに決めたようだった。

道を歩いていくあいだ、側近のラマ、子供、カメラマン、ブータン軍の士官などが、敬意をもった距離を保ちながらついてきた。国王の話では、これから行くのは〝虎の巣穴《タイガーズ・ネスト》〟と呼ばれる場所で、ブータンの宗教上最も神聖な場所のひとつであり、第二の仏陀とされるグル・リンポチェが、虎の背に乗って八世紀にチベットから飛んできたとされる場所でもあるという。のちに、パドマサンバヴァ（グル・リンポチェのもうひとつの名前であるらしい）が長きにわたって瞑想した洞穴を囲むようにして、僧院の建物が建てられた。

ドゥーブは、虎が空を飛べないことを指摘したりはしなかった。息を切らしていたせいだけではない。自分たちが歩いている場所があまりにも美しかったので、物語の整合性など、どうでもよくなったのだ。人里離れた地獄のような場所で宗教的なたわごとを聞いたところで、そこを観光地として推奨するかどうかは別の話だ。しかし、国王とともに地上の楽園《シャングリラ》を何時間か歩くためには、どんなおとぎ話や空想物語も黙って聞くべきだろう。

何分か歩くごとに、霧の中から小さな僧院や祈禱所があらわれた。一行は途中で休憩を入れ、〝虎の巣穴〟が一望に見わたせる小さなカフェでお茶を飲んだ。タヴは体力の限界に達し、これ以上は行けないと言い出した。ドゥーブとマリオ、そして国王は、僧院の門までのあやうい道を進んでいった。国王が前もって言っていたとおり、僧院は本来は立ち入り禁止で、儀式の場としては見ばえも悪く、いくぶん窮屈で暗く、迷路のような古びた建物だった。岩場で暮らす隠遁者の僧たちは、壮大な儀式の中庭にあまり入ってこようとしない。

かわりに、白い僧院の入り口前の岩棚には、いくらか広い空間があった。そこで待っていたのは、伝統的な衣装に身を包んだ、若い男女二人の〈アーカー〉だった。どちらも二〇代前半で、男性のローブはひざまでしかなく、大判の白いスカーフが肩から腰にかかっている。

女性のほうは、カラフルな布をウエストに巻いた円筒形のスカートが足首まで届き、その上に黄色の絹の上着を着ていて、トルコ石やその他の色とりどりの石でできたネックレスが、首から何重にもたれさがっている。

もしアメリアがここにいたら、布の織り、刺繍、ジュエリー、たれさがっている布、配色など、さまざまな細かいことにひと目で気づいたことだろう。彼女なら、国王からサフラン色のスカーフをたやすく手に入れられるかもしれない。パロの町でランドローヴァーから降りて、サッカー少年たちと友だちになったかもしれない。ドゥーブではなくアメリアこそ、こうした仕事をやりとげるべき人間だ。

だが、〈クラウド・アーク〉に行くのはアメリアではなく、ドゥーブなのだ。

若い男女——名はドルジとジグミ——のうしろに、もっと簡素だが二人と似た服装の、革のような肌をした年配の人間たちがついていて、それがどうやら二人の家族らしく、そのほかに数名のラマがいた。マニ車（中にお経が入っていて、回転させると徳を積めるとされる仏具）が回り、僧院の中では鐘が鳴っていて、僧がお経を唱えている。

全員が泣いていた。

みな、国王にお辞儀をした。

タヴがここに来なくてよかった、とドゥーブは思った。

現地語によるやりとりのようなものが行なわれた。ドゥーブには言語の種類さえわからなかった。マリオはこの場面の感情的な意味合いに気づかず、走り回って写真を撮っている。

ひざまずいたり、ときには地面に腹ばいになったりして、山の峰や寺院の屋根を背景にしようと苦心していた。

何が行なわれているのかよくわからないドゥーブは、年長者たちの顔から目を離せなかった。彼らは、君主の前で落ちつきを保とうとしつつも、ひどい心の痛みにさいなまれながら、ドルジとジグミに永遠の別れを告げようとしている。自分の子が死ぬのを見るよりもつらいだろう、とドゥーブは思った。やがて結末が訪れ、確かなおしまいのときがやってきた。二人が霧の中へと姿を消すときが。ヘリコプターのプロペラの轟音が二人の出発のときを告げ、ドルジとジグミの家族は、彼らがブータンの文化遺産を存続させるために宇宙へ向かうのだという、曖昧な保証だけを手にすることになる。そんな保証が原則的にはいいかげんなものだということを、ドゥーブは強く確信していた。家族は一五カ月にわたり、そのことを信じて自分を慰めながら死に向かうことになる。

今やドゥーブは、自分の仕事をさらに明確に理解した。不運な地球の人間たちは、なぜ逆上もしないでいるのか？　確かに、市民暴動のたぐいは多少起きているが、人々が総じて驚くほど冷静に現実を受け止めているのは、なぜなのか？

今日のような催しが、二、三〇万以上の人口をかかえるあらゆる都市や地方で行なわれ、このシステムが機能しているということを人々が信じるよう、充分なお膳立てがなされているからだ。

子供のころ、ギリシャ神話の英雄テセウスと怪物ミノタウロスの話を読んだことがある。

アテナイの人々は、何年かに一度クジ引きで七人ずつの少女と少年を選び、怪物の食物としてクレタ島に送らなければならなかった。よくできた物語だが、ひとつ弱点がある、とドゥーブはいつも思っていた。そんなことをする者がいるか？　自分たちの子供をクジ引きで選び、そんな運命のもとに送り出すような人間がいるものだろうか？

だが、ブータンの人々はそうした。シアトルでも、ウルグアイ南部のカネロネス地区でも、ルクセンブルク大公国でも、ニュージーランドの南島でも。今後二週間のあいだに訪れる予定のどこでも、少女と少年がクジ引きで集められ、ドゥーブが連れ帰る。それで彼らを守れると信じられれば、人々はそうするのだ。

マリオが言ったとおり、ドゥーブはひどく古びた工芸品を、同じくらい古びた僧から贈られた。僧は泣き濡れた顔でドゥーブに微笑み、彼がマニ車と経典《スートラ》と彫像を受け取るのを確かめ、一歩下がってお辞儀をした。

国王はドルジとジグミの手を引き、嘆いている、あるいは幸運を祈っている人々に背を向け、ドゥーブに向かって『あなたの番ですよ』と言うようにうなずいた。

ドゥーブは最後にもう一度お辞儀をし、それから背を向け、彼らの先に立って山を下りはじめた。

第三〇六日

第二八五日に打ち上げられた〈アークレット1〉は、制御用エンジンに初期的な問題がいくつかあることがわかったため、〈クラウド・アーク〉史上最初の〈ボロ〉カップリングは、〈アークレット2〉と〈アークレット3〉で行なわれることとなった。〈アークレット2〉は第二九六日、〈アークレット3〉は第三〇〇日に打ち上げられたものだ。これら最初の三台の〈アークレット〉は、設計も競い合いとなり、どれも少しずつ異なるものとなっていた。だが問題はない。どれも別の工場に送り込まれ、別のスペースポートから別のタイプの重量物打ち上げロケットで発射される予定が組まれていたため、スタイルの小さな違いはあらかじめ見込まれていた。全般的には同じ形状で、どれも両端にドーム型のエンドキャップがついた円筒形をしている。人間を生きていられる状態にするという基本機能を実行するには、〈アークレット〉を与圧する必要があり、圧力はどのみちすべてを円形にするため、必然的に形状もそうなるのだ。ダイナにはこの耐圧殻が、自分が育った田舎の採鉱キャンプの小屋やトレーラー住宅のそばにあった、大きなLPガスタンクに似ているように見えた。ほかの部分は鉄道のタンク車や、ずんぐりしたホットドッグを思わせた。

〈アークレット〉そのものは、巨大なアルミ缶にドーム型のエンドキャップを溶接したものにすぎない。缶の壁面はおよそ一ミリ程度の厚さだが、ドーム部分はもう少し頑丈にできている。いちばん厚く頑丈なのは、ドームが缶の両端とつながっている部分だ。炭酸のペットボトルと同じで、ふたがあいているときなら薄い壁面を片手で潰すこともできるが、加圧されていると驚くべき堅さと強靭さを発揮する。少なくとも、真空の宇宙と一ミリの壁を隔てた場所での生活に不安を覚える人々に、ＮＡＳＡはそう説明していた。

これら最初の三台の〈アークレット〉は、なめらかな〝裸の〟状態で打ち上げられたが、あとに続いた何百もの〈アークレット〉は透明繊維のジャケットを身にまとうようになった。大気圏を通過する際、ひだやしわで、その下のグラスファイバー製フェアリングを守る役目を果たすものだ。宇宙空間に出ると、このジャケットが膨らみ、内殻よりいくらか大きく柔軟な外殻を形成する。この透明繊維を通して拡散させた太陽光を使い、殻間のスペースで食物を育てる。ただ、各〈アークレット〉で自給自足の食料生産ができるかどうかは、まだはっきりしていない——おそらく無理だろう——が、何も育てないよりは少しでも育てたほうがいい。植物があるだけでも二酸化炭素除去装置の分の荷が減らせるし、人間と宇宙空間のあいだに水があれば、宇宙線の入射を防ぐ助けにはなる。

片側のエンドキャップにはドッキングポートがついていて、ＮＡＳＡの広報担当者が決めた〈フロントドア〉というおざなりな名称で呼ばれている。たったひとつ存在するドアなのだから、適切とは言えない呼び名だ。いったん耐圧殻の内部に入った人間は、〈アークレット〉を空気のある何かにドッキングさせ、この〈フロントドア〉を通ることでしか、外に出ることはできない。

〈フロントドア〉の反対側のはじは〈ボイラー室〉と呼ばれていて、その外に据え付けたゴミバケツ・サイズの原子力発電機が、〈アークレット〉に動力を供給する。その周囲には配管ラインや電力の本線、冷却装置などを接続するためのさまざまな部品がついているが、多くの〈アークレット〉がドッキングして半永久的な集団になる場合以外、使われることはない。

ドーム型部分と〈アークレット〉本体をつなげている頑丈で分厚い複数のリングは、本体に対して大きな影響を与えるあらゆる種類の力との、接続ポイントの役割を果たしている。それぞれのリングからは八本の短く太い放射状のスポークが出て、光輪のような外側のリングに伸びており、そこに推進エンジンと、引っかけフックに似た器具がついている。これらの部分は、最初〈アークレット〉に積んで運ばれ、宇宙空間に出たら船外活動の担当者がドッキングポートと通じて抜き取り、無重力空間で固定する。光輪のようなリングは、〈アークレット〉の膨らんだ外殻を固く安定させるためのものでもあるが、最初の三台の試験ユニットでは、小型推進エンジンの噴射口にとめつけられ、配管のあいだを縫うようにして、自転車のリムのようにただ宇宙空間に広がっていた。

〈フロントドア〉の光輪と〈ボイラー室〉の光輪のあいだをつないでいるのは、細長くてきゃしゃなアームのようなもので、〝フロント〟つまり前端に蝶番で固定され、〈アークレット〉の横へおよそ一〇メートルまで伸ばすことができる。アームの先端にはカメラとターゲットと電気機械的な装置である引っかけフックがついており、まとめて〈かぎ爪〉と呼ばれている。〈かぎ爪〉からアーム、そしてドッキングポート近くのリールへと、ケーブルが走っていて、リールは糸を巻くように二五〇メートルのケーブルを巻き取ることができる。アーム、〈かぎ爪〉、ケーブル、そしてリールは、これまで試したことのない、あるオペレーションを行なうために存在する。NASAの公式技術書には『〈ボロ〉カップリング・オペレーション』と書かれているが、一般には〈ハイ・ファイブ〉と呼ばれるオペレーションだ。

第三〇六日、〈アークレット2〉と〈アークレット3〉の組み立ておよびチェックが終わると、初めての〈ボロ〉カップリング・オペレーションが始まった。実施されたのは、〈イズィ〉から数キロ離れた場所でのことだ。失敗した場合に備え、静かに、ひそかに行なわれたものの、成功したときのためのビデオ画像も大量に撮られた。このオペレーションには、技術用語で言うところの潜在的な失敗モードが無数にあり、あまりにさまざまな可能性がありすぎてすべてを考慮するのは不可能だった。そのため、二台の〈アークレット〉には優れたパイロットが必要となった——軌道力学や宇宙船の推進について熟知し、不安定な〈アークレット〉を手動制御できるような人間が。そんな人間は数少ないし、そのうち〈イズィ〉にいるのは、たったの四人だった。地上では〝クジ引き〟で選ばれたたくさんの若者たちが、ビデオゲームのシミュレーションによってバーチャルに〈アークレット〉操縦術を学んでいるが、準備の整っている者も、軌道上に上がってきた者もいない。このため、アイヴィが〈アークレット2〉を操縦し、ダイナが同乗してアシスタントを務めることになった。〈アークレット3〉のパイロットは、最近到着した、元スイス空軍パイロットの宇宙飛行士マルクス・ロイカーで、ISSのミッションをこれまでに二度こなしたベテランだ。アルプスの渓谷で戦闘機乗りとして高度なパフォーマンスをこなしてきた実績からも、この仕事には適任と見られた。マルクスのアシスタントは、二、三カ月前の〈パイオニア〉期に〈イズィ〉にやってきた最初の中国人宇宙飛行士《タイコノート》のひとり、ワン・フーファだった。

よく眠り、軽い朝食をとったあと、四人のオペレーション要員は〈バナナ〉で顔を合わせ、地上のエンジニアたちともう一度詳細を確認した。それからスポークのひとつをのぼってH1の無重力環境に入っていき、〈スタック〉――宇宙ステーションの中心軸――へと滑空して上がり、作業区画や支給品一時置き場をくねくねと通り過ぎ、ドッキングノードにやってきた。そこを何度か曲がれば、ハムスター・チューブに入れる。四人は順にその中を這い進んでいった。ダイナはマルクスのあとの三番目だったが、そのあとをついていくのに苦労した。彼の足の裏がどんどん遠ざかっていく。「ダウベンホルンにのぼるようなものさ」マルクスは途中でそう言った。「違いは重力にわずらわされないってことだけだ」

「ダウベンホルンって、山？」とダイナ。長いハムスター・チューブの中でむかむかしてくる胃をなだめるには、軽い会話が役に立ちそうだと思ったからだ。

「そう。ぼくは有名なクレッターシュタイクがある場所で育ったんだ――君もいつか来て試してみるといいよ」

最近〈イズィ〉に来たばかりの人間がおかしがちなエチケット違反のひとつに、またいずれ帰れるという口ぶりで地球の話をする、ということがある。これまでと同様、今回も一時的なミッションでここに来ているだけなのだと言わんばかりに。ダイナは黙っていた。マルクスもすぐに気づくだろうと思った。

「ああ、ええと」マルクスは気づいたようだ。

「クレッターシュタイクって？」ダイナは話を続けようとした。

「ワイヤーや梯子が設置された登攀《とうはん》ルートのことさ」

「のぼりやすくするための？」

「いや、違う。簡単じゃないんだ。登山が不可能な山を、困難という程度にするための方法さ」

「なるほど」とダイナ。「あたしたちがやろうとしてることと似てるかもね」

「ああ、そうさ！」マルクスは陽気に言った。

四人はハムスター・チューブの合流点にやってきた。以前ここを通った誰かが壁に残していったフェルトペンのメモをしっかり確認したあと、四人はそれぞれの通路に向かった。ダイナはアイヴィの先に立って右へ進み、フーファアとマルクスはまっすぐ進んだ。ダイナとアイヴィは、すでに占有されている三つのドッキングポートを通過しながら、その向こう側のカプセルに住む人々とおざなりな挨拶を交わし、ハムスター・チューブの終わりにたどり着くと、そこのドッキングポートを通り抜けた。

直径四メートル、長さ一二メートル、LEDの青みがかった冷たい光に照らされた管状の空間に、二人はふんわりと入っていった。壁は円筒形をしたなめらかなアルミニウムで、バーコードが入っており、これを生産した工場のバッチ番号がホチキスでとめてある。長くまっすぐな溶接部分がはしからはしまで続いていて、その奥に平らなグラスファイバー製の格子――胆汁のような緑色をした、キャットウォーク（作業用の狭い通路）用の素材による円盤――があった。そのはるか向こうに、たくさんの配管や電気回路が挿入された〈ボイラー室〉のドームの曲面が見える。同じ素材の梯子が、そこから〝上〟の〈フロントドア〉に伸びていて、ダイナが、そしてアイヴィも、そこへ入っていった。ダイナの頭に、さっきマルクスが教えてくれたクレッターシュタイクのことが浮かんだ。重力、もしくは人工的に再現された重力がない場所では、梯子は必要ない。〈アークレット〉の奥にある格子が、最終的には床になるはずだ。

いや、床のひとつと言うべきだろうか——最下層階の床と。〈アークレット〉は最低でも五階層に分割されていて、それぞれの境界に格子の円盤がある。それを固定するくさび形の留め具が、一定の距離を置いて壁についているが、まだ格子はそこに入っていない。

ダイナは梯子のいちばん上の横木を押しやりながら、勢いをつけて〈ボイラー室〉の格子に向かって〝飛びおり〟、一回転して足を格子につけると、頭が〈フロントドア〉のある〝上〟に向くようにした。壁に据えつけられた数台のフラットパネル・ディスプレイが、ダイナの目の高さに来た。これらのディスプレイが、ドームの外側についた装置の状況を知らせ、コントロールパネルの役割を果たす。今重要なのは、小型原子炉の状態だけだ。それ自体もディスプレイを備えている。ダイナが指でディスプレイをタップすると、画面がスリープ状態から復旧した。ディスプレイは自動的にグラフィック表示を更新し、炉心にあるプルトニウム・ペレットの温度、現在の出力レベル、毎分の回転数と、熱を電力に転換するスターリング・エンジンの健全性指標、そして、バッテリーの充電レベルと、必要でないときにエネルギーを蓄え必要なときに解放する、電気二重層コンデンサーの変化レベルを表示した。

すべて正常なようだ。これらがまずい状態になることは、まずない。新品なのだから。

ダイナは別のディスプレイのほうを向き、すぐ外の光輪に備え付けられた推進エンジンの情報を調べた。〈アークレット〉には窓が少ない。外が見える唯一の箇所は〈アークレット〉の前端で、二つの小さな舷窓から、ドッキング設備に隣接するドームが見えている。片方の舷窓のすぐ下にあるのは、エンジニアたちが〝長椅子《カウチ》〟と呼んでいるものだが、むしろ、芝生の庭でなく宇宙にまぎれ込んだ高価なローンチェアと言ったほうがよさそうだ。アイヴィはすでにシートベルトでそれに自分を固定し、居並ぶフラットパネル・ディスプレイをスリープモードから目覚めさせている。コントロールパネルになっているプラスチックボックスのひとつに差し込んだヘッドセットのマイクに向かって、小声で何か言っており、それがダイナにも聞こえてきた。地上の管制センターとともにチェックリストを確認し、すでに〈アークレット3〉の制御室でシートベルトをつけているはずのマルクスと、会話をしているのだろう。

あたりを見まわしたダイナは、〈アークレット〉の中ほどの壁にあるちっぽけなプラスチック・ポッドにはめ込まれた、カラスの眼ぐらいの大きさしかないカメラのレンズが光るのを見た。

そのとたん、ダイナは理由もなく泣き出した。

これまで、涙を流す機会は少なかった。ルーファスからのモールス信号メッセージは、いつも涙腺の決壊を招いたし、アイヴィと一緒にいて誰もまわりにいないときは、お互いが涙を流すことを許していた。最近ではルイーザなどもその仲間に加わっている。とはいえ、やるべきことや対処すべき緊急事態はつねにあったし、いつも誰かがまわりで見ていた。プライバシーはなかったのだ。だからこの無人の〈アークレット〉は、ダイナが一年半前にバイコヌールでソユーズのカプセルに乗り込んだとき以来初めての、誰にもじゃまされない広い無人空間だった。ダイナには広大な場所に見えたし、ここでは自分ひとりだけなのだと思うと、我慢ができなくなった。カメラがあることも、アーカイヴ用のデジタルビデオに記録されていることも、わかっていた。ヒューストンの心理学者が、今この瞬間にもダイナの任務適応度を調べているかもしれない。それもどうでもよかった。ヒューストンの人間からどう思われるかなど、ずいぶん前から気にしなくなっている。いったん泣き出すと止まらなくなり、しばらく泣きつづけた。自分の家族や現在の状況から、このアルミ缶のような〈アークレット〉の中で生活し死んでいく〈アーカー〉たちのことまで、あてどなく考えをめぐらせた。これがだめなら——もし〈クラウド・アーク〉というアイデアが、一部の人々が言うようにただの使えない万能薬でしかなかったら——人の魂に刻まれる最後の考えや気持ちは、こことまったく同じような場所で生まれるのかもしれない。そして、自分がその人間になるのかもしれない。

　無重力状態で泣く場合に困るのは、涙が頬を流れ落ちないことだ。目のまわりで小刻みに震える涙袋の中にたまっていくだけなので、首を振って振り払うか、何かで押さえて吸い取るかしかない。今はそれができるものが何もなかった。身につけているビニールの作業服の吸水性の悪さは、悪評高いものだ。だからダイナは、ただ〈アークレット〉の底を漂いながら、暖かく塩からい水のたまった目で、コントロールパネルの光を見ていた。

「あなたって、たいしたアシスタントだわよ！」しばらくダイナを放っておいたアイヴィが、呼びかけてきた。

「ごめん」ダイナはついそう言った。「重要なミッションなのに」

「装置をショートさせないようにして。涙は電気を伝えるわ」

「おしっこにも耐性があるようにつくってあるはずじゃない？　アマチュア向けに設計されてるんだから」

「わかってるわよ」アイヴィは鼻を鳴らした。「ユーザー・インターフェースがよすぎる。私がやることは何もないわ」

何か軽いものがダイナの頭に当たった。ユーザー・フレンドリーな原子炉のコントロールパネルにぶつかって跳ね返る白い物体が、涙の向こうにぼんやりと見えた。手でつかんでみると、パッケージに入ったティッシュペーパーだとわかった。ここでは貴重な品物だ。パッケージを破って何枚か引き出し、水滴を散らして装置をショートさせたりしないようにしながら、涙の粒をそっと吸い込ませた。

「私が言いたいのはね、そんなんでマルクスがどう思うかってことよ」アイヴィの声がした。

ダイナはすぐに意味を理解できなかった。「マルクスとあたしが？　そういうこと？」

「見え見えじゃない」

リースとスリリングな何週間かを過ごしたあと、彼との関係は自然消滅した。それは別にいい。得やすいものは失いやすい、ということだ。長期にわたる安定した関係の相手だと思ったことはなかった。二人が過ごした時間も、過ごした場所も、長く続く絆につながるようなものではなかった。人類学者の立場にあるルイーザは、〈イズィ〉の住人の自発的な、そしてほとんどが長続きしない関係について、ドライな好奇心と科学的な関心と、率直で陽気な羨望をもって観察している。

「わからないな」ダイナは言った。「あんたが何を言いたいのかはわかるけど、彼、ちょっとカーク船長みたいで」

「あたしの何？」

「小さなカーク船長が必要なのよ、あなたの……」

「あなたの人生によ。リースはちょっと内省的すぎる」

「何が言いたいわけ？」

「彼、鬱よ」

「あああ、なんでかしらねえ」

「違うわ、そういう話じゃないのよ。世界の終わりとか、誰もが死ぬせいだなんて言ってない。リースは、プロジェクトに取り組んでるときは元気いっぱいなのに、終わるとぐったりしてしまうのよ」

ダイナは、彼のセックスのスタイルもそうよ、とあやうく言いかけたが、口を慎んだ。

「この会話が全部記録されてること、わかってる？」

「慣れてるわ」アイヴィは言った。ダイナは、一二メートル離れたところにいるアイヴィが肩をすくめるのを感じ取った。「つかまってて。前部スラスターを点火するから――駐車場を出るわ」

これはジョークではない。推進エンジン《スラスター》に点火すると、ほとんど爆発のような現象が起きる。ダイナは何もつかまずにいたので、〈アークレット〉全体が後方に動くあいだ自分だけが静止していて、少しのあいだ方向感覚を失った。グリーンの格子がダイナから離れて遠ざかり、〈フロントドア〉が近づいてきた――とはいえ、すべてはとてもゆっくりで、ダイナはただ梯子に手を伸ばし、自分の相対的な動きをコントロールするために手を滑らせればよかった。何秒もしないうちに、〈アークレット〉の前端がダイナの近くまでやってきて、彼女はアイヴィのカウチの支柱を使って自分を止めた。その隣に、ロッククライミングのハーネスのようなストラップの結び目とパッドがあり、ダイナはそれを二、三分でほどいて身につけた。ストラップに自分をつなぎ、ヘッドセットをつけているあいだ、推進エンジンの爆音と、そこに連結された配管のシューシュー、カチカチという音、そしてアイヴィがマイクにつぶやく声が聞こえていた。このヘッドセットがあれば、ダイナ、マルクス、そして〈イズィ〉上の管制官とのあいだで、歯切れのいい軍隊スタイルのメッセージを聞くことができる。ヒューストンのエンジニアが何分かごとに、質問や展望を聞かせてくる。

いったん〈イズィ〉から離れると、少し高い軌道へ移るため、〈アークレット〉はプログラミングされた二、三秒の噴射を開始した。窓の外には、しばらくは何もない空間しか見えなかった。壁に丸い斑点が輝いているので、地球の周縁部から太陽がのぼってきているはずだ。

アイヴィの声がした。「〝スリー〟をレーダーで捕捉。MAP作動中」MAPとは監視《モニタード・》自律操縦《オートノマス・パイロッティング》の略だ。これから彼らがやろうとしているオペレーション――〈ハイ・ファイブ〉――は、新米宇宙飛行士には難しすぎると言われている。すべてロボット操縦にすべきなのだ。だが、アルゴリズムや、パイロットに何が起きているかを教えるセンサーはすべて新しいものなので、ベテランのパイロットが制御室で窓から監視し、ロボ・パイロットがおかしなことを始めたら操縦を引き継ぐ必要がある。

推進エンジンが、また別のリズムで点火を開始した。人間の操作によるものとは、かなり異なる、小さな噴射音がパラパラと音をたてた。星空が窓を通りすぎていき、太陽光の斑が壁を回り、突然、二、三〇〇メートル離れたところにいる〈アークレット3〉が、回転しながら視界に入ってきた。向こうもMAPによる操縦で、〈フロントドア〉が進行方向に向くまで回転した。ダイナはマルクスとフーファに手を振りたいという衝動をこらえた。プロの振る舞いではないし、どのみちこんなちっぽけな舷窓から見えるはずもない。

〈アークレット3〉の脇からきゃしゃな白いアームが外向きに開き、特定の位置で止まり、片側に伸びた。少しして、こちらのアームも同じように発動する音がして、そのアニメーションがフラットディスプレイに表示された。

「〈かぎ爪〉のカメラを上げて」ダイナはそう小声で言い、アーム先端の望遠レンズからの高解像度ビデオがあふれんばかりに流れる、ディスプレイのコントロールパネルを叩いた。最初は何も表示されなかったが、やがて下の隅のほうに、地球の大気圏の青い周縁部が見えてきた。それからターゲットのような模様がディスプレイいっぱいに回り、スピードを落とし、逆回りを始めた。これらはすべて、推進エンジンから来る不安定な振動のせいで起きている現象だ。映像はとても精密で明瞭だった。舷窓からの直接のながめと比べているうちに、〈アークレット3〉の延長アーム先端のターゲットが、遠くにぽつりと見えた。だが、彼らの小さな宇宙船をコントロールしている機械の視覚システムもすでにそれを見つけており、確認して、そして……。

「ロックした」アイヴィが言った。「見えるわ、〝スリー〟」

「こちらも見えるよ、〝ツー〟」マルクスが返事をした。「続行」

後部推進エンジンをもっと長く噴射し、前方に進むための手続きに移ると、ダイナの尻に圧力が感じられ、ハーネスのストラップがきつくなった。ターゲットがぐらぐらと揺れたが、少しするとふたたび固定された。〈アークレット3〉がしだいに大きくなってくるさまが、ダイナにも見えた。ディスプレイの数字、つまり宇宙船どうしの距離――厳密には、二台の宇宙船が伸ばした〈かぎ爪〉どうしの距離――の計測が始まった。

「すべて正常」アイヴィが言ったが、語尾は〈アークレット〉の原始的な拡声装置から流れるデジタル音声のアナウンスに、かき消された。『〈ボロ〉カップリング・オペレーションは最終段階に突入。加速に備えてください』そしてNASA風の古典的なカウントダウンが始まった。『五、四、三、二、一、捕捉開始』

『一』のところでディスプレイのテストパターンが消えて暗くなったのは、カメラも接近しすぎて映せなくなったせいだ。〈アークレット2〉と〈アークレット3〉の〈かぎ爪〉が、すれ違うランナーが手を打ち合わせるかのようにぶつかり合った。泣き声のような妙な音がアームを伝わり、〈アークレット〉の硬い船体に届いた。

『捕捉完了』声が言った。

ようやくダイナは、泣き声のような音はスプールからケーブルがほどける音なのだと気づいた。〈アークレット〉は〈ボロ〉のパートナーのほうを向くために半宙返りで方向を変え、ダイナは胃が飛び出しそうな気持ちがした。

この操作については何週間も学んだので、二台の〈アークレット〉がケーブルによって合体されたことはダイナにもわかっていた。両〈アークレット〉は互いにすれ違うように飛ぶが、ケーブルの張力が〈アークレット〉を回転させ、ふたたびお互いの方向を向く――そのことは、窓の外に見える〈アークレット3〉の先端が、自分たちからゆっくり〝あとずさっていく〟様子で確認できた。ドッキングポートの隣にあるスプールが動き、二台の宇宙船が互いから離れるにつれてケーブルがほどける。〈アークレット2〉と〈アークレット3〉のあいだのちょうどまん中で、それぞれのケーブルがカップリング装置によってつながれており、二台を引き離す場合、この装置を遠隔操作して連結を解除することもできる。

「おめでとう、〈ボロ〉ワン」ヒューストンのエンジニアが言った。「地球の重力と同じ人工重力を生む回転システムをつくるため、二台の宇宙船のカップリングを自律的に実行した初の事例です」

〈ボロ〉ワンの片割れの下を地球が通りすぎていくのが見え、ダイナは自分の喉が今から五分後に極限に達し、吐いてしまうだろうということを意識した。二台の〈アークレット〉はすでにお互いの周囲をゆっくりと回り、微小人工重力――〈バナナ〉で体験したものよりもさらに小さな重力――を生み出している。だが、ＭＡＰシステムはこれで満足はしなかった。二台の〈アークレット〉が充分に離れ、それぞれの推進エンジンの排気ガスからダメージを受けないようになると、システムが長期的な燃焼を開始し、ゆっくりとケーブルを繰り出して、四人の内耳を通じてわずらわしい変化を知らせてきた。ケーブルが末端まで来たときに引っぱられてダメージを受けないように、自動ブレーキがケーブルの繰り出しをスローダウンし、ケーブルのリールの音が変化した。その後、短い静寂ののち、また推進エンジンの噴射が始まった――〈ボロ〉の回転速度を上げるための、より長い、横向きの噴射だ。

最初の一分か二分、ダイナがかろうじて言えた言葉は、「ああ、くそっ！」だけだった。

彼らはここ一年で初めて、一Ｇ――地球の標準重力――を感じた。

何日か前に宇宙に来たばかりのマルクスは、元気そうだった。ヘッドセットから聞こえる様子で判断するかぎり、マルクスはパイロットの座席のストラップをはずし、あたかもダウベンホルンにのぼるかのように、〈アークレット３〉をよじのぼっている。

アイヴィとダイナは数分動けず、ダイナは自分が死にかけている可能性を深刻に検証していた。

「横になっているあいだに失神するってことはある？」ダイナはやっとそう言った。

「そのままでいてください」ヒューストンからのぼんやりとした遠い声が聞こえた。誰かが四〇〇キロ下から拡声器で叫んでいるみたいだった。「その〈アークレット〉の底への長い落下です」

長い落下。上や下という言葉で考えること自体、ダイナはもうだいぶ前にやめていた。落ちるという概念は意味のないものになっていた。軌道上にいるときは、誰でもいつも落ちている。それでも何にもぶつからない。ダイナはなんとか首を曲げ、〝下〟の格子をながめたが、そのせいで嘔吐袋を手にしなければならなくなった。

第三三三日

自分が人とたやすく心を通わせられるたちでないということは、ドゥーブには前からわかっていたはずだった。だが、地上で過ごす最後の一〇週間は、キャンプをしたいという自分の欲望が、家族に我慢の限界を超えさせてしまうのではないかと怖くなるほどだった。

それまで、ドゥーブにとっての満足のいくアウトドア経験とは、葉巻を吸い、ブランデーを飲みながら、ヨーロッパのホテルのテラスでのんびりすることだった。天文学者という職務柄、マウナケア山の頂上などの人里離れた場所に行くこともあり、そういうところではおとなしく外へ出て、何分か寒さに凍えつつ、すばらしい眺望や澄んだ空気を讃え、あとは屋内に戻ってワークステーションの前に座り、ディスプレイ上の画像をながめる。キャンプやアウトドア・ライフ全般は、ドゥーブの家族の娯楽には含まれず、一家はまともな屋根のある暖かい場所でドアを閉めきり、何もかも揃ったモダンなキッチンで大量の食料品を調理することのほうを好んでいた。生命科学や地球科学分野の同僚たちには、前もった予告抜きで、備蓄品を詰めたバックパックを背負い、危険で冒険的な生活を風変わりな場所で営むために旅に出る人たちもいた。ドゥーブはそんな彼らに敬意を抱いていたが、あくまで遠巻きに見るだけだった。

ヘンリーとモーゼズ・レイクに滞在したことが、遅ればせながらアウトドア・ライフへの関心に火をつけ、ドゥーブは最先端の装備品をたくさん手に入れ、奇妙なぐらいそれを使いたくてうずうずした。ブータン訪問も引き金となった。それ以前に、太平洋横断の長時間フライトや、航空母艦での短期滞在を味わったことも影響した。狭苦しく混み合った人工的な環境は、ドゥーブが残りの人生をすごす場所と似ている気がした。その後のあの神聖な数時間、ヘリコプターからブータンの冷え冷えとした高地に降り立ち、国王のランドローヴァーに揺られ、一九七〇年代のアルバムジャケットから出てきたような霧深い山をのぼったときのこと。そしてドゥーブは、あんな美しい場所さえもそのまま受け止めることができず、ただポップカルチャー的なたとえしか、もち出せなかった自分について内省した。さらに何時間かのち、ドルジやジグミのほか、ミャンマー、バングラデシュ、ネパール、インドの各地方、スリランカ、点在する島々から同じようにして集められた一〇〇名ほどの〈アーカー〉とともに、航空母艦に戻った。故郷の断崖のそばで初めて会ったときのブータンの若者たちは、実に安定し、自然で、素朴に見えていた。だが、空母の塗装スチールの階段で同じようにカラフルな服装をし、それぞれの祖国の土地《ネイティブ・ソイル》から離れ、自国の貴重な文化遺産を保存しようとしているほかの南アジアの若者たちと合流したときは、なんとも途方に暮れて見え、ドゥーブはそのコントラストに衝撃を受けたものだった。

　ドゥーブは、ドルジやジグミと同じように自分も打ち上げられた先で途方に暮れてしまう前に、少しでも祖国の土地に触れておく必要があるという気持ちを抱いた。それが正しいことなのだと。だが、空母〈ジョージ・H・W・ブッシュ〉の軽食堂のひとつでコーヒーを飲みながらタヴにその話をすると、彼は反対した。「君は土というものをロマンチックに考えすぎてるんだよ」

　タヴはわざと異論を唱えるのが好きだ。タヴとドゥーブは、こうした会話をこれまで何度もしてきた。ドゥーブは肩をすくめた。「その意見が正しいとしよう。まだ土をさわれるうちにさわっておくことで、どんなまずい事態になるっていうんだ？」

「破傷風菌は？」

「ああいった場所に送られる前に、最新の予防注射ぐらい受けさせられたよ」

「いや、真面目な話、おれはだまされないからな、ドゥーブ」

「だまされないって、何が？　何をだまそうとしてるって言いたいんだ？」

「人間がそこで生きていくよう定められた自然環境というものがあるって考えを、おれに押しつけようとしてるんだ。『土はいいものだ』っていう仮説をね」

「だけど、人間が田舎のアウトドア環境で進化してきたことは確かじゃないか。ある意味、そういう場所は人間にとって自然なんだよ」

「いや、人間は進化したんだ、ドゥーブ。もう動物じゃない。こういうものをつくれる有機体に進化したんだよ」タヴは、周囲に見える空母の塗装スチール部分を手ぶりで示した。「あるいはこれとか」と言うと、コーヒーカップを持ち上げてドゥーブのカップに音をたてて打ちつけた。

「それはいいことだって言いたいわけだな」

「ハイエナにズタズタにされるのと比べたらか？　ああ、間違いなくいいことだよ」

「別にハイエナにズタズタにされに行くわけじゃない。キャンプに行くだけだ」

　タヴの微笑は、いくぶん無理に浮かべたものにも見えた。『どうやらおれの言ってることがわからないんだな？』と。そして言った。「いいか、シンギュラリティってものについてのおれの意見は知ってるよな。精神転送《アップローディング》についての」

「そりゃ、それを書いた君の本の推薦文を書いたからな」

「ああ、その節はありがとう」タヴが言っているのは、人の脳は総じて、デジタル化してコンピューターにアップロードできるという考えだ。これがいずれ大規模なかたちで行なわれる日が来る、実際にはもう起きているかもしれない——本当のところ、人はみな大規模なデジタル・シミュレーションの中で生きているのかもしれない、と。

ドゥーブはふと気づいた。「ブータンの国王に輪廻転生について聞いたのは、そのせいか？」

「それもある。いいか、おれが言ってるのはな、君が何か考えてるとしたら、それはおれがすでに考えてたことだってことだ。つまり――」

「もし君がシンギュラリティ・クールエイドを飲んでたら、っていう意味か？」

「そうさ、ドゥーブ。つまり、おれがすでにやったあとに、今度は君が〝自然児〟になるための一歩を踏み出した。おれはもう、自然児になる気はまったくない。人間の頭脳はほとんど無限の順応性をもっていて、何日、何週間かのうちに〈クラウド・アーク〉の生活に慣れると、おれは思ってる。自分が育ってきた文明から、いっせいに別の文明に向かうってだけのことだよ。人が自然について考えていたことは、全部忘れ去られる。今から一〇〇〇年後の人間は、〈アークレット〉で眠って、タン（NASAジェミニ計画で宇宙飛行士が愛飲したフルーツ味の粉末ドリンク）を飲んで、チューブの中に小便するっていう〝キャンプ旅行〟をするようになるよ。自分たちの先祖がやっていたようにな」

「彼らにとっては、それが自然回帰体験になるというわけか」

「確かにそうなっていくんだろうね、おれたちは」

ドゥーブはよほど、あの有名なジョークで切り返そうかと思った。『「おれたち」って誰のことだよ、白人さん？』と。だが口には出さなかった。

その後の二、三週間にわたり、ドゥーブは世界のさまざまな場所へ行き、カメラマンのマリオが言っていた〝誘拐飛行〟の任務をこなした。地上での残り時間を〈アーカー〉訓練キャンプですごし、軌道力学を教える精巧なビデオゲームをやらなければならない、気の毒な人々を集めてまわった。タヴィストック・プラウズもそのいくつかに加わった。それ以外のときのタヴは、空母で彼が話していたようなテーマについて、ソーシャルメディアに投稿していた。ドゥーブはそれをクリックしながら、そうした投稿の読者数の多さにいつも感心した。タヴはフォロワーを増やし、来たるべき宇宙ベース文明の社会学における、重要な学者という評判を得るようになっていた。

二、三日の休暇が取れると、ドゥーブは自分の子供たちの誰かが暮らす場所を訪れ、彼らをキャンプに連れ出した。

ヘンリーはモーゼズ・レイクに家をもち、今の世界で可能なかぎりという意味ではあるが、そこに永住する気でいた。ヘンリーは末っ子で、真ん中の娘のハドリーはバークレーに住んでいる。彼女はオークランドにある組織のボランティア活動をしており、自由な時間はいくらでも取れた。ドゥーブはよくハドリーを、タマルパイス山へのハイキングか、少し遠くのシエラネヴァダ山脈に連れだした。いちばん上の娘ヘスパーは、ワシントンDCの郊外で、ペンタゴン勤務の軍人であるボーイフレンドのエンリケと暮らしている。

〝最後のキャンプ旅行〟は、一〇月の上旬だった。ドゥーブにはまだ二、三週間ほど時間があったが、その大半は訓練と、テレビで訓練についてしゃべることに取られるのはわかっていた。そのあいだにうまく休むことは可能だったし、たまに午後のハイキングに出かけることもできなくはない。だが現実には、次に寝袋の中で眠るのは、窓のないアルミニウム缶のこぢんまりした環境で、無重力の状態でということになりそうだった。

おそらくはそれを感じてか、アメリアが突然飛行機でやってきた。本来なら学校で教壇に立っている時期だが、そのスケジュールも流動的になっていた。この先あまり長く生きられず、知識を使う機会もない子供を教育することの価値について、幻想をもちつづけるのは至難の業だ。受験準備をしていた標準テストもなくなった。アメリアの言葉を借りれば、ある意味ではこのせいで、教育界にルネッサンスのようなものが起きていた。テストで高得点を取る、大学に合格するといったプレッシャーからも解放され、生徒たちは学ぶために学ぶようになった——本来の教育のあるべき姿だ。分刻みのカリキュラムは消え、毎日教師と親が即興で考える活動に取って代わられた。山道のハイキング、〈クラウド・アーク〉に関するアート・プロジェクト、心理学者と行なう死についての対話、お気に入りの本を読む時間。見方によっては、アメリアやその同僚たちがこれほど必要とされているときはなく、彼らの資質を示す絶好の機会でもあった。それと同時に、日常の業務はゆるいものとなり、二日ばかりの休みを取ったアメリアがワシントンDCに来てドゥーブを驚かせ、ドゥーブやヘスパーやエンリケと一緒に山にドライブに行き、紅葉を楽しむこともできるようになった。

ドゥーブはこれまで、エンリケと親密に接したことがなかった。ブロンクス生まれのエンリケは黒人とプエルトリコ人のハーフで、いかにも米国陸軍の軍曹という男だ。だが、レンタルしたSUVの後部ドアを開けてその下に座り、毛布にくるまってアメリアと寄り添って、見事に秋色に染まったなだらかな山の眺めに目をやりながら火鉢の上でソーセージが焼けるのを待っていると、エンリケにも普通の親しみを感じるようになった。エンリケのほうも、ドゥーブの気持ちが解けていくのを感じたようだった。

「宇宙には、何をしに行かれるんですか？」とエンリケが尋ねた。

ドゥーブがここ一年でどれだけ変わったかは、そこで嘲笑的に鼻を鳴らしたりしなかったことでもわかる。表情ひとつ変えなかった、というか、変わらなかったはずだと自分に言い聞かせた。その確認を求めて、隣に座っているアメリアに目をやった。アメリアはこれまでもずっと、ドゥーブを助けようとしてくれた。子供たちのためよ、と彼女は言った。『あなたがどう考えるかじゃないの、デュボア。あなたがどう感じるかでもない。あなたは問題じゃないの。科学の問題ですらない。今大事なのは、私のクラスの子供たちが何を願うべきかを話すということ。だから、黙ってそうしてちょうだい』

大事なのはそういうことだ。本心を隠せというのではない。自分の感情をうまく隠せれば、実際に自分は変わっていく。何カ月か前のドゥーブなら、つい冷笑を漏らしていたはずであり、エンリケにも気づかれただろう。何カ月か前のドゥーブなら、なぜ自分がシニカルになるのかの細かい説明を始め、〈クラウド・アーク〉が即興でやっているサバイバル実験でしかないこと、ほとんど勝算はないことを断言していたかもしれない。

しかし、そうはしなかった。ドゥーブは、顔の一方が青みがかった薄暮に染まり、もう一方は石炭の放つ光に照らされているエンリケとヘスパーに目をやり、質問に答えた。インターネットのストリーミング動画用カメラの前に立っているときと同じように、静かに語った。

「宇宙の資源は基本的に無限でね。それは月が壊れる前からわかっていたことなんだ。月はピニャータ（メキシコでクリスマスなどに菓子や果物を詰めて天井から吊るす壺。子供が割って楽しむ）のように割れてしまった。適切な構造物を建設しなければならない――空気があり、地球の遺伝子を引き継いでいるものを育てられる、密閉された居住地がね。時間はかかるだろうし、最初はきつい時期が続く。〈ハード・レイン〉が始まれば、すべてに別れを告げなければならないし、感情的にもつらいと思う。〈アーカー〉が協力し合ったり、つらい判断を下すことを学んでもなお、厳しい時間は続くだろうね。これは人類が直面した最大の試練だ。しかし、われわれは生き残る。宇宙にあるものを活用して、〝われわれの遺産〟を保存しておくための場所をつくったり、地球から運んだものを改良したりする。最後にはきっと、われわれが帰れる日がやってくる。〈ハード・レイン〉は永遠には続かない。むろん、人の寿命の何倍もの時間は続く――今まで人間の文明が存在したのと同じぐらいの時間はね。そしてそのあとには、熱い岩だらけの荒地が残ることになる。だがそのころまでには、何世代もの人間が、今と同じぐらい、いや、ひょっとしたらそれ以上にすばらしい世界を再生するために、自分たちの希望のすべて、創造の才能のすべてを捧げているはずだ。われわれは戻ってくる。それが真実の答えだよ、エンリケ。われわれは生き残れるのか？　生き残る。ぎりぎりの仕事になるが、必ず生き残る。宇宙に居住地をつくれるか？　もちろんだ。最初は小さなものだが、いずれ大きなものになる。ただ、それがゴールじゃない。本当のゴールにたどりつくには何千年もかかる。本当のゴールは、もう一度地球をよみがえらせ、もっといい場所にすることだ」

こんなふうにドゥーブがしゃべったのは、初めてのことだった。だが、最後というわけでもなかった。その後の二、三週間――ドゥーブの地上最後の時間――にわたり、テレビカメラに、大統領に、訓練中の〈アーカー〉で埋まったスタジアムに向かい、ドゥーブは何度もこれを繰り返すことになる。しかし、今このときのドゥーブにわかったのは、エンリケが『きっと大丈夫だ、ドゥーブは信じている』と言わんばかりにうなずいたこと、そしてヘスパーがエンリケのたくましい肩に頭を寄せ、涙に光る瞳で、父が語った想像の世界に思いを馳せたことだけだった。

そのヘスパーの背後、大西洋の上で、黄昏の空を切り裂くようにして、隕石が爆発するのが見えた。

〈クラウド・アーク〉

第三六五日

「今日は、軌道に〈アークレット〉の群れ《スウォーム》を置くということが、実際にはどういうことなのかという話をします」著名な天文学者で科学評論家のドク・デュボアが言った。現在彼は、〈イズィ〉とドッキングしている〈アークレット2〉の中央を漂っている。与圧服を着ているが、はずしたヘルメットは腕の下にぶら下がっている。〈アークレット〉に備えつけのハイビジョン・ビデオカメラのひとつに向かってしゃべっていて、どこかにあるコンピューターがその場面を記録しているはずだ。

「カット」ドゥーブは言った。そして少し恥ずかしくなった。自分で自分のビデオのプロデュースと編集をしているので、「カット」は自分に向かって言っているだけだ。宇宙には、自分について歩いてくる撮影クルーも、カメラマンも、制作助手も、メイクアップ・アーティストもいない。そのほうがいい。とはいえ、部屋にせめてあとひとりぐらいいて、自分の言葉に反応してくれたらありがたいとは思う。アメリアがそこにいて、静かに首を振ったりうなずいたりしてくれたら。そのかわりに彼は、晴れた火曜日の午前中、サウス・パサディナの教室で、アメリアの生徒たちに授業をしている自分を想像しようとした。自分の言葉を彼らの身になって感じようと。

『実際にはどういうことなのか』というのは、なんだか懐疑的な言いまわしだ。まるで、ここまでの話がすべて嘘っぱちであるかのようだ。それに、『軌道』も必要ない。〈アークレット〉が軌道を描いていることぐらい誰だって知っている。

「今日は、〈アークレット〉のスウォームをもつとはどういうことなのか、という話をしようと思います」ドゥーブは言った。「通常の宇宙では、地球上と同じように、何かが存在する場所を伝えるために三つの数字を使います。左右、前後、上下をあらわす数字です。ハイスクールの幾何学でやったx、y、z軸ですね。これはそのまま軌道には適用できません。〈アークレット〉のような物体がどの軌道にあるかを完全に特定するためには、六つの数字を使わなければなりません。このうち三つは、位置を示します。残りの三つは速度です。同じ六つの数字を共有する二つの物体があれば、どちらも同じ場所にあるということです。今現在、私の六つの数字は、私が浮遊しているこの〈アークレット〉と同じで、われわれは一緒に宇宙を移動しています。ですが、ひとつ以上の数字が違うなら、私は宇宙を漂流しているということです」

ドゥーブは小さな圧縮空気の缶を持っていた。エンジニアが電子機器などからほこりを吹き飛ばすために使うものだ。それを〈アークレット〉の船尾の方向の〝下〟に向け、ボタンを押した。シューッと音を立てて空気が出ると、ドゥーブは〈フロントドア〉側の〝上〟にふわりと舞い上がった。前方隔壁に向かって上昇する勢いを和らげるため、片手を頭上に上げ、それから別のカメラを見た。

うまくいった。これが三度目の試みで、缶の空気もなくなりつつある。

「耐圧殻に閉じ込められた状態では、そう遠くまで漂流することはありません。が、私が止まることができない場合——たとえば宇宙遊泳をしている場合——には、遠くまで漂流することもありうるというのはわかると思います。軌道力学に従えば、今の私のように、〈アークレット〉内部の空洞にいて重力中心が一致しているというケースを除いては、軌道にある二つの物体が同じ六つの数字をもつことはありません。〈アークレット〉やそのほかの物体が、〈イズィ〉の左舷か右舷、もしくは天頂か天底、もしくは前方か後方にずれた場所にあれば、当然ながら異なる数字をもつことになります。軌道も異なります。そして、漂流していくのです」

ドゥーブは頭の中のメモを確認した。この漂流の性質について、ここでもっと明確にしておきたいところだ。もっと高い軌道なら、後方に取り残される。もっと低い軌道なら、前方に突進していく。どちらか片側にずれていれば、九三分の周期で収束してから逸脱する。まっすぐ前方、あるいはまっすぐ後方に進んだときだけ、同じ相対位置を維持する。だが、それはまた別の、もっとグラフィックスを使ったビデオをリンクしてもいい。ここは要点に進んだほうがよさそうだ。

「重要な点は何か？　宇宙においては、編隊飛行といったものは存在しません。二つの近接した物体は、物理的に近づくか離れるかしかないのです。スウォームのかたちで編隊を維持したければ、選択肢は二つだけです。〈アークレット〉を物理的につないでひとつの物体にするか、推進エンジンを使って漂流を補正するかです」

さらにもうひとつ、列車のように一列につないでしまうという選択肢もあるのだが、あまりスウォームらしく見えないので、ここでは数に入れないことにした。たぶんビデオをアップしてから何分もしないうちに、怒り狂ったユーチューブのコメンテーターたちが襲いかかってきて、間違いを指摘し、不正直、無能、陰謀のいずれか、もしくはすべてのせいにすることだろう。

ドゥーブの最後の仕事は、ナレーションの録音だった。ヒューストンやバイコヌールで訓練のためだけにつくられた巨大なゲームセンターのような場所で、若い〈アーカー〉たちが訓練をしている場面にかぶせるための音声だ。「これを学ぶことは難しくはない――ビデオゲーマーならすぐにコツをつかめるだろう。世界中から集められ、〈アークレット〉の操縦技術を磨くために精密なシミュレーターを使っている、若い〈アーカー〉たちに聞いてみるといい。〈アークレット〉の飛行時間の多くはもちろん、オートパイロットによる自動飛行だ。が、人間が制御する必要がもし出てきたら、そのときはこの若者たちがやらなければならない」

この仕事も終わると、ドゥーブは自分のタブレットを〈アークレット〉の無線ネットワークに接続して、何分かかけて動画ファイルをあちこちに移し、あとで編集できるようにした。

サムネイルの静止画像を見て、自分の顔の丸さに驚いた。ゼロＧ状態では組織を通じて液体を振り分けることを身体が抑制するため、こうした兆候がよく見られるのだ。ここに来たばかりの新米という印だった。ドゥーブが宇宙に来て、六日がたつ。今はＡ＋１・０。アシニーアムにいて月が壊れるのを見た日から、一年が過ぎた。

さらに新しいモデルが出てきて時代遅れとなった〈アークレット２〉は、巨大トラスの左舷側、ハムスター・チューブのはしにドッキングしている。遅かれ早かれ、余剰品の保管庫か、睡眠区画として使われるようになるだろう。ドゥーブはドッキングポートを抜け、ハムスター・チューブに向かおうとした。ここへ来るときにわかったことだが、これには少し時間がかかる。チューブは、ポリエステルの作業服を着た細身の人間がかろうじて通れるだけの広さしかない。与圧服を着た大柄な人間は、あちこちぶつかったりこすったりする。それでも、脱いだ与圧服を引きずっていったり、無重力空間で殺人者が死体を捨てようとしているかのように前へ押していったりするよりは、与圧服を着用していたほうが楽なのだ。

何分かして、〈イズィ〉の中心軸のすぐそばにあるノードにたどりつくと、空間が広がって動きやすくなったので、ドゥーブは与圧服を脱ぎはじめた。大きなバックパック式の生命維持システムがついた完全装備の宇宙服でないため、ハムスター・チューブでもかさばらない。高高度パイロットが着るタイプの、ヘルメットのついた作業服だ。ただ、空気の漏れ穴があるため、コスチュームとしてしか役に立たない。これを脱ぎ捨てるのはほとんどレスリングの試合のようで、悪態をつきながら浮遊し、壁にぶつかるはめになる。

ちょうどそのとき、誰かが与圧服のうしろ襟を強く引っぱってくれた。服から身をよじって抜け出せるぐらいまで引っぱってもらったので、腕が自由になった。「ありがとう」と言って肩越しに振り返ると、そこには困惑したように自分を見つめているなじみ深い顔があった。

「ストームトルーパーにしては、ちょっと小柄じゃないですか?」

「モイラ!?」ドゥーブは声を上げた。壁のハンドルをつかんで身体を回転させ、相手の顔をよく見ようとした。今のレスリングのせいでメガネが傾いていたので、鼻の上に押し上げた。相手も明らかな丸顔になっていたが、確かにモイラだ。

モイラ・クルー博士に最後に会ったのは、クレイター湖でのあの発表のときで、彼女は自分の師であるノーベル賞遺伝学者クラレンス・クラウチの助手として、その場にいた。気の毒なクラレンスは、〝クジ引き〟について世界に説明するという仕事を与えられていた。その後クラレンスは、〈ハード・レイン〉が始まったらまず保存の不可能な、生物学の標本や科学的な記念品に満ちたケンブリッジの自宅で、ガンのため亡くなった。彼にとってはよかったに違いない。ドゥーブはその後のモイラの消息を知らずにいたが、地球上の全人類の中でも、モイラは明らかに〈クラウド・アーク〉に加わるべき人間だった。西インド諸島の血筋を受け継いでいて、髪は指の長さほどのドレッドロックスにしており、無重力でも順応性が高そうなヘアスタイルだ——白人の髪よりは間違いなくいい。ムーンフェイスのせいで本来の年齢より二、三歳老けて見えるが、二〇代後半のはずだ。ロンドンの危険な地域で生まれ育ち、奨学金で上流階級の学校へ進み、オックスフォード大学で生物学の学位を取った。さらに博士号を取るためにハーヴァードへ進み、絶滅種の再生プロジェクトに参加した。おしなべてカリスマ的な資質と、アメリカ人が魅力的に感じるアクセントのおかげで、モイラはそのプロジェクトで最も有名なスポークスパーソンとなった。ＴＥＤ（毎年大規模な世界的講演会を開催しているアメリカの非営利団体）のプレゼンテーションなどの公の場に登場し、自分たちのラボの研究によって毛深いマンモスを生き返らせたいと語った。しばらくシベリアに渡り、絶滅した大型動物相をよみがえらせて自然保護区をつくりたがっていたロシアの石油億万長者のために働き、それから英国に戻って、クラレンスとともに博士課程修了後の研究を開始した。

　ドゥーブが知らないあいだに〈イズィ〉に来た仲間と驚きの再会を果たしたのは、これが初めてではなかった。こういうときの振る舞いは難しい。ケンブリッジでのパーティーや、ニューヨークの通りで知り合いに出くわしたときのように、喜びをあらわにして相手を抱きしめたい気持ちは湧く。ただ、楽しい仕事をしにここへ来ている人間などひとりもいない。そうでなくてもモイラは真面目で、距離を置こうとする雰囲気があった。

　それに、無重力空間で人を抱きしめるのは、言葉で言うほどたやすくはない。まず相手に近づかなければならない。

　ドゥーブは両腕を広げた。「ハグだ」

　モイラも同じようにした。「ここではこうやるんですか？」

「ときにはね。モイラ、ＰＣＡ、会えてうれしいよ」

PCAとは、『現在の状況はさておき《プレゼント・サーカムスタンシズ・アサイド》』の略で、フェイスブックやツイッターでよく使われている。

「あなたがいらしたとは聞いてました」とモイラ。「あまりに仕事に没頭してたもので、忘れてしまってて」

「想像はつくよ。私は〈クラウド・アーク〉の売り込みで走りまわっていたが、君は実際に科学的な仕事をしてたんだろう？」

「準備を整えることのほうが、正確さを要求されるのかもしれません」オタク的だがスタイリッシュなメガネの向こうで、大きな茶色の瞳がどこかほかの方向を見た。「向こうが〝前部〟と呼ばれている場所ですか？」

「そうだ」

「私が働いているところは、これ以上は行けないというほど前方にあるんです。ラボを大きな岩で隠すためです」

「アマルテアか」

「ええ。行けば、私の仕事を少しはお見せすることもできます。本当はお茶でもごちそうしたいのですけれど、ここではどうやって淹れたらいいかわからなくて」

ドゥーブはモイラの話し方に微笑んだ。彼女はオックスフォードにいたころ劇場通いに熱中していて、ひょっとすると女優にぐらいは、なれたかもしれない。ロンドンの知り合いたちの話し方と、学校やオックスフォードの人々の話し方に大きな違いがあることを強く意識し、効果的にアクセントを切り替えるすべを心得ている。「見せてもらえるとうれしいね」とドゥーブは言った。「君が言っているモジュールのことなら、私も知ってるものじゃないかな。何日か前にドッキングするところを見たし、興味があるんだ」

モイラのラボの壁に吊るされたドゥーブの与圧服が、無気力なオブザーバーといった感じで見守る中、彼女は研究施設を案内してくれた。生命科学にはまったく門外漢のドゥーブにとって、モイラの説明はほとんど理解不能だが、かまわなかった。ほかの誰かが科学について説明するのをリラックスしながら聞くのは、歓迎すべき気分転換だった。

「クロアシイタチって、ご存じですか？」モイラが尋ねた。

「いや」とドゥーブ。「生物学や遺伝学について質問されても、私の答えはまず全部ノーだな」

「クロアシイタチの食物の九〇パーセントは、プレーリードッグなんです。農家がプレーリードッグをほとんど殺してしまったせいで、クロアシイタチの数が七匹にまで激減しました。それだけの種畜から繁殖させなければなりませんでした」

「ほう、たった七匹……じゃあ、近親交配が問題になったんじゃ？」

「ヘテロ接合性という言葉があります。ひとつの種の中の、遺伝的な多様性の量のことです。全般的に見て、多様性があるのはいいことなんです。これが少なすぎると、近親交配にともなう、さまざまな問題が出てくるようになります」

「でも、種畜が七四にまで減ったなら……それでどうにかしなければならないということじゃないのか？」

「そうでもありません。まあ、技法としてはそうです。ただ、遺伝子の一部を操作することで、ヘテロ接合性を人工的に生み出すことができるんです。全個体に広がりかねない遺伝的欠陥も、一緒に取り除きます」

「いずれにしても、今のわれわれには興味をそそられる話だね」

「もし〈クラウド・アーク〉が想定どおりの人口になり、冷凍した精子のサンプルや卵子や胚などを使うことができれば、人間の数はおそらく問題なくなるでしょう。成功させられるだけのヘテロ接合性があるはずです。私のここでの仕事は、人間ではないものの総数に関わることです」

「それはつまり……」

「私たちが酸素生成の方法として藻類を育てているという話を、あなたも聞いたことがあるんじゃないかと。単純な生態系が始まったばかりで、いずれ育って発展し、何年かのうちには単純でなくなるはずです。生態系を構成している植物や微生物は、最初は数少ない繁殖用の個体ですが、殖えていきます。植物を頼りに呼吸できるようにして、アイルランドのジャガイモ飢饉みたいなことは繰り返さないでいられればと」

「つまり君の仕事は、クロアシイタチのケースで行なわれたことを、その生態系でやるということだね」

「それも私の仕事の一部です」

「ほかには何を？」

「ヴィクトリア朝の博物館のキュレーターのようなことを。ケンブリッジにあるクラレンスの自宅に行かれたことは？」

「残念ながら、ないな。ただ、彼のコレクションがすばらしいということは聞いていたよ」

「ヴィクトリア朝時代の上流階級には、探検帽をかぶって大英帝国の周辺部で科学に貢献しようとしたコレクターがいましたね。ああいう人たちが集めてきた、剝製の鳥や標本の甲虫、壁に飾る動物の首が、詰め込まれた場所です。現在では科学者とは呼ばれない人たちですが、科学の高邁な目的に対する貢献者です。博物館からあふれてしまったそういう品を、クラレンスがトラックで手に入れてきたんです。エドウィーナが亡くなって、止める人がいなくなってからは、さらに増えました。とにかく、今は私がその役割を務めていますが、標本はすべてデジタル化されていて、みんなこういうものに入っています」モイラは、首にかけたチェーンにつながれて浮遊している、USBメモリを指でつついた。「あるいは彼らの〝耐放射線性《ラド・ハード》〟メモリに」モイラはその技術用語を曖昧で皮肉っぽい声音で発音し、自分とISSとが折り合えるには少しかかりそうなことを匂わせた。「だいたいの話はご存じでしょう——あなたがユーチューブでその話をしているのも見ました」モイラはアクセントを切り替え、ドゥーブの平板なアメリカ中西部母音を巧みにまねた。「シロナガスクジラやセコイアの木を、〈クラウド・アーク〉に運ぶのは無理です。たとえ運べても、生かすことはできません。でも、そのDNAを、1と0の連なりで暗号化して送ることは可能です」

「私を失業させる気かな」

「いいですね。そうしたらこのラボで仕事をしてもらえますね。ここの仕事はきついですし、充分な助けを送ってもらえているとは言えませんが」

「すべて自動でやっているのかと思ったよ」

「〈エージェント〉があと二〇年ぐらい待ってくれていたら、遺伝子合成技術も改良されて、自動にできたかもしれませんけれど。今はまだ、不器用で未熟な段階にとどまっています。もちろん、ファイルのひとつを使って——」モイラは首にかけたUSBメモリを指で叩いた。「——いくつかの単純な前駆体から始めて、そこからDNA鎖を生み出すことはできます。でも、人間の介入部分はいまだにすごく大きいんです」

「高レベルな人間の介入部分というものもあるんじゃないのかな」

「ジャマイカ人だった私の祖父は、海軍艦の機関室で働いていました。家族がイングランドに来たのは、そのためです。私が小さいころ、祖父がそうした船のひとつを私に見せてくれて、そのとき機関室にも行き、すべての部品が露出しているエンジンを見ました。むきだしのすごい機械で、人がオイル缶を持ってそのまわりで這いつくばって、手でベアリングに油を差すんです。私たちがすべてのゲノムを合成するのも、似たようなものです」

「今のところは、だろう。将来的にはもっと進むということじゃないかな?」

「ええ、ありがたいことに」

「今のところは、無傷の有機体をいじりまわすということだね」

「そうです。そのとおり。それもとても難しいのですが、コントロールは可能です」モイラはあたりを見まわした。二人が浮遊しているモジュールの中は、まるでラボらしくなかった。すべてがビニールやアルミニウムのケースに密閉され、テープで封印され、黄色い付箋がついている。「ごめんなさい」とモイラ。「がっかりさせたでしょう。わざわざ来られるような場所じゃありませんでしたね」

「何か助けられることはあるかい？」

「重力が欲しいです」モイラは笑った。「ゼロG状態で液体を扱うとどうなるか、想像できますか？　ラボってそのための場所なんですけれどね」

「今はいらだつのも無理はないよ。すべては箱に入っていて、無重力で機能するようになっているから」

「わかってます、わかってます。私、愚痴を言ってますね。これは〈ボロ〉に載せるんでしょう？」

「たぶん第三トーラスに。地球の標準重力に近いものが生み出せるぐらいに大きいんだ。働くためのスペースがたくさんある。熱心な〈アーカー〉のスタッフもいる」

「今はそれがあなたの仕事なんですね？　〈アーク〉のチアリーダー役が」

「それがここに来るための私の切符さ」ドゥーブは顔が少し熱くなってくるのを感じ、後悔するようなことは言わないよう自分を戒めた。「誰にでもそういう切符が必要だった。入場料を払った今、われわれはこれを機能させなければならないんだ」

モイラは言いすぎたと感じたのか、ドゥーブから目をそらして黙っていた。

「そして今日現在」ドゥーブは言った。「まだ一年残っている」

第二部

第七〇〇日

第七〇〇日、あるいはA＋1・335（月の崩壊から一年と三三五日）、地球から見える〈クラウド・アーク〉は、銀の鎖でつないだ輝くビーズのように見えた。デュボア・ジェローム・ザヴィエル・ハリス博士がA＋1・0に〈アークレット2〉で独演を行なったのは、〈イズィ〉の周囲で〈アークレット〉が実際に〈クラウド〉または〝群れ《スウォーム》〟を維持するのは、推進剤の観点からすると費用がかかるのだと、はっきりさせるためだった。母アヒルを中心にした子アヒルの行列のように、宇宙ステーションと同じ軌道に沿って前からうしろにいたほうが、はるかにコストが低く、安定性が高い。ただ、ある〈アークレット〉が行列のどこに位置を占めるのかが決まると、あとから〈アークレット〉の位置を変えるのは、いわゆる〝一般住民《ジェネラル・ポピュレーション》〟である新規到着メンバーにとっては、つねに驚きと混乱をともなう複雑な操作《マヌーバー》となる。

〈アーキー〉たちは――つまり、〝クジ引き〟によって選ばれ、このミッションのために最長二年の訓練を積んでから打ち上げられ、〈アークレット〉の管理を行ない、そこで暮らしていく者たちは――そのことを暗黙のうちに理解していた。第七〇〇日現在、〈アーキー〉の数は一二七六人で、さらに打ち上げの最後の追い込みにより、一日二〇人以上が加わっていた。新たに到着した〈アーキー〉は、行列の先頭か最後尾で無人の〈アークレット〉を割り当てられる。こうした〈アークレット〉は、別の重量物打ち上げロケットで、日に四回ばかり打ち上げられていた。〈アークレット〉の大半は空っぽのスペースなので、巨大なロケットの輸送能力に比べればほとんど無に近い重さで、たいていは、〈アークレット〉の原子力発電機側である〈ボイラー室〉からドッキングポート側の〈フロントドア〉まですべてのスペースに、〈ビタミン〉（小さくて軽いが大きな価値をもったものを意味する隠語）が詰め込まれた。これらは〈アークレット〉に人が入る前に荷下ろしされ、保管される。また、それぞれの〈アークレット〉には独自の積み荷があった。作物の育成促進に使われる窒素など、圧縮ガスだけで満杯にされる〈アークレット〉もある。あるいは、一見すると適当に選んだような、宇宙バザーでもひらくための商品かと思えるようなものが積まれていることもある――医療薬、文化的工芸品、微量栄養素、工具、集積回路、スターリング・エンジンの部品、〈アーキー〉の私物などだ。驚かされた例としては、密航者の死体が到着時に見つかったこともある。この密航者は、結局ほかの死者たちとともに死体安置所にひっそり保管されたが、ほかのすべての品物は荷下ろしされ、目録に記録され、適切に保管された。どの〈アークレット〉にも保管スペースがあり、保管物品は一定量までは分配される。それが、スウォームを基盤とする〈アーク建設《アーキテクチャー》〉全体の基本方針だった。ガスのようなかさが大きくなる物資は、外部タンクや浮き袋《ブラダー》に注入できる。ブラダーには、〈アークレット〉からぶらさがっている小さなものや、〈イズィ〉の外縁周辺に配置された大きなものがあり、放射線や流星塵に対する予備のシールドとしての役割を果たしていた。繊維製品などのいわゆるドライ・グッズも、やはりメッシュの袋に詰め込まれ、それが必要となるときまで〝外部〟に置かれる。〝内部〟空間は、すいている場所も混み合う場所も含め、空気や暖かさを必要とする生物および物品のために確保されている。そんなふうにして、〈イズィ〉の内側は、一年前の様子と比べれば余裕ある清潔な場所となっていた。

〝クジ引き〟で選ばれた以外の、〈アーキー〉として訓練を受けていない人たちは、一般《ジェネラル・》住民《ポピュレーション》、略してGポップと呼ばれた。該当するのは一七二人だ。適格な人材、必要とされる人材はとうに宙《そら》へ送られているため、この数字はゆっくりしたペースでしか増えない。新しいメンバーの追加は、地上側で多くの政治論争を招いていた。クレイター・レイク合意は、〝クジ引き〟で選ばれた人たちが生活するための〈クラウド・アーク〉について、その全般的な計画を承認している。経験豊富な専門家が必要なのはわかりきっており、議論の余地もないため、〈スカウト〉や〈パイオニア〉を宙《そら》へ送ることに異論を唱える者はなかった。一方、Gポップが許容されるように、クレイター・レイク合意にはその概念について綿密な規定が盛り込まれていた。リース・エイトケン、ルイーザ・ソーター、デュボア・ハリス、モイラ・クルー、マルクス・ロイカーといった者たちが〝Gポップ条項〟にもとづいて宙へ送られたのは、彼らが仕事の進め方をわきまえていたからだ。だが、そんなふうにして彼らがひとりまたひとりと宙へ送られるたびに、同じような資格をもつ人々が一〇〇人ほど地上に残されることになるため、国会議員や大法官、大統領、あるいは独裁者に電話をかける者がいるのだった。政治的な問題があまりに複雑化したため、さらなる人々の流入はごく少数に抑えられていった。残りのGポップの割り当て分を、国家が出し惜しみするようになったのだ。割り当て分は、しぶしぶながら、あらかじめ練られたややこしい計画によって埋められていった。

〈アーキー〉もGポップのメンバーも、〈イズィ〉とその前またはうしろにいる〈アークレット〉との軌道上の〝距離〟がわずか数キロだということを、軽く考えてしまいがちだった。ある〈アークレット〉から別の〈アークレット〉に移動することの難しさは、複数の〈アークレット〉を共通の構造物に物理的にドッキングさせ、強制的に固定された陣形で飛行させることで軽減される――と、軌道力学の法則がよくわかっていない人々には思えた。だが実際には、〈イズィ〉の左舷または右舷のはずれのほうでトラスのはじにドッキングしている〈アークレット〉は、正しい軌道にいない。勝手にさせておく――つまりトラスに拘束せず、力も及ぼされずにおく――と、〈アークレット〉は〈イズィ〉に向かって集まり、〈イズィ〉の軌道を横断し、〈イズィ〉からそれたかと思うと、また引き返して〈イズィ〉に戻ってくるという動きを、〈イズィ〉が地球を回るのと同じ九三分というサイクルで繰り返す。

天頂で〈イズィ〉の〝上〟に合体している〈アークレット〉は、〝より遅く〟なって取り残されがちになる。〈イズィ〉の天底で〝下〟に合体している〈アークレット〉は、先に行きたがる。こうしたことが起きるのをトラス構造によって阻止できるかぎり——言い換えるなら、すべてのモジュールと〈アークレット〉を固定した配置に保持する基本機能をはたらかせられるかぎり——そうした〈アークレット〉に力を及ぼし、好き勝手をしないようにさせることができた。〈アークレット〉の中にいる人間たちは、ニュートン力学の規定する本来の軌道に対して〈イズィ〉の構造が摂動《せつどう》を加えたせいで、自分たちが浮遊したり壁にぶつかったりしているのだと気づくことになる。〈アークレット〉やモジュールが〈イズィ〉に接合されて〈イズィ〉全体が大きくなればなるほど、そうした力も大きくなり、〈イズィ〉は損壊しやすくなっていくのだ。

　もうひとつ、〈イズィ〉が大きくなっていくのを制限しなければならない、やむにやまれぬ理由があった。〈イズィ〉がアマルテアの陰に隠れているということだ。〈イズィ〉の本来の軌道は、慎重に選ばれたものだった。これ以上低い軌道で、大気がもっと濃ければ、軌道はすぐに減衰してしまう。逆にこれ以上高いと、流星塵による危険性が増す。宇宙を飛びまわる岩石は、〈イズィ〉そのものと同じように、ゆっくりとした軌道減衰になりがちだからだ。これは好都合なことで、岩石は大気圏に引きずり込まれて破壊され、そのあとに〈イズィ〉の通り道ができる。四〇〇キロメートルという〈イズィ〉の軌道の高度は、『〈イズィ〉には大きすぎる軌道減衰』と、『危険な岩石を払いのけるのに充分な軌道減衰』のあいだで、ちょどよい程度のものを選ばせる妥協によって決められていた。二、三年前に〈イズィ〉の先端がアマルテアに接合されたことで、すべてがよいほうへと変わった。アマルテアの高い弾道係数のおかげで、軌道の減衰は小さな問題となり、流星塵はこのニッケルと鉄でできた巨大な排障器によって阻止できるようになったのだ。

とはいえ、〈ホワイト・スカイ〉は〈イズィ〉の進む方向に、もっとたくさんの岩石を降らせることになるだろう。大きな岩は遠くからでも探知して避けることができるが、小さなものは深刻なダメージをもたらすかもしれないため、〈イズィ〉の最も重要な部位は、後方の表面に寄り集まるようにしてつくり、アマルテアの陰に隠す必要がある。それでも予期せぬ方向からやってくる岩はあるが、全般としては、漂流する月の残骸の中に支配的な〝風向き〟があった。アマルテアはその方向に向いていた。

だが、アマルテアの陰に隠しきれない〈イズィ〉の部分まで守るのは無理だ。ダイナや残りのアルジュナ・エクスペディションズのメンバーは、金属板を切り分け、それを飛行機の翼のフラップのようにもちあげて、保護される〝覆い《エンベロープ》〟の部分を拡げることで、この小惑星の〝巨大化〟を進めてはいたが、それではただ大きくなるばかりだった。ある時点でどこまで拡大するかの線引きをし、覆いを固定する必要性、つまり、〈イズィ〉の明確なかたちや大きさを定める必要性が出てきた。この線引きは、A＋1・233に行なわれた。以後、さらなるモジュールは覆いの内側に詰めるか、それが不可能なところでは、物資を入れた袋やブラダーを隙間に押し込むようになった。さらに、覆いの外側の守られていない部分にも、追加の保管庫を取りつけるようになった。とはいえ、それ以前もそれ以降も、〈イズィ〉には何も追加されなかった。アマルテアが守ってくれる範囲はこれまでのところ後方にしか伸びていないが、〈イズィ〉を船尾方向に大きくすることはできない——火球は完全に平行な軌道はとらないから、どの方向からでも〝回り込んでくる〟可能性があるのだ。いずれにせよ、そこにはブースター・エンジンが必要なのであり、ロケットの排ガスが当たるところにいたら、地獄の火の中にいることさえ、過ごしやすい夏の日のように感じることだろう。

　アマルテアは現在、足場で囲まれており、その足場は、ダイナのロボットによって溶接やドリルの穴開けがされた接続ポイントで、ニッケルと鉄にじかに固定されている。入り組んだトラスから象の鼻のように前方へ伸びた部分が、レーダーや通信アンテナの密集部を支えている。さらにその前方には、いちばん近い〈アークレット〉のかたまり——六角形の枠組《フレーム》に七台の〈アークレット〉がドッキングしたもの（一台はその中心）——があり、その推進《スラ》エンジン《スター》の噴射がアンテナ群に熱いガス噴射を浴びせないよう、一キロほどの距離をとっている。この七台の〈アークレット〉集団は〝ヘプタッド〟と呼ばれるが、さらに前方には、ほかのヘプタッドがそれぞれ同じ間隔で並んでいる。ある地点から先になるとその数が減り、〝トリアッド〟——三角形のフレームに三台がひと組となった〈アークレット〉群——が増え、さらにその先は単独個体《シングルトン》の〈アークレット〉になっていく。

　同様のことは〈イズィ〉の後部にも見られるが、〈イズィ〉のブースター・エンジンの危険性を考慮し、最初のヘプタッドとの距離はもっと遠くなっている。ヘプタッドやトリアッドは、レゴやティンカートイ（米国の組み立て玩具）のパーツのようなものであり、〈アークレット〉を集団にまとめるのに手間はかからない。そのトラスにはハムスター・チューブが張りめぐらされているので、ひとたびドッキングした〈アークレット〉は、同じヘプタッドまたはトリアッドのフレームにドッキングしているほかの〈アークレット〉に、人や物資をたやすく移動させることができる。〈アークレット〉の鼻面どうしを突き合わせてつなげられるアダプターも考えられたが、六角形や三角形のフレームほど便利ではないことがわかってきた。

さらに行列の最後尾に向かっていくと、〈ボロ〉が見られることも珍しくはなかった。それぞれがその重心で回転しながら――引っかけフックが二本のケーブルをつないでいる――〈イズィ〉やほかの〈アークレット〉と共有する軌道をたどっている。しかし今のところ、こうしたカップリングのほぼ全部がまだ訓練用だ。〈ホワイト・スカイ〉までたった三週間しかない。〈アーキー〉たちは、無重力でもしばらく生活できる。だが人々が〈アークレット〉でずっと生活を営む場合、重力を確立し、骨、視覚、そのほか重力がないと支障をきたす身体の部位を保つためには、〈ボロ〉を形成して地球の重力と同じ人工重力を長期的につくり出さなければならない。

〈クラウド・アーク〉の昼と夜は、九三分の周期でめぐる。宇宙における時間は自由裁量で、ＩＳＳはかなり前から、ヒューストンとバイコヌールのあいだにおける妥協案として、グリニッジ標準時、つまり協定世界時《UTC》を採用していた。〈クラウド・アーク〉もこのシステムを引き継ぎ、第七〇〇日の始まりは、グリニッジ天文台の真夜中、もしくは〈アーク〉時間の

A＋1・335・0だった。人口のおよそ三分の一が、この時刻に起きて一六時間のシフトを開始する。残りはA＋1・335・8、もしくは〝ドット8〟、そして〝ドット16〟に起きる。つねに人口のおよそ三分の二が起きているシステムだ。目覚めている人々は、眠っている人々より多くの酸素を必要とし、より熱量を発するため、起床・就寝サイクルがずれていれば、生命維持システムへの負荷も少なくなるので〈クラウド・アーク〉がより多くの人々を支援することができる。トリアッドが人気なのは、トリアッドを構成する三つの〈アークレット〉で異なるシフトを組むことができ、独自の人為的な暗さや静けさの時間を維持することができるからだ。ヘプタッドでも同じ基本計画が用いられており、つねに二基の〈アークレット〉が特定の時間に眠りについて、六角形のフレームの中心の一基は〝いつも起きている〟ことになる。

ドゥーブは第三シフトのポジションを希望して認められた。原則的には、米国西海岸にいるアメリアやヘンリー、ハドリーと同じタイムゾーンで仕事をするということだ。彼はその前日のドット16、つまりロンドン時間の午後四時、パサディナ時間の午前八時に起きていた。つまり、A＋1・335・0の第一シフトが始まる八時間前には起きていて、少し昼寝でもしたい気分だった。だが、そんなことをすればドット8に眠れなくなってしまうので、いつものように耐えた。

カリフォルニア工科大学《カルテク》から送られてくる、月の破片の指数関数的な分裂に関する数字は、理解しがたいものになっていた。頭が混乱してきたドゥーブは、〝ジム〟と呼ばれている、ランニングマシンが数台置かれたモジュールに向かった。無重力で跳ね上がってしまうのを避けるため、マシンにはウエストベルトとゴムロープがついている。それが使用者を〝下〟向きに押さえつけ、足をマシンのベルト部分に押しつけるので、効果的な運動ができる。それは骨や筋肉にいいとされている。アメリアがいつも、今日はトレーニングをしたかとメールしてくるので、ドゥーブもイエスと答えてアメリアを喜ばせるようにしたかったのだ。

トレーニングを始めて何分かすると、第一シフトで目を覚ましたばかりのルイーザ・ソーターがやってきた。ルイーザは朝いちばんに〝ジョギング〟するのが好きなので、二人がこんなふうに顔を合わせるのも珍しいことではなかった。六台のマシンは円筒形のモジュールの壁に向けて置かれていて、使用者の足先も外側に向かい、頭は中央へと反らせ、車輪のまん中に向かうスポークのような形になる。頭が近いので会話がしやすく、ドゥーブやルイーザのような外向的な人々にとってはありがたいことだった。もっと孤独にトレーニングをしたい者は、ヘッドフォンをして、タブレットか電子書籍にのみ集中する。

「〈アーキー〉を集めているとき、ベネズエラへは行ったの？」ルイーザが尋ねてきた。

〝行った〟を強調する口ぶりからも、ベネズエラが会話の焦点なのは明らかだった。情報通たちはみな、当然のようにその日いちばんのトピックから会話を始める。それがベネズエラなのだろうが、ドゥーブには理由がわからなかった。このところ、クールーが話題にのぼっているのは知っていた。フランス領ギアナのクールーからは、ヨーロッパの、ときにはロシアの大型ロケットが打ち上げられている。クールーはここ二年で、〈アークレット〉と供給物資船の最も重要な発射場となった。そこで何かが起きていて、人々がそれを懸念していることは、ドゥーブも漠然と感じていた。

ドゥーブは地球とは別の方向、つまり〈ピーチ・ピット〉と、鉄をたっぷり含んだその〝子供たち〟にのみ注目してきた。岩屑の雲は厚さを増しているが、その向こうにまだ透けて見える。〈ホワイト・スカイ〉が起きれば、ぼんやりとした雲の中に消え、しばらく見えなくなるかもしれない。そのためドゥーブは、PP1、PP2、PP3がまだよく見えるうちに観察し、その正確な軌道パラメーターを突きとめ、高解像度の写真を撮ろうとしていた。特に興味深いのはPP3だった。凝結したかたまりの大半は鉄で、アマルテアと似た構造だ。直径はおよそ五〇キロ。一方の側に、グランドキャニオンに匹敵するような規模の深い亀裂《クレフト》がある。衝突によってできたと見られ、引きちぎられた表面の一部が固まっている。ドゥーブはPP3のことを〈クレフト〉と呼ぶようになっていた。

「ドゥーブ？　ねえ聞いてる？」ルイーザが言った。「『地球からドゥーブへ、地球からドゥーブへ』って言おうかと思ったけど、もうこの呼びかけも使えないわね」

「すまない」とドゥーブ。〈クレフト〉の脇にある巨大な裂け目を思い浮かべ、あの内側はどんなふうなんだろうという想像に浸っていた。「質問はなんだったかな？」

「ベネズエラよ。あなたも〝誘拐飛行〟のためにあそこに行ったの？」

「いや」ドゥーブは答えた。「いちばん近いところでもウルグアイまでだ。それでもベネズエラに近いとは言えないがね。それに、そのころはもうだいぶ燃え尽きてた」

「どうして燃え尽きてたの？」

ルイーズは相変わらずだ！　「つまり肉体的に燃え尽きたってこと？　それとも感情的で精神的なもの？」ルイーザは言葉を続けた。

「ただ燃え尽きたのさ」とドゥーブ。「きつかった。若い子たちを——最高の能力をもった賢い子たちを——家族から引き離したんだから」

「でも、正しい目的のためでしょう？」

「ルイーザ、何が言いたいんだい？」

「クールーの沖合で何が起きてるか知ってる？」ルイーザは逆に問いかけてきた。

「いや」ドゥーブはそっけなく言った。

「見切りをつけ《チェックト・アウト》たような言い方ね」

「家族とは毎日話してるさ。でも、それ以上のことは知らない。そうとも、ルイーザ、私は地球《アース》という惑星を去っ《チェックト・アウト》たんだ。あそこは美しい場所だし、人々もすばらしい。それでも私は、次に起きることに集中しなければならない」

「みんなそうよ。でも、ここ三週間に〝オールド・アース〟で起きていることが、〝ニュー・アース〟にどんな影響をもたらすかは、議論の余地があるわ」

「何があったっていうんだ？」

「〝クジ引き〟で選ばれた七五人のベネズエラ人が、ひとりも宇宙へ送られていないらしいの」

「全体的な比率が二〇分の一ぐらいになることは、君も知ってるだろう」世界中から〝クジ引き〟で選ばれて訓練センターに送られた人々のうち、ここ〈クラウド・アーク〉に来られるのは二〇人にひとり程度だ。胸を張れるような数字ではない。それがせいいっぱいだったが、打ち上げを急増《サージ》させて、できれば一五人にひとり、あるいは一〇人にひとりに増やしたいところだった。

「知ってる。ベネズエラ人もそれはわかってる。だからこそ、七五人のうちの三人か四人がここに来てないとおかしいって言ってるわけ」

「統計的には確かに――」

「彼らは統計学の話をしたいんじゃないわ」

「政治《ポリティクス》だな」ドゥーブはため息をついた。

ルイーザはにんまりとした。「ご意見は尊重するわ。間違ってるとは言わない。ただ、ひとつ警告させてもらうと、その言葉は――〝政治〟ってのは――集団組織における人間臭い現実に我慢できないオタクが使う言葉よ」

「確かにそのとおりだということは、カルテクの教授会でいやというほど体験したよ。ただ、今のはそういう意味じゃない。ベネズエラ人の選出プログラムには、あからさまに政治がはたらいてた。たいていの国は、〝クジ引き〟というアイデアなど真に受けてはいないよ。運しだいの要素はもちろんある――が、能力もフィルターにかけているさ。ベネズエラ人はそうしなかった。本当にランダムに選んだ結果、辺鄙《へんぴ》な土地出身の若者たちばかりが選ばれたんだ。その中にもたくさん、優れた資質をもった人間はいた。私が自分の思いどおりにできるなら、何人かはここへ来させるよ。だが、選ぶのは私じゃない。選ぶ立場にある人たちは、数学的能力やいろいろなことを見たうえで選んでいる。ベネズエラ人よりほかの国の人間が選ばれやすいのは悲しいことだが、驚くことじゃない」

「三週間前、ボートピープルがデヴィルズ島に居座りはじめたそうよ」とルイーザ。「移動を拒んでるんですって」

「あそこは流刑地じゃないのか？　なぜわざわざ――」

「そう、昔はフランスの流刑地だった。長いこと使われてなかったのよ。ほとんど無人。でも、クールーから飛ぶロケットの飛行経路の真下にある。だから、打ち上げがあるときは避難するの」

「打ち上げの頻度を考えたら、ずっと立ち入り禁止にするべきじゃないのか」

「ええ、ここ二年はそうしてた。だけどその後、たくさんの人間があの島をキャンプ地にして、移動を拒むようになったの」

「打ち上げはフランスとロシアが進めてきたんだと思ったが」ドゥーブは〈アークレット〉や供給物資船がクールーからやってくるのをいつも見ていたから、実際にはそのあたりのことをよく知っていた。

「ええ。だから島を占領することは、その時点ではどちらかというと象徴的なジェスチャーだったの」

「居座っていたのはベネズエラ人だってことか」

「そう。ベネズエラからフランス領ギアナまで数百キロ――船で海岸沿いに移動するのは簡単よ」

ドゥーブの記憶がちくちくと疼《うず》きだした。「ひょっとして、きのう供給物資船が来なかったのも、そのことと関係があるのか？」

「おといもね。二日にわたってクールーの打ち上げが妨害されて、三日目もまだ続いてる」

「デヴィルズ島の居座りぐらいじゃ説明がつかんだろう」と言ってから、ドゥーブは冗談としてこうつけ加えた。「向こうが地対空ミサイルでももってるなら別だがね」

ルイーザは黙っている。

「まさか、冗談だろう？」

「デヴィルズ島も、封鎖地域に比べたらましよ」ルイーザはドゥーブにタブレットを手渡した。ヘリコプターの窓から撮ったと見られる航空写真が、画面に表示されている。前景には、ドゥーブにも見覚えがある欧州宇宙機関の発射施設が写っていた。施設は大西洋から二、三キロメートル離れた、海岸の貧相な低木が群生する平らな土地にある。遠くに見えるのは、何キロか沖合に浮かぶ三つの小さな島だ。どれかひとつがデヴィルズ島だろうとドゥーブは考えた。

海岸と島のあいだの水面は船で埋まっていた。多くは小型船だったが、錆びついた貨物船が二、三隻、おんぼろの巨大石油タンカー、そして軍用艦と見られる船舶も交じっている。

「いつ撮った写真だ？」

「二、三時間前」とルイーザ。

「これは海軍の船か？」

「ベネズエラ海軍が秩序維持に乗り出してきたってわけ」

「地対空ミサイルも冗談ではないと？」

「この石油タンカーでやってきた海賊はスティンガーを持ってて、クルーから次のロケットが打ち上げられたら、それを使うって言ってるそうよ」

「狂ってる」ドゥーブは声を上げた。

「政治《ポリティクス》ってわけね。ただ、こうなることは前からわかってたんじゃない？」

「おはよう、博士《ドクター》のお二人」別の声が加わった。〝朝〟のジム・トレーニングのためにモジュールに入ってきたのは、アイヴィ・シャオだった。

「おはよう、ドクター」ルイーザとドゥーブは声を揃えたが、ドゥーブにとってはもう午後だった。

「ポリなんとかっていう言葉が聞こえたような気がしたけど？」

「ええ」ルイーザは言った。「ちょうどあなたのうわさをしてたのよ」

ドゥーブはぎょっとした。しかしアイヴィは楽しそうに笑っている。

アイヴィは八カ月ほど前に、スイスの戦闘機パイロットで登山家で宇宙飛行士のマルクス・ロイカーと、ポストを交替させられた。いや、厳密に言えば、アイヴィのポストを無意味なものにするために、新しいポストがつくられたのだった。〈イズィ〉はもはや、ただの宇宙ステーションではない。〈クラウド・アーク〉の船隊と、〈イズィ〉が拡張されてできた巨大な複合体のコンビネーションだ。つまり、新しいリーダーシップ構造が必要になったのだ。この構造のトップに立つ人間は、まもなく人類史上最大の権力者になり、ある意味では、生存する人間全員がその権力に従うことになる。二年前に国際宇宙ステーションに派遣された一二人の中でトップに立つのとは、まるで違う仕事をしなければならない。彼女のことを本当に知る者は、とはいえ、アイヴィにもその仕事はできたかもしれない。彼女のことを本当に知る者は、みなそのことに異論はなかった。

いずれにしてもアイヴィは交替させられた。世界の政治情勢も絡んだ結果だ。アメリカ、ロシア、中国のいずれかの代表者が〈クラウド・アーク〉全体の指揮を執ることになれば、〝負けた〟二つの国から挑発とみなされるかもしれない。そのため、この仕事は小さな国の人間がやる必要があった。できれば政治的に中立な国がいい。こうして候補者は、実質ひとりに絞られた。それがマルクス・ロイカーだった。ダークホースとみなされていたのは、マルクスとほぼ同時に――どちらかが事故を起こしたときに備えて別の船に乗って――〈イズィ〉にやってきた、〈アーキテクト〉（〈クラウド・アーク〉のための専門家グループ）でプロジェクト・マネージャーのスウェーデン人女性、ウルリカ・エクだった。しかしウルリカが選ばれるとは誰も思っていなかった。マルクスが選ばれた理由として、ダイナミックなリーダーシップ・スタイルや、カリスマ性といった言葉が世間を賑わせたが、要するに彼が男だからということは、誰もが察していた。

アイヴィは、ショーン・プロブストに厳しい態度を取ることができなかったせいで、ロシア人やNASAの権力構造にいる人たちから力不足とみなされた。アイヴィに対する彼らの不満はそれだけではなかったが、結局はそのことが、ほかのすべてを具体化した。書物頼みの知識バカ、悪気はないが弱腰の技術官僚《テクノクラート》、といった見方が定着しはじめると、アイヴィのやることはすべてその色眼鏡で見られるようになった。ダイナがテクラを救出したときのことが、専門家たちによる〝遡及的評価〟を受けると、アイヴィも必要な規律を行使できなかったという結論が出た。アイヴィを弱いリーダーとみなすネット上のコメントや、テレビ評論家の言葉を存分に聞いてから〈クラウド・アーク〉にやってきた者たちは、そうした先入観でアイヴィを評価しはじめた。〈ボロ〉１試験の成功は、別の状況下でならアイヴィの助けになったかもしれないが、ほとんど文字どおり、アイヴィからマルクスへの権力譲渡の儀式とみなされた。ウルリカにもアイヴィを支持する言葉を発するチャンスはあったが、彼女は何も言わなかった。単に何も考えていなかったのか、それとも自分の二番手のポジションを固めようとした結果なのかは、わからない。

なんにせよ、すべてはまぎれもなく〝政治《ポリティクス》〟の話だ。ドゥーブは気詰まりな話題をもちだしたくなかったので、アイヴィのいる場所ではその話を避けるようにしていたが、ルイーザが率直にその話を始めたので仰天し、笑ったアイヴィを興味深くながめた。

人ってやつは。

「あなた、今日の予定は？」ルイーザが尋ねた。

「スプレッドシートの検分」とアイヴィ。「クールーを失うとどうなるかを検証しようってわけ」

「いらぬ破壊行為だな」ドゥーブが言った。

「確かに」とアイヴィ。「でも、妙な話だけど、私はなんとなく……」そこで言葉が途切れた。

「なんとなくうれしい？　ほっとした？」ルイーザが当てずっぽうに言った。

「スタート合図のピストルがやっと鳴ったって感じがする」とアイヴィ。「私たち、二年近くこのために準備してきたのよ。災難が起きるのを待って。すべてが大混乱になるのを待って。それが今起きてる。ただ、思っていたかたちではないけど」

「思っていたかたちって？」ルイーザが尋ねた。

「火球が衝突してたくさんの負傷者が出ることよ」とアイヴィ。「そのかわり、予想外のことが起きてる。ある意味、いい訓練になるわ」

「あなたの彼氏はどうしてる？」とルイーザ。

ドゥーブは自分のランニングマシンを止め、自分とゴムロープをつないでいる詰め物入りのベルトをはずした。今、男はドゥーブひとりで、二人の女性が一方のボーイフレンドの話を始めた。場を離れるタイミングというものはわかっている。

「おとといは連絡がとれなかった」アイヴィは言った。「つまり、たぶん潜水中なんだと思う」

「すぐに空気を求めて上がってくるわよ」ルイーザは言った。「潜水艦が潜ってるとき、向こうからメールって送れるの？　私、よく知らないんだけど」

「方法はあるわ——」アイヴィの話の途中で、ドゥーブは浮遊しながらモジュールを出ていった。

後部に向かって〈スタック〉（〈イズィ〉の中心軸を通るモジュールの連なり）からH2（ハブ・モジュールのひとつ）へと移動し、苦心しながらスポークのひとつを降りて、リース・エイトケンが建設中の第二円環体《トーラス》（ドーナツ形居住空間）、T2に入っていった。内部の重力は、地球の標準重力の八分の一だ。T2はもともと観光客向けの宇宙ホテルとして設計されたものだが、〈クラウド・アーク〉計画が提示した要件を満たすことができなかった。そのため、T2と同心円をなして回転するもっと大きなトーラス、必然的にT3と呼ばれるようになったものを建設することになり、リースがふたたび責任者となったのだった。リースはただ名誉に甘んじたりせず、それを建設するためにまったく新しいシステムを開発した。ダイナなら驚かないだろうが、リースはハイテク・チェーンの長い輪をつくってT2の周囲で回し、そこに徐々に素材を加えていった。T3は毎分同じ回転数で同じハブの周囲を回るが、より大きい円環なので人工重力が少し強く、月面の重力と同じくらいだ。ここには、〈クラウド・アーク〉の中で最も〝艦橋〟と言えそうな場所がある――マルクスが、T3のうち長さ約一〇メートルの部分を本部として使っていたのだ。だが、〝司令センター〟という名前で威厳をもたせてはいるものの、結局のところはテレビスクリーンとタブレット・コンピューター用の電力供給装置があるだけの会議室で、〈バナナ〉のアップグレード版にすぎなかった。

〈イズィ〉には舵がない。操縦装置のたぐいもない。宇宙で針路を取るための大きな舵輪も、スロットル・レバーもない。ウェブ・インターフェースを通じて制御する推進エンジン《スラスター》がさまざまに寄せ集められているだけで、そのインターフェースは、パスワードさえ知っていればどのタブレットからでも使うことができる。つまり、コントロール・ルーム、艦橋、司令センターはどこにでもあるということだ。マルクスが選んだ部屋は、最終的にはみんなから〈タンク〉（米軍統合参謀本部会議室の俗称）と呼ばれるようになった。〈タンク〉の隣には小さなオフィスがあり、マルクスにとっての至聖所《サンクトウム・サンクトルム》、つまり私室になっている。反対隣には、郊外のオフィスパークを思わせる、たくさんの小室《キュービクル》に仕切られた広い部屋があり、マルクスのもとで働く人たちがそこで仕事をしている。この部屋は最初の一〇分ほど〈キューブ・ファーム〉と呼ばれたが、今は単に〈ファーム〉と呼ばれている。〈ファーム〉のさらに隣は、いくつもの部屋が窮屈に入り組んだ迷宮のようになっていて、食べ物を手に入れたり、トイレを使ったりするための場所だ。

ドゥーブは、〈イズィ〉でいちばん人が少ないのはこの〈ファーム〉だということに気づいていた。みなそこへ行くことを考えつかないのだ。重力は骨にとっていいし、コーヒーやトイレがあることも、まぎれもなくプラスだ。ドゥーブは一日に二回ほどそこに立ち寄り、飲み物を手に入れ、何が起きているかを確認し、もし静かなようであれば、あいている席で仕事をすることにしていた。

ドゥーブがそこに来たのは、ドット2ごろだった。〈ファーム〉や隣接する〈タンク〉の壁には、NASA用語で状況認識モニターとして知られるプロジェクター・スクリーンが並んでいる。〈クラウド・アーク〉やその周囲のさまざまな部分を見るための、窓の役割を演じるものだ。眼下の地球の様子を見せているもの、かつては月だった岩屑の群れを見せているもの、ケープ・カナヴェラルから来てドッキングしようとしている供給物資モジュールの接近を伝えているもの、後方数キロメートルで新たに到着した〈アーキー〉が行なっている〈ボロ〉カップリング訓練の様子を見せているもの。ただ統計値や棒グラフを表示しているものもある。〈ファーム〉のいちばん奥にあるいちばん大きなスクリーンには、地球の夜の部分の映像が映っているが、大半は不鮮明だ。スクリーン下部に表示されているキャプションを見ると、『フランス領ギアナ』、『クールー』とあった。その情報により、急に場面の全体像がおおよそ理解できた。《人民の正義のための封鎖》に加わっている、無数の船の銀河のような光、そしてその向こうに見える整然とした宇宙船基地《スペースポート》構内。ロケット発射台のひとつにアリアン、もうひとつにソユーズが直立し、発射のときを待っているが、スティンガー・ミサイルの脅威のせいでまだ打ち上げができない。

カメラと打ち上げ施設の明かりのあいだを、軍用ヘリの影が横切った。

映っているのは、二四時間ニュース・ネットワークの映像だ。スクリーンの下のほうを流れるテロップのBFR、すなわち火球分裂比率《ボライド・フラグメンテーション・レート》の数値は、何分かごとに更新されている。A＋0時点をゼロとしてスタートして以来、ずっと上昇を続けている数値だ。この数値が指数曲線の湾曲部を跳ね上がらせたときが、〈ホワイト・スカイ〉開始の合図だ。メディアは執拗にこれを追いかけている。そのためのアプリもある。ボストンでは、BFRが一定の数値を超えた時点で、〝世界の終わり〟スペシャルドリンクの提供を始めたバーもあり、その販促活動はあちこちで真似されていた。

テロップの上にある小さめのワイプ映像には、ホワイトハウス記者会見室の、空っぽの演壇が映っている。どうやら何らかの発表があるらしい。

ドゥーブは席のひとつに座り、しばらくメールを確認したあと、自分の主要な仕事に戻り、金属が豊富に存在する月の破片の分布に関してメモを書いた。入手と活用の方法はどうするか、なぜ〈クラウド・アーク〉の管理者がこれに興味をもつべきなのか。しかし、ほんの二、三行書いたところで、大型の状況認識モニター上で動きが起きた。顔を上げると、アメリカ大統領の顔があった。

彼女はカメラを、厳密にはカメラの前にあるテレプロンプターの画面をじっと見つめ、簡潔な発表を行なった。怒っているように見えた。

服の折り襟に、輪になったリボンがとめてある。ここ何週間か、著名人はみなそのリボンをつけており、〈クラウド・アーク〉のミッションに団結の意を示すしるしとして、一般大衆のあいだでも流行《はや》っていた。リボンの色選びは、中規模国家の国内総生産に匹敵する資源を消費した。中央に細い赤のラインを引いて人類の血脈を象徴し、その両脇には星の光を象徴する白、さらにその両脇は〈アーキー〉を生かすための生態系を象徴する緑、そしてさらにその両脇は水の象徴の青、そして最後に宇宙を象徴する黒の縁取りとなっている。色選びについては活発な議論が行なわれ、結果も複雑なものになった。西側の人間にとって黒は死の象徴だが、中国人にとってはそれが白であるといった調子で、きりがなかったのだ。結局、このデザインは万人を不愉快にさせた。すると、デザインを担当する委員会がまったく行き詰まり、世界各地の学童から送られた一二種類の候補デザインを評価中だったにもかかわらず、リボンの〝公式〟デザインが先にインターネットに流れ出した。直線距離にして何キロにも及ぶこれをつくり出すのにバングラデシュの工場群が転用されたあと、タイムズ・スクウェアから天安門広場までのあらゆる売店やみやげ物店に商品としてお目見えし、世界の政治指導者たちは大衆の評決に屈してこのリボンを身につけはじめた。大統領も、プラチナに縁取られた素朴な円盤状のターコイズ付きのピンを使い、このリボンを襟につけている。白地に青い円盤というのは、一月の雪が積もったクレイター・レイクを意味している。いわばクレイター・レイク同意のエンブレムであり、〈クラウド・アーク〉の旗印のようなものだ。

　音が消してあったため、ドゥーブには大統領《JBF》がなんと言ったのか聞こえなかったが、およその想像はついたし、まもなくスクリーン下部のテロップでスピーチのハイライトが流れ出した。……いわゆる《人民の正義のための封鎖》は、草の根運動ではなく、ベネズエラ政府が計画的に行なっている作戦である。これは、〈クラウド・アーク〉の重要な建設のすべてを積極的に阻害する、許されざる政治ショー的な行為である。〈ホワイト・スカイ〉は捏造だと人々がうわさし、今やベネズエラ大統領も公然とそう言っているが、それは真実ではない。この封鎖は、その支持者が人々に信じさせようとしているような、平和で文明的な不服従の抗議などではない。二、三時間前、武装した侵入者がフランス領ギアナの海岸に降り立ったが、現在はフランス外人部隊に追い詰められており、アメリカやロシアの海兵隊を含む多国籍軍もこれに協力している……。ドゥーブはできるだけそのニュースを無視しようとしたが、JBFがじかに自分を見ているかのような不合理な感情を消すことはできなかった。その感情から逃れたい気持ちもあってここへ来たというのに。

ビデオチャット・リンクを停止しておくという冷静な判断をしそびれたせいで、ヒューストンにいる広報担当者のひとりがドゥーブに連絡をとってきた。〈クラウド・アーク〉の重要なすべてのミッションの裏で、地球にいるすべての人間の団結がいかに必要か、クールーの封鎖がどんな悪影響を及ぼすかという訓戒のようなものを、これから一時間ばかりで書いてくれないかという。ドゥーブは最悪の態度で失せろと言ってやりたい衝動にかられたが、あと三週間しか生きられない相手に強くは出られなかった。

ドゥーブはアイヴィに電話して――〈イズィ〉には現在、独自の携帯電話システムができている――引用できそうな信頼できる数値をいくつか提供してもらい、その概数を原稿に書き入れた。それから少しのあいだ自分を奮い立たせ、ドク・デュボアのペルソナをかぶった。かつて最初の結婚を破綻させ、自分の生計の基盤となり、〈クラウド・アーク〉へ来るための切符ともなったドク・デュボアの顔を、今のドゥーブはほとんどする必要がなかった。今となっては、一九七〇年代のテレビシリーズの登場人物ぐらい、時代遅れの人物に思えた。またそのペルソナをかぶるのは、宇宙服を着るぐらいわずらわしい。砂糖を入れたコーヒーをもう一杯飲んだ。ようやく準備が整ったと感じたドゥーブは、タブレットのビデオカメラに向き合い、ドク・デュボアとして地球の人々に挨拶し、短い原稿を読んだ。

読み終わると、その映像ファイルをヒューストンにメールで送った。ようやく自分の仕事に戻ったが、そのとき状況認識モニターに『速報』という赤い文字が表示され、暗い背景の中で光る不明瞭な光の映像が流れはじめた。フランス領ギアナのスペースポートの外縁と海岸のあいだが、何らかの交戦状態になっている。フランス外人部隊が、これが最後のものかもしれない戦闘行為を開始している。だが、テレビニュースのカメラは近づくことができず、ジャーナリストがお互いにインタビューしあい、いかに情報がないかをしゃべるだけの報道になっていた。

その最中、ヒューストンの広報担当者がまた連絡をよこし、〈イズィ〉の中で無重力になっている場所に移動して、激励演説を録画し直してくれないかと言ってきた。陰謀論者たちは、〈クラウド・アーク〉は実際には存在しない、あれはネヴァダの砂漠につくった映画のセットだと主張している。そうした人間たちが人工重力の存在する宇宙ステーション映像を見ると、これこそ嘘の証拠だと言い出し、それによってＳＮＳの友だちやフォロワーを何百万と増やすのだという。

ドゥーブはできるかどうか確認すると返事をし、〈ファーム〉を離れた。どのみち、今ここではなんの作業も進行していない。マルクスも近くにいない。彼はＨ２に続くスポークをのぼり、無重力の空間に入っていった。

数週間前にクルーから〈カブース〉（貨物列車最後尾の乗務員車の意味）が打ち上げられたあと、それがしんがりに接続されるまでは、Ｈ２は〈スタック〉の最後尾にあった。〈カブース〉の主目的は大型ロケットエンジンの収納で、このエンジンが水素と酸素を燃焼させ、〈イズィ〉の軌道を上昇させる役割を果たす。ここよりうしろはアマルテアに覆われた安全な領域を出てしまうので、これ以上〈イズィ〉を後方に拡張することはできない。それに、〈カブース〉に何かが衝突してエンジンが損壊した場合の対処策も、ここまでずっと議論されていた。

ドゥーブは〈カブース〉に背を向け、〈スタック〉に向かって漂いながら進んでいった。Ｈ２はＨ１につながっていて、Ｈ１はさらにもとのズヴェズダ・モジュールとつながっている。以前は左右両舷に小型の太陽光発電パネルを据えつけていたが、〈イズィ〉のソーラーパネルの多くと同様、ほかの構造物のスペースをあけるため、使用打ち切りとなって撤去された。〈アーキテクト〉による作業の中間段階から、動力は光電パネルではなく、〈アークレット〉にあるのと同じ小さな原子力発電装置から取るようになった。これらの装置は宇宙ステーションのあちこちの接合箇所から突き出していて、船外活動者やパイロットへの警告として、赤のＬＥＤランプを点灯させている。今でもかなりの動力を産出し、貴重なバックアップ動力となってくれているのだ。だが、現在の宇宙ステーションの動力の大半を産出しているのは完全装備の原子炉であり、潜水艦で使われていたものを改造し、〈カブース〉から天底に向かって伸びる長い棒に取りつけたものだった。巨大な発電装置が必要な理由はたくさんあるが、最も重要なものは、水を水素と酸素に分解してロケットの推進剤をつくることができるということだ。これは、原子炉がなぜ今の場所に置かれているかということの理由でもある。〈カブース〉が収納しているのは、〈イズィ〉で最も推進剤を消費する大型のブースター・エンジンだ。ここは〈シップヤード〉と呼ばれる集合施設の中心でもあり、部品一式を組み立てれば小型の宇宙船をつくることができた。いったん組み立てられた宇宙船には、やはり推進剤が必要となる。

ズヴェズダの前方のはじは、天頂と天底の両脇に舷窓のついたドッキングステーションとなっており、〈ゼロ〉以前にはここに科学研究室が接続されていた。このドッキングサイトを、地球遺産の保存という〈クラウド・アーク〉の基本的な機能に関する仕事の〝グランド・セントラル駅〟にすることで、かつての伝統は今も保たれている。ドゥーブが天頂方向へ〝上がって〟いけば、ほかの宇宙船を接合しておける複数のドッキングポートの支援を主目的とした、長いモジュールに入れるようになっている。全体としては貴重な文化遺産が押し込まれているが、デジタル記録を保存しているサーバーファームを支援している場所もある。文化遺産といっても、たやすく宇宙に持ってこられるものとそうでないものがある。マグナ

・カルタはすでにここにあるが、ミケランジェロのダヴィデ像はまだ地上だ。重量のある文化遺産を〝全耐性貯蔵庫〟に密閉するために途方もない労力が費やされ、そうした貯蔵庫は海底に沈められたり深い坑道に隠されたりしているが、この事業の進行状況がどうなっているのかは、もうドゥーブにも追い切れなくなっていた。

もしここでドゥーブが天底方向へ〝下りて〟いっても、似たようなモジュールの三次元迷宮に入っていくことになる。多くは種子、精子のサンプル、卵子、受精卵などの、遺伝物質の保管庫に使われているモジュールだ。これらはすべて、低温で保存する必要があるが、宇宙ではそう難しいことではない。まずは太陽光から保存容器を守ることだが、これには超軽量の金属化したマイラー・フィルムが使えるし、あとは周囲の物質の温かさがサンプルに伝わってしまうのを避ければいい。保管庫のハッチの前を通りすぎるとき、ドゥーブはいつも足を止めた。それほどスピリチュアルな人間ではないが、自分の四番目の子となるかもしれない受精卵、つまり自分とアメリアが受精させた胚がその中にあるという事実は、人として無視することができなかった。解凍されて人の子宮に着床させられるのを、数多くのほかの受精卵とともに、そこで待っているはずなのだ。

ドゥーブは〈スタック〉の前方にある次のモジュール、ザーリャに入っていった。受精卵のことを考えて少しびくびくしつつ、〈ウー・ウー・ポッド〉でもう一度動画を撮るため、気もそぞろに準備をした。〈ウー・ウー・ポッド〉というのは、直径一〇メートルほどの球形にふくらませた構造物で、大きな半球状の窓がいくつかついている。ザーリャ・モジュールから天底側のハムスター・チューブを経由して行ける場所で、つまりは地球のほうを向いている。ウルリカ・エクは、宗教ごとに別個の礼拝の場を〈クラウド・アーク〉につくることはできないとつっぱねたせいで、地球上のあらゆる宗教団体の怒りをかった。教会ポッドやシナゴーグ・ポッド、モスク・ポッド等々を打ち上げるかわりに、彼女がひとつだけ提供したのがこの場所で、空港ですべての宗教の信徒が使う、異教間共通の礼拝堂に近いものだ。内部のプロジェクターで、十字架、ダヴィデの星、そのほか内部の壁面にあるすべてのものを、そこで行なわれる礼拝の種類に応じて表示することができる。長くて面倒な、政治的に正しい正式名称はあるものの、誰かがつけた〈ウー・ウー・ポッド〉というあだ名が定着していた（「ウー・ウー」には超常現象や疑似科学を信じる人という意味もある）。

そこに続くハムスター・チューブの入り口で誰かが立ち止まり、耳に残るイスラムの祈禱呼びかけの声色を聞いていた。しまった。ドゥーブは、自分のメッセージを伝えるにはこのポッドがちょうどいい場所になるかもしれないと思っていた。しかしほかを探さなければならないようだ。真向かいのハッチは、〈イズィ〉の医務室として使われている、統一性のないモジュールの集まりに続いている。以前は左舷側のソーラーパネルが占有していた場所だ。断熱ハッチで遮断された末端の場所には、〈イズィ〉の死体安置所と墓地になっている余剰のモジュールがある。A＋0・29の最初の〈スカウト〉打ち上げ時、到着したロシア人宇宙飛行士のうち二人が死体で見つかったときから使われている。最初の何週間かは死亡率がかなり高く、フリーズドライの死体の半分はその時期のものだ。以来、さまざまな理由で一四人が死んだ。地上と同様に起きた、くも膜下出血でひとり、心臓発作でひとり。自殺が二人、装備不良が二人。二、三日前〈アークレット〉のひとつに火球が衝突したときは、突然の減圧で四人が死亡した。これに密航者を加えた死体の全部が、この死体安置所で保管されている。ほかに四人の行方不明者がいる――ひとりは船外活動中に姿を消した者で、残る三人は、ハムスター・チューブのはしにドッキングしていた宇宙船、神舟で睡眠中にコーヒーテーブル・サイズの火球がチューブに当たり、文字通り蒸発した。浮遊するフリーズドライの死体に囲まれながら録画すれば、〝真実主義者《トゥルーサー》〟を黙らせることはできるかもしれないが、ほめられたやり方ではないだろう。

反対側、つまり右舷側でかつて稼働していた太陽光パネルのある〝翼《ウィング》〟には、大ざっぱな左右対称にモジュールが配置され、さまざまな生活や作業目的でＧポップが使っている。これらのモジュールの大半は、ユニティ、デスティニー、ハーモニーといった昔のアメリカのモジュールを経由して、〈スタック〉に接続されている。その結果、これらモジュールの周囲では、宇宙ステーションのひとつの場所からほかの場所へと移動したり、井戸端会議に集まる人々がたくさん飛びまわっている。

ハーモニーの向こうにあるのが、ノードＸだ。ＮＡＳＡは児童から公募してモジュールに名前をつけるのが好きで、ハーモニーという名もそうやって決まったが、ノードＸの名づけプロジェクトは結果が出る前に出資打ち切りとなったため、そのままノードＸと呼ばれている。使用目的も定まらなかったため、生命科学関係の装置を保管する場所になっていた――

というより、生命科学モジュールが打ち上げられたとき、それをひとつひとつドッキングさせるための、中央連結器の役割のほうが大きかった。〈スタック〉の中でもこのあたりは、アマルテアに非常に近いのでしっかり守られており、使われるのを待っている代替のきかない装置を保管するには、ぴったりの場所だ。ドゥーブはモイラがいるかもしれないと思いながらいくつかのモジュールをのぞいたが、彼女はロンドンっ子で、第三シフトだから、あと三時間――つまりロンドンの夜明け前、ドット5ごろにならないと起きてこないはずだと思い至った。

　ノードXの向こうには、とんでもなく巨大なSCRUM（宇宙商業資源ユーティリティ・モジュール）が、アマルテアの手前に文字どおりボルトで留められている。つまりこれが〈スタック〉の最前部だ。〈ゼロ〉以前はほとんど無人の場所だったが、その後アルジュナ・エクスペディションズの宇宙本部に発展した。人はここを〈採鉱《マイニング》コロニー〉と呼んでいる。すべてのポートが埋まるまでモジュールが接続され、そのあとは、足場や追加のモジュールが――硬式のものも膨張性のものも――アマルテアの後部表面に直接接合された。

　そのあたりからドゥーブは、ヒューストンの広報担当者に頼まれた仕事をすっかり忘れ、しばらくうろついてあたりの様子を見てみようと決めた。当然のことながら、ここは〈クラウド・アーク〉の中でもドゥーブのお気に入りの場所だった。とはいえ、ここに来れば政治のことを考えずにはいられず、ストレスになって気も散るので、訪れたことは一度もなかった。ただ、さっきのルイーザとの会話のせいで、政治を無視することは賢い長期戦略とは言えないということも痛感させられた。自分が政治を気にかけなくても、政治はドゥーブを放っておかない。それに、ここで実際に働いているダイナのような人たちは、みんなすばらしい。ドゥーブと彼らの人間関係には、なんの問題もない。もっと彼らと一緒に時間を過ごすべきだろう。あと三時間で、目覚めている時間は終わる。つまり、今はだいたい夜だ。リラックスしてビールでも飲む時間だ。〈採鉱者《マイナー》〉たちと飲めば、楽しいに違いない。

〈マイニング・コロニー〉は、二つの意味で政治的な場所だ。まず第一に、ここは公共・民間のパートナーシップによって生まれた場所であり、民間側にはアルジュナ・エクスペディションズ――ショーン・プロブストの会社――があるということだ。両陣営はずっと良好な関係だったが、ある日プロブストがＨ２にやってきて、そこの人々をあまねく怒らせたのだった。もうひとつ、いくぶん曖昧な話ではあるが、両陣営のあいだには、〈クラウド・アーク〉がどんなものになるのか、〈ホワイト・スカイ〉のあとの何年かでどう開発されていくのかということについて、基本的な意見の不一致があったらしい。〈クラウド・アーク〉は定位置にとどまり、同じ基本的な軌道を維持するのか？　それともほかの軌道に移行させるのか？　密集した群れ《スウォーム》にしておくのか、それとも広く拡大させるのか？　あるいは、二つかそれ以上の別個のスウォームに分け、それぞれに違うやり方を試させるのか？　そうした筋書きや、それ以上のことについていくらでも議論はできるが、すべては〈ハード・レイン〉で実際に何が起きるかにかかっている。

　月の破片による大規模な爆撃を地球が浴びるのは、むろん初めてのことなので、どんなことになるかは予想もつかない。ドゥーブも統計モデルづくりに長い時間を費やしているが、それは準備を整える価値のある予想の筋書きに対して、こうしたモデルが大きな影響を及ぼすことになるからだ。最も単純な例を挙げるなら、もし月が粉々になって豆粒大の石になったら、とるべき最善策は、ただそこにとどまって、あまり操作《マヌーバー》の心配をしないでおくというものだろう。豆粒大の火球は、至近距離に来るまで探知が困難で、それから回避策をとろうとしてもまず間に合わない。このサイズの岩屑が飛んできたら、〈アークレット〉や〈イズィ〉のモジュールを貫通ぐらいはするかもしれないが、破壊はしない。負傷者が出たり物が壊れたりする可能性はあるものの、最悪でもモジュールや〈アークレット〉が破壊され、何人かの命が奪われる程度だ。一方、〈ハード・レイン〉で降ってくるのが車や家や山ぐらいの大きさの岩だとすれば、探知は遠くからでもできる。回避策は実行可能、なおかつ必須ということだ。

いや、少なくとも〈イズィ〉にとっては必須ということだ。単体の〈アークレット〉にとっては、岩が野球のボールくらいの大きさだろうが、スタジアムの大きさだろうが、関係ない。どちらが飛んできても破壊されるからだ。〈イズィ〉の場合、野球ボール大ならいくつかのモジュールの損失のみで生きのびることができるが、スタジアム大の岩であれば、宇宙ステーション全体が消失し、やがては〈クラウド・アーク〉全体の破滅につながる。〈イズィ〉は大きな火球の道筋を避けて巧みな操縦《マヌーバー・アウト》をしなければならない。

〝マヌーバー〟と聞くと、専門技術にうとい人の場合、オープンフィールドで敵のあいだを縫うように進むフットボール選手のイメージを抱くことだろう。〈アーキテクト〉による想定は、もっとかなり穏やかなものだった。〈イズィ〉が機敏に動くことはない。たとえそうできたとしても、そのようなマヌーバーを行なえば、燃料を大量に浪費してしまう。もし〈イズィ〉を破壊できるほど大きな岩石の接近をかなり前に見つけられたら、スラスターを噴射することでその進路から外れることは可能であり、噴射はほとんどの人が気づかないほど巧みに行なえた。したがって、この場合の楽観的な見方としては、〈イズィ〉は現在の軌道に近いところにとどまり、たまにスラスターを操作して、予想される衝突の何時間も何日も前に、危険な火球の進路から外れるというものだった。たとえるなら、氷山の海を滑るように進む遠洋定期船が氷山を避けるために進路変更を行なっても、食堂にいる乗客にとって、クリスタルグラスに注がれたワインの揺れが見えないほど微妙である、というほどのものだ。

とはいえ、当然のことながら、かなり悲観的な見方も存在する。〈イズィ〉は交通量の多い八車線の幹線道路をうろついている牛のようなものだ、という考えだ。その牛の目隠しの有無や怪我の有無といった部分は、このたとえをする人によって変わってくる。

どのたとえが真実に近いかは、つまるところ、火球の大きさの範囲と分布、その軌跡の変動量、長距離レーダーのはたらき具合、さまざまな不明飛行物体の選別とその危険度の判定を行なうアルゴリズムの性能に関する想定をまとめた、統計上の議論になる。

遠洋定期船と目隠しをされた牛のあいだという、その中間のどこかで、フットボール選手が手押し車を押しているのだ。

〝フットボール〟というのがサッカーのことであっても、防具を着込んだ選手によるアメフトのことであっても、かまわない。どちらの場合でも、ディフェンスのあいだを縫うように進む選手の姿を思い描くからだ。優れた選手なら、邪魔されることなく走ってやり遂げるだろうが、丸石を積んだ手押し車を押さなくてはならないのなら、失敗するだろう。言うまでもなく、この丸石がアマルテアのことであり、手押し車とは、そのまわりに築かれた小惑星採鉱複合施設《コンプレックス》のことである。このたとえが真実に最も近いのなら、手押し車は捨て去るべきなのだ。

このイメージは充分にはっきりしていて、なおかつ充分に不安にさせるものだったので、第三〇日の時点ですでに、アマルテアは捨てようと主張する者が出てきはじめた。冷静なアナリストたちが指摘したのは、もし遠洋定期船のたとえが当てはまるのなら、そのような思い切った行動を取る必要はなく、もし〈イズィ〉が幹線道路にいる目隠しをされて怪我をした牛であっても、そうする意味はないというものだった。

ドゥーブ自身にも偏見があった。それはある凍結させた胎芽にあからさまに根ざしていたが、〈マイニング・コロニー〉は何があっても存続させるべきだというものだった。彼はこの偏見を取り除いて、モデルとデータを完全に客観的に見ようとしたものの、まだ結論は出ていないと判断した。そのため、この件に関する技術的な話し合いは、参加者がそれぞれもち込んだ偏見を明かしたほかは、非生産的なものになる傾向にあった。この段階で、彼には個人的に難しいものとなってきたのだが、それは自分とは異なる偏見を抱いている人がいることが理解できなかったからだった。〈マイニング・コロニー〉を存続させたくない人がどうしているのか？　いったい何を考えているのだ？　そういった手段や能力もなかったら、どうやって〈クラウド・アーク〉や人類は未来を手にできるというのか？

いずれにせよこの論争には、外見上はありふれたものに見える〈クラウド・アーク〉計画の、多くの局面へと発展する、派生的な問題をはらんでいた。〈イズィ〉がアマルテアを伴ったままマヌーバーを行なうのなら、その岩石を抱える宇宙ステーションの構造は頑丈でなければならない。別の言い方をするなら、それが頑丈であればあるほど、壊れずに大胆なマヌーバーを成し遂げられるのだ。そのようなマヌーバーを行なう能力があることによって〈イズィ〉が存続する可能性が高まるため、構造物の追加工事を求める声には、自己を正当化しようとする力のようなものが含まれていた。逆に言えば、構造物が弱いとマヌーバー能力が制限されてしまい、生き残るためには〈マイニング・コロニー〉を投棄せざるをえないという可能性を高めることになる。それに、なぜ稀少資源を捨てて、いずれにしろ捨て去られる部分組立品を強化するというのか？　同じような力は推進剤でも得られるのに。その大半は大きな岩石を抱えた〈イズィ〉のようなものを動かすのに必要だが、自律性と運転範囲の制限される〈アークレット〉の場合は少なくなる。こうして、物理的問題が政治的問題を追いやり、「岩石はすぐに捨てろ」なのか「何があっても岩石は捨てるな」なのかという、極端な話になったのであった。

〈マイニング・コロニー〉は今や八つのモジュールからなっており、小惑星には膨張性のドームが直接くっついていた。ロボットたちは、アマルテアの表面で準備してきた円形の溝に直径三メートルのリングを溶接する作業を、何週間も行なっていた。膨張性の構造物はおよそ一〇〇日前に加えられたもので、呼吸に適した空気で満たされていた。だが、冷たい小惑星がドーム内の空気を冷やすので、シャツだけで過ごせる快適な環境には程遠い。しかも、多くのロボットは通常の作業によってガスを発生させていたが、それには毒性があるか、少なくとも刺激性があった。ただ、そのせいでドームをつくったわけではなかった。重要なのは、ロボットのプラズマトーチによって使われるガスを取り戻して再利用し、そうしたガスがすべて宇宙空間に漏れ出ていた初期のころに可能だったものよりも、格段に早く小惑星の発掘とつくり変えを可能にすることだった。その後、ダイナの操るロボットの補足分は、地球から送られていた同じ基本モデルの最新上級版によって、大きく強化されていった。今やダイナは一二人からなるスタッフを管理しており、二四時間制のシフトで働いていた。彼らはトンネルの拡張を行なっていたが、それは彼女が以前、プリント基板を宇宙線から守るために小惑星に掘ったもので、ゆっくりと小惑星に穴を開けて金属を運び出し、より大きくて上質の溶鉱炉でスチールにしていたが、〈イズィ〉の基本計画にはそれを活かす場所がないため、スチールはアマルテアと〈イズィ〉の構造的結合を強化させるために使われたことから、ふたたび政治論議をまねくことになった。

　ドゥーブは、ダイナの居所を尋ねながら〈マイニング・コロニー〉のモジュールをいくつか滑空してまわったが、返事ははっきりしないものばかりだった。彼女の仕事場《ショップ》のほうへ向かおうとしたとき、なぜか神経の高ぶりを感じたのだが、その理由はいきなりマルクス・ロイカーがあらわれたことで、理解できた。彼は自分から挨拶してきて、ちょっとした親しげなおしゃべりを始めたのだが、ダイナに時間をいくらかでももたせられるよう、彼が時間稼ぎしているのが、ドゥーブにはわかったのだった。

ダイナがマルクスと性的な関係をもっているのが周知のこととなってから、もう数カ月たつが、〈イズィ〉ではその行為は〝ダウベンホルン登り〟と呼ばれていた。マルクスがやって来てからまもなくのうちにその山頂に到達した女性は、ほかに二人知られていたが、そのあとはダイナが彼を独占していた。地球上の組織の基準からすると——それが民間の企業であれ軍隊であれ——上司が部下と寝るのは、非難を招くほどの倫理基準違反だ。だが、今から一カ月もすれば生きている人間は全員が事実上マルクスの部下となるのだから、彼はルールを破るか生涯禁欲を貫くかの、どちらかしかできないことになる。彼が手術で睾丸を取り除かないのであれば（〈イズィ〉にはそうなるのを見てみたいという者もいたが）、彼のことをよく知る者で、後者を現実的な選択と見ている者はいなかった。そういうわけだったので、彼がかなり早い段階でダイナに決めたのにも、ある程度の理屈はあったのだ。倫理違反ではあるかもしれないが、現状について誰もが理解していた。ダイナのことをすぐに寝る女だとは、誰も考えていなかった。まともな者なら、彼女が多少なりとも圧力を感じていたとかハラスメントに遭っていたとかいう心配は、しないだろう。それに別の見方としては、ダイナが相手を求めてうろついたりしないと知って、みんなかなりほっとしているようでもあった。

〈イズィ〉のゴシップの日常的な基準からすると、彼女とリース・エイトケンとの戯れはセンセーショナルで、最終的な破局は大きな話題となり、ロンドンのタブロイド紙にも詳細が掲載された。それ以来、彼女が男性のクルーとコーヒーを飲むたびに、うわさされるようになった。マルクスとのあいだが確定しているというのは、問題をかなりシンプルにしてくれるのだ。それでも、何も起きていないかのように扱われる必要がまだあったため、マルクスとドゥーブはこの茶番に加担しなければならなかった。

「聞いているかどうかわからないが」とドゥーブが言った。「地上で戦闘が起きた。スペースポートと海岸のあいだで」

その件がマルクスの耳に入っていないのは明らかだったが、それも驚くべきことではなかった。(a)彼の問題ではないから、また、(b)彼は忙しかったから。理解できることだが、このときの彼はかなりくつろいだ状態にあったので、目下の問題に関わるための集中力を呼び覚ますには、やや時間を要した。

「そんなことを続けようとするなんて、信じられないな」とマルクス。

「大統領が声明を出した。苦虫を噛みつぶしたような顔をしていたよ」

「絶望的になった人間が動かす政府は、軽んじるべきじゃない」とマルクス。「同じことは、ベネズエラ人にも言えるのだろう」そこでため息をついた。「ベネズエラ人の〈アーキー〉を受け入れるべきなんだろうか。すばらしい人材も何人かはいるはずだが」

「何日か前だったら、それでうまくいっただろう。でも今は、『テロリストとは交渉しない』という例のスタンスに変わっている」

　マルクスの唇にかすかな笑みが浮かんだ。誰もが使っている小さなペーパータオルを使って、彼も顔を洗っていた。そのタオルにしみている工業的な香りが、ドゥーブにも感じられる。「当然だ」と彼が言った。「今後三週間で乱用されかねない前例をつくっても、どうにもならない」

　そのような冗談は、公衆の面前で、もしくは会議の場であっても、発せられたら完全に容認されないものであったため、これはいわばドゥーブに対して、『あなたを信頼して発言している』と伝えているのだった。ドゥーブはリーダーではないが、リーダーの人となりや仕事の進め方には大いに興味があった。

「〈アークレット〉や備蓄がないことによって派生する問題については、アイヴィが考えてくれている」

「アイヴィがいてくれてよかったよ」とマルクスが漏らした。〈クラウド・アーク〉の指揮権を手に入れて以来、彼はことあるごとに彼女を褒めたたえていた――これも、謎の〝リーダー・アカデミー〟なるものが量産する指導者たちに教え込んでいる技術に違いないと、ドゥーブは見ていた。むしろ本能なのかもしれないが。

「さて、ぼくの一日の始まりだ」マルクスが続けた。「報告をありがとう」マルクスは多くのヨーロッパ人と同じく第三シフトについていたので、実際には彼の一日は二時間ほど前に始まっていた。

「私のほうは終わりに近づいているんだ」とドゥーブ。「誰か採掘者《マイナー》と一杯やろうかと思ってね」

「それにうってつけの人間がいるぞ」言いながらマルクスはウインクした。「ダイナがもう出てくるころだ。あなたに会えたら彼女も喜ぶだろう」

そう言うと、マルクスは作業服《カバーオール》のポケットから電話を取り出した。その画面に注意を向けつつ、もう一方の手を使ってそのモジュールから出ていき、〈スタック〉へ向かった。

ドゥーブは、SCRUMの真ん中に浮いたまま残された。彼とダイナのあいだにあるのは、プライバシー・カーテンだけだ。彼が「トントン！」と言おうとしたところ、そのカーテンの向こう側にあるスピーカーから、ビープ音が連続して聞こえてきた。モールス信号による受信メッセージだったが、それを理解する技能を彼はもちあわせていない。そのときまでダイナに動きはなかったものの、ようやく身体を動かす音と、寝袋をはぎ取る音が聞こえた。ドゥーブは、今すぐに彼女の邪魔をするのは考え直し、自分のメールをチェックすることにした。

第一シフトだったダイナにとって、今は午後のなかばだった。昔から、少し眠気が出てくる時間帯――マルクスがリラックスさせる手伝いをしてくれなくてもだ。完全に寝入ってはまずいと思ったが、ひとつには仕事があるからであり、もうひとつにはこれまで以上のゴシップを招くはめになるからだった。カーテンの向こう側で、マルクスがデュボア・ハリスと話していたのは聞こえていた。彼が自分のために時間稼ぎをしていて、身支度する時間を与えようとしてくれているのはわかった。それを充分ありがたく思ったので、最大限に利用すべく、まどろんだり目覚めたりという境界域を行き来していたときに、無線がビープ音を立てだしたのだった。それが父親のルーファスからでないのは、すぐにわかった。送信の〝筆《フィ》跡《スト》〟から、そのようにわかるのだ。弱々しくて、熟練したアマチュア無線家によるものでないのが明らかだった。

ある考えに思い至って、彼女は目を開けた。これはあの〈スペース・トロール〉からの発信かもしれない。ルーファスは数日前に初めて、『〈スペース・トロール〉からの送信はまだ聞いてないのか？』と言ってきていた。〈スペース・トロール〉は最近受信するようになった送信者に対して父親がつけた名前で、ダイナが今耳にしているものがそれらしかった。

彼女は寝袋から飛び出ると、受信機のボリュームを上げて耳を傾けながら、Ｔシャツとドローストリング・パンツ（引き紐で縛るタイプのズボン）を着た。信号音は、手づくりの送信機から聞こえてくる感じだった。その持ち主は、モールス信号を用いるＣＷ無線の世界の慣例とエチケットを、充分には理解していないらしい。だがトンとツーは完璧につくりだされており、素早く聞こえてくることから、コンピューターのキーボードと、打ったキーをモールス信号に自動変換するアプリを使っているということもわかった。ＱＲＫとＱＲＮが大量に発信されていたが、これらは自分の信号の強さと、信号が空電に干渉されている程度について問うものだ。つまりこの人物は、自分の装置の質について、やや自信がないようだった。

ルーファスによると、この〈スペース・トロール〉に返信を始めると、すぐにQRSを大量に送り返してくるのだという。これは「もっと遅く送信してほしい」という意味だから、コンピューターのキーボードを使って大量に発信する初心者だが、返信の解読はあまり得意でないという、さらなる証拠だった。この人物が使っている周波数はひとつだけで、それはルーファスが一年前までダイナとの連絡に使っていたものだった。この周波数はマコーリー家にまつわる三面記事の影響でネット上に知られてしまい、地球上のあらゆるCW無線家がダイナとコンタクトを取ろうとしてそれを使用したため、数週間使い物にならなくなった。やがて、マコーリー家の父娘《ペール・エ・フィーユ》はもうそれを使っていないといううわさが広まり、かなり落ち着いたものの、それを聞いていなかったらしい者――たとえばこの〈スペース・トロール〉――が、わずかにいたのだった。いずれにせよ、ルーファスはこの周波数の傍受に戻り、ダイナも同じことをやっていた。だがダイナ本人は、〈スペース・トロール〉からのメッセージを聞いたことはなかった。彼女のアンテナは父親が採掘坑の上に設置したものに比べれば存在しないも同然だったし、受信機も小学生が理科の授業でつくる模型のような代物だったのだから、無理もない。ただ、〈イズィ〉が子午線上を通過するときは、当然ながらこの父娘はさまざまな局を「聞いて」いた。

ルーファスによると、〈スペース・トロール〉とのやりとりには、忍耐かユーモアのセンスを要するという。初心者のハムは無線でふざけることがあり、それでルーファスも数年前には当然のごとく発作的に怒りに駆られたのだが、今はただ時代の流れによるもののようだった。〈ハード・レイン〉が始まればネットは使えなくなると思われたから、当然ながら人々は、アマチュア無線に興味をもつようになってきていた。したがって、確かに初心者は多かったのだ。

この両者のあいだで理解できるやりとりがようやく始められると、ルーファスはQTHと送った。「そちらの場所は？」という意味だったが、それに対してはQETという返信が来た。これは非公認のQ符号で、「地球上ではない」という意味のダサい冗談のようなものだ。それが理由で、ルーファスはこの人物を〈スペース・トロール〉と呼ぶようになったのだった。風変わりな点はほかにもあったが、コールサインをもっておらず、もっているとしても、それを使いもしなかった。ダイナが今耳にしている信号はQRAとQETで、それが数秒ごとに繰り返されていた。これは要するに、「やあ、こちらはE.T.だ。誰か聞いてる？」という意味だった。

ダイナは自分の装置を使っていないとき、送信側は切っている。今そのスイッチを入れたのだが、真鍮製の電鍵からは離れたところに手を置いていた。こっそりと耳を傾けているぶんには害がないが、いったん電鍵に触れたら相手が返事のビープ音を聞きつけ、〈スペース・トロール〉から逃れられなくなるかもしれないと感じたからだ。とはいえ、しばらくしたら〈スペース・トロール〉のほうがあきらめるかもしれない。そうしたら、数分のうちに水平線の先からあらわれるルーファスに送信して、自分も謎の「地球外生物《E.T.》」から連絡を受けたと伝えられる。笑える話だし、少しは気が紛れるだろう。今の父親には、そのどちらも必要なようだから。

父親と採掘業界の友人の多くが、地中での長期滞在に備えて真剣な作業を始めたことが明らかになってから、かなりになる。そのように考えたのは、彼らだけではなかった。人々は世界中で地面に穴を掘っていた。そのほとんどは、〈ハード・レイン〉が始まって数時間か数日で命を落とすだろう。何千年ももちこたえられるような地下施設を建造できる組織は、あったとしてもごくわずかだからだ。そのほとんどは政府機関か軍隊組織である。だが、もし民間グループでできるとしたら、それはルーファスとそのネットワークだった。この二年にわたり、父親が彼女にしてきたさまざまな質問は、とことん徹底したものだった。今や、〈イズィ〉にいる専門家が人工生態系の長期的な持続可能性について知っているかぎりのことを、ルーファスもすべて知っていた。

父親とその採掘坑のことを考えて気を取られていたので、〈スペース・トロール〉のメッセージが変わっていたことに、ダイナはようやく気づいた。これまでのQRAとQETでなく、QSOで始まるものになっており、この場合は「……と通信することができますか？」という意味だ。それに続いて、なじみのないコールサインが送られてきたが、あまりに長すぎて認識できなかった。無線のコールサインの標準的な慣例にまったく従っていない、数字と文字の羅列だったのだ。

メッセージが繰り返されて三度目になったとき、ダイナはそれを書き留めた。全部で一二文字で、基本的には数字と文字がランダムに組み合わされている。ただ、文字がすべてAからＦの範囲内であることに、彼女は気づいた。これは、数字が一六進法であらわされているという大きなヒントだった――コンピューター・プログラマーが通常用いる進法なのだ。

　また、一二桁である点も手がかりだった。ほとんどのコンピューター・システムで用いられているネットワークチップは、このフォーマットで固有のアドレスをもっており、それが一二桁の一六進数なのである。

　ここにきて、ダイナは背筋がぞくっとした。その文字列の最初の数桁が、見覚えのあるものに思えたからだ。ネットワーク・インターフェースチップは大量に製造されており、各チップには固有のアドレスが順番に割り当てられている。つまり、ある週の組立ラインを流れていくフォード社の車に、同じ文字で始まるシリアルナンバーが打たれるのと同じように、あるバッチのネットワークチップも同じ数桁の一六進数で始まるのだ。ダイナのチップのいくつかは、地球での使用のためにつくられた安い既製品だったが、耐放射線性《ラド・ハード》のものもいくつかもっており、それは自分のワークステーションの下の引き出しに隠した箱の中にしまってある。

　ダイナは引き出しを開けてその箱を取り出すと、緑色の小さなＰＣボードを手に取った。板ガムの大きさで、いろいろなチップがちりばめられている。そのボードに白い大文字で直接印字されているのが、ＭＡＣアドレスと呼ばれる固有のアドレスだ。そして、その最初の六桁が、〈スペース・トロール〉からのメッセージにあったものと合致していた。

　ダイナは電鍵に手を伸ばすと、ＱＳＯと打った。この場合の意味は、「こちらは……と通信できます」だ。それから、自分の手の中にある小さなボードのＭＡＣアドレスをすべて打った――向こうからのメッセージにあったのとは違うものを。それが言わんとするところは、「そちらが言ってきたアドレスでは通信できないが、このもうひとつのほうとなら通信できる」というものだった。

　ＱＳＢという返信が来た。「そちらの信号が消えかけている」という意味だ。続いて、ＱＴＸ４６と来たが、これは彼女が考えるに、「今から四六分後に、この周波数で連絡がつくだろうか？」といった意味だった。〈イズィ〉にいる者なら誰でも理解できるように、これは「そちらが地球の反対側をまわったら、折り返し連絡する」ことを意味していた。

　ダイナもＱＴＸ４６と返した。「イエス」という意味だ。

　彼らは明暗境界線の上を通過していた。現在は、太平洋を昼と夜に分けるものである。

　いったいどこのどいつと話してるんだ？

　これは紛れもなく、父親からのメッセージだった。窓の外に目をやると、北米大陸の西海岸が水平線から自分たちに向かって忍び寄ってきていた。フレイザー・デルタ、ピュージェット湾、コロンビア川、サンフランシスコ湾という大都市圏の輪郭を描く光の模様によって、それと特定できた。それはつまり、アラスカと〈イズィ〉は見通し線で結ばれているということである。

「トントン！」というデュボア・ハリスの声が、カーテン越しに聞こえてきた。長いこと、そこで待っていたのだ。

「どうぞ」ダイナはそう答えると、〈スペース・トロール〉に関する冗談と、またあとで連絡するという短いメッセージを父親に送り返した。コンピューターの画面にある世界時計のアプリを確認する。今はドット7の直前、つまりロンドンなら午前七時だった。アラスカにいるルーファスの場合は、夜の一〇時になる。

　気が散っていくぶんとぎれとぎれだが、ダイナはドゥーヴとの会話を続けた。その一方で、父親からの散発的で有無を言わせない割り込みを処理した。「今、無線でちょっとおかしなことがあったの。何か飲む？　あなたにとっては、今は夜でしょ？」

「いつだって飲みたいと思っているけど」とドゥーブ。「そのことは気にしなくていいよ。それよりも、何があったんだ？」

　ダイナは事の顛末を話した。ドゥーブも最初は取り乱しているように見えたが、おそらくはアマチュア無線の専門用語のせいと思われた。だが、彼女がMACアドレスを見せると、話に集中した。

「いちばんシンプルな説明は、相手は荒らし《トロール》（ネット上で場を乱したり妨害したりする者）で、君にちょっかいを出しているだけだってやつだが」

「でも、どうしてトロールがこのMACアドレスを知ってるわけ？　これは公表していないわ——あたしのロボットを地上からハッキングされたくないから」

「広報の連中がここまで来たよね？　君やロボット・ラボの写真を撮っていった。ひょっとして、その箱が開いていて、ＰＣボードも見えていたときに、写真を撮られたりしたとか？」

「ドゥーブ、ここに重力はないのよ。机の上にものを置いておくことはできないの」

「となると明らかに、誰かが個人的なチャンネルを通じて君と話をしたがっていて――」

「それで相手は、ほんのわずかの人にしか知られていない数字を挙げて、自分たちの素性を証明してるってわけね。よくわかったわ」

「私が言っているのは、本当に巧妙なトロールなら、そういった細かい部分を探すということなんだよ。ＮＡＳＡの広報用写真の背景とか。君をだます方法としてね」

「なるほどね」とダイナ。「それは違うと思うけど」

「じゃあ誰だと思うんだね？」

「ジョーン・プロブストよ。〈イミール〉エクスペディションだと思うの」

　ドゥーブは一瞬、取り乱したような表情を見せた。「いやはや、あの連中のことは、長いこと頭から離れていたな」

〈イミール〉の旅ほど壮大かつ劇的なものが忘れられるというのも不思議だったが、つまりはそういう時代を生きているということなのだった。

　この船の通信が途絶えて、太陽の向こう側へと姿を消したのは第一二六日ごろ――出発から約一ヵ月後に低地球軌道《LEO》から離脱したときだった。光学望遠鏡による数度の目撃情報は、船が太陽周回軌道へ移行したことを裏付けるものだが、それは偶然に起きたかもしれないし、もしくは制御噴射による計画どおりの出来事かもしれなかった。当初の計画に従っていたとすると、〈イミール〉は太陽のまわりをほぼ二回分、周回したはずだ。〈イミール〉の軌道は地球の軌道のはるか内側であるため――近日点は金星と水星の軌道の中間にあった――〝グレッグの骸骨《スケルトン》〟ことグリッグ・シェレルップ彗星の軌道を二〇〇日ほど前にかすめながら、それを一年ちょっとのうちに行なったことになる。だがこれは、地球から見て太陽のはるか裏側でのことであり、観察は難しかった。次なる作業は、彗星核あるいはその一部に、棒の先端に付けたむき出しの原子炉を注入して稼働させて、それを入れた穴から水蒸気を噴射して推力を生じさせるという、〝些細な〟ものだ。彼らは、大規模な〝噴射《バーン》〟――原子炉の制御ブレードを引き抜いて出力を上げ、水蒸気を放出すること――を行なって、彗星の軌道を毎秒約一キロメートル変えることになっているが、それはその彗星を二〇〇日後の地球との――もしくは最低でもＬ１との――衝突コースに置くには充分なものだった。タイミングを合わせるのがむずかしいので、多くの人が不満を口にして、なぜショーンはほかの彗星を探さなかったのか、あるいはもう少し早くもってこられるような針路をとらなかったのかと疑問を呈した。だが太陽系のことをよく知る人たちは、これほどの短い期間でつかまえて移動できるような彗星核がひとつでもあるのは、奇跡に近い幸運だと理解していた。〈イミール〉エクスペディションは性急かつ即席だとして多くの議論を巻き起こしたが、天体力学によって無慈悲に決まってしまうスケジュールにより、そうせざるをえなかったのだ。歳月と潮の干満は——そして彗星も——人を待ってはくれない。それに、たとえ彗星をもっと早くもってくることが可能であったとしても、それは無謀であり、政治的に不可能なことだった。もし計算が間違っていて、彗星が地球にぶつかったとしたら？　つまり、〈イミール〉エクスペディションの計画こそ、うまくいく可能性を秘めた唯一のものだったのである。

　あくまでも、うまくいったらの話だ。それに、作業の大部分——彗星とのランデヴーや、原子力による水蒸気エンジンの〝噴射〟——は太陽の裏側にあったときに行なわれていたので、二カ月前までは大いに疑問をもたれていた。それが天体観測によって、グリッグ・シェレルップ彗星の進路が変わったことが決定的に証明されたのだった。これは人間の介入によってのみ起こりうることだ。彗星は地球のほうにまっすぐ向かっていた。もし地球がまだ破滅する運命になかったら、地上に集団パニックを引き起こしたことだろう。それ以降は、その軌道が地球の軌道にゆっくり近づくのを見つめて、Ｌ１に到達したときに太陽のうしろにふたたび姿を消す時期が計算されたのだった。そうなると、原子炉はふたたび出力を上げねばならない。〈イミール〉の軌道を地球の軌道に同期させ、Ｌ１を離れて長い楕円を描いていくには、大規模な〝噴射〟が必要となるからだ。

「あの人たちのことは、毎日考えている」とダイナが言った。

「Ｌ１への到達はいつごろに？」

「それはいつでも……ただ、長い噴射になるから、いっぺんに激しくやるよりは、数日間にわたって徐々にということになるかも」

「確かにそうだろう」とドゥーブ。「いっぺんに高重力のかかるマヌーバーをすると、氷が粉々になる恐れがあるからね。彼らとの最後の通信は？」

「Xバンドで？　それとも普通の無線？　出発してから数週間後だった。もう二年近くになるわ。でも、あの人たちは間違いなくまだ生きている。だから無線の故障に違いないの」

「じゃあ、その説でいこう。これほどの距離で送信できる無線を彼らが新たに緊急でつくるというのは、ちょっと望み薄だ。彼らに望めるのは、もっと近づいたときに使える可能性があるものをつくり出すことだな……低い帯域幅のものを」

「あたしのパパがよく、火花送信機の話をしていたけど。あの技術が使われたのは——」

「トランジスターや真空管の前だ。それだな！」

ダイナは地上に送信した。

QETの音は昔の火花送信みたいに聞こえる？

ルーファスが返信をよこした。

ああ、そう言われればな

「あの人たち、あたしのロボットをいくつか持っていったわ。だから、あのユニットのインターフェースボードにあるMACアドレスがあれば、不完全だけど、あの人たちだってことを証明するものにはなる。それで実は……」ダイナは二年ほど前に作成したという、ショーンとそのクルーに渡したロボットと部品番号の記録を取り出した。それからものの数分で、つい先ほどモールス信号で伝えられたMACアドレスが、〈イミール〉に持ち込まれたロボットのものと合致していることが証明できたのだった。

「君が今調べたファイルへのアクセス権があるのは誰だね？」ドゥーブはまだ、あえて難癖をつける立場を取っていた。

「冗談でしょ？ ショーンが何もかも暗号にしているのは、知ってるはずだわ。こういうのはどれも、ロックダウンされてる。つまり、NSA（アメリカ国家安全保障局）なら入れるだろうけど、そこらのいたずら者程度じゃあ無理ね」

「ちょっと確かめただけさ」とドゥーブ。「私の言ってることは、ひどく回りくどく思えるだろうね。でも彼としては、『やあ、ダイナ。ぼくだ、ショーンだよ。無線が壊れてね』とか送ってくるほうが、簡単に思えるんだが」

「ショーンのことを知らないからよ。いい？ 彼がこのチャンネルで送ってくるものは、基本的に地球全体に流れてるのよ。ネットにも上げられるから、ショーンのやっていることは、誰もが知ることになるわけ。でも彼は、こっちがどういう状況になってるのか知らない。あっちにネットはないし、無線はずっと前にだめになったから。こっちに生きている人がいるかどうかさえ知らないのよ。軍事クーデターとかがあっても、わからない。あたしたちがクリンゴン帝国にでも変わっていたら、戻ってきたくないと思ってるわけよ」

「君の言うとおりだと思うよ」とドゥーブ。「彼はそっと帰って来ようとしている。様子をうかがっているんだ」

　あれから四六分後、ダイナはQETからの新たなメッセージを受け取った。RTFM5という文字から始まり、続いて数字の00001、そのあとは無意味に思えるランダムな文字が羅列されていた。

「あたしに理解できるのは、『あのマニュアルを読め《RTFM》（リード・ザ・ファッキング・マニュアル）』っていう部分だけね。そのあとに数字の5がある」

「彼もマニュアルを持っていったのかな？」

「いろいろなものを持っていったわ。シアトルのエンジニアたちからね。いくつかはここに置いていったけど……」

「ダイナ、なんだか遠くを見ているような表情だね」

「彼に質問したときのことを思い出したの。『どうして印刷なんかしたんですか？　ほかの人たちみたいに、USBドライブを使わないんですか？』って。そうしたら、『自分の宇宙企業をもつことには特権があるんだよ』って言われた」

　ダイナは収納ケースをしばらく引っかき回してから、それを見つけた。三穴バインダー六冊からなる、アルジュナ・エクスペディションズ従業員マニュアルの一巻から六巻だ。全体の厚さは三〇センチほどにもなった。

ヒューッとドゥーブが口笛を吹いた。「一ポンドあたりの打ち上げコストを考えたら、これには先週持ってこられたグーテンベルク聖書以上の価値がありそうだな」

二人はすぐに第五巻を調べたが、大部分がよくある社員マニュアルのようだった。ところが、セクハラに関する方針と服装規定のあいだに、判読できる内容が何もない、厚さ一センチ以上のページがあった。ページ全体にランダムな大文字が印刷されていて、五文字ごとの集まりが、すべての行、すべての列、すべてのページに並んでいるのだ。各ページのいちばん上には異なる数字がふられていて、最初のものが００００１だった。

「これはラルスがいつも使ってた、少年向け冒険ものの秘密の暗号みたいなものね」と、ダイナが言った。「こんなもの、あたしが知ってるわけが――」

「恥ずかしい話だが、私はこれが何かわかるんだ」とドゥーブ。「これはワンタイム・パッド（一回限りの乱数鍵を使用する暗号運用方式）でね。最も単純なコードだ――けれど、破るのは最も難しい。まともにやってもね。そこで、これが必要になるんだ」そう言って彼は、００００１のページをつまんでパタパタ音を立てた。

暗号の仕組みをドゥーブが説明すると、ダイナはみずからメッセージの解読を始めることができたが、しばらくしてドゥーブがＰｙｔｈｏｎ《パイソン》によるプログラムのスクリプトを書き上げると、その作業は簡単に終わらせることができた。

「ここには、酒でも飲みながら小惑星

の採鉱についてのおしゃべりをしたいと思って来たんだがね」

「もう、ぼやきはストップよ。こっちのほうがはるかに面白いじゃない！」

　メッセージは次のように読めた。


生存者二名。フルパワーで推進中。状況報告を送れ。


「もともとのクルーは六人だったね？」

「何かあったのよ。岩石に当たったとか、アンテナが壊れたとか、人が死んだとか。放射線にやられたのかも」

「でも、彼らは戻ってくるみたいだが」

「ええ、ただ――」

「ただ、なんだい？」

「ただ、彼がL1にとどまりたいんじゃなければね。そのほうがよっぽど安全だから。月の破片はそんなに遠くまでは届かないと思う」

　ドゥーブはメッセージにもう一度目をとおした。

「君の言うとおりだ。彼は推進中としか言っていない。低地球軌道に戻るとは、書いてないんだ。それと、状況報告を求めている」ドゥーブは両手で顔を覆い、こすった。「疲れてきたよ。今は家族とスカイプしてなきゃいけないのに」

「じゃあ、さっさと行って。報告はあたしにやれるから。仕組みを教えてもらったから暗号化もできるし」

ドゥーブは立ち上がると出口へ漂っていったが、途中で気づいて振り返った。「自分で計算できるけれど、夜遅くて疲れた。君ならすぐにわかるかな、もしショーンがL1からここへの移行軌道に乗っていたら、どれくらいで着くのかって？」

「三七日ね」

「〈ハード・レイン〉が始まってから一七日ぐらいか。まずいタイミングだな」

ダイナは振り返って彼を見た。言葉には出さなかったが、彼女の考えていることがドゥーブにはわかった――『まずいタイミングってことが最悪の問題だったらいいのに』

「わかった」とドゥーブ。「ありがとう、ダイナ」

「また今度」彼女はそう言うと、小指を立ててグラスを持つ仕草をした。

「ああ、また今度」ドゥーブもそれに応じると、カーテンから出て行った。

ダイナは時刻を確認した。〈イミール〉の居場所がだいたいわかったので、通信のタイミングもつかんでいた。九三分間という軌道のうち、ある部分では〈イズィ〉が地球の裏側に入るため、ショーンの信号は受け取れない。毎度の交信断絶《ブラックアウト》のあとの時間が、彼らが連絡を取れる〝窓《ウィンドウ》〟が開くチャンスだ。彼からのメッセージを記録して解読するチャンスはちょうど終わったところで、またブラックアウトに入る予定だった。ダイナはそのあいだに短いメッセージを書いて、次のワンタイムパッドを用いて暗号化できるはずだった。

何を書いたらいいか、完全にははっきりしていなかった。明白なデータを伝えることはできる。軌道上に現在ある〈アークレット〉の数と人の数、彼女が動かしているロボットの数などだ。だが、ショーンが求めているのは違う種類の情報なのでは、と彼女は思った。彼が知りたがっているのは、今から三七日後に巨大な氷の山を持ってあらわれたら、どうなるかということだった。〈クラウド・アーク〉がそれを利用できるのは、間違いない。同様に、ショーンも〈クラウド・アーク〉を必要としている。宇宙船に乗った二人の男が巨大な氷のかたまりを押しているというのは、持続可能な文明ではない。ただ、ショーンは抜け目ない態度を取るかもしれなかった。彼は何かを求めてくる。取り引きしたいと言ってくるだろう。

ダイナのボーイフレンドとの取り引きを望んでくるのだ。

一度にひとつずつやるしかない。基本データをいくつか送るだけで、次の〝送信ウィンドウ〟は埋まる。長期的な展開に頭を悩ませないで、次のブラックアウト時にすることに集中した。メッセージはできるだけ簡潔に書き、ドゥーブのＰｙｔｈｏｎスクリプトを使って暗号化するのだ。

太陽‐地球系のＬ１点は、この二つの天体を結ぶ直線上に位置している。〈イミール〉は、Ｌ１にいるようなものだ。だから大雑把に言うと、〈イズィ〉が地球の裏側を回ってから日の当たる場所に出てくると、Ｌ１が「見える」ことになるので、〈イミール〉と通信できるわけだ。次にこれが起こるのはグリニッジ時の午前七時半ごろ、ロンドンではちょうど日の出のころだった。ダイナは自分の作業場にある小さな窓から、明暗境界線——地球の昼と夜を分ける線――を見ることができた。それが眼下のテムズ河口に忍び寄り、ロンドンの金融街にあるいくつかの背の高い尖塔を照らしている。彼女は電鍵のほうを向くと、〈イミール〉とコンタクトして、メッセージを送った。それで送信ウィンドウを丸々使うことになった。文字の送信は非常にゆっくりやらねばならなかった。ショーンは、モールス信号を読むのがそれほど得意ではないからだ。それにメッセージは暗号化されているので、抜けている文字を文脈から推測することができず、それゆえすべての文字をはっきり読む必要があった。彼女がこれをやり終えたころには、〈イズィ〉は地球をほぼ半周していて、夜の部分に戻るところだった。TBCと打って、送信を終えた。「次回に続く《トゥー・ビー・コンティニュード》」という意味を理解してくれたらと思いながら。それから、追加分を書いて暗号化する作業に戻った。

　ダイナがロンドン時間の午前九時、つまり〈イズィ〉におけるドット9の少し前に送信ウィンドウをふたたび開く準備をしていたところ、アイヴィがノックもせずに入り込んできた。

「あなたの窓からながめたくて」とアイヴィが言った。

「それはいいけど、どうかした？」明らかに、何かあったのだ。アイヴィの顔はおかしく見えた。それに彼女は、「あなたの窓」ではなく、「あなたの窓」という言い方をしていた。

「あたしの窓の何がそんなに特別なわけ？」とダイナ。

「あなたの隣にあるから」

「ちょっと、大丈夫なの？」ダイナは尋ねたが、明らかに何もかも大丈夫でない。彼女がいちばんに思ったのは、モールス信号の送信が傍受されて、自分がまずい立場に立たされたのかも、ということだった。が、もしそういうことなら、窓からながめたいと言ってアイヴィがここに来るはずはなかった。

ダイナは友人のことをまじまじと見た。アイヴィは足早に窓辺へ近寄ると、位置について地球を見下ろした。明暗境界線は南米の東端のでっぱりを照らすところまで進んでいる。〈イズィ〉は赤道を越えるところで、今はほぼ真下に赤道があった。

「キャルから連絡があったの」アイヴィが口を開いた。喜びに満ちた、いつもの口調ではない。

「よかったじゃない。彼の艦は海中にいると思ってたけど」

「二時間前まではね」

「じゃあ、浮上したの？」

「浮上したの」

「どこに？」

「この下に」

「どうしてわかるわけ？」とダイナ。「座標を送ってきたわけでもないだろうに」

「私にはわかるの。いろいろ考え合わせたらね」

「なんて言ってきたの？」

「クルーからの打ち上げに備えるようにって」

「あのスペースポートが再開されるわけ？」

そのとき、アイヴィがハッと息を呑んだ。

ダイナは滑るように移動してアイヴィの真うしろにつくと、彼女の身体を抱きかかえながらその肩にあごを載せ、同じ視線の高さになるようにした。

クールーの場所はわかっていた。二人はいつも見ていたし、打ち上げ台にロケットエンジンの明るい煙が見えることとさえ、ときどきあったからだ。

アイヴィが反応したものは、それとはやや異なっていた。海岸沿いにあらわれた光のきらめきが、広がっていくと消えていった。それが連続して、海岸と悪魔島のあいだの一面で起きていたのだ。

「なんなのよ、あれ？　もしかして、核爆弾？」

「わからないわ」とアイヴィ。

そのとき、ダイナの質問に対する答えがはっきりした。海岸沿いから北西にかけて、さらに明るい光が上がり、やや消えながら光るボール状になって、空中へと上がって揺れ動いたのだ。

「あれは核爆弾だと思う」と、アイヴィが言った。

「まさか、核を落としたの？　ベネズエラに？」

目の焦点を合わせるのに、やや時間がかかった。それはかえってタイミングがよかった。二人の心にもちょっとした調整が必要だったからだ。光が消えると、ベネズエラの国内である数キロ沖の海上に、キノコ雲が見えた。

「威嚇とか？　カラカスから見えるように」

「それもあるかも」とアイヴィ。「でもきのうは、ベネズエラの全海軍が秩序を回復するためにクールーへ向かっているということだった。その海軍はもう存在してないでしょうね」

「小さいほうの火の玉は？　スペースポートの近くの」

「燃料気化爆弾だと思うわ。打ち上げ場を汚染することなく、戦術核兵器とほぼ同程度の被害を与えられるから」

　肩をすくめて、ダイナに抱えられていた身体を振りほどいたアイヴィが、振り向いた。今は窓に背を向けている。二人は互いにすぐ近くに浮かんでいた。

　ダイナにもようやく理解できた。「キャルの潜水艦は浮上したって言ったわよね。海上に出たって。彼は何かを知っていた。まさかあんた――」

「わかってる」アイヴィはぼそりと言った。

　大統領命令を受けたキャルが、核ミサイルを発射したのだ。おそらく、燃料気化爆弾を搭載した巡航ミサイルも発射したのだろう。

　アイヴィとダイナは昨年のあいだに疎遠になったと、人々は思っていた――それだけでなく、そもそもこの二人は対立状態にあったのだと、人々は思っていたのだ。人が何を想像するか把握しようとしても、意味はない。ダイナのボーイフレンドのせいでアイヴィが自分の地位を失ったことにより、事はより複雑なものになった。だが、この二人のあいだの関係が悪くなることはありえなかった。ただ、複雑になっただけなのだ。

アイヴィはかなりはっきりものを言うタイプだが、現在の状況について話せることはあまりなかった。

それでも二、三分すると、彼女は話す道を見つけた。「私がいやなのは、彼が私の記憶の中の存在でしかなくなってしまうことよ。だから、いい記憶を増やして、自分の心から消えないようにしてる」アイヴィは泣いていたわけではなかったが、その声はくぐもったものになっていた。

「彼には選択肢がなかったのよ」とダイナ。「指揮系統がまだ有効なんだから」

「もちろんわかってる。でもね、私が望んだものじゃなかったわけ」

「ひどいことになるのはわかってたんだけどね」

ダイナの無線が音を立てはじめた。

「そういえば……」

「誰なの、いったい？」

「ショーン・プロブストよ」とダイナ。「帰ってくるの」

ダイナが状況報告の後半部分を苦労しながら入力するあいだ、アイヴィは彼女の仕事場にしばらくいた。南米が視界から消えるころには、長くたなびく黒煙は、《人民の正義のための封鎖》の燃え盛る瓦礫から北東へと流れて、皺の寄った肌のような大西洋に影を投げかけていた。クールーではまた明るいきらめきが生じたが、今回のそれは、空に重量物を打ち上げる固体ブースターの光り輝く煙だった。

「再開ってわけね」とアイヴィ。「スプレッドシートを書き直したほうがよさそうだわ」

「キャルはまだ海上にいると思う？　まだ連絡は可能だと？」

「どうかしら」アイヴィの声のトーンは、彼に何を言えばいいかわからないことを示していた。「核ミサイルを発射したあとにうろうろするっていうのは、普通の習慣じゃないと思うから」


〈クラウド・アーク〉の文化におけるある側面は、モイラ・クルー博士にとってほかの部分よりも受け入れがたいものだった。目を覚ましたときに朝食をとるコーヒーショップもなければ、一日の終わりに気軽に行けるパブもないような場所での暮らしは、まともではないと思ったのだ。これはひとつには過密のせいであり、ひとつには人々が異なる三つのシフトで暮らしていて朝や夜の終わる時間が一致しないからであり、そうしたことの重要性を理解しないアメリカとロシアの技師によって急いで設計されたからだった。そのことについてはルイーザと何度も話していて、彼女もわかってくれたので、〈ハード・レイン〉が始まって〈クラウド・アーク〉での長期にわたる日常が始まってしまったら、その問題について何らかのことをしようという、漠然とした決意のようなものが二人にはあった。モイラの夢は、単体の〈アークレット〉の中に、その目的にかなう店をつくり、経営者になることだった。ただ、そのためのタイミングをうまくつかむ方法については、まだわかっていなかった。

もちろん、自分にはもっと重要な任務があるということを、彼女は自覚していた。人類と、ほかの多くの種を永続させるという責任が、彼女の双肩に大きくかかっていたのだ。毎日何時間もエスプレッソをいれたりカウンターを拭いたりするのは、彼女がやるべきことではないのだ。宇宙でコーヒーや大麦を育てるという技術はまだないため、消耗品の備蓄はかなり近いうちになくなるから、彼女のパブはタンを出すはめになるだろう。ただ、夢があってもいい。それにそれまでのあいだ、〈ファーム〉の隣にある喫茶室を研究室のようなものとして使えるのだ。毎日ドット８に起床すると、Ｈ２まで戻り、スポークを下って第三トーラス《T3》へ行くと、フリーズドライのひどいコーヒーと、同じくひどいフリーズドライのオートミールを用意して、それから〈ファーム〉の真ん中にある小さな会議室テーブルに行き、座るのである。眠そうな目をした第三シフトの連中が加わることも、よくあった。マルクス・ロイカーがその中のひとりで、たいてい忙しすぎてほかの者と一緒に座ってコーヒーを飲むということはないが、彼女のために時間をつくってくれることも多かった。コンラート・バルトやリース・エイトケンが加わることもあり、テクラが顔を見せることもあった。この中ではテクラが、いろいろな面で最も興味深かった。あからさまに言うと、彼女は社会階級が異なっていたのだ。モイラ、ドゥーブ、コンラート、リース、それにジェネラル・ポピュレーションのほかのメンバーの多くは、ＴＥＤやダヴォスの会議で一度は顔を合わせたり、シンクタンクで一緒にパネリストになったりしたことがあった。だが、テクラはそうでない。ロシア軍には珍しい女性兵士のひとりで、オリンピックに出場したアスリートであり、テストパイロットで宇宙飛行士だったという変わったキャリアは、確かにＴＥＤのような会議に招かれるぐらいに興味深いものだったが、英語を流暢に話せないことや、ある程度の社会的不適応のせいで、講演者としてははじかれていた。破壊された〈ラック〉から逃げる際に負った裂傷は、素人によって縫合されている。地球でならすぐ形成外科医の手当てを受けるところだが、〈イズィ〉では結果をそのまま受け入れるしかない。モイラは、自分がもっとロシア語をうまく話せたら、外見や身繕いについての考えを彼女に話すことができたのに、と思っていた。テクラは顔の傷によって、女性美の標準からは遠く離れたところにいると見られていたが、あえてスポーツ刈りのままにするという賭けに出た。にもかかわらず、あるいはそれゆえに、彼女にはセクシーな感じがあった。モイラはそう認めたくなかったが、セクシーさとは人間の状態の一部なので、それが存在しないふりをしても無意味だった。モイラ自身、おおよそは異性愛者だが、若いころには二人の女性とそれぞれ寝たことはあった。ひとりはイギリスのケンブリッジで、もうひとりはマサチューセッツ州ケンブリッジでのことだ。別に問題のあることではなく、彼女も決して後悔はしていなかったが、かなりの配慮を必要とした。その二人とのわずかな情熱の瞬間に前後して、ジェンダーと同性愛にまつわる理論に関する見解があまりに多く飛び交ったため、そうした関係は彼女の人生から姿を消したのだった。

　モイラとしては、そうした考えを寄せつけないようにしていたのだが、テクラはまったく異なるタイプのパートナーになるかもしれないということが頭に浮かぶと、この点をかなり興味深く思っていることを、自分でも認めないわけにはいかなかった。あの手の込んだソープオペラじみた救出劇から二、三週間後に始まった、テクラの性的関心にまつわるストーリー、というものがあった。複数の男女が絡んだ三角関係か四角関係の話で、〈イズィ〉の口述歴史において漠然と神話化されていったが、モイラがもっと知りたいと思うようなものではなかった。話の要点は、二、三カ月たつとテクラはほかの女性たちと公然と寝はじめたというものであり、そこから大量の分析や批評、ドラマが生み出されていった。〝分析〟というのは、たいていはジェンダー理論家からのもので、アスリートだったテクラは、オリンピックでめかし込んだときでさえレズの男役のように見え、今はさらにそう見えるという、いささか気づまりな事実について語っていた。そのため彼女のカミングアウトは（もっとも、本人が正式にそうしたことはなかったが）、女性アスリートにまつわる典型的な見方を補強するようになったというのである。一方〝批評〟は、ネット上にいる何百万人ものばか者たちからのものだった。そして〝ドラマ〟に関しては、テクラと別のロシア人、つまり宇宙ステーションで強力な集団を構成していた人たちとの関係において起きたものだった。さまざまな国籍や性的関心をもつ人たちがさらに〈クラウド・アーク〉に増えて、誰もがもっと大きな問題に注意を集中するようになったため、みんなが慣れるにつれてこのことについての関心は弱まっていった。ただ、それによってテクラは奇妙で孤独な存在となり、彼女が流暢《りゅうちょう》に会話ができる唯一の人たちと、社会的に離れてしまったのだった。政治的に正しい学術界の左派の観察者のあいだには、彼女が自己変革を遂げて、学術界の左派のようになるかもしれないという期待があった。だが彼女は、自分をそもそも〈スカウト〉にした秩序と規律、ショーン・プロブストにアームロックをかけて窒息させようとしたような秩序と規律に対して、基本的に変わらぬ考えをもちつづけているようだった。テーブルでテクラの向かいに腰かけ、コーヒーとオートミールを口に運びながら、モイラはぼんやりと考えていた。果たしてテクラは、自分とショーン・プロブストのＳＭチックな想像上のセックスをテーマにしたポルノという、ファンによる一大ジャンルがネット上にあることに気づいているのだろうか。

いずれにしろ、テクラが朝食の場でたまにモイラと一緒になりがちなのは、直接の誘いとまではいかなくても、予備的な手始めではあるように感じられた。

そんな考えに気を取られていたので、モイラは最初、〈ファーム〉が急に人でいっぱいになっていたことに気づかなかった。彼女とテクラはテーブルのはじで朝食をとっていたが、その頭上にある大きな状況認識モニターを、みんなが見ていた。角度がよくなかったので、よく見るには場所を移る必要があった。映っているのはニュースチャンネルで、スマートフォンで撮った映像の断片を、話に合わせるためにつなぎ合わせたものを流していた。ストーリーの最初では、《人民の正義のための封鎖》の船が海岸と悪魔島のあいだの海に停泊していて、ちょうど夜明けのピンク色の光が見えてきたところだった。それがストーリーの終わりになると、太陽が照らしていたのは、ドレッドヘアのような煙越しに見える、つぶれた船体と浮かんだ死体がかき回されて交じり合っているものだった。その真ん中にちらりと見えていたのが、海のほうから音を立てている黒い塵と、広い地域を包むように広がっているみごとな炎の泡で、それが破裂したかと思うと消えて、大ハンマーで殴られてナパーム弾を浴びせられたような残骸が残ったのである。

そこからビデオは、ミサイル潜水艦と巡航ミサイルの退屈な三次元見取り図と、ホワイトハウスの記者会見室の映像を、繰り返し流しはじめた。後者では大統領が短い声明を発表したのち、この件を統合参謀本部議長に委ねていた。各国の指導者は、ダウニング街から、クレムリンから、ベルリンから、意見を述べていた。

それらはどれも、それ自体思わず引き込まれるようなものだったが、モイラがオートミールに戻ろうと目をそらそうとしたその瞬間に、画面に映った何か明るいものが彼女の目をとらえた。彼女が画面のほうを向くと、海上に立ち上るキノコ雲の映像が流れていた。

「私、何か見逃した？」と、モイラは尋ねた。「今のは隕石の衝突には見えなかったけど」

「核よ」とテクラが告げた。

モイラは彼女に目をやった。テクラの視線は――冷ややかと言う者もいるが――今はモイラの顔に据えられている。冷ややかだとは、モイラはまったく思わなかった。このときはテクラのほうが恥ずかしげに目をそらし、「ベネズエラ」と言い添えた。「海軍はもう、問題ではなくなった。ロケットがまた、打ち上げられている」テクラは肩をすくめた。彼女はタンクトップを着ていて、モイラはその三角筋から目をそらせなかった。もうやめなければ。

「海岸では燃料気化爆弾」とテクラが続ける。「きやめて破壊力が高い」テクラは椅子の背にもたれると、空《あ》いている隣の椅子の背に腕をさりげなく置いた。「あなたの意見は、クル

―博士？」

「お願い、モイラと呼んで」

「失礼、ロシアの慣例でして」

テクラはおそらく、見た目以上に抜け目がないのだろう。クルー博士のような人なら、人々の上に核爆弾を落としたという事実にショックを受けるものと思っている。そこでまだ話題が新鮮なうちに、ここではっきり言ってしまおうと思っているのだ。

　モイラはテクラの腕をじっと見つめていたので、自分の隣にがっしりとした大きな体格の男がドスンと腰を下ろしたとき、びくっとした。さっと目をやると、それはマルクス・ロイカーだった。彼は自分の前のテーブルにコーヒーのカップを置くと、しばらくそれを見つめていて、キノコ雲と記者会見室の映像がさまざまな角度からいつまでも繰り返されているビデオの画面はほとんど見ていなかった。やがて彼は顔をモイラに向けると、眉を上げてうなずくことで挨拶し、テクラにも同じようにやった。

　これでモイラは、テクラの質問に答える義務から解放されたのだった。「ここではぼくが多少不利な立場にあるのはわかっている。ぼくがドイツ語を話すからだ。ある種の障害となっている。そう、障害があるのは認める。ぎこちなさもわかる。デリカシーについても。だが――――」

「これが起こるのを知ってたの？」モイラが尋ねた。

「いや、ぼくにもまったくの不意打ちだった」

モイラはうなずいた。

「ただ、もしぼくの意見を聞かれていたら、イエスと答えていただろう」

「どうせみんな死んでしまいますから」テクラがうなずきながら言った。

そのとき、モイラは思い至った。マルクスとテクラは、お互いにかなり気楽な関係にあるのだと。それもそうだ。テクラの性的関心に、マルクスが悩まされることはまったくないだろう。それどころか、彼のような男性にとっては、彼女を手に入れることができないとわかれば、状況はかなりシンプルなものになるだろう。彼は元軍人のパイロットで、彼女もテストパイロットだった。当然ながら、この二人は同じようなものの見方をしがちだ。〈クラウド・アーク〉の最初の年、テクラはしばらくのあいだ移動労働者のような存在だった。特に仕事のない人を宇宙ステーションが支えるというのは、おかしく思えるかもしれない。だが、〈スカウト〉は誰ひとりとして生き延びると思われていなかったので、長期的な役割を念頭に置いて送られてきた者はひとりもいなかったのだ。もっぱら船外活動の仕事を引き受けるロシア人たちから疎外されたため、彼女はさまざまな業務に手を出すことになった。今の彼女は、〈イズィ〉の内部を誰よりも知っているのみならず、〈アークレット〉の制御方法も知っていたし、宇宙服を着て外に出て溶接を行なうこともできる。孤立してさまよっていた日々は、マルクスが〈イズィ〉を引き継いだときに終わりを迎えたようだった。テクラがどんな仕事をしているのか、モイラにはもはや確信がなかった。ただ、マルクスが彼女に任せて何かをさせており、テクラが彼から直接指示を受けていることは、はっきりわかっていた。

「確かに彼らは死ぬわ」と、誰かの声が聞こえた。「でも、私たちは違う」ルイーザだった。彼女はテクラのうしろに回ると、ロシア人が腕をかけている椅子を使ってもいいかと、口に出さずに許可を求めた。テクラはその席を差し出しただけでなく、立ち上がって、礼儀としてその椅子を引いた。

「私たちは誰も死なない。少なくとも、私はそう願ってる」ルイーザは続けて言った。「それで、私たちはこれが起きるのを目にした。今や私たちの記憶に刻まれた。でも、それだけじゃない。数時間もしたら、クルーからの荷物を受け取ることになる。もともと無防備だった人たちに対して燃料気化爆弾と核爆弾を使ったことの恩恵をこうむるわけよ。そのことが今の私たちのＤＮＡに刻み込まれたってわけ」彼女の視線がさっとモイラのほうを向いた。「詩的なイメージをもち出して失礼、クルー博士」

　モイラは軽く微笑みかけると、うなずいた。

　マルクスが口を開いた。「つまり、違う意見だと？」

「そうじゃないわ」と答えるルイーザ。「マルクス、はっきりさせましょう。私にも障害はある。南米出身で褐色の肌で、スペイン語をしゃべるんだから。私は船に乗った難民たちと何年も過ごしてきた。それに私はユダヤ人よ。これが私の障害なの、いい？」

「了解だ」とマルクス。

「私はあそこにいなかったから、ＪＢＦがどんな助言を受けていたのか、私たちの知らないことを何か知っていたのかもわからない」

「つまり、君が言いたいのは？」ずばりとだが穏やかに、マルクスが尋ねた。

「ここには法律がない。権利もなければ憲法もない。法律制度も警察も存在してないわ」

テーブル上で、マルクスとテクラが視線を交わした。それはこっそりとしたものではなく、やましいことによるものでもなく、何かを共謀しているというしぐさでもない。それでも、意味ありげなものではあった。

「今、取りかかっているところだ」と、マルクスが答えた。彼の言葉は、冗談などではなかった。クレイター・レイク合意が署名されてからは、憲法学者ばかりのシンクタンクがハーグでそれにかかりっきりだったし、そのうちのひとりはここで暮らしているのだから。

「それは知ってるわ」とルイーザ。「ただ、今この画面で目にしたような残虐行為が、ともかくもそのプロセスに悪影響を及ぼさないことが、私にとってはとても重要なの。この残虐行為が通常のことになってはいけないから」

まだ視線を交わしていたマルクスとテクラは、何も言わないという共通の決断を下したようだった。

モイラの電話がブルブルと震えた。画面を見ると、一五分後に約束が入っていた。非常に奇妙なものとなったお茶会《カフェクラッチ》から、彼女は抜け出した。まあいいわ、センチメンタルな考えが取り除かれたかもしれないし。ヨーロッパの歩道にあるカフェでの朝食体験のようなものを望んで足を踏み入れたのに、核戦争や反対派の大量抹殺、真剣な倫理的な話、それに彼女とテクラとのあいだに急に走った鋭い性的緊張が混ざった三〇分間が、もたらされたのだった。〈クラウド・アーク〉にいる多くの人たちと同じく、彼女もここに来てからはセックスをしていない。地上にいた不運な配偶者や婚約者の存在によって良心が妨げられていない多くの者は、それを実現する方法を見つけていたが、ほかの多くは何もしていないのだった。このままの状態では、とうてい続かない。ドッキングされたカプセルが二つ、性行為のために準備されていたし、宇宙ステーション内にそういうことに使える静かな場所があることは、誰もが知っていた。地上にいたとき、モイラにはそういう相手がいなかった。ここに来てからも相手をつくらず控えていたが、その理由も、どれだけ想像しようがセクシーな気持ちになりえない場所だからというだけのことだった。ただ、それが彼女にはこたえてきたのである。

実は、彼女の長期的な仕事リストにあることのひとつが、〈クラウド・アーク〉上で妊娠を扱う方法に関するポリシーをつくることだった。妊娠している人としていない人は、基本的にそれほど違いがないため、つまるところは赤ん坊の扱い方ということになる。地上にいる〈アーキテクト〉たちによる想定は、これは整然とした手順であり、妊娠した人は胎芽を冷凍保存する意図をもってそうするというもので、子供を育てるのによりよい環境になってから着床させるということだった。ここに来て半年以上が過ぎた今、モイラはこれを疑問視していた。〈アーキテクト〉は、ジェネラル《G》・ポピュレーション《ポップ》と〈アーキー〉とのあいだにある文化的相違を過小評価していると、彼女は見ていたのだ。

数カ月前まで、彼らは〈アーカー〉と呼ばれていて、公式の通信では今でもそうだった。

それが、誰かが〈アーキー〉という単語を考え出したところ、ネット上でしか見られないロコミ現象により、ほぼ二四時間で地球を席巻して、世界共通のものとなったのである。神経質なアーカンソーの歴史家数人が異議を唱えたが、結局押し切られた。

〈アーキー〉はただの子供であり、Gポップとは驚くほど接点が少なかった。彼らの住む〈アークレット〉は、群れ《スウォーム》の中では位置が変わることがない。ひとつの〈アークレット〉から別の〈アークレット〉へ移るのは、ほぼ不可能と言っていい――軌道力学のちょっとしたコツを必要とした、宇宙服による一大旅行となる。〈フリヴァー〉と呼ばれる小型多目的船が人の移動に使われていたが、その数は限られ、資格をもつパイロットもわずかだった。ルイーザからの忠告に従い、マルクスはこれを補うべく〝鍋の中をかき回す〟ことにした。つまり、どんなときでも〈アーキー〉の約一割は〈イズィ〉で暮らし、働くという方針だ。だがほとんどの場合、彼らの大部分は個々の〈アークレット〉やトリアッド、ヘプタッドに残り、Gポップとの唯一のつながりはテレビ会議（〈スケープ〉と呼ばれた）やソーシャルメディア（スペースブック）、もしくは地球から移植されたほかのテクノロジーによるものだった。女の子たちがまだ妊娠していないことにモイラは驚かされたが、胎芽を凍結保存することで彼女に接触してきた人は、ひとりもいなかったのである。

　モイラについてズヴェズダを通って〝下〟へ行き、冷凍保管庫へ入ってみれば、普通の人間ならその理由を理解するだろう。家族をつくりたいという人にとって意味をもつ、神経終末を刺激するようなものが、その場所にはないからだ。そこは笑えるほど簡素で、工業的だったのである。

それでも同じ理由により、約束の時間にきっかりあらわれた今回の新参者には、印象的に見えればとモイラは思っていた。彼らはケープ・カナヴェラルから打ち上げられた旅客用カプセルで、数時間前に到着していた。制嘔吐剤が効きはじめるには、そして彼らが気を落ち着けるには、長すぎる時間だった。一行はフィリピンから来た少人数の派遣団で、遺伝子組換えされたコメの品種に取り組んできた科学者と、生涯を貨物船で過ごすフィリピン人の船員たちと仕事をしてきた――どうやらルイーザとも仕事をしていたらしい――社会学者、それと、外見から判断するにアイスランド人ともシチリア人ともまったく異なる民族の〈アーキー〉二人だった。その一方が持っていたのは、間違いなくビール・クーラーだった。その作業を毎日最低一回は行なっているので、モイラにはよくわかっていたが、その中には出生国――この場合はフィリピン――に散らばるドナーから集められた精子や卵子、胎芽が入っているのだ。彼女はそれを正当な儀式のように――名刺を受け取る日本人ビジネスマンのように受け取ると、ふたを開けて中身をあらためた。底のほうにはドライアイスのかたまりがまだいくつかあった。これはいい。指の大きさの小瓶はすべて、六角形のかごに入れられている。彼女はそのいくつかをピストル形の赤外線放射温度計で試し、どれも解凍されていないことを確かめた。続いて、その冷たさから肌を守るためにコットンの手袋をはめると、いくつかを取り出して抜き取り検査を行なった。クレイター・レイク合意の第三巻第四節第一一項の第三技術補足に明記された手順に従って、封印、ラベル、バーコードが施されていることを確認するためだ。問題はない。遺伝学者ミゲル・アンドラーダ博士の仕事ぶりは、思ったとおりだった。

アンドラーダ博士は、これらのどのサンプルにも、感覚をもった生物形態になる可能性は露ほどもないと、ある程度は思っているのではないか――モイラはそうも推測していた。だがその件は、今話題にすることではない。モイラは自然な感じに聞こえるようにしながら、ちょっとしたお決まりの言葉を口にした。一同に礼を述べたあとさらに、最も貴重な貢献を自分と〈クラウド・アーク〉に託してくれたフィリピン人たちに礼を述べた。断言はしないまでも、そのプラスチックの小瓶それぞれから活気に満ちた人間が大量に生じる未来を、匂わせたのだ。彼らはそのあと、それぞれの〈アークレット〉に移り、この件をメールやフェイスブックで故国にいる家族や友人に伝えると思われた。今の言葉に込めた確約のニュアンスは、地上で終末を待つ人たちがあまり騒ぎ立てないようにするためのものだった。もし失敗した場合には――ベネズエラの場合のように――JBFが核爆弾を落とすまでだ。

「作業の様子を拝見してもかまいませんか？」派遣団がそれぞれ見送られたあとで、アンドラーダ博士が聞いてきた。二人だけになった今、彼らは天底側に突き出した長細いドッキングモジュール内に浮かんでいる。二人の〝下〟のずっと先は、キーパッド付きのハッチで封鎖されていた。〈イズィ〉の大部分は、動きまわったりのぞいたりしてみたい人にはオープンになっている。おかしな連中はそれほど多くないからだ。ただHGA、つまり人間遺伝《ヒューマン・ジェネテ》子《イック》アーカイヴには、一種の聖地のようなイメージがあって、デジタルの鍵で厳重に管理されていた。

アンドラーダ博士は小柄ながら屈強な身体つきの男で、頬骨が出ていた。モイラの知るほかの農業遺伝学者同様、彼もたこができて日に焼けた、革のような見た目をしていたが、これは実際に実験区や土掘りで多くの時間を過ごしてきたせいだった。しゃれたメガネを除けば、東南アジアの農夫でとおるだろう。実際はカリフォルニア大学デーヴィス校で博士号を取得しており、〈エージェント〉に邪魔されるまではノーベル賞の受賞が目前だった人物である。

「もちろんです」とモイラは答えた。「いずれにしろ、お話をしたいと思っていましたので。人間以外のものをここで育てる方法についてです」

「それについては話をする必要がありますね」アンドラーダ博士も同意した。

モイラは先へ進んでいくと、キーパッドに身体が向くようにゆっくりと宙返りをしたのち、虹彩スキャナーを作動させるボタンを押した。少しすると、彼女がモイラ・クルー博士であることが確認されて、ハッチが開けられた。壁にあるハンドルをつかみ、それを引いて開け、その先にあるドッキングモジュールへと進んでいく。そこは、彼女とアンドラーダ博士の二人がぎりぎりで入れるだけのスペースだった。白色のLEDライトが自動的に点灯する。壁に留めてあるのは、小型の電子機器がホルスターに収められた、ナイロン製のウェブベルトだ。モイラはそれを手に取ると、腰にまわして締めた。

二人は、そのモジュールの天頂側のハッチから入った。左右両舷にある開口部は、プラスチック製の丸いシールドで封鎖されている。そのどちらにも、真ん中から取っ手が突き出ていた。モイラにいちばん近いところにあるのは左舷のものだったので、彼女はその取っ手をつかむと握って掛け金を外してから、邪魔にならないように引っ込めた。

アンドラーダが、そのスペースに流れ込んできた冷気に身を震わせた。二人が目にしているのは長さ一〇メートルほどの真っ直ぐなチューブで、人ひとりが快適に作業する分には広く、身体がぶつかるのが気にならなければ、二人がすれ違えるほどだった。壁には小さなハッチが整然と並んでいる。それぞれの幅は人間の手を広げたぐらいで、ひとつひとつに小さな取っ手がついていた。それが何百とある。入り口近くのものには、機械印刷されたラベルとバーコードがきちんと貼られていたが、遠くのものには何もない。それぞれの横には青色のLEDライトがあり、その空間に唯一の照明をもたらしていた。

「ご自分でされてみますか？」と、モイラがアンドラーダに申し出た。

「私のほうが先に凍死しなければ！」とアンドラーダ。

「宇宙は寒いものです」とモイラ。「それを当てにしているんです」

彼女はコットンの手袋をはめる時間を彼に与えると、クーラーを開けて差し出した。サンプルが収められている小さなラックを、彼が取りはずす。モイラはベルトにあった手持ち式のスキャナーをバーコードに当てた。アンドラーダ博士は冷凍保管モジュールへ入っていくと、無重力の世界に初めてやって来た者とわかるような感じで、恐る恐る壁に手をやりながら、さらに先へと進みはじめた。

「ラベルのない最初のものを使ってください」とモイラが

声をかける。「ドアは開けたままでお願いします」

冷気で喉が痙攣を起こしたため、アンドラーダ博士は咳をした。彼が小さなハッチのひとつを開けてサンプルのラックを滑り込ませ、モイラはその間にハンドヘルド・プリンターでラベルをつくる。英語とフィリピン語、それに機械が読み取れるバーコードでサンプルを識別できるようにだ。アンドラーダ博士が中央のモジュールへ戻ってくると、今度はモイラがその開いたハッチのところまで行き、サンプルのラックが奥の管状の穴にきちんと収まっているのを確認してから、ハッチを閉じてその前面にラベルを貼った。ハッチに貼られたのは独自のＩＤ番号と、同じ内容を伝えるバーコードで、彼女はそれを機械に当ててダブルチェックした。

そのハッチの横にあるLEDライトが赤く点灯して、コンパートメントの室温が高すぎると知らせていた。だがモイラが作業を確認しているあいだにライトは黄色に変わり、冷気が〝しみ込んで〟きていることを示していた。その後、彼女がタブレットの画面を見て、青色になっていることを確認した。

モイラはドッキングモジュールまで戻ると、冷凍保管庫を封鎖する円形のシールドをつかんだ。「これはおわかりになると思いますが、断熱用です」と言って、シールドをもとの位置に戻した。「もうひとつのほうを開けてもいいですが」と続けて言った。「ただ、目にするものは同じです」

「それにはおよびません。ありがとうございます」とアンドラーダ博士。「しかし、人生でこんなに寒かったことはなかったですよ！」

二人は〝上〟へ戻ってズヴェズダへ行くと、そこから遺伝子工学機器の大部分が保管されているモジュール群まで進んだ。そこにあるのは箱だけだった。後方へ行ってトーラスのひとつへ行くことは簡単にできるが、モイラは経験上わかっていた。新参者はゼロGと人工重力とが交互に切り替わるのを、ありがたく思わないのだと。

しゃれたメガネ越しにモイラを見るアンドラーダ博士の視線から、彼女は礼儀正しさと疑念を読み取っていた。それも当然だ。彼が考えているであろうことを、彼女が切り出した。

「ちょっと仰々しかったことをお許しください。あれを毎日一度か二度、一年間やってるんです。科学者というよりも女司祭ですね。あなたはもちろん、ブログに書くおつもりですよね。はるばるマニラから〈イズィ〉の冷凍保管庫までサンプルをみずから運んだと、下の人たちに伝えるために」

「ええ、そうですね。そうするつもりです」彼は言葉を切って、話題を変えることを示した。「分散化はされてはいないんですね」

モイラはうなずいた。「今から一〇分後に岩石がぶつかったら、サンプルはすべて失われてしまいます」

「やはり。それが気になりまして」

「私もそうなんです。つまるところは統計学と数学の問題なんですがね。今のところは岩石もそれほど多くなく、見つけることもできますし、必要ならよけることもできます。全部の卵をひとつのかごに入れるな、と言いますが……」

「それに精子もね」とアンドラーダ博士が言ったが、これはモイラ個人の世界では、最も古い冗談となっていたものだった。

「……実は、今後数週間では、そのほうが安全なんです。すべての〈アークレット〉に分けるよりも。それでも分散化計画はあります、アンドラーダ博士。BFRがある値を超えた時点がきっかけになるんです」

彼がうなずいた。「どうかミゲルと呼んでください」

「ミゲル。でしたら、私はモイラと」

「わかりました。ところで、私がここに来るように選ばれた理由については、ご承知だと思いますが」

「トウモロコシの遺伝子を移植することで、コメの光合成の効率をアップさせる方法を考え出したからでしたね。フィリピンにあったあなたの研究施設はグリーンピースに破壊されましたが、それでもあなたはプロジェクトをシンガポールで継続させました。あなたは〈ゼロ〉の直後から、低重力の水耕環境での収穫に適応させた品種の開発を始めたと聞いています」

「スプライスですね」それとわからないぐらいに目を動かしながら、ミゲルが言った。〝スペース・ライス〟を縮めたこの用語は、《ストレイツ・タイムズ》紙の熱心な記者がつくりだしたもので、タブロイド紙の見出しやネット上のコメント・スレッドでは、消えることのないトピックとなっていた。「でもモイラ、多少の人工重力がないと育たないということは、聞いていますか？　上下の別がないと、根系が伸びないのです。その点では、そういうことに左右されない藻よりも難しいのですよ」

「まあ、藻については、長いこと食べることになるでしょうね。スプライスはそのあとです。重力を生み出す、回転する環境をもっとつくりだしてからです。そしてミゲル、それからなんですよ！」

「それから、なんなんです？」

「スプルーです」

「スプルー？」

「宇宙醸造《スペース・ブルー》のことです」とモイラ。「大麦ほどいいものではありませんが、せっぱつまったときはコメからビールをつくれるんです」

「タップ！」とマルクスが言った。手で叩けなかったので、口で言わざるをえなかったのだ。格闘技の練習で外れない関節技をかけられたら、相手の手や腕や脚など、手が届くところならどこでもいいので叩《タップ》いて降参の意志を伝えるというのが、伝統的な方法だ。だがマルクスの手は、どこにも届かなかった。両腕をテクラに押さえつけられていたからだ。

二人がそのまま浮遊していき、〈サーカス〉――たいていは誰もいない、運動用の大きなモジュール――の詰め物をした壁にぶつかる寸前にテクラがマルクスを離すと、どちらも両手を上げて衝撃を吸収した。

その〈サーカス〉の向こう側から興味深げに見ていたのは、ジュン・ウエダのほか、トム・ヴァン・ミーターというエンジニア、ボロル＝エルデネ、それにヴァチェスラフ・ドゥブスキーだった。男性三人は黙っていた。熱心さが取り柄のボロル＝エルデネは拍手を三回したが、ほかの誰もそうしていないことがはっきりわかると、その手を止めた。

「オーケー」ヴァチェスラフが口を開いた。「百聞は一見にしかずだな。無重力でもサンボはやれることがわかった」彼の目が、ほかの者のほうに向けられた。「おそらくは、ジュウジュツも、レスリングも、ブフ（モンゴルの伝統的な格闘技）も」

「投げ技がなしなのは、はっきりしている。地上ではとても重要な体重移動もない」とマルクス。

ジュンがうなずく。「それは技の一部になりますね。寝技《グラウンド・ファイティング》にも少し似ている。地面《グラウンド》がないけれど」

トム・ヴァン・ミーターはアイオワ大学でエンジニアの学位の取得を目指していたときレスリングをやっていたのだが、その彼が身体の向きを変えると、詰め物をした壁のほうを向いて、パンチをくり出そうとした。なかなかの体格と強さにもかかわらず、そのパンチは弱々しく当たって、彼自身がモジュール後方へと飛ばされた。

「それも経験ずみだ」マルクスが声をかけた。「パンチは問題ありなのさ」

トムは反対側の壁にぶつかる直前に両腕を外側へ投げ出し、マットを叩いて勢いを吸収した。「トーラスや〈ボロ〉にいたら、通常の技はどれもうまくいきます。でも確かに、ゼロGでの格闘技は新たな領域ですね」

「相手をしっかりつかめるようになれば」テクラが声を上げた。「それほど違いはありません」

「〈クラウド・アーク〉にはテーザー（ワイヤー針射出式のスタンガン）が一ダースある」マルクスが話し出した。「ぼくが頼んだものじゃない。来たときにはあったんだ。そのことについては、誰も知らない。携帯用の武器を持った人間が歩き回るというのは、ぼくはぞっとしないね。それがたとえ、ただのテーザーでも、ほかは誰も武器を持ってないんだから。ただ、人口はもう二〇〇〇人ほどになった。地球では、それほどの人口の町で警察が存在しないところはない。犯罪や言い争いも起きるだろう」

「警察について、憲法ではどう書かれてるんですか？」ボロル＝エルデネが尋ねた。「読んだことなくて」

　彼女の言うことはよくわかるので、ほかの者たちはみんな笑った。「あんなもの、誰も読んでないよ、ボー。印刷したら、こんなに分厚くなるんだから！」マルクスがそう言って、親指と人差し指のあいだを五センチほど離した。「書いたのは委員会さ。想像どおりだろうけど」

「マルクス、はっきりさせたいんですが」ジュンが口を挟んだ。「あなたはまさか――」

「いや、ジュン、無視するとは言ってない。本当だ、ぼくはあの連中に毎日のように言ってるんだよ。もっとシンプルにしろ、例の、ほら、あの要点ノートみたいにと――」

『クリフスノート』（クリフスノート社が刊行している要約本シリーズ）」とトム。

「それだ。ぼくたちが崖《クリフ》から落ちる前にね。ぼくも検索してみた。シンプルなオーナーズマニュアルさ。でもそのどこかで、警察のことに触れられている。最初は市民警察でないといけない――プロはいないから。ここにいるみんなの個人記録には目を通した。みんなが何がしかの格闘技に長《た》けているのはわかった。宇宙ステーションで実際に有効な唯一の組織暴力の形式が、格闘技なんだ。まったくのクレイジーな行為を除くとね」

「棒術は？」とトム。

「君が聞くと思ったよ。履歴書にはフィリピン武術のエスクリマに関する記述が多少あったから。そう考えるのももっともだ。ただ、ひとつ質問がある」

「なんです？」

「棒はどこにある？」

「木でも植えるとか」とボー。

「それには時間がかかる。だからみんなには、このことだけを頼みたい。このモジュールに集まって、毎日少しの時間でいいから格闘技の練習をしてほしいんだ。役に立つかもしれないからな」

ドゥーブはあまりにも寝つきが悪かったので、まったく眠っていないのではないかと思っていた。だが時計を見ると、ドット15ごろだった。寝袋に潜り込んだときは、ドット9だった。しばらくはうとうとしたのだろう。それがいつなのかは、わからなかったが。

毎晩アメリアと行なってきたテレビ電話が、ゆうべはうまくいかなかった。ひどかったわけではない――お互いに声を荒らげることも、涙を流すこともなかった――が、最初はクールーで起きたばかりの出来事の話に終始して、そのあとは接続が不調になったのだ。ヘンリー相手のときにも、同じことが起きていた。

最近はお互いに対して言うことがなくなってきていた。ひどい話だが、事実だ。彼の家族はみな揃って、二週間か三週間、四週間のうちに命を落とす覚悟をしていた。政府は希望者に対して、安楽死薬を無料で配っている。すでに何千人もがそれを飲み、死体保管所は死体であふれていた。重機によって共同墓地が掘られているところだった。その一方でドゥーブのほうは――率直に、正直に言うなら――人生で最大の冒険に備えていたのである。

あるレベルでは彼らがすでに死んでくれていたらと、彼は願っていた。

言葉にできないようなそういうことを、数日前にルイーザに話したところ、彼女はうなずいてくれた。「よくあることよ。末期のアルツハイマーの患者や、似たような症状の人を介護する人たちにはね。ものすごく大きな羞恥心と罪悪感に見舞われるの」

「でも、アメリアはアルツハイマーじゃないし、彼女は――」

「それは関係ないわ。彼女の顔を見る、彼女と話す、それであなたは落ち込むのよ。するとあなたの脳は、自分を落ち込ませるものはどこかへやりたいと思う。世界一シンプルな反応だわ。だからって、ひどい人になるわけじゃない。それに屈する必要はないのよ」

そういった考えによって彼はさらに寝返りを打つことになり——無重力でぶらぶらとした寝袋の中で眠れない状態に対して——この表現で正しければだが——「いつなのか？」という疑問を相手にしてもがいていた。第三六〇日の時点で、第七二〇日プラスマイナス数日と予想されたときは、それぐらいでしかたないと思えた。だが、第七〇〇日になってその最後が近づいてくると、「プラスマイナス」という部分にひどく悩ませられていた。最近では「プラスマイナス三日」まで狭められていたが、それは政治的圧力に対してそうなったのであり、科学にもとづいた正式な反応ではなかった。それに、科学者にとって意味しているのは、何か別のことだった。門外漢は、「きっかり七一七と七二三のあいだ」だと解釈する。だが科学者の場合は、月を吹き飛ばす実験を何度も繰り返し、それぞれの場合における〈ホワイト・スカイ〉に至るまでの時間を記録した結果、その数字はベル型曲線の正規分布に入り、およそ三分の二の場合はその範囲内に収まるということだろう。

それはつまり、残りはその範囲からはずれるということであり、もっとずっとはずれることもあるわけだ。明日起こるかもということは、まさに今、ドゥーブが寝袋で浮かんでいるときに起きるかもしれないのだ。

だから、ドット15をちょうど過ぎたところでダイナがやって来て起こされても、彼女に対して腹は立たなかった。むしろ安堵していた。

基本的な礼儀として、口に出しては言わなかったものの、彼女の見た目はひどかった。度を越して感情があらわれているという意味ではなく、ただただ精根尽き果てて、ぼろぼろという感じだった。

「ギアナのことは聞いた？」二人してうねりながら〈マイニング・コロニー〉へ戻る途中、彼女が振り向きざまに聞いてきた。

「ああ」

「そう」

自分の仕事場《ショップ》に入るまで、ダイナはそれ以上何も言わなかった。昔ながらの通信手段の成れの果てが部屋のそこかしこにあるのを、ドゥーブは見て取った。ありとあらゆる場所に紙が貼られ、先が丸まった鉛筆が漂い、『従業員マニュアル』から外されたページには、文字のかたまりが線で消されているのが見える。「中断するように、ショーンに言わなくちゃならなくて。もうヘトヘト。これ以上はできないわ。少し眠らないと。これはめちゃくちゃ厄介よ、正確じゃないといけないから。ショーンがメッセージをコピーできるようにゆっくり入力するのって、ゆっくり歩くようなものだから」

「ゆっくり歩く？」

「わかるでしょ。誰でも普通のスピードで歩ける。それは簡単よ。でも、その半分のスピードで歩かなきゃならないとき、たとえば出歩くのに苦労する人に付き添うときとか。ひどく疲れるのよ」

「なるほど」

「あたしが中断を申し出たら、彼は話題を変えた。それまでは、『おい、どんな感じなんだ？　アークには何人ぐらいいるんだ？』っていうものだったのに、ちょっと時間的な制約のことをもち出したら、向こうは感度解析の話を始めたんだから」

　ドゥーブは声を立てて笑った。

「あら」ダイナは鋭い眼差しで彼を見た。「思ってた反応と違うわね」

「そのことを考えて、ずっと眠れなかったんだ」

「じゃあ、彼の言いたいことがわかるのね？　あたしはただのばかな田舎者だから、彼に聞かなきゃならなかった」

「彼が言いたいのは、第七二〇日に起きるという確信が、私たちにどこまであるのかということだろう。それと、この系がどの程度不安定かということも」

「そう、それが彼の言いたいことだわ」

「近づくほど、臨界に達する原子炉みたいになるというか、あるいは――」

「どんなたとえでもいいわよ」

「とにかく不安定なものは、そのシステム内のランダムノイズがきっかけになりうる。本質的に予測できないものがね。あまりの緊張状態に達してるせいで、ちょっと変な目で見ただけで爆発しかねない人間と、同じことだ。どの岩石によってなだれが引き起こされるかは、どうしたってわからない」

　ダイナはしばらく考えこんでから、視線を外し、自分の無線のほうに目をやった。「ショーンにはそれがわかるんだわ」

「よく聞こえなかったんだけど」探るような長い間《ま》ののち、ドゥーブが口を開いた。

「〈エイトボール〉よ。ショーンはそう呼んでる。あたしたちが気づいていない岩石のこと。飛んでくるのが見えない岩。暗すぎるし、遠すぎるから」

「ダイナ、よくわからないんだが――それは仮定の小惑星の話なのかい、それとも――」

「そうじゃない、具体的なもの、本物のやつよ。ねえドゥーブ、アルジュナ・エクスペディションズはキューブサット（小型人工衛星）を何年も打ち上げてきたでしょ。空にはそういった目が何百とあって、漂いながら地球近傍小惑星の写真を撮り、リストにし、できるかぎりの正確さで軌道パラメーターを記録している。つまり彼は夜も寝ずに、あなたと同じことを考えていたようなの。デブリ雲の極端な不安定性や、あらゆる種類の摂動に対するその感度を。そこで彼はすばらしい考えを思いついた。アルジュナの秘密の小惑星データベースを探索して、今後数週間のうちに、月のデブリ雲のど真ん中を通過する悪者がいないか見てみようって。そういうなだれのきっかけになりそうなものをね」

「彼にはそのデータベースがあるのかい？」

「もちろんよ、いずれにせよ、ただのスプレッドシートなんだから」

「それで彼はそのスプレッドシートを広げて、分析を行なったと？」

「そう。ねえドゥーブ、あたしは状況証拠から、これをつなぎ合わせてるところなの。通信が途切れ途切れなのは知ってるでしょ」

「わかるよ」

「でも、彼はこの分析を行なって、小惑星を見つけた。それを〈エイトボール〉って呼んでるわけ。低アルベド（外部からの入射光エネルギーに対する反射光エネルギーの比）だと思うの」

「黒いんだな、エイトボールの玉みたいに（ビリヤードの八番のボールは黒い）」

「あたしには、その大きさも軌道パラメーターも、なんにもわかっていない。でもショーンは、約六時間でそれがデブリ雲のど真ん中を通過すると思ってるのよ」

「六時間だって!?」

「しかも充分な運動エネルギーをもってるから、まあ、興味深いわけなの」

ドゥーブはアメリアのことを考えていた。自分を寝つけなくさせた、もろもろの感情のことを。予想どおり今やすべてがひっくり返って、アメリアもヘンリーもヘスパーもハドリーも、みんなもうすぐ死んでしまうということに、彼は恐れおののいた。

ダイナはその様子を、彼が頭の中で天文学的な計算をしているのだと勘違いした。「あたしは六時間ほど眠るから。おやすみなさい」

「おやすみ、ダイナ」とドゥーブも声をかけた。

今はドット16ごろ。シフトチェンジの時間であり、第三シフトの人間にとっては午後四時に相当する。つまりマルクスは——通常の地球の人にとっては——一日の仕事の終わりに近づいていた。もちろん、〈クラウド・アーク〉のほとんどの人たちと同じく、彼も起きているあいだはずっと働いていた。〈サーカス〉での格闘技の練習といったレクリエーション活動にも、より大きな目的があった。つまり、〝午後〟のシフトチェンジも〝仕事日〟の終わりも、月並みな慣例にすぎなかったのだ。それでも彼は、毎日この時間はいわゆる書類仕事に充てていた。またその一環として、〈タンク〉内の自分専用の狭いオフィスに、宇宙でただひとりの弁護士であるサルバトーレ・グオディアンを招いていた。シンガポール系中国人の父親と、両親が税金逃れの国外移住者としてその都市国家に移住したイタリア人伯爵夫人とのあいだに生まれた彼は、ほとんどがイギリス人の国外在住者という学校で学んだあと、カリフォルニア大学バークレー校へ入学した。だが一年半で中退してIT系の新興企業に加わり、無一文になってからはさまざまな新興企業を渡り歩いた。ようやくいくらかの金を手にすると、法律に興味をもったので、学士号がないのに金にものを言わせてロースクールに入り、大手法律事務所のロサンジェルス、シンガポール、シドニー、北京、ロンドン、ドバイの各支所で一五年間働いた。だが共同経営者の候補から外されると辞めて自転車で中国を横断し、サンフランシスコに移ってからデジタル通貨を扱う貿易商社の総合弁護士となった。一方で空《あ》き時間にはボランティアでサイバー権の非営利機関に関わり、砂漠まで行って超巨大な自作ロケットを、宇宙のはしめざして打ち上げていたのだった。サルという名で広く知られている彼は、〈クラウド・アーク〉憲法に取り組むように選ばれた最初の人たちのひとりだった。そのためハーグで一年半を過ごしたのち、「引っ張り上げられて」——そういう表現がされたが——ここに送り込まれたのだった。年は四七歳だったが、薄暗いところでは三〇歳でも通るだろう。

ゼロG生活という難局への対処と、後退していく生え際に降参したことから、サルは髪形を短い〝ヴァキュバズ〟にするようになった。これは宇宙での髪の毛の対処法としては、最も楽なものだ。ヴァキュバザーというのは、電気トリマーと業務用真空掃除機《ショップ・ヴァック》の機能を組み合わせた機械だ。髪を刈るのは自分で行なうが、好みがあまりうるさくなければ、三〇秒ほどしかからない。耳栓はあったほうがいいだろう。古き良き時代には、サルはウェーブした黒い髪を伸ばしており、V字形の生え際はイタリア人の伝統を見せたものだったが、ヴァキュバズにすると見た目はほぼ中国人だった。彼は七カ国語を操り、〈クラウド・アーク〉憲法《コンスティテューション》——彼いわくCAC——のすべてが頭に入っている、唯一の人間といってもよかった。マルクスがそう言ってよければ——実際に彼は口にしたが——サルはすぐさま、司法長官と首席検察官、治安判事、最高裁判所長官の職務をひとりで兼ねそなえることになるだろう。

サルが笑い声を上げた。みごとな歯並びをしている。「これらの職務はまったく両立しないものなんだ。多くの点で、お互いの敵になるように意図されているんだよ」

「それなら、ほかの人を任命して、その職につかせればいい。いいかサル、今はブートストラップ・プロセス（自力でやっていけるように努めること）の話をしているんだ。どこかから手をつけないといけないんだよ」

「模擬演習《ウォーゲーム》をしてみよう。アウター・ビザリスタン出身の男性〈アーキー〉が、アンドラ出身の女性〈アーキー〉をレイプした。カメラのないところでは起こることだ」

「そんなところはほとんどないぞ」とマルクス。

「そうかい、わかったよ。でも、〈アークレット〉では起きる。もしくは、被害者がそう主張する。女性は医務室へ行き、医学的証拠が採取される」

「そもそも、レイプキット（加害者を特定するための証拠を収集するためのキット）はあるのか？」

「おれにわかるわけがない」とサル。「でも、用意するべきだな。とにかく、それにもとづいて、〈アークレット〉のビデオ記録を警察が見ることを認める令状を、判事が発行する国があるかもしれない。マルクス、人にはプライバシーの権利があって、ずっと監視することができない国もあるんだ」

「それで、ここの場合は？」

「君が知らないとは驚きだけれど、教えよう。CACはある権利は認めているが、それは〝簡略化された管理手順および管理体制の期間〟《PSAPS》には、廃止か縮小の恐れがある」

「PSAPSか」とマルクス。「それならぼくも知っている。戒厳令を遠回しに言ったものだ」

サルの表情は、傷ついた気持ちと面白がっている気持ちの中間のものだった。「忠告しておくけど、そんなふうに考えるのはやめたほうがいい。それができないにしても、はっきりと口に出しては言わないことだ」

「それでも――」

「海上の船で権力を振るう船長ってたとえのほうが、いいだろうな。その船長はいろいろなことができる。結婚式を執り行なったり、誰かに外出禁止の命令を出したりと。でも、その船がマンハッタンの波止場に係留されているときは、認められないことなんだ」

「サル、仮定のレイプ事件の起訴を模擬演習してる暇はないんだ」マルクスは腕時計に目をやった。当然ながらスイス製で、ジュネーブの有名な会社によって彼のために特別につくられたものだ。一種の遺産であり、『われわれはかつて存在した。われわれの能力でできた優れたものがこれだ』と伝えていた。「ぼくはもっと基本的なこと、非常に根本的なことを話したい。つまり、ぼくはどうしたら権限を得られるのか、とか、あるいはアイヴィかウルリカがぼくの代わりになったら、その人物はどのように権限を得られるのかとか」

サルには、彼の言わんとすることがよくわからなかった。「権限ってのは……」

そう口にしても、じれったそうなつぶやき以外の反応が引き出せなかったので、こう言ってみた。「権限ってのは、多くのさまざまなことを意味するものだよ、マルクス」

「この場合は、道徳的権限とか指導力とか、そういうものを言っているわけじゃない。〈アーキー〉たちがいわゆる船長に対してもつ、理論上の忠誠を意味しているのでもない。ぼくが言いたいのは、そのアウター・ビザリスタンのレイプ犯を逮捕しようとしたときに、相手が抵抗しようとしたり、その友人たちが一緒になって抵抗しようとしたりしたら、どうなるのかということなんだ」

サルはこの時点まで、この会話を法理論における面白い練習問題として考えていた。だがここにきて、かなりまじめな表情になった。「君が言っているのは権力のことだな。それが実際に意味するところや、その実態について」

「そうだ」

「それは昔からある疑問だよ。ファラオ、中世の王、ニューヨーク市の市長、みんな同じことを考えている」

「そうだ」マルクスが繰り返した。

「命令を出すとき、それが遂行される保証はあるか？ それが権力に関わる本質的な問題だ」

「そうですとも《ヤヴォール》、弁護士どの！」

「普通なら道徳的権限や忠誠心などについて話すべきだけど、君はすでにそれを除外している」

「いよいよとなったら……という英語の表現があるが──」

「伝統的な答えというのはつねに、王には護衛、市長には警察署長、指揮官には憲兵など、そういう者がいるというものだった。それに、他人に対して肉体的に何かを強要するという彼らの力こそ、指導者の権力の究極の拠《よ》り所《どころ》なんだ」

「まったくだな。それで、ＣＡＣのもとでは、それがぼくにはどう関係すると？」

「わかっているだろうが、そういった人たちに頼って強要すればするほど、ある意味では権力を失っていく。失敗を認めることになるんだ」

「サル、ここに来てどれくらいになる？」

「二〇〇日とちょっとだ」

「ＣＡＣについて、ぼくらはどの程度の時間話してきた？」

「わからない。一〇〇時間くらいかな」

「そのうち、この問題について話した時間は？」

サルは自分の腕時計に目をやった。「一五分ほどだ」

「つまり、その時間配分によれば、この件が全体の大きな仕組みにおいて、ぼくにとってはそれほど重要じゃないことがわかるだろう。でも、確かに重要なことなんだよ、サル。仲間に守られている犯罪者を逮捕しなくちゃならないときが来たら、ぼくには答えがないといけない。何をすべきか知る必要があるんだ。準備をしておかないといけない。それがぼくのすることだ。だからぼくはこの仕事をしているんだよ」

そのとき、オフィスのドアをノックする者がいた。珍しいことだ。彼はそれをしばらく無視した。

「ＰＳＡＰＳのもとでは、君は自分の決断を実行させるために特定の人間に代理を命じて、適度な肉体的抑制をすることができる。ＰＳＡＰＳが終わったあとは……」

「どのぐらいの期間で終わると思う？」マルクスの声のトーンは、そのことに関して自分なりの考えがあることを示していた。

「生き残れるほど幸運だとしたらか？　何年にもなるだろう」

「それなら、この議論ではPSAPSに集中すべきだな」マルクスはそう言うと、ドアに向かって声を張り上げた。「ちょっと待ってくれ！」それからふたたびサルに言う。「適度な肉体的抑制とはどういう意味だ？　誰が決断を？」

「それは」とサル。「君がおれを司法長官と首席検察官と治安判事と最高裁判所長官にするのなら、おれということになるだろうね」

「テーザーで撃たれた人の心臓が止まって死んでしまったら、それは適度と言えるのか？」

「おいおいマルクス、いったいどうしたっていうんだ？」

「模擬演習をしてるんだよ。準備をしようとしてるのさ。君もしたほうがいいぞ。仮定のレイプ事件についてじゃなくて、今にも起こりそうなことについてな」彼がじっと見つめると、サルはようやくうなずき返した。それからマルクスが、ドアに向かって声をかけた。「いいぞ！　入ってくれ！」

〝ドア〟というのは、海上の船であれ宇宙船であれ、ハッチに対して新米の者が使う単語だ。慣例から、〈イズィ〉内の人工重力があるところでは、ドアと呼ばれるようになっていた。浮いているものに関しては、ハッチと呼ばれた。

ドアが開いて姿を見せたのは、ハリス博士だった。専用のオフィスでの話し合いの最中にマルクスの邪魔をしたという事実と相まって、彼の表情は何か重大なことが起きていると示していた。マルクスは、最も明白な理由を想像した。「大統領がまた核を使ったのか？」ドゥーブはそう言われて驚いたようだが、首を振った。そうではなかったらしい。

「このミーティングにはプライバシーが必要かな？」マルクスがそう言って、サルのほうを見た。サルが立ち上がって、気をきかせて出て行こうとする。だが、ドゥーブは困惑の表情を浮かべたままだった。「あとにも先にも、最もプライベートでないことに関わるものだ」と言った。「だから、席をはずす必要はない。実は、タイムテーブルが大幅に前倒しされたと信じるだけの理由があるんだ。早ければ今から六時間後に、〈ホワイト・スカイ〉が始まる可能性がある」ドゥーブは腕時計を確認した。「いや、五時間後だ」

マルクスは壁の画面に視線を走らせた。「ＢＦＲで増加しているところは見られないが」

「デブリ雲を通過する小惑星がきっかけになる」

「地上で知っている者は？」

「このオフィスがどの程度監視下にあるかによる」

「つまり、あなたの言う情報は地上からのものではないわけか」

「そうだ。深宇宙からのものだよ」

「暗号化されたモールス信号によるものかな？」マルクスは軽い感じで尋ねた。彼とサルが視線を交わす。二人の会話は、そのような通信に関する苦情と、それに対する行動を求めるＪＢＦからのメモを読むことで、一時間前に始まったからだ。どんな行動を取るべきかということと、ホワイトハウスがこの問題に関する権限をもっているかということから、マルクスとサルはもっと一般的な権力についての議論をしていたのであった。今のところ、マルクスはこの展開が気に入っていた。なぜなら、もし暗号化された謎のモールス信号を〈イズィ〉から送っている者がいるのなら、それは自分のガールフレンドに違いないからだ。ただ、彼女を逮捕するつもりはなかった。利害の衝突に文句を言うのは、まもなく死に絶える人々と、みずからの権限をここで行使することのできない人々だけだ。

ただしそれは、〈アーキー〉やGポップの中に、必要ならクーデターを実行するという命令を帯びた反逆者が送り込まれていなければの話だが。

「マルクス？」ドゥーブが声をかけた。「聞いているのか？ 私が今言ったことを理解できたかな？」

「失礼、ハリス博士。サルが考えそうなことを考えていて、ちょっと気を取られてしまった」

「そのあたりのことについては、おれを代理に任命してくれてかまわんよ」とサル。「君の得意とするところじゃないだろう。でも――」

「ドアを閉めてくれ」とマルクスが声をかけた。

ドゥーブがドアを閉めた。

「ここが監視されていないのは、充分確かだ」

「了解した」

「ダイナだろう、ドゥーブ？」とマルクス。

ドゥーブはうなずいた。「暗号化されたチャンネルで、ショーン・プロブストと話している」

感心したというように、マルクスが首を振った。「たいしたものだ！　参ったな、彼女は問題児だよ」

ドゥーブとサルは黙っていた。その沈黙のあいだに、マルクスはテクラに対して一文だけのメッセージを送った。

「サル」とマルクスが声をかける。「ぼくはPSAPSを宣言するよ」

「まだその権限はおれたちには――」

「誰がぼくたちを止めるっていうんだ？」

その点についても、ドゥーブとサルはふたたび沈黙した。

「ジュリアが――彼女のことはもう大統領とは呼ばないが――ぼくたちに核攻撃をするとでも？」彼は話しながらメッセージを送り続けていた。

「彼女かロシア人、あるいは中国人には、君をその立場から追放する別の手段があるかもしれないし――」

「ぼくも考えたんだよ」とマルクス。「スパイがいる可能性についてね。テーザーか何かを持った軍の関係者のことを。そういった命令を待っている連中さ。フォードル、アイヴィ、ズィークとは話した。探りを入れて、感触をつかむために」

「マルクス」ドゥーブが口を挟んだ。「よくわかるが、今はそのことに集中すべきじゃないと思う」

「だからこそ、憲法上の部分はサルに、作戦上の部分は彼女に、委任するんだ」そう言って、マルクスはドアのほうにうなずきかけた。ドアはノックもなしに開いていた。入ってきたのはテクラで、彼女がドアを閉めた。「PSAPSに入ることは、全世界に知らせる必要はない。あと五時間で、静かに準備を始めることになる。ぼくはモイラに連絡して、遺伝子サンプルを〈アークレット〉に分散させる準備を始めるように伝える。ウルリカには、打ち上げ急増《サージ》の引き金を引くと伝える」これによってマルクスが意図しているのは、〈ホワイト・スカイ〉と〈ハード・レイン〉の始まりのあいだにある数日間の猶予期間中に予想されている、長らく計画されてきた集中的な打ち上げのことだった。「以上のことには、あくまで静かに取りかかる。今から五時間で起きるのか否か。もし起きなければ、それまでの状態に戻って、これを本番リハーサルと考えればいい」

ふたたびドアが開いて――今度はノックのあとだったが――若者が入ってきた。スティーヴ・レイクという名で、先にラップトップが、続いてドレッドヘアが姿を見せた。〈イズィ〉に来て一年半のスティーヴはヴァキュバザーの誘惑には屈しなかったものの、自分の長髪をいじるのが面倒になったので、赤い紐で固めることにしていた。かつては、ハッカーを雇って情報機関用の秘密の仕事をするヴァージニア州北部のコンサルティング会社で働いていたが、スペンサー・グラインドスタッフのサポートをするために引っ張り上げられたのだった。ネットワークと通信の専門家であるスペンサーは、〈ゼロ〉から〈イズィ〉にいたオリジナル・クルーのひとりであり、どこをとってもNSAの人間で、マ《M》サチューセッツ工《I》科大《T》学の卒業と同時に引き抜かれて、怪しげな秘密めいた作業に取り組んでいた。だが、スティーヴは毛色がまったく異なる人物のように思われた。現在の彼はやや困惑しているように見える。

「スティーヴ」とマルクスが声をかけた。「権力《パワー》について話し合うときが来たんだ」

スティーヴは眉根を寄せた。「それはつまり、電力《エレクトリカル・パワー》のことなのか、それとも――」

「もうひとつのほうだ」

「わかりました。それでこれは、その、抽象的で哲学的な議論なんでしょうか、それとも――」

「違う。君にはこう言うにとどめるが、ぼくのＰＳＡＰＳの権限のもとで、〈イズィ〉の制御システムに関するパスワードやキーを、すべて変更するんだ」

「ワオ！」とスティーヴが声を上げた。「それなら、スペンサーに話をされるべきなのでは？　組織図では彼のほうがぼくよりも上なので」

「組織図のことなら、よくわかっている。ＰＳＡＰＳのもとでは、ぼくにはそれを変えられる権限があるんだ」

「そのＰＳＡＰＳというのは、どういうものなんです？」

「その説明はサルがあとでしてくれるから、今は脇に置いておこう。基本的には、君の忠誠心、献身についての話になる。スペンサーは地上の権力に対する忠誠心が非常に大きい。彼をとんでもない苦境に立たせるのは、ぼくの本意じゃない。彼はあとから協力するかもしれないし、しないかもしれない。君については、違うタイプだと思っている。要するに君には、

〈クラウド・アーク〉に対して――〈クラウド・アーク〉だけに対して、忠実になってほしいんだ。ワシントンに対してでも、ヒューストンに対してでもない。そして、〈クラウド・アーク〉のボスが誰であれ、その人物の権威を受け入れてほしいんだよ。現時点では、それはぼくだがね」

「わかりました」

「先によく考えたほうがいいぞ、スティーヴ。わかりましたと言うだけじゃなくて」

「実はしばらく考えていたんです。ただ、実際のところ、バックドアがあるかもしれません。ぼくの知るコードは全部変えられますが、ぼくの知らない分については、別の話になってきますので」

「じゃあ警戒したほうがよさそうだな」

〈ホワイト・スカイ〉

青空に浮かぶ綿のような雲に気づいてはいたものの、数時間後に見上げたとき、それが太陽を覆い尽くすほどの巨大な雲になっていて、天候の変化を告げていたことがやっとわかる……そんなことが、この人生で何度あったことか。ドゥーブは思い返せなかった。そうした現象は、あまりにゆっくりと進行するので、実際に起きているとは気づかないものなのだ。A＋1・335の一日が終わる最後のころ、この七〇〇日にわたって空に浮かんでいた月のデブリ雲で、そのようなことが起きた。のちにその一日の変化を一分間のビデオに圧縮した低速度撮影の映像を見てみると、爆発のように見えた。もしくは、爆発の連鎖だった。映像をひとコマずつ慎重に見ていくと、〈エイトボール〉が通過するにつれて、雲の一部から次の部分へと爆発が移っていく様子が見て取れた。観測用の霧箱の中を進む粒子のように、それが通ったあとに残す跡以外は、目に見えない。数ヵ月前なら、どれにも触れずに通り過ぎていったかもしれないのに、今日は雲の中の隕石密度が高くなったため、通り抜ける際に衝突を避けることができなかったのだ。確率の計算をざっと行なったドゥーブは、衝突しそうな回数を一〇プラスマイナス五回とした。今や何百万もの岩を含んでいる雲にすると多い数ではないが、指数関数的に増える瀬戸際にある状態を後押しするには充分である。目に見えない軌跡の周囲には、〈ホワイト・スカイ〉が形成されて、猛威を振るった。その雲は大きさを増すと、コーヒーに入れたクリームのように広がって薄れたが、最初の衝突で飛ばされた岩が遠くの岩に当たって、みずからの小さな連鎖反応を引き起こす新しい爆発が、あちこちで見られた。ところによっては曲線状のデトネーション（音速以上の速さで伝わる燃焼、爆発）波面が広がってほかの部分と接触して、白く弧を描くレース状の泡と一緒になり、気泡構造をつくっていた。そこには簡素なモノクロームの美しさがあった。岩に当たって跳ね返った冷たい太陽光が目に届く以外、ほかには炎も明かりも見えなかった。このあと大気中に落ちはじめれば、多くの炎が見えることだろう。だが今のところは、世界は塵と砂利がフラクタル図形のように複雑に花開く、いわば砂利採石場の大惨事《アポカリプス》といった状態にあった。

「まさに当たりでしたね」と誰かがドゥーブに声をかけた。「〈ホワイト・スカイ〉と名付けるなんて」

「正しいことが、いつも満足をもたらすとはかぎらないがね」と彼は答えた。

火球分裂比率《ボライド・フラグメンテーション・レイト》は〈エイトボール〉の出現から数時間のうちに、重要な段階をすべて飛び越えて上昇したため、ドゥーブは注意を払うのをやめた。その数字は、今では間違っているのかもしれない。雲から漏れる光の量と分布にもとづいて、各天文台が協力して出した概算にすぎないのだから。その計算のために設けられた仮定は、今ではすべて古いものになっていた。

ドゥーブは自分の光学顕微鏡を、ＰＰ１とＰＰ２と〈クレフト〉——大きくて金属が豊富な、〈ピーチ・ピット〉の子供たち——があるはずのところへ向けようとしたが、濃い雲の中に部分的に目立つもの以外は何も見えなかった。それはおそらく、黒っぽい火球の硬い表面にみずから当たって粉々になった岩によって生じたものである。ふたたび目にすることはあるのだろうか、と彼は思った。

　彼にはもはや、空にある月の大きさを正確に記憶していなかったため、その雲が何倍大きいのかを推測することができなかった。もちろん、計算によって数値を出すことはできる。だが、どういう数値が出ようが、彼はまったく気にならなかった。満月はいつも同じ大きさだが、大きく見えることもあれば小さく見えることもあり、それは月と地平線との距離や、単なる心理的もしくは感覚的な要因によるものだった。地球の夜の側にいるわずかな人たちを除けば、この雲を見上げたときのそうした要因こそが、本当に重要なのだ。彼らにはどれくらい大きく見えるのか、どんな感じなのかを、彼は知りたかった。カルテク・アシニーアムの中庭から、チノ・ヒルズ越しに見たかった。まさにそここそ、彼が〈ゼロ〉の数分前に最後に月を見た場所だったのだから。大地に立って月を見て、死が近づいてきていると知る。それがどんなことなのかを、彼は知りたかった。

　ドゥーブもほとんどの人と同様、別れを告げる必要があると思う世界中の人たちのリストをつくったが、検討を進めていくうちに、それらの名前の九割を無情にも削っていった。時間がなかったからだ。そして、地球上にいた最後の二、三カ月のあいだに、直接会う必要のある人たちを探し出して、別れを告げた。軌道上に行ってからは、テレビ会議のリンクや丁寧に書いたメールで、別れを告げた。いったん別れを告げた相手には、再度連絡を取ることは避けた。同僚と最後の酒を飲みに行き、思い出を語り合い、泣いたりハグしたりして別れを告げてから、二カ月後にその人にメールで連絡を取って最近の観測結果を尋ねるのは、気まずいからだ。したがって、リストにそって別れを告げるうち、知り合いの範囲は着実に狭くなった。今の段階で残っているのは、妻と子供たちだけだ。〈エイトボール〉があらわれたあと、彼らに連絡をとるのはさらに難しくなっていた。〈イズィ〉と地上との通信量が、宇宙ステーションのアンテナと無線の全帯域幅によって制限されたからだ。個人的な通信は仕事よりも優先順位が低く、打ち上げの最終的な急増《サージ》——あるいはダイナが言うところの〝大盤振る舞い《スプラージ》〟——の準備が進み、業務量はピークに達していた。ドゥーブはアメリアと子供たちにいつもテキストメッセージを送っていたが、メールは送信キュー内に何分も何時間もとどまって、半分は発信されることもなかった。もうあきらめようかと思っているところへ、ヘンリーとハドリーとヘスパーのうち誰かから返信が届く。メールを送信したり返信を見たりすることが睡眠よりも大事になったため、彼はよく言われるところの「シフト破り」をして、可能ならどこででもうたた寝をした。〈ファーム〉の床に横になったり、幼稚園児のようにテーブルに突っ伏したりするだけになり、何かが届いたときの電話の震えを感じられるように、電話は顔の近くに置いていた。

ドゥーブが〈エイトボール〉に関する知らせをマルクスに伝えてから、丸一日たったころ、自分はもう愛する人たちに対して、散発的で予測のつかないようなメール以外では連絡をとらないのだということが、ようやく飲み込めた。家族に直接言うべきことは、どんなことであれ、これまで言ってきたはずなのだ。それは特に目新しい考えではなかった。すべての会話が最後であるかのように行動しろと、長いこと自分に言い聞かせてきたからだ。それでも、第七〇〇日の夜にひとりずっと交わした最後のビデオチャットを見返すことも、何かを伝えられていたらと思うことも、やめられないでいた。

『そっちからだと、どんなふうに見えるのかな？』とヘンリーがメールしてきた。

ドゥーブは時間を確認した。モーゼズ・レイクでは夜だ。シアトルの家から運び出したボロボロの長椅子を外に置いて座っているヘンリーが、交替制の仕事の合間にビールを飲みながら、幽霊の手のように自分に向かって伸びてくる〈ホワイト・スカイ〉を見ている様子を、彼は想像した。

どう返事をしたらいいのか、わからなかった。

『軌道軸に沿って広がっているように見えていると思う——輪《リング》ができる始まりだ』

『いや、地球のことなんだけど』ヘンリーが返事をよこした。

本物の窓から——いまいましい状況認識モニターによってではなく——地球を見下ろせる場所を、ドゥーブは探した。見つけた場所は〈ウー・ウー・ポッド〉だった。かなり混んでいる。〈イズィ〉はちょうど、昼から夜に入る明暗境界線を越えるところだった。明るく光る太平洋上であっても、髪の毛のように細い傷のようなものが、大気圏の澄んだ殻に見てとれた。飛来する火球によってできた白い跡だ。地球の暗い側の上では、それらは青い炎の弧を描いて、時には分岐し、時には地上まで落下して赤く爆発した。それはつまり、前日起きたのと同じことを見ているのであり、そのまた前日も同じなのだった。このようなレベルの隕石活動は、二年前に急に始まったものでなければ、人類史上で最もすばらしい天文現象となっていたことだろう。だが、〈ゼロ〉の数日後にペルーを直撃した最初の巨大な隕石を手始めに、火球の衝突による環境レベルは着実に上昇、つまり悪化し、人々はそれに適応していた。〝火球焼け〟によって顔が赤くなった自撮り写真を投稿した人もいた。近くの空にある隕石の跡から発せられた紫外線光にさらされたことで生じた、急性の日焼けのことである。

『今、見下ろしている』ドゥーブはメールを打った。『一緒にいたかった』と付け加えたかったが、それもばかげていた。『BC（ブリティッシュ・コロンビア）南部に大きいやつが向かっているようだ』

『見えるよ』とヘンリーが返信した。『熱を感じる』

『そっちは忙しいか？』

『わかるでしょ。デカいのを積んだり並べたりさ、サージに備えてね』

どういうからくりなのだろう、とドゥーブは思った。絶望している人々を打ち上げ台に向かわなくさせるもの、そういったデカいものの最後に乗り込もうとさせなくするものとは、なんなのか。サイゴン陥落のとき、最後に飛び立つヘリのランディングスキッド（ソリ型の着陸装置）にぶら下がる人たちの顔を、殴りつける兵士がいたが、あのときと同じ状況ではないのか？

それとも、自分は人間性を過小評価していたのか？　下ではすべてが完全に規律正しいのかもしれなかった。

『あなたがこっちに必要なんだ』これはマルクスからの要請メールだった。

ドゥーブはしかたなく窓から離れると、〈スタック〉へ戻るチューブのほうを向いた。そこからT3へ戻ることになる。おそらくマルクスは〈タンク〉にいて——。

目の前にマルクスが浮かんでいた。電話の青い光で、その顔が照らされている。彼は電話を切ると、ポケットにしまった。

「必要と言ったのは、ぼくと同じ部屋に必要だという意味じゃない。地上じゃなくてここに、宇宙に、この〈クラウド・アーク〉に、あなたの頭脳が必要という意味なんだ。あなたの家族は死んでいるんだから、ハリス博士」

「死んでいる。でも、まだ話をしている」ドゥーブはそう言いながら、重力のあるところに行けさえすればマルクスの鼻面を殴ってやりたいという、じわじわと募る怒りを感じていた。

「彼らはあなたから何をいちばん聞きたいと思う？」とマルクス。「甘い言葉か？　あなたが愛していることは、わかりきっている。もしぼくが彼らの立場なら、何を聞きたいか？　ぼくなら、『すまないダーリン、でも私は、人類という種の保存を確実にするために忙しいんだ』さ。そんな感じのメールを打ったら、〈タンク〉にいるぼくのもとに加わってほしい。話し合うべきことがあるから」

そう言うとマルクスは、手すりとして〈ウー・ウー・ポッド〉に張り渡されたロープのひとつをつかみながら、出口へ向かっていった。彼がチューブへ入っていくとき、ドゥーブには光の輪を背にしたそのシルエットが、一瞬だけダ・ヴィンチによる人体図の男に見えた。と、彼のうしろに二人の人間が加わったので、その印象も損なわれた。その姿に彼は注意を引かれた。今やマルクスには側近がついていたのだ。いや、ボディガードかもしれなかった。

〈ハード・レイン〉

よくある嵐のように、〈ハード・レイン〉もいきなりの雷鳴とともに始まった。幅一キロに及ぶ隕石が上層大気に滑るように入ってくると、東ヨーロッパを不気味で静かな閃光で照らしたのち、オデッサ周辺のどこかの厚い大気へと突っ込んだ。その尾によってクリミア半島では枯れ葉や可燃性のゴミに火がつき、続いて黒海の北東周辺沿いの建物や森が筆で払ったように長々と焼き尽くされ、最後にはクラスノダールとスタヴロポリのあいだの大草原のステップに、楕円形の大きなクレイターができた。前者の都市は、まずは空からの放射熱によって火がつき、続いて爆風によって倒壊した。後者の都市が受けたのは爆風だけだったが、そのあとに噴出物の雨が降った。どちらの都市も人間の視界から姿を消した。

数時間の中断ののち、それよりも小さな火球が降りそそぎ出した。これは世界中に降ったが、最も多く降りそそいだのは赤道に近い低緯度地域だった。そうなることはずっと前から言われていたので、この数カ月で多くの人が極地へと移動しており、そのためルーファス・マコーリーとその友人、家族、仲間たちは、ブルックス山脈にある仕事場の周囲に防御線を張り巡らすことになった。一一月のこのあたりは、過酷な地域だ。こんな遠いところまでやって来るような避難者たちは、装備も準備も万全な連中だったが、まさにそういう人たちこそ、近づいてほしくないとルーファスが思っている、招かれざる客だった。〈クラウド・アーク〉の全無線に対する帯域幅の制限という邪魔がなくなったことから、ルーファスとダイナは、〈ホワイト・スカイ〉と〈ハード・レイン〉のあいだの三日に及ぶ〝猶予期間〟、モールス信号によるやりとりを続けていた。ルーファスは相変わらず、採掘坑の入り口前に停めた自分のトラックから送信していた。彼はもっと大きなアンテナを山頂に設置して、それを外装ケーブル（金属の覆いで保護した電線）経由で地下の送信機につなげることを考えていたが、〈ハード・レイン〉による影響の予想を調べたダイナから、時間を無駄にしないようにと言われていた。

アイヴィは数日前に母体器官《モーグ》に別れを告げていた。母親《ザ・モーグ》はその直後に、政府支給の安楽死薬を飲んだ。アイヴィが地球上で今でも連絡をとっている相手は潜水艦に乗っているキャルだけだった。彼の艦はノーフォーク海軍基地沖合の、充分潜行深度をとれる海域に浮上しており、潜水のタイミングをはかっている。その昔、アイヴィと家族は主に、音楽を通してつながりを得ていた。彼女は五歳のときに、南カリフォルニアでいちばんのピアニストになるか、それともバイオリニストになるかという選択を母親から与えられて、バイオリンを選んでいた。彼女が南カリフォルニアでいちばんになることはなく、それに近いところまでもいかなかったが、それでもさまざまなユース・オーケストラで演奏し、クラシックのレパートリーにも精通した。彼女は〈イズィ〉にもバイオリンを持ち込んで、調律してはときどき弾いていた。

第七〇一日目。火球分裂比率《ボライド・フラグメンテーション・レート》があるレベルを超えて急上昇し、〈ホワイト・スカイ〉が本格的に始まると、クレイター・レイク声明のころから計画されていた番組を、多くの文化団体が流しはじめた。その多くは短波ラジオで放送されたため、アイヴィは番組を選ぶことができた――ノートルダム寺院、ウェストミンスター寺院、セント・パトリック大聖堂、東京の皇居、天安門広場、ポタラ宮、三大ピラミッド、嘆きの壁。彼女はすべてを試聴したのち、ラジオのダイヤルをノートルダム寺院に合わせた。そこではこの世の終わりのための祈りが行なわれており、それが続けられる予定だったが、聖堂が崩壊して演奏者の頭上に降りそそぎ、すべての命が建物の瓦礫の中で失われた。ビデオ帯域幅が不足していたために彼女はそれを見ることができなかったが、充分に想像はできた。フランス放送フィルハーモニー管弦楽団は、フランス語圏の一流の演奏家たちで膨れ上がり、白の蝶ネクタイ、燕尾服、夜会服、ティアラに身を包み、交替しながら演奏をずっと続け、非宗教的な名曲もいくらか入れていたが、神聖なレパートリー、つまりはミサ曲と鎮魂曲を中心にしていた。彼らの演奏は、ところどころでドンッという音がして邪魔されたが、降ってくる火球の衝撃波音だろうと彼女は判断した。ほとんどの場合、演奏家は最後まで演奏を続けた。歌い手が拍子を外すこともあった。特に大きな衝撃音がしたときは、動揺した観客から叫び声やわめき声が漏れ、聖堂の石の床に降りそそぐ割れたステンドグラスの、ガチャン、ガラガラという音と混ざり合った。それでも大部分では美しい演奏が聞かれたが、やがてそれもなくなり、何も聞こえなくなった。

『パリが落ちた』とアイヴィはメールした。NASAのシステムを中継した軍事システムにより、彼女はまだキャルに連絡することができていた。

『ダイブbbs』と、彼が返事をよこした。かなり謎めいているが、彼女にはその意味がわかっていた。危険を避けるために、潜水艦はしばらく水面下に潜水《ダイブ》しなければならないが、すぐに戻る《ビー・バック・スーン》予定だということだ。

だが、彼が間違っている可能性もある。彼からの連絡は二度とないかもしれない。もう過去のことになるのだと、アイヴィは決断した。潜水艦がもし水上に戻ったら、キャルが目にするのは、『あなたを誓いから解放する』という彼女からのメッセージだ。

そのときアイヴィは、不思議な波が自分の身体を通り抜けた気がした。それはまるで、自分が大西洋で潜水艦に乗っていて、遠くの隕石の衝突によって圧力波が通ったような感じだった。自分が今したことに対する感情的な反応だろうと、彼女はみなした。ところが、自分の仕事場に浮かんでいるあらゆるものが同じ方向に漂っており、彼女が背中を預けている壁へ向かっているのに気づいた。ポンという音や、きしる音、うなる音が〈イズィ〉内に広がった。宇宙ステーションは、わずかに一Gではあるが、徐々に加速しているのだ。推進《スラスター》エンジンが点火されたに違いなかった。

照明が赤色になっていた。彼女のいるモジュールの拡声スピーカーのスイッチが入り、ポツポツという軽い音がした。『警戒警報』と合成音声が告げた。『全乗員は起床のうえ、緊急スウォーム・マヌーバーに備えて持ち場につくこと。これは訓練ではない』

ついに起きたのだ。この訓練は何ヵ月も前から行なわれていたが、これが初めての、本物のストリーカー警報だった。センサー《S》統合《I》チームが感知した火球が異常な軌道を描いているので、針路を少し修正しなければ、〈イズィ〉に危険がもたらされかねないということだ。

緊張を覚えた状態での彼女の最初の衝動は、窓からアマルテアのほうを見ることだった。あの大きな岩石は、まだそこにあった。マヌーバーによってそれがどこかへ行ってしまうことはなかったのだ。

だがそれは、船を主体とした考え方だった。〈イズィ〉を最優先に置いた場合の考えだ。彼女もほかの全乗員も、〈クラウド〉主体の習慣的思考に切り替える必要があった。人々の大多数は〈アークレット〉で生活しており、〈イズィ〉の目的は〈アークレット〉が生き長らえる手助けをすることなのだから。

そこでアイヴィはその窓から――かなり老朽化していた窓から視線を外すと、〈クラウド・アーク〉内のすべての船の配置を示す画面をタブレットに呼びだした。パランビュレーターと呼ばれるアプリである。〈クラウド〉の様子を正確にあらわしたものではなかったが、正しいメニューを選べば、そのように映すこともできた。パランビュレーターはデータ可視化の傑作だが、それを理解できるのはアイヴィやドゥーブ、それに軌道力学の学習に多くの時間を割いてきた大半の〈アーキー〉たちだけだった。リーナ・フェレイラを含む数学に長けた生物学者たちによる経験的観測をもとに、チョン・フーなどの数学者がスウォーム・アルゴリズムを三〜六次元に外挿し、アイヴィたち物理学者が、それらのアルゴリズムを軌道力学の特別な制約下で動かす方法を導き出したのだった。通常、クラウド内のすべての船は三次元の散布図上に点としてあらわされ、その軌道についての情報が示される。軌道に関するあらゆることを伝えるには、六つの数字——誰もがパラムと呼ぶようになっていた軌道パラメーター——が必要だ。どのような散布図でも、視覚化できる数字は三つだけである。そのため、ユーザー・インターフェースのからくりが幅を利かせてくるので、アイヴィのような人間が注意を払って、使える脳細胞をフル稼働させる必要があった。ただ、問題は、パラムが間違っていた場合、それぞれの〈アークレット〉が〈イズィ〉やほかの〈アークレット〉にぶつかる発射体になってしまう点だった。仮にたった二つの〈アークレット〉からなる、きわめてシンプルな〈クラウド・アーク〉を考えた場合、行なうべき計算はひとつだけとなる。つまり、「両方の〈アークレット〉が現状の針路のままだったら、〈アークレット1〉は〈アークレット2〉にぶつかるか?」という問いに答える計算だ。〈アークレット〉が三つあるクラウドでは、〈アークレット1〉は〈アークレット3〉とぶつかるのか、また〈アークレット2〉と〈アークレット3〉はぶつかるのかを解明することも必要になってくる。つまり、計算は全部で三つだ。クラウド内の〈アークレット〉が四つになると、必要な計算は六つになり、あとはそのように続いていく。これは数学で三角数として知られるもので、二項係数の一種だが、要はクラウド内の〈アークレット〉の数によって、計算する数はどんどん増えるということだ。〈アークレット〉が一〇〇台いる〈クラウド〉だと計算は四九五〇個、〈アークレット〉が一〇〇〇台の〈クラウド〉だと計算はおよそ五〇万個になる。とはいえ、アポロ時代の単純なコンピューターなら混乱しただろうが、現代の基準からしたらなんのことはない――各〈アークレット〉の軌道に関して、正しい情報が得られるかぎりはだが。昔ながらの集中方式のやり方だと、全〈アークレット〉がみずからのパラムを〈イズィ〉のコンピューターに報告し、そのコンピューターがすべての計算を行なって、結果を伝えることになる。〈アークレット〉を観察してその動きを計算する〈イズィ〉のレーダーがデータの空白を埋めれば、この手順の信頼性は向上する。事実、こういったことは、〈イズィ〉にあるひとつのコンピューターだけでなく、複数のコンピューターにおいて、つねに行なわれていた。ただし、これもまた船主体の考え方だった。〈クラウド〉主体の考え方では、各〈アークレット〉はそのような観察と計算は別々に行なうように指示される。ある〈アークレット〉――〈アークレットX〉と呼ぼう――のコンピューターには、クラウド内のほかのすべての〈アークレット〉を追跡するのに必要な情報が全部はないかもしれないが、危険となる可能性が最も高いものを認識して、それに集中することはできる。〈イズィ〉の中央処理装置と同様に、ほかの〈アークレット〉のコンピューターも、以下の趣旨のメッセージを送って、手助けできるのだ――「気づいていないかもしれないが、〈アークレットY〉に危険が迫っている可能性があるので、監視リストのトップに上げたほうがいいだろう」と。それに対しては、こういう返事があるかもしれない――「それはどうも。ただ、こちらは〈アークレットY〉のパラムをきちんと受け取れていない。〈イズィ〉がレーダー上でこちらの視界を遮っているためだ」そうなると〈クラウド〉側は、ある意味で〈アークレットX〉と〈アークレットY〉はお互いのパラムについてもっと知る必要があると気づき、その実現を優先させるという対応をとることになるだろう。

この〈クラウド〉は言い換えるなら、宇宙空間にある飛翔体の物理的な雲《クラウド》のみならず、自由に動く自己制御のインターネットとしての、コンピューターを利用した〈クラウド〉にもなったのだ。パランビュレーターの機能は、そのネットワーク内で起きているすべてのことに対して、天上からの視点をユーザーに与えることなので、赤く示されている恐ろしいものこそ、本当に知るべきだということになる。アイヴィは、恐怖心よりも好奇心からそれを見ていたが、マヌーバーの訓練は何週間も行なわれてきたので、何が起こるかはわかっていると思っていた。〈イズィ〉がスラスターを噴射してパラムを変えるたびに、水の入ったコップに血を一滴垂らすがごとく、散布図には赤が増えていった。自由に動く全〈アークレット〉に、〈ボロ〉やヘプタッドやトリアッドとつながっているものすべては、それぞれのパラムを判断して、〈イズィ〉と衝突する危険性の有無を確認する必要があった。かなり遠くまで漂流したのでスウォームに戻れないという、ひどい状況にあるとも言える〈アークレット〉については、画面では黄色い点で示された。このどちらの運命をも避けられる新たな針路の計算は、どの〈アークレット〉にとっても簡単なことだった。もっと複雑だったのが、三〇〇の〈アークレット〉がお互いにぶつかることなく、これを同時に行なうことだった。そのため、話し合いのようなものが必要だったが、それは〈イズィ〉からの待ちの指示のみならず、〝近く〟の〈アークレット〉の動向の観察や、図に赤い点があらわれる数を最小限にするために噴射されるスラスターの調整ということにも、もとづいていた。

〝近く〟という単語は、確かに引用符でくる必要があった。というのも、このスウォームにおける意味は、群れにいる一羽の鳥のことを言う場合と異なるからだ。鳥にとって近くとは、そのままの意味である。だが軌道力学における六次元のパラメーター空間でマヌーバーを行なうものにとっての〝近く〟とは、「今後数分間で自分にとって興味深いものになる可能性のあるパラムの集まり」のことであり、現状でははるか彼方にあって気づかれないようなものに当てはまるのだった。それでも、ひとたびパラムが考慮に入れられれば、鳥が群れをなして飛ぶときにするようなことが、〈アークレット〉にはできた。このコンセプトが提案された直後のシミュレーションでは、魚の群泳の動きに驚くほど似ていた。しかしてその実態は、クールー、バイコヌール、カナヴェラルなどからぶっ通しで打ち上げられた過去数カ月に行なわれたものだけだったが、そういったシミュレーションと大いに合致していたのである。ただ、現実ではもっとゆっくり起きていた。

　そして今、〈イズィ〉の針路変更を受けて、それが起きていた。これまでは赤が広がってばかりいたが、それがやがて最初ははじのほうで減り、次いでところどころかたまりで消えていき、減り出したのだ。いくつかの点は黄色になったが、それも追いつくように、みずからの針路を修正した。過去数カ月の試験や動作確認にもとづいたアイヴィの予想は、最後に残った数個の赤い点もすぐに白くなり、問題ではなくなるというものだった。が、そうはならなかった。かたくなに赤いままのものがあったのだ。図を回転させたりさまざまなモードで見たりして、それらに注意を集めた彼女は、疑問を抱いた。そのほぼすべてが、〝スプラージ〟のとき――世界中の宇宙飛行可能な国家が軌道に到達できるロケットをすべて打ち上げた時期に打ち上げられた、貨物モジュールか乗客用カプセルだったのだ。

アイヴィの電話が鳴った。キャルからの返信だ。潜水艦が再浮上したのだろう。

『どういう意味だい？』

彼女が最後に送ったメールを、ようやく目にしたところなのだ。

『私たちもう婚約してないっていう意味よ』

これでは多少そっけなく感じられたので、こう付け足した。『あなたはいいマーメイドを見つけなくちゃね』

一分後、彼が返事をよこした『（泣）同じことを言おうと思ってたのに。君のほうが可能性ははるかに高いよ』

アイヴィは『ブルクラップ』と返事をした。これは二人のあいだの古いジョークだった。彼女がアナポリスで初めて会ったときの彼はまじめ人間すぎて、「たわ言《ブルシット》」という単語を口にできなかったのだ。

『SAB＝まじめ娘《ストレート・アロー・ベイブ》』と返信が来た。

『SABは悲しんでる：（なぜ潜水を？』

『でかい表面波が走ったんだ。東海岸にはいやな知らせさ』

『誰から聞いたの？　あなたが系統《チェイン》を握ってるの？』指揮系統《チェイン・オブ・コマンド》のことだ。『ぼくの上のランクはもうひとつしか残っていない』そしてややあってから、『POTUS（アメリカ合衆国大統領）がいなくなった』と言ってきた。

　アイヴィは『それはよかったわ』と打ったが、送信するのをためらった。だが、この世は終わりを迎えるところなのだ。反発を気にする必要はない。彼女は送信した。

　第七〇〇日に起きたことについては、キャルと話したことがなかった。燃料気化爆弾と核弾頭のことだ。だが、そのボタンにかかっていたのは彼女の指だったと、彼女は確信していた。『彼女の魂に神の慈悲があらんことを』キャルはそう返事をよこしたが、彼女には言外の意味がわかっていた。『神がわが魂にも慈悲を賜らんことを』

　このやりとりは、マルクスからのメッセージによってさえぎられた――『来てくれ』

　アイヴィは〈イズィ〉内を移動するため、電話をポケットにしまって両手を自由にすると、迷路のような居住モジュールを抜けて〈スタック〉に行き、そこから船尾を目指して〈タンク〉に向かった。〈スタック〉を進む際は、時間がまったくかからなかった。一週間前は、会話を求めて三々五々群がる人たちの中を抜けていかなければならなかったのに。マルクスがPSAPSを宣言したことで、それも変わったのだ。彼による命令のひとつは、重要な乗員が素早く移動できるように、それ以外の者は〈スタック〉に近づかないこと、というものだった。現在は、これまで見たことがないほどがらんとしていた。ズヴェズダ・モジュールまで行くと多少の動きがあり、そのときに一瞬、モイラのとがった髪の輪郭が見えた。彼女は、人間遺伝子アーカイヴを〈クラウド〉に分散させる準備で忙しくしていた。このプロジェクトそのものは、少なくともスウォームやパラムに関して起きていることと同じぐらい複雑だった。彼女こそまさしく重要な乗員なのだ。

ルイーザがＨ１で視界に飛び込んでくるや、真剣そのものという感じで〈スタック〉へ上がっていった。モイラの助手のひとりとぶつかりかけたルイーザは、勢いそのままにザーリャへ向かったが、〈ウー・ウー・ポッド〉に至るチューブの入り口で急停止した。そこをしばらくのぞき込んで評価を行なうと、決断を下して中へ入っていった。

その同じ場所をアイヴィも少ししてから通りかかったが、ちょっとのあいだスピードをゆるめて、そのチューブを先まで見通した。球状のポッドは全体を見渡せて、窓から地球を望むこともできた。通常であれば、海の青い光に、雲と氷冠の白い光が見えるところである。水の多い地域の上を通過するときは緑色が多く、サハラ砂漠の上を通過するときは黄色く見えるのだ。

今の光はオレンジ色だった。地球が燃えていたからだ。

ポッドの中では人々が叫んでいた。ルイーザは彼らを落ち着かせるために送り込まれたのだろう。アイヴィは魅力的とも言える地球の様子に、思わず引き込まれた。まるで神が溶接用バーナーを振りかざし、その熱で地球をかき切ることで、きらめく薄い跡を残したように見えたからだ。長く続く赤い跡もあったが、それは地面でものが燃えているためだった。ほかは目がくらむほど青白くてはかないもので大気を通過した隕石が描いた軌跡だった。

地球から放射される熱が感じられそうだ、とアイヴィは思った。

マルクスに呼ばれていたのだった。自分には、ポッドで叫んでいる人たちを落ち着かせることはできない。彼女は顔を船尾へ向けると、まっすぐ進んでいった。

遺伝子保管モジュールへの入り口に浮かんでいるモイラが、表情も変えずに大きなヘッドホンで何かを聞きながら、タブレット上で項目をチェックしている。アイヴィに気づくと、片方の耳からヘッドホンを外し、それをアイヴィに向けた。中世の多声音楽であるアカペラだと、アイヴィにはわかった。「キングズ・カレッジはかなりがんばってるわ」とモイラが声をかけてきた。「この曲は知ってる？」

「前に聞いたことがあるのは確かだけど、名前が出てこないの」

「アレグリ（一六～一七世紀のイタリアの作曲家）の『ミゼレーレ・メイ、デウス』よ」とモイラ。ラテン語を学ぶよう母親《ザ・モーグ》に強く言われていたおかげで、その意味はアイヴィにもわかった。『神よ、われを憐れみたまえ』だ。

「美しいわね」

「テネブレ（復活祭前週の聖木・金・土曜日に行なう朝課・賛課）のときに歌うのよ、夜明け前に。ろうそくの火をひとつずつ消しながら」

「ありがとう、モイラ」

「こちらこそ、アイヴィ」

一分後にはＴ３にいた。いつものように、少しのあいだ足の裏をしっかりとつけて立ち、人工重力の感触をつかんでから、〈ファーム〉と〈タンク〉のほうへ向かった。共用部分を通りかかったときに、コーヒーを飲もうと思った。とたんに彼女は、ショックと恥ずかしさを覚えた。自分の星が燃えているのに、コーヒーのことを考えているとは。

それでも結局、アイヴィはコーヒーを入れると、〈ファーム〉に足を踏み入れた。そこは混み合っていた。ほとんどの状況認識モニターに〈クラウド・アーク〉の機能に関する状態が示されている。部屋の奥にある巨大画面には、地球に向けられたカメラからの映像が流されている。ただ、そのビデオの映像は、〈ウー・ウー・ポッド〉の窓から直接見た衝撃には及ばなかった。素早く走る火球の強烈なアーク光も、限界に達した画素ではぼんやり揺らめくものになっていたからだ。習慣から、なぜチャンネルをＣＮＮやアルジャジーラ、そのほか二四時間のニュースネットワークに変えないのだろうと思った。そこでようやく、今何が起きているのかを思い出した。

アイヴィは〈タンク〉に通じるドアへと足を進めた。

ドアの横には人が二人立っていたが、何もしていなかった――その場にただ立っているだけだ。おかしい。

そのとき、二人が見慣れぬ装置をベルトに下げていることに気づいた。

テーザー銃だった。

彼女がその事実を完全に受け入れないうちに、二人のうちの一方が――エンジニアでスポーツマンタイプのトム・ヴァン・ミーターだと、そのときになってわかったが――丁寧にうなずいて、彼女のためにドアを開けてくれた。

〈タンク〉は〈ファーム〉の四分の一ほどの広さという中型サイズの会議室で、現在は六人がテーブルを囲んで座り、タブレットやノートPCを操作していた。部屋のいちばん奥にあるのが、マルクスのオフィスにつながるドアだ。それが少し開いていたので、アイヴィは入っていった。三年前に〈イズィ〉に来てから初めて、彼女は不安を覚えた。誰かが飛び出てきて、テーザーを撃ってくるような気がしたのだ。だが、そこにはマルクスが座っていて、ドゥーブと話していた。

「パランビュレーターは見たか？」とマルクスが聞いてきた。

「ええ。針路が変更されたあと、今から数分前に」

「〈クラウド〉のはたらきは、すべてがぼくたちの望んだとおりになったわけじゃないが」

「はぐれ者がいたからね」

「今もだよ」ドゥーブがそう言って、壁にあるプロジェクション・スクリーンに彼女の注意を向けさせた。

「みんな新参者のようだけど」とアイヴィが言った。「〝スプラージ〟のころに来た貨物モジュールに、乗客用カプセル。まだ〈クラウド〉にはログオンしてないから、プログラムに加わってないんでしょう」

「確かにそのとおりだが、危険であることに変わりはない」とマルクス。

「もちろんそうね」

「おかげで気が散るんだ」

「私がなんとかするわ」

「火球に関しては、システムは問題なく動いてるし、異常がないかドゥーブが見張ってくれている。だが、このはぐれ者の問題については、アイヴィ、君に任せる必要があるんだ」

「了解したわ」

「必要なら、破壊するまでだ」

「いったいどうやってやるっていうの？　光子魚雷なんてのはないのよ」

「凍結乾燥された死体が詰まったモジュールがある」と、マルクスが思い出させた。「いずれにしろ投棄しなくちゃならないものだ。だから、〈クラウド・アーク〉を脅かすはぐれ者がいるなら、そっちの方向に喜んで投棄してやるつもりさ」

「覚えておくわ」とアイヴィ。「ただし交渉材料としてね」

ルイーザが姿を見せたが、やや取り乱しているようで、顔が涙で濡れていた。

「ルイーザ？」マルクスがやわらかな声をかけた。「〈ヴー・ヴー・ポッド〉の状況はわかったかい？」

「数人が、とても感情的になってる」とルイーザ。「予想されたとおりではあるわ。危険なことは特になかったし。あれを騒動だと言ってきた人は、ちょっとおかしいわね」

「調べに行ってくれて、助かったよ」

「それはそうと――〈タンク〉のドアの外に、武装した警備員を置いたのね！」

「そのことについては、ひと言だけ言おう。ぼくも忙しいからね。この件に関するぼくの気持ちは、基本的には君と変わらない。ただ、ぼくは自分の個人的な気持ちを表明するためにここにいるんじゃない。自分にできるかぎりの仕事をこなすためだ。ぼくは宇宙の王になりたいなんて思っていなかった。でも現状は、そうなっている。文明の歴史についてぼくが見てきたものすべてが――これは不快に思われるかもしれないが――ぼくのような立場にいる者には安全対策が必要だと告げているんだ」

ルイーザの表情は、それに対してあらゆる異議を唱えられることを示していた。が、彼女はそれをこらえて、ため息をついただけだった。「このことは、またあとで話しましょう」

「了解だ」

「下で起きていることはわかってる？」

「何が起きているかは推測できるが、それはぼくの知ったことじゃない」

「わかったわ。でも、宇宙の王なら近いうちに発表を行なう必要があると思うけど」

「用意はしてるさ」

「そうよね、用意してるのも当然よね。それで、その発表はいつするつもりだったの？　だって、落ち着かせる必要がある人はたくさんいるんだから」

「そのうちのひとりは君なのか、ルイーザ？」マルクスのその質問は客観的なものであり、冷たいものではなかった。

ルイーザがさっと立ち上がった。激しい反応でも見せるのかとアイヴィは身がまえたが、相手の顔には変化が見てとれた。マルクスは情報を求めているだけで、人を傷つけようとしているわけではないとわかったらしい。

「そうよ」とルイーザ。「数分前に、マンハッタンが高さ三〇メートル以上の水の壁に襲われたの。東海岸のほとんどもそうだと思うわ。セント・パトリック大聖堂の礼拝を聞いてたら、放送が途切れたのよ」

マルクスはうなずくと、スクリーンの画面を地球のライブ映像に切り替えた。

アイヴィがここに来てからの数分間で、火がとんでもなく広がっていることに、彼女はショックを受けた。

ポケットから電話を取り出すと、キャルからのメッセージが連続で届いていた。この数分間に送られてきたものだ。

『やあ』

『忙しい？』

『君は離れていったんだね』

『切れたときのために、愛していると言っておくよ』

『君が言ったようにマーメイドを探してみるけど、君の代わりはいないんだ』

『ノーフォークとは連絡が途絶えた。ぼくの上の系統は誰もいない』

『クソ、熱くなってきた』

『ダイブする』

『バイ』

連続して送られてきたメッセージの最後のものは、彼がスマートフォンのカメラで写した写真だった。自分が目にしているものを理解するため、アイヴィは動かしたりズームしたりして、やや時間がかかった。キャルは潜水艦の艦橋に立って、その写真を撮っていた。頭上のハッチが開いていて、彼は梯子のところから見上げている。そのため、円形状の空がトンネル視野になっていた。

空が燃えていた。

キャルはもう一方の手に、婚約指輪を持っていた。研磨されたチタンという、シンプルな指輪だ。彼がそれを親指と人差し指で持って、その指輪越しに撮影しているため、円形状の燃える空と同心円になっていた。

アイヴィは顔を上げた。誰かに名前を呼ばれたのだ。

「私のほうは、ちょうど消えたところでね」とドゥーブが言った。

「失礼しました。何でしょうか、ハリス博士？」とアイヴィは返事をした。母親《ザ・モーグ》に鍛えられたマナーは、いかなる状況でもきちんと顔を出していた。

「最後のお別れの準備をしていたんだ、アメリアと子供たちに対して」ドゥーブは感情を目立って見せることもなく、少し意外なエピソードを語るかのように、静かに話していた。

「でも、通信がここ数日でしだいにだめになったから、ちゃんとしたお別れは言えなかった」

「わかったよ」とマルクスが言った。「発表を行なおう」

このトラックのボンネットでイモが焼けるほど暑いぞ

中に入ってよ、パパ

熱効果をばかにしちゃ《キディング》いけないな。ペンキが泡立ってる

あたしも冗談で言ってる《キディング》んじゃないの。早く中に入って

逃げるときはスペース・ブランケットが守ってくれるさ

じゃあ、お願いだからそれを使って逃げてよ、パパ

そうしたら、お前とおしゃべりできなくなるじゃないか、ダイナ

ガソリンタンクが爆発したらどうするのよ

ハハハ、発電機の燃料用に使い切ったさ。おまえが気づくずっと前にな

もう、口が減らないんだから

　これを入力していたときのダイナは、視界が涙でぼやけ、声は嗚咽でつかえていたので、モールス信号がまだ使えることをありがたく思っていた。そのときにスピーカーから声が聞こえてきた。マルクスの声だった。「こちらはマルクス・ロイカーだ」

「そっちが誰かなんて知ってるって」と彼女は口にしたが、マルクスが〈クラウド・アーク〉全体の拡声スピーカーで話していることに気づいた。〈イズィ〉内のすべての場所のみならず、全〈アークレット〉にも届くとされるものだ。事前に録音されたメッセージで何度か試したことはあったが、実際に使用したことは一度もなかった。二〇世紀の遺物だとして、マルクスはそれを嫌っていた。コミュニケーションとは目標に対して向けられるべきものであり、スピーカーから吐き出される肉体を伴わない声に、忙しい人たちがわずらわされるべきではないというのだ。

「〈クラウド・アーク〉憲法が今から施行される」

　その意味するところをわかっているダイナは、ひと息ついた。マルクスが細かく説明を始めた。「つまり、地球上のすべての民族国家、その政府と憲法は、もう存在しないということだ。軍事および民間の指揮系統についても同様である。それらに対して捧げた誓い、誓っ

た忠誠、感じた忠義、手にした市民権は今、永遠に消滅した。〈クラウド・アーク〉憲法によって与えられる権利こそがそれぞれの権利であり、それ以上でも以下でもない。各人は〈クラウド・アーク〉憲法の法律および義務に従うことになる。誰もが新たな国家にして唯一の国家の、国民となったのだ。久しく存続したもうことを」

ダイナはキーを打った。

マルクスが宣言したわ

彼がボスだなんて誰が言ったんだ?

ルーファスからの送信は途切れがちになっていた。ダイナは目をぬぐうと、火の帯に囲まれている地球を窓越しに見つめた。飛来する隕石の軌跡は、空中に描かれた明るい引っかき傷のような模様だったものが、目もくらむほどの過熱した空気の連続体に合わさるや、地上にある燃えるものすべてに火を放っていた。赤道周辺にはより多くの隕石が降りそそいでいたため、輝く火の帯はそこがいちばん明るかった。ただ、そこの南北の一帯の地表も燃えており、帯状に広がってカナダや南米の高緯度地方も包み込んでいた。

ダイナは送信した。

もう切れそうだから、ボブとエドとGTとレックスに愛してるって伝えて。それにベヴにも

もう言ったけどまた言うよ。それにしても暑い

パパ、中に入って

ドアのそばにいるから心配いらんよ。みんなで〝ロンダ渓谷《ブレッド・オブ・ヘブン》（ウェールズの賛美歌）〟を歌ってるのが聞こえる

じゃあパパ、中に入って一緒に歌ってよ

わかったよ。ボブとエドがおれをつかまえに出てきた。バイ、ハニー、おれたちを誇らしい気分にさせてくれよ。QRT（送信終わり）

QRT　QRT　QRT　QRT

それを何回打ち込んだか、彼女にはわからなかった。

その後ダイナは、あのあとに起きたはずのことを思い描いて、嗚咽に区切りをつけた。銀色の消防士服を着た兄弟のボブとエドが採掘坑の入り口から飛び出すと、古いピックアップ・トラックからパパを引きずり出し、空に焼き尽くされないようにスペース・ブランケットに身体を包みながら、中へと引っ張っていくのだ。厚さ三センチはある鋼板で戸口が閉められると、五〇〇〇年はもつような厚い隅肉《すみにく》溶接を、溶接工が行なうのである。それがすむと重機を始動させて、何トンもの岩や砂利を鋼板に押しつけ、枠から弾き飛ばすほど強力な衝撃波に対して支えるのだ。

　その後、隕石の衝突により遠くでドンという音が聞こえるほかは静寂に包まれ、テーブルを囲んで祈りが捧げられる。仮にその墓穴から出られるとして、マコーリー家とその子孫たちが用意して食べることになる、一万五〇〇〇回ほどの食事の最初のものを口にするのだ。そこには五〇〇人がいたが、それだけの多くの人を生かし続けられるほどの食べ物を育てる余裕が——少なくとも書類上は——あった。それを持続可能な計画にした方法というものこそ、ダイナにはよくわからないものだった。計画の細かい点をいちいち聞いて、父親をわずらわせることはしなかったからだ。

　マルクスの発表は続いていた。彼は誰もがすでに知っていることを伝えていた。地球はもう終わったこと、そして、過去二年間に人々が予想していた大絶滅は過去のものになったことを。誰もがわかっていることだったが、それでも誰かが言わねばならないのだった。

　彼は七〇四秒間の黙禱を求めた。〈ゼロ〉以降に経過した日数について、一日を一秒に換算したのだ。およそ一二分間。この間、重要でない任務はすべて中断され、生き延びた者の唯一の義務は、思い、偲び、悼むことになる。そのあとは、地球のことはかつて存在した過去のものにして、現在の状況に心血をそそがねばならないのだった。

身体を折り曲げた状態で、仕事場の真ん中でひとり浮かんでいたダイナは、ラジオのスピーカーから漏れるキーッ、シューッというおかしな音に耳を傾けていた。〈クラウド・アーク〉にこれだけの人がいる中でただひとり、彼女だけは自分の家族がまだ生きていて、これから長いこと生き続ける可能性があると知っていた。家族が死んでしまったと知るよりも、それがいいのか悪いのか、彼女にもはっきりしなかった。彼女がこれからすべきなのは、父親による最後のメッセージである『おれたちを誇らしい気分にさせてくれ』を現実にすることだけだった。モールス信号は紙の記録としては残らないし、タブレットの画面上でメールのスレッドとしても残らない。父親と交わしたばかりのやりとりを、前にスクロールして読み返すということはできないのだ。自分が正しいことを口にして、それを父親がきちんと覚えていて、今日の夕食時にみんなに伝えていることを、彼女は願った。

それからダイナは、亡くなったすべての人たちを悼もうとしたが、これはあまりに大きすぎた。心の中では、一〇〇年前に起きた大きな戦争について読むことと大差がなかった。たぶんそれこそが、マルクスのねらいなのだろう。死がいまだに進行中であっても、アイルランドのジャガイモ飢饉だとか、やって来たコロンブスによって命に関わる病気を大量にうつされた新世界の人々の身に起きたことのように、無理にでもそう考えないといけないのだ。

無念という言葉や恐怖でさえ、ふさわしかった。ただ、切り離すことこそ必要だった。その七〇四秒間で、誰もがその切り離しを行なうのである。

ダイナは、ルーファス・マコーリーを誇らしい気分にさせるには、具体的に何が必要だろうかと考えた。簡単な答えならある。正しい行ないをすること、正直であること、いくつかの間に合わせの道徳基準を守ることが、それに関係していた。いわばフロンティアの行動規範である。そのどれもが理解はしやすかったが、それに従って行動することは、必ずしもそれほど簡単ではなかった。ただ、ルーファスはカウボーイではなかったし、伝道者でないのも確かだった。彼は鉱山師だった——採掘者であり、破壊者であり、建築者、ビジネスマンだった。もし彼が単純な倫理規定に従って生きていたのなら、それ自体が目的だったのではなく、自分の魂を売り渡したり評判を汚したりすることなく、何かを成し遂げるための方法だったのだ。シャベルやダイナマイトのように、使いこなす手段だったのである。手段とはものをつくるためのものであり、誇りとは、自分がつくったものを一歩離れたところから見て、それをわが子に伝えたあとに感じられるもののことなのだ。ダイナは残りの人生を、自分の言葉に従って行動し、誰でも公平に扱うようにして過ごすことができる。そういったことなら、ルーファスはどれも間違いなく認めるはずだ。だが、父親からその責務を与えられたことはなかった。彼は多くの言葉ではなかったものの、急いで未来を築くようにと伝えていたのである。

「もう終わる?」

彼女が振り向くと、SCRUMの中にぶら下がっているアイヴィの姿があった。ハッチ越しにダイナのことをのぞき込んでいる。

「まだ、たぶん二〇〇秒ぐらいだけど――」とダイナ。

「マルクスが、私ははしょっていいってさ。彼からミッションを言い渡されたのよ。で、あなたの助けが必要なわけ」

「あばずれ《ビッチ》」

「売女《スラット》」

「行こうか?」

「インターネットが新しいものだったとき、どうしても理解できない、そんな人が身のまわりにいたのを覚えてる?」とアイヴィが聞いてきた。彼女はダイナの先に立って、果てしなく思えるドッキングされたモジュールとハムスター・チューブの迷路を進んで、〈イズィ〉の周辺へと向かっていた。

「あたしの世界の人たちは、かなり早く理解したわよ。あんたは採掘者ってあまり知らないでしょ?」

「私の世界じゃあ、古臭い人がけっこういたわ。メールはプリントアウトして読むとか、ファックスマシンを捨てて二〇年になるのに、番号を聞いてくるとかね」

二人は、自分たちの声以外はまったく音がしない宇宙ステーション内を、勢いよく進んでいた。一二分間の黙禱はまだ五分ほどしかたっていない。開いたハッチにいる人たちが顔を巡らせて二人のことを驚きの表情で見たが、誰なのかがわかると、哀悼や祈りや瞑想など、何をしていたにせよ、それをまた続けた。

それがひどく重要であることは、ダイナにもわかっていた。だが、アイヴィから仕事に取りかかるという口実を与えられたことを、内心喜んでいた。

「それがこのミッションにどう――」

「〈クラウド・アーク〉内の船がどれもルールに従っているかぎり、ここのシステムは――パランビュレーターやほかのすべては――問題ない。システムへログオンして、合意したプロトコルで通信し、スウォームの指示を遵守すればね。一台でも好き勝手な行動をされたら、その場合は流星体《メテオロイド》とみなされてもしかたないわ。破壊される可能性という点ではね」

「その一台がいると？」

「何台かよ。でも、特にある一台が、大きな被害をもたらしてる」

「衝突があったとか、それとも――」

「それはないけど、それが近づくたびに、パランビュレーターが真っ赤になって、一〇〇台もの〈アークレット〉が燃料を燃やして針路を変えなくちゃならないわけ。この一台の動きのせいで、〈クラウド・アーク〉全体が宙返りをしているようなものだわ」

「どんなやつ？」

「見た感じは、X‐37」

「やっぱりか」とダイナ。

「そうなのよ」

このやりとりを通訳すると、次のようになる。その船を望遠鏡で見た者が、スペースシャトルの小型版ともいえる、ボーイングX‐37軌道試験機に似ていると思ったのだ。同機はあまりに小さいため、人間はひとりも乗せられず、機体の大部分が貨物室で占められていた。米国防高等研究計画局《DARPA》によって一九九〇年代後半から二〇〇〇年代初めにかけて開発されたが、その当時はスペースシャトルの段階的な廃止に加え、小型で簡単に打ち上げられてアメリカの軍事衛星の保守作業を遠隔操作で行なえるものが必要であることが、明らかになっていた。それ以降、実際の使用例はごくわずかながらもあり、それは——ダイナとアイヴィには知るよしもなかったが——闇予算のスパイ関連のものだった。歴史上では脚注扱いされる、廃れつつあったものであり、〈クラウド・アーク〉の条件に合うようには設計されていなかった。おそらく、可能性のあるものは全部打ち上げたがるクルーによって、軌道上へ打ち上げられたのだろう。古いメールを充分により分けられたら、打ち上げた人物と積まれている荷物——もしあるならだが——についての記録が見つかるかもしれないが、今のところは実際に見に行くほうが手っとり早かった。同機に使用された工学技術は、ほとんどすべてが、大気圏への再突入問題に充てられていた。そのため、その最も印象的な特徴は意味がなかったのである。

サイドスタックのはしに近づくと、ポートの丸い開口部越しに、裏側にドッキングされた

〈フリヴァー〉を見ることができた。クラウド内小型多目的船《フレキシブル・ライト・イントラクラウド・ヴィークル》である。これは数カ月前に姿を見せはじめたもので、いわば〈クラウド・アーク〉版のジープであり、〈アークレット〉間や〈イズィ〉間で、人や貴重品を運ぶために用いられている小型多用途船だった。大気中で作業を行なう必要がないため、見た目は〈アークレット〉と同じく一般的で実用的だった。ただ、耐圧殻は直径が小さく、膨張式外殻の代わりに、より実用的なものが用いられていた。異なる二種類のドッキングポートと、オーランを着た人を収容できるほど大きいエアロックやロボットアーム、照明、スラスターである。ダイナの提案を受けて、耐圧殻には〈グラブ〉がつかまることのできるアタッチメントポイントがちりばめられ、そのおかげで各〈フリヴァー〉は、カニやコバンザメやフナムシのように全体に群がる、〈グラブ〉、〈サイワイ〉、〈バッキー〉、〈ナッツ〉を一定数運ぶことができた。〈フリヴァー〉が受ける制限は、ロボットアームの人工的な能力によるものでなく、中でロボットに指示を出すプログラマーの想像力や巧みさによるものだけだった。

　銀色に光るテクラの頭部が、二人の目の前に飛び出した。彼女が派遣されたのは、ハッチの閉鎖と〈フリヴァー〉のドッキング解除の手助けのためらしい。彼女は隣のDC、つまりドッキングコンパートメントで待機していたのだ。それはつながれた小型のサイドモジュールで、エアロックの役目を果たしており、今回のような場合に人員に少しだけ余分のスペースを提供するというものだった。テクラが頭を引っ込めて場所を空《あ》けたので、まずアイヴィが、続いてダイナが、彼女の横を通った。この二人が〈フリヴァー〉内に入るや、テクラが姿を見せて、アイヴィとうなずき合った。

「〈ランプレイ〉、エアロック入りして作動中」テクラがそう言ってハッチを閉じた。ダイナはテクラに対して複雑な感情を抱いていたが、今回のような場合、仕事の相棒として彼女以上の相手はいなかった。相手は完全にビジネスライクで、無駄な会話もなければ馴れ馴れしくするようなこともなく、仕事をこなすからだ。ダイナは〈フリヴァー〉のハッチを閉めると、ドッキング解除の手順に取りかかり、一方でアイヴィは操縦席に身体を収めて、出発前のチェックリストの点検を行なった。融通《フレキシブル》がきいて、軽量《ライト》という目的で設計された船体にふさわしく、その作業は長くかからなかったため、〈フリヴァー3〉――八台ある編成のうちの一台――は、マルクスによる七〇四秒の黙禱が完全に終わらないうちに動き出していた。ダイナはアイヴィの隣にある折りたたみ式の補助席に体を固定した。〈フリヴァー〉の前面ドームは大部分が窓からなっていて、交錯した頑丈なアルミの突っ張りで支えられていたため、うしろからだとアイヴィは第二次世界大戦の爆撃機のガラスドームに座っている爆撃手に見えた。彼女が操縦装置に触れて船を回転させると、地球が二人の下を通過したように見えたので、爆撃機との類似はさらに増した。ダイナは父親に見せられた絵のことを思い出していた。燃える都市の上空を飛ぶ爆撃機が描かれていて、下からの赤い光が飛行機内にあふれていた。それと同じ印象が今もあったが、大火が埋め尽くしているのは地球の表面の大部分なのだった。

「熱が顔に感じられるほどだわ」とアイヴィが言った。

ダイナのほうは、何か口にできる意味のあることが何も思い浮かばなかった。仕事場《ショップ》から〈フリヴァー〉への移動のあいだ、地球が燃えているという事実を忘れていたので、それを思い出させられたのが気に入らなかった。そこで彼女は、パランビュレーターが作動中のタブレットの画面から冷たく発せられている、赤い光に意識を集中しようとした。〈フリヴァー3〉はスウォームの共同体知覚中枢にとらえられており、現在の進路のままだと、一〇〇台もの〈アークレット〉と衝突しかねない不明船と認識されていた。スラスターを直接操作すれば、よくても混乱を招き、悪ければ連鎖反応的な大惨事をもたらすので、アイヴィは〈クラウド・アーク〉の船たちとの交渉による解決を図っていた。こちらが行きたい場所を伝えて、ほかのすべての〈アークレット〉に求められるマヌーバーの程度を最小にする行き方を見つけると告げていたのだ。

ただ、これは迅速に障害を回避する方法とは言えなかったし、宇宙飛行士の集団としてここへやってきた元軍人タイプの戦闘機パイロットたちの精神とは、相容れなかった。それでも、二人が〈イズィ〉から離れていくにつれて、〈クラウド〉の連中を最低限しかうろたえさせない軌道に乗ることができ、気まぐれな動きをするX-37と、より直接的な方法でランデヴーすることができた。

どこの誰が打ち上げたにしろ、そのX-37は〈クラウド・アーク〉と同じ周期で同一軌道面に置かれていたが、離心率がいささか大きかった。〈イズィ〉の軌道、ひいては〈クラウド・アーク〉の軌道は、ほぼ完璧な円形である。だが、このX-37の軌道はかなりの楕円形で、つまりおよそ半分の時間は〈クラウド・アーク〉の〝下〟にあり、残りの時間は〝上〟にあるということだったが、その九三分間の軌道において二度交差するため、どちらのときも推進剤を大量に無駄にさせ、マルクスを大いに悩ませる混乱を招いていた。現在は〝上〟に位置していて、あと二〇分でまた交差する予定だった。

「これに集中する前に、心配しておく火球はある？」アイヴィが尋ねた。

「特にはないね」とダイナ。〈クラウド・アーク〉全体に針路変更を強いるほどの大きなものはないということだ。

「だったら、さっさとやっちゃいましょう」アイヴィはそう言って、手動の制御装置についた。現在の二人は〈クラウド・アーク〉から充分離れていたため、パランビュレーターの画面を真っ赤にさせることなく、単独マヌーバーを行なうことができる。「見て《スコープ》くれる？」

ダイナが〈フリヴァー〉の鼻先に設置された光学望遠鏡のユーザー・インターフェースに身体を慣らすまで、一分ほどかかった。それはオレンジほどの大きさの電子の目玉で、コントロールは直観によるものだったが、特定の不明船をとらえるのは、そうそう簡単ではない。それでもすぐに、何か白くて明るいものが確認できた。それにロックオンすると、ズームした。

遠目のズームでは、明らかに翼のある宇宙船で、かつてのシャトルのように鼻先が黒かったが、追加されたパーツもあるようだった。さらにズームすると、X‐37の〝後部〟の大部分を占める貨物室のドアが、軌道到達後のどこかのタイミングで開けっ放しにされているのが見えた。ペイロードは備え付けのロボットアームによって貨物室から出されていたが、アームはそれを持ったまま、その場で固まっていた。そのペイロードはX‐37と同じぐらい大きく、それもまた、はじがドーム状になった円柱だった。だが、〈フリヴァー〉や〈アークレット〉とは違って、スラスターもいかなる種類の動力源も見られなかった。艶のあるアルミのカプセルにすぎず、片側は日光が当たって白く輝いており、地球の炎が反射している下の部分は赤かった。

アイヴィも見ていたが、〈フリヴァー〉に表示される状態表示と、その映像の流れるウィンドウとに、注意を振り分けていた。「前端部分をもっと詳しく見てくれる？　何か付属器具が――」

「ああ」ダイナはズームと移動を行ない、中央にとらえた。「確かにドッキングポートがある」

「あそこにドッキングするように誘われてるみたいね」

「おかしいよ。あたしは気に入らない」

「私も同じ意見だけど、またあとで戻って来るなんてできないしね。あれは小さくて、直径は一二〇センチもないわ。もしあの中に人がいても、息が続かない」

「どうしてあんなもので人間を打ち上げるわけ？」

「計画が失敗したんでしょ。メールには返事が来ない、伝言は取り違えられる、それでこの人たちは取り残されて、死ぬのを待ってるってわけね」ダイナの質問にややうんざりしていたアイヴィの答えは、そっけなかった。

ポンッというスラスターの音を耳にしたダイナは、アイヴィによるマヌーバーで身体が動かされるのを感じた。この友人の頭が軌道力学モードになったときは、気をそらさせてはいけない。それぐらいのことは心得ていた。彼女は補助席のベルトを外すと、〈フリヴァー〉の〝上〟の面にあるドッキングポートへ移動した。アイヴィがちょっとした針路修正を行なうたびに、手を伸ばして近くの取っ手につかまり、身体を支えた。

数分のうちにアイヴィは軌道を同期させて、〈フリヴァー〉を正しい姿勢にマヌーバーすると、そのカプセルのドッキングポートへとまっすぐ進めていった。

「いい感じよ」とダイナは声をかけた。彼女がバルブを作動させると、〈フリヴァー〉のハッチとカプセルのハッチのあいだにあるわずかなスペースに、空気が流れ込んだ。「ダメもとではあるけどね」

〈フリヴァー〉のハッチを開けたダイナは、カプセルのハッチの外側を目にしていた。わずか数秒前まで、宇宙空間にさらされていた部分だ。

奇妙なことがいくつかあった。そのアルミのハッチには、8½×11インチという、北米によくあるプリンター用紙が貼り付けられていたのだ。そこに印刷されていたのはカラー画像で、星が並ぶ青い円盤のまわりを黄色い輪が囲んでいた。中央で翼を広げている鷲には、赤と白の縞模様の盾がある。この紙を吐き出したプリンターはシアンのインクが減っていたと見えて、その画像は異様に縞状になり、色あせていた。宇宙空間にさらされたこともい効果にはならなかったようだ。アメリカ合衆国が消滅したのは、ほんの数分前のことで、それは〈クラウド・アーク〉憲法に与えられた権限下でマルクスによって宣言された。にもかかわらず、このカラー画像はダイナにとって、巡礼者やマスケット銃兵並みに古くて異様なものに思えた。

　その向こう側から、機械の作動音がした。

「こいつ、生きてる!」と、ダイナは声を上げた。おどけた感じを出そうとしてそう言ったものの、彼女は息を止めた。

　ハッチがさっと開くと、そこには宇宙にいたせいでむくみ、憔悴して生気のない緑色をした顔があった。髪は乱れて漂っている。だがその顔にある目は、以前と変わらず冷たく厳しいもので、ダイナに向けてしっかりと据えられていた。

「ダイナ」相手の女が口を開いた。ダイナは女の顔ではなく、その声によって、それが誰なのかわかった。「こんな悲惨な状況でも、顔なじみに会えるとほっとするわね」

「大統――」とダイナは言いかけたが、すぐにやめて「ジュリア」と言い直した。

　ジュリア・ブリス・フラハティは、そのように呼びかけられたことが、まったく気に入らないというような表情をした。

　アイヴィはスラスターをかなり多用していた。〈フリヴァー〉、カプセル、X-37が機械的につながって単体となったため、〈クラウド・アーク〉と同調させて動かし、パランビュレーターの赤い表示を一掃するのが――やりにくかったが――可能となっていた。揺れは何度かあり、多少身体を揺り動かされたジュリアは、取っ手につかまる必要性に気づいた。中身の詰まった嘔吐袋や、赤いビー玉のように見える大量のかたまりなどさまざまなものが、その狭いカプセル内を動き回っていた。ジュリアが一方の側へ投げつけられたとき、そういったもの越しに、カプセルのいちばん向こうに浮かんでいるひとりの男の姿が、ダイナに見えた。男は血まみれで、身体がぐったりとたれている感じだった。ネイビーブルーのスーツの残骸のようなものを着ていたが、前ファースト・ジェントルマンではなかった。

「お悔やみを言うわ」とダイナは声をかけた。

「いったい誰なのよ？」と、アイヴィが大きな声で言っている。「生存者がいるのか、マルクスが知りたがってるんだけど」

「お悔やみって？」とジュリア。

「だんなさん」とダイナ。

「彼なら、薬を飲んだわ」と明かすジュリア。「リムジンに乗ってたとき」

「そんな」

「ミスター・スターリングを何とかするのに、あなたの手を借りたいの。私には大きすぎて動かせないから」

「そんなことないわ」

「どういう意味？」ジュリアは鋭い口調で聞き返した。

「ここはゼロGよ。だから、大きすぎて動かせないとはならないわけ。それでも、お望みなら手は貸すけど」

「そうしてくれたら助かるわ」ジュリアはそう言うと、一方の手をハッチの縁にやりつつ、もう一方の手はショルダーバッグへと伸ばしてから、ダイナのことを期待の眼差しで見つめた。彼女が進路をふさいだままだったからだ。

ダイナはアイヴィの後頭部に目をやった。「ジュリア・ブリス・フラハティが乗船許可を求めてるんだけど」

憤慨したような音が、ジュリアの口から漏れた。

「許可するわ」とアイヴィが告げた。

「飛行中の負傷者一名も一緒にね」ダイナはそう言って、ジュリアのために道を空《あ》けた。

ジュリアがあまりに勢いよくハッチを通り抜けたため、〈フリヴァー〉内を突き進んで、反対側に肘と肩からぶつかった。「アアッ！」という声が彼女から上がる。だがダイナは、彼女が怪我をしたとは思わなかったので、そのままカプセル内へと入っていった。顔のほうへ漂ってきた例の赤いビー玉を払いのけようと手を伸ばしたときに、それが血であることに気づいた。

ピート・スターリングには裂傷がいくつもあって、棒術で殺し合いをしたか、自動車事故にでも遭ったかのようだった。ふらふらしていて、喉に血が詰まっていた。おそらく鼻の骨を折ったことによるもので、呼吸をするため、盛大に咳をして血を吐き出そうとしたのだろう。ダイナは手をかけるところを探して、上着の折り返しの部分をつかんだ。それを引っ張ったとき、上着の前がスターリングの胸のところから一瞬離れて、ピストル用の肩掛けホルスターが空《から》になっているのが見えた。

　今はどうでもいい。ダイナは足を踏ん張って力を入れると、彼の身体をカプセルの中央へと引っ張った。頭をドッキングポートに向けて、ゆっくりと進めていく。彼女はジュリアのほうを見た。手を伸ばして、自分の仲間をポートへ引き入れてもらいたかったからだ。だがジュリアは、最初の行動によってぶつけていたせいでまだ動きが弱々しく、痛い思いをしながらゼロG下での動きの基本を学んでいるところだった。

　カプセルの後方にいるダイナはスターリングの足を見ていたが、それは弱々しげにばたついていた。片方の足は長靴下を、もう一方は高そうな革靴をまだ履いている。彼女はそれぞれの足をつかむと、ドッキングポートのほうへ押しやろうとしたが、彼がそれにあらがった。本人は状況がわかっておらず、自分が宇宙にいることも理解しておらず、足をつかまれるのもいやだったのだろう。彼女は身体を前へ進めて、相手の膝のあいだに腰を入れると、腿のあたりを抱えて自分の身体の両側に脚がくっつくようにしながら、ふたたび彼をポートのほうへ向かわせようとした。

　鋭いポンッという音が聞こえたかと思うと、両腕一面に暖かい液体を感じた。さらに多くの量が喉にかかっていて、あごの先にまで飛んでいた。大便の臭いがして、シューッという大きな音も聞こえた。スターリングは身体を一度びくっとさせたが、そのあとは身体から力が抜けていった。

シューッという音のするほうを見上げると、カプセルの外殻にぎざぎざの穴があり、そこから星明かりが見えた。穴は人の親指ほどの大きさだった。金属がいくつもの三角形になって、内側へ曲げられていた。

彼女がよく耳をすましたところ、シューッという音は二カ所から同時に聞こえていた。カプセルの反対側にもうひとつ穴が開いているのだ。スターリングの身体は二つの穴のあいだにあった。彼の胴の中央部分は、肋骨の並んだクレイターのようになっていた。そこから勢いよく出ている血が、その二つの穴を素早く通り抜けていた。

ダイナの耳も、すでに何度かポンッという音を立てていた。

カプセルの先へ目をやってジュリアを見ると、相手はようやく状況に慣れたようで、ハッチのほうをのぞき込んでいたが、目は血走っており、完全に混乱していた。

「ジュリア」と、ダイナは声をかけた。「小さな火球がぶつかったの。空気がなくなってきてるけど、まだ時間はある。ピートは死んで、あたしの邪魔になってる。だから、そっちから手を伸ばして、彼の襟をつかんで引っ張ってくれたら――」

その声も、ジュリアの顔をとらえていた視線も、急に断ち切られた。〈フリヴァー〉のハッチが勢いよく閉じられたのだ。

錐体を水平面で切ってどのような曲線ができようが――円形、楕円形、放物線、双曲線――それは軌道の形状となる。ただ実際上は、軌道はどれも楕円形だ。それに、太陽系で自然に発生している軌道の大半——太陽のまわりを回る惑星の軌道に、惑星のまわりを回る衛星の軌道——は、あまりに丸い楕円形であるため、肉眼では円形と区別がつかない。これは、自然が円形を特に好むからということではない。あまり長く伸びた楕円形の軌道は、それほど長続きしないものだからだ。離心率の大きい軌道をもつ天体が中心天体に向かって突き進み、近点——最も近づく点——で急カーブがかかると、潮汐力の影響を受けて崩壊する可能性がある。中心天体の大気に衝突するか、太陽周回軌道の場合は、太陽の熱に近づきすぎて、熱的損傷を受けるかもしれない。もし近点を過ぎても崩壊しなかった場合は、別の天体の軌道への長い軌跡を描くことになる。遠点——最も離れた点——でカーブがかかったあとは、中心へ向かう同じ軌道へと、一周して戻ることになる。太陽系の天体は散在しているため、周回しているどの惑星や小惑星であれ、天体が衝突したり接近したりする確率は小さい。だが天文学的な時間を考えると、接近や衝突の可能性は高くなる。衝突の場合は当然ながら、惑星への隕石の衝突と、かつて軌道を回っていた天体の崩壊という結果になる。単なる接近の場合は、その天体の軌道に摂動《せつどう》を起こさせて、異なる新たな楕円形をとらせるか、あるいは双曲線にして、太陽系から完全に放り出すことになるかもしれない。太陽には依然として、離心率の大きい軌道をもつ彗星や小惑星をもっているが、その数も長いうちに減ってきており、天文学者にとって珍しい出来事となっている。初期のころの太陽系はかなり混沌とした場所で、軌道も幅広かったが、以上に挙げた過程によりしだいに一掃され、自然淘汰のように、ほとんどすべてがほぼ円形の軌道を描くものとなったのだった。

　太陽系全体に当てはまることは、地球＝月系においても当てはまる。月は地球のまわりをほぼ円軌道で回っている。ときどき、深宇宙から迷い込んできた隕石が秤動点を越えて入り込んで地心軌道にとらえられるが、これは遅かれ早かれ月か地球に当たるか、もしくはどちらかの天体に接近により放り出されることになる。このように、月は地球の空を何十億年にもわたって掃除して、大きな隕石の衝突から守り、複雑な生態系や文明の発達に適した場所としてきたのだ。

〈ホワイト・スカイ〉を構成する隕石はすべて、かつては月の軌道上にあったもので、そのほとんどは当面、およそ四〇万キロという安全な距離を保っている。それらの軌道は今のところ離心率が小さいため、ほぼ円形だ。それでも、〈ホワイト・スカイ〉内での混沌とした相互作用が膨大にあるため、多様な軌道が生じている。その中には軌道離心率が大きいものがあり、遠地点ははるか彼方なのに近地点は地球に近く、地球の大気に巻き込まれたり直接ぶつかったりするほどの近さだ。その軌道が地球に接近するほど偏心的な隕石は、〈イズィ〉にも接近する可能性がある。一般にそのような軌道の隕石が地球にそこまで近づいたときは、毎秒約一万一〇〇〇メートルで動いている。コショウの実の大きさの火球がその速度で動いているときの運動エネルギーは、高性能ライフルの銃弾と同程度なのだ。

　当然のことながら、強力な銃弾は強い力で当たって、損害を予想どおりに与えるようにつくられているが、一方で月の隕石はそのようにはつくられていない。そのため、衝突の結果は予想できないものになりうるのである。

今回の場合考えられるのは、ひよこ豆大の隕石で、ライフルの銃弾数発分のエネルギーをもったものがカプセルの壁を突き抜けたが、その際にいくつかの破片に割れて細い錐体となってカプセル内に飛び散り、ショットガンの散弾のごとくピート・スターリングの身体に当たり、その全運動エネルギーが散弾よりすさまじいものだったということだ。そのエネルギーのほとんどが彼の身体の中に入ったため、身体が破裂したのだった。もともとの隕石の最大の破片は、彼の身体の中を貫いたか、もしくはまったく当たらずに、カプセルの反対側を突き抜けていったのだろう。

もしこの隕石がカプセルのどちらかの外側二、三メートルの位置を通過していたら、まったく当たらなかったため、彼らがその存在に気づくことはなかっただろう。だが、これが地球の大気の場合だと、当然ながら話は違ってくる。その隕石は明るい筋を残しながら溶け、運動エネルギーのほとんどは熱となる。すぐそばの空気は束の間、暖かくなるだろう。これが夜に起きていたら、光の筋を目にした熱心な観測者がいたかもしれない。同じことが地球全体という大きな規模で起きた場合は、空気は輝きながら相当に熱くなるが、それが現在地球で起きていることなのだった。

とにかく、現在のダイナはカプセルに閉じ込められ、はねた血がかかって暗くなった白色のＬＥＤライトの筋数本に照らされているだけであり、その中で空気が漏れていた。もちろん彼女は人生のかなりの部分において、このような出来事に備えて訓練してきた。最初に学ぶことのひとつは、空気の漏れは思っているほど早くないということだ。小さな穴を通り抜けられる空気の量は限られている。それでも、その穴をふさぐことができなければ命に関わってくる。そのため、驚きから立ち直ったあとの彼女の最初の行動は、二つの穴の大きいほうに向けてスターリングの死体を押しやることだった。火球が入ってきたほうの穴だ。吸い込むときの湿った音とともに、その血まみれの身体が穴をふさいだ。その後ダイナは、自分の耳を使って、隕石が出て行った小さい射出孔を見つけることができた。大きさは彼女の小指ぐらい。彼女は血にまみれた手を、その上に置いた。シューッという音は止まったが、巨大な掃除機が彼女の肉を宇宙空間へ引き抜こうとしているため、宇宙キスマークができはじめるのをすぐに感じた。痛かったが、それほどひどくもなかった。しばし耳を傾けても、シューッという音はほかにせず、彼女は満足した——ほかに漏れはないということだ。

血まみれの包帯が浮かんでいた。彼女はそれをつかみ取ると、穴から手をはがし、そこに包帯を詰めた。宇宙へ吸い出された部分もあったが、かたまりになったため、それ以上はもう動かなかった。それでも、穴からはまだシューッという音がしていたので、空《から》のビニール袋を手に取ると、濡れたガーゼの不規則な山の上にかぶせた。真空によって内側へと吸われたため、気密シールに近いものになった。

さらに低いシューッという音、もっと言うならヒューッという音が、カプセルの〝後方〟からしていた。ダイナの耳は圧力の変化を感じたが、ポンッという音はしなかった。圧力が増したということだ。彼女はこのカプセルについて何も知らなかったが、単純な生命維持装置の仕組みは知っていた。それには圧縮酸素の備えが含まれていて、利用者の体内でCO_2になったり気体洗浄装置に吸収されたりした分を補うために、放出されるはずだ。この機械は、宇宙空間へと消えた空気を補うべく、圧力を通常に戻そうとしているのだろう。

もしそうだとしたら、〈フリヴァー〉のハッチはもう開けられることになる。ダイナはそちらへ漂っていくと、カプセルのほうの開いているハッチから手を伸ばして、〈フリヴァー〉の金属部分を叩いた。血にまみれた指関節の跡がついた。

しばらくは何も反応がなかったので、彼女はSOSの音を叩いて出した――三度のトン、三度のツー、三度のトン。

ハッチが開いて、アイヴィが顔を見せた。「ああ、もう、まったく！」と彼女は声を上げた。

「こりゃどうも」ダイナはそう言うと、アイヴィが脇によけたところを、飛ぶように抜けていった。アイヴィがよけたのは、単に親切心からというだけでなく、ダイナが思うに、亡くなったジュリアの科学顧問の体液がつくのを避けるためというほうが大きかった。ジュリア本人は補助席のひとつに腰掛けて、空吐《からえず》きに苦しんで身体を折り曲げていたが、目の片隅でダイナのことをじっと見ていた。

『ようこそ宇宙へ！』とダイナは言いかけたが、なんとかこらえた。

「あなたが、その、忙しくしていたあいだに、〈クラウド・アーク〉をまた通過したわ。天底側に入って、およそ四五分よ」とアイヴィが言った。

「充分だね」ダイナはそう言うと別の補助席に座り、両手を腿で拭ってから、ノートPCを引き寄せた。それが漂っていかないように手の付け根で押さえながら、インターフェース・ウィンドウを呼び出す。ロボットとの通信に使うものだ。ものの数秒で、PCは範囲内にいるすべてのロボットとの通信を確立した。つまり、この〈フリヴァー〉の外にいて、同行しているロボットたちということだ。

その一方で彼女は、はじがミトンのような装置になっている折りたたみ式のアームを引き下ろした。〈フリヴァー〉の外部にあるロボットアームのインターフェースだ。

「ねえ、エアロックを開けてくれる？」ダイナが声をかけた。

「もうやってあるわよ」とアイヴィ。

ダイナは周辺視野で、ジュリアの目がこのやりとりに反応して右に左に揺れ動いているのをとらえていた。注目を集めようとするジュリアの妙な才能にもかかわらず――おそらくそれゆえに――彼女のことは無視しようとして、ロボットアームのはしにあるカメラからのビデオフィードに意識を集中した。

ダイナがアームを伸ばすにつれて、エアロックの丸い開口部が大きくなっていった。テクラが中にしまった装置が見えてきた。

〈ランプレイ〉(ヤツメウナギの意味)とは、明滅するライトの付いた箱だった。エアロックのハッチのほうを向いている側には、つまみというか取っ手がついている。ダイナはロボットアームの手を使ってそれを簡単につかみ、装置を明かりのほうへ引っ張り出した。

「X-37のアームにつながない理由なんてある？」とダイナ。

「思いつかないわ」

「あなたたち、何をやってるの？」とジュリアが聞いた。

「この宇宙ゴミが人を殺さないうちに、軌道から外すのよ」

「その宇宙ゴミには、人生を捧げた勇敢な人の遺体が――」

ダイナが口を挟んだ。「アイヴィ、あんたがやる？　それともあたしが？」

「私がやるわ。あなたは忙しいから」とアイヴィが答えた。彼女がジュリアのほうを向くために、操縦席で向きを変えた音が、ダイナには聞こえた。アイヴィはこう告げた。「ジュリア、もう黙って。それ以上ひと言でも口にしたら、その頭をぶっつぶして、死体はエアロックから放り出すから。今回のことはまったく我慢できないわ。まずは、無駄話をして、ダイナの気をそらした。彼女は〈クラウド・アーク〉を守るために、きわめて重要で難しい作業をしているところなのに。それからあなたは、マルクスからの直接指令の取り消しを試みた。彼は〈クラウド・アーク〉憲法のPSAPS条項にもとづいた、ここのすべての責任者なのよ。あなたの存在も違法だわ。クレイター・レイク合意は、国の指導者を〈クラウド・アーク〉へ送ることは特に禁じてたんだから。あなたはその誓約を破って、ここへ打ち上げられる何らかの方法を見つけたうえ、状況から察するに、途中での汚いやり口はそれだけじゃなかった。あなたの船は、こちらの安全手順では認められない方法で〈クラウド・アーク〉に近づいて、こちらの全員の命を危険にさらし、〈アークレット〉や〈イズィ〉本体に回避行動をとらせて、かけがえのない貴重な燃料を浪費させた。緊急事態としてここに送り込まれた私たちは、自分たちの身を危険にさらしながら、さらに稀少な資源を消費した。卑劣で恥ずべきあなたの行為がつくりだしためんどうの尻拭いのためにね。以上の理由から、私はこの船の司令官としての権限により、あなたに命令する。この船が〈イズィ〉に安全にドッキングするまで、その口は閉じていること」

「いいでしょう」とジュリアが答えた。

作業の途中でダイナが顔を上げると、アイヴィとジュリアはにらみ合っていた。

「悪かったわ」とジュリア。

「自業自得よ」ダイナはそう言うと、作業に戻った。

アイヴィの独白のあいだに、ダイナは作業をほとんど終えていた。当面の任務は、〈ランプレイ〉をX-37になんとかして取り付けることだ。その接続は、見た目はともかく、確かなものでなければならなかった。あらゆる操作が何年も前からNASAによって計画されていた時代だったら、これは特注設計の機器を利用した、数時間を要する作業になったろう。ところが今、〈クラウド・アーク〉の人たちは、ランダムに漂流する宇宙ゴミのキャッチが上達せざるをえない状況にいた。そのためダイナも、リースがテクラの〈ラック〉を操るために考え出した技を、かなり高度に発展させたものを用いていた。あのときダイナは、〈サイワイ〉を鎖状につなげて、むちのようにした。これはうまくいったが、必要以上にかなり重く、複雑だった。T3が完成したことで暇な時間ができたリースは、余った〈ナッツ〉に手を出した。それらは新型と比べると、古くて時代遅れで、大きくて扱いにくく、のろくて愚かだった――が、リースの目的にはちょうどよかった。彼はこれらを新種のロボットへとつくり替えて、〝フライング・リンク〟から〈フリンク〉と名付けると、鎖状になる方法や宇宙空間でのマヌーバーのしかたが向上するように教えた。彼のひいひいおじいさんの兄弟のジョンや、ベルリンのクハルスキー教授には、想像することしかできなかったものである。ここには創造性の余地がかなりあったが、彼はつねに解決すべき問題に努力のほとんどをそそいだのだった。

　たとえば正確性などが、ダイナが今、解決する際に必要なものだった。X-37のロボットアームは宇宙空間へと不格好に突き出ており、どう見てもそこを目標に引っ掛けることになる。自由端のある鎖は簡単に巻きつくが、それはかつてリースがダイナの人差し指にネックレスをかけたやり方と同じだった。ダイナに必要なのは作業に適した鎖で、彼女はたまたまそれを持っていた。第三世代の〈フリンク〉によるネックレスが、〈フリヴァー〉の船殻《ハル》のまわりに螺旋状に巻きついていて、使える状態にあったのだ。一方のはしはすでに〈ランプレイ〉とつながっていた。コンピューター・コードを呼び出すことで、その残りを動かすことができ、〈フリヴァー〉のまわりから解き放つと自由空間でくねらせて、U字形のカーブ、別名〝クニックシュテレ〟をつくって、X-37のロボットアームに向けた。

「ドッキング解除の準備完了」ダイナが声をかけた。

　アイヴィは、ジュリアが入ってきたポートへと戻っていた。「ドッキング解除」と言って、X-37から〈フリヴァー〉のドッキングを解除するチェックリストに目を走らせていく。

一方でダイナは、操縦席の制御装置の前に行くと、スラスター噴射のための一連のプログラムを打ち込んだ。アイヴィが切り離しを確認するや、ダイナがそのプログラムを実行して、X-37から遠ざける小さなデルタVを作用させた。クニックシュテレは、まるで見えない滑車を鎖が回しているかのように動き出すと、〈フリヴァー〉から離れてX-37へ向かいながら広がっていった。やがて、鎖のはじがロボットアームに巻きつくと、何度か螺旋状に動いたのち、〈フリンク〉の引っかかる部分がお互いを見つけてしっかり嚙み合い、鎖を所定の位置につないだ。

ダイナは、〈フリヴァー〉のロボットアームがつかんでいた〈ランプレイ〉を放した。予定どおりのプログラムにまだ従っていた〈フリンク〉による鎖は、〈ランプレイ〉を引き入れるや、素早くX-37につなげた。〈フリンク〉の鎖、X-37、〈ランプレイ〉は今やひとつの物体となって、壊れるまでこのままの状態となる。

ダイナは〈ランプレイ〉をコントロールするインターフェースを呼び出した。これは撃ちっぱなしの装置だが、誰かが撃つ必要がある。彼女はその箱の姿勢を調整する操縦輪をまわして、銃口を安全な方向へ向けた。

軌道から外すというのは、打ち上げと同じぐらいに複雑なことだ。いったん正規の安定した軌道に入ったものは、単純に地球に向けて落とすことはできない。そのスピードを落とさないかぎり、いつまでも軌道上にありつづけるのだ。スピードを落とすというのは、通常はスラスターの使用を意味し、つまりは燃料を消費するわけである。〈ランプレイ〉は単なる代替物でしかなかった。

「解除成功」アイヴィはそう告げると、操縦席へ戻った。「これでこっちは自由よ」

ポンッという音がスラスターから何度かして、X-37との距離が増していることを伝えていた。アイヴィが〈フリヴァー〉を回転させて、一〇〇メートルほど先にあるX-37が見えるようにした。燃える地球の上で逆さまに浮かんでおり、アームの肘部分が天底のほうへ突き出ていて、縛り付けられた〈ランプレイ〉が明滅している。

「よしと。〈ランプレイ〉は全部緑色になっていて、赤いやつはひとつもない。それじゃあ、始動三秒前……二……一……ゼロ」ダイナが軌道離脱ボタンを叩いた。

〈ランプレイ〉の大部分、箱全体が飛びのいて、濃いロケット排気の白煙に動かされながら、地球へ向かっていった。数秒後にはモーターが燃え尽きたが、箱はワイヤーを繰り出しながら惰性で進みつづけた。これは一分後には止まったが、X-37の下、半キロのところでぶら下がると、潮汐力によってピンと張られた。

「テザーにはプラスの電流が流れてる」とダイナが報告した。「つまりは順調ね」軌道上で地球の磁場の中を通り抜けるワイヤーは弱い電流をとらえながら、X-37のスピードを落とす力をつくり出していた。その効果はわずかなものだが、それでも数時間のうちにX-37の軌道は減衰して〈クラウド・アーク〉に危険をもたらすようなものでなくなり、数日から数週間で大気圏へ落下して消滅するのである。

〈フリヴァー〉の軌道が次に〈イズィ〉の軌道と交差するまで、二〇分あった。ただ、物理的な距離はほんの数十キロであり、彼らはいまだに〝スウォーム状態〟にあった。つまり、〈フリヴァー〉のコンピューターは〈クラウド・アーク〉のネットワークと通信していて、ふたたび統合してドッキングするのに最も安全かつ効果的な方法となるパラメーター空間を探しているのだ。それに加えて、〈ランプレイ〉がX‐37をどかすことに成功したことから、出発時にパランビュレーターの画面を汚していたほとんどの赤い光は、片づいたはずだった。ところが、ダイナとアイヴィが画面に注意を戻したところ、それは前よりもひどく見えた。その理由は、すぐにははっきりしなかった。パランビュレーターは、数学とデータ可視化の観点からは見事なものだが、それでもいったい何が起きているのかと知りたくなるようなときがある。説明が欲しくなるのだ。

　アイヴィの電話にメッセージが届いた。マルクスからだ。彼女が読み上げた。「目視観測と手動制御を用いてアプローチのこと」とあり、さらに「デブリとの衝突に注意」とあった。

「こんなに早く!?」ダイナが大声を上げた。〈ハード・レイン〉に入った数時間で火球の攻撃をすでに受けていたとしても、これは好調な出だしではなかった。

「これは仲間殺しだ」と、アイヴィが読み上げを続けていた。「逃げ場をなくした〈アークレット〉があるらしい」

　逃げ場をなくしたというのは、シミュレーションで出てきた問題だった。スウォームは全体としては、推進剤の消費を最低限にして、〈アークレット〉どうしの衝突を防ぐ解決策を探すものである。もちろん、危機的状況の場合には、衝突を回避するために大量の推進剤を燃やすのはかまわない。それでも、衝突がどうしても避けられないという状況があり、その場合は被害が最も少なくなるような結果を選ぶよりしかたがない。逃げ場がないというのは、起きてはならない状況だった。それを防ぐことこそが、パランビュレーターのすべてなのだから。だが、可能性のある展開は無数にあり、確実なものは何ひとつないのだ。

「制御衝突ね」とアイヴィ。「死者は出ないわ。でも、いくつか続くかも。まだ評価中だから。デブリが漂流しているのかもしれない。だから手動での飛行を求めているんだわ」

「どんなデブリだろ？　固いやつか——」

「耐熱材みたいよ。だから、その点はよかったわ」

　モジュールか〈アークレット〉のひとつが、太陽の熱から守るために使われている、反射フォイルと断熱材の層の一部を消失したようだった。これは非常に軽いため、〈フリヴァー〉にとっては大した脅威とはならないだろう。ただ、レーダー上では大きく見えるので、それでパランビュレーターが騒ぎ立てたのだった。

　操縦席にいるアイヴィが、唯一ある窓を独占していた。ダイナは計器飛行が好きではなかったので、〈フリヴァー〉の監視カメラのインターフェースを呼び出した。

　ジュリアが、気味の悪い音を繰り返し立てはじめた。ごぼごぼという、湿った、うなるような音だ。

　いびきをかいているのだった。

「長い一日だったんでしょうね」とアイヴィ。

「まあね」このようなときに前大統領に対する気持ちを口にした例は、ダイナにはなかった。ジュリアの行動は非難されるべきものだったが、その一方で、この数時間のうちに彼女は夫と娘、それに国と仕事を失ったわけである。

ダイナがカメラを何度か動かすと、フレームの中央に〈イズィ〉をとらえることができたので、ズームした。〈イズィ〉はちょうど、地球の夜の側に入っていた。通常時は――かつて通常だったときには――暗かったが、今は下からの大気の赤い光に照らされていて、巨大な火球が三〇〇キロ下の大気へ突っ込んでいくたびに、落雷のような青っぽい閃光が時おり混じった。当然のことながら、これほどまでに明るい〈イズィ〉をダイナは見たことがなかったので、慣れるまでやや時間がかかった。

遠目に見るかぎり〈イズィ〉は問題なさそうだったが、倍率を上げるにつれて、視覚ノイズがしだいに漂流するデブリになっていくのが、ダイナには見えた――さっきアイヴィが言っていた、耐熱材のちぎれたものだ。

〈イズィ〉はこの二年間で、不可解なほど入り組んだものになっていた。ダイナは遠くから見たことがほとんどなかったので、その通常の状態については強い意識をもち合わせていなかった。それでもズームをするほどに、天底側で何かおかしなことが起きたことは確信できた。ズヴェズダとザーリャの接続点の近くだ。

確かに〈イズィ〉は入り組んでいたかもしれないが、それでもある意味で整然として、型にはまっていて、安定している入り組み方だった。その唯一の例外がアマルテアだったが、

〈マイニング・コロニー〉のロボットがつくり変えたことにより、それすらもかなり整然としたものになっていた。現在ダイナがズームして見ているものは、散らかっていて、安定していない。熱遮蔽物が大きくはがれており、ほとんど感知できないほどの風に不規則に揺れているのだ。一見したところは、深刻な状況のようでなかった。〝深刻〟とは、外殻の損壊や、たぶん穴からの空気漏れ、それに加えて、デブリの引っ掛けや、人間の遺体を伴ったことである。

「せいぜいが、何かがかすめて通過したことによる影響じゃないかって、あたしは見てるんだけど」とダイナ。「〈アークレット〉か何かと、ズヴェズダの天底側とのニアミスよ。遮蔽物が少し壊れたけど、構造上の被害は、あったとしても、ほとんどない」

「深刻な負傷者はいないという報告が入ってきているわ」アイヴィも言う。「〈アークレット〉にいる人が、ぶつかったりくじいたりという程度だから、あなたの言うとおりみたい」

「そうかもね」今や二人は、カメラがより詳しい部分を伝えられるところまで接近していた。遮蔽物に対する被害によってむき出しになっていたのは、ひと目見たときには彼女になじみのないものだった。自転車のハンドルのように、大きなT型の構造物が〈スタック〉の天底側に突き出ていたのだ。そこには、同じ大きさの小さなものがたくさん、きれいにびっしりと並んでいて、下からの閃光を時おり受けて光っていた。

やがて、ダイナの頭の中ですべてがぴたりと収まった。今目にしているのは、モイラが関わっているものだった。ＨＧＡこと、人間遺伝子《ヒューマン・ジェネティック》アーカイヴである。前にモイラに見せてもらったことがあるが、あれは内側からで、囲まれて加圧された部分だった。それと同じものを今、ダイナは外側から見ているのだ。今までは、遮蔽物によってつねに視界から隠されていた。それがはがされた結果、内部構造が見えるようになったのだった。六角形のサンプルの棚が何列もあり、それぞれには冷凍された精子、卵子、胎芽が入っていて、絶対零度に近い宇宙の寒さと暗さの中で待機している。

「モイラの分散プロジェクトはどうなっていたかな？」ダイナは、別にあわてていないように、声を落ち着かせながら尋ねた。

「そうね……私たちが〈エイトボール〉について知ると、スケジュールはもちろん圧縮されたわ。私たちのほかのどの作業の準備とも同じようにね。ただ、本当のところは、わからないというのが、私の答えよ」

〈イミール〉

「……それで、真空の力にハッチがとらえられて、恐ろしいことに自分の目の前でバタンと閉まったのよ！　引っ張って開けようとしたけど、吸う力があまりに強くて。ダイナが向こう側に閉じ込められたと気づいたときに、私がどれほど無力感と罪の意識を覚えたか、どう言ったらいいかわからないわよ、マルクス」

マルクスはアイヴィに目をやった。ジュリアの話を長々と聞かされたので、休憩が必要だった。

アイヴィが両手を上げた。「私はあの扱いづらいものを飛ばそうとしていたから、何が起きていたのか、まるでわからなかったわ。ジュリアに説明されていたときもね」

「そうだな」とマルクス。「君があれを飛ばせたなんて、本当に信じられない。これから一〇〇年は語り継がれるだろう」

『人がまだ存在していればだけどね』とダイナは思った。

アイヴィはゆっくりまばたきして、マルクスのことをじっと見つめた。皮肉を言っているのか探ろうとしたのだ。が、彼は皮肉を言っているわけではなかった。マルクスお得意のこのぶっきらぼうさは、どちらにもはたらく。相手を切り刻む言葉を口走ることと同じくらい簡単に、驚くほど寛大な褒め言葉を口にすることもできるのだ。

「頭をフル回転させたわよ」とアイヴィは答えた。

一同は〈タンク〉にある会議用テーブルを囲んで座っていた。マルクスはこの集まりを称して〝審問〟という単語は使わなかったが、実際にはそうであることが明らかだった。もしくはいずれにしろ、前日にあったことについて、できるかぎり正式に判断するためのものだった。最初はマルクスのまとめによってかなり勢いよく始まったものの、ジュリアが自分の話を「最初から」語ると言い張って、脱線した。最初からとは、彼女がホワイトハウスで亡き夫の隣で目覚めた瞬間に始まり、亡き娘との朝食に続いて、この世の終わりへと話が飛んで、急遽準備された約三六時間後の軌道への打ち上げまでだった。その途中には災難や偶然が続発していたが、その内容があまりに荒唐無稽だったがゆえに、多少はもっともらしく聞こえた。そのような話をでっち上げられる嘘つきもいないだろう。マルクスが自分のスイス時計にたびたび、それもあからさまに目をやる回数が増えていったにもかかわらず、彼女の話は一時間近くも続いたので、ほかの者はみな、驚嘆、退屈、恐怖、呆然という感情がないまぜになった奇妙な気分にさせられた。

ジュリアは、あの死んだ星にいる死んだ人たちと自身とのあらゆる関係について、誰もが本当に関心をもっていると思っているようだった。これは新参者にはよくあるミスだ。彼女の場合は、大統領であることに慣れていたという事実により、その部分が相当に大きくなっていた。世界一力のある人間の話は、誰もがいつも喜んで耳を傾けてくれるというわけである。

「本当によかったわよ」と、ジュリアが言う。「自分たちが――」

「そうだな」マルクスはそう言って、彼女の話をさえぎった。彼は明らかに、ジュリアの話をこれ以上聞きたくないと思っている。ただ、それと同じくらい明らかに、話の次の段階に移ることについては、やや気が進まないでいる。

モイラのことは、あからさまに誰も見ないようにしていた。

「ありがとう、ジュリア」マルクスの口調は、彼女がもう退出していいことを、はっきりと告げていた。

ジュリアがやや驚いた表情を見せた。「でも、クルー博士の話をまだ聞いてないのに」

「だが、そちらの話は聞かせてもらった」とマルクス。

ジュリアは要点を飲み込めたようだったが、気に入らないらしい。「いいでしょう」と言いながら、慎重に席を立った。「マルクス、先ほども言ったけど、私にできることなら、どんなことでも役に立ちたいと思っているから」

「了解」マルクスは表情を変えずに、テーブルの向こう側にいるアイヴィのことを見た。その二人が考えていることは、ダイナにもわかった。『あんたはここでは、役に立たないどころじゃない――だから招かれなかったんだ』「ありがとう、ジュリア」

前大統領がテーブルに背を向けた。彼女は〈ファーム〉に通じるドアの前で立ち止まると、振り返って最後にもう一度だけマルクスのほうを見た。その顔は悲しげな子犬のようで、彼が膝を叩いて冗談だと笑い、席に戻るよう温かい言葉をかけてくれるのを期待しているようでもあった。だが、そうならないとわかるや、その顔は一変した。見ているダイナが少し怖さを覚えるほどに。

どんな感じだろう、とダイナは思いを馳せた。人々の上に核爆弾を落としたと思ったら、一週間もしないうちに、会議の席から出て行くように言われるというのは。当然ながら、ジュリアの機嫌は最高のものであるはずがない。JBFは、出口を見つけるためと同時に顔を隠すために一同に背を向けて、ドアを開けた。ドアが開いたそのわずかなあいだに、イスラム風に顔にベールをまとった若い女性がすぐ外で待っているのを、ダイナは目にした。顔の下半分が覆われていたが、あらわれたジュリアの姿を見るや、その目は輝き、身振りは温かなものになった。ジュリアは親しげに手を差し伸べて、相手の腰のくびれに手を添えた。ドアが閉まると同時に、二人は肩を並べて歩き去った。

〈タンク〉に残ったのは、マルクス、ダイナ、アイヴィ、モイラ、サルバトーレ・グオディアン、それにチョン・フーだった。応用数学者のフーは、スウォーム力学に関してはトップの理論家だ。ほかの者たちも軌道力学やロケットエンジン——個々の宇宙船の軌道を管理する古い技術——についてならかなり知っているが、複雑系の専門家であるフーこそがパランビュレーターの主要設計者であり、スウォームでうまくいかなかった部分、またはうまくいった部分をしっかり理解して、説明することのできる唯一の人物なのだった。彼は人生の大半を北京で過ごしたが、英語を問題なく操れるようになるほどの期間を、西洋の大学で過ごしていた。マルクスにうなずきかけられて、彼が口を開いた。「状況の評価を行ないました。すでにご存じのように、逃げ場のなくなる事象が発生して、衝突《バンプ》に至ったのです」これは、〈アークレット〉同士で起きた軽度の衝突《コリジョン》を丁寧に表現したものだ。「ですが、〈アークレット214〉にはコントロールする権限が充分にあったので、第二の事象は避けることができたはずなのです」

「では、なぜそうならなかったと？」とマルクスが聞いた。

「アルゴリズムはニアミスを予測していたので、通常の姿勢修正以上の行動は取りませんでした。人間のオペレーターの気が散って混乱していたため、針路修正を手動で行なうことに迷いが生じたのです」

「人間のことは責められない」とマルクス。「手動での飛行の結果については、注意するように何度も言ってきたんだから。だが、アルゴリズムのほうは、どこに狂いが生じたんだ？」

「どこにも狂いは生じていません」とフー。「不良データがあったのです。それをお見せします」彼はタブレットを何度か叩いて、会議用テーブルの上の大きなスクリーンに〈イズィ〉の三次元モデルを呼び出した。最初に見たかぎりでは、それはかなり最新のものに思われた。ここ数日のうちにこの複合体に追加されたばかりのモジュールと宇宙船が描かれていたからだ。「これがきのう、システムが衝突の回避に用いていたモデルです」

フーがタブレット上で指を動かして画面上のモデルを回転させたので、一同は天底側から見ることになった。人間遺伝子アーカイヴの特徴的〝自転車のハンドル形〟へと、彼がズームする。ズヴェズダ・モジュールの下で、左右両舷に突き出た一対の冷凍保管庫だ。その見た目は、ダイナが前日に〈フリヴァー〉から目にしたものと、ほとんど同じだった。

「ちょっと待って、これが正確なモデルですか？　これがすべて？」アイヴィが尋ねた。

「そうです」と、フー。

「これには耐熱材がないわ」とアイヴィ。「あれは衝突エンベロープに対して、少なくとも一メートルは増えることになるのに」

「そのとおりです。その意味では、このモデルは古いわけです。今はアップグレードしたものと取り替えてあります」

全員が理解したように、これは誰の責任でもなかった。〈アーキテクト〉たちはほぼ二年にわたり、〈イズィ〉の三次元モデルを最新かつ正確なものにしようと努力してきた。だが毎日のように変わるので、ほとんど不可能な作業だ。耐熱ブランケットのような非耐久財は優先順位が低くなりがちだった。このモデルを目にする人間が、そういったものは心の中で付け加えていくのだ。コンピューターはそこまで賢くない。

「それでも」とマルクスが口を挟んだ。「ぼくたちはこのモデルのことを完全には信じていない。〈アークレット〉はあれほど近くを通過すべきじゃないんだ」

「何があったのか、お見せします」フーがそう言って、ビデオ映像を呼びだした。トラスのひとつに設置されたと思われる、屋外カメラから撮影されたものだ。

人間遺伝子アーカイヴと、その周囲にある耐熱ブランケットは、画面の中央にはなかった――それらは右下の角にあった。つまり、カメラのアングルは理想的とは言えない。それでも、何が起きたかは見ることができた。左舷から徐々に忍び寄ってくる〈アークレット〉。ゆっくり歩くのと同じくらいの接近速度《クロージング・ヴェロシティ》だ。

「これは実時間で？」とサル。

「そうです。このアプローチはきわめて低速だったので、ひどく危険なものとは見られなかったのです」

「ニアミスになりそうに見えるが」とサル。

「そうなんですが――それも、ここまでです」フーは映像を一時停止した。簡単にはわからなかったが、〈アークレット214〉前部の光輪の中で小さな閃光が走ったのが、一同にも見てとれた。「スラスターの炎です――自動制御下でわずかな針路修正が行なわれました」彼がコマ送りすると閃光は消えたが、薄い灰色の雲が広がっていた。「排気ガスで、素早く広がりましたが、動きはかなり速いです」彼がさらにコマを進めていくと、そのガスが当たったことで耐熱ブランケットがはね返るのが見えた。隣り合うブランケットのあいだの合わせ目が外れて、突風に見舞われる布切れのように、一方が激しく揺れた。

フーが映像を進めたので、緩んだブランケットを〈アークレット〉後部の光輪が引っかけて裂き、人間遺伝子アーカイヴが地球の大気のオレンジ色の輝きにさらされるのが見えた。

アイヴィが口を開いた。「あのスラスターがまずいタイミングで噴射されなかったら——」

うなずくフー。「〈アークレット214〉は二メートルの余裕をもって、下を通過できたでしょう。胸を張れるほどの余裕ではありませんが、それで充分だったはずです」

一瞬の間ののち、フーが言い添えた。「HGAの耐熱システムは、もっとうまく設計できたはずですが」

今度の間は、誰が最初に笑うのかを全員で見極めているという間だった。ブラックユーモアがなかったら、ユーモアをまったくもち合わせていないことになる。

フーがそれを感じたようだった。「私が言いたかったのは、これは通常の熱負荷に対する設計だったということでして」

「太陽光ってことね」とダイナ。

「そうです。下の大気から発せられる放射熱ではなく」

「同じことは〈イズィ〉の多くの部分についても、当然ながら言える」とマルクス。「今やいたるところで熱的過負荷を抱えているからな。モイラ、被害の程度は?」

何気ない感じでその質問を投げかけたマルクスの巧みさを、ダイナは認めないわけにいかなかった。会議のあいだずっと静かにしていたモイラが、物思いから我に返るまで、時間がかかった。

「ええと」モイラがようやく口を開いた。「フーが話したように、断熱システムは——」

「まずかった」とマルクス。「それはみんなわかっている」

「バックアップ・システムもなかった」

　またマルクスが口を挟んだ。「当然だ。HGA用の冷却システムとは、この宇宙のことだったんだから。この宇宙があるから、バックアップ・システムはもたない。たいていの場合は低温だということで、頼りにできるからな」

「〈エイトボール〉によって生じた、前倒しスケジュールのせいで――」

「ちょっと待って」ダイナが声を上げた。

　全員の目が彼女にそそがれた。

「このことは、はっきりさせたいの」ダイナは続けた。「あのね、あたしが一四歳のときにパパの採掘坑のひとつが崩落して、従業員が一一人死んだの。あれはひどかった。パパはなかなか立ち直れなかった。もちろんパパは、何があったのか知りたがった。それは長い話になるんだけど。あることが別のことにつながり、それがまた別のことへと……ひとつひとつの段階はどれも理解できたけど、一連のことが起こるのを予測できた人はひとりもいなかった。もちろんパパは責任を感じていたけど、実際はそうじゃなかったのよ。その単語の通常の意味ではね。

　つまり、起きたのはこういうことだったわけ。ショーン・プロブストが始めた小惑星の鉱山会社は、キューブサット（小型人工衛星）の一群を打ち上げると、地球近傍小惑星について大量のデータを集めたけど、彼はそれを秘密にした。彼はそのデータベースをもって、〝グレッグの骸骨〟へのミッションについた。でも無線が隕石に当たって壊れ、連絡は取れなくなった。そしていよいよというときに――普通ならもう手遅れだったんだけど――彼はデータベースを見てみるということを思いついたわけ。そして、〈エイトボール〉について知った彼があたしに警告して、あたしはドゥーブに警告して、ドゥーブはほかの全員に警告して、それですべてのスケジュールが前倒しになったわけなのよ。モイラは、ＨＧＡサンプルを〈アークレット〉に分散させるという、一年以上かけて計画していたプロジェクトをスタートさせた。歴史上のあらゆるプロジェクトと同じく、これは最初はゆっくりだった。あらゆる障害が顔を出したせいでね。それだけじゃなくて、〈フリヴァー〉はすべて予約されてたし、宇宙服はスプラージのせいですべて使われたから。つまり、サンプルはたいして移されなかったわけ。後方支援《ロジスティカル》の問題がすべて解決されるまで、サンプルはＨＧＡの冷凍保管庫に置いておいたほうが安全なのは明らかだった。スプラージが起きると、大量のクソみたいなものがでたらめに打ち上げられて、パランビュレーターが異常なまでに騒ぎ立てた。〈アークレット〉も定期的に逃げ場がなくなっていた。いくつかは失いかけていた。アイヴィとあたしは〈フリヴァー〉でジュリアを連れ帰ったけど、その問題に対しては別の騒ぎやカオスを増やしたわね。そして、今みんなで見たことが起きた。〈アークレット214〉が、設計がまずかったＨＧＡの断熱システムのほとんどを引きはがして、地球の大気からの直接放射にさらしてしまった。代替の断熱材の応急装備がされないうちに、サンプルはすべて温まった。サンプルは全部損なわれてしまった。そうよね、モイラ？」

自分が話す力を信用していないような表情で、モイラがうなずいた。

「となると」とダイナが続ける。「マルクスの質問はこういうことだと思うの――これが起こる前に、ほかの場所にある安全な冷凍保管庫へ実際に移されていたHGAのサンプルは、どれくらいあったのか。つまり、助かったのはどの程度なのか？」

モイラは咳払いをすると、消え入りそうな声で言った。「三パーセントぐらい」

「わかった。もうひとつだけ質問がある」とマルクス。「ドゥーブとは話したのか？」

「彼は気づいていると思うわ」とモイラ。「でも私、正式には彼に知らせてないの。先に絶対的な確信がほしかったから」

「今は確信を？」

「ええ」

マルクスはうなずくと、しばらく電話をいじっていた。「彼をここにすぐ来るよう呼んだから、ぼくとモイラとで話をしよう」

マルクスとモイラ以外の者が席を立つと、マルクスが手を上げて一同を立ち止まらせた。

「出て行く前に、失われた人間遺伝子アーカイヴについて、話しておきたいことがある」

全員の目が自分にそそがれるまで、彼は効果をねらって間を置いた。

「あれははなから、くだらないものだったんだ」

誰もが時間をかけて、今の発言の意味を考えた。

「そのことをドゥーブに言うつもりなの？」とアイヴィ。

「もちろん言わない。ただ、ＨＧＡの本当の目的は、オールド・アースにおける政治的手段だったんだ」

「今後はそう呼ぶことに？　オールド・アースと？」興味を覚えたサルが言った。

「ぼくはそう呼んでいる」とマルクス。「あそこについて実際に考えることは、どんどんまれになっていってるがね」

「ありがとう、マルクス」とモイラが言った。

ドゥーブは知っていた。それも当然だ。〈イズィ〉は、その小さなサイズにはそぐわないほど入り組んでいる。数百人の人間がジェット旅客機数機分の大きさに振り分けられたのだから。ニュースはすぐに広まった。数時間で誰もが知った。人間遺伝子アーカイヴはほぼすべて損なわれたと。

彼はマルクスとモイラと一緒に、〈タンク〉にいた。二人はテーブルの向こうから、彼のことを見つめている。何らかの反応を辛抱強く待っているのだ。

「いいかい」ドゥーブがようやく口を開いた。「ドク・デュボアはもう存在しない。あれがつくられたキャラクターだったのはわかるだろう？　ただのお芝居さ。私は自分をさらけ出さない。自分から感情をあらわす人間じゃないんだ。特に、人に見られて、それを期待されているときはね。今から一年後なら、ひとりでいる思わぬときに、今回のことでこらえきれずに泣き崩れるだろう。でも、今はそうしない。私に感情がないからじゃない。私の感情は自分だけのものだからだ」

「こういうことになって、本当に残念に思います」と、モイラが声をかけた。

「ありがとう」とドゥーブ。「ただ、みんなが考えていることを言わせてほしい。きのう、七〇億の人命が失われた。それと比べたら、遺伝子のサンプルがいくつか失われたところで、痛くもかゆくもない。アメリアと私とでつくりだした胎芽、ここに持ち込んだあれは……まあ、あれは、私をここに来させる気にさせるものとして、ＪＢＦが許可してくれた特別な計らいだったんだ。そんな特別待遇を受けた者は、ほかにはいない。不公平さ。それは私もわかっていた。それでも私は受けた。そうしてみんなここにいるんだよ」

「そうだ」とマルクス。「みんなここにいる。前へ進んで――」

「だが、君の意見には賛成できない」ドゥーブが言った。「ＨＧＡが無意味だという意見には」

マルクスはいらいらを抑えつつ、眉をつり上げた。ドゥーブはモイラのほうを見た。「君が使った用語はなんといったかな？　ヘテロ接合性か？」

「そうです。ＨＧＡの公式の目的は、人類のため充分に多様性をもった、遺伝的基盤を確保することだったので」

「私には重要なことに聞こえるがね」とドゥーブ。「私が何か見落としているのかな？」

「何万というヒトゲノムが、デジタル形式で記録されています。世界中のさまざまな地域のものが」

「つまり、それこそがヘテロ接合性というやつだ。君が言っているとおりだよ」ドゥーブが彼女を促す。「だからこそ」――そこでマルクスのほうにちらりと目をやった――「HGAは本当は必要とされていなかったんだ」

「そうですが、問題があります」とモイラ。

「ほう、それは何かな？」

「おわかりになるかと思いますが、デジタル化された配列が役立つのは、ヒトの生細胞にある有効な染色体へと、それらを転写するのに必要な装置がある場合に限られます。それに対して、精子のサンプルを利用するには、スポイトと潤滑剤があればいいのです。ただ、USBメモリに保管されたDNA配列を利用するのに必要なのは――」

「君のラボにある装置すべてというわけか」とドゥーブ。

モイラは、ややいらついたようだった。「あなたの言う私のラボと、正式なラボとの関係は、USBメモリ内にある1と0という数字と生きている人間との関係と、同じようなものです。無重力では利用するどころか中身を出すことさえできない、箱詰めされた装置の集まりなのです。それに、たとえすべてをセットしてスイッチを入れても、博士号レベルの分子生物学者がいなければ役に立たないでしょう」

「本当に？　役に立たないのか？」マルクスが尋ねた。

モイラはため息をついた。「一度に扱うサンプルがひとつという小規模な作業なら簡単よ。でも、遺伝子的に多様な人間集団を再構築するとなると――」

「だがね、モイラ」とマルクス。「ほかの多くのものが揃わないかぎり、それはいずれにしろできない。多くの人間が藻を食べて、〈アークレット〉で暮らすことはできないんだ。まずは存続が可能で安全なコロニーをつくる必要がある。それから、君のラボをつくるんだ。そして、より多様な生態系を構築する。よりよい食べ物に、安定性の高いものを。それからようやく、人間集団のヘテロ接合性について気にかけることになる。それまでは、お互いとファックするという通常の方法だけで同系交配じゃない健康な子供をつくりだせる人間は、充分すぎるほどいるわけなんだよ」

「確かに、どれもそのとおりだわ」とモイラ。

「だからその点こそが、ＨＧＡはくだらないという、ぼくの意見の根拠になってるんだ」とマルクスが締めくくった。

「君が言っているのは」ドゥーブが口を挟んだ。「コロニー、生態系、人材という、ＨＧＡを実際に活用するのに必要なものがすべて揃っていけば――」

「――それ自体がもう必要なくなる。そう、そのことを言ってるんだ！　この件で時間を無駄にするのは、もうやめようじゃないか」

「それじゃあ、何をして時間を過ごせばいいの？」モイラは、そのフクロウに似た、面白がっているような表情をメガネ越しに投げかけ、マルクスに言った。

「そこにたどり着く方法についてさ。今話していた状況を実現する方法だよ」

「それに対して、私がどう貢献できるっていうの？　ＨＧＡは九七パーセントが失われて、装置はどれひとつとして長いこと使い物にならないのに」

「その装置の保護について、話をしたいね」とマルクス。「あらゆる危険から守って、それから君の言うラボをいつか構築できる安全な場所に、それを移すんだ」

「私たちにつくり出せるかぎりの安全、ということなんでしょう？」とモイラ。「ノードXでの特権的な地位を与えられているわ――アマルテアのかなり近くに。今の私たちのような危険な生き方ってわけじゃなくて」

　モイラが言っているのは、〈アーキテクト〉たちがよく話していたことで、アマルテアの陰に存在するとされる防護円錐域についての考えだった。飛来する火球の進路が予測できるかぎりは、アマルテアをそれらに向けて、一種の破城槌として用いることができるというのだ。あの小惑星の前面には火球が打ちつけられることになるが、ニッケルと鉄によるしっかりしたかたまりは、かなり残る。うしろに位置しているものはどんなものであれ、ほぼすべての危険から守られる。それでも当然ながら、果てしなく遠い範囲まで防御してくれるわけではない。アマルテアとの距離が遠くなれば、ほかの方向から飛来する火球に見舞われる確率が高くなるからだ。アマルテアの近くにいなければならないというその性質ゆえに、〈マイニング・コロニー〉は最も安全な場所にあった。同じくらい安全だったのが、ノードXとつながったモジュール群で、SCRUMの真うしろに位置しており、ここにモイラの設備がすべて隠されていた。そのうしろにあるのは長く尖った円錐で、防御される部分は狭くなり、それが最終的には〈カブース〉のうしろのどこかで完全になくなるのだった。モイラが「危険な生き方」と冗談を言ったとき、彼女は自分たちがいるT3という三番目のトーラスは幅も奥行きもかなりあるので、その円錐の限界に近いということを言っていたのだ。遮蔽物を強化する努力はなされてきたが、〈イズィ〉のほかの多くの部分よりも、依然として危険性は高かった。

マルクスがうなずいた。「君のものはかなり安全だ。でも、アマルテア内へ移したほうが、もっと安全だろう。そのことでダイナと話したが、彼女が言うには、穴を掘って空洞をつくれるから、重要性の高いものはそこに収められると」

ドゥーブとモイラがそのことを考えるあいだ、沈黙が流れた。

ある面で、マルクスの提案はまったくもって自明だった。巨大な金属の小惑星内なら、どんなものでもより安全である。

別の面では、派生する問題があった。

数日前――誰もがまともに考えることのできた最後のときである〈ホワイト・スカイ〉前――の時点では、アマルテアと〈マイニング・コロニー〉の運命は、相変わらず議論の的だった。この小惑星は、手押し車に載せられた、捨てる必要のある丸石なのか？　それとも、全人類を守る盾なのか？　この議論は統計の数字について議論するところにまでなったが、決定を下すだけのデータがなかった。

モイラの設備をアマルテア内へ移すと提案することによって、マルクスはある特定の行動計画に取り組もうとしているようだった。

それはドゥーブが直観的に賛成した計画だった。だが、マルクスのような人間が、数字が出る前に計画を決めてしまうというのは、いささか妙だった。

それとも、ドゥーブが知らないことを、彼は何か知っているのか？

いずれにせよ、口火を切ったのはモイラだった。「〝ダンプ・アンド・ラン〟(一種の断捨離＋リサイクル)をやったら？」

彼女が挙げたのは、これまでもよく話し合われ、模擬演習も行なわれた対処法だった。アマルテアを切り離して捨て、軽量だが無防備となる〈イズィ〉は、飛び交う火球の少ない高軌道へ移動するというものだ。

「その場合は、まずは設備をすべてノードXに戻さなければならなくなる」とマルクス。

「あるいは、いちばん安全と思われるところに」

モイラは探るような視線をそそいだ。マルクスが両手を上げる。「だが、君の意見ももっともだ。ぼくのダンプ・アンド・ランに対する偏見はしだいに増していてね」

「スウォーム原理主義者《スウォーマメンタリスト》の手法に対する私の気持ちは、知ってるわよね」とモイラが言った。

彼女は、ダンプ・アンド・ランとは別の基本的な対処法である、〝純粋《ピュア》スウォーム〟のことを言っていた。これはあらゆるものを――モイラのラボもおそらく含まれる――〈アークレット〉間に分散させたあと、それらをまとめてより高い軌道へ送るというものだ。人々や物品は、分散型市場経済により、そのあいだを行き交うことになる。

「いいかい」とマルクス。「下にいた人たちがみんな死んでしまった以上、ぼくたちは今までのたわ言に耐える必要はないんだ。フーやほかの連中は、そういうのとはかなり異なる意見をもっている」いちばんのスウォーム理論家でパランビュレーターの立役者であるチョン・フーは、スウォーマメンタリストと考えられると言っているのだった。

ドゥーブもうなずいた。こういった戦略を論じる何百万ものネット上の評論家たちが、もう存在しないのだと自分に言い聞かせるのに、彼は依然としてかなりの努力を要していた。

「ちょっといいかな」ドゥーブがだしぬけに言った。それから、考えが浮かんだというように、こう言い足した。「ダイナから聞いた、例の無線のことなんだが」

「ああ」とマルクス。「『〈イミール〉は猛烈《ホット》に、大き《ハイ》く、激し《ヘビー》く進行中』か」彼は三つの単語を、引用符でくくったように強調した。

「どういうこと？」とモイラ。「あれは氷でできているのに。ホットというのは？」

「〈イミール〉が大きな接近速度で近づいているんだ。手に負えないわけじゃないが……多少、刺激的でね」

「では『大き《ハイ》く』というのは？」ドゥーブが促すように尋ねた。

「ジョーンはパラムも送信していた」とマルクス。「彼は大いにぼくたちの役に立ってくれたらしい。彼は軌道面の変更を行なったんだ。そうすることがまだ簡単だったときに、L1からかなり離れたところで」

「つまり、大きくやって来ると彼が言うからには」とドゥーブ。「〈イミール〉の軌道傾斜角が大きくて——私たちのに近いと？」

「ぼくたちのにとても近い」とマルクス。「彼はでかい氷のかたまりを、ぼくたちのところへ持ちこもうとしているわけだ」

「つまり」とモイラ。「ここへもってきてさらに、ショーン・プロブストは彗星を使って私たちに急降下爆撃をしようとしているって？」

「彗星の一部でね」

「大きな一部だろう」とドゥーブ。『激しく《ヘビー》』の意味を、彼が具体的に説明しているのなら」

「数値は興味深いものだったよ」マルクスはそう言いながらドゥーブのほうを向くと、相手をじっと見つめた。

「ほう。〝ビッグ・ライド〟に充分なぐらいに？」

「〈イミール〉を〈イズィ〉とランデヴーさせることができるなら、答えはイエスだ」とマルクス。「充分すぎるほどさ」

ビッグ・ライドは基本的な選択肢の三番目のものだった。〈イズィ〉全体を――アマルテアなどもすべて含めて――より高い軌道へ押し上げるというのである。必要とされる推進剤の量のことがあって、その選択はありそうもないと考えられてきた。ありそうもないばかりか――タイムリーな〈イミール〉の帰還がなかったので――物理的に不可能だと。ショーンによる可能性をあきらめたこの方法の支持者たちは、最近になってスケールダウンしたものを提案していた。アマルテアのほんの一部分を火球偏向装置《ボライド・デフレクター》につくり変えて、残りの部分は捨てるというのである。

「軌道面の変更も含めて？」ドゥーブが尋ねた。

マルクスはわずかな笑みをもらした。ドゥーブが考えていることが、彼には正確にわかったのだ。ドゥーブは〈ピーチ・ピット〉が三つに割れた三番目の破片である〈クレフト〉のことが頭から離れず、この自分が好きな月のかたまりの写真を、〈クラウド・アーク〉の非公式な権力構造をつくり上げていると思われる面々――マルクス、コンラート、ウルリカ、アイヴィ、その他数人――に見せていた。

「はっきりさせておくが」とマルクス。「ぼくがビッグ・ライドのことを口にするときは、本気で言っている。アマルテアもすべて連れていく。月の軌道まで、軌道を押し上げる。軌道面を変更して、円形にする。そして、〈クレフト〉で無事安全に過ごすのさ」

「〈イミール〉にはそのミッション用の水が充分にあると？」

「ああ。向こうをコントロールできて、引き入れることができれば」

「それはショーン・プロブストがやるべきなのでは？」とモイラが言った。

「もう違う」とマルクス。「今伝えた情報は、ショーンからの最後のメッセージにあったものなんだ」

モイラとドゥーブは、鋭い目つきでマルクスを見た。

「長いこと健康状態が思わしくなかったらしい」とマルクス。「あのエクスペディションで最後まで生きていたのが、ショーンだったんだ」

「〈イミール〉は幽霊船になっているとでも⁉」とドゥーブ。

「そうだ」

「しかも、遠隔操作をする方法はないのね」とモイラ。

「残念ながらその点については、ダイナのモールス信号はぼくたちの助けにならなくてね」

「だったら、誰かが行って――」

「誰かが行って、あのばかでかい氷のかたまりに乗り込まないといけない」とマルクス。

「そして〈イミール〉の中に入って原子炉を再稼働させ、〈イズィ〉と同調させる最終噴射を行なわないといけないんだ」

「いったい誰が――」口を開いたドゥーブに対して、マルクスが自分自身を指して話をさえぎった。そのしぐさはやや不格好で、わざとなのかそうでないのか、拳銃自殺の身振りにも見えた。そのうえでマルクスは口を開いた。「あした、〈イズィ〉と〈クラウド・アーク〉の司令官にアイヴィを据える。ぼくはクルーを集めてＭⅣで出発し、〈イミール〉とランデヴーする予定だ。〈イミール〉に乗り込んだら、船の制御と、ペイロードを〈イズィ〉まで運ぶのに必要な手順を、手動で行なう。それから、氷の残りを利用して〈イズィ〉の軌道を押し上げる――ビッグ・ライドには、アマルテアも連れていくんだ」

「それは……なかなか大変ね」と、モイラ。「やってみないとわからないけど。いつ発表するつもりだったの？」

「今ちょうど決定したところさ」マルクスはため息をついた。「とにかく、これが唯一の方法なんだ。内心では、ダンプ・アンド・ランもピュア・スウォームも、どっちも危険すぎるとずっと思ってきた。HGAに関して起きたことは、その点をさらに明らかにしたにすぎない。唯一の賢明な選択がビッグ・ライドなんだよ。これには長い時間がかかるだろう――二年とかそれぐらいだ。それでもそのあいだ、いちばん重要な資源はアマルテア内で保護されることになる。それは、君と君の設備ということだよ、モイラ。遺伝子ラボ用の安全な場所をつくるのに必要な資源は、どんなものでも〈マイニング・コロニー〉から手に入れていい」

「わかったわ」とモイラ。「ダイナに話す」

「彼女が代理に立てる人なら、誰とでも話してほしい」マルクスが続けて言った。「このエクスペディションには、ダイナはぼくと一緒に来なくちゃならないんだ。例のいまいましい《フェアダムト》ロボットの相手に、彼女が必要だから」

「私は何を？」とドゥーブ。マルクスが自分のことも徴用するかもしれないと思い、それを恐れる気持ちと、ものすごく興奮する気持ちとのあいだで揺れていた。

「やり遂げるための方法を見つけてくれ」少し考えてから、マルクスが告げた。「〈クレフト〉の進路を見極めるんだ」

「わかった。そうしよう」自分がこの冒険に参加しないことに、彼の中にある少年の部分は気落ちしていた。それでも、自分がすでに史上最大の冒険の一員になっていて、これまでのところはまったくみじめだったということに、思い至ったのだった。

宇宙飛行に関する会話で価値のあるものは、すべて「デルタV」で表現される。飛行中の物体に与えられるべき速度の増減のことだ。数学上の略記では「〜における変化量」の意味によくギリシャ文字のデルタ（Δ）が用いられ、Vは速度《ヴェロシティ》の略だ。つまり「デルタV」とは、エンジニアがこれらの記号を読み上げる際に耳にする単語なのだ。

速度はメートル毎秒で測定されるため、デルタVも同様となる。宇宙飛行の話し合いでやりとりされるデルタVは、マルクスの言うオールド・アースの基準からすると、大きくなりがちだ。たとえば音速――つまりマッハ1――は毎秒三百数十メートルだが、地表にいる人ならたいてい、これをものすごく速いと考える。ところが、宇宙ミッションの話をする人たちのあいだでは、この程度の速度が注目されることはほとんどない。

デルタVの一般的な基準とは、オールド・アースの打ち上げ台から〈イズィ〉のいるような軌道へ至るまでに必要な速度だ。これは毎秒七六六〇メートルほどで、音速の二二倍以上。大気中を進む必要のある物体には考えられない数字である。ところが、物体が真空の空間に達すると、状況はかなり単純なものとなる。ロケットエンジンの効率は増し、抗力や空気力学上の振動《バフェッティング》がなくなって、失敗しても結果は必ずしも悲劇的なものではなくなるのだ。A地点からB地点まで行くというのは、適切なときに適切なデルタVを出すという問題なのである。

ショーン・プロブストにおけるデルタVの流れ――地球からの旅立ちに始まり、人生からの旅立ちに至るまで――も、そのような経路をたどった。地球から〈イズィ〉に向けた第六八日の打ち上げには、単純計算で毎秒七六六〇メートルのデルタVを必要とした。だが、宇宙関係の人間なら誰でも知っているように、大気摩擦や重力に抵抗する必要性によるロスが生じるため、実際の数字は八五〇〇ないし九〇〇〇まで上がったと見られている。

　ラルスと、ダイナのロボットの大半を手に入れたショーンは、赤道に対して約五六度傾いている〈イズィ〉の軌道から、〈イミール〉が組み立てられている赤道軌道への軌道面変更操作を行なう必要があった。これは、人間の直感が完全に間違いをおかすという状況のひとつだ。〈イズィ〉の軌道と〈イミール〉の軌道は、多くの点においてそれほど違いがない。どちらも大気より数百キロ上に位置しており、基本的に（楕円形ではなく）円形をしている。それに、どちらも地球のまわりを同じ方向に回っている。両者のあいだにある実質的な違いは、角度だけだった。それでも、ある軌道から別の軌道へ移るのに必要なデルタVは大きいため、追加の推進剤だけを積んだ別のロケットを打ち上げる必要があった。軌道面変更時の噴射に備えて、ショーンの船に燃料を補給するためだけのものが。

　〈イミール〉が組み立てられると、それをＬ１まで運ぶ、かなり細長い楕円軌道に配置するため、毎秒三二〇〇メートルほどのデルタVが必要とされた。その途中で、軌道面変更にまつわる問題がまたもや頭をもたげてきた。太陽系内のものは基本的にはすべてが――グリッグ・シェレルップ彗星も含み――太陽を中心とした平らな円盤上にとどめられている。その想像上の円盤がある面を、黄道面という。季節を好む人には好都合だが、惑星間飛行をする人にはそれほどでもないことに、地球の地軸と赤道は黄道面に対して二三・五度傾いているので、〈イミール〉の当初の軌道はその分だけ斜めになっていた。幸いにも、軌道面変更操作は、はるか彼方で行なわれたときは〝不経済〟でないため（デルタＶが大幅に少なくてすむということだ）、〈イミール〉も当然ながら、はるか彼方へと遠ざかっていた。つまり軌道面変更は、合計で毎秒約二〇〇〇メートルになる同一の噴射の一部として、Ｌ１の領域外で行なわれ、Ｌ１のゲートから出て太陽周回軌道へ移ったのである。

　それから一年あまりののち、軌道がグリッグ・シェレルップ彗星のものと交差した。〈イミール〉はその彗星核に近づきながら、さらに毎秒二〇〇〇メートルのデルタＶを使って、みずからの軌道を相手の軌道と同期させた。

　グリッグ・シェレルップに到達するまでの、こういったマヌーバーはどれも、〈イミール〉のロケットエンジンを使用することで成し遂げられていたが、このエンジンはすべて従来型のものだった。推進剤（燃料と酸化剤）をチェンバーで噴射して高温ガスを生成し、それをノズルから吐き出すことで推力を得るものだ。最終噴射によって推進剤タンクが空《から》になるので、核推進システムが稼働されないかぎりは、片道の旅なのだった。

　太陽系のまわりにおいて彗星核をかなりの速度で動かすことのできるエンジンは、これまでつくられたことがない。そのため、棒の先についた原子炉を氷のペイロードの中心に埋め込み、そのうしろにアイスノズルを設けて、それから制御棒ブレードを引き抜いて、原子炉にある一六〇〇本の燃料棒を高熱にさせる。氷は水に、そして蒸気になり、それがノズルから吐き出されて、効果的なかなりの推力が実際に得られるのだ。そのため、数カ月を費やして〈イミール〉を分解したのち、直径三キロメートルの球体から削った氷のかたまりに、その部品を組み込んだのだった。

ここで、次のような疑問が出ることだろう。どうして一部だけなのか？　それほどまでに水を得たいのなら、なぜ彗星核全体を持ち帰らないのか？　使うつもりがないのなら、巨大な原子炉を宇宙へ送り込む意味とは？　その答えは、巨大な原子炉であっても、それほど大きな氷のかたまりを動かせるほどの出力が得られるところまで、到底至らないという事実にある。奇跡的なほどの長時間フルパワーで稼働できる原子炉があったとしても、このミッションは一世紀以上続いてしまうことになる。ある程度の適切な時間内で行なうには、〈イズィ〉とのランデヴーとビッグ・ライドの遂行に必要な、最低限の氷を持ち帰るしかできないのだ。

いずれにしろ、ショーンとその仲間は原子力エンジンを使用して、〝グレッグの骸骨〟から削り取ったかけらに毎秒約一〇〇〇メートルのデルタVを与え、それによって数カ月後には、L1へ移る多少異なる軌道に配置することになったのだった。そしてショーンは死ぬ少し前、最後に制御棒ブレードを引き抜いて、ほぼ二年前にL1ゲートを出るときとは逆のマヌーバーに必要なデルタVを実行した。これは同時に、〈イミール〉を地球周回軌道に乗せるという、のちの〈イズィ〉とのランデヴーを可能にするのに必要な軌道面変更を、できるだけ安上がりに行なったということになる。数日後、ショーンは例の『猛烈《ホット》に、大き《ハイ》く、激《ヘ》し《ビー》く進行中』というメッセージを打って、死んでしまった。その死については、推測の域を出なかった。

マルクスによって組まれた復旧チームは、パーツ一式から組み立てる、MIVと呼ばれる即席組み立てモジュール機《モジュラー・インプロヴァイズド・ヴィークル》を使う予定だった。宇宙船を建造するレゴセットのようなものだ。〈カブース〉とつながっていて、集合的に〈シップヤード〉として知られているたくさんのモジュールのひとつに、きちんと分けられていた。

〈シップヤード〉は、全体的にT字形をした構造物だ。〈カブース〉の左舷から突き出ている、そのT字の横棒の片方のアームに、MIVのパーツがちりばめられている。反対側のアームには球形タンクが集まっていて、スプリッターの集団を囲んでいた。スプリッターは電力を用いて水分子を水素と酸素に分解するもので、それが冷却装置まで管で送られると、それらの気体が冷却されて低温液体になり、タンクに保存される。

以上がTの横棒部分についてだが、一方、長い縦棒の部分は、原子炉によって仕切られた骨組のトラスである。この原子炉は、〈アークレット〉にあるような小型の放射性《R》同位体熱《T》電気転換器《G》ではなく、本物の原子炉で、もともとは潜水艦の動力用に設計されたものが、この任務のために大幅に改造されたのだった。

この〈シップヤード〉による最初の製造物を、マルクスは〈ニュー・ケアード〉と名付けた。シャクルトンによる南極探検の際に使用された小型ボートに、ちなんだ名前である。〈ニュー・ケアード〉は一〇日間で組み立てられ、使える状態にされた。〈イミール〉がL

1から入ってきて、地球の最も近くを通過するのにかかると見られた期間の、およそ三分の一だった。

宇宙船をそれほど素早く設計して組み立て、テストするというのは、二年前には考えられないことだった。だが、〈ゼロ〉と〈ホワイト・スカイ〉の合間に、地球上の宇宙機関や民間の宇宙企業の技術陣は、〈アークレット〉の船殻《ハル》や既存のロケットエンジンといった標準的な部品から宇宙船を急いで組み立てることの将来的な必要性を見越して、パーツ一式、手順リスト、特定のニーズを満たすために改造できる基本設計を用意していたのだ。〈ニュー・ケアード〉は一年前に地上で大人数のエンジニア集団によって実際に設計されていたが、生き残ったエンジニアは、Gポップに加わるべく打ち上げられた三人だけだった。彼らは前任者たちの仕事をもとに一般設計を――詳細をまとめはじめるには充分なものを――マルクスの決断から数時間のうちにつくりあげることができた。詳細部分は続く一週間半のあいだに進捗に応じてCADシステムでつくり出され、必要な部品やモジュールが〈シップヤード〉のまわりでやりとりされた結果、新しい宇宙船の準備ができあがった。

〈ニュー・ケアード〉は、〈イミール〉の軌道と交差する軌道に達するための噴射を一度、〈イミール〉の速度に合わせるための噴射を一度、それぞれ行なう必要があった。クルーがその幽霊船に乗り込んで、舵をとれるようにするためである。〈イズィ〉のドッキングポートを出てから、〈イミール〉にある似たようなドッキングポートに至るまでのこの行程をトータルした〝ミッション・デルタV〟は、毎秒約八〇〇〇メートルだった。

今や、会話は質量比へと移っていた。宇宙ミッション計画における重要度としては、デルタVに次いで二番目となる数字である。必要とされる全デルタVを得るために、行程の初めにどれだけの推進剤が必要かが示されるのだ。

門外漢は、〝推進剤〟でなく〝燃料〟や〝ガソリン〟という単語を使う傾向にあり、車や飛行機のエンジンで燃やされている物質にたとえている。このたとえは悪くないが、不完全なものだとも言える。ほとんどのロケットエンジンには、燃料に加えて、酸素を豊富に含んだ化学物質（理想としては純酸素）が、一緒に燃焼させるものとして必要だからだ。車や飛行機が使っているのは、単なる空気なのだ。ロケットの場合は、使うときが来るまで、燃料とは別のタンクに酸化剤を蓄えている。この二つの化学物質がまとめて〝推進剤〟と呼ばれているが、二つを合わせた重量と体積は宇宙船の構造の多くを占めがちで、見方によればそれが、全体の大きさに比べるとガソリンタンクは小さい車などとの、違いだった。

そのことを特徴づける便利な数字が質量比で、これは打ち上げ時のロケットの質量（推進剤を含む）を、すべてのタンクが空《から》になった最後のときの質量で割ったものである。エンジンの性能やデルタVの必要量がわかっていれば、質量比は単純な公式を用いて算出することができる。この公式にはロシアの科学者ツィオルコフスキーの名がつけられているが、この式を考え出した功績によるものだ。指数関数的なものであり、宇宙飛行の経済性や技術についてほぼすべてを明らかにしているので、この公式に照らして誤っている場合は、完全に失敗していることになるのである。

〈イミール〉復旧チームに関連する数値をツィオルコフスキーの公式に当てはめると、その結果は質量比およそ七となった。これは、〈イミール〉のドッキングポートに無事に到達するには、総質量——マルクス、ダイナ、ほかの乗員、さまざまなロボットなど——一キログラムあたり、〈イズィ〉からの出発時に六キロの推進剤を用意する必要があるということだ。この数字の実現はそれほど難しくない。大気を通り抜ける厳しさにさらされることがない宇宙船の場合は、とりわけそう難しくない。

今回のペイロードには、〝サイドドア〟がひとつ増やされた〈アークレット〉の船殻《ハル》があった。つまりは、宇宙服を着た人間がひとり入れるエアロックのことだ。それ以外は、四人のクルーを数日間生存させるのに最低限必要な備品にまで、削ぎ落とされている。その質量には当然ながら、実際の人間と食糧、その他必須のものを加える必要がある。空っぽの〈アークレット〉の船殻は驚くほど軽く、複合物を重ね合わせた新しい船殻の重さは八〇キロだった。長期にわたって快適かつ居住可能とするあらゆるものを捨て、〝サイドドア〟や制御用エンジン、それに適量のスラスター用推進剤を加えると、〈ニュー・ケアード〉の質量はその一〇倍ほどになる。人間の重さは三〇〇キロだ。あらゆる重要な噴射を行なうロケットエンジンは、さらに二〇〇〇キロの重さがある。結局、概算でペイロードの質量は——実際に〈イミール〉のドッキングポートまで届けねばならないものは——およそ三五〇〇キロとなった。七という質量比が意味するのは、出発時の推進剤の重量が約二万一〇〇〇キロの液体水素と液体酸素になるということだ。

〈シップヤード〉には、さまざまな大きさの極低温推進剤のタンクがいくつか置かれており、LH_2（液体水素）を入れるためのものもあれば、LOX（液体酸素）の場合に必要とされる、やや仕様が異なるものもあった。選ばれたタンクは、〝下〟に設置されたロケットエンジンと一緒の山にボルトで固定され、断熱材でぐるぐる巻きにされている。本来の〈ニュー・ケアード〉――つまり人間が乗り込む〈アークレット〉は、制御用エンジンが作動したときにほかのパーツがダメージを受けないように、足場の上で前に突き出ていた。

　MIVが組み立てられているあいだに、二万一〇〇〇キロの水を水素と酸素に分解して極低温まで冷やし、保管する必要があった。〈シップヤード〉の左舷には、すでにつくられたLH_2とLOXが置かれている。ただ一般的には、これらは在庫を大量に抱えないことになっていた。扱いが厄介だからだ。電力は〈シップヤード〉の長いアームの上にある海軍用の原子炉によって供給されていたが、これはケープ・カナヴェラルから重量物打ち上げロケットによって、重たい部品がひとつずつ連続して打ち上げられて以来、初めてフルパワーまで稼働させられていた。重装ケーブルを通してスプリッターへ流すことで、二一トンの水を気体に分解して、その気体を極低温まで冷やすことができ、一方でほかの準備も行なわれていた。

　これは大量の水と言える――生き残った人間ひとりあたり、およそ一四リットルになるのだ。〈クラウド・アーク〉では当然ながら水を再利用しているので、不足するということはないが、それでもこれだけの量を持ち出して宇宙空間へ吐き出し、それが回収されないというのは、多くの人をためらわせた。中でも、ダンプ・アンド・ランの支持者が疑問を呈した。

これに対しては、強硬な反論がなされた。〈ニュー・ケアード〉の目的は、〈イズィ〉本体と同程度の重さをもつ凍結水の確保および管理を行なうことにある、というものだった。〈イズィ〉本体とは、〈イズィ〉にくっついている巨大な鉄のかたまりも含めてということだ（ビッグ・ライドの擁護者の言い分が通るなら、この小惑星はこの先もくっついていることになる）。

〈ニュー・ケアード〉が〈イミール〉にたどり着けば、おそらく〈イミール〉の速度は落ち、〈ニュー・ケアード〉のエンジン噴射によって〈イズィ〉とランデヴーできることになる。それに、〈イミール〉は原始的で厄介な船ではあるが、原子炉には基本的にエネルギーが無限にあるうえ、大量の推進剤が氷の状態で保存されているのだった。ただし、この〝スチームパンク的〟推進システムは、適切につくられたロケットエンジンよりも効率性がかなり劣る。したがって、地球の重力井戸へ落下するような高速の楕円形軌道から、かなり遅い〈イズィ〉の円形軌道に合わせるまで〈イミール〉の速度を落とすには、およそ三四の質量比が必要となり、これは速度を落とすためだけに、現在〈イミール〉にある氷の九七パーセントが解かされて蒸気になり、間に合わせのノズルから噴出されるということを意味した。ただ、残りの三パーセントだけでも、〈イズィ〉とアマルテアを合わせた分と同じくらいの重量があった。それを水素と酸素に分解することで、はるか遠くの〈クレフト〉に至るビッグ・ライドの推進に必要なロケット燃料が供給されるのである。

「黒いとは思わなかった」と、ダイナが漏らした。自分の声が、長さ一キロ以上はある下水管の中にいるように聞こえる。一分前に意識を失ったのは確かだった。もしかしたら、まだ完全には意識が戻っていないのかもしれない。

　マルクスからの返事は遅かった。たぶん彼も意識を失っていたのだ。気が散っていただけかもしれないが。「彗星核を覆っているのは――」

「臭いのひどい黒いやつでしょ。それは知ってるわよ、マルクス。あたしを誰だと思ってるわけ？」

「すまない。まだ頭に血が回ってなくて」

「でもこれは、ショーンが砕いたグリッグ・シェレルップのかけらでしょ。なぜ全部覆われてるの？」

「ぼくにもわからない」

　彼らは〈イミール〉を一〇キロ離れたところから見ていて、その距離は狭まりつつあった。ズームしたビデオカメラの映像を、タブレットで見ているのだ。〈ニュー・ケアード〉の前端にいちばん近いところで浮かんでいるヴァチェスラフ・ドゥブスキーは、〈ニュー・ケアード〉の小さな窓に顔をつけて、黒い船が見えないかと暗い空間を見ていたが、目を細くして見ているところからすると、肉眼が役に立つようになるまでには、まだ距離がありすぎた。

「これはあたしたちの役に立ってくれそうね」とダイナが言った。「あの黒いやつには、あらゆる種類のいいものが含まれているから。炭素は当然でしょ。それに、窒素、カリウム――

――」

「微量栄養素も」とマルクス。「〈クラウド・アーク〉には必要になるだろう」

「とすると、彼はロボットを使ってグリッグ・シェレルップの一部を削り取り、あのべとついたものを大量に詰め込んだわけね」

「それは今にわかる」ヴァチェスラフが口を挟んだ。「記録を残してるだろうから」

「うまくたどり着けないと、それを生きて読むことはないぞ」マルクスが指摘した。「だから、ここからはおしゃべりはなしでいこう。スラフ――」続いて彼はへたなロシア語を並べはじめたが、その意味するところは『場所を替わろう』というものだった。ヴァチェスラフも、負けず劣らずへたなドイツ語で返した。完璧なまでに自由に英語を操れる二人は、お互いの母語をめちゃくちゃにするという内輪の冗談をやりあっていたのだ。表向きは、オールド・アースの言語遺産を保護するプロジェクトの一環としてである。それからマルクスが付け加えて言った。「あとの者はベルトを着用だ」

宇宙に二年間いる者特有の器用な動きで、ヴァチェスラフは後方へするすると移っていった。彼は月の分裂後の最初の打ち上げでＡ＋0・17に〈イズィ〉へやって来た、ロシア人ベテラン宇宙飛行士のひとりだ。〈スカウト〉と〈パイオニア〉の両時代に主力だった人物で、オーランを三着も使い切るなど、宇宙服で過ごした時間は誰よりも長かった。彼自身もややくたびれていて、リースとボロル＝エルデネを運んだ同じソユーズで二年前にやって来たときの、たくましいヒーロー然とした様子と比べると、血色は悪くなり、やつれていた。彼と替わってマルクスが前面の窓の前へ行って、操縦席についた。

そのうしろには耐Gシートが三つ並んでおり、〈アークレット〉の船殻の直径距離に及ぶフレーム上に設置されていた。ダイナは左舷の席に座り、ベルトはゆったりと締めた。数分前の彼女はベルトをしっかりと締めていて、ストラップは調節していなかった。その席全体とそれを支えるトラスは、彼女をもうろうとさせた突発的なGの力によって変形していた。右舷の席にいるのはジロー・スズキで、〈イミール〉の原子炉炉心の設計に関わった原子力技師である。彼に意識があるのかどうかははっきりしなかったが、ジローの場合はいつもそうだった。〈ニュー・ケアード〉の定員の四人目となるヴァチェスラフは、中央の席に収まると、五点式シートベルトのいちばん上のストラップを肩にかけた。

断続的な連続音がガンマ・スペクトロメーター——ガイガーカウンターの現代版——から響いて、ジローの眼前に流れた。それからこの〝イーンスペクトル〟の音は——めちゃくちゃにされたロシア語でそう呼ばれていたが——通常の散発的な音に戻った。

放射線はイーンスペクトル——および彼らの身体——につねに当たっており、そのタイミングはランダムで、特にパターンもなかった。ちょっとした連続音はときどきあったが、あらゆることに意味を見出そうとする心の一部が、それを出来事ととらえていた。だがそれも消えてなくなり、忘れ去られるものである。それこそが宇宙のつねであり、人間の心だった。地上よりも宇宙のほうが放射線は格段に多いが、生き延びた者たちはそれをずっと前にあきらめて受け入れており、ジローも自分のイーンスペクトルの感度を下げて、大きな音が始終しないようにしていた。

これからの数分間で大きな音を立てるようなら、それははるか彼方の宇宙事象によるものではなく、〈イミール〉からの放射線漏れによるものということになる。

「排気の跡が見えてきた」マルクスが告げた。「ビデオで見えるか？　かすかだが。ノズル・ベル（ベル形のノズル）の後方数百メートルのところで、太陽光がしっかり当たっている」

彼が言っているのは〈イミール〉からつねに出ている蒸気の筋で、それはエンジンが動いていないときでもそうだった。これにより、コンラートやドゥーブ、〈イズィ〉に乗り込んでいるほかの天文学者たちが光学望遠鏡でこの船の針路を追うことができ、ショーンの最後のメッセージで暗号化されていたパラムが正確だったと証明できたのだ。か細いものだったが、そのたなびく蒸気は船そのものよりも光を反射していた。

それは、この船の燃料棒にはあるものの、目には見えない放射線によって、氷がゆっくりと着実に加熱されることでつくり出されたものだった。制御棒ブレードが引き抜かれて原子炉がフル稼働すると——そうなることはほとんどないが——ウラニウムとプルトニウムをもっと小さな原子核——その多くは不安定同位体だ——に分裂させることによって、四ギガワットの熱出力が生み出される。これら核分裂片は崩壊して〝娘核〟と〝孫娘核〟になるが、原子炉の稼働が停止しても、熱は発生しつづける。それを止められる手立てはないため、か細くたなびく蒸気というかたちでの氷の部分的な損失は、避けられないのだった。だが、これは問題なかった。その出所である〈イミール〉内にはもっと多くの氷があり、ショーンは計算の際にその分を見込んでいただろうからだ。

　感情を分かち合うタイプでないショーンは、間に合わせの無線のせいでさらに口を閉じるはめになったことから、自分やクルーを死に至らしめた事態については詳細を語らさなかった。ただ、炉心に致命的な問題があったのなら、警告してくれたことだろう。その点に関して言えば、システムが基本的に作動していなかったら、〈イミール〉はここまで来ることができなかったと思われる。そのためジローも、まったくの悪夢を予想してこれに加わったわけではないのだった。だが、誰にもわからないことではある。

　数分にわたって誰も口をきかず、その間にマルクスは進路をモニターしながら、時おり操縦装置に触れて、〈ニュー・ケアード〉をやや異なる方向へと進ませていた。

　彼らは二度の大きな噴射によって、ここまで来ていた。小さめだった最初の噴射により、かつての月の軌道を越えた先の楕円に到達した。無重力で地球から惰性で遠ざかった数日ののち、彼らは重力に負けてのろのろと輪を描いたあげく、燃える地球に向かって落下を始めた。そういうタイミングだったため、約一日後、ほぼ並行してやって来た〈イミール〉に追い抜かれた。〈イミール〉のスピードはかなり速かったが――ショーンが言っていたように猛烈《ホット》だった――これは基本的には、非常に高い位置の出発点から地球めがけて落下していて、何週間にもわたってスピードを容赦なく上げていたからだった。〈イミール〉は邪魔されることがなければ、地球めがけて毎秒一万二〇〇〇メートルほどの相対速度で迫り、その輝く大気と破滅的な衝突をするほんの数キロ手前でヘアピンカーブを描くと、ふたたび外へ向かって勢いよく進み、何カ月も戻ってこないことになる。やがてその軌道は、大気によって引きずり込まれて破壊されるという段階まで減衰するのだ。

いずれにしろ、〈イミール〉は見えないぐらいの速さで〈ニュー・ケアード〉のそばを通り過ぎていった。その相対速度はライフルの銃弾よりも速かったので、〈ニュー・ケアード〉がタイミングを合わせてメインエンジンを長く噴射しても、及ばなかった。四人のクルーは、そのときの状態から立ち直ろうとする途上だったのである。この船がつくられたMIVのパーツ一式にはオプションの部品がたくさんあって、メインエンジンは特大のものだった。おかげでGの力は、噴射の始めも目をみはるものだったのが、終わりに向かうと容赦がなくなった。推進剤を惜しみなく使ったことで、エンジンの圧倒的な推力と比べて船体はますます軽くなっていった。ダイナが数秒間気を失ったとしても、船が地球に対してほぼ正面を向いていて、死を覚悟した突撃のように向かっていったことを考えると、それでよかったのかもしれない。〈イミール〉が向かう先へ行くには必要なことだったが、人生におけるこの瞬間を、おそらく実際よりもやや興奮したものにしてくれたのだった。

言うまでもなく、地球は完全にそれとはわからないものになっていた。この距離からだと、伸ばした腕に持ったみかん《タンジェリン》ほどの大きさで、色も似ていた。かつては宇宙に浮かぶ青と白の涼しげな水の玉だったのに、それが今では溶接工のバーナーによって飛びはねた溶鋼のかたまりのようだった。〈ハード・レイン〉のほとんどが降り注いだ両回帰線のあいだの帯の部分は、オレンジ色に輝いている。極地周辺は色が薄れて暗い茶色のような赤色になり、星全体は火球の蒸発と爆発による青っぽい光で頻繁に輝いていた。これから数日ののち、地球のまわりを急カーブで回る目まぐるしい数分間のあいだに、空の半分はこの地球で覆い尽くされるだろう。そのときまでに、彼らは〈イミール〉の主推進システムを稼働させる必要がある。〈イミール〉を〈イズィ〉と同じ速度まで落とす、ブレーキとなる大噴射を行なえるようにだ。

それは常軌を逸した計画だった。数分前の大噴射による、押しつぶされるほどの高加速度をなんとか切り抜けたわけだが、それは彼らが〈ニュー・ケアード〉の速度を〈イミール〉と合わせるのに足るだけの推進剤しかもっていないことを、肉体的に思い出させるものだった。もし基本ミッションに失敗したら――〈イミール〉とドッキングできず、エンジンを稼働させられなかったら――〈イズィ〉に戻る方法はない。次の通過の際に地球の大気圏へダイブして、空気を利用して減速するという、完全に常軌を逸した手段のほかには。

この船の名前の意味を完全に理解するまで、ダイナにはやや時間がかかった。ジェイムズ・ケアード号というのは、失敗に終わった南極探検でシャクルトンが残った者を救うため、必死で助けを求めた際に使った救命ボートの名前なのだ。彼らは、地図上ではしみにしか見えないサウス・ジョージア島を目指していたが、正確に進まなければ、卓越風のせいで、向きを変えてもう一度試みることはできないとわかっていたのだった。

このあまりに常軌を逸した行動は、マルクスが自分の主張の正しさを示すために試みていることなのではないかと、彼女は思った。言うまでもなく、人類の全体的な状況は、ばかばかしいほど絶望的である。その事実を二年前に公の場で最初に指摘したのが、ドゥーブだった。それ以来、計画と準備に時間が費やされてきた。作業はあわただしく、間に合わせで、政治的に変えられたものもあったが、基本的には秩序だって整然とした工学技術プロジェクトだった。そうでなければならなかった。それでも、緩慢に進む官僚的な性質には一種の鎮静作用があった。ダイナはこの二年間にいったい何度、コードだらけの画面から上体をそらして、現在の状況がどのくらい悪化しているのか、無理に自分に思い出させたことだろう。一五〇〇人ほどの生存者はそのことをしっかり心に刻めず、その日暮らしをして前の日と同じことを続けていきがちだった。そういった人たちの中で、その影響を最も受けなかったのがショーン・プロブストだった。彼はなすべきことをすぐさま見抜き、異常なまでに困難なこと、最後には命に関わるようになることに、力をそそいだ。そして最後のメッセージで、その責任をマルクスに託したのである。マルクスが組織図のトップという立場から身を引いてこのミッションに乗り出したのは、ほかのみんなに手本を示すためという面もあったのではないかと、ダイナは思ったのだった。

そしてそれが事実だとすると、ダイナを同行させたことも、主張の正しさを示すためということになる。彼は誰のことも大目に見ないし、えこひいきをしない人間だからだ。

アプローチの最中に、マルクスが一度静寂を破った。「確かにかけらだ。君の言ったとおりだな。雪玉でも、ろうそくでもない」

「そうね」とダイナは答えた。今やタブレットの画面上でも、そのかたちがはっきりと見てとれた。

推進剤をタンクで運ぶ通常の船とは異なり、〈イミール〉はそれ自身が巨大な固体の推進剤——氷——であり、その推進剤を推力に変えるための装置が寄生虫のように群がっていた。ショーンがグリッグ・シェレルップ彗星に何が見つかるか正確にはわかっていなかったので、彼は〈イミール〉の組み立てに際して、複数の代替アーキテクチャを備えさせていた。もしその彗星核が氷の塵による緩い玉だったら、必要な分をすくい取って、それを雪玉状にまとめる必要があるから、〈イミール〉を、原子炉を中心に埋め込んだ球形にしただろう。もうひとつ考えられるのは、氷による長い円柱をこしらえて、その一方のはしに原子炉を設置し、それから前向きに〝噴射〟して、ろうそくのようにして氷を消費しながら進むというものだ。彼らが今目にしているのは、そのどちらでもない、第三の建造物のように思われた。それが彗星のかけらだったのだ。ショーンはグリッグ・シェレルップとのランデヴー時に、それが複数のかなり硬い固体結晶からできており、今後マヌーバーを行なうとき、構造的にバラバラにならないことが当てにできると知った。彼は彗星本体からそのかけらを取ると、真ん中あたりのどこかに炉システムを設置して、船の残り——人間が暮らす部分——を、船首となる部分に埋め込んだのだ。もしこの設備が計画どおりに機能していたら、〝噴射〟の実行、つまり制御棒ブレードを引き抜いて原子炉を稼働させ、蒸気を発生させることは、彗星核に埋め込まれた駆動装置《アクチュエーター》に信号を送るということで、なすことができたろう。ここで言うアクチュエーターは、制御棒を動かすモーターや、蒸気と水の流れをコントロールするバルブなどからなる。

　これらすべての背後には、数えきれないほどのロボットが担う作業がある。だからこそショーンは〈イミール〉とのランデヴーに先立って、みずから〈イズィ〉まで赴いてダイナのロボットの在庫をすっかり持っていくという、驚くべき行動に出たのだった。原子炉には氷を与える必要がある。氷は固体なので、管の中を流れていかない。ロボットが彗星のかけらから氷を掘り出して、それを供給システムに移さなければならないのだ。そのシステムとは、氷を解かして蒸発させるために、原子炉のチェンバーまで運ぶ一連のオーガー（スクリューコンベア）のセットのことである。ロボットの〈サイワイ〉は、その〝しっぽ〟の部分を氷に埋め込むことにより、一台でたくさんの氷をすばやく運ぶことができる。そして、〝頭〟に付いた粉砕機で氷を削って振り落とし、その削りくずを〈ナッツ〉が集めて運ぶのだ。噴射と噴射のあいだの長い時間は、あとでオーガーへ供給することになる削った氷の備蓄を、ホッパー（穀物や燃料を一時的に蓄える容器）にためるのに使われるのだった。

　エンジンの下方部分でも、ロケットノズルの形状を保つために、ロボットが必要とされた。これは彗星のかけらの後部に大きく口を開けた長いダクトだが、原子炉に近づくにつれて狭くなり、喉のような細い部分につながっていく。喉の部分は地球で製造されて原子炉と一緒に打ち上げられたもので、インコネルという耐蝕合金でできている。ほかの素材だと、吹きつける熱蒸気によってすぐにボロボロになってしまうのだ。だが、このノズルの長く伸びたベル状部分はかなり状態が落ちついていたので、氷から削り出したものでも、うまく機能した。それでも、使われていくうちに形状が変化した。排気が熱い奥深くでは、激しく流れる蒸気によって壁が溶けて、幅が広がった。氷点下にまで冷える出口付近では、凍結した排気が壁に堆積して通路を狭めた。そのため、ロボットたちが急いで動き回り、ノズルをつくり直す必要があったのだ。それは、ラルスがシアトルで実験していた〈ナッツ〉向きの、細かい作業だった。

　最後に、彗星のかけらの外表面には三番目のロボット・〝クルー〟がいた。氷の外層に繊維強化材を埋め込んで、そのまわりにケーブルとネットを巻くことで崩れないようにしており、オーブンの中で崩れないようにローストビーフを縛るのと、やや似ている。これは、そのほとんどが〈グラブ〉である〝ベン・グリム化した〟（外殻を鋼装甲にした）ロボットに、ぴったりの仕事だった。

　これらのロボットは、当然ながらどれも動力を必要とする。バッテリーには少量ならためられるが、再充電しなければならない。太陽光からエネルギーを集めるものもあるが、〈イミール〉の小型原子力発電機のひとつに時おり集まって、電気を吸収しなければならないものもあった。

　全体像としての〈イミール〉は、規則的で対称的な建造物という意味での従来の宇宙船の概念とは、まったく異なっている。いわば、日常に使用されるありきたりのものから構築された、ロボットによる空飛ぶアリ塚といった感じだ。その内外を動き回っているロボットには、なすべきことに関する一般的な指示が与えられているが、ほかのロボットとの衝突を避けるべきかとか、一時間ごとにバッテリーを再充電する必要があるかとか、そのときどきでみずから判断を下すこともできた。

いずれにしろ、これが基本的な計画であった。ショーンが何を見つけるのかわからなかったため、巨人を意味するイミールという名前に値するような計画というわけにはいかなかった。そこで彼らは、ツールと資源、それに創意工夫をもって、それを打ち上げたのだった。ダイナ、マルクス、ヴァチェスラフ、そしてジローは、そのツールと資源を受け継ぐことになる。

〈イミール〉に接近するにつれて、ジローのイーンスペクトルはますます音を立てたが、その増加の程度がゆっくりだったため、一同はその増加にあまり気づかなかった。ジローは放射能レベルを心配していないようだったものの、ダイナはそれをどう解釈したらいいのか、わからずにいた。このミッションでどういうことがありそうなのか、その基礎知識的な情報について、彼女は出発前にジローに聞いてみたことがあった。「とてもひどい場合は、全員が意識を失って、ミッションが失敗するだけだ」とジローは答えた。「放射線流によって神経は停止し、括約筋は開く。そうなったことさえもわからないだろう」

「もしそうなら」マルクスがいささか腹立たしげに指摘した。「そのシナリオを話し合う意味はほとんどないぞ」

「もし四人全員が嘔吐して」ジローが続ける。「それでたとえば、誰かひとりが下痢をしても、みんな何時間かは生きられる。その場合は〈イズィ〉に警告を伝えて、第二陣を送り込むように言わなければならない。もしかしたら有益な情報をその間に彼らに伝えられるかもしれない。イーンスペクトルのデータや画像なんかを」

「わかった」とマルクス。

「たとえば、誰かひとりが嘔吐した場合は、死ぬのはぼくらの半数になるだろうから、このミッションを遂行できる可能性はある。もし誰も嘔吐していないのなら、誰も死なない。少なくとも数週間という期間ではね」

「ありがとう」ダイナはそう言って、そのときは頭から追い払おうとした。ところが、実際に〈イミール〉に近づいていた今、このことを思い出したので、吐き気を覚えていないと自分に納得させることになったのだ。

「三〇秒ほどでノズル口《マウス》を横切る」とマルクスが伝えてきた。

「ラジャー」ジローは自分のイーンスペクトルを完全に切ると、タブレットの画面上にウィンドウを出した。「外部のガンマ・スペックに切り替える」

　いきなり、〈イミール〉が〈ニュー・ケアード〉の窓を埋め尽くした。彼らの目の前だった。およそ三〇万キロかなたにある輝く地球は、彼らが後方からにじり寄る際に、黒い地平線の下に〝没して〟いる。マルクスが、〈イミール〉の軌道とゆっくり交差する軌道上に自分たちの船を配置したため、その氷の船の後部に交差するかたちとなったのだ。

　ダイナの年上の親戚なら、〈イミール〉のことを棒砂糖《シュガーローフ》型と表現したかもしれない。先端が丸まった円錐ということだ。もしそうなら、この棒砂糖は熱湯をかけられたうえに、ねじ回しでいろいろなところを攻撃されて、傷だらけの不規則な形状になったといえるだろう。それでも明らかに太い先端と細い先端があり、そのあいだはおよそ半キロ離れていた。彼らの視野の上を横切りはじめた太いほうは、幅が数百メートルある。大きな丸い穴があって、それが放出口であるアイス・ノズルだった。〈ニュー・ケアード〉はその穴へ入っていき、スペースが尽きるまで、喉の部分へとたどっていくこともできた。ほかの入り口が見つからなかったときはそうすることだろう。だが今のところは、その上をざっと通り過ぎるだけだ。その穴のはじがぼやけているのは、そこから漏れている蒸気が束の間つくる、雲のせいだった。それはロケットの排気というより、寒い日に口から出る息のように見えた。彼らの視界をさえぎるほどでなく、和らげている。ただ、宇宙においては視覚はコントラストが強烈なので、ベル型ノズルをのぞき込むのは、洞窟のような穴のちょうど正面に位置していても無理だった。それはまさに黒い円盤であり、ライフルの銃口をのぞき込んでいる感じだった。蒸気が凝結して、髪の毛のように細い針状の霜が窓にできていた。

ジローは熱心にタブレットを見ていたが、中間点を過ぎると、ふだんの自分に戻ったようだった。イーンスペクトルのスイッチをふたたび入れると、数分前よりもさらに多くの音を立てたが、ノズル出口を越えて棒砂糖の幅広の底を横切って進むうちに、それも徐々に減っていった。マルクスがスラスターを作動させて、〈イミール〉に向けて前進させた。〈イミール〉の反対側から、地球が〝昇って〟くる。〈ニュー・ケアード〉は彗星のかけらにそって上昇し、その前端へと向かった。

「どんな具合だ、ジロー?」〈ニュー・ケアード〉の進路に満足するとマルクスは尋ねた。

「ガンマ・スペックから判断するに、燃料棒は少なくとも一本が破断している。棒が新しかった最初の段階のことじゃないし、核分裂片と娘核がいっぱいになった最近のことでもない。その中間あたりだろう。もっと状況が悪かったかもしれないし、良かったかもしれない」

ダイナはあることを思い出した。「ジョーンの最後のメッセージのひとつに、フルパワーで推進中とあったけど」

ジローは肩をすくめた。「この原子炉には燃料棒が一六〇〇本あって、四〇本ずつまとめられているから、棒が一本駄目になっても、稼働にさほど影響は出ないだろう。つまり、破断した棒でもエネルギーはつくりだせる。ロケット排気の中に燃料ノミと核分裂片と娘核を出してしまうというだけでね。アルファ線、ベータ線、ガンマ線の混合物を目にすることになる——イーンスペクトルが伝えているとおりさ」

ダイナは原子物理学者でもなんでもなかったが、ジローの話の要点が理解できる程度には、放射線に関する事実を頭に入れてあった。ガンマ線は高エネルギーの電磁波であり、ほとんどどんなものでも通り抜ける。それによる悪い点といい点を挙げるなら、遮断するのは難しいが、その大半は人体に作用せずに通り抜ける——つまり、被害をもたらさないということだ。イーンスペクトルでは恐ろしげな音をさせているが。

ベータ線は自由に飛ぶ電子で、簡単に遮断できる。いい点と悪い点は、ほんのわずかの水かプラスチックで遮断できる一方、身体に当たると、その内部に損傷を与えることだ。

アルファ線はヘリウムの原子核であり、ベータ線の七〇〇〇倍も大きく、光の数パーセントの速度で動く。大きくて重いため、何かにぶつかるとすぐ止まってしまうが、人体にぶつかるとその組織を損傷させる。

ガンマ線以外のものを検知するため、ジローは〈ニュー・ケアード〉の外に設置されている装置への切り替えを行なうことになっていた。アルファ線とベータ線は船殻を通り抜けないからだ。その装置に当たるさまざまな粒子のエネルギーを見ることで、原子炉内の状況を診断することができる。

前面の窓からはもう〈イミール〉の姿が見えなかったので、ダイナはガラスについた霜に注意を向けた。急速に宇宙空間へと昇華して、あと数分で消えてしまうはずだった。美しいと思ったが、汚染されている恐れがあると、ジローに気付かされた。

「残留ベータ線はあるの？」とダイナ。

「ノズルと煙の方向じゃないだろう」やや驚きながらジローが答えた。

「あの接近飛行《フライバイ》のときに、何かで汚染されたのじゃないかってことなんだけど」

「背景濃度《バックグラウンド・レベル》に戻っている」とジロー。「ただ、検出器が〝見る〟のは、船殻の側にある汚染源だけでね。あとからしっかりとした調査をしないといけない」

「よく見てくれ」マルクスがそう言って、〈ニュー・ケアード〉を約九〇度回転させる指示を打ち込んだ。今は、わずか一〇〇メートル先にある〈イミール〉に船首をまっすぐ向けて、〝横向き〟に飛行している。〈イミール〉は窓を覆い尽くす以上の感じだ。その狭い先端—

—船として見た場合は船首——は、汚れた氷の山となっていた。微細な構造部分がいくつか見られることから、そこで人間が作業したとわかる。網状の構造物、ケーブル、きらめくワイヤーは、無線アンテナかもしれない。だが、これからドッキングする場所については、まだはっきりしなかった。

「こいつは本当に埋もれている」マルクスが感想を漏らした。「こいつ」が司令モジュールであると説明する必要はなかった——生命維持装置がある〈イミール〉の一部のことだ。ドッキングポートから到達できるはずだったが、何も見えない。ショーンとそのクルーが放射線や飛来する岩石から自分たちを守るために氷に埋めたと、彼らにはわかっていた——それが計画の一部だったからだ。かなり深く埋められたようだった。

ダイナのタブレットでは、ターミナル・ウィンドウが動いていた。テキスト行を表示するだけというプログラマー用の単純なインターフェースである。ほんの先ほどまでは、点滅するカーソルしか出ていなかったが、それが今では活気づいて、謎めいた一行のメッセージを表示しはじめていた。

「新しいボット・シグをとらえている」と、彼女が報告した。自分の注意をひいたものが何なのか——何かあればだが——探るためにロボットが送り出す、デジタル署名《シグネチャー》のことだ。〈ニュー・ケアード〉もさまざまな種類のロボットを使っていたが、ダイナはそれらのシグをすべて把握しており、そのターミナル・ウィンドウからは除外していた。つまりここにあらわれるのは、消去法により、〈イミール〉のロボットからのものとなる。

ジローのイーンスペクトルで聞こえるピッピッという音のように、これも散発的に一気に出てきた。

「最低でも二〇はある……〈ナッツ〉は除外するわ」ダイナはそう言うと、コマンドを打ち込んだ。〈ナッツ〉はあまりに数が多いので、画面を覆い尽くすことになるからだ。「よしと、かなり発達した〈ナッツ〉の群れのほかは、〈グラブ〉が六台に、少なくともそれと同じ数の〈サイワイ〉ね」

「名前について、何か手がかりは？」とマルクス。それぞれのロボットには独自の名前をつけることが可能で、それがシグにあらわされる。初期設定では自動生成されたシリアルナンバーになっているが、手動で変更できるのだ。

「そうね。この〈グリムド・グラブ〉は、〈ハロー、私はドッキングポートの上にいます〉っていう名前だから、見込みはあるかも」

「光らせることはできるか？」

「ちょっと待ってよ」ダイナは〈ハロー、私はドッキングポートの上にいます〉との接続を確立すると、状態を素早く確認してから、さらなる指示があるまでLEDライトを明滅させるように指示した。彼女が画面から顔を上げないうちに、ほかの者が感嘆の声を発したので、うまくいったことがわかった。

「よく見える」とマルクス。彼が〈ニュー・ケアード〉の姿勢を調整するたびに、スラスターからポンという音やバンという音がした。彼らは今、〈イミール〉とほぼ完全に同期して飛行しており、五メートルほどの距離から、点滅する〈グラブ〉のことを見ていた。それは、黒い物質が比較的少ない部分のかけらの表面に固定されている。

「氷に光を向けさせてくれないか？　それをそのままに」とマルクス。

その〈グラブ〉のLEDライトは、ねらいをつけられるように曲がりくねった茎の部分に設置されていた。ダイナが実行に移す。次に彼女が顔を上げたとき窓越しに見えたのは、氷に直接光を向けたことで得られた、白い光の後光の中央にある〈グラブ〉のシルエットだった。銀色に光る雲の中央に、くっきりとした白い円盤が見える。氷のせいでぼやけていたが、みな見分けられた。少なくとも一メートルの深さに埋もれたドッキングポートだ。

「アイスピックを持ってきた人はいる？」とジローが言った。冗談を口にするのは彼らしくなかったが、ダイナはこの段階でのユーモアは、誰のものからでも喜んで受け入れた。

「スラフ」マルクスが声をかけた。「君の出番だ。ダイナは、あの場所にもっとロボットを投入して、手助けしてほしい」

ダイナはかなり単純なコマンドを入力することで、範囲内にいるすべての〈グラブ〉と〈サイワイ〉を呼び出せたので、以下の内容を命じた。「〈ハロー、私はドッキングポートの上にいます〉に近づく方法を見つけること。細かなことであたしをわずらわせないこと」

ヴァチェスラフが宇宙服を着込んだときには、充分な数のロボットが近づいていたので、ダイナは数台をまとめると一時的な構造体をつくり、それらが氷の表面から手を〝伸ばして〟、まずは〈ニュー・ケアード〉の一カ所を、続いてさらに二カ所を、つかむようにした。つまり、まだドッキングはできていなかったものの、少なくとも離れるのを防ぐ機械的なつながりが〈イミール〉と確立されたわけである。

この間、〈ハロー〉を含むほかのロボットは、埋まったドッキングポートを目指して〝下〟向きに氷に穴を掘るのに忙しかった。〈ニュー・ケアード〉のエアロックから出たヴャチェスラフは、ロボットの列を這い下りて表面に達すると、現場に向かって進んでいった。〈イミール〉の重力はごくわずかなので、ヴャチェスラフの「重み」もそこでは〇・五グラムほどとなり、表面に少し触れるだけで、宇宙空間へと跳ね返されてしまう。そのため彼は、歩くのでなく、氷に固定された錨《いかり》のようなものを頼りにする必要があった。ダイナは〈ニュー・ケアード〉の〈グラブ〉二台を送って、彼の前を進ませていた。氷上での活動用につくられているため、フットパッドを使って氷の解凍と再凍結を行ないながら、みずからを素早く固定できる。スラフはそれについていって、つかまればいいのだった。彼は穴の口に達すると、アンカーを埋め込んで、みずからをその場に固定させることができた。そのあとは、ロボットがその小さなかぎ爪で扱える以上の量の氷を、彼がさらに素早くかき出して、作業のピッチを上げた。

何があるかわからなかったので、一行は氷を掘るための間に合わせの道具を若干持ってきていた。それには、オールド・アースのショッピングモールにあるシアーズ・ローバックの店から、なぜか宇宙にまで紛れ込んできた、クラフツマンの庭用シャベルもあった。スラフはそれを使った。

マルクスはその間に〈クラウド・アーク〉へ現状報告を返信し、ジローはメモを取るにしては多すぎるような入力を行なっていた。誰かと――というよりも何かと――通信をしているらしい。ダイナはその相手について聞きたかったが、もっともらしい答えはひとつしか思いつかなかった。炉心を管理するコンピューターとの接触を確立したのだ。

マルクスも同じ結論に達したようだった。「ジロー？」声をかける。「やっこさんの様子は？」

「生きてるね」とジロー。不適切な言い回しをしてしまったのか、二度続けての冗談を言ったのか、どちらかはわからない。「ログの意味をつかもうとしてたんだ。繰り返しがたくさんあるから」

「エラーメッセージか？」マルクスが当然ともいえる推測をした。

「それほどでもない。これはロボットによるもので、現状報告だ」

ダイナは席を移ると、のぞいてみた。何がどうなっているのか正確にはわからなかったが、彼女の読みもジローと一致していた。たくさんのロボットがさかんに働いている。プログラミングされた同じ行動セットを少しずつ変えて実行し、現状報告を随時出している。確かにエラーメッセージもあったが、人間が読むには膨大すぎるログを生み出していた。簡単なプログラムを書いてデータを集め、パターンを探して分類するのは、このあとの作業だ。

「トップまでスクロールしてくれる？」とダイナが頼んだ。最初のログエントリーの日時を知りたかったのだ。

「調べたよ」とジロー。「ショーンが最後のメッセージを送ったころだ」

つまり、自分が死の淵にあるとわかっていたショーンは、ロボットに何かを命じて、中止命令が出るまではそれを繰り返すように指示したのだ。彗星のかけらの外面はかなり静かだから、表面の下に隠された内部作業と関係があるのかもしれない。「燃料の採掘かも」とダイナは言った。それから、単語の選択の誤りについてジローに文句を言われる前に言い直した。「つまり推進剤ね」

ヴァチェスラフのおかげで、ドッキングポートが姿を見せた。軽いスラスター噴射を行なう〈ニュー・ケアード〉、押したり引いたりするロボット、それに宇宙船を文字どおり手でつかんであちこちへ押すヴァチェスラフという組み合わせにより、〈フロントドア〉にあるドッキングポートを、ヴァチェスラフとロボットが掘り出した小さなクレイターに挿入して、〈イミール〉の埋もれた司令モジュールのドッキングポートと接続できた。

スラフが〈ニュー・ケアード〉に戻るには、サイドのエアロックから入る必要があった。船殻越しに伝わる音から、彼がエアロック室に入り込み、外部ハッチを閉め、ロックを空気で満たすシステムを作動させるまでの流れを、一同は追うことができた。

マルクスはそのあいだにポートの向こう側のコンピューターとの接触に成功して、呼吸に適した空気やほかの生活環境があることを確認していた。

ただ、とても寒かった。氷点下二〇度ほどだ。

「ショーンの計らいだよ」とマルクス。「彼は死ぬ前にサーモスタットの設定を下げたんだ。

彼の遺体はカチカチに凍っていることだろう」原子力発電機をもつ〈イミール〉は、電力が不足することがなく、電気系統はまだ生きている。

マルクスが司令モジュールの環境制御システムを復帰させて、温度を上げるコマンドを入力した。〈イミール〉のハッチと〈ニュー・ケアード〉のハッチのあいだにある狭いスペースを加圧し、〈ニュー・ケアード〉のハッチを開けた。

一同は、〈イミール〉の司令モジュールにつながるハッチの、ややドーム状になった外面を目にしていた。

そこにはフェルトペンで何かが書かれてあった。放射線のハザードシンボルである三つ葉模様が描かれ、その下にはギリシャ文字でアルファ、ベータ、ガンマが書かれている。さらに、ブラックユーモア的な落書きとして、下手なドクロと骨の絵が加えられていた。

最初にハッと気づいたのは、マルクスだった。彼は操縦席から飛び出すと、エアロックの内部ハッチへ駆け寄り、それを閉鎖する画面上のボタンを押した。ヴァチェスラフを中に入れないつもりなのだ。彼は片手を伸ばして、ヘッドセットを調節した。「スラフ」と呼びかける。「聞こえるか？　よし。聞いてくれ。汚染発生だ。君の宇宙服にも付着しているかもしれない。中に入る前に、ジローの外部用放射線検出器のところへ行って、何か検出されないか確認してほしいんだ」

すでにジローはイーンスペクトルでハッチのスキャンをしていたが、幸いにも悪い結果は出なかった。

船外ではヴァチェスラフがエアロックに戻り、外へ出て行く音が聞こえた。彼は船殻にある外部の取っ手を使って、外部用ガンマスペクトロメーターが設置されているところまで行くと、その前であちこち向きを変えて、特に手袋と膝とブーツに——氷と接触したものすべてに——注意を払った。だが突出した放射線は検出されなかったので、エアロックに戻って〈ニュー・ケアード〉に入る許可が与えられた。

一行は暖かめの服を持ってきていた。巨大な氷のかたまりへの旅を考えると、これは望ましいことであった。ジローが自分の分を着た。ダイナも自分の服を置いた山に手を伸ばしたが、マルクスは制止するように手を上げた。彼が着がえようとしていないことに、ダイナは気づいた。ジローがひとりで下りていった。

「ちょっとだけ過加圧状態にするぞ」マルクスがそう言って、パッド上でインターフェースをいじった。ダイナは鼓膜に圧力がかかるのを感じた。マルクスは自分の行為の理由を説明しなかったし、そうする必要もなかった。汚染されているかもしれない空気をこちらに流れこませるのでなく、きれいな空気を〈ニュー・ケアード〉から〈イミール〉へ流したかったのだ。

ジローは寒さ対策の服の上に、使い捨てのクリーンルーム用気密作業服《バニースーツ》をまとった。モジュールが汚染されている場合に備えて、持ってきたものだ。彼はその服の上からイーンスペクトルをかけた。ダイナが彼に呼吸マスクを渡す。放射性ダストを肺に吸い込まないためで、彼はそれをバニースーツのフードの上からつけると、顔がしっかり塞がれていることを確認したジローが双方のモジュールのあいだにあるスペースへ進み、〈イミール〉のハッチの外部の掛け金を操作すると、〈ニュー・ケアード〉の過加圧がそれを押し開けたので、身体がやや前のめりになった。彼はそのまま司令モジュールへと漂っていき、向きを変えて足が〝床〟に向くようにした。そのあいだに、マルクスがハッチを閉じた。

そのときには、ヴァチェスラフがエアロックから出てきていた。彼とダイナ、それにマルクスは、ジローの呼吸音をヘッドセットでそれぞれ耳にしていた。

「ショーンは出血多量死だ」とジローが告げた。

〈イミール〉の司令モジュールは〈アークレット〉程度の大きさだが、それも当然だった。重量物ブースターで軌道上へ打ち上げることのできる最大のものが〈アークレット〉だったのだから、現在宇宙にあるものは、ほぼすべてが〈アークレット〉より小さいことになる。〈アークレット〉にもいくつかタイプがあるが、〝トンネル〟と呼ばれる〈アークレット〉は、〝水平〟方向に配置されるもので、はじからはじまでがひとつの長い床で平らになるという、いわば鉄道のタンク車のようなものだ。広いオープンスペースを望む場合には有効だが、使用できるスペースを有効利用できないということになりがちだった。一方、〈イミール〉の司令モジュールは〈ニュー・ケアード〉のものに似た〝サイロ〟と呼ばれるタイプで、〝垂直〟方向の配置を意味しており、梯子によって円形の階に——普通は四つか五つに——区切られていた。各階は直径約四メートルという空間の厚い円盤状で、ひとつの部屋としては充分に大きく、宇宙旅行の基準からすると広いともいえるが、たいていはさらに小さな区画に分けられている。

〈イミール〉は五階建てのサイロで、二年間の旅を送るには閉所恐怖症を起こしそうなほど、天井が低かった。ジローが足を踏み入れた一階は、宇宙線と火球の危険がある表面にいちばん近く、部屋はひとつだった。図面では、食糧や二酸化炭素除去装置のカートリッジ、ロボットのパーツ、道具といったものを保管するために使われることになっていた。

数分のうちに、ジローは頭につけたカメラからのビデオリンクをセットすることができた。その映像を、一同がタブレットで見た。

ショーン・プロブストの凍った遺体が入った寝袋が、天井から結束バンドで吊るされて浮かんでいた。通気性のある布地は茶色く汚れている。血がしみていない部分はほとんどなかった。

その身体に軽くぶつかっていたのが旧式のガイガーカウンターで、別の結束バンドでつながれていた。『壊れてる』という文字が、先ほどのハザードシンボルを書いたのと同じフェルトペンで、その上に書かれていた。

ショーンの身体とその階のほかの部分をイーンスペクトルで調べ終えると、ジローは通路を下って、次の階へと〝下りて〟いった。イーンスペクトルからは、つねに連続音が聞こえている。

「その音を切ってくれないかな」とマルクスが言うと、静かになった。小さな画面には毎分のカウントが表示されてジローだけには見えるが、ピッピッという音は彼らには聞こえない。

次の階は、一般的な会議室にダイニング、点呼室で、大部分は物置用のロッカーが並ぶオープンスペースだった。三階というか中間にある階は、寝台区画、トイレ、シャワー室に分けられている。四階は実験室と作業場のスペースだった。それが五階であるいちばん下の階まで続いている。

「寒いな、ここは」いちばん下の階に着くや、ジローが言った。「ベータ線が急に増えた」

「そうか」とつぶやくマルクス。「そこが汚染されてるわけだな。五階から下ということか」

寒いというのは、一同も見てすぐにわかった。ドアが開け放たれていたからだ。床の中央には、宇宙服を着た人が入り込めるぐらい大きいマンホールがあり、その先は氷に直接つながった円形のシャフトへと続いていた。そのシャフトは全体が白色のLEDライトで照らされている。

「こいつはたいしたものだな」と、マルクスが声を上げた。

ジローは頭から先にそのトンネルへ下りていくと、アイス・アンカーで壁に固定された結び目のあるロープを引っ張るという、単純な手段によって、先へ進みはじめた。最初は恐る恐るという感じだったが、やがてどんどん進んでいった。「いちばん遠くのはじにハッチがある――一〇〇メートルほどのところだ」とジロー。

「放射線は？」マルクスが尋ねる。

「それほどでもない。ここは汚染経路じゃなさそうだ」

先端にあるハッチは、放射線のハザードシンボルをより正式に描いたもので飾られていた。その向こう側にあるものは、誰もがわかった。原子炉内部と物理的につながっている、小型の与圧モジュールだ。ジローはそこへは入っていかないことにして、司令モジュールへ戻るために回れ右をした。

と、彼が急に引き返して、ヘッドライトの光をトンネルの氷の壁に走らせた。何か細長いものが氷に埋め込まれている。

その細長いものは二つあった。

二人分の遺体だった。ラルスの赤みがかったブロンドの髪に気づいて、ダイナはハッと息を呑んだ。

ジローは何も言わずに、司令モジュールの下の階へとトンネルを〝上って〟いった。ハッチの近くにあるロッカーに注意を向ける。そのドアが開いていた。採掘用の工具と宇宙服の部品が、まわりに浮かんでいる。ほかのものも部屋へと流れ出ており、空気の流れに押されて当てもなく漂っていた。

「ジロー」マルクスが呼びかけた。「何か言ってくれ」

「ベータ線はここから強くなっている。汚染はここから始まったんだ」

休憩室まで戻った彼は、キャビネットにゴミ袋を見つけたので、下の階へ引き返して工具や服を調べ、画面を見つめながらそれぞれをイーンスペクトルに順にかけていった。その結果に顔を歪めつつゴミ袋に入れていくということが、たびたびあった。

〈ニュー・ケアード〉にいるダイナとマルクス、ヴァチェスラフは、一時間にわたって待機を続けた。タブレットの画面上で作業をして、時間をつぶすふりをしていた。

　すると、ジローの声がふたたび聞こえてきた。「エアロックから出す準備を頼む！」

　一同がジローの考えを理解するまで、やや時間がかかった。〈ニュー・ケアード〉と〈イミール〉の司令モジュールは、目下のところ閉鎖系《クローズド・システム》を形成している。後者が完全に氷に埋まっていることから、その閉鎖系から何かを取り除く——放射性のゴミを持ち出す——唯一の方法は、それを〈ニュー・ケアード〉のエアロックから出すことなのだった。

　遠くでドンという音が何度かした。ダイナが前方へ浮かんでいってハッチを開けると、ゴミ袋に迎えられた。ビーチボールの大きさまで詰まっていて、すべてがダクトテープでくるまれている。ジローに押されるかたちで、それが〈ニュー・ケアード〉に入ってきた。ダイナがマルクスのほうへ押しやると、彼はそれを途中でとらえて、横へつついてエアロックへとやった。ヴァチェスラフがハッチを閉める。やがて、シューッという音が聞こえた。ロックが回転したということだ。包みは空中に浮かんだ。

　ジローの頭部、続いて身体の残りの部分が、ポートから出てきた。バニースーツとマスクを外しており、それらはゴミ袋へと詰め込んだようだった。汗まみれで、疲れ切っている。

「まるで昔のようじゃないか、兄弟？」とマルクスが声をかけた。フクシマで汚染除去を管理していたジローの、かつての仕事のことを言っているのだ。

「懐かしくもないけどね」とジロー。

司令モジュールは今では暖かくなっていたので、羽織るものは不要だった。それでも、〈イミール〉に入るときは全員がバニースーツを着用して、〈ニュー・ケアード〉に戻る前にそれを脱いだ。ジローいわく、汚染は〝こそこそ起きる〟ものだからだ。ほんのわずかな放射性降下物から発せられるベータ線が、何らかのランダムな障害物によって、イーンスペクトルの視野から隠されるかもしれない。事実、司令モジュールにはそういったものが散らばっていた。つまり、ジローが最初にざっと調べていても、ベータ線を出す微粒子がそこに潜んでいないという保証にはならないのである。もしそのような粒子が肺や消化管に入り込んだら、命に関わる放射線損傷が引き起こされてしまう。それでも彼は、下の階にあった宇宙服の手袋がひどく汚染されていることを確認したし、ゴミ袋に入れてエアロックから出したいろいろなガラクタについては、汚染のレベルは低いと見ていた。つまり、運がよければ、深刻な汚染源はすべて取り除かれたわけである。

溶けないうちに、ヴァチェスラフがショーンの遺体を天井から降ろした。生命科学者でないスラフは、なんでも屋だ。パーカと宇宙服に身を包んだ彼が寝袋を切り開くところを、イーンスペクトルを用意したジローが見守っている。スラフはざっと調べたのち、遺体を寝袋へ戻した。それを下の階へ動かすと、床の中央にあるマンホールに通して、ラルスとほかのクルーが埋まっている下の階まで押しやった。そしてショーンの遺体を氷の壁へと収めた。

一同が休憩室で食事のしたくをしているときに、彼がざっと行なった検死の結果を報告したので、あとの者の食欲をいささか損なうことになった。

「ジョーンは尻の穴から大量に出血して死んでいた」とヴァチェスラフ。「腸が破裂したんだ」

「腹部からもベータ線が少し検出された」とジローも言う。「最後はかなり衰弱してたよ」

「それが意味するところは？」とマルクス。

「高放射性粒子を飲んだんだ。たぶん、漏れて、ここまでもち込まれた燃料ノミを」

「燃料ノミ？」ジローが前にも口にした用語だが、誰もその意味を知らなかった。片方の耳から入ってもう片方の耳から出て行くような、〈イズィ〉にはいたるところにある技術関係の専門用語のひとつである。燃料ノミが人を殺しているからには、それについて知ってもいいタイミングだった。

「破断した燃料棒から出た、小さなウラニウムかプルトニウムのことさ。アルファ粒子を出しながら、部屋の中をジグザグと動き回る――運動量保存の法則だよ。だから、まるでノミのように跳ね回るんだ。肝心なのは、小さいのにアルファ粒子を大量に出すことでね。そいつが彼の腸の憩室《けいしつ》にたまっていた。腸壁を溶かしたことによって、止めることのできない出血が始まったんだ」

誰もが食事を押しのけた。

「そうか」とマルクス。「メシは〈ニュー・ケアード〉で食おう」

食事がすむと、マルクスは一同によく眠るように言った。この先の数日は忙しくなるからだ。初夜当直を申し出たジローは、ほかの者が眠っているあいだに、〈イミール〉の航海で起きたあらゆることの実態をかき集めるべく、ログやノートを調べた。

彼らは広いスペースを急に得ることになった。ダイナは〈ニュー・ケアード〉のいちばんはじにこもって、少しはプライバシーを得たかったが、マルクスから全員が司令モジュールで眠るようにと言われた。〈ニュー・ケアード〉に放射線汚染はないかもしれないが、宇宙からの直接の危険にはさらされていたからだ。火球がぶつかったら、ひとたまりもない。その一方で、ベータ線を出す粒子を肺まで吸い込んだ場合には、身体が動かなくなるまでに数日か数週間かかる——そのあいだに役に立つ仕事ができるわけだ。

そのため、ヴァチェスラフは〈イミール〉のクルーの収容階にある寝台のひとつで眠ることになり、ダイナとマルクスは別の寝台を共有した。彼女が多少驚いたことに、二人は身体を重ねた。〈ホワイト・スカイ〉以来、一度しかなかったことだった。これは不意打ちのようなこっそりしたもので、かつて二人が最初の数回で楽しんだような激しいものではなかった。〈ハード・レイン〉が未来のはるか彼方のことで、〈クラウド・アーク〉が隔離された調査コロニーのように思えた、古き良き時代のことである。〈イミール〉は何百万キロの距離と毎秒数千メートルのデルタVによってほかの人類から切り離されていたが、今やその当時の感覚に似たところがあった。さらには、到着時に奇怪な光景に迎えられたものの、ダイナはここが気に入って——父親の古い採掘キャンプと同じような空間だったので——帰りたくないとさえ思ったのだった。

それでも、風変わりな休暇を楽しむのではなく、人類を救うことが使命だったので、ダイナは少し眠ろうとした。五時間後にマルクスのアラームが鳴ると、彼女は自分たちが寝ていた寝袋をはぎ取って、身ぎれいにして清潔な服を着ようと、できるだけのことをした。〈イミール〉は長らく、悪臭を放つ独身者の部屋のようで、洗面道具は足りず——共用領域を探し回ってわかったのだが——食糧も少なかった。ショーンが腸を燃料ノミにやられて命を落としたのは間違いなかったが、その前から栄養不良と、さらには酸欠により、身体が弱っていたと思われた。〈イミール〉の空気の供給を満たすためにクルーが使っていたシステムは、最高の状態になかったからだ。新たにやって来た彼らは、睡眠のサイクルのあいだに、生命維持装置のアラームによって二度起こされたものの、そのたびにジローが対処して切っていた。

全員が起きてくると、持ってきていた蓄えの食べ物を口にしながら、ジローによる報告に耳を傾けた。

「このエクスペディションに起きたことを話すよ」と言ったあと、ジローは死者が残したログからつなぎ合わせた話を披露した。

このミッションが始まってすぐに発生した、無線の故障は、代替品がないという、まったく愚かな手落ちによるものだった。この旅の最も長い行程——Ｌ１のゲートからグリッグ・シェレルップまでの一年半に及ぶ航行——は、退屈な時間が延々と続いたが、そのときどきに何度かあったパニックは、ほとんどの場合、生命維持装置が関係していた。太陽光を使って藻を育てることにもとづいたプロセスが、実験室ではうまくいったものの、〈イミール〉ではその維持が難しいと判明したのだ。この点において、〈クラウド・アーク〉にある最新の〈アークレット〉では、〈ゼロ〉以降にそのようなシステムを稼働させて得た教訓から恩恵を受けていたが、〈イミール〉はかなり初期に建造されて打ち上げられたため、今ではひどく時代遅れに思われるようなシステムを使っていたのだった。

彼らが〝グレッグの骸骨《スケルトン》〟にたどり着くと、そこでは大量の水を手に入れられたので、H_2Oを分解して酸素をつくることができ、生活は改善された。ただ、それまでの彼らは酸素に飢えていて、神経が張り詰めていた。空気と食糧の消費を最低限にしようと、寝袋に入ったままだるそうに浮かんでは、同じDVDを繰り返し見ていたのだ。身体と心の両方の健康が損なわれたのだった。

彼らは、手で埋め込んだ採掘用の弾薬、あるいはラルスがプログラムしたロボットを用いて、グリッグ・シェレルップ彗星から一部を分離した。そしてその船首に司令モジュールを埋め込んだのだが、そうすることによって、このミッションの開始以降初めて、宇宙線や火球に対してかなりの安全を得られることになった。生活は改善してきた。彼らは彗星の核に向かってアクセストンネルを掘りはじめると、その彗星のかけらの後部に向けて炉システムを挿入し、解かしながら氷の内部へ向かわせた。中心部分のまわりでは、空洞を掘って、ホッパーをつくり出した。採掘ロボットによってもたらされる氷の砕片を入れる容器である。

一二個のオーガー――氷を移動させる長い螺旋形のもので、穀物を揚穀機《エレベーター》へ移す際に用いるものに似ている――が設置された。ホッパーからの氷の砕片を温かい原子炉容器を囲むスペースへ運ぶためのもので、そこでこの氷が解かされると、炉心へ送り込まれるのだった。そのあいだ、別のロボットの一群は彗星のかけらの外側で作業をしており、氷を少しずつ解かしながら、持ち込んだ繊維状物質と混ぜることでふたたび凍らせて、パイクリートとして知られる、より頑丈な物質にしたのだった。

スチームパンク的推進システムは、Ｌ１への進路に入るための最初の〝噴射時〟には――修理を何度も行なったり頭をかきむしったりすることも少なかったわけではなかったが――なんとか計画どおりに動いていた。ただ、原子炉チェンバーへ氷を送るために用いられるオーガーに、多少の問題があった。オーガーはホッパーから持ち込まれる氷を受け取るが、ホッパーはかけらの内部から固い氷を〝採掘〟することによって満たされる必要があり、これはロボットには非常に適した行程だった。角砂糖を小さくしていくアリのように、採掘場からホッパーへ氷の砕片を運ぶロボットの小さな集団の助けがなければ、まったくうまくいかなかっただろう。この部分に関しては、実際のところはうまくいった。ところが、ロボットによって採掘された氷の砕片には、小さな石が入っている場合があったのだ。そのせいでオーガーが詰まって動かなくなった。これはオーガーを短時間逆に動かすことで解消されたが、ロボットや、時には宇宙服を着た人間が送られて、その機械から石をほじくり出さなければいけないこともあった。そのオーガーが絡んだ事故により、ひとりのクルーの命が失われた。

最初の噴射からL1に着くまでの数ヵ月にわたり、ラルスはロボットをプログラミングして、石の交じった氷を集めないように教えた。最初に経験した問題が二度目の重要な噴射時に繰り返されないことを確認するシステムテストが、何度も行なわれた。個々のロボットに対する小規模なものから、全システムに電圧を加え、原子炉を動かして推力を数分間発生させるという、本番さながらのものまであった。

このような本番並みのテストの最初のときに、炉心で問題が発生した結果、燃料棒の覆いが破損したのである。

この破損の原因について、ジローには心当たりがあった。〈イミール〉の原子炉は、減速材として水を――彗星核の氷を解かしたものを――利用する。原子力工学で減速材とは、核分裂反応によって飛び出した中性子のスピードを落とす手段のことで、さらなる反応を引き起こすだけの長い時間、中性子をその場にとどまらせるというものだ。有効な減速材がないと、中性子は特に何か役に立つことをしないまま、システムから漏れ出てしまう。

基本的にすべての実用炉の運転でなされている、通常のかつ健全な発電というのは、まったく使えない状態と暴走とのあいだの、ごくわずかな領域で起こる。〈イミール〉の原子炉に関する本質的な問題は、その減速材が――天然に存在する物質だったため――不純で予測できない点だった。最初の本番リハーサルの際にチェンバーに流れ込んだ水は、最初の〝噴射〟のころである数ヵ月前に氷から解けたもので、それ以来ずっと配管システム内にあった。そこでオーガーまで達した石や砂と接触しており、その石からさまざまなミネラルが濾《こ》しだされて、純水ではないものになっていたのだった。原子炉が作動してポンプのスイッチが入れられると、その汚れた水は、あらゆる破片を取り除くため、網やフィルターで濾過された。それでも、汚れた水にはかわりないので、それが炉心へもたらされると、減速材としての役目を果たすことができなかった。そのため、原子炉の動きは低調になった。あと知恵で判断するに、水の不純物に汚染されて、中性子経済が抑制されたと見ることができるかもしれない。この遅れたスタートに過剰反応したオペレーターが、制御棒を通常以上に引き抜いた。しかし、汚れた水が装置を流れてノズルから吹き出され、氷からちょうど解けたばかりの比較的混じりけのない水と置き替えられる。原子炉の出力は急増し、燃料棒内に核分裂生成物が急に蓄積した。それらは、クリプトンやアルゴンといった気体の場合もあった。この気体は圧力を生む。燃料棒はそれに耐えられるようにつくられているが、そのうちの一本が破損して破断した。おそらく工場出荷時は最高の状態にあったものの、途中でナノ流星塵に微細な傷をつけられていたのだろう。いずれにしろ、何らかの理由により、燃料棒が破断して高放射性の娘核がこぼれだし、それがロケットのノズルから吹き出る蒸気と混ざったのだった。

　したがって、放射性降下物の大半は宇宙空間へと消失した。だが、ロケットノズルの本質は、気体にある熱エネルギー——その熱——を速度に変えることである。蒸気は速度が増すほど冷たくなるが、ノズル出口付近の蒸気があまりに冷えると、凝縮して雪になりだす。放射性降下物の微粒子は、雪片をつくる際の、みごとな核になる。ノズル・ベルの氷の壁にくっつく雪もあった。

次に起きたことに関する最も可能性の高い説明は、ノズルの形状を維持しながらそのあたりを動き回っていたロボットのひとつが、アルファ線を出す燃料ノミとベータ線を出す娘核の混合物に汚染され、それらを何らかの場所へもち込み、宇宙服の手袋に移ったというものだ。おそらくは、宇宙飛行士が〈グラブ〉のかぎ爪から氷を払いのけるために手を伸ばしたとか、汚染された〈グラブ〉が通った場所に足を踏み入れたというのと同じくらい、単純なことによるものだろう。そして、その宇宙飛行士が室内に戻ったときに、汚染が司令モジュールにもち込まれたのだ。彼らは破断した燃料棒のことは知らず、汚染のチェックが行なわれなかったのかもしれない。もしくは、ショーンのメモに示されているように、ガイガーカウンターがひとつずつ壊れてしまっていたので、周囲に放射線が存在していることに気づかなかったのかもしれない。とにかく、司令モジュール内に粒子が拡散したことは確かだった。それを肺に吸い込んだ者もいれば、飲み込んだ者もいた。そして、そもそも、彼らは健康な状態ではなかったのだ。

いずれにしろ、いい知らせは――そう呼ぶことができればだが――原子炉とエンジンが基本的に稼働したことだった。ロボットの採掘プログラムに対してラルスが行なった改良により、ホッパーには石が少なくなり、L1での噴射までのあいだ、オーガーの詰まりも減ったのだ。それ以降、〈ナッツ〉がホッパー内を動き回って、それでも入ってくる石を見つけると、オーガーからはじき出していた。燃料棒の損傷は、オールド・アースの基準だったら大惨事になるところだった――つまり、もし地上の原子炉で起きていたら。ここでも厄介なことではあり、何人かにとってはすでに致命的なものだったが、それでもすべてが稼働していた。確かに〈ニュー・ケアード〉エクスペディションは、放射線災害を〈クラウド・アーク〉のど真ん中にもち込むことになるかもしれないが、充分に近づいたら原子炉を投棄して、大気圏に落下させればいいのだ。

四八時間プラスマイナス数分が、地球が彼らの下に大きく姿を見せるまでに残された時間だった。彗星のかけらの天底側で、白熱する大気からきらきらと立ちのぼる放射熱が、氷を柔らかくして、解かし、蒸発させるにつれて、水分と蒸気を出す。そのときが、制御棒ブレードを引き抜いて〈イミール〉の次の大規模噴射を実行するタイミングなのだ。まずは船全体を回転させて〝うしろ向き〟になり、ベル型ノズルを移動方向へ向ける必要がある。なぜなら、彼らが必要なデルタVはマイナスのものだからだ。加速でなくブレーキのための噴射なのだ。

回転方向の動きに関しては、どの宇宙船にもスラスターが装備されている。大きなデルタVを与えられるほど強力ではないが、船全体を回転させて、メインエンジンが正しい方向に向くよう、望ましい姿勢にすることができる。一般にスラスターは、船体の〝コーナー〟のほうに向けて設置されているほうが効率がよく、てこの原理により最低限の推力で制御することができる。グリッグ・シェレルップで何が見つけられるかわからなかったので、〈イミール〉のミッション計画者は、基本的に小型ロケットエンジンと推進剤タンク、無線コントロール・リンク、それらを氷に固定する機材からなる、モジュラー・スラスター・アセンブリを積み込んでいた。〈イミール〉をざっと調べ、クルーの記録を見たことで、ショーンたちがそれらを適切な場所の氷に埋め込んだことが、はっきりとわかった。四方へ垂直に向けられたノズルがある船首部分にひと組、そのほか、彗星のかけらのいちばん厚い部分の周辺に等間隔で四組が置かれていた。

今や〈ニュー・ケアード〉がドッキングしているので、〈イミール〉を回転させるためにそのエンジンを用いることもできる。だがこのマヌーバー――〈アークレット〉のような小さな船の場合は比較的単純に思える一八〇度の反転――は、〈イミール〉のように大きくて非対称なものの場合には、困難と複雑さをはらんでいた。スラスターを使う必要性を予期して、ダイナは最初の〝朝〟に検査のためのロボットを送り込み、ヴァチェスラフは宇宙服を着て、どういうわけか少しねじれている推進ラインの修理を行なうために外へ出た。だが、彗星のかけらの動きがとても扱いにくかったため、実際に一八〇度回転させるのに八時間かかり、きっちり正しい位置になるように動かすのに、さらに六時間を要した。

その結果マルクスは、自分たちの前提はどれも間違っていたのだろうと言い出した。

「大気が広がりすぎてるんだ」〈イズィ〉からの一連のメールを長いこと考え込みながら見つめていたマルクスが言った。

ダイナは心臓を突き刺されたような気がした。この数年間にあらゆることが起きたというのに、悪い知らせに対してそんな反応をするものが自分の中にまだあったのは、驚きだった。

生まれつき備わっている心理プログラムのようなもので、「おまえの母さんはガンだ」とか「採掘坑で爆発があった」とかいう言葉が――そして今マルクスが口にしたようなことが、きっかけになるのだ。

〈クラウド・アーク〉計画のごく初期から、〈ハード・レイン〉が大気を――全世界のあらゆる空気を――暖めるということはわかっていた。空気は熱くなれば膨張する。大気が膨張する方向はひとつだけ――宇宙に対してだ。そのため、〈イズィ〉が通常の高度四〇〇キロほどで空気の痕跡から感じる抗力がどんなものであれ、大気が上に向かって広がるにつれて悪化する。空気の温度の上昇、膨張の程度、抗力の大きさは、大きな重要性をもつ問題であったが、〈ハード・レイン〉が実際に始まるまでは答えようがないのだった。ドゥーブがいつも言っていたように、月を吹き飛ばす実験は行なわれたことがないのである。彼らにできるのは、待機して観察を行なうことくらいしかない。そしてそれこそが、〈ハード・レイン〉が始まってからというもの、彼らがしてきたことだった。だが、つねにほかのことで頭を悩ませていたマルクスは、ここにきてようやくその最新の結果を理解しているところなのだった。

〈クラウド・アーク〉に関しては、当然のことながら、さまざまな不測の事態を防ぐ計画があった。大気がそれほど膨張せず、抗力がそれほどひどくないという単純な場合なら、すべきことはあまりない。だがもっと難しい場合には――現実という実験がその様相を呈してきているが――彼らのすべての船、つまり〈イズィ〉そのものと各〈アークレット〉の軌道を上げる以外に、選択の余地はないのだ。これに関係するデルタVは、それほど大きくない。毎秒三〇〇メートルあれば、軌道高度をほぼ倍にして、危険区域から遠ざけるには充分なのだ。各〈アークレット〉には、これを遂行するためのエンジンと、推進剤の備蓄があった。ただ、〈イズィ〉に関しては、事情はやや複雑だ。もしアマルテアを見捨てることができるなら、毎秒三〇〇メートルはかなりの余裕をもって出すことができる。だが、アマルテアを同行させる場合には、推進剤の必要量は大幅に増える。ミッション計画者はこれらのいずれについても、ずっと前に予期していた。そもそもこのような状況に対し、ダンプ・アンド・ラン計画が考え出されたのだ。

だから、〈アークレット〉の群れが〈イズィ〉を捨て、少なくとも当面のあいだは高い軌道へ移ることによって厚さを増す大気から逃れるのは、簡単なことだった。そうすれば抗力の問題も解決される。だがこれを行なうと、アマルテアの陰に隠れることができなくなり、火球による損害を受けるようになる。損害が正確にどの程度になるかは、飛来する岩石の数や速度、それに大きさの分布の具合によって違う。これも、〈ハード・レイン〉が実際に始まって、データが集まるまでは答えようのない、大きな重要性をもつ問題のひとつなのだった。

そしてこれまでのところは、データがあまりにも乏しくて、本当の決断はひとつも下せていなかった。若干の派手な例外を除き、火球の衝突による被害は甚大ではなかった。だがそのまま同じ状態が続くということではなかった。〈ホワイト・スカイ〉は絶えず変化する現象である。その始まりを知らせた火球分裂比率《ボライド・フラグメンテーション・レート》の爆発的な急上昇は、いまだに進行しているのだ。岩石の大きさの分布と軌道パラメーターは、数千年にわたって変化しつづけることだろう。動向の観察や予測をすることは可能だが、ある点より先は単なる当て推量になってしまうのだ。

いずれにせよ、マルクスは賽《さい》を振り、一同はこうして賭けを遂行している。うまくいけば、〈イミール〉の速度を落として〈イズィ〉と接続することによってビッグ・ライド計画が可能となり、〈アークレット〉はアマルテアの金属と〈イミール〉の氷のシェルターに守られながら、安全な高度まで上がることができるのだ。

だが、この計画の中でマルクスが今まで明らかに考えていなかったのが、大気の膨張が大きすぎる場合だった。

ただ、もしマルクスがその点を実際に考えていたとしても、大きな違いはなかっただろう。重大な決断は何週間も前にショーン・プロブストによって下され、実行されていたからだ。L1においてコースを決め、〈イミール〉を現在の軌道に据える噴射を行なったのは、彼だった。近地点の非常に低い楕円軌道だ。軌道力学の観点から言って、その地点で蒸気エンジンを最大出力にするのが、いちばん堅実な考えだった——噴射により〈イズィ〉の軌道に合う低い円軌道へ移行するには、格好の地点なのだ。だが、二年におよぶつらい旅で疲れ果て、無線の故障によって最新の観測データからも隔てられていたことから、ショーンがこの計算を行なったときは、大気の膨張を見落としていたかもしれなかった。

「このまま行くのか？」ヴァチェスラフが尋ねた。濃い大気に突っ込んだ〈イミール〉が速度を落として燃え尽き、ほのかに光る高温域を背景にして単なる青い光の筋になってしまうという予想の、遠回しな言い方だった。

「たぶんスキップするんじゃないかと思う」とマルクス。その意味は、水切りで池の水面を切って飛んでいく平らな石のように、〈イミール〉が大気に対してはねる可能性があるということだ。「そうなると結果の予測は不可能だ。だが、ぼくには確信がもてない。ぼくに言えるのは、ショーンが考えていた計画のようにはいかないということだ。何か別のことになる。もっとエキサイティングなことに」

カミラが用心していることを予測して――彼女はすでに一度、襲撃を生き延びている――狙撃者はスクールバスの後部に身を隠し、銃身を短く切ったショットガンをかまえて、彼女が出てくるのを待っていた。学校の入り口とバスのドアとのあいだには、狭いながらも歩道があるので、失敗する余地はあまりない。だが彼が早まって飛び出したとき、カミラはまだバスから通りへ降りようとしているところだった。長いブルカの裾は、バスのステップを探る際に足に絡まりやすいので、ゆっくり進まねばならない。その遅れのおかげで、彼女は命が助かった。建物の戸口に立つ教師の様子に気づき、カミラはバスの中へ引き返そうとした。銃弾は彼女の顔を正面からはとらえなかったが、あごの左側に当たり、一本の歯を吹き飛ばして頬の大部分をはぎ取り、大きな損傷を負わせた。カラチの外科医が、続いてロンドンの外科医が治療にあたり、舌の機能の大部分を救ったうえ、骨盤から切り取った骨片から下あごを再生して、入れ歯を合わせた。その後カミラは、アフガニスタンおよびパキスタンの部族地域における女子教育のため、世界をまわって資金を調達した。そしてオランダで恒久的な亡命を認められた。世界中からの慈善寄付によって資金供給されたオランダの形成外科医が、顔の損傷を修復する作業に取りかかった。これは長期プロジェクトだったが、カミラがオランダからの〈クラウド・アーク〉候補として選出されたことで、中断された。これが例の〝クジ引き〟による偶然の結果だとは、誰も思わなかった。オランダ当局は明らかに自分たちが有利になるべく、彼女が選ばれるように手配したのだ。イスラム国家は、女性の〈アーカー〉が軌道上の暮らしでパルダ（女性を社会から隔離する風習や制度）を適用される保証がないかぎり、女性の指名は拒むと主張していたが、カミラの選出はそれに対する非難の意味があった。彼女は西洋の習慣に染まっていなかったので、この象徴的な目的を果たすにはうってつけだったのだ。服装は伝統的で、ヘッドスカーフに顔のベールも身につけていた。ただ、その顔のベールの目的が、宗教上の要請に対する服従なのか、顔の傷を隠すためのものなのかについては、口を閉ざしていた。彼女はテレビカメラの前でそのベールを外して傷を見せたことが何度かあり、ホワイトハウスでの晩餐会ではベールなしで会場に入ったが、これには主催者であるアメリカ大統領と事前の打ち合わせがなされていたのだった。

　そんなわけで、〈クラウド・アーク〉にジュリアが思いがけなく到着したことで、四四歳の前大統領と一八歳の亡命者とは再会を果たすことになった。状況を考えると、喜ばしいとか、ましてや幸運といった表現は的外れになるだろう。だが、互いに気が合う相手というのは、いるものだ。それがわかったのは、ホワイトハウスの晩餐会のときだった。いろいろあったここまでの旅から立ち直り、宇宙空間での暮らしに慣れるためのちょっとした基礎的な訓練を終えたジュリアが、カミラの住まいである〈アークレット174〉に滞在することになったのも、自然のことだった。

〈アークレット174〉は、ヘプタッドのひとつに属している。ヘプタッドは、六角形のフレームでつながった七台の〈アークレット〉集団だ。この174とほかの五台の〈アークレット〉が、六角形の中心に位置する七番目の〈アークレット〉を囲んでおり、そこが二四時間利用できる休憩室と、ほかの〈アークレット〉で暮らす人たちの作業場となっている。各〈アークレット〉には四～五人が割り当てられていて、さらに中心の〈アークレット〉の〈ボイラー室〉のはじにある狭い部屋に押し込められた人が二人いるため、ヘプタッドの総人口はジュリアを含めて二九人だった。〈アークレット〉のスラスターの故障を直すため、〈イズィ〉からスペアパーツと技術者を伴って〈フリヴァー〉でやって来たスペンサー・グラインドスタッフを入れると、三〇人になる。技術者は仕事を終えると〈イズィ〉に戻ったが、スペンサーはそのまま残り、言葉巧みに〈アークレット215〉にベッドを確保したのだった。人の数が落ち着くにつれて、グループ内のアークレットでは性別による分離という傾向がしだいに出てきた。男性が多い215と同じシフトである174は、全員が女性だった。どちらも仕事は第二シフトだ。今では単なる歴史的な理由にすぎないものの、このシフトは文化的にアメリカ人が割り当てられる傾向にあった。彼らの睡眠時間がドット8からドット16までであるのに対して、第一シフトはアジア人で、第三シフトはヨーロッパ人だった。文化的な違いは、食べ物のせいでいつまでも消えなかった。〝朝〟いちばんに共用スペースに足を踏み入れた人の鼻を迎える温かな香りもあれば、〝夜〟に味わうことになっている味覚もある。宇宙食はバラエティに欠けるため、これは主にスパイスの問題だった。第二シフトの者はタバスコの小瓶を手放さず、第一シフトの者はカレー粉の入ったビニールの袋を持っているという具合だ。

　このような〈アークレット〉が群れになって三つないし七つの集団——トリアッドやヘプタッド——を形成することを、〈アーキテクト〉たちは〝集団化《ギャンギング》〟と呼んでいた。パランビュレーターが追跡する物体の総数が減ることになるので、作業を簡略化する役にも立っていた。一方、〈アーキー〉たちにとっては動き回る生活空間が増え、火球の衝突に対して冗長性をもたせることになった。ただし、ヘプタッドよりも大きなものを組みたいとは誰も思わないのだった。

「スペンサー、自分でも理解できないのはよくわかっているんだけど」とジュリアが声をかけた。「どうして七つが上限なのかしら。先の説明のときに確信したのが、〈アークレット〉は基本的にはどんな数でも組める《ギャング》ってことなの。それを七つに制限しているのは、恣意的に感じられるわ。何か深い理由でもありそうで」

「ちょっとお待ちを、大統領」スペンサーはかなりの量の入力作業を行なっている最中だった。

「そう呼ばないほうがいいわよ」とジュリアは言ったが、その声のトーンには甘い感じがあった。

スペンサーはノートPCのエンターキーを叩くと、椅子の背に軽くもたれてメガネを調節した。その目が画面のさまざまな部分を飛び交う。やがて顔を上げると、はっきりした口調で告げた。「全部シャットダウンしました」

「監視カメラのことね」

「状況認識ネットワーク《SAN》ですよ」彼はそう訂正すると、ウインクした。

「あなたと私に対する監視よね。まるでニクソン時代のホワイトハウスにいるみたいだわ。たとえが古かった？ あなたにはわからないでしょうね。それで、なんの話だったかしら？」

カミラにはわかっていた。ジュリアから片時も目を離さないでいたのだから。彼女はすべてを把握していた。「〈アークレット〉が七つに制限されていることの理由でしょうか？」

「そうだったわ、ありがとう、カミラ。私は彼らの主張を信じない。なんだか私には、人を細分化する方法に思えるのよ。〈アーキー〉が独自の政治組織を組むのを阻もうとしているようで――〈イズィ〉の権力構造の中央支配に対して、健全かつ好ましい釣り合いおもりの役割を果たす可能性をもつ、政治組織のことよ。そういえばスペンサー、あなたの作業をとてもありがたく思っていると伝えたくて……IT分野での……物事の管理のことでね。まさに今のように。私たちの一挙一動が状況認識ネットワークに記録されることなく、お互いに話せる自由をもたらしてくれてるんだから」

『たいしたことじゃないですよ』とでも言いたげに、スペンサーがうなずいた。

今はドット18で、第二シフトの者にとっては仕事日の始まりだった。彼らがいるのは〈アークレット215〉で、スペンサーのほかには男性三人と女性ひとりが住んでいる。その面々は共用スペースでの朝食か、もしくはエクササイズか仕事に出かけていた。スペンサー、ジュリア、カミラのもとには、ゲストが来ていた。宇宙服姿でやって来て、保温性の高い作業服《カバーオール》の格好のままでいる、ズィーク・ピーターセンだ。彼は多少じりじりしているようだった。

それを感じ取ったジュリアが、笑みを浮かべて彼のほうを向いた。「ピーターセン少佐」と声をかける。「加わってくれてうれしいわ。私は宇宙は初めてだけど、立ち寄って挨拶をするようなことが難しいのは、理解してるのよ」

「厳密に言いますと、私はもう少佐ではありません。それを言うと、軍隊が存在することを意味しますので」とズィーク。「それでも、なくなった肩書きを礼儀として用いるのなら、私もあなたのご親切にはお礼を申し上げます、大統領閣下」

大統領は今の言葉をやや分析しているようで、気に入ったかどうかははっきりしなかった。その静寂に落ち着きをなくして、ズィークが言葉を続けた。「先にお詫びしますが、私は長居できないのです。ここにはある仕事で来たので、それがすんだら、立ち去らなければなりませんから」

「マイクロ火球の衝突による被害の可能性がある〈アークレット174〉の調査ね」とジュリア。

「そのとおりです」

「私がきのう呼んだのよ。大音響が聞こえたものだから。死ぬほど怖かったわ。でも、どこも被害はないようなの。それに時間がたつほど、気のせいだったのではと思うようになって。宇宙というのがこんなにうるさいところだとは、思わなかったわ。スラスターが作動するときは大きな音を立てるし。その程度のことだったのかも。あなたをここまでわざわざ呼びつけて骨折り損をさせたとしたら、とても恥ずかしく思うわ」

「私を呼びつけた、ということですか？」やや混乱した口調でズィークが言った。「事故報告システムは自動待ち行列です。仕事はランダムで与えられますが」

ジュリアはスペンサーといたずらっぽい視線を交わした。「あなたとスペンサーは〈イズィ〉で二年以上も一緒だったわよね。彼の技術は高く評価していたと思うけれど――それは私もなの」

ズィークは何か不安を覚えたようだった。「つまり、あなたが割り込んで、順番を操作したと？」

「昔からの習慣はなかなか抜けないものだから。私は自分がよく知る信頼の置ける人と仕事をするのに慣れているの。もし私の〈アークレット〉の調査が必要になって、誰かがそれをやらなければならなくなったら、面識のある人に任せたいものでしょう？　あなたが言うように、仕事はランダムで与えられるから、あなたのほうがいいと思って」

「それは」とズィーク。「あなたにそのようにしていただけたおかげで、私もこの数分で情報交換ができてうれしく思っています、大統領閣下。それでも、全面的な調査はすませないといけません。あなたの報告に関して、正しく処置されたと確認できるように」

「もちろんだわ。すぐにすむでしょうね」ジュリアはそう答えて、ウインクした。「ズィーク、あなたはＧポップのひとりよね？」

「もちろんです。ＩＳＳのクルーのオリジナル・メンバーなんですから、それは当然で……」彼の視線がスペンサーのほうに向けられると、その声が途絶えた。

ジュリアは笑みを浮かべた。「厄介な話題が出てきたから、完全な透明性をもって取り組むのがベストよね。ＩＳＳのクルーで長いこと信頼されたメンバーだったにもかかわらず、ここにいるスペンサーはＧポップから外されて、〈アーキー〉の身分に降格させられたのよ」

「私なら降格とは見ませんが」ズィークが口を挟んだ。

ジュリアははねつけるように指を振って、彼を黙らせた。その爪には、まだマニキュアが施されている。彼女のためにカミラがネイルの手入れをしているのだ。「これが降格なのは、みんな知ってるわ。マルクスが〈エイトボール〉のことを知って、何が起こるかがわかったとき、彼はそのことでスペンサーを不意打ちしたんだから。ええ、もちろん私は、恋人から都合よく知らせを聞かされたマルクスが始めた、慎重な計画について、すべて聞いているわ。もしこのことをホワイトハウスにいたときに聞かされていたら、どんな対応を取っていたか――ただ、当時の私たちは自分たちにできるかぎりのやり方で、クルーの防御とマルクスの支持で忙しかった。長年根気よく働いてきたこのスペンサーが、例のハッカー少年に取って代わられて――」

「スティーヴ・レイクのことですか？」とズィーク。

　ジュリアの目がさっとカミラのほうに動くと、カミラがうなずいた。

「そう。スティーヴ・レイクよ。彼もかなり有能なんでしょうけど、どう見てもスペンサーの相手じゃないわ」

「張り合っているわけで？」

「ある意味ではそう言えるわね。私たち〈アーキー〉がなんでもお見通しのSANにさらされているのに、Gポップにはプライバシーのようなものが認められているんだから」

「宇宙ステーションのどこにいるかで、違ってくるんですが――」ズィークはそう言いかけて、すぐに口ごもった。

「私は知らないわよ。あそこではほんの少ししか滞在を認められなかったから。そう、公式の弁明なら知ってるわ。私にはGポップになる資格がないと。消去法で、私は〈アーキー〉になるわけ。私はそれでかまわないけれど、大きな特権を有する旧友たちとの社会的なつながりを保てないということには、ならないのよ」ジュリアは手を伸ばして、ズィークの手を一瞬握った。

「確かにそうですが」とズィーク。「時がたつにつれて、この二つの集団も別々の集団とは見られなくなると思います」

「定説ではそうよね」ジュリアは面白がっているような顔だ。

「ただ、その社会的な相互関係の大部分というのは、顔を合わせた会話によるものではありません」

「そう聞いてるわ。それが事実であるかぎり、集団がどうやってひとつになるのかは、想像が難しいわね」

「ほとんどは、スペースブックやスケープなどといったものを介して行なわれます」人気のあるインターネット通話アプリの〈クラウド・アーク〉版の名前を挙げながら、ズィークが続けた。「それも少なくとも——」

「私たちが巨大で友好的なひとつの〈箱舟《アーク》〉として、天国へとのぼり、幸せに暮らすまではね」とジュリア。「ズィーク、あなたは宇宙での活動のことを誰よりも知っている。マルクスが私たちに押しつけている計画について、あなたの意見は？　ビッグ・ライドといったかしら？　乗《ライド》るという名前からして、なんていうか、思わせぶりで……よくわからないけれど」彼女がカミラと視線を交わすと、カミラは冷やかしの言葉に合わせてくすりと笑った。

　ズィークはあたりを見回した。

「その心配は無用よ」とジュリア。

「心配とは？」

「マルクスの監視網のこと」

「ＳＡＮですか？　その心配はしてません」ズィークは言い張った。「考えていただけで」

「あら、何についてか、教えてくれるかしら、ピーターセン少佐？　冗談は抜きにして、専門家としてのあなたの意見をぜひ聞きたいと思ってるのよ」

「実を言いますと、この耐圧殻の壁の薄さを考えていたんです。きのうの火球の衝突で助けを求めたあなたの声には、かなりの動揺が感じられました――そのメッセージを聞いたもので。まあ、動揺するのも当然ですよ。今の私にとっては、これが仕事です――外へ出て、装置にできていく穴を、大きいのも小さいのも調べるんです。それを塞ぎ、壊れたものは直します。これまでに二度、死者を処理しなくてはなりませんでした。これは冗談ではありません。もしアマルテアの陰に隠れて――あなたが言うように――私たちが天国へとのぼる機会があるとマルクスが見ているのなら、やってみるだけの価値はあると思います」

「厚さを増す大気から、アマルテアは私たちのことを守ってくれるのかしら？　ここにいるカミラが私に代わって技術報告書を読んでくれたけれど、それはスペンサーが優秀で、サーバーからダウンロードしてくれたものなの。カミラによれば、かなり深刻な内容とのことだったわ」

「大気の膨張についてですか？　そりゃもう深刻ですよ」とズィーク。「それでも、アマルテアを伴った状態での〈イズィ〉の弾道係数は、莫大なものでしてね。かなり厚い大気でも進むことができますし、熱はあの隕石がすべて吸収します。それに〈アークレット〉は、その通った跡に続いて行けるんです。トラックのうしろを走る自転車乗りのように」

「全部の〈アークレット〉が？」

ズィークはぐっとつばを飲んだ。「いいえ。〈イズィ〉の起こす船首波は、すべての〈アークレット〉を守れるほどではありません。パランビュレーターが騒ぎ立てるぐらいにくっついて飛行するなら、話は別ですが」

「その部分が、マルクスの計画で私が理解できないところなのよ。アマルテアの通った跡に収まるという栄誉を得られなかった〈アークレット〉には、何が起こるの？」

「私も計画の詳細をすべて知っているわけではなくて」とズィークは答えた。「流動的ですから」

「つまりは、計画とは呼べないってことね」

「〈イミール〉がいつ戻るかによります。はたしてどのような状態にあるのか、どの程度の氷があるのか。計画を立てるのはそれからです」

「それで、それは独裁的なプロセスになるわけ？　ほら、なんといったかしら――戒厳令みたいなもので？」

「ＰＳＡＰＳです」とカミラ。

ズィークは肩をすくめた。「マルクスは投票にはかけないでしょう。ブレーンを集めて、その集団が判断するんです」

「どうしてわざわざブレーンの意見を仰ぐの？」その考えが興味をひくほど目新しいものだとでもいうような口調だ。

「さまざまな視点から……見落としが何もないと確認するためです」

「そのブレーンには〈アーキー〉はいるのかしら？　それとも、その判断をおとなしく受け入れることになっているとでも？」

　ズィークはうろたえた。この会話を巻き戻して再生する能力があれば、自分が裏をかかれたとわかるだろう。だがその能力はなかったため、今の彼は口がきけなかった。

　ジュリアはそうではなかった。「私がこうして尋ねているのは、〈アーキー〉についてたくさんのことを知るようになったからなの。私にはほかにすることがないから。任務もないし、使える技術もない。彼らの多くが社交のようなものを切望していると知ったのよ。これは人間が生まれながらにもつ欲求だわ。睡眠や運動と同じでね。だから私は彼らと話した――このヘプタッドで直接会ったり、あなたの言ったスペースブックやスケープといったルートを通じたりして。その若い人たちは、孤独で退屈している前大統領との会話を、少なくとも目新しいことだと思ってくれた。要するにピーターセン少佐、私たちのやり方はうまくいったということなの。〝クジ引き〟とトレーニングキャンプによって、私が出会う栄誉に浴した、最も優れた若者たちの集団が生み出されたのよ。彼らはエネルギーとアイデアに満ちあふれている。それこそが今の世界で最も不足している資源だわ――水よりも、生活空間よりもね。そういうわけだから、マルクスが自分の計画を立てるために集めた極秘の相談部屋によって、彼らのエネルギーが無駄にされ、アイデアが考慮されなかったら、残念に思うのよ――私にはいささか無謀な試みに思えるようなもので彼が生き延びたとしてもね」

〈ニュー・ケアード〉の名前のもとになったジェイムズ・ケアード号の乗組員は、天文航法を用いて、サウス・ジョージア島の海岸まで数百リーグの荒れた海を渡った。〈ニュー・ケアード〉のクルーたちも同じようなことをする必要があったが、彼らのほうが簡単だった。ジェイムズ・ケアード号の航海士は、つねに存在する雲の切れ間を待ち、可能な瞬間をとらえて大急ぎで観測し、それが正しい時間を告げていることを願いながら、機械式のクロノメーターと比較するよりしかたなかったのだ。〈ニュー・ケアード〉のほうは、計時器も空の視野も、それより勝っていた。六分儀の代わりに広角レンズと高解像度の画像センサーからなる装置があり、そのメモリに蓄積されている天文データベースと比較して、どの方向に向かっているのかを教えてくれるのだ。そのため彼らは、宇宙空間で自分たちがどこにいるのか、また、自分たちのくっついている巨大な氷のかけらが無情な数学によって決められた長楕円軌道を進むうちに、その向きがどう変化したかが、正確にわかるのだった。このデータと地球の位置の直接測定値を組み合わせることで、マルクスは自分たちの軌道パラメーターを計算でき、その数字を再確認するたびに増す正確さで、どの程度地球に接近して進むべきかを判断できた。〈イズィ〉が地球に対して自分たちの側にあるときは——半分の場合がそうだったが——大気の膨張に関するドゥーブによる最新の数字も得られる。

　この二組の数字を組み合わせるとき、純粋なニュートン力学がほころびはじめる。というのは、宇宙船の軌道に関する従来の計算においては、大気とそれに起因する外部からの力を考慮しないからだ。だが今や、〈イミール〉が地球に接近したとき大気に触れることは否定できない。これは最低でも、ショーン・プロブストが計画した進路からそれるような抗力を得ることになる。このような場合、抗力の計算はそれほど難しくはない。進路に対する影響は推測できる。ただ、彗星のかけらが左右対称でなく、細長いため、多少の揚力も生じてくる。飛行機の翼によるものほど大きな揚力ではないが、それでも多少はある。もしその揚力が間違った方向に向けられると、死のスパイラルに至る撃墜された飛行機のように、〈イミール〉は下向きに変わってしまうのだ。だが上向きにできれば、地球から空気の薄い高度へ押し上げるため、道筋を楽にできる。それによって揚力の恩恵は失ってまた下向きになるものの、空気が濃くなるにつれて揚力がふたたび生じて、また押し上げるのだ。地球のまわりを急カーブで回るあわただしい三〇分のあいだに、彼らは大気上で何度かスキップするかもしれない。〈イミール〉が通常の形状をした従来型の船であったとしても、結果の予測は困難だっただろう。彗星のかけらは不規則な形だった。実際に測定する時間も、データを空気力学のシミュレーターに入れる時間もなかったため、どの程度の揚力が生まれるのか、推測するしかなかった。そして、前縁と下面が大気中を進みだすにつれて――たとえその大気が、真空と区別できないほどの薄さであっても――どんどん熱くなる。蒸気が出ることで何らかの上向きの推力が生じ、形状も変化してくる。つまり、彗星のかけらの揚力と抗力について空気力学的なシミュレーションを行なえたとしても、高層大気と接しているうちに、そうした数値はすぐさま間違ったものとなってしまうのだ。

　こうした複雑な問題に比べると、〈イミール〉が、破損した実験的な核推進システムを最大出力で稼働させつつうしろ向きに飛行するということは、枝葉の事柄に思えるのだった。

これほどの評価不能に直面した場合、よく管理された宇宙工学プロジェクトであれば、さらなる作業にストップをかけて、細かい問題まで徹底した分析を行なう。この場合なら、彗星のかけらを極超音速の突風に当てる風洞実験や、シミュレーション方法の開発、可能な代替戦略の模擬演習に、数年は費やすものである。だが、マルクスがこの問題の概要を理解したとき、彼らに残された近地点までの時間は二四時間だった。みかん《タンジェリン》の大きさだった地球は、オレンジの大きさにまでなっていた。〈イミール〉による地球の大気との接触を阻止できるような力を人間が生み出すのは、無理な話だ。見捨てて逃げることさえ、できない。〈イミール〉から離れても、〈ニュー・ケアード〉のタンクには、その進路を大きく変えるための推進剤は、残っていないのだ。いずれにしても同じ道をたどることになる。そのためマルクスは、最適な迎え角——大気に対して〈イミール〉がとる向き——を推定すると、扱いにくい彗星のかけらをベストと思われる位置へ回すための、半日を要するスラスター噴射計画を始めたのだった。

〈イミール〉の〝船尾〟は、今や進行方向に向けられていて、きわめて重要なブレーキ噴射を行なえるように、ノズルの大きな口は前方を向いていた。ところが、〈ニュー・ケアード〉はその〝船首〟近くにドッキングしたままで、彗星のかけらの側面から天頂に向かってほぼ直角に突き出ていたので、〈イミール〉はその長い機軸に対してねじれを生じていた。これはつまり、高層大気の通過時には、〈ニュー・ケアード〉の下にある地球に対する視界が〈イミール〉によって妨げられ、エンジンノズルは反対側の星々のほうへ〝上向く〟ということだ。そのため、そのエンジンを噴射すると、船首は下に、船尾は上に回転することになり、さらなる揚力を生み出して〈イミール〉を問題から救う姿勢となる。彗星のかけらが反対方向に倒れた場合は、さらなる抗力をもたらして、揚力が減る位置になるため、この全体が大気の奥深くへと引きずり込まれることになる。実質的に〈ニュー・ケアード〉は、小型の姿勢制御スラスターの地位にまで成り下がってしまった。これは一方向にのみ押せるというスラスターであり、そのためマルクスは、事態が悪化したときに最も役に立ちそうな方向を選んだのだった。〈ニュー・ケアード〉の操縦席に座ったヴァチェスラフは、目と鼻の先に五〇億年分もの汚れた氷のかたまりを見ることになる。彼は、〈イミール〉の休憩室にいるマルクスから、〈ニュー・ケアード〉の主推進システムを噴射するようにという口頭の指示を待つことになる。

　こういったことはどれも、ロボットの作業の調整にずっとかかりっきりだったダイナには、雑音にすぎなかった。〈ナッツ〉の数は何万もあった。それらに対しては、群れ《スウォーム》として、まとめて話すしかない。ひとつひとつに声をかけてコントロールしようというのは、理論上は可能なものの、割に合わないのだ。このロボットたち全体の任務は、彗星のかけらを変形させることにあった。

　スウォームのひとつはベル型ノズルの内面で作業をすることになる。今の時点で、ロボットはどれも彗星のかけらの裏側にいて、内部に動力をためるために日を浴びていた。ダイナからの指示を受けると、それらはノズルの円形の喉部分に集まって、ベル型の中へと下りていき、噴射中に随時広がってノズルをつくり変えるのである。ラルスが考えて改造したプログラムで動いていたので、ダイナが実際にやるべきことは、それらのスイッチを入れるだけだった。

同様に、三つのスウォームの中で最小のものはアイスホッパーの中に入って、オーガーから石を取り除くというラルスのプログラムで動いていた。暗いところでの作業のため、〈イミール〉のクルーによって設置された電源から電力を得ていた。

三つのスウォームの中で最大のものの担当は、掘り抜かれていく彗星のかけらの内部を削ることだった。〈イズィ〉への旅が終わるころには、氷の大部分はホッパーへと移されて、ノズルから吹き飛ばされる。あとにはくり抜かれた殻が残り、原子炉を設置してベル型ノズルを維持できるだけの内部構造が存在することになる。これは二つの理由から、それほど突飛なことではなかった。ひとつには、採掘労働者が大昔からしてきたことだからだ。彼らはただ単に山をくり抜いているわけではない。それでは崩壊してしまうので、彼らは山を削ると、柱やアーチ、丸天井をすべて備えた、構造的に強固な建築体系にした。今回の場合は物質が氷であることを除くと、それと違いはなく、力は全般にそれほど大きくないのだ。二つ目は、氷の内部の大部分が、構造力学の視点からすると、ほとんど重要でないということだった。飛行機やレーシングカーが中空である――皮だけで骨がない――のにも、理由がある。構造力学上の力のほとんどは、その機の外層を通じて自然と伝わるため、そこにいちばん力がかかる。外側に充分な力がかかることにより、内側は中空のままにできるのだ。

　もちろん、作業する対象としては、氷はベストな物質ではない。壊れやすいからだ。だが〈イミール〉エクスペディションは、高強度のプラスチックのひも、網、生地、緩い繊維を大量に搭載して、出発していた。さらには、グリッグ・シェレルップから離れていく期間に、ラルスのロボットは氷をパイクリートに変える作業を行なっていた。見た目は黒い氷というその外層は、もはやそれ自体は氷ではなく、かなり優れた構造特性を備えた合成物質なのである。凍った状態だと、銃弾を止めることもできた。解かして変形させると、水、化学繊維、それに太陽系の始まりのころできた黒くねばねばした物質に分解されるのである。いずれにせよ、彗星のかけらの内側で重い素材の移動の大部分を担う大きなロボット――〈グラブ〉と〈サイワイ〉――は、〈イミール〉の構造を傷つけることなく、外殻を数メートルまで削ることができた。そのあとをきれいに片づけて、原子炉とホッパーを中空の彗星のかけらの真ん中に吊り下げる内部の柱と天井面を維持するのは、三番目の〈ナッツ〉スウォームの役目だった。この、スウォームを中心にした氷の構造をつくるアルゴリズムは、ラルスが考え出し、二年かけて完成させたものだった。だが、今の責任者はダイナである。彼女は、完全に責任を負うようになってから今までのあいだに、かなりのことを学んでいた。

　数では〈ナッツ〉に負けるものの、かなり重い氷の移動を担っているのが、一〇〇台はある〈グラブ〉と〈サイワイ〉で、そのほとんどは彗星のかけらの内部あたりで準備万全の状態で待機していた。大半は多目的型ロボットで、氷上の移動がしやすくなるようにいくつか追加された部分があったが、〈レザーフェイス〉というロボットも六台あった。大量の氷を急いで運べるように、腕の部分にシャベルがちりばめられたチェーンソーを持つ、大型の〈グラブ〉である。これらはその仕事が得意すぎるため周囲のものを壊しがちで、頻繁に移動させねばならなかった。各ロボットには、その後始末をする小さなロボットの集団がつきまとい、新たな場所に固定させる必要があった。

　理論上は、これを実行すると氷の硬い山を果肉を取り除いたクルミにすんなり変える、ひとつの巨大なコンピューター・プログラムにすぎない。肋骨、血管、膜という有機的組織を内部にもった、あばたのついた厚い外殻である。ほかのコンピューター・プログラムと同様に、ダイナがスタートさせると、完璧に動く。ところが、思わぬことが起きる場合もあり、最初はどういう現象なのかはっきりしなかった。そのため、状況認識が彼女の仕事の大きな部分を占めることになった。窓の外を時速三万八六〇〇キロで過ぎていく地球を見るのも興味深いかもしれないが、彼女は集中して、何かがおかしくなっている兆候がないか、弱くて曖昧な信号を轟音の中から探すのだ。彼女は、採掘キャンプにいた少女だったころの自分について思いを馳せていた。雑音や混線の合間から聞こえる、遠くからのモールス信号を拾おうとして、無線の制御装置の前に座っていた日々が、何らかの方法で今の自分にこの仕事の準備をさせていたのではないかと想像するのが、好きだったのである。

　ＪＢＦを相手にしたスケープの会話に入って数分後、ドゥーブは気づいた。二年前の自分は仕事をうまくやりすぎたと。

彼がキャンプ・デイヴィッドでのミーティングに行ったときは、地球上の生物を全滅させるような月の指数関数的分裂を、大統領に理解させるという使命を帯びていた。ドク・デュボアという肩書きを身にまとい、実際はかなり複雑な現象に対するわかりやすい名前として、〈ホワイト・スカイ〉と〈ハード・レイン〉という用語を考え出していたのだ。亡きドク・デュボアは大口を叩かなければよかったのにと、現在のドクター・ハリスは思っていた。

彼がいたのは、〈ニュー・ケアード〉の出発以来、コンラートやほかの軌道力学オタクたちが集まる休憩室のようなものになっている、〈ファーム〉の一角だった。〈ファーム〉はつねに高校のカフェテリアのような感じで機能しており、さまざまな派閥がいつも特定の区画にいたが、今やそういった選択の自由は硬直していて、〈イズィ〉の不文律の手順書の一部となっていた。とにかく彼らは、発達中の月のデブリ雲とそれが〈クラウド・アーク〉の将来にとって意味することについて、わかっていることをすべてあらわすチャートや図を——多少抽象的なものだったが——プリントアウトしていた。紙とプリンター用インクが、いくぶん惜しげもなく使われていた。今から二世代後の人たちは——人類が生き延びればだが——これらの書類の山を、嫌悪と驚嘆が入り混じった目で見ることだろう。そのころまでに紙は稀少なものになっているため、このような目的での使われ方については、街灯の燃料用にマッコウクジラの油を使っていたことに対する二一世紀のアメリカ人による見方と同じようなものになると思われる。

それでも生活はましになり、遺伝子操作された木の森が、回転する巨大なスペースコロニー内で育ち、紙も豊富になって、この黄ばんだ紙の山は〈アーカー〉がこうむった困窮の証拠として、博物館に展示されるだろう。

だがそれは、彼らが失敗しなかったらの話だ。それこそが、このスケープでのジュリアとの会話の話題だった。彼女は自身の〈アークレット〉内に浮かんでいた。ゼロＧには慣れたようで、髪を頭の近くでまとめる方法も会得していたし、満月のような顔貌も治まってきていて、目に見えて気分が悪そうではなかった。画面のうしろでは、人々が行き来している。ドゥーブにわかったのは、カミラだけだった。何人かの子供は、仕事のようなことをしていた。目的をもって、タブレットをつついたりなでたりしながら、時おり顔を上げては短い会話をしているのだ。南アジアの若者、アフリカの少女、それに別の少女は中国人だろう。

少女、子供、若者、少女。学究的な世界に長年属していたあいだに培われた、偏見のない彼の超自我は、恥のニューロンを活性化しようとしていた。ドゥーブは恥をまったく感じていなかった。そういうものとはずっと前に縁を切っていた。とはいえ、〈アーキー〉たちの若さや、Ｇポップとの人口統計学的な違いには、強い衝撃を受けていた。ついていけていないという、なんとなく厄介な感覚を抱いたのだ。彼が若かったのは何十年も前のことになるが、それでもつねにクールな若者だったし、フェイスブックやツイッターにも多くのフォロワーがいた。それが、今の自分は〈イズィ〉に、ジュリアは〈アークレット〉に取り残されている。そしてこの二人が一緒にいるのは、まったく異なる人たちなのだ。Ｇポップの人たちはお互いに始終会って、面と向かって話をしている。一方〈アーキー〉たちは、〈アークレット〉内で孤立しているため、接触するにはソーシャルメディアを使う必要があった。ドゥーブは〈ホワイト・スカイ〉以来、スペースブックの自分のページを見ていなかったので、ジュリアとのこの会話は、彼がスケープでのユーザー・インターフェースを理解するために一五分遅れとなった――明らかにジュリアは慣れていて、よくわかっているようだ。いつも使っているうえに、もしうまくいかない場合は、うしろにいる子供たちの誰かが手を貸してくれるからだろう。

ほかにも兆しがあった。スケープ相手にドゥーブが手間取っているあいだ、彼には画面の向こう側の会話が少し聞こえていたのだが、南アジアの若者がジュリアのことを「大統領閣下」と呼んでいたのである。あまりに異様に思われたので、彼はそのことを話題にしたかった。ただ、彼には答えがわかっていた。単なる礼儀からであると。前大統領はそのように呼びかけられるのがつねであり、特に何も意味していない。どうしてそんなに大騒ぎを？　野暮と過剰反応を足して二で割った人物のように、彼は思われることだろう。

「ハリス博士、ご存じのように、私はここでは邪魔な存在のようなものになっているの。お忙しいのにお時間を割いてもらって、ありがたく思っているわ」と、ジュリアが話し出した。

「どういたしまして、大統領……ジュリア」そう口にしたドゥーブは、これがビデオによるやりとりであることを思い出し、自分の顔を引っぱたきたい衝動にかられた。

彼女はそれを興味深く思ったが、見逃すことにした。「私はここでは、キャンプの指導員のような感じよ。もちろん私は準備段階の時点で、〈アーキテクト〉の仕事について、あらゆる詳細を把握していた。でも、ホワイトハウスでパワーポイントの画像を見上げているのと、実際にこの場にいるのとは、まったく別ね」

これは明らかに罠だった。自分がカモであることをはっきりと意識しながら、ドゥーブは言った。「どうしてです?」

「文化的な視野の範囲が広いのは、言うまでもないわ。でもそれを除くと、不確定なものが多いの。〈アーキー〉たちの才能やエネルギーがすべて封じ込められてしまっているという感じがして――ランプをこすってくれる人があらわれるのを待っている魔人がたくさんいるという感じね。みんなが手を貸したいと、熱心に思っているわ」

「言うまでもありませんが、〈ハード・レイン〉が始まって二週間もたっていません」とドゥーブ。「この先、五〇〇〇年ほどもあるんです」

「その数字については、〈アーキー〉コミュニティはよく理解しているわ」

〈アーキー〉コミュニティときたか。こりゃすごいぞ。その文言をこっそり差し挟む彼女のやり方には、感嘆を覚えずにはいられなかった。

「ジュリア、この通話の目的はなんなのでしょう? 私がどのような答えをしようが、それが何らかのかたちで〈アーキー〉コミュニティに広められるという理解でいいのでしょうか? というのも、そのような目的だったら、メール用のリストがあります。生きている全員を含んだメールアドレスのリストです」

「そのリストはごく最近、二日前に使用したわ。閉じ込められている〈アーキー〉にとっては、実に長い時間だけれど」

「〈ニュー・ケアード〉エクスペディションのことで、ちょっと忙しかったもので」

「〈アーキー〉コミュニティでは、それに対する関心が高いわね」

「ここでも関心は高いです」

「私が言いたいのは、その目的についてよ」

「その目的は、これ以上はっきりさせようがあるでしょうか?」とドゥーブ。「〈アーキー〉になるために必要とされる審査と訓練をクリアした人なら」――あなたは違いますよ、ジュリア――「正確に理解できるでしょう。私たちが軌道力学の観点から行なおうとしていることを」

「ビッグ・ライドという策略を行なうために使う必要のある、とてつもない量の水を得ることよね」とジュリア。「ハリス博士、それは私でも理解しているわ」

「策略? 本気で言ってるんですか?」

「Gポップの代表者たちは、接触を図って、ACの考えや認識を理解するという努力をしている?」と、ジュリアが聞く。

「ACとは?」

「〈アーキー〉コミュニティのことよ」あきれたように軽く目を動かしながら、ジュリアが説明した。

「どんなときでも、〈アーキー〉の約一割は〈イズィ〉内で交替制で働いています。それはご存じのはずです。それが私たちに受け入れられる最大の人数なんですよ」

「そのローテーションを経験した何人かと話したわ。言っていることはみな同じ。より安全な状況、動き回れる広いスペース、よりよい食べ物、上級職との接触の多さが備わった〈イズィ〉の特権的な環境に入るやいなや、Gポップの世界観は大いに分別あるものに思われた。それが自身の〈アークレット〉に戻されると、ショックだけが目立つ結果になったと」

ドゥーブはぐっとこらえた。

ジュリアが続ける。「立場を少し逆転させるというのはどうかしら——無作為に選ばれた〈アークレット〉に、Gポップの人たちを送り込むの。一時的なホームステイとして」

「どういうことです？」とドゥーブ。「それがいったいどういった目的にかなうので？」

「完全に技術官僚《テクノクラート》の観点からよ。それ以外のものなど、おそらくまったくないわ」ジュリアは残りの考えを言わないままにした。

「もし私がランダムな〈アークレット〉に〝ホームステイ〟したとして、スケープやスペースブックでは知りえないような、どんなことを知ることになるのでしょう？」

「それはたくさんのことよ。だってあなたは、そういったアプリを、実際には使っていないのだから」そう言うジュリアの声は、面白がるように低くなっていた。

「〈ニュー・ケアード〉を帰還させる作業で、少し忙しいんですよ。じゃあ教えてください、私は何を見逃していると？」

テーブルの向かい側の動きをドゥーブの目がとらえた。

顔を上げると、ルイーザが首を振っていた。彼女は顔を両手で挟むと、しばし目をつむり、やがて目を開けた。ドゥーブは顔がほてるのを感じたが、自分を叩きたくなる衝動をふたたびこらえた。

「代替戦略について、ACでは大きな騒ぎになってるわ」たった今〈アーキー〉コミュニティの代弁者にみずからなった女性にふさわしく、ジュリアはきびきびと、しかも高圧的な感じで告げた。「クリーン・スペースを通って火星へ向かうという考えに関して、魅力的な見解が展開されている」

「クリーン・スペース？」

「あら、関連するディスカッション・グループを、あなたがフォローしていないことを忘れていたわ。クリーン・スペースとは、火球がほとんど存在しないという月の向こう側の地域について、タヴが呼んでいたものよ」

「タヴ？　タヴィストック・プラウズのことで？」

「そうよ、たまには旧友のブログを見たほうがいいわね」

タヴは〈ホワイト・スカイ〉の一カ月前に〈イズィ〉へ送り込まれていた。その当時地上にいた何者かが、ソーシャルメディアは〈クラウド・アーク〉をまとめる接着剤の役を果たすので、そういうことにはタヴがうってつけだと判断したのだ。

「忙しかったもので」とドゥーブ。「ただ、タヴはわかっていたはずです。私たちがシミュレーションを行ない、ぎりぎりのところまで火星の選択肢の模擬演習をして、その考えがどうにもうまくいかなかったということを」系統立てて異議を唱えようとするジュリアの様子が見えたが、それに耳を傾ける忍耐力は、彼にはなかった。「火星に行くべきだと本気で唱えている人たちは――」〝クレイジー〟という言葉が出そうになったが、言わなかった。「――実際的な問題を考慮に入れていません。まずいタイミングの太陽フレアが一度あっただけで、全員が死んでしまうんです」

「全員が行った場合にはね」

「派遣団だけを火星へ送ることを言っているのなら、どれだけの量の設備や備蓄を持っていけるのかを考えるべきですね」

「才能あるたくさんの〈アーキー〉なら、持ち物の少ないその少数の先発隊の一員になろうと、進んで申し出ると思うわ。クリーン・スペースの魅力は大きいから」

「ですが、タヴがクリーン・スペースと考えているようなところに、私たちはいません。私たちがいるのはごみごみしたところです。ですので、その現実に集中しなくてはなりません。赤い惑星への旅に関するとりとめのない空想にひたるのではなく」

「それは言われなくてもわかってるし――」

「そうですよね。あなたは友人で同僚のピート・スターリングが火球の餌食になるのを目にしましたから。実はジュリア、そのことについてのあなたのスペースブックの投稿を見ました。とても感動的な内容でした。『ただ』という言葉が出てきそうですがね」

「重大事故がないまま日々が過ぎるにつれて、この空間は本当にごみごみしているのかと、人々は疑問をもちはじめているわ。ダンプ・アンド・ランという選択肢に対する関心が増しているのよ。〈ホワイト・スカイ〉は大昔のことのように感じられてきていて、今は〈ハード・レイン〉に見舞われている。大きな火球やちょっとした出来事を避けるために、軌道修正のようなものが日々行なわれている。でも、現在の死者の数は――」

「一八人です。一〇分前の時点で」とドゥーブ。「〈アークレット52〉を失ったところなので。私だって動向には注意を払っているんです」

「それは気の毒に。そのニュースがほかのACの人たちにも配られれば、同じ気持ちをもつでしょう」

「クソいまいましいスプレッドシートに載っていますよ、ジュリア。それを見ればすむ話です。私たちはニュースは配らない。ここはホワイトハウスじゃないんですから」

「でも、多くの点で、ホワイトハウスのように機能しているわ。憲法上の抑制と均衡に縛られていない、軌道上にあるホワイトハウスよ。ただ少なくとも、ホワイトハウスには記者会見室があったけれど。接触する方法としてね。だから、私でよかったら……」

「そもそも、こういったことをどうして私に話すんです？ 私はくそったれな天文学者にすぎないのに」そこで思い至った。「このような会話を、ほかのGポップの人たちとは、どの程度したんですか？」ジュリアは自分のことを特別に選んだのかと思っていたが、おそらく彼女には腕の長さほどもある呼び出しリストがあり、それを取りまとめたのは、うしろにいる熱心な若者たちなのだろう。「今の責任者は一時的にアイヴィになってるんですが」

「その行きあたりばったりの指揮系統は熟知してるわ」ジュリアが言い返した。「ハリス博士、あなたの質問に答えると、私があなたと話している理由は、あなたが天文学者だからであり、ごみごみした空間という脅威の正確な性質について、ACの中にある質問や関心事に答えられる立場にあるからよ。〈アークレット52〉に関する今のニュースは、アイヴィによる現在の戦略の有効性に疑問を投げかけることになるでしょうね」

「これは統計学上の問題です。A+0・7ごろに、ニュートン力学的な問題ではなくなって、統計上の問題となったんです。それ以来、ずっとそのままです。そしてつまるところ、火球の大きさの分布と、火球の軌道の分布、そして時間を経て変化していくそれらの分布は、観察と推定によってのみ、知ることができるのです。おわかりですか、ジュリア？　そういった統計パラメーターをひとつ残らず完璧に把握できたとしても、それでも未来の予測はできないのです。なぜなら、私たちにできるのは、〝Nオブ1試験〟（ひとりの患者にランダムに複数の処置をして効果を統計学的に評価する）です。対象となるのが、ひとつの〈クラウド・アーク〉、ひとつの〈イズィ〉だけなんですから。しかも、さまざまな結果を得るために実験を何千回と行なうことはできません。私たちにできるのは一度きりです。人間の心は、このような状況に対して苦労します。パターンが存在しないところにパターンを見出し、ランダムなものに意味を見出すからです。あなたは一分前に、ごみごみした空間はそもそも本当にごみごみしているのかという疑問を投げかけました——明らかにダンプ・アンド・ランに賛成だからです。それが、私が〈アークレット52〉のことを伝えると、別の見方へと急に方向転換しました。あなたのしていることは、なんの役にも立っていないんですよ、ジュリア。ただの迷惑なんです」

ジュリアは、ドゥーブの発言に込められた意図を受け入れていないようだった。画面越しに彼のことをにらむと、軽く頭を振った。「あなたの反応の激しさが、私には理解できないわ、ハリス博士」

「話はこれで終わりです」そう言ってドゥーブは回線を切った。タブレットをテーブルに叩きつけたいという衝動をこらえた。椅子に腰かけたまま、ルイーザと目を合わせた。彼女の顔をずっと見ていたいと思っていたのだ。だがそうしていたら、じっと耳を傾けている人が部屋にいることが、ジュリアにばれていただろう。

ジュリアのそばで、誰かが同じことをしていたように。

ルイーザはじっと耳を傾ける精神科医のように、ただ座っていた。

「もっと楽だったはずだ」とドゥーブは口を開いた。「彼女の望みがいったいなんなのかがわかっていれば」

「彼女には計画があるはずだと、あなたは思い込んでるのよ」とルイーザ。「私はそうは思わない。あの人は権力を得ようと躍起になっている。その方法を見つけたから、あとから理由づけをしようとしてるのよ」

ドゥーブはタブレットを引き寄せると、タヴのブログを見つけようとした。「ACについて、ジュリアはどれぐらい事実を言っていたと思う？　彼女の言っているつくりごとに対して？」

「それに違いはあるの？」とルイーザが言った。

顔を上げたダイナは、地球がグレープフルーツほどの大きさになっているのに気づいた。うたた寝をして、少し食事をし、仕事を再開したあとで顔を上げると、今度はバスケットボールの大きさになっていた。それでも、まだそれほど大きくない。ただ、かなりの速度で進んでいたので、あとわずか一時間の距離だった。

最後となる打ち合わせが〈イミール〉の休憩室で行なわれた。その見苦しい船の一時的な艦橋となった場所だ。

ダイナはその司令モジュールのいろいろな場所から平面パネルモニターを三つ探し集めて、休憩室のテーブルに結束バンドで留めていた。画面には、さまざまな大きさのウィンドウが重なって出ている。ログエントリーを示すターミナル・ウィンドウやコードを書いているエディターのウィンドウもあったが、ほとんどは採掘作業にあたっているさまざまなロボットの視点を示したビデオ・フィードだ。外側を向いているものがひとつだけあった。余っていた〈サイワイ〉を天底側を向いた船尾に設置して、そのカメラを地球のほうへ向けたものだ。それを除くと、彼女の唯一の〝状況認識〟は、天文航法プログラムから得られていた。地球の上に〈イミール〉の軌跡を幾何学曲線として重ねたものが、三次元で小窓に示されている。そのウィンドウの下部に並んでいるのが、時間に対する速度と高度を記した一連のグラフだった。現在の速度は毎秒六〇〇〇メートルほどで、ほんの二時間前の毎秒四〇〇〇メートルから増加していた。何もしなければ、この一時間以内に倍の速度になり、そのあとは近地点を過ぎて宇宙空間へ進んでいきながら、ふたたび減速が始まるのだ。

　ジローが任務に成功しなければ、その速度のままL1へ戻ることになるが、成功すれば速度を落とすことになる。彼には平面パネルのスクリーンひとつだけで充分であり、それをダイナの三枚のすぐそばのテーブル上にセットしていた。そこから原子炉を操作するのだ。すでに制御棒ブレードはいくつか引き抜き始めていたが、それは実際に行なったときにどの程度の速さでフルパワーになるのかという感覚をつかむためだった。この部分での見込み違いが、ショーンが間接的に命を落とした燃料棒の破断につながったわけで、ジローはそのような予期せぬ出来事を望んでいなかった。

　近地点に到達する数分前——それ以外の点ではすべてが計画どおりに進んでいるとマルクスに感じられた場合は——約四ギガワットという最大の熱出力になるまで原子炉を稼働させるというコマンドを、ジローが出すことになっていた。氷が解けて過熱水になると、インコネルでできたノズルの喉の部分を蒸気が駆け抜け、ベルの中で膨張と冷却が行なわれたのち、それが極超音速の吹雪となって、冷たい火の白い槍が巨大な船の動きに逆らい、速度を落とさせる。大気圏まで落下させて命を奪うほどではないが、〈イズィ〉並みの軌道にまで減衰させるのだ。〈イミール〉には加速度がかかり、中にいる者たちには重力のように感じられる。〈イミール〉と〈ニュー・ケアード〉内で浮かんでいるものは、どれも〝落下〟するだろう。ダイナとジローも、それぞれのモニター前に置かれた椅子へと座り込むことになる。それはマルクスも同じだが、彼はテーブルの先にタブレットとモニターからなる自分の場所をつくっていて、そこは航法データでほぼ埋め尽くされていた。〈ニュー・ケアード〉では、スラフが横を向いたおかしな角度で、加速用シートに押しつけられることになるだろう。Gの力は充分控えめなものだ――四ギガワットの核推進システムでも、これほど大きな氷のかたまりの勢いに対して、出せる力はその程度なのである。彼らの〝重み〟が長いあいだにわたって一定であれば、順調に進んでいることのあらわれだ。もし増えると、命を落とすことになる。速度を落とさせ、重みを認知できるレベル以上に増やす唯一のものは、大気との接触だからだ。速度が落ちるほど、低く落下していく。低く落下するほど、空気は濃くなる。空気が濃くなるほど、船にかかる力は多くなる。彼らはこれを、重みが増した感覚と判断するだろう。これはある点を越えると急激な悪循環になり、〈イミール〉と〈ニュー・ケアード〉、それに乗組員全員の破滅は避けられなくなる。問題となるのは、その死に方だけだ。

小型で軽量の船なら、焼死の可能性がある。氷に囲まれているこの場合だと、Gの力によって最初に意識を失う可能性のほうが高い――比較的痛みを感じない死に方ではある。彼らのことを数百キロ上から見ているデュボア・ハリスとコンラート・バルトは、南半球上空で青い筋となって消える彼らを目にして、〈クラウド・アーク〉に対して声明を発表するよう、アイヴィに伝えることになるだろう。ダイナにこの友人のことがわかっていることからすると、必要となる場合に備えて、彼女はその声明をすでに書いているはずだ。

距離的にはかなり近いのに、デルタVによる直観的でない空間だとかなり遠いのは、奇妙だった。〈ニュー・ケアード〉と〈イミール〉間の帯域幅は最高の状態にあったので、ダイナはテキストメッセージ機能やスペースブックまでもが使えるということに気を取られないよう、意識する必要があった。『またすぐに会おう。xoxo（キスとハグ）』とアイヴィがメールしてきていたので、ダイナも同じような内容のものを返信して、ウィンドウを閉じた。

ヴァチェスラフは宇宙服の下につける保温性の高い青い服を着込んでいた。ダイナにはわかっていたが、それは何らかの理由で急に「外に出る」必要がある場合に備えた、事前の対策だった。スラフは、必要な場合に彗星のかけらの外へ出られるように、自分の宇宙服は〈ニュー・ケアード〉のエアロックに置いてある。ダイナも彼の行動を手助けするための〈グラブ〉を二台、そこに待機させていた。

マルクスは何事にもあまり形式張ることがなく、それが彼のリーダーとしてのスタイルだった。事前の激励や事後の褒め言葉なしで、仕事の遂行を相手に期待していると暗に伝える、そんなやり方なのだ。これは誰に対してもうまく作用するわけではない。形式張ったものが好きな人もいるからだ。だがこのエクスペディションでは、彼はそういった者を同行させていなかった。だからすべてが始まったときも、特別な瞬間というものはいっさいなく、彼らが地球に近づきつづけているという事実があるだけだった。スラフが司令モジュールの最上部に至る昇降階段を駆け上がると、一分後、〈ニュー・ケアード〉の制御装置前の位置についたことを知らせてきた。ジローは原子炉の始動時の各段階を大声で告げていた。それらの数字の意味についての手がかりを挟み込みながらだ。「こいつは思っていたよりも少し早いな……今は落ち着いてきた……こっちは計画どおりで……指示がありしだい、進められる状態にある」という具合である。マルクス流の関与のほとんどは、画面をじっと見ながら親指の爪を噛むことで占められていた。そしてときどき、手を伸ばして何かを打ったり、タブレットをスワイプしたりタップしたりするのだ。ダイナの仕事は、明らかに重要なこととは数回層ずれている、抽象的ともいえる事象についてだった。彼女はそれに集中して、さまざまなものが〈イミール〉の〝床〟に落ちる音を無視しようとした。〈イミール〉で増す推力と、確実に増えている大気の抵抗が組み合わさり、重力がかかりはじめているのだ。

「今だ」とマルクスが言った。

「了解」とジロー。「制御棒ブレードがプログラムに反応……そして……臨界に到達」

四ギガワットの熱出力——ラスヴェガス全体をまかなえるほどの量——が、数秒後に発生した。ダイナは体重がずしりと増したように感じ、司令モジュールとそれを取り囲む氷が構造負荷を受けて、きしんだりうめいたりするすさまじい騒音を耳にした。また、この何時間か、いらだたしいまでに動きのなかったウィンドウに、急に激しい変化が生じたのを、彼女は目にした。何週間も満杯だったアイスホッパーは、オーガーの回転と同時に、驚くほどのペースで空《から》になっていった。彼女の〝視点〟となる数台のロボットが、固定されていた位置から倒れたり滑ったりして、カメラのアングルが急に役に立たない変化をしたという出来事を示していた。ダイナは彗星のかけらの中のすべてのロボットに、できるだけ早くホッパーに氷をもっと運べというプログラムを起動して、それに目をやりつつ、そのかけら全体の構造上の完全性をモニターしていた。伝統的な鉱山では、採掘者はあらゆることを重力下で行なうので、構造上の誤りはすぐさま、それも劇的に、落盤としてあらわれたものだ。〈イミール〉の場合は、ゼロGのもとでゆっくりと掘り進められた採掘坑であり、エンジンがかかって短期間〝重力〟下にあるだけなので、何もかも崩壊する可能性があるかもしれないという、ある種の不安感があった。これまでのところは、問題なさそうだったが。

「速度はうまい感じで落ちている」マルクスが親指の爪の残骸の陰からつぶやいたので、ダイナはグラフをさっと見て、そのとおりであることを確認した。彼女が思っていた以上に、時間が早く進んでいる。近地点まではほんの数分だった。マルクスが言った「うまい感じ」の意味は、「効果をもたらすほどではあるが、自分たちを殺すほどではない」ということだ。

続いてマルクスが呼びかけた。「スラフ、噴射を三秒間頼む」

「了解《ダー》」とロシア人が答えた。それから二、三秒後に、彼が「始めた」と告げた。

ダイナは〈ニュー・ケアード〉から少し離れたところにある彗星のかけらの表面に外部カメラを取りつけて、その小船自身に向けていた。それがなければ、スラフが何をしているのかわかりようがなかったろう。映像によれば、影のような青い炎が〈ニュー・ケアード〉のベル型ノズルから出ていて、〈イミール〉がかすかに震えた。それについてどう判断したらいいのか、ダイナにはわからなかった。落盤のようなことになるのかもと恐れたが、もう経験することはないだろうと思っていた感覚だとわかった。大気による揺れ《バフェッティング》である。〈ゼロ〉のおよそ一年前に軌道上へ来て以来、ダイナが地球の表面にこれほど近づいたことはなかった。そして、このあとの数分間が順調にいけば、これほどの近さを経験することは二度とないのである。

震えは長くは続かなかった。彼女の画面にあるグラフも小さな揺れはとらえていたが、それも徐々に過去へと消えていった。「スキップしたんだ」とマルクスが言う。「今のが、最低でもあと一回はあるだろう」

「四番と一番のオーガーがダウンした」とジローが告げた。「詰まりを取り除くため、逆回転させてみる」

これでダイナの注意力が戻った。ひと目でホッパー内のすべてのレベルを確認したところ、ロボットが補充しようとしているにもかかわらず、思ったとおり急激にレベルが低下していた。ジローが言った二つは、氷を取り除く方法が何もなかったため、あふれるほど満杯になっていた。ダイナはサブプログラムを作動させた。四番と一番のホッパーから利用できる近くのホッパーへと、余分の氷を移す作業を〈グラブ〉にさせるものだ。

「〈ケアード〉の噴射はうまくいった」とマルクス。「ただ、回転がちょっと多すぎた。スラスターを使って打ち消しているところだよ——少し時間がかかるだろうが」彼はコマンドをいくつか入力したが、それらはおそらく、〈イミール〉の姿勢制御スラスターを作動させるもので、〈ニュー・ケアード〉の大きなエンジンとは逆方向に進ませるものだった。「ところで、近地点をちょうど通過したところだ——と思う」

ダイナは航路図に目をやった。確かにマヌーバーの中間点は過ぎている。だが、いささかおかしなことに、高度は下がっていた。彼らにとって二度目の、そして願わくは最後となる、大気からの〝スキップ〟へと向かっていたのだ。

「おかしな進路になってるけど」とダイナ。

「確かに」とマルクスも言う。「このあとの数分間を乗り切ったら、それに対処できるな」

「一番のオーガーがまた動き出した」とジローが報告した。「でも、二番と三番がダウンだ。推進剤の不足が深刻になるかも」

「スラスターの勢いも充分じゃないな。修正が強すぎる」とマルクス。「それと、またスキップに入るぞ。うしろ向きに加えて、上下が逆さまになる」

つまり、〈ニュー・ケアード〉のエンジンによる噴射は、みずからの仕事をこなしたのだった。うしろを向いているその船の〝船首〟を押し下げて、現在は前を向いている〝船尾〟が下がるのを防いだのだから。彗星のかけらの広い側面で大気をかすめると、そこから大きくスキップした。彼らの命を救ったかもしれない跳躍だった。ところが、かけらがひとたび回転を始めると、それを止めるのは難しく、行きすぎになってしまっていた。船首はかなりの急角度で下を向き、ノズルは宇宙空間のほうを向いていた。

「じゃあ今は、地球に向かって下に突き進んでるわけ？」とダイナ。

「ぼくたちに害をもたらすほどじゃない。推力は維持」マルクスが命じる。

「氷がなくなりそうだ」ジローがモニター越しにダイナに目をやった。

ダイナはすでに警告していた。一度の大規模噴射ですべてを行なうために充分な量の推剤を供給するのは、何もかもが完璧に推移したとしても、きわどいことだと。実際は何もかも、完璧にはならなかった。彼女はジローと視線を合わせると首を振り、作業に戻った。

「ジロー、シャットダウンの準備だ」マルクスが声をかけた。「厚い大気に向かって降下していく。何が起こるかはわからない」

彼らの内耳は、何かが起きていると伝えていた。強力な推力により、身体は依然としてシートに押さえつけられていたが、〈イミール〉の船首は何らかの力につかまれて、ひねられていた。

「船首から突っ込むぞ」とマルクス。「それから逆回転だ。メインエンジンのシャットダウンまで三、二、一、今だ」

原子力による蒸気エンジンは、すぐには止まらない。ジローが入力したコマンドがどんなものであれ、それに反応して推力はぐらつき、尻すぼみになった。それでも、ゼロGに戻るまで、一分の大部分を要した——自分たちを動かす推力がない、自由軌道上にあるということである。

「新しい軌道パラメーターをすぐに送る」とマルクスが告げた。「ひっくり返っているから、複雑だぞ」

エンジンの停止に続いて急に訪れた静寂の中で、耳障りな叫び声が遠くからするのが、ダイナには聞こえた。それは〈イズィ〉からのチャンネルで、マヌーバーの際に頭から外したヘッドフォンから聞こえてきていた。〈タンク〉にいる人たちの声だ。ヘッドフォンをかけ直すと、彼らがお祝いをしているのがわかった。

「これはまた、ばかでかいデルタVをもぎ取ったもんだな！」ドゥーブが、リンクの向こうから聞こえたダイナの声に対して言った。「祝福に値するよ」

二、三秒遅れて、ダイナから慎重な返答が返ってきた。「ばかでかさが充分じゃなかったんじゃない？」

こんな旧式のオーディオ技術を通じて知り合いの声がきれいに聞こえてくるのは、妙なものだ。ダイナがパーティーの席でバズ・オルドリンの物まねをするのを、聞いている気分だった。言葉そのものより、感情のニュアンスのほうがはっきり伝わってくる。

「コンラートが君のパラムをまだ計算してる」ドゥーブが言った。「ただ、目視したかぎり、そちらがどれだけスピードを落としたかはわかる。すばらしいよ」

「もう一周必要ってことみたいね」ダイナは言った。要するに、〈イズィ〉とランデヴーできるようスローダウンするために、〈イミール〉がもう一度地球を回るのを待ち、次の近地点でふたたび噴射を行なう必要があるということだ。

「今回はもっと高い近地点でできると思う」ドゥーブは指摘した。「あの忌々しい氷のかたまりを、またエンドウ豆のスープの中を飛ばす必要がないようにね」

「この忌々しい氷のかたまりのせいで、神経がすり減るったらないわ」ダイナが言った。

「グラスにまだ半分もあるというところだ」とドゥーブ。「グラスに半分。君たちはキャンドルに火をつけた。そしてうまくいった。大気圏で跳ね返った。われわれにだいぶ近づいた――コンラートが、君たちの遠地点は月の軌道上にあると言っている」つまり〈イミール〉は方向を変え、地球に向かって落下を開始したあと、かつての月の軌道に到達するということだ。「これは大きいぞ」ドゥーブはそうつけ加えた。「政治的な展望が変わるだろうな」
長い間のあと、ダイナは尋ねた。「政治的？」まるで自分が聞いた言葉が信じられないとでも言いたげだった。

「アイヴィがあなたがたの考えすべてに耳をふさいでいることは、知っているわ」スペンサーがコマンドを打ち込み、〈アークレット453〉が状況認識モニターから切断されると、ジュリアはすぐにそう切りだした。「このミーティングのためにあなたがたがここへ来るのを、彼女がわざわざ邪魔しようとしたこともね」
〈火星派《マーシャン》〉たち――ドクター・キャサリン・クワイン、ラヴィ・クマール、そしてリー・ジアンユー――は、少々途方に暮れていた。〈アークレット〉のあいだを移動するのは、つねに難しい。緊急時でないときに〈フリヴァー〉で移動するための待ち時間は、およそ二日で、緊急事態が起きれば土壇場になって順番が入れ替わることもある。Gポップのメンバーであるクワイン医師は、これに対し、このうえなく超然とした見解をもっていた――彼女は緊急対応医師で、しょっちゅう〈アークレット〉への小旅行に駆り出されていた。インドと中国から〝クジ引き〟で選ばれたクマールやジアンユーよりも、一〇歳年上だ。クマールとジアンユーは〈アークレット303〉に落ち着いたが、そこは〈マーシャン〉たちの政治運動の温床となっている場所だった。トリアッドの一部で、住人は一八人、うち半分は現在インフルエンザにかかっているため、キャサリン・クワインにはそこへ行く正当な口実があった。彼女はラヴィとジアンユーを迎えに行って、彼らと一緒にここへ来ることでそのチャンスを最大限に活用した。今会話をしている者たちの中で、このクワインはおそらくいちばん、〈アークレット〉間輸送ののろさをアイヴィの邪悪なしわざとするのに消極的な人間だった。ラヴィやジアンユーの事情はまた異なり、彼らはさまざまな理由から、この件に関するジュリアの提案に受容的だった。別の時期や場所であれば、クワイン博士はあら探しぐらいしたかもしれない。だが、時間は少なく、〈クラウド・アーク〉の現在の管理についてジュリアの意見を取り上げることが、効率的な時間の使い道だとは思えなかった。だからクワインはやりすごした。それに、クワインがそう結論するころには、ジュリアはすでに先へ進んでいた。

「それを思っても、あなたがたが困難で危険な旅をして私に会いにきてくれたことには感謝しかないわ」ジュリアは続けた。「今から何世紀もたったころ、若い〈マーシャン〉たちがあの赤い惑星の教室に座って、歴史の本を——それ以外でもなんでもいいわ——このミーティングと、その結果について書かれた本を読むことでしょうね」

ラヴィ・クマールが人差し指を上げた。「教室で若者を教育するかわりに」と彼は言った。

「なぜ集団教育の伝統的な構造をすべて取り払って、各人に個別化されたアプローチをとらないのです？　地球の過ちを火星で繰り返すことはないでしょう」

「まったくもって賛成よ」とジュリア。「そういった新鮮なアイデアを聞くとますます、できるだけ早く、できるだけたくさんの人を、火星まで連れていく方法を探したいと思うわ。どうやって始めるべき？　火星への先発隊を送るには何が必要かしら？」

　この数分間で二度目のことだが、クワイン医師は落ちつきを失ったように見えた。彼女は〈アークレット453〉内を見回した。それはヘプタッドの中心となる、共有スペースのための〈アークレット〉で、ジュリアとカミラの住居である174、スペンサー・グラインドスタッフの住居である215も、そのヘプタッドに含まれている。少なくとも公式記録はそうなっている。だが、再編が行なわれていた。現在これら二つの〈アークレット〉に住む人々は、自称JBFの個人スタッフだ。彼らは453を乗っ取り、大統領執務室がある〝ホワイトハウスの西棟〟に変えてしまった。

　キャサリン・クワインが口を開いた。「私たちにそうした派遣団を送り出す権限があると仮定して――」

「ちょっと口を挟ませてもらってもいいかしら、ドクター・クワイン。今あなたがもちだしたのは、政治の問題よ。それは私のもつ〝強大な能力〟だと考えているし、〝私はそれを、あなたや火星コミュニティの――あなたがすでに知っている人たちや、ひそかにあなたに共感している人たちの――メンバーの望むように使いたいし、火星への旅は実に分別のあるアイデアだということがはっきりすれば、ほかの人々も加わるかもしれない。だから、このおしゃべりの場では、権限が問題になることはないと仮定するというのはどうかしら。あなたがた三人が、この派遣団を計画するために、政治的な側面がまるで邪魔しないところで、筋の通ったやり方で自分の〝強大な能力〟を使うところを見たいの。首尾一貫した計画ができたら、次はどう実施するかを考えましょう」

「完璧な筋書きにおいては、あの岩を捨てて、ただすべてをいっぺんに持っていくことになりますね」ジアンユーが言った。彼が口を開いたのはこれが最初だったが、ジュリアの強大な能力の話に励まされたようだった。

「そういうことになる前に納得させないといけない、強力な勢力があるの」ジュリアは言った。「先発隊について考えてみましょう。無駄のない、効率的な、賢い、けれども仕事をやりとげるに充分な規模の集団。つまり、火星に着陸して、〈クラウド・アーク〉に残っている人間に報告するところまでが仕事ということよ」

「私たちはそうしたミッションについて話し合ってきました。ヘプタッドとトリアッドで構成された〈ボロ〉でできると思います」キャサリンが言った。

「一〇台の〈アークレット〉」ジュリアが言った。「そんなに多くはないと思うけど、どう？」

「最初のデルタVのあいだは」とラヴィ・クマール。「〈アークレット〉は積み重ねるかたちになるでしょう。いったん火星へのルートに乗ったら、〈ボロ〉を形成し、探検メンバーが半年の旅のあいだ、地球の正常な重力を体験できるようにするんです」

ジアンユーも言い添えた。「推進装置やそのほかのコンポーネントは、ＭＩＶキットからできるでしょう。設計作業の大半はすでに終わっています」

キャサリンが言った。「最終段階で速度を落とすための、エアロブレーキが必要になるはずです。その前に〈ボロ〉を引き寄せて、〈アークレット〉を再度積み重ねて一体化した船にできなくてはならないでしょうし、軌道から地表を調査して着陸地を決める時間も必要でしょう」

ジュリアがうなずいた。「全員に厳しい質問をさせてもらうけれど、いったん火星に着陸したら、その孤立した植民地で生き残れる時間はどのぐらいなの？　食糧が尽きるまでどれぐらいかかるの？」

三人の〈マーシャン〉は黙り込み、お互いの顔を見た。

「聞いてみただけよ」ジュリアは言った。「政治が――私の専門分野ね――またしてもここで、政治が醜い頭をもたげている。あなたたちの英雄的行為が達成されたら、いわば取り引きをまとめるという重荷は、私の肩にかかってくるのよ。先発隊が着陸に成功して、喜びに満ちたメッセージを送り返してくる。時間との闘いという要素が入り込んでくる。悪い意味ばかりじゃないわ――〈ハード・レイン〉までの準備のときもそうだったけれど、これは人々のエネルギーを動員するための強力な動機づけになりうる。私が〈クラウド・アーク〉の人々に語りかけるのはそのときよ、『これはチャンスです――私たちはそれをつかむのか？　それともしりごみして、勇敢な人々の時間がなくなるのをただ見送るのか？』とね。

すごく効果的なスピーチになると思うわ。ある意味、時間の要素は必要なのよ」

「一年でしょうね」キャサリンが言った。「それ以上は医療的な問題になります。統計的な問題に」

「統計」ジュリアはそう繰り返し、ため息をついた。「その話はハリス博士からずいぶん聞かされたわね」

「つまり、ＪＢＦのヘプタッドに誰がいるか、もうわからなくなってしまったってことなのね？」アイヴィが問いかけた。

〈バナナ〉の大きなテーブルの周囲で、みな黙り込んでいた。アイヴィは〈スタック〉の中心軸の近く、アマルテアの円錐シェルターのかなり前方にある、このなじみの空間で重要なミーティングをひらいていた。ここなら、たった一度の不運な火球の衝突で〈クラウド・アーク〉の命令構造が破壊されたりはしない――〈タンク〉や〈ファーム〉のような広いＴ３の空間で彼らが集まるほうが、災難の可能性はずっと高くなるのだ。

ミーティングの出席者は、ドゥーブ、ルイーザ、フォードルのほか、マルクスのスタッフから選ばれ、執行部のトロイカ体制らしきものを構成している、三人のメンバーが加わっていた。ひとり司法制度のサル・グオディアン、保安部長のテクラ。そして、赤毛をドレッドヘアにしたネットワークとコンピューターの責任者、スティーヴ・レイクだ。

「誰がどこにいるかを追跡するためのデフォルト・システムは」サルが切りだした。「みんながちゃんと協力してくれることを前提にしているんだ」

アイヴィが片手を上げた。「待って。説明に入る前に、イエスかノーか聞かせて」

「イエスです」スティーヴ・レイクが言った。「誰がJBFのヘプタッドにいるのか、もうわからないんですよ」

「ありがとう」とアイヴィ。「そしてSANも、その穴埋めの助けにはならないということね？」

スティーヴが答えた。「あのヘプタッドに、スペンサー・グラインドスタッフがいることは間違いないです」

アイヴィはうなずいた。

サルが言った。「スティーヴ、〈ホワイト・スカイ〉の直前にマルクスが君をオフィスに呼んで、ネットワークの担当者に命じたとき――つまりスペンサーを交替させたとき――君は、〈イズィ〉システムに入れるバックドアをスペンサーが知っているかもしれない、という話をしていた。スペンサーがそれを使うまでは、使ったことに気づくのは不可能だという、あれだ」

「ええ」とスティーヴ。「理論上では、ほぼそうです。使われる前に見つけるのは無理です。プログラムの全文をひとつひとつ、手作業で読んでいくのでもないかぎりは」

「彼がSANに入るバックドアをもっていると？」

「何かしていることはわかっています。彼があそこに加わってからまもなく、JBFのヘプタッドの〈アークレット〉が、ときどきネットワークから消えるようになったんですよ。JBFがわれわれに知られたくないミーティングをやっているときは、スペンサーがすべてを遮断するんです」

アイヴィは少しのあいだ考え、それからテーブルの向こうにいるテクラを見てうなずいた。テクラが立ち上がり――ここの重力は弱いので、用心深く――そしてドアに向かった。ドアをあけ、外にいたズィーク・ピーターセンを中に呼び入れた。

「来てくれてありがとう」ズィークがテーブルの末席に座ると、アイヴィが沈黙を破った。アイヴィは上席にいた。スキージャンプの長い傾斜路でも〝見上げる〟かのようにズィークに目をやり、ズィークのほうも同じようにアイヴィを見た。

「昔みたいだね、シャオ司令官」ズィークが言った。

「ええ、あなたの忠誠心に感謝するわ」とアイヴィ。「あなたにとってはやりにくいだろうってこともわかってる」

「実のところ、それはまったくないな」ズィークが言った。「〈ハード・レイン〉が始まったときにマルクスが行なった声明、つまり、すべての国家を解体するという宣言を、私は真《しん》摯《し》にとらえている。でもジュリアはあの声明を聞いていない。声明のメモを受け取っているわけでもないし」

「スペンサーがSANを切断することができると、私たちは聞いてるんだけど」

ズィークはうなずいた。「そう。私もそうした場に居合わせたことがある。彼女からは妙な話をされた。私が仲間に加わるかどうか、探りを入れていたんだと思う。ジュリアの話しぶりは、まるで私がすでに味方についているかのようだった――そうならないなんて考えられないと言わんばかりにね。説得のテクニックとしては、とても高等なものだった。ちょっと私もその気になりかけたから。でも、その場を離れてひと晩寝たら、どれだけクレイジーな話なのかに気づいたよ」

「単発的な誘いだと思う？　それとも、ジュリアは候補者リストを持っていて、次々当たっているんだと思う？」

「おそらくリストがあるんだと思うね。ただ、あまり長いリストではない」

アイヴィはうなずいた。考えていることを言う必要はなかった。ＪＢＦはほかの人間にも当たっているかもしれない――こちらがまだ知らない誰かを。

「私が見てきたこととも一致するな」ドゥーブがそう言って、同意を求めるようにルイーザに目をやった。「ジュリアは日和見《ひよりみ》的に様子を見ていると思う。人に接触して、会話に引き込んで、思わせぶりなことを言いながら、相手の弱みを探るんだ」

「彼女、頭がおかしくなってるの？」アイヴィはルイーザに尋ねた。

「ある意味、それは重要じゃないわね」とルイーザ。「トラブルを起こすときは起こす。精神医学的な状態を突きとめて診断したところで、実質的には何も変わらないわ」

「私たちのアプローチは変わるかもしれない」

「まず第一に、彼女はナルシストよ」とルイーザは続けた。「正式な診断じゃないけどね。

ただ、あなたやダイナから聞くかぎり、彼女の〈イズィ〉への旅は、かなりのトラウマ体験だった。夫と子供を失った、その過程は流血の惨事だった。ある程度のPTSDを発症している可能性は、訓練された専門家でなくても予測できる。そう考えれば、彼女が、暗い、パラノイア的な幻影の世界を見ていることもありうるわ。でも、彼女はもともとそういう人間だったのかもしれない」

「彼女は抜け目ないわ」とアイヴィ。「みんなと話してるだけっていうのなら、こちらにできることも、すべきこともそんなにない」

「そのとおり」とルイーザ。「彼女は〈アーキー〉たちの中で政治的基盤をつくってる。たくさんの人と話をしているというだけで彼女にアクションを起こせば、向こうの思うつぼよ。ただ、あなたの手の届く範囲で〈アーキー〉たちに接触するというのは、いいアイデアかもしれない」

「政治に対処する唯一の方法は、もっと政治的になることよ」アイヴィはため息をついた。

「私がいちばん不得意な分野ね」

「言葉よりも行動だよ」ズィークが言った。「それがいちばん重要だ。それに、〈イミール〉が帰ってくれば、君とマルクスとで、JBFとその徒党が能なしに見えるようなことができるだろう」

（下巻に続く）

アルテミス（上・下）

ARTEMIS

アンディ・ウィアー
小野田和子訳

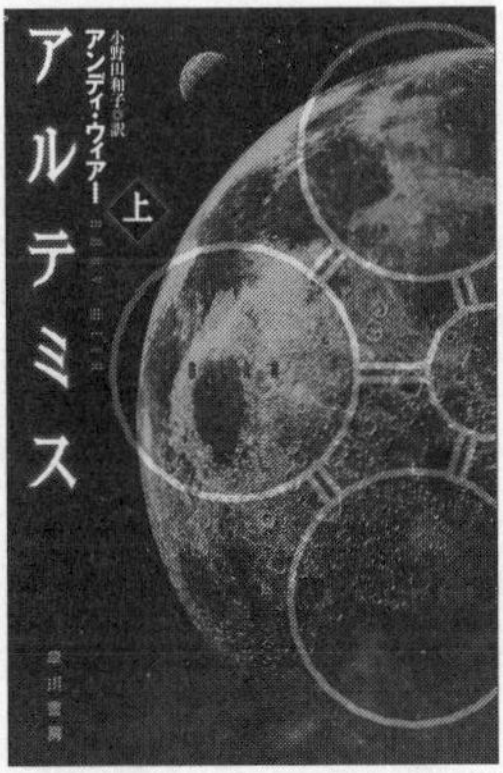

月に建設された人類初のドーム都市アルテミスでは、六分の一の重力下で人口二千人の人々が生活していた。運び屋として暮らす女性ジャズは、ある日、都市有数の実力者トロンドから謎の仕事のオファーを受ける。それは月の運命を左右する巨大な陰謀に繋がっていた……。『火星の人』に続く第二長篇。解説／大森望

本書は、二〇一八年六月、七月、八月に早川書房より新☆ハヤカワ・SF・シリーズとして全三巻で刊行された作品を二分冊にして文庫化したものです。

火星の人〈新版〉（上・下）

The Martian
アンディ・ウィアー
小野田和子訳

有人火星探査隊のクルー、マーク・ワトニーはひとり不毛の赤い惑星に取り残された。探査隊が惑星を離脱する寸前、思わぬ事故に見舞われたのだ。奇跡的に生き残った彼は限られた物資、自らの知識と技術を駆使して生き延びていく。宇宙開発新時代の究極のサバイバルＳＦ。映画「オデッセイ」原作。　解説／中村融

ハヤカワ文庫

訳者略歴　1954年生，青山学院大学理工学部卒，英米文芸・ノンフィクション翻訳家　訳書『都市と都市』『爆発の三つの欠片』（共訳）ミエヴィル，『最初の刑事』サマースケイル，『シャーロック・ホームズの思考術』コニコヴァ（以上早川書房刊）他多数

HM=Hayakawa Mystery
SF=Science Fiction
JA=Japanese Author
NV=Novel
NF=Nonfiction
FT=Fantasy

七人《しちにん》のイヴ
〔上〕

〈SF2278〉

二〇二〇年四月 十 日　印刷
二〇二〇年四月十五日　発行
（定価はカバーに表示してあります）

著者　ニール・スティーヴンソン
訳者　日《ひ》暮《ぐらし》雅《まさ》通《みち》
発行者　早川　浩
発行所　株式会社　早川書房
郵便番号　一〇一 - 〇〇四六
東京都千代田区神田多町二ノ二
電話　〇三 - 三二五二 - 三一一一
振替　〇〇一六〇 - 三 - 四七七九九
https://www.hayakawa-online.co.jp
乱丁・落丁本は小社制作部宛お送り下さい。
送料小社負担にてお取りかえいたします。

印刷・株式会社亨有堂印刷所　製本・株式会社明光社
Printed and bound in Japan
ISBN978-4-15-012278-2 C0197

本書は活字が大きく読みやすい〈トールサイズ〉です。